本书为国家社科基金青年项目（17CZW041）成果，湖南师范大学学科经费资助

《时务报》与中国文学的现代演进

1895—1898

张　弛◎著

光明日报出版社

图书在版编目（CIP）数据

《时务报》与中国文学的现代演进：1895—1898 / 张弛著 . -- 北京：光明日报出版社，2024.7. -- ISBN 978 - 7 - 5194 - 8127 - 8

Ⅰ . I206. 5

中国国家版本馆 CIP 数据核字第 20240EL070 号

《时务报》与中国文学的现代演进：1895—1898

SHIWUBAO YU ZHONGGUO WENXUE DE XIANDAI YANJIN：1895—1898

著　　者：张　弛	
责任编辑：杨　茹	责任校对：杨　娜　乔宇佳
封面设计：中联华文	责任印制：曹　净

出版发行：光明日报出版社

地　　址：北京市西城区永安路 106 号，100050

电　　话：010-63169890（咨询），010-63131930（邮购）

传　　真：010-63131930

网　　址：http：// book. gmw. cn

E - mail：gmrbcbs@ gmw. cn

法律顾问：北京市兰台律师事务所龚柳方律师

印　　刷：三河市华东印刷有限公司

装　　订：三河市华东印刷有限公司

本书如有破损、缺页、装订错误，请与本社联系调换，电话：010-63131930

开　　本：170mm×240mm			
字　　数：368 千字		印　　张：20. 5	
版　　次：2024 年 7 月第 1 版		印　　次：2024 年 7 月第 1 次印刷	
书　　号：ISBN 978 - 7 - 5194 - 8127 - 8			

定　　价：98.00 元

目　录
CONTENTS

绪　论

一、选题缘起

（一）从甲午到戊戌——文学的变局

清光绪二十一年三月二十三日（1895 年 4 月 17 日），中日《马关条约》签订，标志着历时 9 个月的中日战争结束。因为战事爆发于中国旧历的甲午年，这场影响深远的战争亦被以"甲午"命名，成为近代中国"数千年未有之大变局"中最为重要的时间节点之一。关于这一历史事件和时间节点的深远影响，恩格斯在甲午战争期间便做出"中日战争意味着古老中国的终结"① 的预言，梁启超则在《戊戌政变记》中表示："唤起支那四千年之大梦，实自甲午一役始也。"② 对于中国的知识分子而言，这些由民族失败、挫折和创伤记忆构成的时间日期，不会轻易地被抹去和遗忘，相反，它会在文人知识分子不断地阐释和演绎中，成为强化现代民族国家观念的文化符号，进而召唤出更多的意义和主题。

在中外史学家的论述中，"甲午"是对此前中国洋务运动和日本明治维新的总结，更是前者失败破产的标志；而此后乙未年的公车上书、戊戌年的百日维新，乃至相隔更远的庚子事变、晚清新政，亦都处在"甲午"历史效应的因果链条中。不过，也应看到，无论是百日维新，还是晚清新政，都没有在这场战争结束后便立刻启动，从"甲午"到"戊戌"，从 1895 年春夏之交各省举人联名上书，到 1898 年 6 月 11 日光绪皇帝下诏正式开始变法，存在着三年的"空档期"。这段时间，通常被视为变法之前的思想酝酿和舆论准备时间，是"近代

---

① 恩格斯．致卡·考茨基［M］//中共中央马克思恩格斯列宁斯大林著作编译局．马克思恩格斯全集：第三十九卷．北京：人民出版社，1974：288.
② 梁启超．戊戌政变记［M］//汤志钧，汤仁泽．梁启超全集：第一集．北京：中国人民大学出版社，2018：598.

中国启蒙运动的发端"①。葛兆光指出，正是在甲午、乙未之际，"中国人在极度震惊之后，突然对自己的传统失去了信心，虽然共同生活的地域还在，共同使用的语言还在，但是共同的信仰却开始被西洋的新知动摇，共同的历史记忆似乎也在渐渐消失"②，阐明了"甲午"一役在军事失败之外，中国人于思想领域亦受到了冲击。除去曾一度被嗤之以鼻的"奇技淫巧"外，近代西方社会的"治法文学之事"，也逐渐浮现在中国文人士大夫的视野，正如康有为在《上清帝第四书》中所言：

> 夫泰西诸国之相逼，中国数千年来未有之变局也。襄代四夷之交侵，以强兵相陵而已，未有治法文学之事也；今泰西诸国以治法相竞，以智学相上，此诚从古诸夷之所无也。③

显然，康有为此处所谓之"文学"，指向的乃是西方近代的教育学问，并非现代意义上的文学（literature）观念，前者甚至在某种层面上构成了对于后者的批判甚至否定。而与域外"治法文学之事"开始重塑中国文人士大夫的知识体系几乎同时，中国以诗赋词章为主体的"文学"，在时局舆论的动荡中也面临着外部环境的冲击和内部自身的重构。周作人在《中国新文学的源流》中即指出："自甲午战后，不但中国的政治上发生了极大的变动，即在文学方面，也正在时时动摇，处处变化，正好像是上一个时代的结尾，下一个时代的开端。"④ 但是，相较于戊戌变法失败后，配合改良及革命思潮在海内外的流行，所迅速开展的文学"三界革命"（文界革命、诗界革命与小说界革命），以及"五四"时期，新文化运动与新文学运动相辅相成、在思想史与文学史上共有的显赫地位，从甲午战争结束的1895年，到戊戌维新发生的1898年，这段时期在中国文学的演进历史链条中，更多地呈现为一种"无名"的状态。此种"无名"状态，并非指该时期没有新的文学作品产生，亦非没有关于文学的理论主张提出，而是对比其他文学处于中心地位的时期而言，此段时期文学不仅处在一种边缘状态，甚至被置于政治改良、思想启蒙运动的反面。

特别是在甲午、乙未之际，在一片反思军事失败和追逐政治变革的声音中，

---

① 陈旭麓. "戊戌"与启蒙［J］. 学术月刊，1988，10：43.

② 葛兆光. 中国思想史：第二卷［M］. 上海：复旦大学出版社，2010：688.

③ 康有为. 上清帝第四书［M］//姜义华，张荣华. 康有为全集：第二集，北京：中国人民大学出版社，2007：81.

④ 周作人. 中国新文学的源流［M］. 上海：华东师范大学出版社，1995：56.

中国的知识阶层似乎有意识地冷落甚至贬低文学，将中国传统的诗文辞赋视为无用之学，以至于出现了一股"否定文学的思潮"①。此前，面对西方格致科学的兴起，中国最早的职业报人王韬就已在《上当路论时务书》中提出"至于学问一端，亦以西人为尚。化学光学重学医学植物之学，皆有专门名家，辨析毫芒，几若非此不足以言学，而凡一切文学词章，无不悉废"②。甲午战争中国战败后，康有为在上清帝书中，更是屡次提及"学校则教词章诗字，用非所学，学非所用，故空疏愚陋，谬种相传，而少才智之人"③，"夫以无益之虚文，使人不能尽其才，甚非计也"④。张之洞则在他的《劝学篇》中表示："一为文人，便无足观，况在今日，不惟不屑，亦不暇矣。"⑤ 无论是作为实质内容的词章诗文，还是作为一种身份的文人墨客，都被视为导致中国积贫积弱的原因之一，遭到了前所未有的质疑。

当然，从"甲午"到"戊戌"，文学并没有销声匿迹，而是随着战事时局的发展推进，在形式和内容上悄然发生着变动。中日战争发生后，围绕着战事的展开和结束，产生了大量的奏疏、电讯、新闻、纪传、演义、论著和诗词。根据阿英所编写的《甲午中日战争文学集》统计，当时产生了包括《中倭战守始末记》《中东战史》《绘图扫荡倭寇纪要》《中东和议问答节略》《时事新编》《中东大战演义》《甲午竹枝词》在内的大量即时性的文学创作。其中，最重要的莫过于1895年曲阜鲁阳生孔氏（孔广德）所编的《普天忠愤集》，以及1896年由传教士林乐知（Young John Allen）主持、由蔡尔康辑录的《中东战纪本末》。前者共14卷，前三卷为"章奏门"，第四至十卷为"议论门"，第十一至十二卷为"诗赋门"（第十三、十四卷为增采章奏），收录章奏29篇（后增采32篇），议论99篇，诗226首，颂赋各1篇，词7阕；后者初编为8卷，续编与三编又各增4卷，其中前8卷分别收录清廷的上谕、奏折，日方的电文资料，双方谈判的资料，以及有关于战事的议论文字。而在这些应时而作的文字当中，

---

① 参见刘纳. 嬗变：辛亥革命时期至五四时期的中国文学 [M]. 北京：中国人民大学出版社，2010：2-3.

② 王韬. 上当路论时务书 [M] // 楚流，书进，风雷，选注：弢园文录外编. 沈阳：辽宁人民出版社，1994：388.

③ 康有为. 上清帝第三书 [M] // 姜义华，张荣华. 康有为全集：第二集. 北京：中国人民大学出版社，2007：69.

④ 康有为. 上清帝第三书 [M] // 姜义华，张荣华. 康有为全集：第二集. 北京：中国人民大学出版社，2007：85.

⑤ 张之洞. 劝学篇·守约 [M] // 苑书义，孙华峰，李秉新. 张之洞全集：第十二册. 石家庄：河北人民出版社，1998：9730.

包括外国传教士林乐知、李佳白等人的时评文章在内，有不少作品发表在当时广学会所办的《万国公报》上，报刊开始成为这一类文学向公众传播的重要媒介平台。

作为甲午战争在文学层面的直接产物，这些作品有着对战事的直接记录，更有对于国土沦丧的悲歌痛哭。《普天忠愤集》中，包括李光汉《燕台杂感十二首》，宋育仁《感事五首》，邹增佑《和议定约感赋三首》，陈季同《吊台湾四首》，张秉铨《哀台湾四首》《甲午津门四首》，杜德兴《哀辽东赋》，吴昌言《口占二首》等，以及未被孔广德收入其中、却在日后最负盛名的黄遵宪的《悲平壤》《东沟行》《降将军歌》《哀旅顺》，皆是当时中国文人的真实情感写照。正如谭嗣同在诗中所写，"世间无物抵春愁，合向苍冥一哭休。四万万人齐下泪，天涯何处是神州"①，世变之际文人笔端首先呈现出来的，是最直观的精神上的痛感。而此前曾作有《时务论》呼吁变法、甲午之际正出使欧洲的宋育仁，在他的《送黄太守归国从军》中写道，"一雁南飞怅失群，海天愁思正纷纷。忽闻辽左惊烽火，却望京华隔阵云。愧我投闲三万里，送君横扫五千军。平戎策在无人用，不是书生只好文"②，则在感愤忧时、歌哭无端的同时，似乎也在为那些被指责不通时务、徒尚虚文的中国读书人辩护，昭示着晚清中国文人知识分子内在自我变革的事实的存在和可能。

在情感的宣泄过后，需要进入理性的反思，这种反思浪潮，使得中国的文人士大夫开始直面中国政治、经济、社会等诸方面的弊端，进而促发了这一时期由精英知识群体发动的政治维新与思想启蒙运动。不容忽视的是，一场涉及文学的反思和变局，也随之开始酝酿，在《中东战纪本末》书前，上海松江才子、以研究"红学"而闻名的朱昌鼎，为好友蔡尔康、"西儒"林乐知作了一篇序言，表达自己对文士生态的不满。只是，相对于那些指摘"书生只好文"以至于空疏愚陋、不足以言学的声音，朱昌鼎在批评"文学侍从之臣"不能博古通今、膏泽下民之余，对于所谓"文章之士"，又有着自己的期待：

> 今世士习苟简，囿于举业，鲜能读书通大略。幸而起家科第，为文学侍从之臣，求所谓左史记言，右史记动，不愧乎？博古而通今者，伊何人耶？迨膺绣衣骢马之选，求所谓谏行言听，膏泽下民，不愧乎？拾遗而补

① 谭嗣同.有感一首［M］.谭嗣同全集：下册.北京：中华书局，1981：540.
② 宋育仁.送黄太守归国从军［M］//孔广德.普天忠愤集.台北：文海出版社，1976：585.

阕者，伊何人耶？衮衮诸公，大都以资格升庸，旅进旅退，唯唯诺诺，如古所称"伴食宰相"，否则执偏见、泥成说，狃于意气，动致偾败。且重为宵小辈藉口，以为文章之士无裨大计，而孰知士固有怀抱忠谠，谙练经济，跧伏于胶庠，如吾友蔡子紫绂其人者。①

这篇序言中，在沪上郁郁不得志、以鬻文为生的朱昌鼎，将身居要津的文学侍从、衮衮诸公，与蛰伏民间、只能谋食于洋人报馆的蔡尔康，进行了对比，他盛赞这位曾在《申报》《字林沪报》《万国公报》上任华文主笔的中国报人，对于《中东战纪本末》的编撰，乃是于"记载之余，缀以论议，于当世大局、万国实情若烛照数计而龟卜"。显然，以蔡尔康这样以报馆为生的新型知识分子及其所生产之文学为参照，朱昌鼎寄予希望的"文章之士"及其所作之文，不同于张之洞、康有为等人心目中不足观之文士和无益之虚文。而作为《中东战纪本末》的另一位编者，美国传教士林乐知在其《治安新策》中尖锐地指出，"中国缺憾之处，不在于迹象，而在于灵明，不在于物品之楛良，而在于人才之消长"②，也意味着《中东战纪本末》中对于中国甲午一役失败的反思，业已超越了"普天忠愤"式感时忧国、慷慨悲歌的文人固态，而表现出对于中国文明、士人生态及国民精神等诸多问题更加深入的思考。

以林乐知、蔡尔康为代表，这些游历在通商口岸关心世界时务、热心变法图强的外来传教士和本土布衣文人，因为远离帝国政教中心，相对于处在科举体制下、讲求以诗文明道、征圣、宗经的文人士大夫，他们在文学层面的反思和行动要更加敏锐且迅速。作为中国早期的报人，蔡尔康除了在报刊上担任主笔，撰写一些并不入主流文人法眼的报刊文章外，还曾尝试过在报刊上连载长篇小说③，将这一本被视为小道、为士大夫所不齿的文体加以推广传播。而到了1895 年，以《万国公报》为平台，美国传教士傅兰雅发布了《求著时新小说启》及倡议不缠足运动的征文广告《天足会征文启》，亦标志着一场小型"新文学运动"实验的开启，特别是"窃以感动人心，变易风俗，莫如小说。推行

---

① 朱昌鼎.《中东战纪本末》序［M］//《中东战纪本末》初编：卷一. 上海：图书集成局，1896：9.

② 林乐知. 治安新策［M］//《中东战纪本末》初编：卷八. 上海：图书集成局，1896：2.

③ 光绪八年（1882 年），蔡尔康在《沪报》（后更名为《字林沪报》）上连载清代夏敬渠的小说《野叟曝言》，后又连载《七侠五义》等小说。

广速，传之不久，辄能家喻户晓，气习不难为之一变"① 这一观点的提出，以及大量中国作者的投稿响应，都预示着文学作为一种维新手段，开始进入中国读书人的中心视野。当然，对于当时亟须更新知识体系与表达方式以应对民族国家危机的中国文人士大夫而言，这些发生在西人主持报刊上的实验，以及零散的诗文创作，并不能构成与整个维新运动相对应的声势，他们需要一个平台将自我有关时局政治、文章学术的思考及行动，汇聚起来。

正是在此种背景下，1896 年 8 月 9 日，旧历丙申年的七月初一，《时务报》在上海正式创刊发行，由汪康年任经理，梁启超担任主笔。在此前，康有为主持的强学会曾在多方支持下，创办了《万国公报》（后改名为《中外纪闻》），并通过上海强学会在沪创办《强学报》。但是，这两份维新报刊都在创办不久后遭到查封。相比较而言，《时务报》无论是从规模还是影响上，都远远超过了前二者，从 1896 年创办发行，到 1898 年 8 月 8 日停刊，《时务报》共出 69 册，一度成为甲午至戊戌时期中国发行量和影响最大的报刊②。正如戈公振在《中国报学史》中所云，《时务报》创办，"于是维新运动，顿呈活跃之观，而杂志亦风起云涌，盛极一时"③。这种影响，甚至一直延续到了 20 多年后的五四时期。1923 年，胡适在给友人的书信中，曾提出这样的观点：

> 二十五年来，只有三个杂志可代表三个时代，可以说是创造了三个新时代。一是《时务报》；一是《新民丛报》；一是《新青年》。④

这一"三个杂志可代表三个时代"的观点，指向的是政、学、文三个内容层面，特别是对于近代中国的思想学问和文学变革而言，三份报刊可谓在各自的时代引领风气之先。在此段话之后，胡适还专门附上解释，称《新青年》的使命，正在于文学革命与思想革命，阐明了自己有关"三个时代"判断的基础，乃更多出自文学与思想两个层面的共同考量。相较于思想史层面的影响力而言，在文学层面，《时务报》遭到不少非议。如另一位五四新文学作家周作人在论及

---

① 傅兰雅. 求著时新小说启 [J]. 万国公报, 1895 (77)：31.
② 根据方汉奇的统计："《时务报》初创时，每期只销 4000 份左右，半年后增至 7000 份，一年后达到 13000 份，最多时销达 17000 份，创造了当时国内报纸发行量的最高记录。"参见方汉奇. 中国近代报刊史 [M]. 太原：山西人民出版社, 1981：83.
③ 戈公振. 中国报学史 [M]. 长沙：岳麓书社, 2011：106.
④ 胡适. 致高一涵、陶孟和、张慰慈、沈性仁 [M] // 耿云志, 欧阳哲生. 胡适书信集：上册, 北京：北京大学出版社, 1996：322.

梁启超时所言，梁氏在《时务报》《新民丛报》以至《新小说》上的文字，"是从政治方面起来的，他所注意的是政治上的改革，因而他和文学运动的关系也较为异样"①，谓其首先从事政治改革运动，再注意到思想和文学方面。这种论述，自然也影响了后人对《时务报》作为文学运动媒介的评价。但是，尽管与文学运动的关系"异样"，在甲午至戊戌时期，《时务报》确是承担起了文学变革的使命，在《五十年来中国之文学》中，胡适就曾明确地提出，"中日之战以后，明白时势的人都知道中国有改革的必要。这种觉悟产生了一种文学，可叫做'时务的文章'""梁启超当他办《时务报》的时代已是一个很有力的政论家……二十年来的读书人差不多没有不受他的文章的影响的"②。无论何种观点，此种由政治层面的救亡图强，引发思想层面的启蒙，继而推动文学层面的革新，被公认为甲午至戊戌时期中国文学演进的一种模式。而围绕着《时务报》所发生的文学变革，自然也与同时期中国传统的文人士大夫，在救亡与启蒙风潮之下对于新知识、新思想的接受和散布，有着密切的关联。

（二）《时务报》与新知识群体的产生

从严格意义来说，《时务报》并不是一份纯粹的文学报刊，其报馆的人员组成也不是纯粹的文人群体，更遑论现代意义上的职业作家。无论是从报刊的定位，还是从具体内容上来看，《时务报》首先是一份以政论为主，以广译世界时事、介绍新学知识为目标的报刊，作为主要的舆论阵地，助推了当时的政治维新、思想启蒙运动。如果说《新青年》是"五四"的精神载体，由这份刊物传达的思想观念赋予了"五四新文化"与"五四新文学"灵魂的话，那么《时务报》在"甲午"至"戊戌"的这场变局当中，则发挥了类似的功能作用。胡适关于"三个时代"的表述，并非全然从文学角度所进行的历史总结，而是言明了《时务报》《新民丛报》《新青年》在各自所处历史阶段的地位，以及对该阶段中国政教学术、思想文化等领域的影响。就《时务报》而言，在公车上书引发的热情逐渐消退、强学会及《万国公报》被取缔后，如何将启蒙思想的火种保存，由京师向地方、由精英官员向普通士绅乃至民众传播，避免有识之士的呐喊最终在万马齐喑中湮没，再度沦为帝国超稳定结构里被刻意或无意遗忘、遗弃的思想的吉光片羽，成了摆在当时中国文人士大夫面前的挑战。

于是，围绕着《时务报》这一在上海创办的维新报刊，逐渐汇聚了以梁启

---

① 周作人. 中国新文学的源流［M］. 上海：华东师范大学出版社，1995：53.
② 胡适. 五十年来中国之文学［M］//欧阳哲生. 胡适文集：三. 北京：北京大学出版社，1998：216-217.

超、徐勤、欧渠甲为代表的康有为门人弟子，以汪康年、梁鼎芬、屠仁守为代表的张之洞幕僚集团，以谭嗣同、严复、黎汝谦、林琴南为代表的地方士绅，以及以寿富为代表的满族宗室和以古城贞吉为代表的国外汉学家，还吸引了裘廷梁、高凤谦、陈炽、姚锡光、心月楼主、求在我者、琼河庄客等一批给报馆投稿的读者群体。这些政治观点迥异、身份背景不同的人士，通过《时务报》实现了短暂集聚，迎合了甲午战争之后，在中国知识阶层中渐趋流行的"合群"理想；也促发了思想与文学的变革。正如作为主笔的梁启超在《时务报》上所言：

> 道莫善于群，莫不善于独。独故塞，塞故愚，愚故弱，群故通，通故智，智故强。①

在维新运动时期，有关"合群"的阐释包含了多个层面，一个层面首先指向的是现代民族国家意识下的国民全体。1895 年，严复在天津《直报》上发表《原强》，首次提到"群学"一词，详细介绍了达尔文和斯宾塞的进化论思想与社会学理论，即指出近世列国角逐竞争，"其始也，种与种争，及其成群成国，则群与群争，国与国争"②。此后，梁启超、谭嗣同等人先后作有《说群》《群学》，无论是提出"以群为体，以变为用"③ 的变法宗旨，并将其具体施行理解为"合群立会"、作为成立各种学会的理论依据，还是援引荀子"人之所以异于禽兽者，以其能群也"之说，倡导"但为人之智力所能为，而禽兽所不能为者，无不可以学而学，会而会"④，他们对于"群学"观念的阐释，都更加具体地指向了精英知识阶层，且都将办学会当作了"合群"的首选方向。康有为甚至认为清代以来士风的日渐萎靡，正在于文人结社讲学之风的衰落，并提出了"合大群"的思想，即"中国风气，向来散漫，士夫戒于明世社会之禁，不敢相聚

---

① 梁启超 . 论学校十三 · 学会（《变法通议》三之十三）［J］. 时务报，1896（10）：1-3.

② 严复 . 原强［M］//王栻 . 严复集：第一册 . 北京：中华书局，1986：5.

③ 梁启超谈及自己"群学"思想之源流："启超问治天下之道于南海先生，先生日：以群为体，以变为用。斯二义立，虽治千万年之天下可矣。启超既略述作闻，作《变法通议》，又思发明群义，则理奥例赜，苦不克达，既乃得侯官严君复之治功《天演论》，浏阳谭君嗣同之《仁学》，读之犁然有当于其心。"参见梁启超 . 说群自序［J］. 时务报，1897（26）：1.

④ 谭嗣同 . 壮飞楼治事十篇［M］//谭嗣同全集：下册 . 北京：中华书局，1981：443.

讲求，故转移极难。思开风气，开知识，非合大群不可"①，而这种思想亦只是将视野从上层精英转向了更广泛的中下层读书人群体。由此可知，康有为等维新派在该时期所谓的"合群"，最初所指涉的对象，便是当时中国的知识阶层。

按照康有为的设想，仅仅成立地方性、专门性的学会远远不够，更要择其天时地利，集合更多的力量，"非合士大夫开之于京师不可，既得登高呼远之势，可令四方响应"。强学会就是在这种情形下，于 1895 年 8 月在北京创办，其性质"实兼学校与政党而一"②，既可用于讲学之途，也可作为谋求政治变革的组织雏形。在成立伊始，便得到了翁同龢、孙家鼐、张荫桓、张之洞、李鸿藻等中央及地方重臣的支持，列名会籍或参与会务的人员包括麦孟华、陈炽、沈曾植、文廷式、杨锐、袁世凯、徐世昌等绅士名流，李佳白、李提摩太、毕德格、欧格讷等外籍人士亦有参与③。只是由于组织涣散、人员复杂，即使有京官和地方大员的支持，这种以学会合群、在京师拓展局面的想法实施得也并不顺利，且因为有结党私议、干涉朝政之嫌，强学会在 1896 年 1 月便遭到御史杨崇伊的弹劾而被封禁。

强学会的创办过程与封禁结果，为致力于"合大群"的维新派提供了经验：一是在学会遭遇阻力的情形下，可以"先以报事为主"。与强学会的酝酿和创办同时期，《万国公报》（后改为《中外纪闻》）初步造成的声势，也从侧面说明了报刊较之于学会、学堂有更大的影响和辐射效应。二是由在京师登高而呼，转而向上海以通声气，康有为在北京的维新活动遇阻后，曾南下组织成立上海强学会，创办《强学报》，上海这座通商口岸城市，开始迈上晚清思想文化的中心舞台。康有为即表示，强学会之后，中国自强之学风雨杂沓，"于是江海散佚，山林耆旧，盍簪聚讲求，如汉之汝南，唐之东都，宋之洛阳，为士大夫所走集者。今为上海，乃群天下之图书器物，群天下之通人学士，相与讲焉"④。乙未之际曾大力支持维新派、并积极谋求与之合作的张之洞，则在自己的《劝

---

① 康有为 . 康南海先生自编年谱［M］//蒋贵麟 . 康南海先生遗著汇刊（廿二），台北：宏业书局，1976：34.

② 梁启超 . 莅北京大学校欢迎会演说辞［M］// 汤志钧，汤仁泽 . 梁启超全集：第十五集 . 北京：中国人民大学出版社，2018：51.

③ 关于强学会的参与人员，康有为在《自编年谱》《汗漫舫诗集》，梁启超在《三十自述》《戊戌政变记》中都有记录，名单有出入。汤志钧根据《汪康年师友书札》等原始材料进行了统计，录有"列名会籍或参与会务者""支持学会或与之相关者"的名单。参见汤志钧 . 戊戌时期的学会和报刊［M］. 台北：台湾商务印书馆，1993：41-57.

④ 康有为 . 上海强学会序［M］// 姜义华，张荣华 . 康有为全集：第二集 . 北京：中国人民大学出版社，2007：92.

学篇》中称：

> 乙未以后，志士文人创开报馆，广译洋报，参以博议，始于沪上，流行于各省，内政、外事、学术皆有焉。虽论说纯驳不一，要可以扩见闻，长志气，涤怀安之鸩毒，破扪籥之瞽论。①

创办在上海四马路上的时务报馆，正是由强学会上海支会改组而来，继而成为"合大群"、通风气、纳新知、讲时务的要津。根据汤志钧在《戊戌变法人物传稿》一书中的统计，初期参与《时务报》创办并代收捐款的人员名录包括北京、天津、湖北、湖南等地共 12 人，其中不乏陈炽、李岳瑞、孙宝琦、叶瀚、邹代钧等清末知名政客文人②；办事人员名录中，包括总理汪康年、撰述梁启超、英文翻译张坤德、法文翻译郭家骥、东文翻译古城贞吉、理事黄春芳共 6 人；重要论著撰人题名，包括主笔梁启超、汪康年、徐勤、麦孟华在内共 19 人。这两份名录，参考的是《时务报》第 3 册上发布的《各处代收捐款诸君名氏住所》《本馆办事诸君名氏》，随着《时务报》影响的扩大，又不断有人员加入撰述、翻译和发行的行列。除去重要撰稿者之外，还有部分来稿人系用笔名，例如琼河庄客、读有用书室主人、海藏楼蒿目居士等；另有一些作者虽有撰稿，如严复、谭嗣同、裘廷梁等，其办报精力无疑更多在《国闻报》《湘报》《无锡白话报》上，故未被作者计入重要撰人之列，却也都实实在在参与了《时务报》的撰述活动。

本书更愿意将围绕在《时务报》周围的这一批人称为"新知识群体"，因为他们在各自迥异的政治主张与文学旨趣之间，找到了一条共通的合群方向——对于"新知识"的吸收与接纳。特别是他们逐渐意识到，中国的文人士大夫，特别是明清两代的读书人，经过科举这项选才制度下越发僵化的知识谱系和权力意志的规训，非但很难实现"静观理想"的超越世界，进而展开独立的思考与

---

① 张之洞．劝学篇·阅报［M］//苑书义，孙华峰，李秉新．张之洞全集：第十二册．石家庄：河北人民出版社，1998：9745．

② 详细名单如下："京城：陈次亮部郎炽、李孟府主政岳瑞；天津：孙慕韩观察宝琦；湖北：王雪澄观察秉恩、叶洁吾茂才瀚；湖南：邹沅帆大令代钧、张伯纯大令通典；南京：缪筱珊太史荃孙，郑苏戡大令孝胥；苏州文小坡孝廉焯、张逊先大令祖翼；山东：黄幼达孝廉遵楷。"汤志钧．戊戌变法人物传稿［M］//沈云龙．近代中国史料丛刊续编：第三十二辑．台北：文海出版社，1976：354．

行动，成为具有"救世情操"的士①，反而极易与帝国的"政治结构与意识形态一体化"②，异化为官僚系统中的一员，维护国家机器运转和正统思想传播。借助《时务报》以及刊载于其上的新知识，梁启超等人直接表达出对于科举时文的批判，激烈地提出"废科举，变官制"，并在此基础上进一步倡议兴民权、开民智，表现出对于科举制度背后旧有学问知识、意识形态和一体化身份的怀疑。

除了自身知识结构的更新外，所谓"新"的另一层面，还在于他们言论、思考活动所借助的新媒介载体。按照萨义德所界定的公共知识分子（a public intellectual）概念，"是具有能力'向（to）'公众以及'为（for）'公众来代表、具现、表明讯息、观点、态度、哲学或意见的个人"③。与梁启超称为清代学术"正统派"的朴学以及他们的"为考证而考证，为经学而治经学"④ 相比，以《时务报》为中心所汇聚的这一群"新知识群体"，恰恰介于传统士人和现代知识分子之间，无论是其传播知识的内容还是写作行动本身，都具有了公共性的特质。他们之间的结合，依然带有旧时私学聚徒、文人游幕的痕迹，但也因公共问题的自由讨论需要，而表现出对于私学、集团藩篱的超越；他们对新知识由专业性向公共性的转换做出了努力，并将理性付诸对君权思想、科举体制、考据学问乃至诗赋词章的怀疑和挑战，却又在批判传统文化方面，呈现出反知识和轻理性的复杂一面，以至以"新知识人"的姿态，制造了中国知识阶

① 余英时在《士与中国文化》一书中，曾讨论西方文化史上所存在的"静观的人生"（vita contemplativa）与"行动的人生"（vita activa）二分法，古希腊哲学家更向往前者作"静观冥想"的生活方式，以之为人生最高境界；近代知识分子与之分歧正在于，恰如康德提出"有勇气在一切公共事务上运用理性"，更看重行动与对现实世界的改变。在他看来，这种兼备了"静观理想"和"救世情操"的士，接近于近代知识分子，无疑属于中国古代士人的理想状态。参见余英时. 士与中国文化［M］. 上海：上海人民出版社，1987：4-7.

② 金观涛、刘青峰认为在古代时期的中国，国家通过科举制度，利用具有统一信仰的知识分子建立官僚机构，来执行管理国家的职能，并保持国家机器的运转和国家统一。而这些士人阶层，在儒家国家学说的指导之下，都受到"忠君保民"信条的约束，从而在政治结构和思想意识形态两方面，为维持国家的超稳定社会结构服务。参见金观涛，刘青峰. 兴盛与危机：中国超稳定社会结构分析［M］. 长沙：湖南人民出版社，1984：27-29.

③ 萨义德. 知识分子论［M］. 单德兴，译. 北京：生活·读书·新知三联书店，2002：16-17.

④ 梁启超. 清代学术概论［M］// 汤志钧，汤仁泽. 梁启超全集：第十集. 北京：中国人民大学出版社，2018：218.

层内部的分化和对立①。

而这其中最大的分化和对立，正源自甲午至戊戌时期"否定文学的思潮"下，对于词章考据之士为代表的"旧知识人"的全面批判。在《时务报》上，梁启超等人反复提到了一类群体，名之曰"八股八韵考据词章之士"，并以"新知识人"的姿态，不断发出诘问，"今天下之变亟矣，稍达时局者，必曰兴矿利，筑铁路，整商务，练海军。今试问驱八股八韵考据词章之士，而属之以诸事，能乎？否乎？"②。他们将词章所代表的旧文学拒斥为"无学"，排斥于应讲求的知识学问之外，称"夫以中国四万万人之众，其秀民既尽困于八股试帖楷折之中，而其秀民之尤特达有知识者，乃仅驱而从事考据词章之无用，此所以敢谓为无学也"③。这也说明，此时期以《时务报》为中心，一群"新知识群体"所生产出的"时务文学"，正是建立在对新知识、新思想的获取和吸收的基础上。陈子展在其《中国近代文学之变迁》一书中曾论述道：

> 那时候，谭、梁诸人为了鼓吹"维新"的缘故，常常做点宣传文章。这种文章系当时一种特创的"新文体"，因为它是从八股文、桐城派文、骈文里面解放出来，中间夹杂些他们所知道的外来的新知识、新思想。他们用这种文体来向当道上书，来向报馆投稿，来向人家讲富强之学，来谈一切时务，故可以说这种文章为"时务文学"。④

既然在"新知识人"与"旧知识人"的身份对立中，一种有别于旧有诗赋词章、全新的"时务文学"也随之产生，那么，以梁启超等人在《时务报》上发表的文字为代表，围绕《时务报》汇聚的知识群体，以新知识创造的"时务文学"，究竟是何种文学？如果说，甲午之后对西学新潮的译介过程逐渐由对外来新知遵循西学本义的学理性输入转向切合本土时弊的实践性纲领，标志着清代考据之风盛行的中国文人群体，由"静观的人生"向"行动的人生"迈进；

---

① 马勇在《新知识背后近代中国读书人》一书中，提到了近代中国特别是甲午战败之后的中国精英阶层所面临的转变，随着西方的强势，当西学成为最时尚的知识，"新知识分子也成为那个时代最令人仰慕的'公知'"，而"许多'旧知识人'因此被严重妖魔化"。参见马勇. 新知识背后近代中国读书人 [M]. 福州：福建教育出版社，2013：1.

② 梁启超. 论学校十三·学会（《变法通议》三之十三）[J]. 时务报，1896（10）：1-3.

③ 徐勤. 中国除害议·无学之害三 [J]. 时务报，1897（46）：1-3.

④ 陈子展. 中国近代文学之变迁 [M]. 上海：上海古籍出版社，2000：70.

那么他们笔下的文字，则越发从抒发情感性灵的"个性化写作"转向寻求现实功用的"社会化写作"，从依附帝国体制、作为政教意识形态一体的"载道式写作"转向具有批判性、作为现代民族国家寓言的"代言式写作"①。与此同时，个人的、具体的、世俗的人生经验被遮蔽，抒情的甚至史诗的文学理想也暂时搁浅，维新文人开始有意识地以"国家—民族"的名义写作，致力于传播世界知识和近世文明，并以"普遍价值"的代言人自居，在面对旧体制、知识与文学勇敢提出疑问的同时，也因为激进的自负而付出了代价。作为中国社会、思想与文学由传统向现代演进的起始，《时务报》及围绕其所产生的新知识群体，无疑为进入这一历史时段的思想与文学现场提供了重要窗口。

二、文献综述

（一）《时务报》知识群体研究

学界对于甲午至戊戌时期的这段维新运动历史的审视，多以这些通晓时务、倡议维新的新知识群体为聚焦，进而观照到他们所依托的思想载体和言论平台——新兴报刊媒介。李泽厚曾提出关于现代中国六代知识分子的划分，其中第一代即为"参加了戊戌，领导了辛亥"的这一批晚清知识分子②。他指出，相比于之后的几代知识分子，晚清一代知识分子大多在沉浸于爱国救亡思想的同时，依然保持了浓厚的士大夫气息，以至很快就回到复古的路径上去。而许纪霖则认为，19 世纪 90 年代以后，中国开始了由"士绅社会"向"知识分子社会"的转型，并出现了以梁启超、严复、章太炎为代表的、从士大夫到知识人的过渡一代，这些知识分子虽然继承了许多传统士大夫的精神文化遗产，但已不同于传统的士绅，除了传统天理观演变为科学公理观、道德中心让位于科学中心这样的思想转变外，还在于其职业与身份的多元化，包括教师、编辑、记者、出版人、自由撰稿人等，都是这一时期维新派知识群体的新身份属性，这其中有多种身份都与新式报刊的勃兴相关。他特别提到，在新的身份属性背后，正是新兴的报刊媒介，加速了新知识的生产与流通，而"这些掌握了知识和舆论生产、流通权力的知识分子，本身又是组织化的，形成各种知识分子的

---

① 有关"代言式写作"，参见陶东风. 社会转型期审美文化研究［M］. 北京：北京出版社，2002：203.

② 六代知识分子中，包括辛亥的一代、五四的一代、大革命的一代、"三八式"的一代、解放的一代（20 世纪 40 年代后期和 50 年代）、"文化大革命"红卫兵一代。参见李泽厚. 中国近代思想史论［M］. 天津：天津社会科学院出版社，2003：430.

社团共同体"①。

在费正清、刘广京主编的《剑桥中国晚清史》中，学者张灏也指出，维新运动的重要遗产，便是"中国知识分子这一新社会集团的诞生"。他认为，在19世纪末以前，中国的士大夫已经有很长一段时间没有参与和组织成团体，从事政治组织活动，而借助于新式学堂、报纸和学会，现代知识分子可以在官僚机构、地方社会以外宣传改革，虽然报刊逐步发展成散布民族主义的工具，但围绕这一媒介聚集的知识阶层，与那些同传统国家及其思想信仰存在一种互相依赖关系的士大夫已然不同："他们与国家的关系常常是一种紧张的而不是同命运的关系。在这里，中国第一代知识阶层又证明了它的典型性。康有为、梁启超、严复等知识分子并不一定都是政府的革命派政敌，然而他们的基本政治态度是与政府离心离德和对它抱有批判的意识。"② 同时，张灏还强调了新、旧知识分子集团之间，对于中国文化传统的态度也是大异其趣的，并由此产生了如何应对外来知识信仰与自身文化传统的精神难题。

除了学堂、报刊、学会以外，上海这一新兴的口岸城市作为新知识群体的活动空间，也受到了相应的关注。方平在《晚清上海的公共领域 1895—1911》中，即关注到新型知识分子聚集背后的城市空间问题。他从"公共领域"和"新知识人"的概念出发，指出在甲午之前，流寓上海的文化人多为生计所迫，或是逃避战乱，是还未受西方文化洗礼的新型知识分子。但在甲午之后，随着以《时务报》同人为代表的一批文人知识分子主动选择前往上海从事舆论事业，上海才真正意义上成为新知识精英的汇聚之地：

> 他们利用此地种种便利的文化、人才优势以及特殊的社会政治环境，办报刊、建学会、设学堂，积极从事维新宣传活动。以《时务报》的编撰者为例，如梁启超、汪康年、徐勤、麦孟华、章太炎、郑孝胥等都是这一时期到沪的。③

作为这一时期上海最为重要、影响最为深远的刊物，有关《时务报》的研究成果颇为丰硕，以报刊史、思想史研究为重心，往往也是将之置于维新运动

① 许纪霖.启蒙如何起死回生：现代中国知识分子的思想困境［M］.北京：北京大学出版社，2011：9-10.
② 费正清，刘广京.剑桥中国晚清史 1800—1911：下卷［M］.北京：中国社会科学院历史研究所编译室，译.北京：中国社会科学出版社，1985：331.
③ 方平.晚清上海的公共领域 1895—1911［M］.上海：上海人民出版社，2007：53.

的宏观层面来审视的。汤志钧的著作《戊戌时期的学会与报刊》，从《时务报》的创办、风行、分歧、改官办四个部分，对这份维新报刊的历史，汪康年、梁启超、邹代钧、吴樵等主要成员的作用，以及这份报刊在维新运动中的主要功绩，做了简明扼要的梳理，称其为"维新运动时期销行最广、影响最大的报刊"①。闾小波在《〈时务报〉研究二题》中，除了对"通正斋生"（陈炽）、"求在我者"（马相伯）、"读有用书室主人"（吴保初）、"海藏楼蒿目居士"（郑孝胥）等外来稿件作者进行了考证外，还列举分析了时务报馆在定期出报之外所进行的出版时务书籍、代售书报、举办时务会课等附属的新式文化事业②。无论是报馆内部的办报同人，还是外围的参与撰稿者，他们围绕着《时务报》所形成的聚焦效应，都受到了学界较多的梳理和关注。

　　而在知识群体的聚合之外，报刊从内至外的分歧甚至冲突，特别是对于时务报馆内部汪康年、梁启超等人办刊期间的人事纠葛，以及外部张之洞、康有为等人围绕报刊进行的干预活动，也有不少从历史实证出发的考察。其中的热门话题，无疑是时务报馆中的人事构成，以及最终导致报馆走向分裂的汪、梁之争。汤志钧在《戊戌时期的学会与报刊》中指出，这种纷争背后的实质是维新派与洋务派之间的分歧，康有为及其弟子托古以言民权，遭到了张之洞等人的抵制，而"本来濡染洋务派言论较维新派为多，政治依援张之洞较维新派尤切的汪康年，自然不能无动"③，权衡利弊轻重，只能逐渐游离于维新派，打压其在报馆的人事安排，抑制其言论思想。戈公振在《中国报学史》中，亦谈到了报馆分裂过程中张之洞在背后的影响，"张以报中论说太新，频加干涉，视主笔若资本家之于雇佣。时梁启超年少气盛，不能耐，翌年冬舍而之他；报事遂由汪康年一人主持。迨光绪二十四年夏，朝廷允御史宋伯鲁之请，改《时务报》为官报，命康有为督办。汪康年乃改《时务报》为《昌言报》，延梁鼎芬为主笔，另行出版"④，基本将《时务报》知识群体的分歧主线描述清楚。此外，崔志海的《论汪康年与〈时务报〉——兼谈汪梁之争的性质》、廖梅的《〈时务报〉三题》、黄士芳的《康有为与〈时务报〉》、马勇的《近代中国知识分子的悲剧——试论〈时务报〉内讧》等论文，分别从汪康年、黄遵宪等人的角度，

①　汤志钧.戊戌时期的学会与报刊［M］.台北：台湾商务印书馆，1993：143.
②　闾小波.《时务报》研究二题［M］//叶再生.出版史研究：第2辑.北京：中国书籍出版社1994：123-127.
③　汤志钧.戊戌时期的学会与报刊［M］.台北：台湾商务印书馆，1993：172.
④　戈公振.中国报学史［M］.长沙：岳麓书社，2011：107.

对《时务报》知识群体的内部分歧做了较为翔实的考证和分析①。

在此基础上，对于《时务报》知识群体分歧背后的地域文化、学术思想之争，也有更深入的研究和考量。茅海建在其专著《戊戌变法的另面："张之洞档案"阅读笔记》中，通过对此前未被披露大量史料的阅读，考察了张之洞与黄遵宪等人的交谊，以及他在《时务报》分歧中所起的作用。同时，作者认为在报馆人员分化中，也存在着传统文人的地域认同因素："在章太炎与康党矛盾中，汪与章一党，且为同乡；而在汪康年、梁启超的矛盾中，黄遵宪护梁责汪。黄又与康、梁同乡。此中又有浙、粤地域之见。"② 廖梅在其专著《汪康年：从民权论到文化保守主义》中，对于汪康年在创办《时务报》、经营管理报馆、发表维新言论等方面有着详细的论述，其关于"时务报馆的知识群体"的叙述，也主要是从汪康年、梁启超、黄遵宪、章太炎等报馆同人纷争的视角切入，她通过实证的方法研究指出，汪康年与梁启超有着共同的政治取向和思想基础，虽然汪康年对于"康教"不满，但"报馆管理权之争，才是汪梁之间的主要矛盾"③。但她也认为，成长于中国本土的汪康年，与长期出使西方的黄遵宪之争，反映了中西文化的冲突；章太炎与梁启超的冲突背后，则是古文经学与今文经学说的诘抗。

黄旦、詹佳如在《同人、帮派与中国同人报——〈时务报〉纷争的报刊史意义》一文中，借用了芝加哥学派库利有关群体/团体"首属"（primary group）与"次要"（second group）的划分（前者以感情为纽带，后者则建立在利益竞争上）。文章指出，《时务报》知识群体内部的师友门派、地域出身之别，以及围绕着报馆掌控权的争夺，导致其派生出不同群体派别，而前者更是左右了报馆最后的分裂走向。但是在文中，作者也提到赫尔曼·施马伦巴赫、希尔斯等学者有关"即使没有库利所指的那些共同居住区、共同的地缘、共同的工作地点或者血缘和性联系等条件，也可能存在一种类似于首属群体那样强有力的团聚状态"的"首属群体"概念，即一类通过"终极价值、神圣目标和象征体系的有力结合"：

① 崔志海. 论汪康年与《时务报》：兼谈汪梁之争的性质［J］. 广东社会科学，1993 （3）：54-59；廖梅.《时务报》三题［J］. 近代中国，1994（4）：215-226；黄士芳. 康有为与《时务报》［J］. 史学月刊，1995（4）：94-99；马勇. 近代中国知识分子的悲剧：试论《时务报》内讧［J］. 安徽史学，2006（1）：15-24.

② 茅海建. 戊戌变法的另面："张之洞档案"阅读笔记［M］. 上海：上海古籍出版社，2014：258.

③ 廖梅. 汪康年：从民权论到文化保守主义［M］. 上海：上海古籍出版社，2001：185.

　　像《时务报》这样的同人报刊，意在政治，可同人间实际粘合的却是文化——是内在对国家的忧虑，是"忧天下之忧"的士大夫情怀，是"文人论政"的精神气质和志向，这必然决定了它的脆弱。因为报刊的操作牵涉到话语权，各自的忧虑、情怀、志向如何在报刊上得以体现，则远比这种朦胧的一致要具体。①

　　此段论述道出《时务报》内部关系的脆弱，也解析了为何在充满异见和分歧的情形下，《时务报》同人之间依然能够实现群体黏合的基础。作者强调了传统士大夫情怀、文人精神对于这样一份现代同人刊物及"公共领域"形成的影响，并于政治维新的视域外，注意到了内在的共通价值观念以及作为方法的"文"的问题。特别是在阐释《时务报》同人最终分裂乃至维新知识分子失败缘由的同时，作者也力图证明除具体的派别、利益纷争外，《时务报》之所以能汇聚一批暂时克服了政治派别、地缘畛域的文人士大夫，成为对于全国知识阶层都具有凝聚力、向心作用的首属群体，正在于这种朦胧脆弱的，却又实实在在于《时务报》知识群体当中萌发的"终极价值、神圣目标和象征体系"。

　　因此，从"终极价值"的层面，将《时务报》视为近代中国思想启蒙、现代性发生的一大媒介，是进入《时务报》知识群体的另一主要研究视域。王淑琴在其专著《中国近代维新政治思潮的兴起——从〈时务报〉角度的审视》中，指出《时务报》是一份以知识精英为主，受到官僚资助的维新刊物，"为戊戌运动中一系列政治改革方案的出炉提供了知识基础和资源储备。变法失败后没几年，清朝政府就着手进行新政改革，这不能不说是戊戌维新时期留下的精神遗产在发挥作用"②。台湾学者潘光哲在《创造近代中国的"世界知识"》一书的第二章"开创'世界知识'的公共空间：《时务报》译稿研究"中，专门注意到《时务报》上的译稿及诸位译者，认为通过张坤德、李维格、曾广铨、古城贞吉等人所主持译稿栏目传播的"世界知识"，"不仅开启了中国人转换地理/空间概念的可能空间，也为中国人调整时间坐标的认知，提供了参照系统"③，同时，他也提到了近代中国现代性的发生问题，指出："《时务报》通过译稿（并添加附语）来促使中国人转换地理/空间的概念，调整时间坐标的认识

① 黄旦，詹佳如.同人、帮派与中国同人报:《时务报》纷争的报刊史意义［J］.学术月刊，2009（4）：147.
② 王淑琴.中国近代维新政治思潮的兴起——从《时务报》角度的审视［M］.长春：吉林大学出版社，2014：21.
③ 潘光哲.创造近代中国的"世界知识"［M］.北京：社会科学文献出版社，2019：64.

系统，实亦可视为中国被编织进入'现代性'样态的历史经验的一个面向。"①

在传统的报刊媒介、思想研究之外，从阅读史的角度对于《时务报》知识群体进行观照，探讨《时务报》广大的读者群体对于报刊上思想知识、文体形式的吸收，研究《时务报》相关价值观念、思想学说在接受层面的"下沉"，也为审视《时务报》联合读者群体、开创公共空间提供了全新的视角。其中，潘光哲在其著作《晚清士人的西学阅读史 1833—1898》、论文《〈时务报〉和它的读者》中做了大量工作，他指出：

> 透过向《时务报》提供自己文字劳动的成果，读者与报馆之间建立了不必直接碰面晤谈便可交流讯息与观念的关系；《时务报》俨然是当时中国士人群体可以共享同润的"公共空间"。②

廖梅在其专著《汪康年：从民权论到文化保守主义》中，也谈到了《时务报》的读者除了张之洞、陈宝箴这样的地方大员外，还有基数更为广大的中下层知识群体，包括一些中下级官员、幕僚和地方绅士。他们中间许多与报馆人员相识，向报馆献言献策，或者只是普通读者，却积极进行阅读，助力报刊的宣传和传播，堪称报馆的重要组成部分，"他们的作为促使报馆在广义上成为一切要求改革的人士的共同事业"③。此外，朱至刚的《跨出口岸：基于"士林"的〈时务报〉全国覆盖》、蒋建国的《〈时务报〉的发行与"阅读共同体"的建构》等论文，也都从《时务报》的传播、阅读等角度，注意到了以《时务报》为中心，在全国范围内建构起的"士林""文人"的共同体网络，对于以《时务报》为中心的知识群体问题，做了进一步探讨。④

在这些涉及《时务报》的报刊史或思想史研究中，作为维新主张、启蒙理想的实质载体或象征形式，"文"的问题，也得到了学界的关注。李泽厚在其《中国近代思想史论》中便注意到，当时许多要求变法的奏议、文章、书籍，以至于以《时务报》为代表的维新报刊，在语言文字的措辞形式上，已经形成一种统一的文学风格，"具有了尖锐、痛切、激烈的宣传煽动色彩，康有为的《上

---

① 潘光哲. 创造近代中国的"世界知识"[M]. 北京：社会科学文献出版社，2019：65.
② 潘光哲.《时务报》和它的读者 [J]. 历史研究，2005（5）：71.
③ 廖梅. 汪康年：从民权论到文化保守主义 [M]. 上海：上海古籍出版社，2001：226.
④ 朱至刚. 跨出口岸：基于"士林"的《时务报》全国覆盖 [J]. 新闻与传播研究，2017（10）：89-102；蒋建国.《时务报》的发行与"阅读共同体"的建构 [J]. 东岳论丛，2019（1）：38-51.

皇帝书》、梁启超在《时务报》的政论便是其中杰出的代表作"①。汤志钧则从舆论传播的角度，提出《时务报》之成功，正在于"识文兼具"，突出了"新知识"与"新文学"的互动关系，并且指出"它的版式和过去仅录上谕、奏折类似'宫门钞'的报刊不同，维新运动时期，很多报刊还沿用了《时务报》的刊式"②。此外，林少阳在《鼎革以文——清季革命与章太炎"复古"的新文化运动》一书中，借助曾担任过《时务报》编撰的章太炎，提出"以'文'为手段的清季革命"这一命题，力图打破仅视语言为表象工具的语言工具观窠臼，重新审视"文"与革命行为之间关系，论及了晚清印刷技术的发达所带来的出版资本主义发展和对以"文"为手段而进行革命的贡献。他指出："文"连接着中西方伦理、政治理念两端，"更是与中国知识分子借以安身立命、有着一定普遍主义色彩的伦理价值相关。此外，这一'文'更暗示着其主体之知识分子——'士'"③。正如陈子展在其《中国近代文学之变迁》中将此时期一切宣传维新、讲求时务的文学命名为"时务文学"，此时期《时务报》新知识群体以"文"为手段的革新，不仅仅将"文学"作为一种语言工具，同时连接着维新派共通的"终极价值、神圣目标和象征体系"，意味着由《时务报》所引领的文学变革，在形式嬗变之外，有着更值得探究的知识语境与历史背景。

（二）《时务报》与中国文学关系研究

正如关爱和所指出的，"初期的近代文学研究与近代文学的发展同步进行，在成果形式上，以传统的序跋、评点、诗话、词话等文学批评方式为主"④，文学视域下有关《时务报》的研究，也是与中国文学的现代演进历程同步进行的。围绕着《时务报》知识群体在这一时期的诗文写作，梁启超、黄遵宪、谭嗣同、严复、张之洞、陈三立、叶德辉等在各自诗话、文集中，便有不同角度的评品，并已有意识地将之与作为整体的《时务报》以及其所代表的"时务文学"联系起来。而作为读者群体，陈独秀、胡适、鲁迅、周作人等五四新文学作家，包括通俗文学作家包天笑、程小青等在内，在回忆文章中皆谈到《时务报》与自身思想演变、文学道路的关系，为研究《时务报》的传播与影响提供了极为丰富的历史资料，也印证了《时务报》在中国文学由传统向现代转型过程中的

① 李泽厚. 中国近代思想史论［M］. 天津：天津社会科学院出版社，2003：62.
② 汤志钧. 戊戌时期的学会与报刊［M］. 台北：台湾商务印书馆，1993：160.
③ 林少阳. 鼎革以文：清季革命与章太炎"复古"的新文化运动［M］. 上海：上海人民出版社，2018：17.
④ 关爱和. 二十世纪中国近代文学研究述评［J］. 中州学刊，1999（6）：139.

作用①。

五四新文学运动之后，周作人的《中国新文学的源流》、胡适的《五十年来中国之文学》、陈子展的《中国近代文学之变迁》、钱基博的《现代中国文学史》、曹聚仁的《文坛五十年》等著作，在追溯晚清以降文学演进历史脉络的过程中，开始聚焦《时务报》知识群体在此时期写作的报章文体、新学诗等文类。特别是对于梁启超、谭嗣同等人以《时务报》等维新报刊创作的报章之文，以及这些文章情感充沛、平易畅达、杂以俚语韵语的文体特征，乃至对于中国文体解放的意义，胡适、陈子展都有专门的论述和总结。此外，胡适等人也注意到了"新文体"背后传统文章的影响，指出梁启超等人以《时务报》等报刊为媒介写作"新文体"，虽不满于桐城古文的窠臼，却在"沈博绝丽"的背后，继承了秦汉、六朝四六骈文的"体例气息"，"拿文学史的眼光来观察，不得不承认这种文体虽说是得力于骈文，其实也得力于八股文"②。周作人则认为"梁任公的文章是融合了唐宋八大家，桐城派，和李笠翁、金圣叹为一起，而又从中翻陈出新的。这也可算他的特别工作之一。"③ 钱基博从政论文的层面，评价了梁启超以《变法通议》为代表的新文体写作，认为"批评秕政；而救弊之法，归于废科举，举学校；亦时时发民权，但微引其绪，未敢昌言；厥为启超投身论政之发轫也"④，并注意到晚清时期今文经学、托古改制思想对于其文章风格形成的作用。此外，曹聚仁在《文坛五十年》中，明确地将此时期的新文体命名为"时务文体"，提到了时务文体发生的背后，也有李提摩太（Timothy Richard）和美国的林乐知（Y. J. Allen）、李佳白（Gilbert Reid）等外来传教士在《万国公报》等报刊上写作文章的影响痕迹，他指出：

> 当时朝廷提倡报纸，光绪所下的上谕，也就是依着李提摩太的议论。在那环境中所设立的报馆，以及康、梁的报章文字，也就是李提摩太所用的文体。（胡适之称之为"时务文体"）⑤

相比于让《时务报》风行海内的报章文体，梁启超、谭嗣同、夏曾佑、黄

---

① 关于五四新文学作家作为读者群体，与《时务报》的关联互动，本书有专门章节讨论。
② 胡适. 五十年来中国之文学 [M] // 欧阳哲生. 胡适文集：三. 北京：北京大学出版社，1998：219.
③ 周作人. 中国新文学的源流 [M]. 上海：华东师范大学出版社，1995：54.
④ 钱基博. 现代中国文学史 [M]. 北京：中国人民大学出版社，2004：340.
⑤ 曹聚仁. 文坛五十年 [M]. 北京：东方出版中心，1997：27.

遵宪、林纾等人在此时期的创作或翻译文类，也得到了一定程度的关注。陈子展在其《中国文学史讲话》中，曾提出过晚清时期四位新文学先驱的说法，"一个是介绍西洋学术思想的严复，一个是翻译西洋文学的林纾""一个是提倡所谓'新学诗'的黄遵宪，一个是创立'新文体'的梁启超"①，而这四位新文学先驱，又都与《时务报》有着密切的关联，其中梁启超、黄遵宪为《时务报》的创始人，严复、林纾则都曾在《时务报》上发表过诗文作品。陈子展将《时务报》另一位创办者黄遵宪的诗歌创作，与梁启超的新文体并列，亦是注意到此时期在报章文体之外，受到维新运动和时务风气的影响，诗歌开始蕴含着变革因子。朱自清在《论中国诗的出路》中，直接将现代新诗的发生溯源至梁启超、夏曾佑、谭嗣同在维新运动时期进行的新学诗写作实验，称"近代第一期意识到中国诗该有新的出路的人要算是梁任公、夏穗卿几位先生。他们提倡所谓'诗界革命'；他们一面在诗里装进他们的政治哲学，一面在诗里引用西籍中的典故，创造新的风格"②。虽然梁启超南下上海担任《时务报》主笔，曾、夏二人亦将精力更多投入以报刊为平台的思想言论活动中，标志着几位在京诗友对新学诗短暂探索的中断，但他们从"新学"的角度在诗歌文体上的实验，显然与《时务报》上的文章以及背后的时务风潮形成了同质异构的关系。

在小说文体层面，鲁迅、周作人等人都在各自文章中，回忆或阐述过自己阅读到《时务报》上柯南·道尔、哈葛德小说译作的经历，《时务报》也被视作他们接受域外小说的第一站。而作为晚清"译界之王"的林纾，只是在《时务报》（包括《知新报》）上发表了自己咏写时事的新乐府诗，但让他在晚清文坛享有最大声誉的"林译小说"，却与时务报馆有着颇深的渊源。阿英的文章《关于〈巴黎茶花女遗事〉》，便较早地考证了作为"林译小说"发端的小说作品，如何借助昌言报馆（汪康年改《时务报》所办）出版的史实细节，并开始注意到汪康年所办《时务报》，与柯南·道尔、哈葛德小说翻译以及林纾译《巴黎茶花女遗事》出版的关系，将对《时务报》的研究视角，由作为文学正宗的诗文，转向了晚清逐渐兴起、被视为"文学之最上乘"的小说，为之后《时务

---

① 陈子展. 中国文学史讲话 [M] //陈子展文存：下. 上海：上海古籍出版社，2018：1129. 实际上，陈子展此处使用的"新学诗"概念有误，黄遵宪自己对于诗歌试验的概括为"新派诗"，"新学诗"通常指夏曾佑、谭嗣同、梁启超在这一时期"捃扯新名词以自表异"的诗歌作品。并且，梁启超离开北京去《时务报》任主笔，也往往被视为是此次诗歌探索的中断。参见郭延礼. "诗界革命"的起点、发展及其评价 [J]. 文史哲，2000（2）：5-12.

② 佩弦. 论中国诗的出路 [J]. 清华中国文学月刊，1931（4）：67.

报》上的翻译小说作品持续受到学者关注奠定了研究基础①。

而随着 20 世纪初黄人、林传甲编著《中国文学史》的尝试，在具体的诗文、小说文体研究以外，具有文学史视野的著作不断涌现，其共同的研究趋向，便是从中国文学现代化的宏观维度出发，将《时务报》阐述为中国文学现代进程中的关键节点②。正如前文所提到的，包括胡适、陈子展在内，"时务文学"这一概念的命名，直接源自《时务报》的报刊名，是文人学者用以描述此阶段以《时务报》为中心文学生产概貌的一个核心概念。相比于专门指报章之文的"时务文体""时务文章"等，"时务文学"不仅仅包括了奏章议论、述学文字、演说讲义等更加宽泛的文章形式，"时务"一词本身的意涵，更使得这一概念与整个维新运动、启蒙思想有着极为紧密的联系，更加宽泛地指向了此时期新知识群体讲求新知识、新思想的各类文本。不过，这种趋向"杂文学""大文学"的"时务文学"，显然也与之后日益与西方近代 literature 接榫的纯文学观念有着相悖之处③。故而在很长一段时间内，以《时务报》知识群体为中心所写作的"时务文学"，得到的评价并不高，具有代表性的是任访秋主编的《中国近代文学史》中，对于此阶段的文学，有一段结论性的总结：

> 由于维新派作家精力集在通过自上而下的变法活动以进行资本主义改革，还未能对文学改革引起足够的重视和提出有力的措施。虽然，他们对旧文学作了一定的清算，文学价值观有所变化，文学革新意识有所增强，

---

① 阿英．关于《巴黎茶花女遗事》［M］//阿英全集：二卷．合肥：安徽教育出版社，2003：838-844．近年来，关于《时务报》上柯南·道尔、哈葛德小说翻译的问题，不断有学者进行专门讨论，其中代表性的论文有郝岚．从《长生术》到《三千年艳尸记》：H. R. 哈葛德小说 She 的中译及其最初的冷遇［J］．外国文学研究，2011（4）：70-73；刘小刚．正义的乌托邦：清末民初福尔摩斯形象研究［J］．中国比较文学，2013（11）：54-59；潘红．跨越疆界的求索：《时务报》和哈葛德小说 She［J］．外国文学研究，2015（1）：139-146．

② 此外，亦有不少从古代文学终结的角度，来讨论戊戌变法前后梁启超、夏曾佑、谭嗣同等人在《时务报》《国闻报》《湘报》上文学活动的研究。参见郭英德，过常宝．中国古代文学史：下［M］．成都：四川人民出版社，2003：665．

③ 关于维新运动时期的"文学"观念问题，包括余来明的专著《"文学"概念史》、陈广宏的论文《近代中国文学概念转换的历史语境与路径》等在内，学界已有不少研究。其中，蒋英豪在其文章《十九、二十世纪之交"文学"一词的变化：并论汉语中"文学"现代词义的确立》，曾专门从梁启超主持的三份报刊《时务报》《清议报》及《新民丛报》入手，考察在报刊上对于"文学"一词的运用情况，以及"文学"义项发生的转变。参见蒋英豪．十九、二十世纪之交"文学"一词的变化：并论汉语中"文学"现代词义的确立［J］．中国学术，2010（26）：130-149．

并尝试创作"新学诗"和"新文体",初步酝酿并发动了文学改良运动,但未具规模,反响不大,成效较小。①

而随着"现代性"(modernity)、"公共领域"(public sphere)等理论资源,以及传播学、观念史等跨学科方法被运用到中国近现代文学的研究中,作为甲午之后现代性发生起点和文学转型开端的《时务报》及"时务文学",又重新回到学界的关注视野。对于此前《时务报》上受到广泛关注的报章文体和小说翻译,丁晓原、郭延礼等学者,从各自研究的领域出发,探讨了散文、小说文体现代性的发生问题②。而从更加宏观的社会思潮视角出发,杨联芬在《晚清至五四:中国文学现代性的发生》中,考察了作为晚清至五四时期中国文学主潮的现代性问题,并注意到改造国民性的思潮兴起与戊戌时期新式报刊、文学之间的关系,认为梁启超、严复等人"意识到开民智、新民德、鼓民力是中国社会现代化的'本',改造国民精神的'新民'运动,遂成为思想启蒙的重心。自此,一系列以传播西学、讨论变革、倡导启蒙为宗旨的思想文化阵地纷纷涌现"③。张春田亦认为:"1895年以后的二十多年(即革命史中所谓的'近代',与现代化史中更倾向于使用的'清末民初')所负载的历史经验和文化表述,恰恰构成了中国'现代性'最真实、最丰富、最紧张的部分,在现实与符号关系中指向一种新的集体性的自我意识的生成。"④ 他们的研究开始摆脱以诗文、小说作品为中心的研究视野,将甲午至戊戌时期以报刊为主要媒介的文学历史,置于更加宏阔的思想文化转型与现代性发生的历史背景中。

有关现代性思潮对于晚清文人、文学的影响,也有着不同的研究路径。例

---

① 任访秋. 中国近代文学史[M]. 开封:河南大学出版社,1988:139.

② 例如丁晓原认为,"五四"散文的现代性根系是连接着晚清的,"'新文体'是散文的新体,是对传统古文有史以来的最为重要的文体解放"。参见丁晓原."五四"散文的现代性阐释[J]. 苏州:苏州大学出版社,2003:26. 郭延礼则指出,《时务报》张坤德所翻译的侦探小说,"为近代作家提供了另一种叙事时间模式的范本"。参见郭延礼. 中国近代翻译文学概论[M]. 武汉:湖北教育出版社,2005:405. 此外,学者任翔亦认为,《时务报》上的小说翻译,不仅成为"小说界革命"的先锋,"也为中国小说的现代转型提供了崭新的模板"。参见任翔. 中国侦探小说的发生及其意义[M]//关爱和. 中国近代文学论文集·小说集(1890—2017). 苏州:苏州大学出版社,2018:398.

③ 杨联芬. 晚清至五四:中国文学现代性的发生[M]. 北京:北京大学出版社,2003年:2.

④ 张春田:革命与抒情:南社的文化政治与中国现代性(1903—1923)[M]. 上海:上海人民出版社,2015:8-9.

如耿传明在其《决绝与眷恋：清末民初社会心态与文学转型》一书中，便从文人心态的角度出发，探讨了从 1894 年"甲午之役"开始，现代性思潮所引发的几轮文人群体的心理波动，将维新变法运动与严复翻译《天演论》所引发的新旧对峙，视为此阶段诗、文、小说三界革命发生的心理基础。虽然他没有直接提及《时务报》，却指出了《天演论》及严复通过天津《直报》引起的思想风暴对于中国国民关于自身与世界感知和体悟的改变，"人成为世界的征服者和创造者，其价值主要标为一种'力'的体现，而不是'德'的完满，这代表着一个迥异于传统的文化拐点的出现"[1]，为重新审视《时务报》等维新报刊以尚力、尚武为旨归的改造国民性思潮，以及以"爱力""热力""吸力""抵力""涨力"为题名的各种报议文章，提供了参考。而在这些关涉国民性话语的研究视域中，《时务报》及维新派知识分子将女性作为"国民之母"，通过对批判古代才女与推动"戒缠足""兴女学"等一系列文教活动，所展开的"女国民""女国民性"想象，得到了夏晓虹、乔以纲等学者的关注，在从性别视角探讨现代性问题的同时，"'国权'逾越'男权'而直接对女性进行询唤与征召的历史进程"[2] 也成为这一类研究的关注重心。

相比之下，张天星的专著《报刊与晚清文学现代化的发生》，直接将中国文学"现代性""现代化"的发生指向了作为新兴媒介的报刊，其审视"现代"的视角，从外部社会宏观的文化思潮移至具体的报刊运作下职业文人产生、文学机制变迁。张天星在研究中，除了关注报刊在中国文学创作、批评现代化转型中的作用外，还较为详细地考察了晚清报刊对于文学生产、传播、消费机制的影响。特别是在讨论稿酬制度对于文学生产的影响时，专门提到了《时务报》是较早支付社论文章稿酬的报刊之一[3]，为稿酬扩大到文学领域奠定了基础，进而促进了文学在报刊上的生产，就连张坤德、曾广铨翻译连载的小说《滑震笔记》（即《福尔摩斯探案集》）、《长生术》，也是按照千字计酬。此外，以《时务报》为代表，派报处的设立与文学销售网络的形成，也被视为新的文学传播

---

① 耿传明. 决绝与眷恋：清末民初社会心态与文学转型［M］. 上海：复旦大学出版社，2010：43.

② 乔以钢、刘堃. 晚清"女国民"话语及其女性想象［M］//陈洪，乔以钢. 中国古代文学与文化的性别审视，天津：南开大学出版社，2009：334.

③ 根据张天星的整理统计："汪康年采用的是按页分等计酬。据计算，《时务报》4 页计约2000 字，投稿者如获选，高者一千字可获 15 元，低者每千字可获 5 元，这是十分优厚的稿酬。《时务报》第 53 册以后，采用外稿的比率有所提高……说明除了报人，同样有读者意识到稿酬制对报刊生产的积极作用。"参见张天星. 报刊与晚清文学现代化的发生［M］. 南京：凤凰出版社，2011：61.

机制逐渐成形的标志，作者在书中对于汪康年利用《昌言报》（由《时务报》改名而来）的销售网络、铅印并代销林译《茶花女》的详实考论，即是对于围绕《时务报》所建立起的文学机制进行研究的个案代表。

在政治哲学、历史研究中被广泛运用的"公共领域"理论资源，也被运用到对清末报刊与文学关系的讨论中，并进一步探究文学与公共性的问题。付建舟、黄念然、刘再华在《近现代中国文论的转型》中，就指出报纸期刊是中国文学公共领域形成的最主要要素，维新运动时期，康有为、梁启超、黄遵宪、谭嗣同、夏曾佑等人通过《强学报》《时务报》《国闻报》等舆论阵地，"不仅清算了旧文学的语言魔障，否定了旧文学的价值，还以报纸为文学探索、文体改革的阵地"①，较之古代的文学革新运动已不可同日而语，大大推动了中国近现代文学公共领域的形成和批评空间的开拓。关爱和在《晚清：以报刊为中心的文学时代的开启》一文中，提出甲午战争之后，抱着"自新"与"他新"双重期待的维新知识群体，借助文学以为改造国民、更新思想的手段，并由此进一步推动诗文、小说、戏曲的革新，宣告了以报刊为中心的文学时代来临：

> 全社会的知识精英，以及知识精英们的智慧，尽在报刊的平台上显露发布，尽在报刊的空间里碰撞交集，从而构成晚清中国特有的文化现象。报刊承载了传播社会政治信息、生成公共舆论、发表学术创获与文学作品的重任。这是过去未曾有过、后来也不可重复的时代。②

正是在这些理论方法和跨学科视角的引入后，围绕着《时务报》知识群体在此时期的文学实践，在具体文人、文体等更加细部的研究层面，又有了新的深入和推进。例如在被集中讨论的报章文体上，王风在其《近代报刊评论与五四文学性论说文》一文中，指出王韬、郑观应等早期报章政论家对报章论述的贡献，大多还停留在将自己的"撰述"被动地搬至报刊上发表。真正报章论说的兴起，正是在甲午战后，康有为、梁启超、严复等新知识阶层崛起，以《时务报》等维新报刊为媒介进行的报议文章写作，"已经摆脱王、郑的清议献策色彩，在报刊上的持论也不再是为'撰述'或献言于'我皇上'，而具有鲜明的

---

① 付建舟，黄念然，刘再华. 近现代中国文论的转型［M］. 上海：上海古籍出版社，2015：40.

② 关爱和. 晚清：以报刊为中心的文学时代的开启［J］. 复旦学报（社会科学版），2020（3）：133.

以言论动员社会支持的变革谋划，并由此营造出自己的舆论空间"①。李玲、陈春华在论文《维新报刊的"面目体裁"——以〈时务报〉为中心》中，则从《时务报》的线装书形制，以及趋向文集著述、古文旧范的体裁内容特点，探讨了当时维新报刊的形制、体裁特征，以及《时务报》此种"面目体裁"背后的传统士大夫旨趣，编撰的报章"具有先天的书斋著述的基因，呈现明显的书籍痕迹"②。梁波的论文《在"报译"与"笔记"之间——〈时务报〉"张译包探案"中的小说文体形变》，则从传统文体形式的影响层面出发，注意到了报刊上小说译文与英文原文在文体层面的差异，注意到中国"说话"传统（"说公案"）对张坤德文言翻译小说文体的侵入，甚至进一步指出，《时务报》报译栏目上的文章文体繁杂、内容繁多，实际上"均可归为中国古典文学传统中的'杂著、笔记'类"③。这些研究在讨论报章上各类文章、小说体裁的同时，更触及了《时务报》背后知识群体自身的身份、观念等诸多问题，为重新审视文学视域下《时务报》的价值意义，提供了新的角度和思路。

三、研究框架及研究方法

（一）研究框架

综上所述，从文学思潮、文体变革、文人心态、文学生产机制以及具体作家作品研究等诸多方面，《时务报》及其相关成员在中国文学由传统向现代转型脉络中的作用与价值，都得到了较为清晰的局部呈现和探讨。但是，对于维新运动期间，这份刊物如何作为公共媒介借助当时流行的"时务"风气，聚拢新知识分子群体，并将"时务"风气背后的新知识、新思想转化为以"文"为方法的现实启蒙行动，进而推动"文学"观念以及诗文、小说等各类文体的变革，依然缺乏整体性、系统性的梳理。从现代性体验到公共领域建构、从外部思潮到内部文体变革、从宏观的政治维新理想到具体的文字写作实践，以《时务报》等报刊为载体，维新政治、启蒙思潮与文学演变之间的关联互动，也有待细部的观察与审视。本书将以 1895 年至 1898 年期间《时务报》知识群体的思想和文学活动为中心聚焦，以《时务报》创办前维新派在北京的主要阵地《中外纪

① 王风. 近代报刊评论与五四文学性论说文［M］//世运推移与文章兴替：中国近代文学论集. 北京：北京大学出版社，2015：174.

② 李玲，陈春华. 维新报刊的"面目体裁"：以《时务报》为中心［J］. 中国现代文学研究丛刊，2012（12）：136.

③ 梁波. 在"报译"与"笔记"之间：《时务报》"张译包探案"中的小说文体形变［J］. 文化与诗学，2018（2）：41.

闻》（《万国公报》）、上海强学会的机关刊物《强学报》以及同时期《国闻报》《知新报》《湘报》等地方维新刊物为辐射，以《时务报》的酝酿筹备、创刊发行、分裂终结、影响传播为主要线索，从五个部分来探讨这一时期中国文学从生产媒介到知识结构、从观念意识到文体实验所发生的整体性变革：

第一章"报界文人与时务风气的集聚"。本章以近代"中国第一报人"王韬晚年在沪上与《时务报》的渊源为引子，探讨其以格致书院、《循环日报》为平台进行的文学变革，以及他本人对于文学启蒙与抒情的功用取舍，虽然最终无缘直接参与《时务报》的创办，但在王韬身上，依然可以看到之后《时务报》知识群体寻求文学演进的逻辑及症候。而包括王韬在内，以康有为等维新派为代表，基于对于洋务运动的反思，中国文人士大夫中一股讨论"时务"（新知识）的风气渐趋流行，并由此改变了文人知识分子集聚的模式，形成了多元形式的"时务文本"。其中，维新派通过最能代表变法诗学的奏议文体，将现实变革诉求与古老的文学形式相结合，在展现当时"时务"风气所蕴含思想内容的同时，也赋予了"时务文本"诗学意义上的美学特征和崇高意识。而在"条陈时务""采诗观风"等维新观念的召唤之下，报刊作为新兴媒介及文学载体，开始被更多的新知识分子所接受，"时务文本"乃至文学的写作进入到报刊时代。

第二章"各国报译与现代性体验的一种发生"。本章将以《时务报》的各国报译栏目为重点考察对象，梳理以汪康年、梁启超的合作为基础所形成的"文人关系网络"，如何在开办学会等维新举措遇挫后，秉持着"述而不作"的译报初衷，创办《时务报》以"开风气"的过程。《时务报》上，张坤德、郭家骥、朱开第、刘崇惠、古城贞吉等人主持的英、法、美、俄、日等各国报译栏目，为中国的读者展示了一幅"世界知识"的图景，通过译介文本中有关格致、舆地、历史、时政等不同领域的知识内容，营造了一个展现"五洲近事""全地大局"的文本空间，构成了近代国人另一种形式的现代性体验。译报栏目中涉及中国话题的议论文章，不仅仅为晚清中国报人写作报章文体提供了范式，更为他们观察思考中国社会与文明问题提供了来自域外的镜像。此外，本章还将重点探讨日本人古城贞吉在《时务报》"东文报译"栏目上的翻译活动，特别是他作为近代"中国文学史第一人"的身份，如何在译介文明论、国民性话语等方面，对于中国读者产生影响，为中国文学的现代转型提供了词语、观念及知识层面的准备。

第三章"观念转型与'文学兴国'的诗文实践"。本章从观念史的角度，考察在外来新词语、新学制的影响以及古代"文学"观念的惯性作用下，《时务报》知识群体"文学"观念的嬗变。一种不欲以文学为专科自画、以语言文字为基础而导向"学"之普通观念逐渐形成，并与当时渐趋兴起的"文学兴国"理想合流，决定了同时期维新派所进行的"时务文体""新学诗"等诗文实验的写作方向。作为"时务文学"最重要的表现形式，《时务报》上以梁启超为代表的主笔文章，虽然开启了从著作之文向报章之文的转型，呈现出现代意义上报章议论的雏形，却依然保有着对述学、叙述、说理等功能的寻求。特别是受到今文经学"借经术以文饰政论"的影响，《时务报》等维新刊物上的文章，实际上超越了单纯"笔锋常带感情"的文体特征，表现出"议论切要"和"旁搜博纪"两种趋向，连同时务报馆的外来稿件一道，构建了维新运动时期最大的公共领域和批评空间。此外，同时期黄遵宪、谭嗣同、夏曾佑、林琴南等人所进行的"新派诗""新学诗""新乐府"写作，虽然有着"骛外"与"向俗"的不同风格趋向，但在表现"世界知识"、援引新名词、宣传启蒙思想等方面，都可见此时期"文学"观念的作用影响。

　　第四章"群治理想与作为方法的说部书"。本章将以林琴南翻译《巴黎茶花女遗事》、并最终通过时务报馆建立的销售网络出版发行为切入点，探讨在晚清时期小说文体通过精英运作、由俗向雅的过程中，《时务报》知识群体不通过"个"而通过"共"的近代思路，以及梁启超关于"形质为下、心智为上"的群治设想，如何逐步建构"说部书"作为"文学兴国"的具体功能指涉。特别是从严复、夏曾佑到梁启超、康有为，维新派知识分子对传统"说部"论说之义和西方"novel"叙述特征的功能侧重和价值取舍，既受到傅兰雅发起时新小说竞赛的影响，也保留了说部书作为"经之别解""史之外传"与"子之外篇"的观念意识，在叙事之外，延续了论说、纪事、考辨等功能。在此基础上，本章将聚焦《时务报》上由张坤德、曾广铨二人分别翻译的柯南·道尔、哈葛德的小说，通过《福尔摩斯探案集》中英文本的对读，分析中国译者、读者对于侦探小说所代表叙事艺术的态度，以及对小说译本"可观风俗"的价值体认；同时，梳理从 She 到《长生术》的文本旅行，结合当时中国知识群体中强烈的种族危机意识，探讨小说译本如何在"群治"理想的感召下，呈现从言情到保种的主题倾斜，展现出翻译行为背后的"文化政治"。

　　第五章"'时务'范式的传播与影响"。本章关注《时务报》知识群体内部走向分裂后，梁启超、徐勤、黄遵宪、谭嗣同等人在澳门《知新报》、湖南《湘报》上的言论及思想活动，并进一步探讨由《时务报》所开创的"时务"范式在中国口岸城市及内陆省份的传播，以及受到此种范式影响的地方知识分子，对"时务文学"的继续探索和实践。其中，有康门弟子在《知新报》上的"言

《时务报》所不敢言",在"文"与"学"、议政与述学之间,对于"时务文体"功能的进一步发展;也有受到湖南地方维新风气推动,《湘报》作者群体在演说文、歌体诗等文类方面的多元探索。而在本章最后,将从阅读史的角度,考察《时务报》读者群体当中的特殊一支——五四《新青年》同人,通过梳理蔡元培、陈独秀、胡适、鲁迅、周作人等"新青年"群体对于《时务报》的阅读与接受,以及他们借助《新青年》等媒介与《时务报》作者们所展开的对话,从晚清到五四的历史演进视域中重新审视《时务报》知识群体的"文学"理念、追求与贡献价值。

(二) 研究方法

本书将聚焦《时务报》知识群体在维新运动时期围绕这份维新报刊所进行的思想言论及文学活动。特别是以汪康年、梁启超、黄遵宪、张坤德、曾广铨、古城贞吉为代表的报馆主要成员,以陈炽、谭嗣同、严复、章太炎、林纾、高凤谦为代表的作者群体,在此时期的思想舆论活动,以及他们围绕时务报馆所进行的诗文、小说等文学写作或翻译实践,将是全书研究关注的重心,并旁及周边一些相关文人读者的文学交往、阅读活动。因此,从文体特征、思想内容层面出发,对此阶段的"时务文学"进行文本分析;从传统的知人论世、现代的"公共空间"等理论工具出发,对《时务报》知识群体的文学活动进行实证考察;从文学翻译、文本旅行及跨语际实践等比较视野出发,对《时务报》上的报译栏目及小说翻译进行对比研究,依然是本书将要采取的主要研究方法。

以"《时务报》知识群体"及诗文、小说等文体为主要聚焦,并不意味着本书的研究对象局限于报馆内部人员以及其刊载于《时务报》上的文字。类似思想史研究"一般知识、思想与信仰的世界"的研究方法,在文学演进的历史进程当中,不仅应关注主流精英作者的观念与实践,同时观照具有普遍意义的普通作者与读者,以及他们的阅读写作活动。相较于受关注较多的梁启超、黄遵宪等精英话语知识和以诗文为代表的经典文本,围绕着《时务报》知识群体,还有大量"普通知识"和"一般文本"的生产,诸如汪康年与师友通信书札、各地士绅读者来稿、各国报译文稿,以及围绕报刊阅读、发行产生的大量日记、绘图与广告文本,这些文本在"大文学"层面兼具了"文体实验"和"思想草稿"的意义,更能从整体上显现此时期中国文人知识分子的观念和书写转型趋向。此外,维新运动中现代性体验的开启,言文一致、民族主义、国民性等现代文学议题的出现,是促使传统文学及文人进行自我调整与革新的外部原因,考察《时务报》知识群体的"文学"观念及文学活动,自然不能回避晚清维新运动这一重要的外部历史语境。本书期望以《时务报》为切入,通过历史研究与文学研究相结合的跨学科视角，借用观念史研究、阅读史研究、翻译研究等研究方法，辐射范围更广泛的报馆人员、事件及文本，尝试重返甲午至戊戌文人士大夫身份转型、思想更迭、文章流变的历史场域。本书拟从外部语境（包括历史背景、思想源流、媒介空间等）、内部实践（包括时务讲求、观念呈现、文体实验等）、影响效应（以澳门、湖南等区域为具体案例和视角）三个层面出发，对《时务报》知识群体的生成、发展、分化及其模式、思想、话语活动和写作实践进行论证和阐释，力图由此追溯并还原维新运动时期一个更加多元生动的"文学"现场。

第一章

报界文人与时务风气的集聚

一、王韬的遗产

（一）结庐沪上的报人

清光绪乙未年秋（1895 年），刚刚在北京参与公车上书并组织成立了强学会的康有为，南下金陵，拜谒时任两江总督的张之洞，在得到其支持和首肯后，与张的两位幕僚梁鼎芬、黄绍箕一道前往上海，准备在这座口岸城市筹备强学会的上海分会。在刚刚结束的甲午战争中，清朝战败的惨痛事实让在学说和政见方面本有着巨大分歧的康有为和张之洞有了短暂的交集。此后的维新运动期间，他们将分别是上海《时务报》知识群体两股力量背后的实质精神领袖，却在创办这份维新刊物的过程中屡生龃龉。1898 年戊戌变法，他们之间的关系进一步恶化，张之洞在《劝学篇》中批评沪上的思想舆论，"三年以来，外强中弱之形大著，海滨人士稍稍阅《万国公报》，读沪局译书，接西国教士，渐有悟华民之智不若西人者，则归咎于中国历代帝王之愚其民，此大谬矣"①，其矛头直指康有为及以梁启超为代表的康门弟子，这种思想观念上的势同水火，最终导致了《时务报》同人的分裂与解体。

但在乙未年的秋日，以此前在京参加会试的士人所发起的公车上书为导火索，由救亡运动而兴起的维新风潮，正促使着中国知识阶层一次前所未有的向心聚拢，并形成了以新学问、新知识为导向的"时务风气"。除了继续勠力于铁厂、煤矿、枪炮厂等洋务事业的兴办，身为封疆大吏的张之洞本人，也密切关注着这股新兴的力量及风潮，甚至私下里积极支持北京强学会、《中外纪闻》的

---

① 张之洞 . 劝学篇 [M] //苑书义，孙华峰，李秉新 . 张之洞全集：第十二册 . 石家庄：河北人民出版社，1998：9736.

活动，他与康有为及其代表的维新派在此时曾有过一段短暂的"蜜月期"①。而随着康有为由京师南下，游说张之洞在"南北之汇"的上海组织成立分会，维新运动的舆论中心开始逐渐南移，无论是中国的上层官员，还是底层的读书人，都纷纷把目光投向了这座新兴的口岸城市。

此时的上海，经过半个多世纪的开埠通商，已经初见商业大都会的繁华，大量的外国资本涌入，让这里洋行商铺林立，特别是 1861 年到 1894 年这 30 多年的时间，上海的对外贸易总值从 7400 万关两一跃至 1.55 亿关两，足足增长了一倍②，上海也由此成为外来者眼中清帝国最为开放的城市。而在文化方面，近代西方文明以上海租界为桥头堡陆续登陆中国，一时引领风气之先，资本的运作和印刷技术的进步，让这里的出版业达到了空前的繁荣。在当时的上海，仅租界内由传教士所开设的出版机构就达数十家，这些出版机构中有"书馆（如墨海书馆），书院（如林华书院），书室（如格致书室），书会（如同文书会）等"③，而以《申报》《万国公报》为代表的近代报刊的出现，则预示着一种全新文化媒介的流行，以及依托于此媒介的报界文人身份的确认。上海在中国文人的笔下开始愈加频繁地出现。康有为早年赴京参加顺天乡试，南归时途经上海，一路增长见闻，"道经上海之繁盛，益知西人治术之有本。周车行路，大购西书以归讲求焉"，次年起订阅上海《万国公报》，大攻西学书，"声、光、化、电及各国史志，诸人游记皆涉焉"④。上海的书籍与报刊成了康有为最早的西学启蒙，而他的弟子梁启超同样是在科举考试的归程中，于上海坊间购得徐继畬的《瀛寰志略》，"读之，始知有五大洲各国，且见上海制造局译出西学若干种，心好之"⑤，随后在广州万木草堂追随康有为的日子里，《万国公报》《格致汇编》这些上海创办的刊物逐渐进入他的视野。面对新式书籍与报刊裹挟而来的

① 乙未年七月，康有为在京发起强学会，张之洞个人曾捐银 5 千两。在张之洞幕僚梁鼎芬（亦是康有为同乡）的斡旋下，二人于此年秋在南京相会，共商办会之事。后康有为在书信中描述称："隔日张宴，申旦高谈，共开强学，窃附同心。"有关这一年张康二人的交往，茅海建曾在《戊戌变法的另面："张之洞档案"阅读笔记》一书中导论部分"张之洞、康有为的初识与上海强学会、《强学报》"有过翔实的论述。参见茅海建. 戊戌变法的另面："张之洞档案"阅读笔记［M］. 北京：生活·读书·新知三联书店，2018：2-23.
② 丁日初. 上海近代经济史：第一卷［M］. 上海：上海人民出版社，1994：153-154.
③ 朱联保. 近现代上海出版业印象记［M］. 上海：学林出版社，1993：5.
④ 康有为. 康南海先生自编年谱［M］//蒋贵麟. 康南海先生遗著汇刊（廿二）. 台北：宏业书局，1976：12-13.
⑤ 梁启超. 三十自述［M］//汤志钧，汤仁泽. 梁启超全集：第四集. 北京：中国人民大学出版社，2018：108.

新知识，康有为甚至一度宣称"绝意试事"，专心外来新学。在维新运动以前，上海这些由外国传教士创办的报刊，无疑已经让康梁等人提前领略了新兴媒介的力量。

最初，上海的这些报刊主要由西方人开办并担任主笔，对于中国本土文人知识分子而言，虽然有邸报的阅读经验，但对以报刊作为媒介面向公众的写作方式，以及依托于这一新兴媒介的文人身份，依然是全然陌生的。因此，报刊在各个口岸城市的繁荣兴盛，一方面让国人在局外惊叹艳羡，徒然感慨其作为一种文字媒介"通民隐、达民情"的价值功用；另一方面又从内心深处生出忧虑，警惕隐藏于这些报刊媒介背后"以夷变夏"的殖民话语。1894年，曾协助李鸿章、张之洞办理洋务的郑观应，在他刊行于本年的著作《盛世危言》中便称："中国通商各口，如上海、天津、汉口、香港等处，开设报馆，主之者皆西人，每遇中外交涉，间有诋毁当轴，蛊惑民心者。"① 郑观应自己并不是严格意义上的报人，但在这本书中，郑观应通过对各类报刊的观察，触及了不同媒介下中西方"文"的问题，在他看来，报人以及报刊上的浅近文字，虽然不似古法的深文曲笔，却有一种不同于传统文人和普通著述的魅力。他在《日报》一文中表示：

> 主笔者触类引伸，撰为论说，使知议员之优劣，政事之从违，故日报盛行，不胫而走。……夫强民读书，民莫之应；不劝民阅报，而民自乐观。盖新闻者浅近之文也，增人智慧，益人聪明，明义理而以伸公论，俾蒙蔽欺饰之习一洗而空。是以暴君污吏必深恨日报，亦泰西民政之枢纽也。②
>
> 中国泥守古法，多所忌讳。徇情面，行报复，深文曲笔，以逞其私图，与夫唯诺成风，嗫嚅不出，知而不言，隐而不发，皆为旷职。故中原利益无自而开，即民情亦不能上达，告谕亦不得周知。③

和许多中国文人一样，郑观应厌倦了因循成法、繁复委曲的文章风气，越发倾向于报刊上浅显直白、直陈无隐的率性表达，他们尝试着将自己讨论时局的文章投向报馆，在这个崭新的平台上聚拢风气。郑观应本人是幸运的，致力于民族工商业、曾任职于上海轮船招商局等企业的他，在商业领域展露自己才

---

① 郑观应.日报上［M］//陈志良，选注.盛世危言.沈阳：辽宁人民出版社，1994：76.

② 郑观应.日报上［M］//陈志良，选注.盛世危言.沈阳：辽宁人民出版社，1994：75-76.

③ 郑观应.日报下［M］//陈志良，选注.盛世危言.沈阳：辽宁人民出版社，1994：80.

华的同时，也在有意无意间与逐渐走向勃兴的资本印刷行业发生了关联。长期行走活动于上海这样的通商口岸，让郑观应本人对于这种传播媒介以及刊载其上的文章语言风格有着自然而然的亲近，他早期的著作《救时揭要》《易言》很快就得到了上海《申报》、香港《循环日报》等报刊的青睐，部分切中时弊的内容被择取发表，其扛鼎之作《盛世危言》，亦刻意将不少《申报》《沪报》上讨论时务的文章，作为附录置于书后。

　　而在郑观应将自己的文章刊发于报刊、又附报文于著作后的过程中，都能见到一位来自中国本土的报界文人身影，这便是有着"中国新闻报纸之父"之称的王韬。这位曾在上海第一份中文报刊《六合丛谈》担任编撰、后又在香港创办国人第一份自办报刊《循环日报》的报人，很早就逃离了儒家正统的主流圈子和功名事业，成了一名游走在口岸城市的报界文人。郑观应在著作中表现出的思想观念与文章风格，很快成了他们之间交往的纽带。王韬曾亲自为郑的《易言》作序，选录其文字在报刊上刊载，后又参与了《盛世危言》（五卷本）内容的审定，为郑观应著作所引用作为附录的报文，不少正是王韬本人的手笔①。他肯定郑观应之文风，称"其词畅而不繁，其意显而不晦，据事胪陈直而无隐，同条共贯切而不浮"②，是今之有心、识时务者，在将郑观应的文字引荐给读者的同时，亦表明了自己作为一位报人的文章好恶与文学旨趣。

　　康有为乙未年秋日的沪上之行，正是在郑观应的引荐下，见到了年近古稀的王韬，并参观了他主持的上海格致书院。和康有为一样，王韬也是科举制度的失意者和牺牲品，鉴于他们在各自时代所起的作用，二人的会晤颇具象征意义。这一段往事，见于郑观应给王韬的信函中，信中云，"康长素主政奉南皮命到沪，设立强学总局，约弟午后两点钟同谒先生，邀往格致书院一游。冗次匆匆乎？"末尾处还附有一句："昨晚已将南皮序送昕伯先生登报，不悉已阅否？"③ 其中"南皮序"指意在宣传强学会宗旨的《上海强学会序》（后刊于《申报》）④，"昕伯"则为时任《申报》主笔的王韬女婿钱征。显然，康有为通过郑观应的引介与王韬会晤，是寄希望通过他在报界的影响力来宣传强学会

---

① 关于郑观应与王韬的交往，参见萧永宏. 王韬与郑观应交往论略：兼及王韬对郑观应思想之影响 [J]. 江苏社会科学，2016（5）：244-255.
② 王韬.《易言》序 [M]//夏东元. 郑观应集：上册. 上海：上海人民出版社，1982：61.
③ 郑观应：《郑观应致王韬函》，原件藏于常州博物馆，另有影印件。参见易惠莉. 郑观应评传 [M]. 南京：南京大学出版社，1998：476.
④ 实为康有为执笔，以张之洞的名义发表。参见汤志钧. 戊戌变法史 [M]. 上海：上海社会科学院出版社，2003：191.

和维新运动。此时的王韬虽已年老体衰，却依旧忧心时局，1896 年，他还在《万国公报》上积极推荐传教士林乐知编写、上海举人蔡尔康翻译的《中东战纪本末》，并为之作序，宣称"中东之战，实当今亚洲一大变局也"，国人当"痛定思痛，竭力求贤，励精图治，卧薪尝胆"，指出本书"命意所在，实欲中国之行新法，敦西学，以克自振拔为自强，而借日本以自镜。其所以期望者深矣，呜呼，近地之人不言，而远方之人言之，东方之人不言，而西洲之人言之"①。字里行间可看出，这位自号"天南遁叟""遁窟老民"的老人，此时依然有老骥伏枥之志，并不甘心隐遁避世。

但就在康、王会晤后不久，上海强学会成立，包括康有为在内，后来参与成立《时务报》的关键人物汪康年、黄遵宪、邹代钧，以及张之洞幕僚梁鼎芬、黄绍箕、屠仁守等，都得以位列其中，王韬却榜上无名②。作为接洽人，康有为本人在《我史》（《康有为自编年谱》）一类回忆文字中，对这段发生在上海的插曲亦只字未提。纵使康梁等人在《时务报》《知新报》上的维新言论与王韬此前在报章上表露的思想多有契合，甚至他们此后被清帝国通缉、流亡海外的命运都似在步王韬的后尘，理应是思想和情感上最亲近他的一批人，经此一面，却未能产生出更多的交集，不能不让人感到遗憾。倒是在《时务报》的创办过程中，曾有一位署名"王韬"的人士，主动联系《时务报》经理汪康年、主笔梁启超，推荐报馆所需的排字工人。从信件涉及的内容和以往的研究判断来看，写信的应当正是王韬本人③。但在信中，面对报界的晚辈，王韬的语气谨小慎微、姿态谦卑至极，甚至以小弟自称，让人倍感疑惑。其信中称：

卓、穰翁仁兄大人阁下：

前日弟以事外出，乃知穰卿先生文斾辱临，失于远迓，罪甚谦甚。所荐二人，以未能任粗重之役，不足供驱使，且俟缓图。今有排版老手沈春台者，于排字中推为斫轮老手，愿独揽尊处排字一职。未稔已有人否？此

① 王韬.《中东战纪本末》序［J］. 万国公报，1896（89）：5-7.
② 上海强学会名单［J］. 新闻报，1895（1013）：12.
③ 《汪康年师友书札》中，共收王韬致汪康年信札两通。除去这封推荐排字工人的信札外，在另一封信中，王韬答复了汪康年的索书请求，将 4 本著作《条陈时事稿》《海战要略》《罗经差》《风性说》寄给汪康年，这 4 本书的作者余思诒，曾专门为王韬的《循环日报》撰稿，可视为给梁启超、汪康年去信者正是王韬本人的证据。相关研究参见张敏. 晚年王韬心影录：介绍王韬散见书札文稿［C］//近代中国（第十二辑）. 上海：上海科学院历史研究所，2002：289-315；萧永宏.《循环日报》"论说"作者考［J］. 新闻与传播研究，2017（1）：68-98.

外如报馆应为各事，彼亦可以胜任，特令其前来谒见，惟求量材器使可也。
请为道自重不宣。

小弟王韬顿首上①

　　同样是在蹉跎失意之中绝意举业，王韬比康有为等人更加不幸之处在于，
作为中国最早的职业报人，他在新兴的报刊媒介沉浮多年，却在本土报刊渐趋
繁盛之际，没有等来在中国知识阶层的中心舞台振臂一呼的机会。这位出生在
苏州府一位私塾先生家中的普通读书人，年轻时为生活所迫去上海谋生，进入
英国传教士麦都思（Walter Henry Medhurst）的墨海书馆担任翻译工作，并任书
馆刊物《六合丛谈》编辑。太平军迫近上海期间，因为化名"黄畹"向太平军
献策谋功，他遭到清廷通缉，被迫流亡香港 20 余年。在香港，他协助英华书院
的院长理雅各（James Legge）从事中西文化经典的翻译工作，以此摆脱了生活
上的潦倒困窘，在译书的过程中，更加广泛地接触到外来的新知识。正是通过
购入英华书院的印刷设备，王韬创办了第一份倡导变法维新的中文报刊《循环
日报》，其间曾远赴欧洲、日本游历；直至 1884 年才在丁日昌、马建忠等人的
斡旋下，经李鸿章默许返回上海，并于次年出任上海格致书院山长，依然是与
傅兰雅（John Fryer）、伟烈亚力（Alexander Wylie）这样的外国人合作，传播西
方近世格致之学，并先后被聘为《申报》编辑和《万国公报》撰稿人。

　　作为自称的"盛世之罪民""圣朝之弃物"，王韬在与西方人交往、亲历异
域文明社会的过程中，完成着自我身份和观念的重塑。这种对新式思想的吸纳
多少带有一点被逼无奈的成分，作为清廷通缉的政治犯，被迫背井离乡，于通
商口岸的文化冒险中获得"新生"的同时，王韬也经历了一场文化离散——逐
渐远离了中国传统文人的主流圈子。个中滋味，只能留给王韬独自在孤独幽暗
的岁月中咀嚼，在他避难香港后所作的《余生》《蹈迹》《北望》《到粤》《南
行》《述哀》等一系列诗作中，都能看到其在文章贾祸、经历流亡后的怅惘失
落。其中在英国旅行期间体验现代摄像技术后所作两首《自题小象》，尤其体现
出这位报界先驱的自我哀怜，其诗云：

　　九万沧溟掷此身，谁怜海外一逋臣。年华已觉随波逝，面目翻嫌非我
真。尚戴头颅思报国，犹余肝胆肯输人。昂藏七尺终何用，空对斜曛独

---

　　① 王韬. 王韬函：二［M］//汪康年师友书札：一. 上海：上海古籍出版社，1986：187-
188.

怆神。

　　安得空山证夙因，避人无术且依人。有生已受形骸累，到死难忘骨肉亲。异国山川同日月，中原天地正风尘。可怜独立苍茫里，抚卷聊看现在身。①

　　少时科场失意、被迫流亡异乡，晚年叶落归根、老境潦倒颓唐，王韬一生始终游走在帝国的边缘，不被主流的文人士大夫所接受，这也造就了他自身思想和文学中特有的内在矛盾现象。自称"淞北逸民"的他，与来自西方的传教士打得火热，更曾言"至今日而欲办天下事，必自欧洲始。以欧洲诸大国为富强之纲领、制作之枢纽。舍此，无以师其长而成一变之道"②，到晚年竟极为渴慕回归中国传统文人的生活方式，在与外国友人的信中表示"鹏飞思息，鸟倦知还，寄迹淞南，结庐沪北""向日于泰西一切实学，虽讲求有素，而仅涉藩篱""韬生平所好，在驰马春郊，征歌别墅，看花曲院，载酒旗亭"③。他早期游历欧洲，看到了西方近世科学与中国诗赋词章的对立，称"英国以天文、地理、电学、火学、气学、光学、化学、重学为实学，弗尚诗赋词章"④，可又尤好在诗词的"飞文扬藻、采绚葩流"中浅吟低唱、孤芳自赏。他在以《循环日报》《申报》为代表的公共媒介中大谈西学、宣扬变法，把所接触"西方文学"悉数归于"西学"加以接纳吸收；却通过《淞隐漫录》等文言小说，承袭《聊斋》余风，痴迷于以上海城市为背景描写神奇怪诞、烟花粉黛之事。这些剧烈的反差，易让人想起勒文森（Joseph R. Levenson）那段有关《时务报》主笔时期梁启超的著名判断："由于看到其他国度的价值，在理智上疏远了本国的文化传统；由于受历史制约，在感情上仍然与本国传统相联系。"⑤ 历史的理性和个体情感之间的矛盾，在这些变革者身上得以延续，只不过作为中国报界的先行者，王韬无疑更加孤独。而在文学方面，这种矛盾则表现为这位口岸文人对外在公共领域中讲求时务，对内却在雅集圈子里书写性情，这样的中西价值分化，

①　王韬. 自题小象［M］//陈玉兰，校点. 王韬诗集. 上海：上海古籍出版社，2016：128.

②　王韬. 变法中［M］//楚流，书进，风雷，选注. 弢园文录外编. 沈阳：辽宁人民出版社，1994：22.

③　王韬. 与英国傅兰雅学士［M］//陈玉兰，辑校. 弢园尺牍新编. 上海：上海古籍出版社，2020：426.

④　王韬. 漫游随录［M］//钟叔河. 走向世界丛书. 长沙：岳麓书社，1985：116.

⑤　勒文森. 梁启超与中国近代思想［M］. 刘伟，刘丽，姜铁军，译. 成都：四川人民出版社，1986：4.

以及作为现代报人和传统文士身份之间的纠葛，之后也将成为摆在梁启超、汪康年等《时务报》知识群体面前的课题与挑战。

（二）书院课艺的"文学革命"

从维新运动及《时务报》同人的视角来看，王韬作为报界文人先驱最大的遗产，无疑属于历史进化中的理性一脉，属于他早期在《循环日报》上通过《变法》《洋务》《重民》等文章所传递出的变革思想和文明观念，属于他以说理为主、兼具情感、通俗晓畅的政论文风，而非他在诗歌、笔记以及小说等文体中流露出的个人感兴。特别是王韬在《循环日报》上首开"论说"一栏，不仅有意区分于"新闻"文类，进行了独立的报章文体写作实验；同时，还吸纳了洪士伟、郑观应、黄遵宪、马建忠、胡礼垣等一批具有西学知识背景的作者。这些获取了世界视野、能够尝试以理性反观自身的"条约口岸知识分子"①，不时通过报章媒介流露出对科举制度下制艺贴括等学问文章的不满。在王韬看来，"岁以时文取士，特不知时文究属何用，居然名之曰士，而其实则一物不知也。岁取数千数百之士，实则岁多数千数百贸然无知之人而已矣"②，这直接导致了帝国的文士群体在知识观念上落伍于时代。正因如此，在清帝国的边缘地带，他开始了对于旧文章的批判以及以报馆、书院为中心"文学革命"的酝酿。

自1874年起，王韬创办香港《循环日报》并担任主笔，在《变法》《原才》《原士》等多篇文章中，王韬都探讨了一个问题：以八股制艺、贴括之学为代表的"文学"（文章学问）对于中国知识群体中真才的"败坏"与"斫丧"。这一关于"文学"及文人士大夫群体的思考，较之《时务报》上维新派知识分子对于所谓词章及"八股八韵考据词章之士"的批判，要提早了20年。在《循环日报》上，王韬将"实学"与"虚文"对立起来，犀利地指出了中国士人圈子内部一套脱离实际人生、脱离社会发展的文字和知识生产循环，消弭了作为"士"的本来意义，也造成了国内读书人对于外部世界、近世文明茫然无知的窘境。其中，在《变法自强》这篇以"变法"为名的文章中，王韬提出了有关在学校书院中进行"文学"改良的实验设想，并将拟授之学分为文学、艺学二途。

---

① "条约口岸知识分子"为美国学者柯文（Paul A. Cohen）提出的概念，专指王韬等活跃于通商口岸的文人，他们深受儒学经典训练，却在帝国的边缘活动；颇有些古怪，可学问见识颇不寻常；起初他们对于中国主流的事情毫无影响，但最终提出的东西与中国的实际逐渐吻合。参见柯文．在传统与现代性之间：王韬与晚清革命［M］．雷颐，罗检秋，译．南京：江苏人民出版社，2003：10．

② 王韬．洋务上［M］//楚流，书进，风雷，选注．弢园文录外编．沈阳：辽宁人民出版社，1994：51．

虽然此处的"文学"趋向传统泛指文章学问的"文学"观念，不同于近代西方意义上的"literature"，但也包括了词章之学等因素，王韬将之定义为"以纪事华国而已"，作为经史、舆地、格致等其他学问的修饰补充，与专指西方科学技艺之学的"艺学"相对。关于文学、艺学这两大门类的指导宗旨，则被王韬明确为"务归实用，不尚虚文"：

> 曰：学校书院之设，当令士子日夜肄习其中，必学立艺成而后可出也。其一日文学，即经史掌故词章之学也……其二日艺学，即舆图格致天算律例也……文艺两端，皆选专门名家者以为之导师，务归实用，不尚虚文。①

带着这些在报刊媒介上所酝酿的实验设想，光绪乙酉年（1885 年），从香港返回上海不久的王韬，受邀出任上海格致书院的山长，开始尝试联合开明士绅，在书院内部实施一套全新的考课制度，对所授"文学"进行革新。这所1873 年由英国人创办的书院，最初的办学宗旨主要是展出最新科学仪器和培养科技人才，是一所"集博物馆与科技学校于一体的特殊机构"②。王韬出任山长后，曾先后聘请李鸿章、曾国荃等洋务大臣以及盛宣怀、吴引孙、聂缉椝等在口岸任职的洋务派官员担任命题人，以考察近代科学知识为主要内容，将新式器物和科技知识融入中国传统的文学教育，在书院进行考课③。从 1886 年至1894 年，书院对于每年的课艺佳作都会进行筛选，然后结集刊印，有些佳作甚至会被登载在上海《申报》《万国公报》《字林西报》等报刊上。

光绪乙未年（1895 年），康有为南下上海筹备强学会分会，拜谒王韬并参观他主持的格致书院时，王韬已在此将自己对于书院学校的改革设想付诸实施近十年。在 1894 年之前，这项工作皆是由王韬亲自负责编选完成的，从书院课艺各集序言和编选情形可以看出，他对"文学"的理解以及文章喜好，厌弃对

---

① 王韬. 变法自强中 [M] //楚流，书进，风雷，选注. 弢园文录外编. 沈阳：辽宁人民出版社，1994：57.

② 熊月之. 西学东渐与晚清社会 [M]. 上海：上海人民出版社，1994：359.

③ 格致书院应试考生包括来自全国十余个省的举人、贡生、监生以及府学、县学的学生，书院视其优劣评定等级，对于名列前茅者予以奖励；命题人主要为沿海各海关道台，包括制造局翻译傅兰雅、轮船招商局总办郑观应在内共 14 人，而特课命题人则为李鸿章、曾国荃、沈秉成、刘坤一 4 人。书院命题人员名单，及《正课命题一览表（1886 ~ 1894）》《特课命题一览表（1889 ~ 1893）》《超等、特等、一等奖获奖者部分名录》，参见熊月之. 导论 [M] //上海图书馆. 格致书院课艺：1. 上海：上海科学技术文献出版社，2016：22-38.

现实无所补益之空谈和虚文、崇尚以西方格致学问为代表之实学的主观倾向。这皆是他主持《循环日报》时变革思想的延续。光绪己丑年（1889 年），书院邀请到时任北洋大臣的李鸿章出题，考察书院学生对于古希腊至近代西方科学发展历程的见解，课卷"不乏究心实学、议论中肯者"①。在为本年结集的书院课艺所作序言中，王韬曾做一番品评称：

> 自丙戌之春请于当轴命题课士，或询西学，或问时务，一时肄业士子，潜心致力，颇多创获，不少特见……夫有益于日用行常者，皆得谓之实学，上古制作之精，何一不由学问而来，后世区学问与艺术为二，文字遂为空谈，读书拘墟之士多为世所诟病。②

在这篇序言中，王韬除了褒扬格致书院学子在考课中能够通晓西学、时务外，也触及了后世学问知识与文章艺术分途、文学沦为空谈的问题。作为清代书院中最主要的文学教育模式，考课基本以与科举制度相关的时文、试帖诗、律赋为主，这些文体受到外部应试要求的束缚，本身文学价值不高，不能代表清代文学的整体风貌。但受制于选官制度的指挥棒，士子的文学风格不得不亦步亦趋，甚至连本该偏向个性审美的诗赋教育，也与官方对于八股时文"清真雅正"的要求相辅相成，以至于有书院讲习者，虽有诗话、词话、赋话，"惟制艺独无话"，却"未尝一日舍制艺不讲"③。作为"文学"范式，一些书院模拟科举考试的课艺经典，往往能为天下读书人提供考取功名的范本，故从康熙年间安徽怀宁的《培元书院会艺》、湖南长沙的《岳麓试牍》开始，就陆续有书院刊刻课艺，到了清嘉道之后，逐渐成为士林风尚④。也有一些书院诸如杭州诂经精舍、广州学海堂考课，不尚制艺，摈弃八股文、试帖诗这类僵化的文学形式，课以经史和各体诗赋，《诂经精舍文集》《学海堂课艺》等课艺总集亦名噪一时，但大体不脱训诂词章的模式，其所涉范围也依旧局限在经史考据和词章之学，并未有对于"洋务""时务"等新知识的拓展。就在王韬开始课艺实验的第二年，15 岁的梁启超入广东学海堂读书，对他而言，"堂为嘉庆间前总督

① 王韬：己丑格致书院课艺序［M］//上海图书馆．格致书院课艺：二．上海：上海科学技术文献出版社，2016：7．

② 王韬：己丑格致书院课艺序［M］//上海图书馆．格致书院课艺：二．上海：上海科学技术文献出版社，2016：7．

③ 梁章钜．制艺丛话［M］．上海：上海书店出版社，2001：7．

④ 鲁小俊．书院课艺：有待深入研究的集部文献［J］．学术论坛，2014（11）：99-103．

阮元所立，以训诂词章课粤人者也，至是乃决舍贴括以从事于此"，已是一次大的飞跃，却"不知天地间于训诂词章之外，更有所谓学也"①。王韬将他在香港报馆提出的"文学"改良设想移至书院内部对于中国青年士子的培养实践中，不仅带有挑战科举制艺的意思，对于传统书院制度下的文学教育乃至文学观念亦是前所未有的冲击。

以光绪甲午年（1894 年）书院春季的课艺为例，本年度考课题目由苏松太兵备道（上海道台）聂仲芳所出，题目之一为"明艾儒略述泰西建学，凡六科，曰勒铎理加，曰斐禄所非亚，曰默第济纳，曰勒义斯，曰加诺搦斯，曰徒禄日亚，今已各有删并，同异损益可观，缕以言之欤"，考查学生对于明万历年间来华传教士艾儒略（Giulio Aleni）《西学凡》一书的认知。其书被认为是最早使用"西学"一词的出处，书中所述泰西建学六科，分别对应的是文科、理科、医科、法科、教课、道课，聂仲芳出此课艺题目显然在考查学生对于"西学"的理解。其中文科"勒铎理加"为"rhetoric"（修辞学）一词的音译，理科"斐录所费亚"为"philosophy"（哲学）一词的音译，泰西"文学"被归入西学六科修辞学一种，已经十分接近近代意义上的狭义文学概念。来自浙江宁波府镇海县的王辅才获得超等第二名，他在答卷中将第一科"勒铎理加"理解为"文学"科，并加以阐述，可以看出此时书院学生对于"文学"的理解：

> 其一曰勒铎理加，译即文学科也，科中多为小学，与今之文科有异者，如英泾士学堂文学科，分经义、时务、印度公务略目。经义者何？文词言语之学，希腊拉丁之书，各国古文诸史之史法文法是也；时务者何？如筹算、绘画、各国文字是也；印度公务，则英史英文译语之法，希腊罗马之文学，及法文法语、德文德语，凡有关印务者，靡不研究。他若辨方言之异同，考文字之得失，诗书略论，书画法程，以及乐律词歌，皆文科之学。②

在西方人看来，王韬在格致书院发起的正是一场"文学"革命，只是这场

① 梁启超．三十自述［M］//汤志钧，汤仁泽．梁启超全集：第四集．北京：中国人民大学出版社，2018：108．

② 王辅才．明艾儒略述泰西建学，凡六科，曰勒铎理加，曰斐禄所非亚，曰默第济纳，曰勒义斯，曰加诺搦斯，曰徒禄日亚，今已各有删并，同异损益可观，缕以言之欤［M］//上海图书馆．格致书院课艺：四．上海：上海科学技术文献出版社，2016：459．

革命以讲求"实学"为内容，进而批判传统词章的"虚文"，"文学"中的修辞学要素，并不是这一场革命的重心，而是实现的方法手段。1888 年，格致书院的董事、课艺活动的发起者之一英国传教士傅兰雅（John Fryer），在上海英文报刊《字林西报》上发表了一篇题为《中国文学与西方科学——格致课艺报告》（Chinese literati and western science：the Prize Essay Scheme Report）的文章。在文中，他称赞了王韬所做的改革工作，认为他所主持的格致书院课艺，以通俗文风为基础，将中国人擅长的文章艺术与西方科学知识的传播有效地结合起来，吸引了精英官员和民间士子的共同参与，带动了士人风气的打开，"总的来说，作为纯粹的实验，课艺是成功的，就像插入了一个楔子，最终会有助于仍待完成的大事业，即打开这个国家的人民迄今为止尚未开启的头脑和心灵，用西方科学各个领域的真理来启蒙他们"①。1895 年，傅兰雅独自在《申报》上发起"求著时新小说"的小说征文比赛，由之引起康有为、梁启超等人对于新小说的跟进提倡，实质与之前格致书院的课艺活动在主旨、内容上有颇多相似之处，也是旨在向中国传播新学知识的文学试验，其实验在作为小说本体的"叙事"与反映社会风俗、学说思想的"说理"层面摇摆，可看作是王韬等人所提出"虚文"与"实学"之争在另一文体上的体现。

　　更重要的是，为配合书院课艺活动的宣传，王韬重拾自己香港时期的本行，和傅兰雅一道，通过上海的《申报》《万国公报》《字林西报》，持续刊登、报道格致书院课艺的文章动态，他本人更是不遗余力地向外界推荐自己认可的文章。报刊媒介对于课艺活动从命题到作文、从评选到品评的全方位关注，进而借此传播新知、发表政见，让课艺活动本身的价值意义远远超出了单独一个书院的行动范畴，"在天南地北、成千上万的茫茫读者中寻求同调，形成新的联系网络，建构新的文化共同体"②。而这种从传统书院到报章媒介的"文学"变革

①　原文为 In conclusion it may be claimed that as a mere experiment this prize essay scheme is a success. It is the insertion of thin edge of a wedge that may eventually aid in the great work that yet remains to be accomplished of opening up the hitherto inaccessible［sic］mind and heart of the nation，and letting in the light of Western truth in all its various ramifications. 参见傅兰雅. 中国文学与西方科学：格致课艺报告［M］//戴吉礼. 傅兰雅档案：第二卷. 桂林：广西师范大学出版社，2010：131.

②　《申报》曾先后选刊格致书院的课艺 19 篇，并登载王韬的序言以及他与学生的唱和和通信。有关《申报》等报刊对于格致书院课艺的刊载报道，参见熊月之. 新群体、新网络与新话语体系的建立：以《格致书院课艺》为中心［J］. 学术月刊，2016（7）：140-156；吴钦根.《申报》所见晚清书院课题课案汇录［M］. 南京：凤凰出版社，2018：617.

路径，也在不久之后被复制到了维新运动时期各书院与《时务报》的互动当中。先是《时务报》第 10 册上登出胡聘之的《请变通书院章程折》，力陈"近日书院之弊，或空谈讲学，或溺志词章，既皆无裨实用"，宜酌减诗文等课，"参考时务，兼习算学，凡天文地舆农务兵事，与夫一切有用之学，统归格致之中，分门探讨"①，后汪康年在《论中国求富强宜筹易行之法》亦指出各处书院"应兼试时务、艺学，不能作或作而不当者，不得居前列"②；其后又陆续登出各地方官员购《时务报》发给各书院的公文，向诸生推荐报刊上的文章议论③。乃至时务报馆专门对于书院课艺的形式进行效法，举行了两次以商讨时务话题为目标的会课征文活动，"略取会文辅仁之义，每年开课二次，由同人公同拟题其课卷，即由时务报馆收齐，糊名编号，送通人阅定，薄拟润资"④。无论是书院课艺作为报章之文的预备演练，还是报章媒介传播对于书院课艺活动的助力反哺，随着维新运动的推进，新一代的变革者，愈来愈趋近于傅兰雅所称的报界前辈王韬那些"待完成的大事业"。

（三）抒情传统的遗存与消逝

在报馆、书院的文学活动中，王韬坚持着历史理性的道路，与国家、民族、社会等宏旨不曾须臾相离，即使晚年在上海，依然以"天南遁叟"的名号继续自己不甘隐逸的启蒙事业。他位于沪北吴淞江江滨的居所"淞隐庐"，距离后来时务报馆所在的上海四马路并不遥远，甚至他主持课艺的格致书院、负责撰稿的《申报》《新闻报》也都位于这条街道上。然而，尽管相隔咫尺，康有为等人还曾专门前来拜访，新老两代知识人进一步的交流与合作却并没有出现，王韬最终与由《时务报》掀起的报界风潮无缘。这固然有王韬自身年老体衰的缘故，但实际上，直到王韬去世的前一年，在光绪丙申年（1896 年）的春夏之交，王韬还在《万国公报》上呼吁变法以自强，鞭策国人"当思以堂堂绝大中

---

① 胡中丞聘之请变通书院章程折 [J]. 时务报，1896（10）：6-7.
② 汪康年. 论中国求富强宜筹易行之法 [J]. 时务报，1896（13）：1-3.
③ 各级官员向地方书院推荐《时务报》的公文，《时务报》上曾先后登出有《湘抚陈购时务报发给全省各书院札》（第 25 册）、《保定陈太守启泰清苑劳大令乃宣代分直隶全省府州县时务报公启》（第 26 册）、《江苏学政龙宗师饬各府州购时务商务报分给各书院札》（第 30 册）、《江宁刘嘉澍太守饬属县购时务报农务报分给各书院札》《兴化府张太守购时务报知新报发给书院示》（第 33 册）、《江西布政司翁方伯饬各属购时务报分给书院札》（第 34 册）、《皖抚邓伤支应局购时务报发各州县书院札》（第 37 册）。
④ 《时务报》共举行两次会课，第 17 册《新设时务会课告白》首先公布了两道课题："问中国不能变法之由""论农学"；其后在第 38 册上公布了首次会课征文的前 50 名获奖名单，并公布了第二次会课的题目，"问泰西日本维新以前一切弊政与中国今日多相类者，能条举之否""《中东战纪本末》书后"。

国，反厄于貌焉日本一小邦，可耻孰甚焉"即此一战，而迫我不得不变，毋徒为泰西环伺，诸国所轻"①；仅仅两个月之后，《时务报》第1册正式刊行，梁启超发表了其系列政论文《变法通议》的序言，提出"夫变者，古今之公理也"，开启了属于他的时代。同在上海四马路，两份报刊背后的两位报人，像是分处两个平行世界，各自呼喊着变革的声音。

王韬晚年的命运，与之后梁启超等人在五四的命运类似，在"后喻文化"的冲击下，成为"不可思议的孤立的一代"②，他们的思想或许并不落伍，但早年与传统的纠缠消耗了他们的生命力。正如美国历史学者柯文（Paul A. Cohen）所言，人类从得到火车到拥有飞机的时间并不太长，为了得到火车却耗费了几千年之久，王韬所面临的来自传统的压力，无疑比后来的康有为、孙中山等人要更大。在王韬身上，"才经历了中国近代史上从无火车到有火车的巨大跃进"③，他为国人打开走向世界的窗口，使得原本被目为异端的道路和思想变为了被广为接受的常识，成为康有为、孙中山等人眼中的标尺④，自己却过多经受了比后来者更多的现实质疑和历史负累，无力再担起革命或启蒙的大纛，继而更多地呈现出精神的困顿和疲惫，因此，他也更需要在"政教""事功"之外寻找其他的生命寄托。

光绪丙申年（1896）初，王韬曾作有一首《即席口占赠奉化丁拜言茂才》，发表在上海《新闻报》上。本诗乃是他为曾担任过山东抚院翻译的晚辈友人所作，与王韬其他报刊文章的挺膺呐喊、振臂高呼姿态不同，在夸赞友人通晓中学西学、精通经济文章的同时，王韬隐隐流露出对于这位晚辈身怀利器而又恰逢其时的艳羡，细细品之，有着他极具感伤色彩的身世之叹：

> 一别荆州已半年，今朝难得会琼莚。青箱久裕中西学，好结天涯翰

---

① 王韬.《中东战纪本末》序［J］. 万国公报，1896（89）：5-7.

② 美国学者玛格丽特·米德（Margaret Mead）曾在她的《文化与承诺》一书中，提出过著名的"后喻文化"（post-figurative culture）概念，指出从19世纪到20世纪包括中国在内的许多文明与国家，对于传统的反叛，往往由青年一代发起，由更熟悉新媒介、新技术和新思想的他们，将知识文化传递给老一代。参见米德. 文化与承诺：一项有关代沟的研究［M］. 周晓红，周怡，译，石家庄：河北人民出版社，1987：86.

③ 柯文. 在传统与现代性之间：王韬与晚清革命［M］. 雷颐，罗检秋，译. 南京：江苏人民出版社，2003：3.

④ 光绪甲午、乙未之际，作为20世纪"启蒙""革命"话语的先声，孙中山、康有为分别在上海拜访王韬，二人依循着各自理解的历史脉络线索，追溯到王韬这里。显然，在他们眼中，王韬从早年向太平天国上书，谋求革新，到之后于报刊媒介上呼吁，追求启蒙，是他们所追寻道路的先行同道。

墨缘。

美君利器快投时，名世才华人共知。此后鹏程飞万里，文章经济展修为。①

王韬的孤独，源于他的超前，也源于附着其身的传统因子的遗存。后人印象中，在报刊这一逐渐勃兴的公共领域，王韬自始至终以一位强调变法图强、经世致用的坚定变革者形象出现，他提倡文章学问对于国家社会的"事功"，反对于现实无所补益的"虚文"，这源于他个人理智层面的价值判断。但与之后很多维新派知识分子一样，在私下里，王韬并不抵触作为一个抒情主体，表现日常生活中的真性情，他对于旧有文类当中"抒情传统"②的赓续，不仅袒露出其作为文人自我精神的巨大分裂与矛盾，更显出其在"史诗时代"来临之际的不合时宜。特别是相较于此后陆续出现的、以表现维新意识和新学知识为主要内容的各类"新派诗""新学诗""歌体诗"，在最能体现个人精神世界的诗词领域，王韬表现得更像一个传统文人，且是一个天涯沦落、郁郁寡欢的文人典型。虽然在他以海外纪游为代表的诗作中，不乏"新意境""新词语"的引入、对于现代性体验的传达，可一旦离开了书院和报馆，王韬似乎就失去了自信，从纵论横议的飞扬神采归于纤弱感伤的人生状态。

作为富强之术的"实学"与寄托怀抱的"虚文"之间所产生的张力，对于具有"感时忧国"传统的中国文人而言，本不少见。清末诸多文人对待文章学问之"文学"的态度已经明显地出现了学术与文学、"学"与"文"的分野。与之相类似，王韬有意将更宽泛意义上的"文学"分作"实学"与"虚文"二端。他在公共领域袒露着自己对于"实学"的推崇和追求，又小心翼翼地在个人生活中保存着对于"虚文"即诗赋词章的喜爱和依赖。在晚年回顾自己一生的《弢园老民自传》中，王韬曾有这样的独白：

① 王韬. 即席口占赠奉化丁拜言茂才［J］. 新闻报，1896（1170）：9.
② 关于"抒情传统"，最早由陈世骧先生提出，并在论文《中国的抒情传统》中做了系统论述，认为西方文学的特色在于史诗和悲剧，而中国文学传统则在于源自《诗经》《楚辞》的"抒情传统"；捷克斯洛伐克汉学家普实克（Prusek，Jaroslav），则在其论文《中国现代文学中的主观主义和个人主义》（Subjectivism and Individualism in Modern Chinese Literature）中，将对现代中国主体和自我意识的溯源，从表现外在世界现象的"史诗"动力，转向了注重表现个人经验和情感的"抒情传统"。参见王德威. 史诗时代的抒情声音：二十世纪中期的中国知识分子与艺术家［M］. 北京：生活·读书·新知三联书店，2019：32-44，55-63.

　　老民于诗文无所师承，喜即为之下笔，辄不能自休，生平未尝属稿，恒挥毫对客，滂沛千言，忌者或訾其出之太易。至于身遭谗谤，目击乱离，怀古伤今，忧离吊逝，往往歌哭无端，悲愉易壮，天下伤心人别有怀抱也。①

　　王韬喜好诗词，惯于通过诗词写作和雅集活动来歌哭无端、寄托遥深，与他在报馆书院文章议论当中所表现出来的成熟与理性形成了鲜明对照。在《我诗》中，王韬将诗歌比作但可"吟乱杂、乐饥寒"却不能"饰平治、炫富贵"的无用之物，是现实中沦落坎坷、壮志未酬的情感慰藉，故道"客来问我诗，我诗贵笃挚。譬如和太羹，其中有至味。平身所遭逢，自言无少讳。满胸家国忧，一把辛酸泪"，经历过少年词工、花月赋情、饥驱入室，只能"咿唔秋草根，聊以鸣吾志。不求人见知，永为世所弃"②。如果说在《变法》《原士》一类报刊文章中，王韬代表着晚清时期兴起的抽象的、政教层面的群体"大我"启蒙意识，那么王韬通过这些诗词所表现出的，多是他自己作为具体的、世俗层面的个人"小我"的身世感伤。

　　同样是在上海，当新一代报界文人尝试将这座城市当作维新运动的试验阵地、舆论中心时，王韬却从内心深处把上海视为人生的后花园。他很早就在《春日沪上感事》中写下"重洋门户关全局，万顷风涛接上游"③，描绘上海开埠通商后的景象，那些随着殖民者、传教士而来的新事物新气象为科举失意的王韬提供了谋生之所，隐藏在都市背后的传统雅集、游戏风月成了他漂浮人生的寄托。在王韬眼中，"沪上为繁华渊薮。城外环马场一带，杰阁层楼，连甍接栋，莫不春藏杨柳之家，人闭枇杷之院。每至夕照将沉，晚妆甫罢，车流水，马游龙，以遨游乎申园西园之间。逮乎灯火星繁，笙歌雷沸，酒肴浓于雾沛，麝兰溢而香霏。当斯时也，其乐何极"④。王韬尤好在此地与诗友文人之间进行的传统雅集，早年间在上海墨海书馆，与同在馆中工作的海宁李壬叔（李善兰）、宝山蒋剑人（蒋敦复）、江宁管小异（管嗣复）等二三好友互为莫逆，他们一起翻译了《数学启蒙》《植物学》《西医略论》等西学书籍，王韬本人还参

①　王韬. 弢园老民自传［M］//楚流，书进，风雷，选注. 弢园文录外编. 沈阳：辽宁人民出版社，1994：412.

②　王韬. 我诗［M］//陈玉兰，校点. 王韬诗集. 上海：上海古籍出版社，2016：107.

③　王韬. 春日沪上感事［M］//陈玉兰，校点. 王韬诗集. 上海：上海古籍出版社，2016：35.

④　王韬. 淞滨琐话［M］. 寇德江，标点. 重庆：重庆出版社，2005. 147.

与了《圣经》的翻译工作，是晚清时期传播西学新知最早的一批中国文人。可在王韬的诗中，却大量记录着他们自诩怀才不遇、衔杯痛饮的情境，常常是"乾愁不出门，行乐何复有。消闲一卷书，排闷百壶酒"①，这些诗友大都和王韬一样，科举道路不顺，只能到上海谋生乞食，在诗酒酬唱中宣泄自己的人生精力。由香港返回上海后，王韬先后使用过"淞北逸民""天南遁叟"作为自己的笔名，以示回归沪上以后的隐匿决心，不再愿意重蹈早年"文章贾祸"的覆辙。作为一位曾寄希望于科举仕途、将建立功勋作为人生目标的传统读书人，他逐渐把自身在功名圈子中失落的情愫投射到上海的青楼女子身上，通过与这些女性的流连风月、载酒看花来排解自己壮志未酬的孤独苦闷。

作为近代上海的浮世绘，日后时务报馆所在的四马路的空间布局也构成了对近代中国知识分子及文学转型的二重隐喻。这里是英租界的"布道街"，得风气之先、华洋杂处、精英荟萃，王韬工作过的墨海书馆、格致书院、《申报》《新闻报》等文化机构，包括后来的《时报》、中华书局、商务印书馆，都位于这条道路上，是包括王韬在内、众多国人都市文化与西学知识的启蒙之所。同时，此处又保留着中国传统文人的生活方式，酒楼茶馆林立、梨园妓院云集，《海上花列传》《九尾龟》等狭邪小说中的烟花柳巷，不少正取材于此，在"溢恶""溢美"的同时，蕴含了人性复苏和解放的因子。王韬本人与妓女陆小芬的爱情也发生在这里，他的《红豆蔻轩薄幸诗》中，描绘过四马路初兴时的繁华：

> 十里之间，琼楼倚户相连缀，阿阁三重，飞甍四面，粉黛万家，比间而居。昼则锦绣炫衢，异秀扇霄，夜则笙歌鼎沸，华灯星灿，入之如天仙化境。②

王韬晚年在上海的私人交游酬唱活动有许多便是在日后时务报馆所在的这条四马路上，不少诗作就刊载于《申报》《新闻报》等同处四马路的报刊媒介，而包括他表现男女艳情的小说《淞隐漫录》《淞滨琐话》同样是通过申报馆的资本来运作登报连载或出版发行。他大胆地在公共领域袒露着自己惆怅多情的另一面，其中不乏凄婉香艳之作。如他和友人常赴海天酒楼招饮，与佩兰、莲舫、月舫三位女子侑觞吟咏，后追忆所作《赠佩兰诗后忽有所感复得一律》，

---

① 王韬. 四月六日集沈氏偎鹤山房，同人李壬叔、蒋剑人、孙笠舫分韵得酒字［M］//陈玉兰，校点. 王韬诗集. 上海：上海古籍出版社，2016：58.
② 王韬. 红豆蔻轩薄幸诗［M］//寇德江，标点. 淞滨琐话. 重庆：重庆出版社，2005. 210.

"记否去年同乞巧，海天闲话寄相思。花娇月媚称三绝，酒渴诗狂又一时。痛哭玉楼真见召，深悲金屋已无期。由来世事都如此，曷禁当筵泪满巵"①。或如《题陈哲甫参赞东海泛槎图》，怀念日本之行的交游艳遇，"日东文士多旧识，登临山水怀前踪。诗人老去佳人死，一样飘零类转蓬。芳谷尚怜风月媚，忍冈犹忆樱花浓。墨堤暮树香浦云，我所思兮未得逢"②。这两首诗皆刊于已被广泛传播的《申报》③。直到甲午战争前后，王韬还在上海《新闻报》上连续刊出私人赠予宝珠等女妓的诗句，"三生风月忙鹣鲽，一岁春秋送燕鸿，小隔偏教长诀绝，难将消息问东风""不隔银墙隔绛河，渡无桂楫奈风波，频移宝枕沾红泪，枉缀明珠委绿萝"④，将自我置于"大千世界""情天恨海"。即使在《马关条约》签订后，公车上书等救亡运动已如火如荼之际，王韬在《新闻报》上依然有《宝珠去后乃眷慧娥赠以四诗爱坚永约》这样的诗作面世。

　　这类文字，往往被视为王韬报章政论以外的颓废之作，特别是和同时期已经开始表现世界寰宇、洋务时务的诗作相比，尤能凸显出晚年王韬作为末世文人落伍的一面。同样是"吟到中华以外天"，以斌椿《海外胜游草》、黄遵宪《日本杂事诗》为代表的海外纪游诗作努力以传统的诗歌来表现域外社会和异域文明。与他们相比，王韬诗歌中也有海外风光民俗的表现，却仍把精力集中在《游日光山将归作诗别山灵》《日本刀歌赠左川所即以留别》等赠答、送别一类古韵⑤。长期与王韬在报馆、书院进行合作的郑观应，在自己《路矿歌》《开矿谣》《铁厂歌》等诗作中，除大胆融入对于筑路、开矿、办厂等新事物的观感体验外，还在诗体形式上做出了变革尝试，他在这些诗作中，"直记时事，不避嫌怨，不拘格调，既不取法古人，又无入神之句"，虽不登大雅之堂，"但救国苦心妇孺皆知，一览即印入脑际，或于数十年后无人不忆及当时事势"⑥。相比之下，王韬则继续在雅致的文字与细腻的情感表达之间辛苦经营，有意无意之间，

①　王韬. 赠佩兰诗后忽有所感复得一律［M］//陈玉兰，校点. 王韬诗集. 上海：上海古籍出版社，2016：225.

②　王韬. 题陈哲甫参赞东海泛槎图［M］//陈玉兰，校点. 王韬诗集. 上海：上海古籍出版社，2016：227.

③　两首诗分别刊于 1886 年 12 月 12 日、1888 年 7 月 4 日的上海《申报》。

④　天南遁叟. 重有感末二首兼赠宝珠词史［J］. 新闻报，1894（520）：4；天南遁叟. 三赠宝珠词史［J］. 新闻报，1894（561）：14.

⑤　根据学者的统计，王韬赠和、酬唱之作共 284 首，占其诗作总数的 2/3，而写给外国友人（包括官员、朋友、妓女在内）共 71 首，参见党月异. 王韬诗歌中的"新意境"［J］. 湖南社会科学，2014（4）：195-198.

⑥　郑观应. 偫鹤山人诗草自序［M］//夏东元. 郑观应集：下册. 上海：上海人民出版社，1982：1246.

与自己曾经勠力奋发的报章启蒙事业拉开了距离。

　　光绪乙未年秋，在上海完成会晤的郑观应、康有为、王韬三人，有了各自不同的人生走向。这一年的三月二十六日（1895 年 4 月 20 日），中日《马关条约》签订三日后，郑观应的《盛世危言》被江苏布政使臣邓华熙呈送给光绪帝①，并分印诸省官员，而他自己随后则被张之洞委以重任，奉命办理汉阳铁厂，进入张之洞的幕僚集团；6 月，康有为第三次上清帝书，终于由都察院代奏，由此开始，率领众弟子登上维新运动历史的中心舞台，引领士人风气；而王韬在报刊上分别发表了自己最后的启蒙与抒情文字后，走向了自己人生的终点。光绪丁酉年（1897 年），正当梁启超等新一代知识群体在上海聚集，以如椽大笔在中国读书人中间掀起波澜之时，同在上海的王韬溘然长逝，他从"实学"角度对于西方文明以及文学的吸收，作为一份特殊的遗产，被中国新一代知识分子广泛继承。汪康年创办《时务报》之初，明确表示意欲与王韬的《循环日报》"争短长"②，梁启超等人写作的"时务文学"，无疑也是在王韬报章文体的基础上再进了一步，但同时，他们距离王韬的另外一份遗产，似乎是渐行渐远了。

二、从"洋务"到"时务"

（一）观念的融合与冲突

　　甲午之战中国战败，标志着持续 30 余年的洋务运动破产，也意味着由一部分上层官僚发起的、以学习西方技术为主要内容的"洋务热"③ 逐渐降温，从"夷务"演变而来、本来意味着进步和开放的"洋务"一词及其观念已经不能满足中国士人对于外部时局的思考与表达，开始受到诸多质疑。同时，也应看

---

①　光绪二十一年三月二十六日（《马关条约》签订时间为三月二十三日），邓华熙在奏折中将《盛世危言》推荐给光绪皇帝，强调其书"于中西利弊透辟无遗，皆可施诸实事。前兵部尚书彭玉麟称为时务切要之言"，参见邓华熙. 头品顶戴江苏布政司布政使臣邓华熙跪奏［M］. 陈志良，选注. 盛世危言. 沈阳：辽宁人民出版社，1994：1.

②　梁启超在回忆《时务报》的创办时曾谈道："彼时穰卿力主办日报，欲与天南遁叟争短长，公度及启超力主旬报之说，乃定议。"参见梁启超. 创办《时务报》源委［M］// 汤志钧，汤仁泽. 梁启超全集：第一集. 北京：中国人民大学出版社，2018：463.

③　一般认为，洋务运动及"洋务热"开始于 1861 年总理衙门的开设，是以中央的奕䜣、文祥，地方的曾国藩、左宗棠、李鸿章、张之洞等"洋务派"为代表，"师夷智以造炮船"，所进行的操练军队、兴办企业，同时创办新式学堂、翻译西学书籍、派遣留学生等自强活动。参见陈旭麓. 近代中国八十年［M］. 上海：上海人民出版社，2019：153-155.

到，自 1861 年开始，"洋务热"所带动的现实层面的自强运动让西方物质层面的格致学问与科学发明冲击着中国士人的知识体系和精神世界，不唯京师同文馆、江南制造总局翻译馆翻译了大量与近代科学相关的书籍，火车轮船和电报机器这些新事物更是频繁地出现在斌椿《乘槎笔记》《海国胜游草》、徐建寅《游欧杂录》、郭嵩焘《使西纪程》等游记或诗集当中构成了他们笔下用以表现西方科学技术及物质文明的新名词、新内容①。洋务运动期间，先后参与了轮船招商局、开平矿务局、上海机器织布局等创办的郑观应，曾在自己的诗歌中描述西方设有各专门科学学科的学校、博物会和机器制造厂，如何成为国家富强之基，以此为自己所从事的洋务事业营造声势，其诗云："泰西大书院，富强之所基。肄业分数途，中各有名师。机器求新巧，讨论日孜孜。心裁果独出，国家与维持。"② 这些对近世西方物质文明的罗列呈现，显示出"洋务"浪潮向中国传统诗文世界的浸染。

中国古代即有"识时务者为俊杰"的观念和说法，在科举制度的沿革中，从隋唐以至明清诸朝代，皆设有过时务策论的内容，于经史知识以外，考察士子们对于现实事务的看法。晚清以降，在很长的一段时期内，中国开明官员和士人心目中最紧急的"时务"，便是科学技术、器物制造层面的"洋务"，二者的内涵是相互融合的。作为洋务运动的主要领导者，恭亲王奕䜣在《奏请京师同文馆添设天文算学馆疏》中即表示，当今"识时务者莫不以采西学、制洋器为自强之道"③；梁启超后来在《中国四十年来大事记》（一名《李鸿章》）第六章"洋务时代之李鸿章"中，亦称当时洋务派之重心，"惟枪耳、炮耳、船耳、铁路耳，机器耳，吾但学此，而洋务之事毕矣。此近日举国谈时务者所异口同声，而李鸿章实此一派中三十年前之先辈也"④。洋务运动期间曾入李鸿章幕府的冯桂芬，在其被认为是晚清"新文体"或"时务文体"萌芽的政论文集《校邠庐抗议》中，将器物制造视为当时国家之最急务，他在《制洋器论》一篇中，提出"有待于夷者，独船坚炮利一事耳"，并表示：

① 有关洋务运动时期表现西方科学技术及物质文明的诗文游记，参见连燕堂. 简论洋务运动时期的文学变革 [J]. 文学评论，1990（3）：120-127.
② 郑观应. 泰西各艺专门大书院博物会机器厂养贫工作所皆富强始基余于戊寅年筹赈条陈当轴未行书此志感 [M] //夏东元. 郑观应集：下册. 上海：上海人民出版社，1988：1279-1280.
③ 奕䜣. 奏请京师同文馆添设天文算学馆疏 [M] //张静庐，辑注. 中国近代出版史料初编：5卷. 北京：中华书局，1957：4.
④ 梁启超. 中国四十年来大事记 [M] //汤志钧，汤仁泽. 梁启超全集：第二集. 北京：中国人民大学出版社，2018：417.

夫世变代嬗，质趋文，拙趋巧，其势然也。时宪之历，钟表枪炮之器，皆西法也。居今日而据六历以颁朔，修刻漏以稽时，挟弓矢以临戎，曰吾不用夷礼也，可乎？且用其器，非用其礼也，用之乃所以攘之也。①

早年流亡香港的王韬，一度也是将"洋务"等同于"时务"的代表，他曾屡次向李鸿章等洋务派官员进言，并亲自撰写了介绍枪炮火药之法的《操胜要缆》，在题名为《洋务》的文章中，王韬指出："今日之所谓时务急务者，孰有过于洋务者哉。"②曾任江苏和福建省巡抚、福州船政大臣的丁日昌，是第一位关注到王韬的洋务派官员，并将他视为当时中国最为"通达时务"之人，二人之间屡有书信往来。王韬晚年自传中将丁日昌引以为生平第一知己，称："丰顺丁公，一代伟人也，尤赏识老民，谓当今通达时务，熟稔外情，莫若老民，为之揄扬于南北诸大僚，于是诸大僚稍稍知有老民者。"③从丁、王二人的交往来看，无论是王韬向其呈交自己所编写的《火器略说》《地球图跋》一类书籍，还是通过丁日昌将自己有关"富强之术"的建议主张转呈给李鸿章，大都属于洋务运动中受到较多关注的内容，所谓"通达时务"，自然多指"洋务"。1880年，王韬更是在《答伍觐宸郎中书》中颇为自豪地表示，自己"曾以指陈洋务，为湘乡曾文正公、合肥相国、丰顺丁中丞所赏识"④。在上海主持格致书院期间，王韬亦明确提出了书院的课艺考试命题方向是"以洋务为主，旁及富国、强兵、制械、筹饷之类"，其中最适应洋务运动需求的是自然科学一类，涉及《格致之学中西异同论》《制造钢船钢炮问题》《风性表说》《枪炮射线问题》《西医源流及中西医比较》《西人量度热、光、电问题》。这些文章命题吸引着洋务派的目光，不断有洋务派官员参与书院课艺的文学活动。

随着时间的推移，中国的文人士大夫对于所谓"通达时务"开始有了新的追求。除了坚持"以洋务为主"之外，王韬在课艺活动中又专门开设了"时务"一门，将"时务"从"洋务"中独立出来，显示出其有关"时务""洋务"认识的嬗变，在这些涉及"时务"的命题当中，包括《中国近日讲求富强之术

① 冯桂芬．制洋器议［M］//郑大华，点校．采学西议：冯桂芬 马建忠集．沈阳：辽宁人民出版社，1994：78.

② 王韬．洋务上［M］//楚流，书进，风雷，选注．弢园文录外编．沈阳：辽宁人民出版社，1994：46.

③ 王韬．弢园老民自传［M］//楚流，书进，风雷，选注．弢园文录外编．沈阳：辽宁人民出版社，1994：409.

④ 有关王韬与丁日昌的交往，参见邓亦兵．论王韬与丁日昌［J］．史学集刊，1987（3）：40-45.

当以何者为先》《如何使百姓与洋教徒相安无事》《中国能开议院否》《中国如
何取法西方兴办学校》《整顿中国教务策》等一系列涉及政教领域的题目。光绪
癸巳年秋（1893 年），王韬在讨论书院的课艺命题中，甚至舍弃了"以洋务为
主"的说法，对于格致书院做了"专论时务"的自任，称"中国一乡一邑皆有
书院，大率工文章以求科举""上海设立格致书院专论时务，踵事日增"①。在
其写作于甲午战争结束后的癸巳年课艺集序言中，王韬一面动情地追溯起自光
绪乙酉年（1885 年）以来，自己在上海主持格致书院课艺活动的 11 个年头，
"以文课士，来者日众"，将书院课艺的社会声望推向了一个高峰；一面将矛头
对准洋务运动以来的士林，"以清流多矫激，廷议多拘迂，从旁而掣其肘者众
也"。在文中，他直接批评了趋于保守、排斥洋务的清流，也质疑了洋务运动本
身，从建造炮厂船坞枪械舟舰到设立学堂训练海军，"竭思殚虑将三十年，乃自
倭人犯顺以来，一战于平壤，而知陆兵之不可用矣，再战于旅顺，而知炮台之
不足恃矣，三战于威海，而知兵轮之无所济矣"②。虽然这只是课艺文集的一篇
普通序言，为王韬坚持十年之久的例行公事，却因为甲午战事的影响，变成了
针砭时弊、借题发挥之作，并由此反思兴办"洋务"的得失。王韬在文中指出：

> 每听北来者谈战事，未尝不眦裂发指、痛哭流涕而长太息者也。今和
> 议定矣，乌容再置一喙，以后惟有亟图整顿、奋刷精神、更革旧章、痛除
> 积弊，顾目前所云，尚西学行西法，以驯致乎富强，几类老生常谈，即使
> 借材异域、变法自强，亦已言之屡矣，而卒未有毅然起而行之者也。当此
> 创巨痛深之际，宜切卧薪尝胆之思，乃竟晏然若无事，犹睡者之无醒时，
> 是可叹也。③

王韬强调的兵、炮、轮船的不可用和不足恃构成了对于曾经书院课艺内容
"以洋务为主"的否定，也代表着一度以"洋务"为"时务"的观念开始产生
分歧和冲突。几乎与王韬的反思同时期，严复在发表于天津《直报》的《原
强》中，用反问的语气开篇，称"今之扼腕奋舌，而讲西学，谈洋务者，亦知

① 上海格致书院癸巳年秋季特课题 [M] //吴钦根，辑录.《申报》所见晚清书院课题课
案汇录：下. 南京：凤凰出版社，2018：331.
② 王韬. 格致书院癸巳年课艺序 [M] //上海图书馆. 格致书院课艺：四. 上海：上海科
学技术文献出版社，2016：6.
③ 王韬. 格致书院癸巳年课艺序 [M] //上海图书馆. 格致书院课艺：四. 上海：上海科
学技术文献出版社，2016：6.

五十年以来，西人所孜孜勤求，近之可以保身治生，远之可以利民经国之一大事乎"①。不久后，梁启超在《时务报》上《论变法不知本原之害》中，又进一步指出"中兴之后，讲求洋务三十余年"，却屡见败衄，根源在于求变不知其本，他在文中引用了德国首相俾斯麦评价中日两国之语，"日人之游欧洲者，讨论学业，讲求官制，归而行之。中人之游欧洲者，询某厂船炮之利，某厂价值之廉，购而用之。强弱之原，其在此乎"②。种种声音，代表着甲午战争之后，中国士人整体对于"洋务"这一追逐日久观念及其所背负内涵的反思。在这股反思的浪潮中，曾经几近于融合重叠的"洋务"与"时务"观念，逐渐发生了分裂。

除了现实操作层面，对于"洋务"与"时务"二词认知上的偏差也体现在书籍文本的整理译介过程当中。早在 1890 年前后，作为"洋务殿军"的张之洞主持一项有关洋务丛书的译介活动，他专门致信王韬，邀请其参与《洋务辑要》丛书的翻译工作，其目的自然是利用王韬对西学的熟悉，对"洋务"知识进行一次系统全面的整理。这对于始终生活在"以身事夷"愧疚中的王韬而言，无疑是最好的一次救赎机会，王韬本人也用心进行了编译。但经由他编选的翻译稿本，最终让张之洞大失所望，因其所涉及内容过于宽泛，缺少最核心的格致门类，而遭到张之洞幕僚钟天纬等人的批评，称王韬编译之稿本"舍本不图，虽日讲议院之制，倡自由之说，无益也"，③ 张之洞遂在李鸿章处找来精通洋务的杨模、杨楷兄弟，重新组织人员进行编译。即使如此，重修者当中，也有和王韬一样活跃在上海的新派学人，其中即包括后来担任时务报馆经理的汪康年，他们编辑成的《洋务辑要》，与王韬本人对于"洋务"二字的理解有着偏差，只是回头来看，这套《洋务辑要》丛书最终所分 12 门，许多也已超出器物层面

---

① 严复. 原强 [M] //王栻. 严复集：第一册. 北京：中华书局，1986：5.

② 梁启超. 论变法不知本原之害（《变法通议》二）[J]. 时务报，1896（3）：1-2.

③ 此事载于钟天纬、钟镜芙等人所编《钟鹤笙征君》，参见尚小明. 学人游幕与清代学术 [M]. 北京：东方出版社，2018：267. 实质上，王韬在《洋务》一文中，便已提出过不同于当时主流"洋务"观念的思考："洋务之要，首在借法自强，非由练兵土，整边防，讲火器，制舟舰，以竭其长，终不能与泰西诸国并驾而齐驱。顾此其外焉者也，所谓末也。至内焉者，仍当由我中国之政治，所谓本也。"参见王韬. 洋务下 [M] //楚流，书进，风雷. 弢园文录外编. 沈阳：辽宁人民出版社，1994：49.

的范畴，开始指向对于文化本体层面的探讨①。这些超出"洋务"的内容范畴成为日后汪康年管理《时务报》的知识基础，也成为《时务报》知识群体内部倡议、思索乃至争论的关键。

与"洋务"观念的流行和式微相对，"时务"一词通过不断吸收新的内涵，逐渐走向了清帝国文人士大夫群体的中心视野。就在张之洞主持的《洋务辑要》丛书明确排斥"议院之制""自由之说"之前，康有为于1888年写作了《论时务》一文，将对于议院民权之讨论纳入"时务"的范畴。他通过一种更加务实的"西学中源"策略来化解外部的舆论阻力，以"《洪范》言'谋及卿士'者，上议院也；'谋及庶人'者，下议院也"来反驳设议院是"下仿西法""以夷变夏"的言论，称"如此则民情不致下壅，而巡抚不致专制，利可旋兴而害可立革矣"。他甚至援引《隋书·音乐志》中有关招待突厥启民来朝、炀帝召集民间百戏艺人进行会演、以促进互市交流的历史，来比拟光绪二年（1876年）美国举办的世界博览会，由之讨论君民平等之说，康有为称：

> 然西人极陈百戏，备万货，民不疲劳而反欣悦，财不一遗竭而反殷阜者，以君民平等，通万国之物，以劝工艺而博物。物博则民智，工劝则民富，货售则财丰；推其所得，盖君民平等，通与民同故也。中国之君，恃势负尊，劳民力，竭民财，故一人乐而万姓忧，百戏备而天下叛。推其所失，君道尊而不与同也。②

1891年，当康有为的《新学伪经考》初刊明确打出公羊学托古改制的旗号之时，出身四川的翰林院庶吉士宋育仁也完成了他讨论"时务"的著作《时务论》。在书中，他提出了"复古即维新"的变法思想，同时谈到西方的议会文明乃《周礼》所云"掌万民之逆"，泰西各国"未尝闻先王之道，而其效往往合于古时者，上下之情通，而损益之途广也"③。以古时之周礼，来对应今日之西

---

① 《洋务辑要》最终定名为"筹办夷务类要"，所涉及的12门内容包括疆域、官制、学校、工作、商务、赋税、国用、军实、刑律、邦交、教派、礼俗。其中，"官制、学校、刑律、教派、礼俗5门，涉及西学的制度文化层次，在甲午战争以前，应属较为领先的构想"。参见陆胤. 张之洞的学人圈［M］//北京日报理论部. 书林新话，北京：北京日报出版社，2016：49.

② 康有为. 论时务［M］//姜义华，张荣华. 康有为全集：第一集. 北京：中国人民大学出版社，2007：165.

③ 宋育仁. 时务论［M］//熊月之. 中国近代思想家文库：宋育仁卷. 北京：中国人民大学出版社 2015，7.

法，康、宋二人有关于"时务"的理解已有了颇多契合之处。相比较而言，宋育仁在《时务论》中，又将"时务"的范畴扩大至工商、法律、教育、官制等更广泛的领域。类似的情形还有，1894 年诗人王乃誉为日后担任《时务报》书记、承担校对工作的儿子王国维抄录上海《申报》所载京师同文馆课程及《翻译书目》，表示这些新学知识"实今时务之急也"①；1895 年，上海《强学报》上登出《军机大臣字寄各直省将军督抚》，称"自道光二十年后，中外交涉六十年，谈时务者多矣，稍参西法持清议者，即斥为用夷"②，将清议者所参之西法、所持之新论统称为"时务"。

直到 1898 年的《时务报》上，署名琼河庄客的作者，尝试从正面回答了"何谓时务"的问题，称：

> 人之言曰，何谓时务，康熙之理学，乾嘉之经学词章，今日之西学西法。③

琼河庄客指出，所谓"时务"，实质是一种应时而变的学问思想潮流，康乾之时分别指向过理学、经学，而在当下对应的正是来势汹汹的西学。他的此番表述与 1895 年《强学报》的观点相类似，即所谓"时务"是应时而变的，随着中华民族危机日益加深，"家家言时务，人人谈西学"④ 时代的到来，"时务"观念渐趋于西学东渐的浪潮合流，开始指向由各种新名词、新文本裹挟而来的思想学说。作为《时务报》等报刊的读者，鲁迅回顾自己年幼时读到上海申报馆发行的《点石斋画报》，也提到该报在当时流行各省，读报上之内容，"算是要知道"'时务'——这名称在那时就如现在之所谓'新学'——的人们的耳目"⑤。正是在这种因时求新、趋势而变的时代背景下，"时务"一词突破了"洋务"固定僵化的观念局限，为中国文人应对接受外来文明冲击和时代遽变提供了更加丰富且多元、更具包容性的言说空间。

（二）"时务文学"的多元形态

"时务"一词的概念飘忽不定，在不同的历史时期不断生发出新的含义。如

---

① 王乃誉．王乃誉日记：第一册［M］．北京：中华书局 2014：348-351.
② 军机大臣字寄各直省将军督抚［J］．强学报，1896（1）：1.
③ 琼河庄客．崇实论［J］．时务报，1898（67）：1.
④ 无涯生．论政变为中国不亡之关系［J］．清议报，1899（27）：1-4.
⑤ 鲁迅．上海文艺之一瞥［M］//鲁迅全集：第四卷．北京：人民文学出版社，2005：300.

果说在西潮新潮的激荡之下，晚清中国文人知识分子群体面临的首要困惑是"到底什么是西学？西学被消化到变成所谓新知的时候，变成了什么样的文本？"① 那么从"洋务"到"时务"观念，其背后承载的内涵与价值同样不会直接呈现出来，也需要借助各类文本形式的演绎和阐释。特别是甲午、乙未之际，当"洋务"观念及洋务运动本身越发显现出瓶颈时，包含了更为广义的西学新知的"时务"观念，则开始通过奏章条陈、图书编纂、诗文雅集、报刊议论等文本形式，将中国文人对于世界寰球、近代文明的感性认知或理性思考表达出来，进而形成了辐射整个政教学术领域由内及外、自上而下的"时务"风潮。而对西学新知内容的表现诉求，影响了文本的书写方式和呈现形态，这些文本也被表述为一种"文学"。胡适在其《五十年来中国之文学》中曾表示，中日甲午之战后，出于变革的需要，在中国士人中间"产生了一种文学，可叫做'时务的文章'"②；陈子展在《中国近代文学之变迁》中，则将这时期康、梁等维新派讲求一切时务的文本或文章，统称为"时务文学"，他指出：

> 这种文章系当时一种特创的'新文体'，因为它是从八股文、桐城派文、骈文里面解放出来，中间夹杂些他们所知道的外来的新知识、新思想。他们用这种文体来向当道上书，来向报馆投稿，来向人家讲富强之学，来谈一切时务，故可以说这种文章为'时务文学'"③

这一类"时务"文本或文学，以及对于"时务"的讲求，除了在广大的知识精英内部流行以外，甚至也曾来自清帝国的最高权力中枢，在奏议这一程式化、模式化文体上出现了新的书写倾向。作为清帝国名义上的最高统治者，不甘心做亡国之君的光绪皇帝在1895年曾连发两条上谕，痛陈与日本媾和实有万不得已之苦衷，期望君臣上下能够"坚苦一心，痛陈积弊""详筹兴革，勿存懈志"（光绪二十一年四月十七日），并称"自来求治之道，必当因时制宜""朕宵旰忧勤，惩前毖后，惟以蠲除痼疾、力行实政为先。叠据中外臣工，条陈时务，详加披览，采择施行"④（光绪二十一年闰五月二十七日），其中专门提到

---

① 李欧梵. 晚清文学和文化研究的新课题［M］//季进. 现代性的想象：从晚清到五四. 台北：联经出版事业股份有限公司，2019：54.

② 胡适. 五十年来中国之文学［M］//欧阳哲生. 胡适文集：三. 北京：北京大学出版社，1998：216.

③ 陈子展. 中国近代文学之变迁［M］. 上海：上海古籍出版社，2000：70.

④ 朱寿朋. 光绪朝东华录：第4册［M］. 北京：中华书局，1958：3631.

了"时务"一词，用以表示自己对于朝臣奏议文本内容的要求。

随着光绪皇帝后一条上谕一起下发给各省将军督抚的，还有广西按察使胡燏芬、军机章京员外郎陈炽、广东士人康有为等官员士子的九件条陈时务的折片①。这两条上谕连同九件讨论"时务"的折片迅速在士人内部发酵。就在这一年年底，这两条上谕都被收录进上海出版的《普天忠愤集》一书，其中闰五月的上谕还被刊载在了上海强学会的机关刊物《强学报》第 1 号上（折片作者的名单被附于其后）。从两条由帝国最高权力中枢发出的上谕文本，在短短半年时间内由京城到上海、由朝廷到民间的传播过程，可以窥见当时整个国家对于所谓"时务"同声共振、同气相求的舆论氛围，也带动了读者群体对于"时务"文学及其文本形式的阅读需求。戊戌年百日维新伊始，光绪皇帝颁布明定国是的上谕（《明定国是诏》），其中有"数年以来，中外臣工，讲求时务，多主变法自强"数语，可看作是对于几年内目之所及"时务"风气的总结，而"以圣贤义理之学，植其根本。又须博采西学之切于时务者，实力讲求，以救空疏迂谬之弊"② 等句，亦能看出光绪皇帝本人作为一位特殊的"时务文学"读者，对于奏议作为一种特殊"时务文学"形式的理解和期待。

正是这些有关"时务"的上谕与条陈，在朝野上下掀起了讨论"时务"的风潮，以陈炽《上清帝万言书》、康有为的《上清帝第三书》为代表，在传统的公文写作机制中，融入了趋时求新的议论文字和学理思想。除去洋务运动中惯于讨论的修铁路、造机器、开矿产、设海军等老套内容，他们在上书中增加了改官制、变科举、增派留学生等新式议题，并大胆地提出了开设议院、报馆、译书局以及创办新式学堂的设想。恰如陈炽所言，"经此一番折辱，则数十载固执迂拘之论，既一扫而空，即三十年敷衍粉饰之非，亦不攻自破""欲振作，必须自强。欲自强，必须变法。以筹国用、罗人才为始事，以练民兵、开议院为

---

① 根据学者张海荣的研究，这九件由光绪帝下发的折片，分别为：陈炽《请一意振作变法自强呈》（《上清帝万言书》）、康有为《为安危大计乞及时变法而图自强呈》（《上清帝第三书》，督察院代递）、胡燏芬《因时变法力图自强条陈善后事宜折》、张百熙《和议虽成应急图自强并陈管见折》、信恪《时事艰难请开办矿物以裕利源而图经久折》、易俊《厘金积弊太深请伤妥定章程折》、淮良《富强之策铁路为先敬陈管见折》、徐桐《奏为请遵筹偿款兴利裁费补抽洋货加税等八条敬陈管见折》、徐桐《枪炮宜制造一律片》。参见张海荣. 关于引发甲午战后改革大讨论的九件折片［J］. 广东社会科学，2009（5）：109-115.

② 梁启超. 戊戌政变记［M］//汤志钧，汤仁泽. 梁启超全集：第一集. 北京：中国人民大学出版社，2018：497.

成功"①。此处所谓"三十年"，意在对 19 世纪 60 年代以来的洋务运动做总结，进而反思洋务观念的思想局限。陈炽在自己的《上清帝万言书》中特别指出，办理洋务之弊，在"有器而无人，有名无实"，在于民气太弱、积弊太深，以至"靡亿兆金之巨款，掷数十载之光阴"，有利炮坚台、鱼雷铁甲，却终败于日本。在此篇上书中，他还从中国自身变革的角度分析，日本以伊藤博文为代表的主和一派之所以反对陆奥宗光主战一派，坚持在马关议和而不进兵北京，乃另有所图——阻止中国年轻一代的"时务者"为政：

> 此次倭兵所以处处得手者，由中国总军旅诸大员，皆年老庸懦无能之辈耳。兵抵北京，则此辈非死即逃，否则撤换，另易一班力强年富、熟悉时务者为政，转恐狡狯难制，不能为所欲为，不如姑留此辈，将就成和，则中国数十年间，断无报复之望。②

无论陈炽所言属实与否，他在上书中假日本人之口，想要强调的正是自己思虑的变法关键——在人不在器，他所期望的，是撤开"年老庸懦"的旧官僚，聚拢一批"熟悉时务"的新知识群体。作为帝党与维新派之间联络的关键人物，陈炽当时已在户部任职，兼军机章京，为翁同龢所赏识，除去上清帝倡议变法自强的奏折被下发讨论，他写作于甲午前夕、全面讨论西方政治经济文化的《庸书》，也被翁同龢在乙未年进呈给光绪皇帝，上层路线走得不可谓不顺利，但是，陈炽依然坚持选择视线下移，在普通士人举子中寻求维新变革的力量。他积极联系康有为、梁启超等人，参与组织创办强学会和《万国公报》，被推举为强学会提调③，并以"瑶林馆主""通正斋生"的笔名在随后创办的《时务报》《知新报》上发表时论，翻译英国学者法斯德的《富国策》交《时务报》连载④。陈炽的这些举动，可看作是"时务风气"之下官僚知识分子向文化革新、公众启蒙事业转型的典型，不仅代表了保皇派与以康党为代表维新派之间的互动，也象征着"时务文本"由上层精英的奏章议论向民间日常文学行为与

---

① 陈炽．上清帝万言书［M］//孔祥吉．晚清史探微．成都：巴蜀书社，2001：140.

② 陈炽．上清帝万言书［M］//孔祥吉．晚清史探微．成都：巴蜀书社，2001：139.

③ 陈炽在乙未年期间，与康有为、梁启超等过从频繁，曾和康有为一起以游宴集客，发动义捐筹组强学会，后《时务报》在上海成立后，陈炽不但亲自捐资，还与李岳瑞一同为报馆在京城代收捐款者。参见张登德．陈炽交游述论［J］．鲁东大学学报（哲学社会科学版），2008（3）：31-35.

④ 本书为英国经济学家亨利·法思德（Henry Fawcett）所著，原名为《政治经济学提要》（*Manual of Political Economy*）。

思想活动的位移。

在新出的文学书籍方面，1895年冬，山东曲阜人士孔广德，旁搜博采有关中日战争、救亡图强的章奏、议论、诗赋，"旁征远引，辑为成书"的一部《普天忠愤集》在上海出版，光绪皇帝号召群臣"条陈时务"的上谕被他摆在了这本书的卷首位置。全书收录了两百多首诗词作品，包括康有为的《呈请代奏时务疏》、宋育仁的《感事》诗在内，将当时士林所谓"忠愤""忧愤""感愤""孤愤"的情感展露无遗。当然，这位寓居上海的编者"曲阜鲁阳生"却并不满足于此。孔广德在凡例中表示，本书为救时而作，所选采的皆为有益时事之文，"末卷诗赋者，似觉无益"，他抨击"当今秀才家及科甲中人，大都徒工文墨，除八股、试贴、经义、史学而外，一切时务经济茫然不知，有粗知时务者，又皆不精不详"①，只是考虑到这些伤时悯乱之作可以增长读者的忠义之气，故加以选入。因此，《普天忠愤集》中编选收录了大量作者认为是讨论"时务"的文章，"上自朝士大夫，以至布衣女史，旁及西人"，除了陈炽、薛福成、易顺鼎、王闿运等文人的上书，甚至还包括了康有为等人刚刚在沪上颁布的《上海强学会章程》，以及林乐知（Young John Allen）、李佳白（Gilbert Reid）、威妥玛（Thomas F. Wade）等西人之论说②，显示出对于不同文类、语体风格的包容与吸纳。

作为全书中直接以"时务"为题的文章，《普天忠愤集》第4卷上，四川长宁诗人张罗澄的《时务琐谈》一篇，是议论"时务"话题较为深入的、触及了政教文化层面的代表性文章③。文章作于光绪乙未年（1895年）《马关条约》签订之后，作者保留了关于用机械、筹海防、修铁路等洋务话题内容，却驳斥关于今日时务急要在海防及与外国交涉的言论，称"此不揣本之言也，夫内政不修，斯外侮始作"，故提及开设议院为泰西富强之法，认为"欲修内政，则以整饬吏治为先，当此事变已极，官制当量为变通，不可株守成宪"④。在全书第六卷中，收录了张罗澄另一篇以"时务"为题的文章《时务论》，在此篇文章中，作者以办理洋务中修筑铁路一项为例，回顾了左宗棠、曾国藩、彭玉麟、

---

① 孔广德. 凡例十二则［M］// 孔广德. 普天忠愤集. 台北：文海出版社，1976：20.

② 《普天忠愤集》中所收西人论说，包括第9卷林乐知的《德国汉纳根语录前篇》《汉纳根语录后篇》《操纵离合论》《刚克论》、第九卷李佳白的《上中朝政府书》、第10卷威妥玛的《答东方时局问》。

③ 除了议论文字外，《普天忠愤集》第11、12卷中，亦收录了张罗澄《乙未元日和吴中丞韵》《合约定议集杜子美句》《纪韩事三首》等感时忧国之诗作。

④ 张罗澄. 时务琐谈［M］// 孔广德. 普天忠愤集. 台北：文海出版社，1976：242.

张之洞、翁同龢等大臣的态度差异与冲突，致使中国筑路一事至今无所成就，由此推论洋务运动所涉及用钞票、开银行、创邮政、精铸枪炮虽皆为国家所急，"但人存政举，有制法须有治人耳，徒法遂可自行乎？"此番"时务"之论，较之此前的《时务琐谈》又有进一步的思索，展现出由西法层面的制度之思转向西学层面文化之辩的倾向。张罗澄在文中称：

> 窃思中夏被先圣先王之泽，崇尚王道，一旦用夷变夏，人心本难自安。但以时事孔棘，亟在燃眉，参用西法，可图速效，转贫弱为富强，亦维持世变不得已之苦心也。而必黜之，亦未免拘于墟耳。①

诗人萧诗言曾作《读张罗明远孝廉澄时务策有怀作三叠韵柬之》一诗，同样被收入《普天忠愤集》中。在诗中，萧诗言将张罗澄这位四川诗友的数次上书之事作为吟咏的主题，称"君所上书，天津、上海、汉口、香港俱登日报，而西报东报亦艳称之"，其中第二首诗云，"政要纷纷指御屏，铺张旅贡越来庭。果然筹笔花生彩，可奈征袍色染青。西蜀子云鸿藻丽，东关大雪马蹄经。残篇血溅忧时泪，漫笑科头是管宁"，并有自我注解称"方今上封事者，动援祖宗成法，无一留心时务者，可胜叹哉"②。作为辑录者，孔广德曾形容这些伤时悯乱的诗赋大多只能作为"满腹牢骚，临风一笑"，可萧诗言却以诗歌的形式注意到这些条陈的时务内容，以及外界舆论的反应。值得指出的是，与此前王韬等人将公共领域的报章之文与私人空间的诗词唱和截然区分开来不同，在《普天忠愤集》多元繁杂的文本中，一部分诗文作品呈现出来的是理性学思与感性文字的杂糅并举，作为"学"的时务言说背后也有着丰富的"文"所呈现出的情感世界，在鲜明的思想观点中注入饱满的气势，这种议论和抒情熔于一炉，亦成为此后"时务文学"各类文本的一大特征。

而在民间文人的传统雅集活动中，谈论"时务"同样已逐渐成为吟咏诗文、商讨学问以外一项全新的内容。张元济在《追述戊戌政变杂咏》中曾回忆"中日战败，外患日迫。忧时之士，每相邀约在松筠庵、陶然亭集会，筹商挽救之策，讨论当时所谓时务西学，余亦间与其列"③；《时务报》上报道北京强学会

---

① 张罗澄．时务论［M］//孔广德．普天忠愤集．台北：文海出版社，1976：289.
② 萧诗言．读张罗明远孝廉澄时务策有怀作三叠韵柬之［M］//孔广德．普天忠愤集．台北：文海出版社，1976：617.
③ 张元济．追述戊戌政变杂咏［M］//张元济全集：第四卷．北京：商务印书馆，2008：232.

的开设，亦称"去年京师设立强学会于城南之孙公园，为诸京官讲求时务之地"①。后来《时务报》的忠实读者之一、当时在江西经训书院担任主讲的经学家皮锡瑞，同许多久困科场的普通士子一样，原本已绝意试事、遁入书斋，不复再问天下事，在光绪乙未年的日记中，他记录了自己从友人口中得知"辽阳以南皆归彼，澎湖、台湾亦在内"的传闻、疾呼"二百余年金瓯无缺之天下，坏于阴人贼臣之手"的第二日，便赴友人招饮"痛陈时务"②的情形。作为交往圈子极其广泛的官宦子弟，孙宝瑄（同样也是《时务报》的忠实读者）在《忘山庐日记》所记下的私人阅读活动则代表了当时文人读者在阅读领域朝向"时务"文本的趋近，除去《时务报》这样的维新报刊外，一些新的时务书籍逐渐为孙宝瑄所侧目，他在甲午年读到汤寿潜《危言》一书，遂在日记中称赞此书"专论时务，洋洋洒洒，数千万言"，并推崇这种谈论时务的文风，称其"文笔则如长江大河，浩渺无际。令读者爽心豁目，开拓心胸，足以辟中朝士大夫数百年之蒙蔽"；尤其为孙宝瑄所称道的是其中的见解，同宋育仁的《时务论》、陈炽《庸书》一样，《危言》所讨论的内容并不局限于格致、议院，而已着眼于更全面的变革，故"洞悉中外利弊，当兴当革，牛毛茧丝，剖晰无遗"③。

通过《普天忠愤集》当中所收甲午、乙未之际的诗文，以及《师伏堂日记》《忘山庐日记》中有关此阶段文人活动的记载，可以看出，在当时中国文人内部逐渐汇聚起的一股"时务"风气，以及"时务"文本在这些文人中的传播阅读情况。特别是在上海这座口岸城市，以孙宝瑄个人的人际交往网络为代表，已经能召集到汪康年、梁启超、谭嗣同、宋恕等一批新派人士商量时务、讨论西学，形成具有公共性的文学和文化活动。从1895年开始，孙宝瑄主持参与申江雅集活动，讨论教育改良问题，倡议这一雅集活动的正是曾经批评王韬《洋务辑要》译稿"舍本不图"的张之洞幕僚钟天纬。他在格致书院成立兴学会，编纂白话文教材《读书乐》，成了戊戌时期蒙学改革的代表人物，同时"创沪南

---

① 都城官书局开设缘由 [J]. 时务报, 1896 (1)：7.
② 皮锡瑞之日记，起于1892年，所记内容原本除日常生活琐碎外，多为饮酒谈诗、书院课艺活动，自甲午、乙未年起，受外部时局影响，有关友人间谈论时事、洋务、时务的记载明显增多。参见皮锡瑞. 皮锡瑞日记 [M] //吴仰湘. 皮锡瑞全集：九. 北京：中华书局, 2015：397.
③ 汤寿潜《危言》书中，分目为议院、考试、书院、世俸、开矿、铁路、海军、教民、水利、变法等40门，涉及政治、经济、军事、教育等领域。参见孙宝瑄. 忘山庐日记：上 [M]. 上海：上海古籍出版社, 1983：56.

三等公学堂，其教法精良，为一时之冠，故课艺书成，风行遐迩"①，与梁启超等人同时期在《时务报》上振作童子士气、摒除陋习的声音相呼应。申江雅集的发展过程，显现出上海新知识群体关于"时务"的认知裂变和取舍分歧。同时，雅集的地点从友人胡庸（字仲巽）私宅，改为格致书院，再改为时务报馆，也见证了甲午以后，一部分文人以讲求"时务"为内容的雅集活动场所由私人家庭空间向报馆为代表的公共空间转换的历程。孙宝瑄在戊戌年的日记中回忆道：

> 是举于乙未夏秋之交钟君鹤笙创议，先集于仲巽家，嗣改格致书院，未几，时务报馆立，遂复改集报馆中。风气日开，新学友渐多，意向稍歧，遂倦而散。②

相比于有着身份门槛要求的上书活动，以及空间范围受限的传统雅集，报刊成为讨论时务、发表"时务文学"最切实也是最有效的媒介。正如萧诗言在自己的诗中所言，张罗澄有关于时务的上书行为，最终是通过各地报刊的"艳称"在读者中引发了反响，也正是在报刊这一更加自由开放的空间中，对于"时务"内涵外延的讨论才得以突破重重禁忌，自由地表达出来。光绪乙未年的年底，上海《字林沪报》上刊出了一篇题为《时务略述》的文章，讨论因时制宜、讲求"时务"以谋求内致富强、外抵其侮的问题，提出"谈天下事者，使犹执拘泥之见，局守成规不思与时为变通，复何以致富强之效，而立远大之业乎？所以谋国事者知中外有混一之势，若不因时制宜，亟求自强之本，恐外洋有轻侮之心，海宇迄无底清之日，故不得不讲求时务"③；光绪丁酉年年初，《字林沪报》又刊出一篇《学者不可不通时务论》，疾呼"彼后世之学者，桎梏其聪明，斲丧其材智，销磨其精锐，沉溺于无用之学者多矣，而通世变、识时务者，百不一二焉"④，都显露出各大报刊对于"时务"话题的关注。更具有代表意味的是，宋育仁的《时务论》于出版后，又以报章连载的方式在重庆的维新刊物《渝报》上重新刊出。通过这种从权力上层到民间雅集、从传统书籍到新兴报刊的多元文本运作和生产，对于"时务"的讨论，也从最初的格致器物

---

① 仲华甫，周文治．钟天纬编《字义教科书》序、目录、课文举例·序［M］//朱有瓛．中国近代学制史料：第一辑下册．上海：华东师范大学出版社，1983：591.

② 孙宝瑄．忘山庐日记：上［M］．上海：上海古籍出版社，1983：282.

③ 练北伯阳氏．时务略述［J］．字林沪报，1895（4787）：1.

④ 学者不可不通时务论［J］．字林沪报，1897（5166）：1.

逐渐扩至政教、风俗、国民、艺术等各类话题，中国知识群体讨论西学新知的文本载体和内容边界都得到了充分的拓展。

（三）上书奏议：维新的诗学

当维新运动开启的"时务"风潮逐渐在中国文士之间风靡时，其最初的文学实践形态是上书奏议这一传统的文体形式。尽管已不断有研究证明，马关条约签订后发生的"公车上书"，康、梁二人不过只是众多的组织参与者之二，幕后还有上层京官的操纵和策动①，但这依然显现出当时中国朝野上下通过"文"的方式同声共振、救亡图存的士气氛围。并且，1895 年京官和举子们的集会具稿与联名上书，已区别于汉代、宋朝太学生的伏阙上书，具有了某种现代意义。有学者指出，这场"公车上书"就像是"一场未遂的五四运动"，第一次将知识分子的诉求引向了社会制度的"体"的层面，"它不仅开启了近代中国知识分子问政之风，更重要的是，它把个别事件引向了国家政治改革的方向，制造了一场社会运动"②。从文章内部的处士横议最终演变为现实层面的维新运动，作为"时务文学"最原始的样貌，上书是最能体现中国文人士大夫经邦济世、救国忧民等传统精神的文学文本，同时又承载了新知识群体应对现代文明冲击的变革期许，对于中国的读书人而言无疑有着一种形式上的诱惑。

正因如此，无论是内在的书写形态还是外在的行为本身，上书奏议都被赋予一种诗学意义上的美感和崇高，甚至在康、梁等人的运作和描绘之下变为近代中国知识分子参与救亡和启蒙的神话。康有为在《公车上书记序》中称其上书之文"虽不免有言之过激，及陈义太高，骤难施行者，然煌煌之文，惊天地泣鬼神矣"③，梁启超在《戊戌政变记》中，更用夸张的语言形容当时言路和思想的开放，乃是"人人封章，得直达于上，举国鼓舞欢蹈，争来上书，民间疾苦，悉达天听"④。作为举国争求上书的代表之一，康有为的身份最为特殊，也

---

① 根据茅海建的研究，公车上书的策动者实为京官，方法是通过同乡、亲属、旧友等关系，而这种集会具稿、联名上书的方式，原本就是翰林院等处京官的拿手好戏，甲午战争期间他们已有多次发动，幕后皆有高层的支持者。此次再次发动上书，手法上并无新意，但恰值会试之期，公车们的加入无疑扩大了民间影响。参见茅海建. 从甲午到戊戌：康有为《我史》鉴注 [M]. 北京：生活·读书·新知三联书店，2009：67-69.
② 叶曙明. 1919，一个国家的青春记忆 重返五四现场 [M]. 北京：九州出版社，2019：7.
③ 康有为. 公车上书记序 [M]//姜义华，张荣华. 康有为全集：第二集. 北京：中国人民大学出版社，2007：46.
④ 梁启超. 戊戌政变记 [M]//汤志钧，汤仁泽. 梁启超全集：第一集. 北京：中国人民大学出版社，2018：518.

最具有象征意味。自 1888 年起，他一直执着地向当道谏言，在 1895 年引发"时务"大讨论的九件折片作者当中，唯有康有为的身份是一位普通的举人，其上书只能由都察院代呈，更能代表一种放恣横议的传统文士精神，乃至被视作"言人所不能言，足愧尽天下之尸居无气而窃位欺君，故不觉以当代一人推之"①。其上书以及上书行为本身，经过诸如时务报馆代印《南海先生四上书记》、梁启超《戊戌政变记》、"沪上哀时老人未还氏"《公车上书记》等各类文本的演绎，也成为"时务文学"及维新变法历史的图腾符号。

原本康有为在光绪乙未年初前往京城只是为了参加这一年的春季会试——他在两年前刚刚夙愿得偿，结束了近 20 年的漫漫征程，实现了由秀才向举人的跨越。这年的春闱，本是其人生更进一步的紧要关头，他最终也一举高中进士，得授工部主事一职。按照康有为自己的说法，他本已做好了退守书斋讲学著书、以布衣身份终老的打算，只是"迫于母命，屈折就试"。这是中国读书人久困场屋后时常会流露的情绪，他自命"康长素"，意欲效法素王孔子在民间代王者立法，可一旦能有机会在现实社会中施展才学，往往又难以抵挡入世立功的诱惑。当康有为携梁启超等弟子乘船从广州出发，途经上海至天津大沽口，准备由此进京赶赴科考，遭遇耻辱的一刻，无疑更加激发了他心中压抑已久的上书奏请变法的冲动（他第一次上书和第二次上书，相隔了将近 7 年时间）。根据《我史》中的记载，康门一行乘船北上，"将至大沽，日人来搜船，当颇愤，以早用吾言，必无此辱也"②。康有为这里所言，饱含着自己所怀一身"时务"之论却不见拔擢的愤懑，也有屡屡上书、谋求自上而下变革而不成的怅然。

光绪戊子年（1888 年），康有为在完成《论时务》一文、讨论泰西议院、学校、女学等问题后不久，写下了长达万言的《上清帝第一书》，开启了自己十年之内七次上书的历程。两篇文章的写作时间相隔只有两个月，内容都指向康有为心目中亟须讲求的"时务"，其诱因则与甲午之役引发的公车上书相似，同样是源自一场国家器物文明、军事实力的较量——光绪甲申年（1884 年）的中法马江海战。康有为将这次战争的失利视为对清同治光绪朝中兴历史的拦腰斩断，重申了"近者洋人智学之兴，器艺之奇，地利之辟，日新月异"的泰西局势，以及日本在变法兴治 10 年间的百废俱举，并提出"变成法、通下情、慎左右"三条谏言。关于此次上书，他还专门作有《感事》诗一首，用以表述自己

---

① 唐才常. 上欧阳中鹄书［M］//唐才常集. 北京：中华书局，2013：532.

② 康有为. 康南海先生自编年谱［M］//蒋贵麟. 康南海先生遗著汇刊（廿二）. 台北：宏业书局，1987：29.

当时的心境，诗中写道：

> 时马江惨败，诣阙上书请变法。
>
> 上帝清明闾阖开，纷纭抗议上云台。啖名岂料皆殷浩，受禄谁能似介推？
>
> 玉斧画图分水地，金縢作册隐风雷。治安一策知难上，只是江湖心未灰！①

这一阶段的康有为，不仅屡有"金縢作册隐风雷"的议论，亦不乏"只是江湖心未灰"的抒怀。其《延香老屋诗集》《汗漫舫诗集》中的许多诗作，正是他对自己上书坎壈心路的记忆书写。其中，有上洛前委身国事的踌躇、作为布衣的身份焦虑，如"才士例应往京洛，幽人何解事公卿。素衣深恐辎尘浣，岂敢投繻入帝京"②；也有上书不达、转向金石自娱的失落，如"上书惊阙下，闭户隐城南。洗石为僮课，摊碑与客谭"③；更有因上书遭受攻击非议的悲凉，如"落魄空为梁父吟，英雄穷暮感黄金。长安乞食谁人识，只许朱公知季心"④。而在具有自传性质的《我史》中，康有为将自己 1888 年的发愤上书，形容为一次孤独的请命和抗争，称"自黎纯斋后，无以诸生上书者，当时大恶洋务，更未有请变法之人，吾以至微贱，首倡此论，朝士大夫攻之"⑤。乙未年的"公车上书"则是这种浪漫精神的延续，他用诗歌的形式记录了举子对割地弃台之义愤、伏阙上书之壮烈，以及《公车上书记》发行之盛况，其诗云："海东龙泣舰沉波，上相辌轩出议和。辽台膴膴割山河，抗章伏阙公车多。连名三千毂相摩，联轸五里塞巷过。台人号泣秦桧歌，九城谣谍遍网罗。杠棺摩拳，击鼓三挝；桧避不朝，辞位畏诃。美使田贝，惊士气则那！索稿传钞，天下墨

---

① 康有为. 感事 [M] //姜义华，张荣华. 康有为全集：第十二集. 北京：中国人民大学出版社，2007：145.

② 康有为. 除夕答从兄沛然秀才，时将入京上书 [M] //姜义华，张荣华. 康有为全集：第十二集. 北京：中国人民大学出版社，2007：145.

③ 康有为. 上书不达，谣诼高张，沈乙盦、黄仲弢皆劝勿谈国事，乃却扫汗漫舫，以金石碑版自娱，著《广艺舟双楫》成，浩然有归志 [M] //姜义华，张荣华. 康有为全集：第十二集. 北京：中国人民大学出版社，2007：164.

④ 康有为. 己丑上书不达，出都 [M] //姜义华，张荣华. 康有为全集：第十二集. 北京：中国人民大学出版社，2007：174.

⑤ 康有为. 康南海先生自编年谱 [M] //蒋贵麟. 康南海先生遗著汇刊（廿二）. 台北：宏业书局，1987：18.

争磨！呜呼！椎秦不成奈若何。"① 当《公车上书记》在这一年的闰五月由上海石印书局代印刊行，里面所包含着的"仓山旧主"袁祖志《序》、长沙刘锡爵、裴如甫《序》、康有为《上清帝第二书》、不著撰人《公车上书题名》以及"沪上哀时老人未还氏"② 的《公车上书记》等内容，更是让上书奏议这一传统文学形式成为乙未年传播讨论"时务"最具冲击力的文本形态和行为范式。

　　南朝刘勰《文心雕龙》中对上书奏议文体曾有过总结，"汉定礼仪，则有四品：一曰章，二曰奏，三曰表，四曰议。章以谢恩，奏以按劾，表以陈请，议以执异"③；清代姚鼐则在《古文辞类纂》中称"奏议类者，盖唐、虞、三代圣贤陈说其君之辞""汉代以来有表、奏、疏、议、上书、封事之异名，其实一类"④，将应举时所做时务策、对策也归入其中。作为古代士人向当道进呈谏言的一种特殊文学形式，上书奏议注重文章本身的工具作用和实效性，同时因为特殊的写作对象，又强调文辞的典雅和语气的谦恭，曹丕著名的《典论·论文》中，就有"奏议宜雅，书论宜理，铭诔尚实，诗赋欲丽"之说。当然，历史上并不乏如秦代李斯《谏逐客书》、汉代贾谊《陈政事疏》（《治安策》）、唐代魏征《十渐疏》、宋代范仲淹《奏上时务书》这样直言敢谏的奏议经典，并呈现出以排比对偶、纵横议论所营造的雄浑气势和不羁文风，具有极强的文学性和鼓动性。而从隋唐时期的科举考试开始，以"试策"取士便已经成为选拔人才的重要形式，是上书言事文体在科考中的复现，期望培养文辞贤良又敢于直言极谏之士，特别是唐、宋、明几代都曾设有考查考生对于现世与现实问题思考的"时务策"，一度与八股文并重。且相对于八股制义而言，这些时务策论无疑更能考查作者本人经世致用的学识，而其"时务"内容与策论形式的结合，本就是趋时救弊的文学功用观念与慷慨激越的文体美学追求相结合的产物。

　　只是承平日久，上书奏议和策论文章逐渐偏离了切时言事、指陈利弊的初

①　康有为. 东事战败，联十八省举人三千人上书，次日美使田贝索稿，为人传抄刻遍天下，题曰《公车上书记》。是时主和者为军机大臣孙毓汶。众怒甚，孙畏不朝，遂辞位 [M] //姜义华，张荣华. 康有为全集：第十二集. 北京：中国人民大学出版社，2007：173.

②　关于《公车上书记》作者"沪上哀时老人未还氏"的身份，学界有不同的猜测，以往曾疑为康有为本人，或是康党成员，甚至有猜测为王韬的隐名，近年又有学者经过考证，指出作者应为当时居于上海的浙江桐乡人士沈善登。参见张海荣：《公车上书记》作者"沪上哀时老人未还氏"究竟是谁 [J]. 清史研究，2011（2）：138-144.

③　刘勰. 文心雕龙 [M]. 王运熙，周锋，译注. 上海：上海古籍出版社，2016：108.

④　姚鼐. 古文辞类纂序目 [M]. 胡士明，李祚唐，标校. 古文辞类纂. 上海：上海古籍出版社，1998：4.

衷，越发追求文体自身作为一种公文写作舒缓典雅的形式，演变成为一种精致的平庸。有清一代，朝臣上书奏议、举子策论无数，却鲜有能切中时弊、通晓寰宇局势者，此种万马齐喑之局面也体现在文章运势当中。于是，道光九年（1829 年），龚自珍曾在科举殿试时效仿宋代王安石《上仁宗皇帝言事书》，作有《对策》，称"三代则诹经，汉以后则诹史，当世之务则诹势""顾对扬伊始，敢不勉述平日所研诸经，讨诸史，揆诸时务者，效其千虑之一得乎"①，欲以上书奏议的文学形式商讨时务、昌言革新。用他在《己亥杂诗》中的诗句来说，即"何敢自矜医国手？药方只贩古时丹"②，批评士林唯唯诺诺的风气的同时，力图恢复古时奏议的文统。在他之后，林则徐《密陈夷务不能歇手片》、奕䜣《奏请开设算学馆折》、李鸿章《筹议海防折》等办理所谓夷务、洋务的奏折，皆可看作是奏议文体因时而变的代表。

对于自幼便立志学做圣贤的康有为来说，上书在他的精神世界中有着特殊的意义，代表着他对于文学的终极理想和最高价值寻求，不仅仅提供了普通公文的功能作用，更给予他精神上的极大满足，并由之形成了康门弟子特有的政治文化诗学。从写作于 1888 年前后的治学笔记中，能够看出康有为本人热衷上书奏议这一传统文体及行为、并最终生发为"时务文学"的肇始端倪。在这本《笔记》里，康有为系统地论述着文章、修辞、词赋这些趋近于近世文学范畴的概念，表达出自己对于游戏之作的不甚感冒，以及对于功令文章的情有独钟。在他看来，词章之家包括古文、骈体、诗赋三大宗，清代除骈体文有过中兴之外，诗赋、古文无一能比古人，究其缘由，正在于积词、修辞之外忽略了文章要义。因此，他提出文贵适用，当宜阅世的观念，指出"六朝之瀌，秦汉之僻，考据家之兄，最讨厌"，在诗赋方面，康有为则通过将太儒荀卿、楚臣屈子歌诗见志、作诗以讽，与汉代枚乘、司马相如的富丽淫靡相对比，进而批评今人诗赋文章有悖于传统诗文的劝诫讽喻之本：

> 古人之诗，上以风讽下，下以风讽上，輶轩采风，以为大政。后人忘其始祖，遂使繁华损枝，膏腴害骨。□□莫益讽谕。是贵知赋之源流，辅采摛文者其体，体物写志者其意，则周秦以降，上下二千年一日无余。③

---

① 龚自珍. 对策［M］//王佩净，校. 龚自珍全集. 上海：古籍出版社，1999：114.
② 龚自珍. 己亥杂诗［M］//王佩净，校. 龚自珍全集. 上海：古籍出版社，1999：513.
③ 康有为. 笔记［M］//姜义华，张荣华. 康有为全集：第一集. 北京：中国人民大学出版社，2007：217.

对于自己认为源自六经的古文之道，康有为将之分为议论之文和经术之文两派。其中议论一派，他列举了贾谊《陈政事疏》、贾山《至言》、晁错《重农贵粟书》这些奏议文章作为代表，对韩昌黎在内的古代议论之文一派，康有为亦倍加推崇，将昌黎《上宰相书》称为"色泽丰神"融合为一的佳作，这与他自己关于文章阅世、劝诫功能和美学上"论其事则未必嫌其躁急，论其文则千古犹当俯首置地"①的双重期许相吻合。至于骈文一端，康有为本人并不主张将之与古文截然分开，指出古人原无骈散之分，中唐以前均谓之文，且相比于韩欧古文，骈体更有一种变化开阖、铿锵整齐之气，汉代在经解论辩文外别开此体，然而如枚乘引谏吴王之《七发》、邹阳狱中谏吴王的《上书吴王》《狱中上书自明》、司马相如的《难蜀父老》《封禅书》《谏猎书》，在崇尚对偶的同时亦尚风骨、重讽喻，只是后世骈文趋于工巧，风骨渐靡。故而康有为指出"文章家犹兵法家，运用之妙，存乎一心，固不为法度所困。时至事起，间不容发，日月风云，合沓变化，令人心惊目眩，瞬息万变，及止息之后，士马无声"②，他还专门引用清代散文大家魏冰叔（魏禧）之言称："吾本毋意为文，但不学文章，则吾之议论必不畅；吾之学文，不过欲不废吾胸中一段议论而已。"③

基于此种认识，康氏的上书文字一如其所推崇之文风，好用排偶、气势逼人，言辞铺陈恣肆，情感充盈饱满，在加入了科学诸语和时务话题等新内容的同时，又继承了古代上书文体讲求时效和实用的长处。例如他在《上清帝第四书》中言变法、论时务，声情并茂为光绪皇帝描绘通过鼓励上书献策、求言广听、以通下情的蓝图，变法思想随着文字的演绎层层推进，让人读之动容、闻之振奋：

> 数诏一下，天下雷动，想望太平，外国变色，敛手受约矣。三月之内，怀才抱艺之士云集都中，强国救时之策并伏阙下，皇上与二三大臣聚精会神，延引讲问。撮群言之要，次第推施，择群士之英，随器拔用。赏擢不次，以鼓士气，沙汰庸冗，以澄官方。于是简傔从，厚俸禄，增幕府，革官制，政皆疏通。立道学，开艺科，创译书，遣游学，教亦具举。征议郎

----

① 康有为. 笔记［M］//姜义华，张荣华. 康有为全集：第一集. 北京：中国人民大学出版社，2007：212.
② 康有为. 笔记［M］//姜义华，张荣华. 康有为全集：第一集. 北京：中国人民大学出版社，2007：212.
③ 康有为. 笔记［M］//姜义华，张荣华. 康有为全集：第一集. 北京：中国人民大学出版社，2007：214-215.

则易于筹饷，而借民行钞皆可图，荣智学则各竭心思，而巧制精工可日出。然后铁路与邮政并举，开矿与铸银兼行，农学与商学俱开，使才与将才并蓄，皆于期岁之内，可以大起宏规。①

钱基博在《现代中国文学史》中曾评价康氏之文章，谓其"糅经语、子史语，旁及外国佛语、耶教语，以至声光化电诸科学语，而冶以一炉，利以排偶；桐城义法至有为乃残坏无余，恣纵不傀，厥为后来梁启超新民体之所由昉"②。虽然未能像王韬那样，在科考失意时立刻找到新兴报刊媒介作为自己议论文章的平台，但显然康有为本人的上书奏议，已经在平易畅达、夹以排偶及融合经史西学方面破除了八股制艺、桐城古文法度，迈出了文章变革的步伐。例如在"公车上书"中，康有为向光绪皇帝陈明利害，"窃以为弃台民之事小，散天下民之事大；割地之事小，亡国之事大；社稷安危，在此一举，举人等栋折榱坏，同受倾压，故不避斧钺之诛，犯冒越之罪，统筹大局，为我皇上陈之"③，这种超越颂圣谀君的敢言直谏姿态、突破典雅婉曲的汪洋恣肆文风，足以成为当时文人士林的一个新标杆。光绪戊戌年四月，康有为在其呈交的《请废八股折试帖楷法试士改用策论折》中，除了变革科举之论外，更提到有鉴于诗赋之浮华寡实、帖括之迂腐无用，倡导大义微言与通经致用，并呈请在科举考试中改试策论，指出"以其体裁，能通古证今，会文切理，本经原史，明中通外，犹可救空疏之宿弊，事有用之问学"④，通过承载"时务"话题的上书奏议，将晚清时期基于重振士风、推举人才的文体变革推向了高潮。

值得指出的是，在《时务报》创办后，与此前仅注重刊载上谕、传抄奏章的邸报不同，也与《循环日报》等以政论为中心、偏重民间的新闻和论说有异，《时务报》的编排体例同时包含了民间的报章议论和上层精英的奏议上书，更显示出维新运动时期中国朝野上下、同气相求的局面。在每一期的报刊上，除了报刊主笔的议论文章以及各类译稿外，还保有大量上谕和奏折的抄录，其中不乏一些议论翔实、文气通畅之作，包括《李侍郎端棻请推广学校折》《胡中丞聘

---

① 康有为. 上清帝第四书［M］//姜义华，张荣华. 康有为全集：第二集. 北京：中国人民大学出版社，2007：87.
② 钱基博. 现代中国文学史［M］. 北京：中国人民大学出版社，2004：298.
③ 康有为. 上清帝第二书［M］//姜义华，张荣华. 康有为全集：第二集. 北京：中国人民大学出版社，2007：32.
④ 康有为. 请废八股折试帖楷法试士改用策论折［M］//姜义华，张荣华. 康有为全集：第四集. 北京：中国人民大学出版社，2007：80.

之请变通书院章程折》《盛京卿宣怀自强大计举要胪陈折》《陕西巡抚张学政赵会奏创设格致实学书院折》《新疆巡抚陶覆陈自强大计折》等奏议文本，将原本只活跃于朝堂之上的文学活动和思想风暴呈现在了公共领域，与报界文人主笔们讨论"时务"的议论文章一道，向数量更为庞大的读者群体呼吁变法维新、讲求西学新知。这些奏议文体的写作者，之后不少又成了各大维新报刊的作者或读者，他们通过上书奏议所进行的文体与思想层面的实验，为即将开启的报刊时代提供了基础和准备。

（四）采诗观风：报刊时代的发生逻辑

按照康有为在《长兴学记》中的说法，中国古代"文"与"学"并立，"学"因时而异，"文"也随之兴替嬗变[①]，二者之间往往互为表里、相应而动。但是，在世变之亟的晚清，学术思想受到外来冲击迅疾变化，"文"的更新反而会表现出某种滞后性，类似于晚清"译界之王"林纾坚持用雅洁旨趣的桐城古文来翻译西方的通俗小说，作为"时务文学"最初的文本形态，康有为等人的上书奏议采取的是以秦汉之时便已成型的古老文体来承载最前沿、最新潮的思想学说。这种旧式文体与崭新内容的特殊结合方式，彰显着晚清维新知识分子的价值追求和精神症候。此前王韬表达变革之论的文章便或多或少带有着"上书"的影子，例如在《上当路论时务书》中，王韬一边强调对于西人应当师其所长，"西学西法非不可用"，一边以恳请的口吻表示："略陈时务所在，幸少垂察而采择焉。"[②] 这些作者的内心深处存在着一个为之写作诉说的终极读者，期望自己的言论能够"上达于君"，成就济民兴邦、匡时济世的不朽名篇，这也是帝国体制和儒家意识形态之下难以克服的集体无意识。

"条陈时务"以期"垂察采择"的深入人心，以至于晚清诸多形式的"时务文学"文本都延伸演变为了上书奏议的形式或行为。甲午战争之后，包括冯桂芬的《校邠庐抗议》、汤震《危言》、陈炽《庸书》、郑观应的《盛世危言》这些较早言说时务话题的著作文章，乃至梁启超于 1896 年开始连载于《时务报》上的系列政论文《变法通议》，都通过翁同龢、孙家鼐、邓华熙等几位帝国高官的上书举荐，在进呈给皇帝本人阅览后实现了"上达天听"的理想。特别

---

① 针对孔子所谓"言之无文，行之不远"，康有为称"故四科之列，文与学并。战国以降，辨说峰起；西京而后，文体浩繁；世既竞尚，不能不通"。参见康有为. 长兴学记 [M] //姜义华，张荣华. 康有为全集：第一集. 北京：中国人民大学出版社，2007：345.

② 王韬. 上当路：论时务书 [M] //楚流，书进，风雷，选注. 弢园文录外编. 沈阳：辽宁人民出版社，1994：389.

是被视作晚清文章变革先驱的冯桂芬，屡有"采西学""制洋器"等议论，然而只能"廉远堂高，笺疏有体，九重万里，呼吁谁闻"①，带着这样的遗憾，病逝于同治十三年（1874 年）。堪以告慰的是，先是生前李鸿章上书为他奏请褒奖，随后他的文集《校邠庐抗议》在光绪朝被推荐给皇帝本人，并在 1898 年由光绪帝下旨重新印刷一千部，由军机处下发中央政府各部院卿寺堂司名官，号召他们对冯氏的著作文章进行签议，并另呈说帖、条陈意见，在"进行一次政治态度和新学识见的大检验"② 的同时，又引发了新的一轮有关维新变法的上书讨论。这是帝国高层通过上谕奏章的互动讲求时务风潮的一次集中体现，更可谓在士林当中树立了一位文人以文章赢得身后名的典范。

与这些早期时务文章的作者相比，康有为本人无疑是上书活动最直接的受益者，也是古代文士漫长上书历史中的幸运儿，其上书最终通过都察院代呈至光绪皇帝处，使这位南海先生声名大噪，逐渐跻身于帝国的中心舞台，并由此成为维新运动中的关键人物。而对于广大士人举子来说，即使这样的伏阙上书行为不能实现"上达于君"的终极目的，但为天下事躬身入局、挺膺负责，无疑能让他们获得道义和美学上的崇高镜像，作为他们此种政治与文学行为背后的意义支撑。梁启超就曾经在《戊戌政变记》中，高度评价乙未年的公车上书，将之视作是各省思想启蒙的发端：

> 言甚激切，大臣恶之，不为代奏。然自是执政者渐渐引病去，公车之人，散而归乡里者，亦渐知天下大局之事，各省蒙昧启辟，实起点于斯举。此事始末，上海刻有《公车上书记》以纪之。实为清朝二百余年未有之大举也。③

但是，这种时务内容与上书形式的结合，除了在写作对象和传播范围方面存在先天局限外，往往也会因为上书仪式与奏议内容之间的矛盾，产生出新的

---

① 冯桂芬.校邠庐抗议·自序［M］//郑大华，点校.采学西议：冯桂芬 马建忠集.沈阳：辽宁人民出版社，1994：2.

② 共有来自宗人府、翰林院、六部、都察院、总理衙门、理藩院、大理寺、步军统领衙门、顺天府等机构的 523 人参与签注意见，有维新派，也有保守派，更有一类"本来不懂时务，但在变法维新的政治大势中，要表明自己拥护变法，签注中夹杂着一些新词，议论堂而皇之，却空泛无物"。参见中国第一历史档案馆.清廷签议《校邠庐抗议》档案汇编［M］.北京：线装书局，2008：1-4.

③ 梁启超.戊戌政变记［M］//汤志钧，汤仁泽.梁启超全集：第一集.北京：中国人民大学出版社，2018：598.

精神困境和思想裂痕。晚清第一位驻外公使郭嵩焘，在光绪元年（1875 年）的奏议中提出，西洋立国"其本在朝廷政教，其末在商贾，造船，制器"①，褒扬近代议院制度与民主思想。在抛出这一对于帝制皇权构成潜在威胁的本末之论后，他旋即遭到朝野上下乃至本乡绅民的攻讦。面对朝野上下群起而攻之，郭嵩焘所能想的，也只能是继续通过上书向帝国的最高统治者陈情。两年后，他在《办理洋务横被构陷折》中一边痛心于讪议，一边归罪于自己，称"此皆由臣德薄能鲜，知人不明，莅事多暗，于洋务本无知晓，轻率议论，以至动于忌讳，万口交谪，蒙被圣恩，无能仰酬万一"②。归国之后，郭嵩焘将自己的奏议、书说汇编为《罪言存略》刊行，以"罪言"自谓，却依旧抱有期望，期望能有一二知情伪、习利弊之人可以"通其弊而广其益"，这也折射出他对于自己上书的矛盾态度。在 1891 年离世前，郭嵩焘还曾在日记中作试笔诗一首，"今日朝廷真有道，古来事变渺无方。升沉饱历成衰病，回首人间忧患长"③，对游历欧洲、经历近世文明洗礼的他来说，朝廷有道却事变无方，只有广开言路之名，却难实现讲求时务之实，最终徒增个人衰病和国家忧患。

故而，早在写作《论时务》时，康有为便提出在电线、铁路、轮船、火船等诸法之外，还要通过效法泰西议院之设来实现"民情不致下壅，而巡抚不致专制，利可旋兴而害可立革矣"的目标。他拿出今文经学"托古改制"的理论武器来证明议院的"于古有征"，称"《洪范》言'谋及卿士'者，上议院也；'谋及庶人'者，下议院也"④。不久后，在《上清帝第一书》的开篇，他以《大学》之美文王"与国人交"、《诗经》"呦呦鹿鸣，食野之苹，我有嘉宾，鼓瑟吹笙"的例子来说明周代君臣坐论之礼、上下通达的景象，称"通之之道，在霁威严之尊，去堂陛之隔，使臣下人人得尽其言于前，天下人人得献其才于上"⑤。在《上清帝第二书》（即《公车上书》）中，康有为又指出中国之大病，正在于壅塞，上下隔塞，民情不达，犹如人之身体气郁生疾，故谏言光绪皇帝能够颁布诏令，在各府县中选取直言之士为"议郎"，开会议于太和门，集

---

① 郭嵩焘. 条议海防事宜 [M] //杨坚，点校. 郭嵩焘奏稿. 长沙：岳麓书社，1983：345.
② 郭嵩焘. 办理洋务横被构陷折 [M] //杨坚，点校. 郭嵩焘奏稿. 长沙：岳麓书社，1983：389.
③ 郭嵩焘. 郭嵩焘日记：第四卷 [M]. 长沙：湖南人民出版社. 1983：984.
④ 康有为. 论时务 [M] //姜义华，张荣华. 康有为全集：第一集. 北京：中国人民大学出版社，2007：166.
⑤ 康有为. 上清帝第一书 [M] //姜义华，张荣华. 康有为全集：第一集. 北京：中国人民大学出版社，2007：183-184.

思广益，既可让君主"坐一室而知四海"，亦以此实现他所期望的君民同体、天下合心。在作于同年闰五月的《上清帝第四书》中，康有为除了继续呼吁开议院以通下情，以恢复周代"百里封侯，直达天子"的下情上达之外，更提出"无益之虚文"一说，认为明代以来"以八股取士，以年劳累官，务困智名勇功之士，不能尽其学"，"若使地球未辟，泰西不来，虽后此千年率由不变可也。无如大地忽通，强敌环逼，士知诗文而不通中外，故锢聪塞明而才不足用，官求安谨而畏言兴作，故苟且粉饰而事不能兴"①。他指出：

> 夫以无益之虚文，使人不能尽其才，甚非计也。古者三公坐而论道，从容燕坐，讲求经国，故能措施晏如，用成上治。夫行以知为本，高以下为甚。不讲论则有行而无知，不燕坐则有高而无下。冥行必蹶，太高则危，尊严既甚，忌讳遂多。上虽有好言之诚，臣善为行意之媚，乐作太平颂圣之词，畏言危败乱贼之事，故人才隔绝而不举，积弊日深而不发。②

康有为批评了士人所作之诗文内容空洞无物的弊端，同时触及了官员上书进言中乐作太平颂词、却畏言危败之事的现象。作为解决之法，除了下诏求言、开门集议、辟馆顾问等几条建议外，他另外专门提出了"设报达聪"一条，推崇报馆在去塞求通、开启民智方面的作用。关于这条建言，在写作时间相距不到一个月的《上清帝第三书》《上清帝第四书》中，康有为皆有详细的阐发，文字大意大体相同，且都提及了《周礼·夏官》中所记载的负责向君王报告四方政事民情的"训方氏"，其中《上清帝第三书》又援引了《诗经》中《国风》《小雅》来比拟今日报馆之作用。他表示："中国百弊，皆由弊隔，解弊之方，莫良于是。至外国新报，能言国政，今日要事，在知敌情，通使各国著名佳报咸宜购取，其最著而有用者，莫如英之《太晤士》，美之《滴森》，令总署派人每日译其政艺，以备乙览，并多印副本，随邸报同发，俾百寮咸通悉敌情，皇上可周知四海。"③ 从其表述中可知，当"于古有征"的议院之开设尚难以在现实层面真正推行实现时，用古代典籍中记载的文学活动来比附近代西方兴盛的

---

① 康有为. 上清帝第四书［M］//姜义华，张荣华. 康有为全集：第二集. 北京：中国人民大学出版社，2007：82.

② 康有为. 上清帝第四书［M］//姜义华，张荣华. 康有为全集：第二集. 北京：中国人民大学出版社，2007：85.

③ 康有为. 上清帝第四书［M］//姜义华，张荣华. 康有为全集：第二集. 北京：中国人民大学出版社，2007：86-87.

报馆成为康有为等人追求去除壅塞、通达时务较为现实可行的变革路径。

从伏阙上书到报馆横议，中国的文士群体寻求着可以更加自由地言说"时务"的渠道和方式。实际上，运用古籍经术来附会欧陆学说的"采诗观风"说，在晚清最早走向世界的一批辀轩使臣的游记中便早已有之。甲午年曾受命出使西方的宋育仁在其《泰西各国采风记》中，即曾有"泰西既同风，寰宇借前筹。周官亡所守，求野信云赒"①的感慨。只是这种感性的个人游记显然不能满足"求诸野""采其风"的终极目的——让帝国的当道及更广泛的文士群体通达时务，因此，开设报馆成了更为可行的选择。作为维新运动时期由上万言书的京官转向积极为报馆撰稿的文人代表，陈炽在自己写作于甲午战争前的《庸书》中指出，报馆可以公是非，广见闻，"集思广益，四民之智识宏开，殚见博闻，万里之形声不隔"②；作为康门弟子的佼佼者，梁启超更是在"公车上书"活动受挫后，在与友人夏曾佑信中表示："非有报馆不可，报馆之议论，既浸渍于人心，则风气之成不远矣。"③

自周代起，中国便有"采诗观风"的传统古制，诗被赋予了兴观群怨的社会功能，《汉书·艺文志》中记载："古有采诗之官，王者所以观风俗，知得失，自考正也。"④康有为每每在提倡近代西方议院、报馆时，都会借用《诗经》这一文学典籍来说明二者实乃"于古有征"，并强调报馆是议院之外通民隐、达民情、采民言、开民智的又一种渠道，且合于古制。这一论调很快得到广泛的响应，在被视为《时务报》前奏、由张之洞支持康有为办理的上海《强学报》上，维新派知识分子突出强调了写作报章之文的理论依据——"采诗观风"说。1895 年，《强学报》创刊号刊出《开设报馆议》一文，便从复古的角度表达了报馆同人对于报馆的认知和定位：

> 古者采诗以观民风，诵诗而知国政，专立太师之官以主其事。盖诗者，即今日之新报，上自政教，下而风俗，无不备陈……古者削简繁难，故出以韵语以便简约易传，若汉唐之有纸笔，宋后之有刻木，近今之有石印，自必推之弥详，不必限于韵语。太师派人采诗，如今之探事人也，每国皆

---

① 宋育仁. 泰西各国采风记［M］. 长沙：岳麓书社，2016：11.

② 陈炽. 庸书［M］//赵树贵，曾丽雅. 陈炽集. 北京：中华书局，1997：107.

③ 梁启超. 致夏曾佑书［M］//汤志钧，汤仁泽. 梁启超全集：第十九集. 北京：中国人民大学出版社，2018：473.

④ 班固. 汉书：第六册［M］颜师古，注. 北京：中华书局，1962：1708.

有太师，古者万国是一万新报馆也。①

　　这种认识和定位，在此后《时务报》的创办过程中，成了报馆文人群体支撑自我进行"时务文学"写作的一种理论资源。1896年，《时务报》创刊之际，梁启超在《论报馆有益于国事》一文中附议了《强学报》上有关今日之报刊是古时"采诗之法"的论调，称"报馆于古有征乎？古者太师陈诗以观民风，饥者歌其食，劳者歌其事"，"故人主可坐一室而知四海，士夫可诵三百而知国政"②。随后谭嗣同刊载于《时务报》第29册的《报章文体说》，则将周公时期与采诗之太师有异曲同工之处的史官与后世作为文章统绪的选家对立，提出唯有今日能"宏史官之益"的报章，能够重新实现古之史官"皋牢百代，卢牟六合，贯穴古今，笼罩中外"的功能，恢复"上下四方曰宇，往古来今曰宙，罔不兼容并包，同条共贯"③ 的气象。由是可知，当《时务报》的作者群体在使用新兴媒介写作报章之文时，多多少少都带有着"采诗观风"的传统观念，用以应对、接受及消化外来的信息知识和学说思想。

　　作为《时务报》上"报章之文"的主要接受群体，各地士绅官员也正是以"礼失求诸野""采诗观风"的姿态来面对《时务报》上的思想和文字，他们也成为戊戌时期新的"采风""陈诗"文学活动的接受主体。《时务报》上刊有大量他们订阅、发行《时务报》的折奏和手谕，诸如《鄂督张饬行全省官销〈时务报〉折》《浙抚廖分派各府县〈时务报〉札》《岳麓院长王益梧祭酒购〈时务报〉发给诸生公阅手谕》，这些久受桐城古文、科场时文熏陶浸染的上层士人，他们所表现出的、自上而下对于"时务文学"的接纳乃至容忍，同样源自面对外部世界知识所采取的一种史官姿态和采风意识。在全面效仿《时务报》的《知新报》在澳门创刊发行后，广西洋务总局司道曾饬令全省购阅，从其发布在《时务报》上的公文更可看出，透过新报上堪比古之太师史官的"报章之文"来达到效法古之采风以"求诸于野"的目的，已是当时文人士大夫群体的内部共识：

　　　　查新报一事，即古之采风，春秋说万国辒轩，太师奔走，又使男子五十无子者，偏采歌谣，是古者有万报馆，有十数万访事，故民俗好恶，政

①　开设报馆议［J］. 强学报，1896（1）：2.
②　梁启超. 论报馆有益于国事［J］. 时务报，1896（1）：1-2.
③　谭嗣同. 报章文体说［J］. 时务报，1897（29）：18-19.

事得失，不出户庭，而无不知之。泰西百年来，推广为新报，凡地球之内，政术民俗技艺，一切事理，靡所不备。①

　　这种"以复古为解放""礼失求诸野"的文化姿态，让原本并不被重视的报刊媒介，最终成为最被推崇的"时务"文本载体，并催生了最为流行的"时务文学"形式。特别是在保守派针对"时务"风气的"以夷变夏"展开攻讦时，"可知西学者，中国固有之学，西人踵而行之，所谓礼失而求诸野耳"② 一类的论调可以缓解这些"时务"内容本身所要面临的外部批评压力。即使是在《劝学篇》中批评上海报馆"所载多市井猥屑之事，于洋报采撷甚略，亦无要语"的张之洞，也有对于乙未之后、志士仁人创开报馆"内政、外事、学术皆有焉"的肯定，谓之"虽论说纯驳不一，要可以扩见闻，长志气，涤怀安之鸩毒，破扪籥之瞽论。于是一孔之士、山泽之农始知有神州，筐篋之吏、烟雾之儒始知有时局。不可谓非有志四方之男子学问之一助也"③。基于此种共同意识，从甲午至戊戌，迎来了民间报刊勃兴、盛极一时的时期，讲求时务的新知识群体以报刊作为舆论阵地，开始逐渐聚拢，完成了自我作为报界文人的身份确立，"时务文学"的主要载体形式亦开始向报刊转移，"以报刊为中心的文学时代悄然来临"④。作为其中的佼佼者，《时务报》的办刊理念与编排体例，以及围绕着时务报馆所进行的各类诗文、小说翻译和写作活动，正是在报刊时代的风起云涌中被影响、发生并逐渐发展成型。

---

① 广西洋务总局司道饬全省府厅州县购阅《知新报》札 [J]. 时务报，1897（28）：10.
② 京外近事 [J]. 时务报，1896（1）：7-10.
③ 张之洞. 劝学篇 [M]//苑书义，孙华峰，李秉新. 张之洞全集：第十二册. 石家庄：河北人民出版社，1998：9745-9746.
④ 关于"报刊文学时代"的问题，关爱和曾指出，国人自办报的第一次高潮，正兴起于甲午以后。"随着报刊公共空间的急剧扩大，维新知识群体对文学维新的鼓吹，社会对诗、文、小说、戏曲创作与阅读热情的高涨"，使得《时务报》《强学报》等报刊承载起了传播政治讯息、生成公众舆论、发表学术创获和文学作品的重任，一个以报刊为中心的文学时代悄然来临。参见关爱和. 晚清：以报刊为中心的文学时代的开启 [J]. 复旦学报（社会科学版），2020（3）：132-143.

第二章

各国报译与现代性体验的一种发生

一、"译报"设想——《时务报》之嚆矢

（一）汪梁交谊与新型"文人关系网络"

光绪庚寅年（1890 年），刚刚在前一年的乡试中式的浙江举子汪康年，在赴京会试后落第，只能暂时停下在科举道路上的跋涉，另觅人生出路。与他命运相似的，还有来自广东新会的梁启超，同样是前一年中举，在这一年的会试中也名落孙山。举业受挫，成了二人人生道路的转捩，使他们得以短暂地从科考征途及旧有学问文章中抽身出来，依托当时已经在读书人内部开始流行的新式书籍和报刊更新自身精神灵府，认知外部世界。更重要的是，以从这些指向"时务"风潮的知识文本中所获得的一种"对现代生存方式的一种根本体验"[①]为基础，建构起他们对于科学观念、民主意识乃至人文主义等一整套现代精神及价值体系的追求。同时，趋近的价值观念追求也成为汪康年与梁启超能够超越现实局限、交谊多年并最终走向合作的纽带，为日后《时务报》的酝酿创办埋下了种子。而这种交谊纽带的建立，本身也意味着晚清文人一种现代性生存方式的萌芽，以汪、梁二人为代表，这些日后中国报界文人的翘楚开始建立起一种新型"文人关系网络"。

在中国传统文人"关系网络"建立及维系的过程中，家族、师友、同乡乃至科考同年等血缘、地缘、学缘因素往往发挥着决定性的作用。而在晚清时期，部分科举失意后涌入上海的口岸知识分子，通过《申报》《新闻报》《字林沪报》等报刊媒介，开始探索出新型的文人交际模式。在这种交际模式中，虽然依旧以往来酬唱、雅集等为主要形式，但是以报馆为纽带，"传统文人交际网络

---

① 杨春时 . 审美是自由的生产方式［M］. 济南：山东文艺出版社，2009：211.

的家族性、血缘性色彩被都市的陌生化、现代化特征所取代"①。作为未来时务报馆的两位核心人物，汪康年、梁启超之间交谊的建立代表着《时务报》知识群体内部的聚集形式，具有新旧杂糅的多重因子。二人走向合作乃至最后分裂的过程，既是晚清时期张之洞幕府文人、康有为门下弟子两股新知识群体，乃至浙、粤两股地缘学人之间相互交流、碰撞的时代缩影，同时也是"时务风气"鼓动下，新兴报界文人逐渐从考据词章等旧式学问中挣脱出来、以谋求思想及社会变革的努力表征。作为同年中举，又同时在会试中落第的汪康年、梁启超来说，能够跨越这些畛域，建立更宽泛的联系，除了二人个体层面的因缘际会外，还有突破门派、地域限制的新型平台支撑，以及超越儒家意识形态的现代性寻求。

与汪康年、梁启超等《时务报》同人过从甚密的孙宝瑄，在自己的日记中记录，曾在时务报馆担任撰述的章太炎以《红楼梦》中的人物比拟当世人物，"谓那拉，贾母；在田，宝玉；康有为，林黛玉；梁启超，紫鹃；荣禄、张之洞，王凤姐，钱恂，平儿；樊增祥、梁鼎芬，袭人，汪穰卿，刘姥姥……"②。虽为戏谑之言，却对维新运动中从慈禧、光绪到康有为、张之洞等人物做了形象的比拟。其中以极具个性、率真叛逆的丫鬟紫鹃来比喻梁启超；以谙于世故、性情中庸平和的刘姥姥来比喻汪康年，颇能见出以焦大自比的章太炎对时务报馆两位关键人物的臧否。他敬佩梁启超的思想文字，又厌恶其对于康氏及所谓康学的亦步亦趋；在暗示汪康年的老成世故之余，又肯定了汪康年作为《时务报》经理，居中调停联络之功。相比之下，曾与康梁一道参与成立北京强学会，后又转入张之洞幕府执掌两湖书院的沈曾植，对于汪的评价则没有停留在他的组织经营上。他在为《穰卿遗著》所写序言中强调了汪康年为民呼喊的现代报人精神：

　　余识穰卿于童卯之年，亲见其困折于塾师，亲见其困学，见其成业，见其为大秀才，见其为名孝廉，为名进士，为大议论家，日长炎炎不可止。而时势推迁，爱恶攻取，乃困于葛藟、于梼杌，困于纵横，于游侠。纷纷

---

① 以早期《申报》为平台，蒋芷湘、吴子让、钱昕伯、蔡尔康以及王韬等，虽然和传统文人结社一样进行诗酒雅集和酬唱往来，但他们之间的交谊并不来自传统的亲缘关系。以报馆为中心进行的互动性文学活动，属于"在新的都市空间开拓现代性的人际交往空间"。参见花宏艳. 早期《申报》文人酬唱与交际网络之建构 [J]. 华南师范大学学报（社会科学版），2013（4）：136-141.

② 孙宝瑄. 忘山庐日记：上 [M]. 上海：上海古籍出版社 1983：372.

络绎，动心而忍性，名称满人间，志益烟阗，乃困于贞疾。凡兹遗书，则皆穰卿之呻吟语耶。"民之方殿屎"，穰卿之呻吟，噫！①

沈曾植所谓的几番"困于"，道明了汪康年如何从科举入仕、转变为办报干政的曲折过程，更隐含了其从求功名到讲时务的精神裂变。这种精神裂变在晚清急遽变化的时局中，又不仅仅是汪康年个人，也见于梁启超等同时代读书人，成为他们共同的生存体验。1860 年出生于浙江钱塘县的汪康年，祖上原是明代万历年间由安徽黟县迁至杭州的商人，后逐渐成为当地有名的书香门第，"世以藏书为事，至鱼亭公益加搜罗，于是振绮堂藏书之名始著"②。但是，至汪康年祖父一辈，汪家开始家道中落，父亲汪曾本因会试屡试不中，只能设法纳赀入仕为盐大使，指分广东候补。故自 4 岁起，汪康年在广州生活了将近 20 个年头，其蒙学教育、旧学功底皆得益于当地私塾的教育，与粤人结下了颇深的渊源。特别是 1881 年汪康年 22 岁时，"从番禺石星巢先生（炳枢，后改名德芬）习举业，石先生为广东名孝廉，与先生甚相契，师弟之谊甚笃"③。几年后，梁启超也拜师这位石星巢先生，并在书信中有"此老旧学尚好，吾十五六时之知识，大率得自彼也"④ 之评价。汪康年与梁启超，日后时务报馆中最关键的两位人物，也是同门师兄弟关系。在年龄上相差有 13 岁的两人，所受教育背景相似，乃至在科举道路上中举人的年份都一样，梁启超后来称呼汪康年为"同年"，二人正是依托于此，建立起最初的关系连接。

尽管有着传统"文人关系"的要素支撑，但是汪康年与梁启超此后频繁的交流互动显然并不主要依托于此，他们之间交谊的建立到最终走向合作，还有内在共同价值观念和目标的驱动。光绪己丑年（1889 年），年仅 17 岁的梁启超在广州乡试中得中举人时，石星巢专门写信告之当时在京应考的汪康年，称赞

---

① 此篇录于汪康年胞弟汪诒年为其所撰年谱之末尾。参见汪诒年．汪穰卿先生传记［M］//汪林茂校．汪康年文集：下册．杭州：浙江古籍出版社，2011：782．

② 鱼亭公（讳宪），为汪康年六世祖，"乾隆甲子科中式举人，乙丑科成进士，始以科名著称。"参见汪诒年．汪穰卿先生传记［M］//汪林茂校．汪康年文集：下册．杭州：浙江古籍出版社，2011：667—668．

③ 汪诒年．汪穰卿先生传记［M］//汪林茂校．汪康年文集：下册．杭州：浙江古籍出版社，2011：679．

④ 梁启超．致梁思顺［M］//汤志钧，汤仁泽．梁启超全集：第二十集．北京：中国人民大学出版社，2018：45．

梁的词章学问，嘱托汪在梁到京后与其"一结面缘"①。然而，受到外部风气的影响，石星巢先生所授举业旧学已经不能满足两位弟子急欲开拓自身知识视野的诉求。相比较而言，年纪更小的梁启超此时尚做着因循的科举时文，缜密古雅之余不免陈腐空洞的习气弊病，既有"盖休征者，休德之征也。曰惟肃矣，时雨若矣"传统的天命观念，亦不乏"地载兼爱，天覆无外，王有恩言，永锡尔类"② 这样的陈词套语。而1884年便已从广州迁回杭州的汪康年，则凭借着靠近上海这座出版业发达的口岸城市之便利，相比当时的梁启超，有着更多接近这些外来译书和新学知识的机会，他尤喜言新学、不愿恪守八股陈规的文章趋向在科考中已经显露出端倪。

1890年，经由李文田举荐，汪康年前往两湖总督张之洞处担任张之洞孙辈的家庭教师，在自强书院任编辑，后入两湖书院任教，其间参与了《洋务辑要》丛书的编纂工作。而梁启超则在这一年，经陈千秋介绍拜入康有为门下，次年入康有为开设在广州长兴里的万木草堂学习，除听南海先生讲学，治诸子、佛典与清儒经注以外，开始涉猎西方书籍译本，形成了自我对于西学获取的先后缓急判断，列举了包括大量西学书在内的"最初应读书"③。在这一时期，张之洞将自强学堂分为方言、算学、格致、商务四斋，康有为则在万木草堂分出文学、经世、考据、义理四科。学科划分虽不一样，但无论是张之洞增设的算学、格致门类，还是康有为以"图""枪"一类经世通用者补"六艺"之学④，或直接来源于西方近代的学说，或具有明显的新学知识痕迹，都表现出对于现代知识、价值体系的关注和追求。经由各类翻译文本吸纳而来的外来学说、思想

---

① 石德芬．石德芬函：一［M］//汪康年师友书札：一．上海：上海古籍出版社，1986：203.

② 《经艺奇观》（光绪二十三年广州省城刊本）所录梁启超《曰休征曰肃时雨若连珠》《乐由中出故静七发》《以御宾客且以酹醴选赋》《取郜田自漷水季孙宿如晋襄公十有九年》四篇，被认为是其1889年参加乡试时所写。参见梁启超．梁启超全集：第一集［M］．北京：中国人民大学出版社，2018：1-8.

③ 万木草堂时期，梁启超曾根据康有为的《桂学答问》，作学要十五则，其中谈到对西书的阅读时表示："先读《万国史记》以知其沿革，次读《瀛寰志略》以审其形势，读《列国岁计政要》以知其富强之原，读《西国近事汇编》以知其近日之局。"并将这四本书连同《格致须知》《谈天》《地学浅识》一起，列入"最初应读书"中的"西学书"一项。参见梁启超．读书分月课程［M］//汤志钧，汤仁泽．梁启超全集：第一集．北京：中国人民大学出版社，2018：13-17.

④ 周代六艺之学"礼、乐、射、御、书、数"，康有为以近代可为国家之用的"图""枪"之学，取代于今无用的"射""御"之学，并且在"数"学中谈到了代数、微积分，以为"阿尔热八达译本东来，不必叱为远夷异学也"。参见康有为．长兴学记［M］//姜义华，张荣华．康有为全集：第一集．北京：中国人民大学出版社，2007：346.

甚至语词，在汪康年、梁启超的求学和读书生涯中变得越发重要起来，也取代了旧有的词章学问，成为他们在各自幕府、师门内部建立文人交谊的关键因素。

一为游幕，一为拜师，都是在传统的文人关系网络中寻求并获得新的价值知识。但是，作为汪康年与梁启超开拓视野、增长见闻背后的关键人物，张之洞和康有为对于外来文本及现代性的吸收、消化方式却大异其趣。张之洞在幕府中组织学人的教学译介活动，类似于其幕府文人邹代钧提到的"述而不作"，属于对西学知识的直接介绍，少有越界的思想阐发；康有为则惯于将外来的学说融入自己所治今文经学的微言大义中，并以滔滔雄辩之言加以议论。虽然都力主进取开放、吸收世界知识，但两位师长对于外来知识文本的不同态度也在某种程度上决定了汪康年、梁启超二人的内在差异。相比于康门弟子，汪康年与身边友人的联合更进一步，他的关系网络已经不再过分地追求以科考同年、书院同门、地域同乡这"三同"为倚仗。对于时务话题及新学知识体系的追求是维系汪康年与其他文人之间最为关键的纽带，这也为日后他作为经理、以《时务报》为平台聚集一批有别于传统文人士大夫的新知识群体奠定了基础。

在湖北期间，汪康年结识了徐建寅、缪荃孙、梁鼎芬、姚锡光、邹代钧、陈三立、吴德潚、吴樵、辜鸿铭等人，并以往来书札的方式初步形成了一个趋时求新的"文人关系网络"。在这些文人中间，有的具有留洋、出使欧美国家的经历，并著有涉及军事、商务、舆地等领域的新学书籍，不少人后来或曾为《时务报》捐资供稿，或直接参与了《时务报》的创办。如曾求学西洋的辜鸿铭，当时在张之洞幕府就已展露出他过人的语言天赋和翻译才能，汪康年后曾邀请其为《时务报》翻译书稿①，即源自湖北时期的交情。特别是在汪康年入张之洞幕府后，张之洞已经开始在自强学堂内部组织诸生学习洋文、广译西书，以"会通博采"，甚至考虑"延聘通晓华语之西士一二人，口译各书而以华人为之笔述，刊布流传，为未通洋文者，收集思广益之效"②。与汪康年一起参与了《洋务辑要》丛书编辑的好友叶瀚，在信中还曾劝说汪康年坚守在鄂，称"弟向在外谓天下无办事之人，乃至乡里，而觉鄂胜于沪，沪胜于浙，故不欲弃向来

---

① 汪康年邀请辜鸿铭一事，辜鸿铭虽寄上稿件，却以"议论迂远，不切时事"，"恐与贵报体裁实不相符"推辞，可知当时辜受张之洞的影响，对于《时务报》上激烈言论的排斥。参见辜鸿铭. 辜鸿铭函 [M] //汪康年师友书札：三. 上海：上海古籍出版社，1987：2232.

② 张之洞. 札蔡锡勇等改定自强学堂章程 [M] //苑书义，孙华峰，李秉新. 张之洞全集：第五册. 石家庄：河北人民出版社，1998：3291.

之成局，别创新图，亦以孤立之危、可怵之甚也"①。

　　也正是在此期间，汪康年与梁启超彼此之间开始了书信往来。《汪康年师友书札》中存有梁启超写给汪康年的 49 封信函，从中能够清晰地看到他们从筹备、创办《时务报》到产生分歧积怨并最终分裂的过程。而追溯导致二人关系破裂的缘由，有如张之洞、康有为之间那样，在思想学术上存在着不可调和的分歧，但更多的还是报馆人事上的纠纷②。在呼吁政治领域的维新变革通过公共媒介以通达时务等方面，二人始终有着共通的追求。在梁启超逐渐成长为报界巨子的过程中，有汪康年及其身边报界文人群体共同引领、助推、影响的因素。光绪壬辰年（1892 年）的闰六月，梁启超在信函中称许汪康年为"经世之才""福在苍生"，而介绍自己"性秉热力"，颇有"用世之志"，嘱托汪如有文章新论，能够及时相示。同时，梁启超还把康有为之弟康广仁推荐给汪康年，理由正在于其"能读西书，练于时务"③。

　　从早期的通信来看，在言变法、讲西学动辄被斥为异端异学的时期，梁启超将汪康年引为同道，并愿意将其他熟知时务的人才介绍给汪，自然不仅因于二人的同门、同年关系。二人分居粤、鄂之时，梁启超在信中谈及了自己对于所谓"通人""通达之学"的追求，倾吐"中国人士，寡闻浅见，专己守残数百年，若坐暗室之中，一无知觉。创一新学，则阻挠不遗余力，见一通人，则诋排有如仇雠"④，而对汪有"天涯漂泊、同病相怜、未知良晤又在何日耳""世变日近，我辈相见之期日远，何可言邪"⑤ 之叹。他曾为汪康年作诗三首，以表达心迹，其中一首《与穰公同年书》写道：

---

① 叶瀚. 叶瀚函［M］//汪康年师友书札：三. 上海：上海古籍出版社，1987：2530.
② 关于汪、梁的矛盾以及《时务报》知识群体的最终分裂，廖梅在《汪康年：从民权论到文化保守主义》一书中曾做过详细的分析，指出汪、梁二人持相同政治取向，汪康年对于"康学"也保持着容忍态度，最终导致两人分裂的原因，是现实层面的报馆管理权之争。参见廖梅. 汪康年：从民权论到文化保守主义［M］上海：上海古籍出版社，2001，180-192.
③ 梁启超. 梁启超函：一［M］//汪康年师友书札：二. 上海：上海古籍出版社，1986：1827.
④ 梁启超此封信中，主要讨论的是张之洞修建粤汉铁路之事，故其有关"通人""通达之学"的思考，亦只局限于"不兴铁路"，"铁路既兴之后，耳目一新，故见廓清，人人有海外望洋之思"。参见梁启超. 梁启超函：二［M］//汪康年师友书札：二. 上海：上海古籍出版社，1986：1828.
⑤ 梁启超. 梁启超函：三、四［M］//汪康年师友书札：二. 上海：上海古籍出版社，1986：1830.

奇士在世间，即造一世福。履崇与处庳，所愿乃各足。新义凿沌窍，
大声振聋俗。数贤一振臂，万夫论相属。人才有风气，盛衰关全局。去去
复奚为，芳草江南绿。采掇当及时，无为自穷蹙。①

做"通人"和"通达之学"，以及追求"奇士"和"新义"的表述，正言
明了以汪康年为中心所召唤而出的"文人网络"对于自我身份、价值观念追求
的认同趋向。有别于科考、书院、地缘等传统文人交游网络的构成，他与梁启
超的联合，在于追求通过"新义"来"凿沌窍""振聋俗"，以期促成"奇士"
为代表的人才风气。两人之间通过这些共同追求，弥合了本来存在的地缘出身
及政治派系等层面的巨大差异。纵览《汪康年师友书札》，在《时务报》的创
办期间，包括王韬、宋育仁、谭嗣同等人在内，有不少文人又将"穰卿、卓如
兄""穰、卓两公"作为自己的致信对象，也证明虽然存在着种种分歧，但二人
的交谊并由此建立的新型网络依然在维新运动期间超越了一些旧式的文人关系
畛域，成为《时务报》知识群体的代表和象征。

（二）从"开会"到"开风气"

当康有为等人在北京致力于强学会、《万国公报》（后更名《中外纪闻》）
的建设，以此来实现对于时务的"采诗观风"之时，汪康年带领家眷离开了已
经生活了五年之久的武昌，迁居上海②，并列名不久后成立的上海强学会。在此
期间，他不断从在总理衙门任职的堂兄汪大燮那里探询北京方面的动向，"京中
言变法者甚多""京城士夫拟联强学会"③ 一类的消息让这位两湖书院的教习再
也不能满足于"栖迟武昌，尸素讲席"的现状，萌生了在上海创设学会和报纸
的想法。他开始与友人讨论商议，学会拟命名为中国公会，并办一份以翻译为
主的机关报，一会一刊，正好与北方京城内的强学会、《万国公报》（《中外纪
闻》）形成呼应之势。特别是关于创设中国公会的设想，汪康年欲利用自己所
建立的"文人关系网络"，"先在湖北与诸同人商议，又特至上海与诸名流集
议"，《章程》业已拟就，虽未能在维新运动期间成立，然而其中变法图存的动

---

① 丁文江，赵丰田．梁启超年谱长编［M］．上海：上海人民出版社，2009：23.
② 汪大燮在乙未年九月廿四日给汪康年、汪诒年两兄弟的书信中提及，"谂姊母大人暨瀛
眷均已移寓申江，甚善甚善"，并对其居地造物情形进行询问，由此可知此时汪康年已
举家离开湖北迁居至上海。参见汪大燮．汪大燮函：五十六［M］//汪康年师友书札：
一．上海：上海古籍出版社，1986：713.
③ 汪大燮．汪大燮函：五十、五十五［M］//汪康年师友书札：一．上海：上海古籍出版
社，1986：701，710.

议，依然被视为"后来设立《时务报》之前驱"①。"开会"，成为汪康年所设想的召聚同人、研讨时务的最初形态。

当是时，康有为等人积极组织各界文士精英，以学会为平台表达政治诉求，并通过《强学报》提出了开设议院等政治主张，其对于学会的设计理念初具近代议会政党的试验性质。在汪康年拟定的《中国公会章程》中，他追溯学会的历史渊源，指出中国历代虽严禁朋党，但"明末之复社、几社，往往以布衣而议国是，稍与泰西之法相近"②，契合了康有为、宋育仁等人阐释讲求"时务"时有关开议会、兴民权的主张。因此，远在上海的汪康年，因为关于"开会"的倡议，很快被康梁等维新派引为同道。当梁启超为北京强学会作《学会末议》一文，鼓吹学会的作用，立刻在信中告之汪康年，询问其是否读到③；康有为则是去信，肯定汪康年的开会设想是"万里同心"，并以"沪上事"相托：

> 不见经年，知欲开会，万里同心，百折不回。沈劲郁拔之气，安得如穰卿者哉？若得如穰卿者百数十，遍八十行省，事或有济也。南皮顷已许办上海、广东两会，知所乐闻，故先驰报。仆急须还粤，沪上事待之穰卿矣。④

然而，以政治变革为目标的开会之举，在现实层面却面临着极大的阻力和风险。特别是强学会成立不久，即遭到御史杨崇伊的弹劾，请求禁止取缔。梁启超后曾回忆："惟当时社会嫉新学如仇，一言办学，即视同叛逆，迫害无所不至"，且"风气未开之际，有闻强学会之名者，莫不惊骇而疑有非常之举"。⑤故而，在北京参加强学会、并与梁启超一同担任了《中外纪闻》主笔的汪大燮，

① 汪诒年. 汪穰卿先生传记 [M]//汪林茂校. 汪康年文集：下册. 杭州：浙江古籍出版社，2011：691.
② 汪康年. 中国公会章程 [M]//汪林茂校. 汪康年文集：上册. 杭州：浙江古籍出版社，2011：1.
③ 此文后未登载，仅见于梁启超、吴樵给汪康年的书信中。其中吴樵曾告之汪："京会闻发难于卓如之文。渠有《学会末议》一篇，甚好，脱稿后会以示樵，不知局中谁人献好，闻于政府，遂嗾杨崇伊参之。"由此文导致强学会被参劾，亦可知梁文的思想内容，为保守派所不容。参见吴樵. 吴樵函：四 [M]//汪康年师友书札：一. 上海：上海古籍出版社，1986：463.
④ 康有为. 康有为函：一 [M]//汪康年师友书札：二. 上海：上海古籍出版社，1986：1664.
⑤ 梁启超. 莅北京大学校欢迎会演说辞 [M]//汤志钧，汤仁泽. 梁启超全集：第十五集. 北京：中国人民大学出版社，2018：51.

在给堂弟汪康年的信中提及了强学会"亦名译书局",有选译西报西书的打算,并提出了与汪康年筹备的中国公会合作,先进行翻译活动的设想。

> 京中同人近立有强学会,亦名译书局,下月开局,先译日报,凡伦敦《泰晤士》《代谟斯》报先日出一册,约十页等。西书购到即译书,欲与穰弟之公会合而为一,凡此间所译,公会不必译,公会所译,此间不再译,可以事半功倍。①

汪康年在《中国公会章程》中指出,民权问题的背后实质是民众风气未开的问题,"风气既开,人才自出,实为自强之基"②,故而有以学会为依托,设立会报的想法。这一想法,也得到了其身边文人的支持,当时尚在湖北的邹代钧,在给汪康年的信中便提醒道:"今欲合诸西学为会,而先树一学会之的,甚不容易。若能先译西报,以立根基,渐广置书籍,劝人分门用功,互相切磋,以报馆为名,而寓学会于其中较妥。沪上英才甚多,祈博采而熟商之。"③ 他甚至给出了关于译报的具体实施方案:先以时政为主,再旁及专门之学,并聘请专门之人进行翻译。即便如此,在《时务报》成立发行后,每每有激烈的议论文字刊出,依然会有信函寄往经理汪康年处,劝诫其"多译实事,少抒伟论","咸以戒慎、恐惧相勖,抑亦鉴与惊世骇俗之论,不可以持久,惧其将一蹶而不可复振也"④,更显出在当时谈论时务的热潮之下隐藏着的舆论风险。

作为上海维新报刊的前奏,由康门弟子徐勤、何树龄任主编的上海《强学报》在创办之际,已显现出避免重蹈北京强学会、《中外纪闻》被参劾覆辙的努力。报上所刊出的《上海强学会章程》明确提出本会宗旨乃是"为中国自强而立",而欲求中国自强之学,主要在于译印图书、刊布报纸、开大书藏、开博物院等文教措施。章程中有关报纸一项,特别突出提到了"录时务""译外洋"的功能:

① 汪大燮. 汪大燮函:五十七 [M] //汪康年师友书札:一. 上海:上海古籍出版社,1986:714.
② 汪康年. 中国公会章程 [M] //汪林茂校. 汪康年文集:上册. 杭州:浙江古籍出版社,2011:3.
③ 邹代钧. 邹代钧函:九 [M] //汪康年师友书札:三. 上海:上海古籍出版社,1987:2639.
④ 汪诒年. 汪穰卿先生传记 [M] //汪林茂校. 汪康年文集:下册. 杭州:浙江古籍出版社,2011:701.

　　陈文恭公劝士阅邸报以知时务，林文忠公常译《澳门月报》以觇敌情。近来津、沪各报，取便雅俗，语涉繁芜；官译新闻纸，外间未易购求。今之刊报专录中国时务，兼译外洋新闻，凡于学术治术有关切要者，巨细毕登，会中事务附焉。①

　　在《强学报》第 1 号上，《开设报馆议》一文，表明了上海强学会希望以报馆之文章议论来实现达民隐和开民智的目的。文章指出，通过自庙堂而民间、由中国而世界的"采诗以观民风、诵诗而知国政"，可以让中国的文士"坐语一室，而知四海"，所谓古之诗者，正如今日新报之录琐屑新闻与纪时事，有着体察时政民情的现实功用。据康有为此后回忆，1886 年张之洞督粤时，有意请他与文廷式任事，以广译西学新理②，虽这只是康有为单方面的说法，但可看出其本人也在探求与张之洞等开明官员的共性交集，寻找双方走向合作的可能性。从康有为个人的角度而言，他若要争取帝国上层的支持，就需要向更加稳妥的"录时务""译外洋"等方案靠拢。甲午、乙未之际，张之洞在湖北设立译书局，翻译西方书籍，并捐资加入强学会，后又对两湖书院的课程进行改革，增设新学课程，也都与《上海强学会章程》中"鉴万国强盛弱亡之故，以求中国自强之学"的宗旨趋同，显现出洋务派与维新派之间的共识。

　　但是，从《强学报》所推出的两期内容来看，显然违背了上海强学会的初衷，没有遵循预先拟定的以翻译为主的设定，"报中全不翻译西报，并不译列中事，而但发空言，与局刊章程显然不符"③。不唯如此，《变法当知本源说》《论回部诸国何以削弱》等文章大胆地提出了有关议院民主的思想，以及对君权独擅的批评，在强学会内部的部分成员中引发了恐慌。由于担心襁褓中的上海强学会再度受到牵连，这些直接涉及"开会"的言论被斥之为"空言"。而在《强学报》卷首的显著位置所采用的孔子卒后的纪年方式更是招来了不少非议，这种效仿西方基督教以耶稣基督生年为参照的时间观念，带有了明显的"康学"烙印，连同一起刊发的《孔子纪年说》《毁淫祠以尊孔子议》等文章，表现出

---

①　上海强学会章程［J］. 强学报，1896（1）：5-8.
②　康有为称："时张之洞督粤，春间令张延秋编修告之曰：'中国西书太少，傅兰雅所译西书皆兵医不切之学，其政书甚要，西学甚多新理，皆中国所无，宜开局译之，为最要事。'张香涛然之，将开局托吾与文芸阁任其事，既而不果。吾乃议以商力为之，事卒不成。张香涛乃欲以三湖书院、学海堂聘吾掌教，既有人言，皆却之。"参见康有为. 康南海先生自编年谱［M］//蒋贵麟. 康南海先生遗著汇刊（廿二）. 台北：宏业书局，1987：16.
③　蒋贵麟. 万木草堂遗稿外编：下册［M］. 台北：成文出版社，1978：845.

了建立"孔教"为国教、以应对西方文明冲击的思想趋向。在甲午之后毁淫祠、兴学堂的"庙产兴学"① 浪潮下，《强学报》激进地提出要"一天下之耳目，定天下之心志"，关键在于"继孔子之志，专孔子之祀"。文章从诗、文、小说等近代狭义概念的"文学"范畴出发，提出有关"孔教"文本载体的设计，欲借助文学的力量来阐释康有为有关"素王改制"的学说：

> 劝世之文、歌谣、小说之书皆以援孔子之大义，明孔子之大道为主，违者以淫书论，所以一天下之耳目，定天下之心志，使之知孔子之名，求孔子之实，则四千年之种族，二千年之圣教，或有赖焉。②

尊孔子为"素王"、认为六经为其托古改制而作，这样的主张带有与外来文明冲击针锋相对的孔教色彩，却隐含有"开会"的现实目的，为康有为等人宣传变法、议会及民权思想提供了本土化的理论武器。《强学报》第 1 号，《论会即荀子群学之义》一篇，以孔子、荀子之乐群比附泰西之有学会，为当时饱受质疑的民间组织辩护，也为康氏自身的"合大群"之说提供了学理支持，用以言说当时维新派锐意进取的政治主张。这一点，被反对者看在眼里，张之洞担忧开议会、兴民权的合群之议是"召乱之言"，将会"无一益而有百害"③。湖南地方的保守士绅叶德辉，则批评"海内不学之士可以文其固陋，不轨之徒可以行其党会"④。要言之，《强学报》及康门子弟通过尊孔教、倡"素王改制"所表现出来的，是一种对于近世文明、新学知识的变向吸纳，正如梁启超在《〈新学伪经考〉叙》中所言：

> 启超闻《春秋》三世之义：据乱世，内其国而外诸夏；升平世，内诸夏而外彝狄；太平世，天下远近大小若一。尝试论之，秦以前，据乱世也，

---

① 甲午之后，曾有"庙产兴学"运动，即利用各地寺庙产业改作学堂，除去康有为，张之洞也是这一运动的支持者，并在湖北地区进行推广。他在《劝学篇》中曾提出天下佛道寺观数万，"若改作学堂，则屋宇、田产悉具"。参见张之洞. 劝学篇［M］// 苑书义，孙华峰，李秉新. 张之洞全集：第十二册. 石家庄：河北人民出版社，1998：9739.

② 毁淫祠以尊孔子议［J］. 强学报，1896（2）：1.

③ 张之洞. 劝学篇［M］// 苑书义，孙华峰，李秉新. 张之洞全集：第十二册. 石家庄：河北人民出版社，1998：9721.

④ 叶德辉.《长兴学记》驳义［M］// 苏舆. 翼教丛编. 上海：上海书店出版社，2002：98.

孔教行于齐、鲁，秦后迄今，升平世也，孔教行于神州；自此以往，其将为太平世乎？《中庸》述圣祖之德，其言曰："洋溢中国，施及蛮貊。凡有血气，莫不尊亲"。①

汪康年不是康门子弟，更不是"康学""孔教"的服膺者，但是在对待外部世界、近世文明的态度上，相较于张之洞幕府内的其他文人，他与梁启超等有着更多交集。在《时务报》创办后，在对于近世文明潮流的接纳及对于政治维新的倡导方面，汪康年一度表现出比梁启超"微引其绪未敢昌言"更加坚决的态度，在张之洞、高梦旦、叶瀚、邹代钧等人频繁来函对其伸张民权之议论表示劝诫之时，他依然在《中国自强策》《论中国参用民权之利益》等文章中，就开设议院、倡议民权、开启民智等涉及时务的现代性话题发出自己的思考和声音。《时务报》第12册上，汪康年曾经作有一篇《以爱力转国运说》，将近世西方有关吸力之学说引入民族国家的群体想象当中，并将之与学会、议院这些新兴组织的建设联系起来，作为勾连上下、团结士民的关键要素。他在文中阐释国家，"国者何也？以其能自完固也。质点相切而成物，若未受空气之改变，而质点未相离，则同类之物，必无能损之理"②，这种比附西学以作政论的倾向，多少也能够看出时务风气及康梁文章风格的影响。

实质上，正是汪康年背后的应允和支持，梁启超、麦孟华等带着"康学"色彩的政论文章，在北方强学会和《中外纪闻》被查封后，仍能在上海《时务报》上继续发表，包括严复原刊于天津《直报》上、明确提出反对君主专制的文章《辟韩》，能够被《时务报》转载进而扩大其传播与影响。也正基于此，戊戌变法失败之后，汪康年依旧参与了由唐才常等人在上海组织的正气会，并在庚子事变中策划了力图"保全中国自主""推广中国未来之文明进化"的中国议会，将自己有关中国公会的设想付诸实践。流亡海外的康有为甚至一度将谋求武力变革的希望寄托在汪康年的身上③。故而在1896年，张之洞、康有为在短暂合作后走向交恶，没有影响到汪、梁二人进一步走向合作。《强学报》创办伊始，因孔子纪年而受到排斥和攻击时，康有为就有意联合汪康年，他专门给在沪主编《强学报》的弟子何树龄、徐勤去信，称汪为"专持民主者"，希

---

① 梁启超. 《新学伪经考》叙 [J]. 知新报，1897 (32)：3-4.

② 汪康年. 以爱力转国运说 [J]. 时务报，1896 (12)：1-3.

③ 流亡海外后，康有为曾致信给当时在上海主持《中外日报》的汪康年，"足下热心同种，广结豪杰，夙所钦慕，想必有起而图之，以为天下倡者"。参见康有为. 康有为函：三 [M] //汪康年师友书札：二. 上海：上海古籍出版社，1986：1664.

望他们在上海能够联合之：

> 今彼既推汪穰卿来，此人与卓如、孺博至交，意见亦同（能刻何启书
> 三千部送人，可想是专持民主者，与易一必合）。张经甫亦绝佳，二三子正
> 好用忍辱负重之义，必留一二人（如邓元翙亦可）。有穰卿在，合穰卿举
> 之，当得当。①

作为康门弟子的梁启超，也在此时期频繁与汪康年交流互动。在连续两封
给汪康年的书函中，梁启超介绍了自己在北京筹备辑印《经世文新编》一事，
准备通过托人在军机处搜集整理，以作为"时务文学"最初形式的奏稿，来实
现风气的转移。在信中，梁启超甚至表示，"专采近人通达之言，刻以告天下，
其于转移风气，视新闻纸之力量，似尚过之"②，"此事似于变易中国守旧之重
心，颇有力量，望留意也"③，显示出康门弟子对于上书奏议的执着坚持。不
过，他依然告知了汪康年京师预备开设报馆的情形，希望"与沪局声气联贯"，
互为补益。特别是在信中，梁启超商讨了学会与报馆的先后、轻重、缓急之问
题，称"此间亦欲开学会，颇有应者，然其数甚微，度欲开会非由报馆不可，
报馆之议论既浸渍于人心，则风气之成不远矣"④。这一观点，呼应了此前二人
往来中关于"通人""新义"的思索，也朝着二人的合作又迈进了一步。

（三）翻译"现代性"与译报的设想

从乙未年汪大燮给汪康年的书信中透露的信息来看，当时南北双方共同探
讨关注的话题，即是如何通过直接翻译西报、西书，讲求政治、经济、科学技
术等时务知识来实现"风气"的开通和转移。在北京强学会的机关报《中外纪
闻》上，已出现了对英国路透电报以及《泰晤士报》《水陆军报》等外国报纸
的选译，并"译印西国格致有用诸书，次附论说"⑤，刊登外文报纸、电讯成为
报刊的一大特色。相比于着眼于当道的上书形式，以及以现实变革为主要目标

---

① 康有为. 致何树龄、徐勤书//姜义华，张荣华. 康有为全集：第二集. 北京：中国人民
　大学出版社，2007：100.
② 梁启超. 梁启超函：七［M］//汪康年师友书札：二. 上海：上海古籍出版社，
　1986.1833.
③ 梁启超. 梁启超函：八［M］//汪康年师友书札：二. 上海：上海古籍出版社，
　1986.1833-1834.
④ 梁启超. 梁启超函：七［M］//汪康年师友书札：二. 上海：上海古籍出版社，
　1986.1833.
⑤ 《中外纪闻》凡例［J］. 中外纪闻，1895（3）：1.

的"开会"主张，汪康年更倾向于用以"开风气"的报馆，"以为非广译东西文各报，无以通彼己之邮；非指陈利病、辨别同异，无以酌新旧之中"①，且在"广译"和"指陈"之间，更倾向于对于东西方各报的翻译。

在西学新知成为晚清中国最切要之时务后，被翻译的报刊与书籍实际上变为了中国文人士林内部讨论时务问题的"第一文本"现场，也成为他们现代性（modernity）体验发生的首要媒介。这些翻译行为，不仅仅局限于从域外语言到本土汉语的转换，同时还涉及对于域外文明社会、文化传统、意识形态乃至审美形态的"汉化"，对于那些受到现实条件制约、缺少游历西方本土机会、较难获取大量西学书籍的读书人而言，能够"用时间消灭空间"② 的现代报刊媒介，无疑有助于他们更加直接、快捷地了解外部世界，进而体会自我以及国家民族在全球性世界中的生存境遇。

与晚清时期的许多中国读书人一样，汪康年由一名追求科举功名的普通士子成长为一位在公共领域活跃的报界文人的经历，正伴随着对外来翻译文本及其背后时务知识的持续消化与接受。光绪己丑年（1889 年），他在杭州参加己丑恩科乡试，中第六名，表现出来的是八股程式的变调，以及较新的知识体系和学问功底，所作之应考诗文已然带有了某些"时务文学"的意味。当年浙江乡试的次题为"日月星辰系焉"，汪康年"以吸力解'系'字，罗列最新天文家言，原原本本，如数家珍"，得到了当时主试考官的李文田的赏识，他评价汪康年的考卷"于新旧学均有功底，非一时流辈所及"③。以"新学"中式（只是由第一名降为第六名），显示出科举取士标准在外来知识观念冲击下局部所发生的细微变化。而这些新学知识观念的获得，与上海地区兴起的近代生活方式一样，无疑是奢侈的，需要对外来书籍的获取和阅读。"对应试者来说，考试以新学是尚意味着中国腹地的读书人可能因买不到'新学'书籍，或买到而熟悉程

---

① 汪诒年. 汪穰卿先生传记［M］//汪林茂校. 汪康年文集：下册. 杭州：浙江古籍出版社，2011：697.

② "用时间消灭空间"这一观点，源自马克思《资本章》第二篇《资本的流通过程》中的论述，他认为资本的流通，要求把所花费的时间缩减到最低程度，"资本越发展，从而资本借以流通的市场，构成资本空间流通道路的市场越扩大，资本同时也就越是力求在空间上更加扩大市场，力求用时间去更多地消灭空间"。参见马克思. 资本章［M］//中共中央马克思恩格斯列宁斯大林著作编译局. 马克思恩格斯全集：第四十六卷（下册）. 北京：人民出版社，1980：33.

③ 汪诒年. 汪穰卿先生传记［M］//汪林茂校. 汪康年文集：下册. 杭州：浙江古籍出版社，2011：686.

度不够而竞争不过久读新学书籍的口岸士子"①。从某种程度而言,这些并不普及的翻译文本大大提升了口岸士子们在科考过程中的竞争力,同时也变异了他们文章、思想的内涵和旨趣。

正是这些翻译文本,形成了近距离游历欧美社会之外、绝大多数中国文人能够接触到的另一种形式的现代性体验——从国家到个人生存境遇、生活方式等诸方面,全面感知截然不同于传统社会的制度模式、价值观念与生活方式。这种体验在更广泛的阅读层面发生,意味着更多的中国读书人对于从社会制度到思想精神"总体转变"寻求的开始,表明"中国人对自身在现代全球性世界中的生存境遇或价值具有一种深层体会"②。相比于此前一些輶轩使臣能够直接接触西方社会、部分开明士绅设身处地生活于口岸城市的现代性体验,报刊媒介通过对西方社会从器物、政教、文化到日常生活的采诗观风,通过文本译介的形式,向读者进行并非直观的文字描述与文学书写。但是,这种以报刊之文作为媒介的现代性体验方式,在影响范围及效应上,无疑符合现代印刷资本"用时间消灭空间"的特质,能够让更多没有机会近距离接触近世文明社会与事物的中国士人读者跨越空间的阻隔,在极短的时间内透过外来翻译文本内容的阅读,认识并想象新的一种群体与个人的生存方式。

当汪康年于1890年进入张之洞幕府,由翻译文本的接受者变为了直接生产者,曾接替王韬参与《洋务辑要》丛书的编译工作,从官制到礼俗、从学校到商务、从工作到教派,所译门类不一而足,涉及中国开明士绅所关心时务话题的方方面面。作为当时武昌自强学堂、两湖书院的编辑和教习,汪康年不仅有了更多机会接触到外来的书籍文本,更能结识钱恂、黄绍箕、辜鸿铭等精通洋务新学的人物,而这也使他系统地接收了政体、经济、教育、科技等诸多层面的现代知识。1895年离开武昌后,汪康年继续倡译西报,萌生了创办"译报"的设想,这显然也是建立在此前他以西方书籍译本为主要媒介的现代性体验上,相比较于担任报刊主笔、发表议论,翻译活动对于汪康年而言似乎更加具有吸引力,这也影响了他在筹划《时务报》时的方向选择。

因此,光绪乙未之际,作为对北方《万国公报》(《中外纪闻》)的呼应,

---

① 罗志田. 清季科举制改革的社会影响 [J]. 中国社会科学, 1998 (4): 187.

② 王一川在其专著《中国现代性体验的发生》中引用马克斯·舍勒 (Max Scheler) 的观点,指出体验的转型在中国的现代性转型过程中,涉及生存境遇与生活方式上的根本性"总体转变"(gesamtwandel),"包括个人和家庭的日常生活,集团、阶层、阶级及民族的生活,乃至国家与国家的生活等"。参见王一川. 中国现代性体验的发生 [M]. 北京:北京师范大学出版社, 2001: 28-29.

汪康年对于《时务报》的筹划设计，首先是以"译报"为方向。这一选择得到了不少同人的响应和支持，在筹备这份以"译报"为主要形式的报刊时，地理学家邹代钧便曾致信汪康年，称"发议论及中国时政必有忌之者，强学会之封闭，即前鉴也"，希望其秉持夫子"述而不作"的传统，在即将创办的报刊上，只专注于翻译，不刊发议论文章。他建议：

> 不如守夫子述而不作之训，专译西政、西事、西论、西电，并录中国谕旨，旬为一编，其开风气，良匪浅匙。（谓非作论不能开风气，不然。论有是有不是，易于乱人。事皆记实，能广见闻，即能益神智）且可益人神智，既不须访事人，又不须作论人，所省实多。①

汪康年的选择与邹代钧的建议，代表了当时一部分中国知识分子的变革思路，即广译西学西报，宜通过"述而不作"的翻译来规避现实风险，以翻译文本中相关现代事物、制度、思想观念的直接呈现来代替维新派知识分子的议论言说。相对于直接关切中国政教的上书建言、报章横议，这些经过翻译的报刊书籍大多为域外价值观念、学说思想、生活方式的客观呈现，却能够在公共舆论上营造一个可供观看、想象和思考体验的现代性文明图景。而在这些有选择性的翻译行为当中，又有绝大多数指向了"非文学"翻译。甲午之后，从《中外纪闻》开始，到之后《时务报》《知新报》等维新报刊上出现的各国报译文章（也包括部分书籍译本），涉及对于当时西方世界的时事政治、经济、社会、宗教以及科学文本的翻译，大多不属于近代意义上文学（literature）的范畴，文学翻译更加复杂，需要顾及原作的审美意蕴、文化意蕴以及本土语境下读者的接受情况；相比较而言，对于这些外来文本，译者"如能将原作中的理论、观点、学说、思想准确忠实地传达了出来就达到了目的"②，很少顾及原作作为一种文体创作的语言及形式特征。

只是，在以吸取近世西方实学、新知为中心的"时务"文本中，这种"非文学"与"文学"的边界往往会变得模糊。例如在《时务报》第1册上，开始连载黎汝谦、蔡国昭所译美国作家华盛顿·欧文（Washington Irving）的《华盛

---

① 邹代钧.邹代钧函：十九［M］//汪康年师友书札：三.上海：上海古籍出版社，1987：2648.

② 谢天振，查明建.中国现代翻译文学史［M］.上海：上海外语教育出版社，2004：2.

顿全传》①，一面是介绍泰西伟人华盛顿的事迹，一面是呈现域外史传作品的风貌。其传记序言表达了译者介于以真实为目标的非文学翻译、以传神为旨归的文学翻译之间的双向追求：

> 盖译书之难，甚于自作，譬如传影写真，必原书之口吻精神，毫发毕肖，始可以无憾。苟其事同，而神吻之轻重抑扬或不尽似，抑未为善也。②

实际上，在甲午之前，巨大的语言与文化差异让中国的读者还很难接受那些翻译过来的纯文学文本，基于现实的功利目标考虑，他们对于翻译文本的接受，始终倾向于那些涉及现实政治、社会、科技层面的"非文学"文本。1873年，英国作家利顿（Edward Bulwer Lytton）的长篇小说《夜与晨》（*Night and Morning*）就已经在《瀛寰琐记》上以《昕夕闲谈》之名被翻译连载，之后也陆续有一些西方的文学作品被译介过来，却都没能在中国知识分子内部造成多大反响。正如有学者所总结的，近代中国的翻译在"归于文学"之前，先后经历了"始于史地""继以工艺""盛于政制"③几个阶段，包括康有为、梁启超等在内，他们把这些译作当成是自己认识世界、通晓时务的重要渠道，甚至对于一些早期翻译的西方文学文本，在中国读者心目中，其作为"西学"的意义要远大于其作为"西方文学"的意义。但换言之，正是这些"非文学"文本的翻译和传播，为中国读者接受那些隶属于"文学"范畴的域外文本，并在此基础上进行对自身文学的革新，提供了观念思想与学术知识上的基础和准备。

根据学界有关社会学、美学"两种现代性"的提法，以汪康年为代表的中国报界文人，通过跨语际的实践所追求并体验的两种现代性，恰好对应了"非文学"翻译与"文学"翻译两种趋向，且更多地指向了前者，包括了科学技术、工商业文明、民主制度等内容。而这种社会学意义上的现代性，又通常被视为

---

① 本书原名为 *The Life of George Washington*，由出任日本神户理事官的黎汝谦、译官蔡国昭共同翻译为中译本，1886 年首刻本名为《华盛顿泰西史略》，1896 年开始在《时务报》连载时，更名为《华盛顿传》。

② 黎汝谦. 华盛顿全传叙 [J]. 时务报，1896（1）：1.

③ 连燕堂认为，自鸦片战争开始，至 19 世纪末，中国近代翻译的发展，可分为翻译西方史地著作的发轫期，翻译科学技术书籍的初行期，翻译政治学术著作的急进期。参见连燕堂. 二十世纪中国翻译文学史·近代卷 [M]. 天津：百花文艺出版社，2009：1-24.

与美学意义上的现代性有着"无法弥合的分裂"①。当中国的维新士人群体提出欲借助报刊之力来通达外国政事风俗时，对于相关时务问题的讨论吸收，无疑是希望借助这些翻译文本来体验西方近代社会发达的物质文明，了解科学、政治领域的新兴学说。但是也应看到，与西方两种现代性的截然对峙不同，在晚清时期，社会学意义上现代性体验往往会反过来作用于中国文人写作的观念、思想和语词，并重新建构他们对于文学的理解与认知。可以说，是代表了西学新知的"时务"本身决定了"时务文本"乃至"时务文学"的内在意涵与外在形态。那些"非文学"的翻译，不仅仅为"文学"的书写提供了全新的思想内容和知识基础，诸如《时务报》上对于各种格致文章的翻译，对于"吸力""热力"等观念的追捧，本身也具有一种近代科学工业文明影响下的美学风尚，从精英的政教学术到世俗的日常生活，从宏大的民族国家到微观的国民精神，引领了一波迥异于古典文学的潮流，建构了新的言说和书写范式。

　　这种"译报"的选择方向，在《时务报》最终创办之后，也逐渐显现出汪康年等人所追求的效应。在占全报最多篇幅的各国报译栏目中，《绝大轮船》《最捷火车》《铁路电机》《海底照相》《卫生琐谈》这一类译文，对于远在中国内陆各个区域的普通读者而言，意味着一套完整的现代性体验的来临。恰如陈旭麓在论及清末在中国城市间出现的西洋事物一样，是这些世俗生活中的新事物，以一种特有的模糊性和包容性，于"朦胧中减少了腥膻气和夹生气"，使"'以夷变夏'这个古老而又刺激过许多人神经的命题"②，得以淡化，一些思想越界的言说和观点才有可能逐渐被容纳进来。这种情形在《时务报》的翻译文本中颇为常见，并呈现出从"社会学"现代性到"美学"现代性的影响发展线索。例如在维新运动中方兴未艾、以废缠足为主体的女性的现代性经验，正是通过《时务报》"报译栏目"先后译出《中国妇女宜戒缠足说》《重妇女论》等报文，在公共领域呼吁女性解放思想，报馆方才打破对于西洋小说的成见，连载了英国作家哈葛德（Henry Rider Haggard）以女性为主角的小说 She（译作《长生术》）。1899 年，汪康年又以《昌言报》报馆（由《时务报》改名创办）的名义铅印林琴南翻译的小说《茶花女》，将一位大胆冲破世俗道德偏见、追求

---

① 正因为这种分裂，故而西方学界有"两种现代性"的提法，美学意义上的现代性，被视为是社会学意义上的反拨，对于现代工商业文明、科学进步观念有着拒斥和否定的激情。参见卡林内斯库. 现代性的五副面孔 [M]. 顾爱彬，李瑞华，译. 北京：商务印书馆，2002：47-48.

② 陈旭麓. 近代中国社会的新陈代谢 [M]. 北京：生活·读书·新知三联书店，2017：225.

两性情爱的女性形象推向中国读者，通过"文学"翻译文本展现出审美意义上的现代性。风起于青萍之末，文学艺术形式及其观念的嬗变背后，除去不同语言文字之间的技术性转换，更源自那些"非文学翻译"的知识积累与思想沉淀，以及在这些知识思想体系中所完成的对于自我以及国家民族所处境遇的深层体会。

二、"述而有作"——报译栏目的张力

（一）"世界知识"的图景

光绪丙申年七月初一，公历 1896 年 8 月 9 日，《时务报》第 1 册正式发行。创刊号上分三大板块，一是所录谕旨、奏章以及各省的公牍章程；二是报馆主笔的议论文章，三是针对各国报刊的翻译栏目。这种编排体例，为持续了两年多时间、共发行 69 册的《时务报》确立了基本构架。前两个板块的文本，是读者公认的"时务文学"之灵魂所在，但就所占的篇幅版面而言，每一期各国报译栏目所占的篇幅数目，要远远多过报议文章以及谕旨奏章两部分；就刊载的文体形式而言，这些翻译的稿件，包括了政论、史传、格致、游记、小说乃至章程图表等多种形式，较之前两个板块，在文体形式上也更加丰富多元。随着时间的推移以及报纸发行量和影响力的不断扩大，《时务报》的报译栏目中，不仅有洋务派追求的制造发明与兵农工商等内容，更有地理知识、历史掌故、思想学说、风土人情，呈现出有关于寰宇世界、现代社会的书写和想象，用一种最直观的方式，开启了读者个体的现代性体验之旅。

受邀担任主笔的梁启超，在前期亲自承担起对每册译稿的文字润色工作。据他在《创办〈时务报〉源委》中所说，"每期报中论说四千余言，归其撰述；东西文各报二万余言，归其润色""十日一册，每册三万字，经启超自撰及删改者几万字，其余亦字字经目经心"[①]。除去让梁启超声名鹊起的报议文章外，对于这些译稿，他同样花费了许多精力和心思去用心打磨。在创刊号上，梁启超共发表了两篇文章，分别对应了他在《时务报》上所担任的两种角色，也折射出《时务报》的两种办报理念。一方面，通过系列政论文《变法通议》的序言，梁启超疾呼"夫变者，古今之公理"，欲"上循土训诵训之遗，下依矇讽鼓谏之风，言之无罪，闻者足兴"[②]；另一方面，他又在《论报馆有益于国事》表

---

①　梁启超．创办《时务报》源委［M］//汤志钧，汤仁泽．梁启超全集：第一集．北京：中国人民大学出版社，2018：464.

②　梁启超．《变法通议》自序［J］．时务报，1896（1）：2-3.

示，报之体例正在于"广译""详录""博搜"与"旁载"，使得国民不至于沉溺于八股八韵、考据词章。他表示：

> 然则报之例当如何？曰：广译五洲近事，则阅者知全地大局与其强盛弱亡之故，而不至夜郎自大，坐瞽井以议天地矣。详录各省新政，则阅者知新法之实有利益，及任事人之艰难经画，与其宗旨所在，而阻挠者或希矣。博搜交涉要案，则阅者知国体不立受人嫚辱，律法不讲为人愚弄，可以奋厉新学，思洗前耻矣。旁载政治学艺要书，则阅者知一切实学源流门径，与其日新月异之迹，而不至抱八股、八韵、考据、词章之学，枵然自大矣。①

于是，通过《时务报》的报译栏目，一幅关于五洲近事和全地大局的世界图景被建构起来。从《时务报》第 1 和 2 册的"域外报译"栏目，将英国《伦敦东方报》、日本《西字捷报》、上海《字林西报》混合在一起进行编译，到第 3 册开始，单独设立"英文报译"栏目，并增加了"法文报译""日文报译"栏目，再到第 10 册添设"俄文报译"栏目，张坤德、李维格、郭家骥、刘崇惠、古城贞吉等《时务报》译者，共同营造了一个展现外部世界和近代文明的文本空间。虽然总体而言，这些译稿所涉及的区域范围主要集中在维新知识分子比较关注的欧美和日本，但借助于新闻报纸的实效性，以及《时务报》在各个省份的发行规模，还是让更多深居书斋、久困科场的本土文人得以拉近自我与外部世界的距离，重新审视并想象中国在世界文明中的位置。对于《时务报》上的翻译活动及所呈现的图景，学者潘光哲曾以"创造近代中国的'世界知识'"命名，他借用了斯图亚特·霍尔（Stuart Hall）的论说，指出：

> 现代媒体的一个首要文化功能是：供应与选择性地建构"社会知识"、社会影像，透过这些知识与影像，我们才能认知"诸种世界"、诸般其他人"曾经生活过的实体"，并且，我们才能把他们的及我们的生活，以想象方式建构成某种可资理解的"整体的世界"（world of the whole）和某种"曾经存在过的整体性（lived totality）"②

---

① 梁启超. 论报馆有益于国事［J］. 时务报，1896（1）：1-2.
② 潘光哲. 创造近代中国的"世界知识"［M］. 北京：社会科学文献出版社，2019：5.

《时务报》报译栏目所建构的这种"整体性"，正是此前中国文士通过诸种翻译行为所未曾企及的。从林则徐主持翻译《四洲志》、魏源译《海国图志》开始，到张之洞主持编译的《洋务辑要》丛书，晚清中国的文人士大夫不断有过或专门、或系统的对世界地理、西学知识的翻译；从上海墨海书馆到光学会，西方来华的传教士们翻译了大量的书籍，王韬、蔡尔康等中国文人也曾参与其中。但显然，无论是译介内容本身的分散，还是书籍传播效力的局限，都导致他们没有能够构建起国人与现代"世界"的整体性关联，实现从万国五洲到地球寰宇"世界知识"的创造，国人与这些知识文本，以及文本背后的生活方式与价值理念，充满了疏离与隔阂。包括王韬在内，斌椿、张德彝、容闳、郭嵩焘等一批先行者，将在异域文明世界中的切身体验，记录在自己的游记、尺牍、日记或者诗文当中，所生产出有关"世界"的文字，不仅遭到主流士大夫的排斥与攻讦，而且受困于自身经历和认知的局限，他们对于世界的认知，往往只能通过一两个国家游历经验的管窥蠡测。作为《时务报》创办者之一，黄遵宪在担任驻日参赞期间，曾写作了《日本国志》一书，虽然书稿在光绪十三年（1887年）便已完稿，且其所观"上自道术，中及国政，下逮文辞"，对于日本之政事人民土地及明治维新的因由发展做了详细考究，却未能在国内流通，"令中国人寡知日本，不鉴不备，不患不悚"①，直到中日甲午战争结束后，才借助《时务报》同人的努力，得以在国内出版传播②。这些国人在认知和传播"世界知识"过程中所遭受的隔阂与限制，是《时务报》各大译报栏目被广泛阅读和接受的客观背景。在《时务报》创办一年后，梁启超总结《时务报》的流行，也谈到国人对于外部信息的渴求，印证着报译栏目的意义：

> 　　数年以来，译印中止，志士惜焉。去年结集同志，设馆海上，负山填海，绵薄滋惭，顾承达人，谬见许可，曾靡胫翼，已走陬滋。岂非恒饥之子不择馔而食，去国之客见似人而喜者耶？③

"译印中止，志士惜焉"与"不择馔而食，见似人而喜"，道尽了在甲午之役遭受挫败耻辱的中国知识分子期望全面认识世界的急切心理。就在《时务报》

---

① 梁启超.《日本国志》后序［J］. 时务报，1897（21）：3-4.
② 关于李鸿章与总理衙门大臣的否定评价以及清廷言论思想管束机制，造成黄遵宪《日本国志》在中国延迟八年出版的原因细节，参见李长莉. 黄遵宪《日本国志》延迟行世原因解析［J］. 近代史研究，2006（2）：45-64.
③ 梁启超.《知新报》叙例［J］. 知新报，1897（1）：3-4.

创刊号的末尾，邹代钧代表当时时务报馆所创办的地图公会，还曾草拟了一份《译印西文地图招股章程》，详细地列举了公会译印世界各国地图的计划，除了一副"大地平方总图"外，还涉及"亚洲""欧罗巴洲""北亚美利加洲""中美洲""南美洲""地中海""太平洋""南极"等区域地图，以及"日本""土耳其""法兰西""英吉利""米利坚""澳斯大利亚"等国家地图。包括"太平洋""欧罗巴""土耳其""米利坚"在内的区域，正是此后《时务报》各期报译栏目关注的中心。尽管邹代钧等人筹备译印的世界图像最终并没有刊载在《时务报》上（取而代之的是威海卫、胶州湾、南中国海等时局图），但由地理名词和概念建构的"世界知识"图景，以及形成的有关"整体的世界"（world of the whole）的想象，还是通过报译文章的文字描绘逐渐进入读者的视野，冲击着他们旧有华夏夷狄的观念体系。

值得注意的是，在这份由邹代钧草拟的招股章程中，提到了"地球"这一新的地理词汇。此前曾在西方人创办于上海的《万国公报》《上海新报》《字林沪报》等报刊中，就陆续出现过涉及这一概念的信息和译文，康有为等人在北京所办的《中外纪闻》也曾翻译过《地球奇妙论》一篇。相比于"万国""五洲"，这些通过"地球"概念所传达出的，是一套更为崭新的时空观念。在《地球奇妙论》一文中，谈到地球环绕太阳转动的速度和里程，感叹"若此长行速驶，无险无阻""大地行动寂静无声，人故不觉"①。对于大多数尚且不知道国家为何物，不知道法兰西、美利坚等舆地知识的中国士人而言，这样的名词翻译，不仅仅意味着新地理观念的传播，更意味着超越民族国家、立于寰宇视野所展开的对于人类文明整体命运的观照和思考。在《时务报》上，"地球"这一概念更是不断在报译栏目中出现，与"万国""五洲"这些名词一起，为维新知识分子所侧目，构成了国人对于外部世界展开整体性认知想象的表征。1898年，《时务报》第54册上，由谭培森负责辑译的"时务报馆译编"栏目中，登出了一篇《四十日环游地球》，文中谈到了当时正在修建的西伯利亚铁路，并以当时流行的格致算学丈量环游地球所需的耗时和里程，为中国的读者描绘了一幅现代性到来后的时空图景：

> 《马得力拉厄朴格报》云：一千八百九十年正月一号，西伯利亚铁路告成，从此以洋银二百五十元，时候四十天，则可以环游地球一周，譬如有人从英京伦敦启程，取道疴士典德（在比利时国海口）及德京柏林，由六

---

① 地球奇妙论 [J]. 中外纪闻，1896 (17)：8-10.

十八点钟至七十点钟可抵俄京圣彼得堡。从此登车，直至中国旅顺口，纵横二千启罗迈当，需时二百五十点钟，由此计之，从伦敦至旅顺，只需十三天零八点钟，将来有俄美公司快捷轮船，能于一礼拜内由旅顺至金山，再从金山至纽约，从纽约而渡大西洋回国，此系在二十天以内，人人尽知，无庸赘及。①

对于当时的中国读者而言，这一普通的翻译文本，却比旧有诗赋词章所代表的"文学"文本更具有一种可以激发读者情怀与想象的浪漫气息。《时务报》上，通过"地球"这一概念想象的"整体的世界"不断出现，从"法文报译"栏目的《自行车环游地球》《地球人数》，到"东文报译"栏目的《地球大势》《地球大局之动力》《论地球列国海军》《地球二大患》，再到"英文报译"栏目的《地球用煤数目》《英文宜通行地球说》《地球纪年》，涉及不同领域的译稿，描绘出了一个全球寰宇的整体观念。这些外来的知识，已经超出了华夷、中西的文明比较视野，从自然史的角度，为《时务报》的读者群体提供了一个更加辽远的时空参照。《时务报》第 36 册上，翻译自美国《格致报》的《地球纪年》，从生物进化的角度，介绍地球自有生物以来 30 兆年的历史，结合当时进化论学说正开始经由严复所翻译的《天演论》在中国知识阶层中传播流行的背景，中国读者对于相关知识的译介显然有着浓厚的兴趣。而在报译栏目之外，"地球"这一崭新的时空概念，也频繁被梁启超、汪康年、心月楼主等《时务报》作者运用到自己的论说文章中，梁启超甚至在《变法通议·幼学》一篇中，提出要补著"地球高山大河名目歌"，以向中国民众传播近代的舆地知识。他在流亡日本后翻译法国弗拉马里翁（Camille Flammarion）《世界末日记》（*The Last Days of the Earth*），向国人介绍了一个地球衰老后人类文明遭受危机的故事，"以科学上最精确之学理，与哲学上最高尚之思想，组织以成此文"②，小说开头描写"地球之有生物，凡二千二百万年"③ 之历史。而早在 1897 年《时务报》第 23 册的英文报译栏目上，翻译自美国《格致报》的《地球纪年》一篇，便介绍了"从前格致家言，地球凝成生物后，迄今已二万万兆年。而据近来格

---

① 四十日环游地球［J］. 谭培森，辑译. 时务报，1898（54）：8.

② 梁启超在译作后，曾有一段"译者曰"，阐明翻译这本小说的目的（小说实为转译自日本人德富芦花的译本）. 参见世界末日记［J］. 饮冰，译. 新小说，1902（1）：101-118.

③ 世界末日记［J］. 饮冰，译. 新小说，1902（1）：101-118.

致家所考究，则年数大减，开尔非因谓在二十兆至三十兆年之间"①，已十分接近现代科学对于地球纪年的估值。从翻译格致知识到翻译科学小说，二者之间形成了知识认知上的呼应。

本尼迪克特·安德森（Benedict Anderson）在《想象的共同体》中，曾经讨论报刊作为书籍的一种"极端形式"，可以大规模出售、只能短暂流行的特质，创造了一个异乎寻常的"群众仪式"。印刷资本主义的飞速发展，在各个近代国家孕育了全新的同时性观念，"使得迅速增加的越来越多的人得以用深刻的新方式对他们自身进行思考，并将他们自身与他人关联起来"②。安德森通过报刊的流行，探讨了民族主义在世界各地的散布，相较而言，甲午至戊戌时期，中国本土文人以《时务报》为阵地的集结，以及借助报刊这样的现代媒介力量所展开的舆论活动，却难得地展现出了民族主义之外、一种"世界主义"的观念意识。在一个宏大的"地球"视野之下，大部分"语以瀛海，瞠目不信"③ 的中国读者开始建立对于亚洲、欧洲、美洲以及日本、英国、美国等区域文明的认知。当然，他们借助这些"世界知识"的图景首先力图要建立的，依然是国人与世界的联系，在华夏夷狄的传统地理知识之外，想象一个新的"世界共同体"，并在这个"世界共同体"的基础上，重新确认和思考中国以及中国文明的位置。

（二）译中议：他人之酒杯

《时务报》以"广译"为主的初衷，较之《强学报》更为稳妥的办报方针，以至被赞许"弃取深合士大夫之心，稍涉忌讳，不登一字"④，但也招来了不少维新派文人的非议。然而，这并不意味着这些外来译稿在经过翻译、过滤和删改后，只是一些与中国现实无涉的知识文本。相反，与梁启超这些报议主笔常常"语以瀛海"以商讨"全地大局"一样，包括张坤德在内的诸位译者，也有意识地借助这些翻译文本，来介入中国的现实问题，在"广译"的背后，实现对于维新志业的比较观察和议论言说。而对于《时务报》同人初次尝试写作的报章文体而言，如何借助报刊媒介在公共领域讨论时事、发表观点、传播思想，这些来自域外报刊中的政论时评文章显然具有示范作用。特别是那些适应报刊

---

① 地球纪年 [J]. 孙超，王史，译. 时务报，1897（36）：18.
② 本尼迪克特·安德森. 想象的共同体：民族主义的起源与散布 [M]. 吴叡人，译. 上海：上海人民出版社，2005：33.
③ 梁启超. 论不变法之害（《变法通议》一）[M]. 时务报，1896（2）：1-5.
④ 吴士鉴. 吴士鉴函：九 [M]//汪康年师友书札：一. 上海：上海古籍出版社，1986：287.

版面、短小明快的议论文体，为中国作者及读者群体提供了现代政论文写作的范式参照。更重要的是，有着《强学报》等报刊被取缔的殷鉴在前，准备"稍涉忌讳，不登一字"的《时务报》同人，借助"译"中之"议"，有了可以借他人之酒杯、浇胸中之块垒的表达空间。

以《时务报》第 1 和 2 册为例，在张坤德所主持的"域外报议"栏目上，不仅有《天气雷》《电气兵轮》《海面通信新法》《墨力那药弹》《测炮线镜》（均译自《伦敦东方报》）这些格致方面的内容，还出现了《论东方时势》《论英通中国商务路程》（译自《伦敦东方报》）、《论日本国势》《论海军》（译自《西字捷报》）、《上海商务情形论》（译自《字林西报》）等外文报刊上的议论文字。与中国传统注重思辨与文采统一，甚至更趋向华丽文辞相比，这些翻译过来的议论文章，更加趋向平实的说理文字。如《时务报》第 3 册改为专门的"英文报译"栏目后，张坤德译自《伦敦东方报》的两篇《论太平洋大势》《中国不能维新论》，皆是语涉中国时政要害的评论。译者张坤德本人在文后曾附评论，称"以上二篇者，皆英报之说，因照译之，以见外人窥察我国之意，至其说之是否，阅者自能辨之，无待赘言"①。其中后一篇，讨论当时中国维新运动的症结，包括败于日本后转向俄国寻求庇护的趋向，触及部分本土作者都讳言的话题：

> 中国亦何足与言维新哉？此说似属过激，确系实情，若不维新，则凡遇不论如何凌辱之者，亦唯有耐受而已。或问求俄保护，其余联盟之法德两国，必随俄袒护之于后，则中国其庶几乎？曰：求保护之可恃与否，姑置之不论，其如求保护所需之款何？俄国办法，以中国举止，行同属国，则于俄为合宜，中国求之保护，其事之可耻，其势之可危，比之败于明枪交战之日本为何如哉？固不待智者知之也。②

不惟政论文字，在《时务报》的报译栏目中，诸如游记、随笔等更具文学性与趣味性的文类，也在铺陈叙事之余发挥着议论的功效。1898 年，上海大同译书局刊印发行由麦仲华主编的《经世文新编》，编录了《时务报》《知新报》《湘报》上的文章，梁启超、麦孟华等《时务报》主笔的文章悉数被选入。而《时务报》上的不少译文，除了张坤德译《论英国首相执政之权》《论俄皇出

---

① 中国不能维新论 [J]．张坤德，译．时务报，1896（3）：9-10．
② 中国不能维新论 [J]．张坤德，译．时务报，1896（3）：9-10．

游》、曾广铨译《论中国度支》《中国时务论》等议论文字外，诸如古城贞吉译《过波兰记》《伯拉西尔风土记》（《巴西风土记》）、郭家骥译《节录各国新报论俄皇游历》等，也都被麦仲华收录在他所理解的"经世文"中①。梁启超在《时务报》上评价并推荐这本《经世文新编》，称"多通达时务之言，其于化陋邦而为新国，有旨哉"②，所指的文章对象，除了他们自己所写的报议文字外，自然也包括了那些收录其中的《时务报》译稿，表明这些译稿直接或间接讨论"时务"的功能作用业已得到中国维新派知识分子的广泛认同。

随着《时务报》办刊的深入，报译栏目无论是从题材内容还是文章体式，都日趋丰富。特别是第 40 册、51 册、53 册、54 册上，由顺德谭培森负责辑译的"谈瀛馆随笔"栏目，以"随笔"之名，将照相、火车、邮政等现代知识、世界各国的人物趣闻，通过《聋哑律师》《面粉先生》《长短人》等经过润色、带有传统纪传文学色彩的篇目，呈现在读者面前。其中，同样不乏一些叙议结合的文字，如第 53 册上，介绍德意志帝国威廉二世的《德皇威廉第二密传》一篇，就有从叙事者角度出发的表述，称"余曾得而读之，兹择其要，以为留心时务者，藉资考镜"。"留心时务"一词，显然是本土化的译法，带有了甲午之后中国文士阶层讲求"时务"的风潮痕迹。文章的最后，有关于威廉二世的评价部分，经过谭培森的文字处理，类似于中国传统史传附在末尾处的史赞评语，隐含了译者本人对于中国当朝者旁敲侧击式的劝谏：

> 皇自践祚以来，除身体不豫外，每日一举一动，若有定格，未尝少懈，起居有时，不辞劳瘁，求之常人，不可多得。而在欧洲雄霸之君见之，嘻岂此即其所以为雄为霸欤？③

与明治日本一样，德国在近代的革新与崛起，吸引着中国从上层官员到普通读书人的关注。1896 年，李鸿章亲自带领使团访问欧美，专门赴德国考察工厂企业，先后受到德皇威廉二世、前首相俾斯麦的接待，其意图也是希望能够学习德国在近代走向富强的经验。《时务报》报译栏目虽然缺少"德文报译"一栏，却并不缺少有关德国的翻译文章，包括《论德武备》《论德国有整水师之

---

① 据台湾学者潘光哲统计，《时务报》上的译稿，共有 15 篇分别被清末各类"经世文编"收录，参见潘光哲 . 创造近代中国的"世界知识"［M］. 上海：社会科学文献出版社，2019：85-89.

② 梁启超 .《经世文新编》序［J］. 时务报，1898（55）：1-2.

③ 德皇威廉第二密传［J］. 谭培森，辑译 . 时务报，1898（53）：4-5.

议》《论德皇》《论德皇为人》《论德国外交》《论德国之将来》等一系列议论文字，代表了《时务报》同人对于这一欧洲国家的浓厚兴趣。更重要的是，这些涉及德国的议论文字，配合了《时务报》其他主笔有关变革的讨论，在"报译"与"报议"之间形成了互文，形成有关于中国维新境遇和前途的比较思考。梁启超在系列政论文《变法通议》的开篇《论不变法之害》，基于"世界知识"的视野，讨论了俄彼得大帝的游历诸国、日本明治天皇的改弦更张，也提到了德国的分裂和革新，称其此前为法国所奴役，而终"普人发愤，兴学练兵，遂蹶强法，霸中原也"。而报译文章《论德皇》中，评价俄彼得大帝变政"振长策而驭宇内，强皇权而奋权威"、德皇威廉一世经国"果敢勇猛""又能谨小慎微"①，梁启超等维新派亦将之作为标杆，进而有"使圣祖、世宗生于今日，吾知其变法之锐，必不在大彼得、威廉第一、睦仁之下"② 一类的发论。

除去日本、德国这些中国维新知识分子期待追赶和效仿的国家以外，对于土耳其、印度、波兰等在近世国家竞争中处于劣势、被欺侮被损害的民族国家，《时务报》的译者们同样给予了足够多的关注。第 14 册上，张坤德译自《字林西报》的《天下四病人》，将中国与土耳其、波斯等并列，疾呼"病势颇危，旦夕可虑"③，表明《分割土耳其议》《俄窥印度》《过波兰记》等一系列译文，是作为国人的史鉴而被选取翻译的。其中，波兰因为 18、19 世纪被瓜分蚕食以至灭国的历史尤其受到《时务报》同人的关注。梁启超在《时务报》上曾撰有《波兰灭亡记》，后其师康有为又著有《波兰分灭记》，讨论波兰灭国的教训，并在百日维新期间进呈给光绪皇帝。在《论不变法之害》中，梁启超列举了中国未来命运的四种可能走向，即其以世界各国为参照、所谓的四种变法之途：日本、突厥、印度、波兰，其中波兰之变被列为最坏的一种，属于"见分于诸国而代变者"④。《时务报》的译稿《过波兰记》中，有过波兰废墟的场景描绘，更有关于其灭国缘由的议论，呼应了康梁等人通过波兰灭国、对于中国命运的反观和思索：

波国何以一至此乎，曰：波兰贵族大官，当虐抑农民，农民不堪宁讴

---

① 论德皇 ［J］. 古城贞吉，译. 时务报，1897（46）：25-26.
② 梁启超. 论不变法之害（《变法通议》一）［J］. 时务报，1896（2）：1-5.
③ 天下四病人 ［J］. 张坤德，译. 时务报，1896（14）：12-13.
④ 梁启超将日本、突厥、印度、波兰之变法，分别归纳"自变""他人执其权而代变者""见并于一国而代变者""见分于诸国而代变者"。参见梁启超. 论不变法之害（《变法通议》一）［J］. 时务报，1896（2）：1-5.

歌俄国新政而不悔也。悲夫！新政之苛如此，则旧时之猛政，亦可想见矣。抑农民者国之本也，为国者可不思哉？①

在这些译稿展现的"世界知识"图景与诸国文明当中，位于东南亚地区的近邻暹罗是极为特殊的一个。原本在《强学报》上，处于列强环伺下的暹罗，是与安南、缅甸、波斯等国一同被列举的反面教材，属于"地球守旧之国，盖已无一瓦全者矣"②，然而在《时务报》的报译栏目中，暹罗形象悄然一变，成为锐意变革的典范。梁启超在《变法通议》中，提到暹罗能"稍自振厉，而岿然尚存"，并在介绍周灵生译作《列国岁计政要》时，对比列国时政，称"观暹罗之谋新，而知我之可耻"③。《时务报》的报译栏目中，曾先后出现《暹法交涉情形》《暹罗考》《日暹条约》等多篇介绍暹罗情形的译稿。其中最为重要的一组译稿，当属光绪二十三年（1897年），有暹罗"近现代化之父"之称的国王拉玛五世朱拉隆功访问欧洲，先后游历了十余个国家，于是从《时务报》第31册起，到第45册，在李维格主持的"英文报译"栏目上，连续刊载了译自《伦敦中国报》的《暹王游历》，让中国的读者陪同暹罗国王一起体验欧罗巴的游历。虽然较之晚清斌椿等中国使臣的游记，这一组译稿在文学性上多有欠缺、对于欧洲社会的描述文字也较浅显粗略。但显然，《时务报》同人对于这组译稿所关注的焦点，并不在欧陆各国社会，而在于暹罗国的求新谋变。朱拉隆功的积极改革与开放姿态触动了中国士人的神经，于是，在李维格翻译的这组游历报道中，融入了具有个人色彩的议论，将其与此前一年出访欧洲的李鸿章作比：

> 暹王此游，其新奇不逊去年李中堂之来，两人事业，亦相伯仲，盘根错节，力图维新，皆可谓识时务者，英人欲知东方变法之难，可自设想，有一英人，欲其国人遵从印度中国……而暹王之事，尚较易于李相，其民顺柔易治，且亦不若中国之守抱经史，昂然自满。④

这些来自域外报刊上的议论文字，代表着作为《时务报》同人一大组成部分的译者群体对于"广译五洲近事""知全地大局"功能设定的突破。无论是

---

① 过波兰记 [J]. 古城贞吉，译. 时务报，1896（15）：24-25.
② 京师强学会序 [J]. 强学报，1895（1）：4.
③ 梁启超. 续译列国岁计政要叙 [J]. 时务报，1897（33）：3-4.
④ 暹罗游历 [J]. 李维格，译. 时务报，1897（31）：13-14.

强盛的欧美东洋，还是衰败的波兰突厥，或是意图奋起的暹罗，中国读者在形成对于各个国家、民族、文明的整体性理解的同时，也凭借着现代性体验与世界知识的获得，来反观中国的现实境遇和文明问题。这些译稿中，固然多为"世界知识"作为参照体系下的间接表达，也不乏类似于《中国不能维新论》这样的直接言说。从《时务报》第3册上分别登出《中国不能维新论》（译自《伦敦东方报》）与《中国商务必大兴论》（译自日本《西字捷报》）两篇开始，陆续出现了《中国火车弊病》《论中国将来情形》《中国边事论》《中国实情》《中国论》《论中国人民之性质》《中国教养》等一系列关于中国的译稿，涉及各国媒介对中国的观察思考，从科学器物、政治军事到文化教育、民性风俗，不一而足。而从第47册开始，接手主持"西文译稿"栏目的曾广铨专门将"西文译稿"分为"中国时务""外国时务"两块，集中推出西方报刊上有关中国的文字。这些域外报刊上关于中国的报道及议论，成了中国士人群体通过世界反观自身的窗口。在维新思潮渐有萌发之势，而《中外纪闻》《强学报》又因议论过激被相继取缔之际，《时务报》的这些译文往往能借他人之议论，助推新思想在中国读者内部发酵。正如第10册上，张坤德选取翻译了《字林西报》上的《中国实情》一文，对于甲午、乙未之后中国朝臣所谓整顿维新的批评，未尝不是《时务报》同人对于强学会被勒令取缔后的曲折回应：

> 而今之可观者何在？安有维新之机哉？铁路开筑而里程甚短，学会创设而不久中止，陆军固整顿矣，水师固议兴矣，自开办至今，绝无长进，徒有整顿之名，而无维新之实。①

值得注意的是，《时务报》的英文报名，在报刊上被翻译为 *The Chinese Progress*，有"中国的进步"或"中国的进程"之意，其语义较之以"时务"为内容的中文名称，更平添了一些维新图强的现实指向性。中文名与英文名的分立，恰好对应着以梁启超为代表的《时务报》知识群体"通达时务"与"化陋邦而为新国"的两重意思：一方面面向国人，努力以"世界知识"的翻译介绍带动国民群体讲求时务、趋时开放的风气；一方面朝向世界，期待通过报刊上的处士横议，致力改善中国的现实处境，更新中国的内在文明。在那些本土作者的议论文字中，随处可见这些报译栏目思想观念及文字的影响痕迹。《时务报》第

---

① 中国实情［J］. 张坤德，译. 时务报，1896（10）：15-16.

17 册上，香山张寿波①的来稿《欧亚气运转机论》，即是从地球诸国的盛衰之变来探求中国未来的转机；而《时务报》的作者之一，康有为弟子徐勤，后来曾在《知新报》（《广时务报》）上发表一篇《中国盛衰关于地球全局》，亦是以"中外大启、万国杂沓"的时势，以及印度、土耳其等国纷纷"或削或亡"的遭遇，对照中国"屠卧于群雄之间，鼾寝于火薪之上"② 的危机。通过这些外来稿件所实现的"译"中之"议"，《时务报》译者群体有关各国兴亡历史、全球知识视野的呈现和梳理，与报馆主笔作者们对于中国自身命运、国家民族意识的关切和表达，逐渐关联为一体。

（三）作为中国镜像的域外报文

如果说《时务报》上有关"世界知识"的译稿，为中国知识分子观察自身所在国家与文明提供了间接的参照坐标的话；那么那些直接涉及中国的文字，则无疑为许多本土作者不便表达的激烈言辞、被视为异端的观念觅得了讨论及思辨的空间，并进一步形成了有关于中国社会文明的形象认知。自中世纪晚期《马可·波罗游记》等文本开始，西方社会一直不断有关于中国形象的想象和编织，一个美好开明的中国形象，寄寓了他们对于以儒家道德哲学为基础的帝国秩序的想象。而自文艺复兴及启蒙运动后，中国形象又成了现代西方的"他者"镜像，这些形象"可以是理想化的，表现欲望与向往、表现自我否定与自我超越的冲动；也可能是丑恶化的，表现恐惧与排斥、表现自我确认与自我巩固的需求。"③ 但是对于中国的维新派知识分子而言，这些来自域外的"中国形象"，不仅仅是西方社会用以自我确认的他者，同时也是借以确认甚至反思他们自身维新观念、表达现代性价值追求与判断的镜像。

《时务报》上，先后负责"英文报译"栏目的张坤德、李维格，都将自己所主持的报译栏目视为观察维新运动与介入公共议题的平台，因此，他们所选译的一部分稿件，是外文报纸上直接关于中国现实的议论。如张坤德所译《中国不能维新论》《论中国将来情形》等文章，从政治局面、官场生态、士人思想等方面，表现出对于中国维新前途的批评与悲观，为处在维新运动风潮和热忱亢奋情绪中的中国知识阶层提供了审视自身的冷峻视角。诸如"以维新而论，

---

① 张寿波为广东中山县人，光绪十七年举人，曾参与公车上书运动，倡导维新，戊戌变法失败后，曾流亡日本，晚年皈依佛门，法号观本。参见虚云大师．附录 观本法师事略 ［M］//虚云大师口述．北京：东方出版社，2016：232-233.

② 徐勤．中国盛衰关于地球全局：地球大势公论一之一 ［J］．知新报，1987（4）：2-4.

③ 周宁．天朝遥远：西方的中国形象研究 ［M］．北京：北京大学出版社，2006：5.

中国若无外人相逼，欲其发愤，振作自新，绝无此事"① 这样的评论，已然直接构成对于中国维新运动的思考和言说。而从第 31 册起，接替张坤德主持"英文报译"栏目的李维格，则通过《中国宜亟开民智论》《中国教养》等文，尝试引入外部视野下中国普通国民、风俗习性的症候，在政治生态以外，容纳了更多文化层面的内容。

1896 年，著名的"孙逸仙伦敦蒙难事件"，通过《时务报》各个报译栏目的报道呈现和争议讨论，尤显出这一镜像的效应，体现出外来译稿如何参与中国的公共舆论生活，进而影响当时中国文士阶层的观念。原本，这一事件背后宣扬的挑战专制皇权的"革命"思想，在当时中国以倡导维新、进行改良为主的语境下，是极其敏感的，但无论是身处异域的当事人还是本土的观察者，对于这一敏感的话题，都找到了自己的言说空间。一方面，是事件发生后，孙中山本人迅速以英文撰写了《伦敦被难记》，以面向西方人的写作姿态，自陈了自己对于中国"维新"事业的看法②；另一方面，《时务报》同人通过翻译域外报刊上涉及这一事件的文稿，向中国的读者间接介绍了有关"革命"思潮的新动向，并借之在其他文章中继续发挥讨论。晚清中国倡导"革命"和"维新"的双方，以这一事件为契机，完成了一次特殊的隔空对话。

中日甲午战争前，孙中山曾经借道上海，将自己拟好的《上李傅相书》求教于中国报界先驱王韬，请其为文稿润色。此时的孙中山与康有为等维新派一样，选择的是通过上书谏言、谋求自上而下变革的路子。但显然，他并没有康有为那样对于上书当道的执着和热忱，在自己的上书不被理睬，并且目睹了公车上书的实际效果及遭遇后，转而投向革命的道路。就在康有为、梁启超等人还在努力联络上层士大夫、组织强学会、创办《万国公报》《强学报》的同时，孙中山前往檀香山成立了革命组织兴中会，在香港组织"辅仁文社"，谋求暴力革命，并在广州打响了武力反清的第一枪（广州起义）。他的这一系列举措，以及在《伦敦被难记》中的自白，构成了对维新派的批判和否定，孙文这一名字

---

① 论中国将来情形［J］. 张坤德，译. 时务报，1896（6）：11.
② 孙中山伦敦脱险后，曾在其香港学医时的老师康德黎的帮助下，以英文撰写《伦敦被难记》，在这本颇有文学色彩的自传中，孙中山不仅介绍了自己从被清政府秘密派人诱捕，到在英国政府的干涉最终获释的全过程，同时初步阐释了自己走向革命的历程和革命理念，将矛头对准中国现行之政治，乃"涂饰人民之耳目，锢蔽人民之聪明"，并批评维新改良之设想，"以维新之机苟非发之自上，殆无可望"，而朝廷"不特对于上书请愿之人加以谴责，且谓此等陈请变法之条陈以后概不得擅上云云"，故知和平之法无望。参见孙中山. 伦敦被难记（英译中）［M］//黄彦注. 自传及叙述革命经历. 广州：广东人民出版社，2007：9-10.

也就此被定为"叛党"，遭到清廷的悬赏通缉。在当时很多中国本土士人所办的报纸中，或是干脆对孙文的思想行径噤口不言，或是直接指斥为"谋判大罪"①。而对于孙文，《时务报》的两位核心人物也达成了共识，梁启超在给汪康年的信中即表示：

> 孙某非哥中人，度略通西学，愤嫉时变之流，其徒皆粤人之商于南洋、亚美及前之出洋学生，他省甚少。②

正是这样一位在报馆经理、主笔心目中的"愤嫉时变之流"，却在被缉捕后多次出现在《时务报》的报译栏目中。最先关注这一事件的，是《时务报》第14册上，"英文报译"栏目刊出了一篇《某报馆访事与麦参赞问答节略》，记有伦敦"中国使馆诱监体面华人"一事，提到伦敦近日谣言四起，源自去年中国广州起义（原文为"谋害广州总督"），为首的十五人已被拘拿，余党在逃，其中"有一体面人名孙文"，旋来伦敦，一说为其被人诱入中国使署，一说则为孙文过使馆时，忽有两名华人上前将其拘捕入馆中。随后的第15册、19册陆续刊出了两篇译自《伦敦东方报》的议论文章，分别为《英国律师论孙文被禁事》《论传言英将控告孙文一案》。第21册、27册上，日本人古城贞吉主持的"东文报译"栏目也连载登出译自《国家学会志》的《论孙逸仙事》一文，对于事件的发生始末进行了详细的介绍。此外，在《中国私会》《论中国内腐之弊病》等并不直接涉及此事件的译稿中，同样纳入了与孙文有关的内容及言论。而除去对孙逸仙被捕事件及其革命主张的关注外，《时务报》的报译栏目还出现了《论阿尔兰革命党人》（第14册）这样涉及"革命"话题的文章，有爱尔兰国民开同盟会、反抗英之暴虐、追求独立民主之国的内容呈现。

于是，这一本不便在中国本土报刊中被直接讨论的事件和话题，通过《时务报》的各类译稿得以呈现。并且，除去《英国律师论孙文被禁事》《论传言英将控告孙文一案》两篇文章，是从法理的层面出发讨论清廷派遣之钦差是否有资格在伦敦拘捕孙中山，以及英方是否有资格对外国使署进行控辩外，在张

---

① 如在当时的《演义白话报》上，便记有一则题为"孙逸仙"的新闻，指其"谋叛大罪"，并在最后结语处评价道："你看这人有如此本事，中国既不能用他，又不能杀他，以至流到外国为心腹大患。"参见阿英. 演义白话报［M］//阿英全集：第6卷. 合肥：安徽教育出版社，2003：290.

② 梁启超. 梁启超函：四［M］//汪康年师友书札：二. 上海：上海古籍出版社，1986：1831.

坤德等译者的翻译文稿中，还延伸出对于中国本身前途命运的议论和思考。第17册上，译自《伦敦东方报》的《中国私会》一文，文章副标题为"英国掌教与日报访事人问答节略"，为某日报与英国博物馆管理东方书籍的特格兰司访谈之节选，恰逢有传言孙文因入私会被拘（指孙中山成立并加入的兴中会）。作者并没有将孙中山置于"叛党"的位置，反而站在一个更深层次的角度为他辩驳，进而批评中国时政。文中讨论了民间政治团体、民间帮会所代表的"私会"，对诸如哥老会这样的中国民间组织进行了介绍，并借特格兰司之口指出"推原私会之起，大半因弊政所致"，以为在政治窳败、官吏暴虐的情形下，私会乃是民间开展自救的一种途径。在文章末尾，更出现了关于中国弊政以及上层主动变革可能性的犀利评论：

> 然则中国之弊政虐政，尚无已止之时乎？曰：欧洲若任其自然，中国之弊政虐政，何时已止，正难预言。盖各国既听之，谁复能变之乎？平民无结党之力，又无齐心公论之法，如泰西之平民，故敢怒不敢言，惟有忍气吞声耳，至于官场又万难望其变法，虽然，官场又何必变法乎？有此弊政虐政，始能任意勒索，立致暴富而得大权。呜呼！富贵之外，中国官场岂复有所求乎？①

这并不是张坤德唯一一次借助译稿的形式来传达对于中国时政的批评声音。在不久后的《时务报》第18册上，他又通过上海《字林日报》上一篇涉及洋人在华通商口岸利益冲突的文章《论苏杭交涉之棘手》，讨论了有关宋伯鲁上书光绪、请求改革乡试内容的时事，直观地呈现了外界对于中国的观察。其中诸如"改新最善之策，莫如将守旧各生，革去顶戴，勒令回乡""中国无知识无廉耻之贪官暴吏，不知凡己，无非消磨贫民之骨肉，侵蚀肥己"② 等议论文字，皆是针对中国官场士人的尖锐批评。这些可以作为镜像的中国形象观察，固然有西方殖民主义的主观色彩，传达出的是对于中国前途的一种悲观情绪，译者本人亦不全然认同。在文章末尾处，张坤德特意增加了一段按语，称"西人于中国弊病实未能彻底深知，至于中国政教好处尤未能详悉"。他指出，西方各报将诋毁中国当作一种时尚，不论是非曲直、只顾谩骂，显示出其本人对于外译稿

---

① 中国私会（英国掌教与日报访事人问答节略）[J]. 张坤德，译. 时务报，1897（17）：15-16.

② 论苏杭交涉之棘手 [J]. 张坤德，译. 时务报，1897（18）：14-16.

件中可能带有的殖民主义倾向保持着一种清醒的警惕。但是，对于这些译稿中的批评声音，张坤德依然表示：

> 然彼之所言，正可为我研究之资，本馆于此等处不敢译印，尤不忍不译印，惟希阅者鉴之。①

此种趋向奇文共赏、闻者足戒的姿态，为《时务报》报译栏目上一些激进思想观点的翻译和表达提供了较为宽松的空间。《时务报》第 28 册上，张坤德译自《温故报》的《论中国内腐之弊病》，甚至直接出现了孙中山本人在国外报刊上的言论。在这篇文章中，中国之弊病被比作果实之内腐，外部精华虽尽为吸收，却无法根除国家根深蒂固的弊病，被视为内腐形成之症结。作者从"弊政"的问题出发，表达了对于中国维新变法前途命运的担忧，文章称："据孙所言，中国仅知取用他人之长，而不能力除官场之弊，万难收变法之效。"②一种迥异于"维新"意识的"革命"逻辑，借助对孙中山在伦敦的境遇及言行的讨论，得以逐渐在中国本土读者的视域中浮现，也为身处帝国内部的知识群体提供另一种有关于中国"如何改善""何以更新"的想象。

《时务报》上，译者们对于孙逸仙事件的关注，也会被报馆的其他成员所捕捉，纳入自己的思考范畴和文章视野。民国时期，章太炎曾两次回忆起主笔梁启超听闻孙中山事件后的评价：一次为在《口述少年事迹》中称"因阅西报，知伦敦使馆有逮捕孙逸仙事，因问梁启超：'孙逸仙何如人？'梁云：'此人蓄志倾覆满洲政府'"；另一次，则是在国学讲习会所作"民国光复"的演讲中谈道，"是时上海报载广东人孙文于英国伦敦为中国公使捕获，英相为之担保释放，余因询孙于梁氏，梁曰：'孙氏主张革命，陈胜、吴广流也'"③。两次表述略有差异，无论是"蓄志倾覆"还是"陈胜、吴广流"，都能代表当时《时务报》同人对于孙文的看法，这些看法更多还是将其视为农民起义、犯上作乱的代表。对梁启超称孙文是"愤嫉时变之流"之类的观点，年轻的章太炎亦不置可否，但是从他们之后的人生轨迹来看，这些来自域外报文中对于中国问题的观察、有关"孙逸仙事件"及"革命"思潮的报道介绍，最终促发了他们之后的思想裂变。章太炎后来回忆自己在《时务报》与梁启超的合作，便提到了

---

① 论苏杭交涉之棘手 [J] . 张坤德，译 . 时务报，1897（18）：14-16.
② 论中国内腐之弊病 [J] . 张坤德，译 . 时务报，1897（28）：12.
③ 汤志钧 . 章太炎年谱长编：上册 [M] . 北京：中华书局，1979：39-40.

"革命"的话题:

> 中岁主《时务报》,与康、梁诸子委蛇,亦尝言及变法。当是时,固以为民气获伸,则满洲五百万人必不能自立于汉土。其言虽与今异,其旨则与今同。昔为间接之革命,今为直接之革命,何有所谓始欲维新、终创革命者哉!①

当时正在时务报馆担任撰述、并提出要"以革政挽革命"②的章太炎,在与友人的书信中称:"鄙人自十四五时,览蒋氏《东华录》,已有逐满之志。丁酉入时务报馆,闻孙逸仙亦倡是说,窃幸吾道不孤,而尚不能不迷于对山之妄语。"③他坦承自己一度对于康氏主张学说的靠拢,却也透露出孙文思想及革命观念借助于《时务报》译稿的传播逐渐产生的影响④。流亡日本后,曾在时务报馆内曾和章太炎发生分歧的梁启超,与孙中山等海外革命党人竟也一度相趋近,在他之后写作的《释革》一文中,更谈到了此前《时务报》译稿中出现的"内腐"一词,进而论及了"变革""革命"(revolution)之议题,称:"中国数年以前,仁人志士之所奔走所呼号,则曰改革而已。比年外患日益剧,内腐日益盛,民智程度亦渐增进,浸润于达哲之理想,逼迫于世界之大势,于是咸知非变革不足以救中国。其所谓变革云者,即英语 revolution 之义也。"⑤ 显然,这些有关于中国的域外报文,经过翻译的形式进入到中国读者的视野,不仅为中国读者提供了一种反观自身的镜像参照,在《时务报》知识群体内部也埋下了进一步变革的因子。

---

① 章太炎. 狱中答《新闻报》[M]//章太炎全集·太炎文录补编:上. 上海:上海人民出版社,2017:240.
② 章太炎在《论学会有大益于黄人亟宜保护》倡导学会等民间组织的作用,提出"变郊号,柴社稷,谓之革命;礼秀民,聚俊才,谓之革政。今之亟务,曰以革政挽革命"。参见章炳麟. 论学会有大益于黄人亟宜保护 [J]. 时务报,1897(19):3-6.
③ 章太炎. 与陶亚魂、柳亚子 [M]//章太炎全集·书信集. 上海:上海人民出版社,2017:124.
④ 章太炎这里所称"逸仙"即指孙中山,而"对山"为明代康海别号,章太炎在此借指人称"康南海"的康有为,并曾有诗讥讽:"北上金台望国氛,对山救我带犹存。夺门伟绩他年就,专制依然属爱新。"参见章太炎. 咏南海康氏 [M]//章太炎全集·太炎文录补编:上. 上海:上海人民出版社,2017:254.
⑤ 释革 [J]. 新民丛报,1902(22):1-8.

三、东文报译：从社会现代性到审美现代性

（一）古城贞吉与文明论的传播

在《时务报》众多报译栏目的主持人中，古城贞吉是最为特殊的一位，他的身份只是一名临时受聘来沪工作的日本翻译，却几乎见证并参与了《时务报》办刊的全过程。根据《汪康年师友书札》书末各家小传的介绍："古城贞吉，字坦堂，日本熊本人，汉学家。""《时务报》刊行，专任日文翻译，始终其事"①。从1896年第3册开始负责主持"东文报译"栏目，一直到1898年行将终刊的第66册（60册起更名为"东文译编"栏目），这位日本汉学家从《东京日日新报》《大阪朝日报》《日本新报》《国民新报》等日本报刊上，翻译了600余篇文章，对于《时务报》的贡献超过了报馆中的大多数中国同仁。在《时务报》第3册发布的《本馆办事诸君名册》中，将古城贞吉与总经理汪康年、撰述梁启超、英文翻译张坤德等人的名字列在一起，作为时务报馆的骨干成员一同向读者推出。报馆还特意附上说明称：

> 日本近习西法译西书甚多，以东文译华文较为简捷，今除译报外兼译各种章程并书籍。②

有关于古城贞吉如何受聘入报馆主持报译之事，随着之后时务报馆内部分歧日深，而有黄聘（黄遵宪聘请）与汪聘（汪康年聘请）两种说法之争③。但无论何种说法，古城贞吉本人并未陷入报馆内部的人事纠纷，从他写给汪康年的信件内容来看，他与这些中国同事都相处得不错，信中时常出现"译报源源

---

① 汪康年师友各家小传［M］//汪康年师友书札：四．上海：上海古籍出版社，1989：4017.

② 本馆办事诸君名册［J］．时务报，1896（3）：1.

③ 黄聘之说，源自梁启超《创办〈时务报〉源委》中所记："东文翻译古城贞吉，系由公度托日本驻上海总领事代请者；所立合同，亦出公度之手。"此说也曾被一些研究者所怀疑，认为有梁氏故意抹去汪康年之功的嫌疑。故而有汪康年委托其担任清廷驻日官员的"姻弟"查双绥寻找翻译一说，如沈国威在《关于古城贞吉的〈沪上销夏录〉》一文就提到汪康年委托之事，"最终选定日本熊本人，汉学家古城贞吉（字坦堂）担当译事"。汪聘说后经学者考证，确有其事，但推荐给汪的两位人选并没有古城贞吉，其中一位是与古城同为熊本人的片山浩然，虽"甚愿往"，却终未成行，故多数论者更倾向于梁启超所持黄聘一说。参见陈一容．古城贞吉与《时务报》"东文报译"论略［J］．历史研究，2010（1）：99-115.

送上""译书亦源源送寄"之语，为中国报人寄送译稿，是其自始至终关注的重心。1898 年，光绪皇帝拟将《时务报》改为官报，并派康有为督办，汪康年坚决反对，欲另设《昌言报》，古城贞吉还曾去函表示关切，并倾吐衷肠道："弟与阁下及诸同人列位有旧，视犹如己事，又与有为先生尝相知，故不存芥蒂于胸臆间。"① 故而，尽管《时务报》同人后期走向分裂，古城贞吉的翻译活动却并未受到太多的影响，《汪康年师友书札》书末小传中"始终其事"四个字，是对于他在《时务报》东文报译栏目上所做工作的肯定与褒扬。他主持编选的译稿，在与其他译稿栏目相趋近、保留了世界时局和各国政治等内容的同时，也出现了大量有关国族教化、国民精神等问题的讨论文章。这些内容和问题，通过译文中的新名词被最直观地呈现出来，除去"维新""革命"等词表达出的现实政治诉求外，还有通过"文明"一词所承载的社会文化知识、思想观念等层面的内容，构成了《时务报》读者现代性体验的重要一环。

在《时务报》之前，"文明"一词已经在中国经历了半个多世纪的译介和传播历史。19 世纪 30 年代，在传教士所办中文刊物《东西洋考每月统记传》中，"文明"即被广泛使用，但更多指的还是"基督教文明"，在中国本土知识阶层中并没有产生什么影响。19 世纪 60 年代，当西方 civilization、civilize 等词语观念开始在中国传播时，对应的中文译词多为"开化""教化""文教兴盛""政教修明"等词汇。即使在"文明"逐渐成为 civilization 的中文译词后，受到传统知识影响，中国人对于这一词汇的理解认知，往往"只是道德教养及相关的学问知识，那些物质经济、军武发展发明的内容则往往受到极端轻视，甚至经常不被视为'文明'和'文化'的题中应有之义"，"很大程度尚停留在与进化发展观本质区别的那种绝对'文明'意义的境界，在根本上仍缺乏古往今来物质成就和精神积累总和意义上的名词概念内涵"②。1876 年，郭嵩焘奉命出使英国，后担任驻法公使，他在《伦敦与巴黎日记》中，曾将意指文明开化的

---

① 古城贞吉. 古城贞吉函：八 [M] //汪康年师友书札：四. 上海：上海古籍出版社，1989：3311.

② 中国古代"文明"一词，最早见于《易经》中"见龙在田，天下文明""文明以健，中正而应，君子正也"等句，其本意原为文采光明之意，后又逐渐与"文治教化"联系在一起，所谓"文明"，即"文"之"明"，意为文教昌明。而西方"文明（civilization）"一词，源自拉丁语 civis（市民）和 civilitas（城市），相比于中国古代的"文明"而言，除了包含近似文德教化的含义之外，还多了一层意指城邦制度和市民社会发展程度的政治意味，而近代意义上的"文明"，则又包含了包括商业、科学等领域的社会发展成就。参见黄兴涛. 清末民初现代"文明"和"文化"概念的形成及其历史实践 [J]. 近代史研究，2006（6）：1-35.

"civilized" 音译为 "色维来意斯得"，与意指野蛮的 "barbarian"（郭译为 "巴尔比尼安"）相对，虽没有找到对应的汉语名词，但已注意到英文 "civilization" 的本意。

甲午战争后，随着时务风潮的兴起，"文明" 一词逐渐成为有别于传统 "文教"，包括政治、经济、科技、学术、文化等因素在内的一个综合性整体概念，并逐渐与强调进化发展的维新语境合流。维新运动期间，梁启超在《古议院考》《治始于道路说》等文章中多次提到 "文明" 这一概念，他发表于《时务报》第 8 册、专门为译介西书而作的《西学书目表序例》更是指出 "愈文明者，其脑气筋愈细，其所知之事愈繁"，"今以西人声、光、化、电、农、矿、工、商诸学，与吾中国考据、词章、帖括、家言相较，其所知之简与繁，相去几何矣"①，将西人近代的格致之学、科技发明悉数纳入 "文明者" 的范畴，并与传统 "文明" 观中至为重要的考据、词章之学进行比较。显然，在以梁启超为代表的国人心中，古人的道德文章和义理学问已然不能作为对于民族国家进行整体评判的标准，"文明" 之义指向了更加宽泛的领域。

在此背景下，率先将汉语中 "文明" 一词与西方 "civilization" 对译的东邻日本，成为中国文人参考借鉴的主要对象。明治时期，包括福泽谕吉在内的一批日本启蒙先驱已广泛讨论过 "文明" 一词及其背后的问题。福泽谕吉在他著名的《文明论概略》一书中，曾尝试给 "文明" 一词下定义，专门提到了英语 "civilization" 源自拉丁文 "civilidas"，原意是国家的意思。故而他认为 "文明" 一词有人类交际活动摆脱野蛮状态后的逐渐进步，进而 "形成一个国家体制的意思"。福泽谕吉 "文明论" 的阐释，与近代民族国家的生成发展有着天然的联系，而就其具体内涵而言，更表现出对于所谓 "文明" 的整体性理解。他指出：

> 文明之为物，至大至重，社会上的一切事物，无一不是以文明为目标的。无论是制度、文学、商业、工业、战争、政法等。②

这种包含了进步性、整体性的文明观念，为中日两国的知识分子广泛接受。梁启超在流亡日本后所表露出的 "文明" 观念，即被认为是日本制的舶来品，

---

① 梁启超. 西学书目表序例 [J]. 时务报, 1896（8）：3-6.
② 福泽谕吉. 文明论概略 [M]. 北京编译社, 译. 北京：商务印书馆, 2009：33.

源自福泽谕吉《文明论概略》中对于"文明"的定义和划分①。按照福泽谕吉的理解，"文明"根源于疆域版图、种族血缘、政权组织等外在形式，同时又带有伦理、道德、文化等内在价值层面的评判色彩。他由此更进一步，提出了关于文明的等级论，划分了"最文明""半开化""野蛮"三个等级，其中欧洲与美国为"最文明"，土耳其、中国、日本为"半开化"，非洲与大洋洲为"野蛮"，明确表示要"以西洋文明为目标"，并最终演变为其影响近代日本发展方向的"脱亚论"。这些尖锐的学说思想，通过日本的报纸杂志，包括他本人担任主笔的《时事新报》在内，在公共领域得以推广流行，不少更是经过翻译渐渐进入中国读者的视野。而仅仅在《时务报》上，译自日本《时事新报》的文章便有十余篇，印证着翻译现代性的过程中，日本学人所持"文明论"的影响。

在"文明论"经由日本向中国传播的过程中，发挥重要作用的，正是古城贞吉。作为被《时务报》同人寄予厚望的译者，古城贞吉主持的"东文报译"栏目不仅在持续的刊数、所占篇幅上远远超过"法文报译""俄文报译"等栏目，与"英文报译"等量齐观，其翻译的重心，也由最开始《日相伊藤论台湾》《论日人经营台湾》《美国人观日本情形记》等局限于日本一国的文章，逐渐转向对于全球寰宇、文明竞争等宏大主题的关注。根据相关研究统计，《时务报》前后69册中，有关"文明"一词的概念共出现了107次，其中101个可以与西方"civilization"相对应，表述了与西方近代有关的进步、开化之语义，并同时涉及物质与精神的整体层面，这中间，又有94个是出自古城贞吉之手②。这些译自日本报刊的"文明"概念，大多已与近代西方具有特定所指的civilization一词相对应，其词义要旨，在于肯定近代以来人类社会在政治、军事、商业、文化等领域发展的成果，推崇科学、进步和理性精神，继而对野蛮、落后及非理性的行为方式进行批判和否定，呈现从"文明"整体观向"文明"等级论的衍变。包括英、法、美、意这些近代西方强国，印度、土耳其、波兰、朝鲜等被殖民侵占的国家，甚至义火可握国（马来半岛南端王国）、马达迦斯加这些边缘地区，从"最文明"到"半开化"再到"野蛮"国度，都进入了《时

---

① 日本学者石川祯浩认为梁启超《自由书》《国民十大元气论》这些文章，能够明显看出福泽谕吉《文明论之概略》的直接影响。并通过自己的考证，论证梁启超在日本时期肯定读过福泽谕吉，且使得他"思想为之一变"。参见狭间直树．梁启超·明治日本·西方［M］．北京：社会科学文献出版社，2012：95-97.
② 有关《时务报》上对于"文明"概念的翻译情况，参见戴银凤．Civilization与"文明"：以《时务报》为例分析"文明"一词的使用［J］．贵州师范大学学报（社会科学版），2002（3）：58-61.

务报》"东文报译"栏目的"文明"观察视野。

以第 6 册上译自《东京日字报》的《地球大势》一文纵览东西半球之大势、并指出"如澳洲及新西兰岛及北美西岸之辟地，日本之拓境，及中国、东印度之近事，皆足耸动人耳目"① 为标志，古城贞吉不仅仅聚焦日本国家社会的情形，更有意识地将日本国内社会舆论中有关于世界局势的讨论和思索，悉数翻译至《时务报》上。这既是对于中国报馆同人及读者们阅读期待的主动迎合，也是这位东洋汉学家个人意志的体现——力图站在现代"文明"观的视角，来解读和应对近代全球愈演愈烈的国家民族竞争。通过这些译稿，古城贞吉展现了近代世界"文明"竞争的格局和版图，更强化了中国文明在格致器物、军事政治以至士风民性等诸方面在这种竞争格局当中整体性失败的形象。这样的"文明论"谱系，与《时务报》当中本土作者及译者有关中国"内腐"问题的判断，形成了相互阐释，进而以这种特殊的方式参与中国本土报人有关维新、革命话语的建构过程。

在随后的第 7 册上，古城贞吉又翻译了《东京经济杂志》的一篇《太平洋电线论》，介绍太平洋铺设电缆之事，盛赞了蒸汽与电气这两大"宇宙之怪力"，同时也讨论了从外在物质到内在精神的"文明"问题。类似于梁启超早年有关通达人心的设想、从兴修铁路的倡议逐步转向了开设报馆的实践，此篇文章也由架设电缆说开去，阐释了日本怎样从"以锁国为正论""醉生梦死于孤岛中"，走向"采欧美之文物""学其技艺制造，与夫造就人材之法"，以祛旧习而扩新知，并进一步发论，探讨了应如何使日本"接近于欧美文明之地，密迩于握地球势之要冲"。整篇文章似乎只是在演说太平洋电线的铺设，对于日本以及全球之局势的影响，却处处触及中国时弊，特别是谈到甲午中日之战的影响，认为"遂使日本之文明，表显于全球之上，至是天下始知日本之进步，非昔日可比，且许其与诸强国为平等"，从侧面阐述了近代中国在文明竞争中的境况。文章开头一段所云，便将全球大势的走向和国家盛衰的因由归结于"文明"的发展：

> 文明大启，四海一家，地球五大洲，将合而为一，直如万派朝宗，非人力所能阻止，顺天者昌，逆天者亡。观国家得失盛衰之故，良足发人深省，其有终于不振者，非偶然也。②

---

① 地球大势 [J]．古城贞吉，译．时务报，1896（6）：27．
② 太平洋电线论 [J]．古城贞吉，译．时务报，1896（7）：23．

这篇《太平洋电线论》中所表现出来的明治时期日本精英阶层的"文明论"姿态,是扬欧美世界,而贬中国文明。这正与第 3 册"英文报译"栏目张坤德所译《论太平洋大势》中,英国作者表示的"中国我已弃之如弊屣,可与同舟者,要惟日本乎"① 一类的文明论调及意识相对应。东西方舆论以"太平洋"为象征、所共同描述的世界文明进程中,中国无一例外地被处理为被排斥于文明主潮之外的"他者",即使在"四海一家"的全球背景下,依然有被开除"球籍"的危险,这既是从物质文明角度对于中国落后现实的无情鞭挞,也是对于中国读书人引以为傲的"文教"事业的巨大冲击。在《时务报》"东文报译"栏目中,针对中国更加直言不讳的"文明论"表述,是古城贞吉译自《文明日本报》的《中国论》(作者为"法国今代博学之士薄柳氏"),此篇译稿的翻译对象,从报刊到文章的题目,无不显示出其翻译行为背后的意图——从文明状态下"日本"的角度,讨论一个非文明状态的"中国"。文章中称:

> 中国立国于亚洲之东,生民群聚。自古以来,其思想与行为,未尝稍变,徒拘泥古昔之教义礼法,以为能事,而蔑视外人,不知方外之广,平日经历万起万灭之变,苟与其生计无关痛痒,即己国情形,尚懵若不知,又焉能窥视他人也?若极而论之,则不得谓一国之民也。假称为一国之民,亦不得谓之有国民之定形也。②

作为汉学家,古城贞吉与中国友人交谊深厚,对于中国及中国文明有着情感上的亲近,他本人有关中国的"文明论",并不趋附于日本学人中激进的"脱亚论"者,而趋向主张联合亚洲对抗西方的"兴亚论"。但或许是受中国维新语境以及《时务报》同人改良群治的办报理念影响,类似"脱亚论"的文章还是被大量翻译至《时务报》上,其中不乏立于世界"文明"的比较维度、从思考日本自身利益前途出发、对于中国所处"非文明"状态的整体性批评和否定。在《时务报》第 8 册上,古城贞吉译自《国民报》的《美国观日本情形记》,通过美国的视角来看待日本之崛起,对比中日两国称"吾泰西为文明之邦,日以智力互相角逐,故不能无争雄竞长之志,我国只知驱逐华人于境外,而于日本则云烟过眼视之,殊不可解矣"③;第 36 册译自《东京日日报》的《论中国

---

① 论太平洋大势 [J].张坤德,译.时务报,1896 (3):9.
② 中国论 [J].古城贞吉,译.时务报,1897 (17):24-26.
③ 美国观日本情形记 [J].古城贞吉,译.时务报,1896 (8):26.

现情》，提到中国"往古文明之开"，尚是英人裸体野蛮、巢居山野之时，而今却商务不兴，铁路未通，"以今思昔，中国果有何进境乎，又果为何等活动乎"①。从商务、铁路的比拼到智力层面的角逐，这些事实陈述汇合在一起，无不直指向近代中国更加深层次的挫败——在"文明"竞争中的挫败。

从本意来说，汪康年、黄遵宪等人聘请古城贞吉，是欲借助其日本人的身份及对日本报界的熟悉来实现对于日本社会的观察，特别是期望借鉴明治维新的经验来推动中国的变法。但从东文报译栏目实际的文章登载来看，古城贞吉的翻译活动显然超出了这一功能预设，他所传递的有关中国的危机论调，以及带来的思想震撼，并不亚于梁启超等中国主笔的政论文字。尤其是相比于《时务报》上的其他译者，古城贞吉更鲜明地表现出以"译"带"论"的倾向，有意地传达出外部世界（主要是日本媒介）对于近代全球文明以及中国的观察思考。外来者的身份，使得他能够没有太多的顾虑，将在中国士人看来尖锐偏执的声音翻译出来。而受到来自东洋的"文明论"影响，《时务报》上，梁启超、章太炎等人对于世界"文明"竞争的等级思考，开始有中西文明竞争（东亚/欧美、黄种人/白种人）的话题出现；同时，报译文章中所体现出的对于"文明"更新的整体性诉求，诸如《中国论》中基于"文明"论、有关中国国民"不得谓之有国民之定形"的判断，使得国民性的话题逐渐在中国的公共领域中浮现。

（二）"国民性"话语的运作

以《中国论》中有关中国国民"不得谓之有国民之定形"的论调为标志，古城贞吉主持的东文报译将"国民性"的话题纳入到了"文明论"的中心视野。从晚清到五四，从梁启超到鲁迅，"国民性"批判的理论一直被视为中国现代性话语中的一个核心话题，以维新运动时期的《国闻报》《时务报》为开端，在中国本土的报刊上，"从《清议报》《新民丛报》到《东方杂志》《新青年》，'国民性'讨论的高潮持续了近二十年"②。而在这一理论话语发生兴起的过程中，并不缺少域外作者及外来文本的影响。早在明清之际，一些来华的西方传教士，根据自己的亲身体验和观察，便已零散地表达出一些对于中国国民特性的看法，以明代万历年间来华的传教士利玛窦为代表，对支撑中国人道德精神

---

① 论中国现情［J］．古城贞吉，译．时务报，1897（36）：19.
② 周宁．"被别人表述"：国民性批判的西方话语谱系［M］//摩罗，杨帆．人性的复苏　国民性批判的起源与反思．上海：复旦大学出版社，2011：174.

的儒家思想，以及由这种思想造就的温文有礼的民族性格，多有善意的赞誉①。鸦片战争以降，随着中国被迫打开国门，中西文明之间的碰撞和冲突日益加剧，以通商、传教为最直接目的的西方人逐渐意识到，这个古老国度的抵抗不只停留在政治军事、商业社会的层面。因此，对于这一"文明"形态下国民的不满和批评，中国官员的贪婪营私、士人的徒尚虚文、兵勇的愚昧倦怠，开始频繁出现在他们的文字中，并见诸报端，于传播范围更加广泛的公共领域中，建构出一套有关中国国民整体性、本质化的话语。

在《时务报》之前，上海一些由西方传教士主办的刊物也曾有过类似"国民性"的讨论。1875 年至 1876 年，林乐知（Young John Allen）的《中西关系论略》连载于《万国公报》上，指出中国"国势不兴，将欲归咎于物，而物不受也；归咎于天，而天不受也，是直人之过而已矣"。文章还专门列举了三条近代中国"人之过"的具体表现：

> 一则刻舟求剑，泥成法而不知更新；一则以有定之主宰，而惑于杳渺虚无之事；一则置万有之物，不知格其理，而视之若无。以中国之大，而甘于如此局外旁观者，不禁讶其奇而惊其异也。②

与《中西关系论略》一同讨论"人之过"问题的，还有 1865 年上海海关总税务司赫德（Robert Hart）给清政府总理各国事务衙门呈递的《局外旁观论》，以及 1866 年英国驻华使馆参赞威妥玛（Thomas Francis Wade）向清政府呈递的《新议论略》。在这些文章中，有对于中国官员虚文粉饰、腐败成风，以及中国人因循成法、好古恶新的批评声音③。他们这些有关中国国民特性的判断，都基于一种"文明"等级论，从中西文明优劣比较的视角出发，指出中国官民在政

---

① 利玛窦在他的《中国札记》中试图说明，中国的民俗信仰有着可以与西方天主教相通的内涵价值。他指出："儒家这一教派的最终目的和总的意图是国内的太平和秩序。他们也期待家庭的经济安全和个人的道德修养。他们所阐述的箴言确实都是指导人们达到这些目的的，完全符合良心的光明与基督教的真理。"参见利玛窦，金尼阁. 利玛窦中国札记［M］. 何高济，王遵仲，李申，译. 北京：商务印书馆，2017：134-135.
② 林乐知. 中西关系略论：第二十二次总结前论［J］. 万国公报，1876（383）：455.
③ 赫德认为中国"文武各事之行，尽属子虚。执法者唯利是视，理财者自便身家，在上者即有所见，亦如无见。远情不能上达，上令不能远行"；威妥玛则批评中国人因循旧法，"似此新法办理，古来从无此道，是以中华各官不甚乐为"。参见赫德. 局外旁观论［J］. 中国教会新报，1870（110）：46-47；威妥玛. 新议论略［J］. 中国教会新报，1871（119）：91.

治、军事、商贸、教育等诸多领域的缺陷，其中不免带有着殖民主义色彩，但也不乏一些中肯的评价和意见。特别是赫德的《局外旁观论》中，没有将焦点简单地停留在"人之过"的国民性表象，而指向了帝国官僚体制的窳败，看到了"文化—道德"腐化失衡背后"社会—政治"的崩坏失序：

> 如律例本极允当，而用法多属因循，制度本极精详，而日久尽为虚器。外省臣工，不能久于其任，以致尽职者少，营私者多。寄耳目于非人，而举动未当，供贪婪于戚友，而民怨弗闻。在京大小臣工名望公正者，苦于管辖甚多，分内职分，反无讲求之暇。部员任胥吏操权，以费之有无定准驳，使外官清廉者必被驳饬，如是而欲民生安业，岂可得耶。①

相较于西方人采用的"人之过"等表述，指向更加具体的"国民性"一词则源自日本，为英语 national character 或 national characteristic 的日译。中国近代知识分子经由明治日本，对"国民性"这一"现代性"理论神话的接受，同样被认为有着所谓"文明"等级论背后、帝国主义话语霸权运作的意味②。在梁启超、鲁迅等人东渡日本之前，古城贞吉通过《时务报》上的"东文报译"栏目，已率先将日本国内逐渐流行的"国民性"话语译介到了中国本土的报刊上，他对于"文明"（civilization）一词的广泛传播，包括许多译稿中对于"文明"等级论的划分，最后都落在"国民性"的论断上。"东文报译"栏目翻译的文章中，诸如《土耳其论》《论俄人性质》《过波兰记》《论德国之将来》，甚至包括《论台湾土人》，都涉及对这些国家民族或区域的民众特性论断，正是日本明治时期从福泽谕吉等人所持"文明论"以及有关世界文明"开化""半开化""野蛮"等级划分的体现。在这些译自日本报刊的文章中，可以看到帝国主义、殖民主义的权力话语影响，政治时局的变化、国家利益的纷争左右了这些文章对于俄国、德国等国国民性的判断。

在众多关于"国民性"的讨论分析中，《时务报》上对于俄国文明及俄人之评价，多趋向负面，其中对俄人性质之探讨，并非出自李家鏊的"俄文报译"栏目，更多来自古城贞吉所主持的"东文报译"中的日本文稿。甲午战争之后，俄国先是向日本施压，逼迫日本放弃辽东半岛，后又诱使清廷签订《中俄密

---

① 赫德. 局外旁观论［J］. 中国教会新报，1870（110）：46-47.
② 刘禾. 跨语际实践：文学，民族文化与被译介的现代性［M］. 宋伟杰，等译. 北京：生活·读书·新知三联书店，2002：76-77.

约》，加紧了在东北地区的势力扩张。或许是将俄国视为日本在远东地区竞争对手的原因，古城贞吉所选取的东文译稿，常常出现对俄人国民性的贬损，虽然也有"俄人如大河浩浩，其度量广阔，有大人之风，欧人所谓大陆气象者"①一类的褒赏文字，但和"开化""文明"之英美等国相比，俄国在列国的竞争角逐中渐落下风，最终也被归结于俄国国民性质的问题。《时务报》上，包括《论俄人性情狡诈》《论俄人性质》等日文译稿，对俄人"多因循""好懈怠""耽饮酒"之习气有着归纳，如《论俄人性情狡诈》中称：

> 俄人赋性，深沉迟钝，不似法人敏慧，雁一种文明气习，其客嗇鄙陋，亦德人所不能企及焉，且多猜忌权诈，又深刻执拗，虽与德性有亏，至其勇猛攫取利益，则未尝不由此也。②

除了俄国之外，古城贞吉的"东文报译"栏目还关注了土耳其、波兰等国的衰亡，并积极探讨文明兴衰命运与国民性之关系。连载于《时务报》第11、第12册"东文报译"栏目，译自《东京日日报》的《土耳其论》一篇中，有"土人本非文明之民"之语，称土人"唐时呼为突厥，诗人所谓紫髯绿眼胡人吹，即是民也，其猛勇骠悍，衽金革死而不厌"，虽然灭亡东罗马帝国，席卷东欧震撼欧陆，但始终"独知战斗，而不解政治，长于武断，而疏于文事""且所奉教旨，峻猛严厉，绝少变通，不留余地，故西欧文物之进，不能容焉"③，将奥斯曼帝国在近代的衰败，归于土国"非文明之民"对于西方近世潮流的"懵焉无知，拘泥故辙"。紧接着，在第15册上，译自日本《国民新报》报馆主笔游历欧洲后所作的《过波兰记》一篇，除了过波兰废墟时的杂记外，还有对于波兰人特点的介绍。在文中，作者如此描述波兰妇女所代表的生民志气：

> 波兰之人，性质慧敏，黑瞳短躯，似东洋各国人物，长于音乐语言及器械等，妇女最为秀丽，然亡国余民，累累如失路之人，妇女之徒，目见俄军肥马轻裘，双肩生风，则以得作其室家，为一生之志愿矣。夫涌养生民志气，在襁褓之中者，实为妇女之天职也，然其志想，既已如此，何怪其亡国覆社，为人奴隶，而牛奔马躯于行路哉？④

---

① 论俄国事情［J］．古城贞吉，译．时务报，1897（30）：22-23.
② 论俄人性情狡诈［J］．古城贞吉，译．时务报，1897（16）：25-26.
③ 土耳其论［J］．古城贞吉，译．时务报，1896（11）：23-25.
④ 过波兰记［J］．古城贞吉，译．时务报，1896（15）：24-25.

第 16 册上，古城贞吉将视线转向同在东亚文明圈的朝鲜。他译自《时事报》的《朝鲜大臣游欧美有感》，为朝鲜公使闵泳焕游历西方后所作，通过一位弱国使臣的视角，论及"文明之域"及"国民之失"，不啻一篇针对国民全体的醒世文章：

> 然使余最增感慨者，盖有二焉。其一为欧美人民之勤勉也，欧美人民，欲得衣食之计，努力营谋，不敢少懈，比比皆是，视我邦人，游惰放逸，徒销岁月，欲赖他人代谋生计，实为可耻，即此一事，使我邦沉沦贫弱之境，而国民失自立之志矣。其二为列邦人民，爱本国之念深也，虽在陋巷小民，尤且向人自夸其国，且爱君主之深情，有蔼然者焉，彼国人民，多读书识字，诸种学术，无不略习，此其所以益振兴也。余窃欲我邦亦跻此文明之域，而克日奏功也。①

与土耳其、波兰、朝鲜等"半开化""野蛮"之国民形成对照的，是"世界知识"图景中另一部分趋向"文明""开化"的国家与国民。同《土耳其论》一同出现在《时务报》第 13 册的"东文报译"栏目上，是古城贞吉译自《国民新报》的一篇《游览柏林记》。与同期译文中骁勇善战却"不解政治""疏于文事"的土耳其国民形象相比，这篇日本人游记中描绘的德国人，"彼兵勇之温雅若此，洵在意计之外矣"，全然是另一番景象：

> 西谚云：德人默而考于内，法人发而语于外，英人尚实践焉，今德人不独考于内，而又能笃行。余虽未尽见德人，然可敬可爱，一望而知其有作为之人也，余虽不多见上等高尚之德人，彼国亦有似英之绅士者，惟概言德人品性，不出野狩鄙吝深刻之间，是亦由一种国风，积习使然，德人之本色，盖在此也。②

同明治日本类似，近代德国也是经过"铁血宰相"俾斯麦的改革，由所谓"半开化"的文明状态逐渐走向现代化道路，在土耳其、波兰的殷鉴之外，提供了正面的社会现代性方案。在这套方案中，文化层面积习民性的改变，甚至被视为了较之政治制度层面变革更为根本的途径。虽然《游览柏林记》提到德国

---

① 朝鲜大臣游欧美有感 [J].古城贞吉，译.时务报，1897（16）：39.
② 游览柏林记 [J].古城贞吉，译.时务报，1896（13）：28-29.

少"上等高尚"之人，而多"野犷鄙吝"之辈，却将之视作德人的国风本色，肯定其独考笃行之品性，对于习惯了以温良恭俭让作为评价标准的中国读者来说，无疑是一种道德观念上的冲击。而随着 1897 年德国以教案为借口，武力强占胶州湾，《时务报》上诸如《德国包藏祸心》《德国占胶州之利益》一类的译稿也逐渐多了起来，其焦点却未曾离开近代德人的国民志气。光绪戊戌年百日维新前夕，第 62 册《时务报》的"东文报译"栏目，古城贞吉又译出一篇《论德国之将来》，称赞"德国之人数文明，秀出于他国民之上，又兴始事业之心，殷殷于中，其国年少有为之士，志气如山，常勇往于功名之场"①。这种通过文明等级论引发的国民性话语，在建构起中国读者心目中世界图景的同时，无疑也助推了强调进化、崇尚力量的现代性观念传播。

在一套以近世西方世界为中心的文明等级论中，原本复杂的中国国民特性，最终被本质化地表述为近代国家贫弱的根源，乃至衍生成从中国国民到国家的疾病隐喻。维新运动时期，不仅仅严复、梁启超等报刊主笔频繁就国民问题发表看法，各大报刊的翻译文稿中，也不乏这样的判断。《时务报》第 14 册上，张坤德译自上海《字林西报》的《天下四病人》一文，就列举了土耳其、波斯、中国、摩洛哥四国，以晚清国民性话语运作中所常见的患病之"国家"与"国民"关系，进行了病症解剖。其中有关中国的论述，与此前传教士的国民性话语基本趋同，多为整体性、本质化的批评：

> 三为中国，其病情固与土国波斯，皆不相同，地广户繁，甲于天下，牵连之势，骤难分裂，立法亦未尝不善，惟官无韬略之智，民少勇敢之气，一旦强敌骤至，未有不弃甲而走矣。②

明治时期的日本，不乏对于中国文明及国民性的否定声音。福泽谕吉在《文明论概略》中将中国文明列位"半开化"，其原因正在于国家智德的缺乏，"其人情风俗的卑鄙低贱，可以说彻底暴露了亚洲国家的原形"③；1894 年甲午战争期间，做过日本文部大臣的"进步党"要员尾崎行雄，专门写作了《支那处分案》《清国处分如何》，称日本吞并中国不难，理由在于中国人不知国家为何物，无爱国心、无战斗力、无政治能力，甚至扬言"支那人者，将漂泊于世

---

① 论德国之将来 [J]. 古城贞吉，译. 时务报，1898（62）：22-23.
② 天下四病人 [J]. 张坤德，译. 时务报，1896（14）：12-13.
③ 福泽谕吉. 文明论概略 [M]. 北京编译社，译. 北京：商务印书馆，2009：46.

界之中，终为第二之犹太人"①。同样是在 1894 年，美国传教士明恩溥（Arthur H. Smith）的《中国人的气质》（*Chinese Characteristics*）一书出版，书中对于中国国民性中的智力混沌、麻木不仁、守旧等特质进行了介绍。两年后，此书便由日本学者涩江保译成日文在日本发行，继而影响了大量中国留学生关于国民性问题的认知和判断。

只是，不同于本土激烈的"脱亚派"和西方传教士，古城贞吉自幼修习汉学，对于中国文明特别是儒家学说有着情感上的亲近，他对于所译日本报刊之文的选择，虽必然要遵循日文报刊的本来话语，却也有其本人的意志体现。他所选译的有关国民性的文章，虽涉及中国的不多，但代表了另一种关于中国民性的观察趋向，"中国人民，勤俭忍耐，环球列服，称道弗衰"② 一类的评价文字选译，相比于部分文明等级论中的激烈言辞，多了一层为中国国民性辩护的意味。第 44 册上，古城贞吉译自《大阪日报》的一篇《论中国人民之性质》，甚至将中国人誉为"东洋之英国人"，对近代以来中国国民性中多遭贬斥的"保守之性"及"风俗礼法"加以赞扬，文章作者表示，"以吾观中国人民，似最可亲最可爱，盖中国人多保守之性，甚似英人，其习惯风俗，素娴礼法，亦甚似英人"，这篇文章并不急于将中国国民性当作本质化的对象一概论之，而尝试从文明的整体结构和国民的精英阶层中寻找国家衰颓的原因，文章称：

> 惟至中国官吏，则最为恶劣，第知贪贿赂耳，暴虐下民，夺其财货耳，作威作福，制其僚属耳，以士君子之面目，为盗贼之行径，于簿书期会之间，施苏张之谲诈，学孔孟之道德，而主申韩之刑名，由是观之，衰亡中国者，中国官吏也，如止观于中国官吏，而遂以概论中国人民，则所见甚误。③

原本，撇开复杂政治社会背景、趋向文明本质论的"国民性"话语，在《时务报》各国报译栏目、特别是古城贞吉的"东文报译"栏目中频繁出现，但涉及中国及中国国民性，这位来自日本的汉学家似乎有意识地做了一些删选，体现了其作为译者的主观意愿和偏向。故而，不将国家之贫弱简单归于一种本

---

① 阿英. 所谓"晚清的中国观"［M］//阿英全集：6 卷. 合肥：安徽教育出版社，2003：17-18.
② 中人幽栖孤岛［J］. 古城贞吉，译. 时务报，1896（11）：26.
③ 论中国人民之性质［J］. 古城贞吉，译. 时务报，1897（44）：21-22.

质化的国民特性，而是从文明的整体结构来寻找历史成因，这种整体性的"文明论"思路，在等级论及殖民主义主导的国民性话语运作中，更显得难能可贵。正如古城贞吉所译的《政党论》一篇，批评君主专制以愚民为本能，导致黔首无力、不知政治为何物，文中提出，"政党兴起哉，及文明大进，世运方转，教化浃洽，国民智慧渐起，类能通晓治体，而国家亦令国民参与大政，相与论议"①，此种观点将现代性当中有关于政治和文化的追求统一起来，呼应了这一时期中国维新知识分子以维新变法为目标、有关国民性问题的思考与探索。

（三）"中国文学史第一人"

就在古城贞吉主持《时务报》"东文报译"栏目、不断为中国读者译介世界知识与文明意识，并积极引入有关国民性话题的讨论时，其本人也接近于完成自己最重要的一本汉学著作——《支那文学史》。1897 年，日本明治三十年五月，东京经济杂志社出版了古城贞吉的这本中国文学史，率先展现出现代性视野及"文明论"之下的"文学"观念，将对于中国文明、国民性的关注思考，聚焦到了"文学"这一载体上。此前，福泽谕吉在他的《文明论概略》中曾经表示："文明"（civilization）之为物，至大至重，包括"文学"在内的一切社会事物，都以文明为目标，"文明恰似一个大剧场，而制度、文学、商业等等犹如演员""文明恰似海洋，制度、文学等等犹如河流"②。虽然福泽谕吉没有明确解释他所理解的文学内涵究竟为何，但将"文学"视为文明及国民性的重要表征已然是诸多日本学人的共识，并最终影响了包括古城贞吉在内不少学人有关文明与文学的关系阐释。

作为近代最早的一批中国文学史著作，古城贞吉的这本《支那文学史》虽然直至民国成立后才在中国出版发行③，但在 1896 年夏到 1898 年初的这一段时间内，他便已经将自己文学史著作的文稿带往中国。因为受聘担任《时务报》的日文翻译，古城贞吉在维新运动期间长期居住在上海，与梁启超、汪康年、吴樵等中国文人交游，并曾将尚未为付梓的《支那文学史》稿件，交予因支持强学会、倡导维新而遭弹劾的文廷式一阅。在将近两年的时间内，古城贞吉积极为时务报馆从日本购入各类报刊书籍，并亲自翻译了大量文稿，刊载在自己主持的"东文报译"栏目上，其中不乏涉及中国问题的文章。然而，这本关于中国的文学史著作，却是最能体现他本人对于中国文明的直接感受和深度思考

---

① 政党论［J］. 古城贞吉，译. 时务报，1897（17）：22-23.

② 福泽谕吉. 文明论概略［M］. 北京编译社，译. 北京：商务印书馆，2009：33.

③ 此书直至民国三年（1913 年），才经由南学社社员王灿翻译至中国国内，并改名为《中国五千年文学史》，由上海开智公司出版。

的。在自己的《沪上销夏录》中，古城贞吉记录了此次交游经历，以及文廷式的赠诗：

> 翰林院侍读学士文廷式归故山，途出沪上，余相见于酒间，笔谈如山。赠以所撰《文学史》，廷式有诗云："沧海横流剩此身，头衔私喜署天民。岂知零落栖迟地，忽遇嶔崎磊砢人。定论文章千古在，放怀世界一花新。停云自此长相忆，何处桃源欲问秦。"其人磊砢不与时合，颇有不可一世之气，故姑及此。①

此段交谊，在文廷式给汪康年、梁启超、麦孟华三位《时务报》同人的信中也有透露。他在信中称自己在沪上淹留五十日，欢叙之乐难以忘怀，故"别有寄古城坦堂诗笺一，示乞转交为盼"②（古城贞吉又名古城坦堂）。如此推断，则汪康年、梁启超等人在此时，便获悉古城写作中国文学史一事，亦有可能。历史的真实细节无从考究，但文廷式诗中"定论文章千古在，放怀世界一花新"一句却代表着中国文人初见这本《支那文学史》时，一种新鲜又朦胧的感受。古城贞吉本人也注意到了这一来自中国文人的回馈，特意将此诗收录在文学史修订版的卷首，谓之"溢美之词实不敢当"。从这本《支那文学史》的叙述体例及文本内容来看，确是在古代中国以艺文志、诗文评为代表文学研究系统之外，开创出了新鲜的文学研究范式，并且以一种现代的知识叙述方法，呈现了一个纵览千古文章的中国文明世界。《支那文学史》共分9个篇目，包括文学的起源、诸子时代、汉代的文学、六朝的文学、唐朝的文学、宋朝的文学、金元间的文学、明代的文学、清朝的文学。从先秦的《诗经》《尚书》、诸子散文，到汉代的史传辞赋，从唐宋时期的诗与古文，再到明清前后七子、桐城派为代表的文人作品，除了依旧立足于传统雅文学的立场，排斥通俗意义的小说、词曲等文类外，可以说基本覆盖了中国古代文学尤其是诗文的发展脉络。

此前，日本国内也有不少以"支那文学史"为名的汉学著作，然而古城贞吉的《支那文学史》，是真正意义上第一部对中国文学数千年发展做全面整理叙述的尝试。这本文学史以线性时间发展作为文学史写作线索的模式，摆脱了诗

---

① 《沪上销夏录》藏于日本庆应义塾大学附属研究所斯道文库，本段文字为上海大学郑幸教授所录。参见郑幸.日本汉学家古城贞吉的中国之行 [N].文汇报，2021（26852）：4.

② 文廷式.文廷式函：一 [M]//汪康年师友书札：一.上海：上海古籍出版社，1986：20.

话、文谈、文苑传、艺文志一类的窠臼，采纳了类似于法国学者泰纳（Hippolyte Adolphe Taine）1864 年写作《英国文学史》的文学知识生产模式，将国家民族之社会历史、文化精神与文学艺术形式的发展流变结合起来。在古城贞吉之后，笹川种郎、久保天随等日本人写作的中国文学史，以及林传甲、黄人等中国本土文人的文学史著作，都延续了其《支那文学史》的写作体例。周作人后来在为日本汉学家青木正儿《中国古代文艺思潮论》中译本所作序言中，曾表示："中国自编文学史大抵以日本文本为依据，自古城贞吉、久保得二以下不胜指屈。"[1] 正因为这本文学史从编写体例到内容的深远影响，古城贞吉也间接参与了现代中国"文学"观念的建构，被视作"中国文学史第一人"[2]。

类似于福泽谕吉在《文明论概略》中有关"文明—文学"的整体性表述，古城贞吉在序论部分，即阐释了中国文学与中国政治思想环境、国民性的关系。全书的第一篇名为"中国文学之起源"，从文学进化的角度，对中国文学的发生进行了溯源，概述了上古世态、三代政治、周代文化与文学之间的关联。在随后对诸朝代文学的叙述中，他关注中国的山川风土、人情习俗，以及专制政治、科举制度、儒家思想，认为这些因素共同决定了中国文学的形成与发展，将泰纳提出的"种族、地理与时代"三要素运用到了自己的《支那文学史》中。另一位日本学人田口卯吉在为《支那文学史》所作的序言中，评价该书"列叙支那文学上下三千年事迹，萃精拔粹，以考覆其所以推移消长之理"[3]，不仅仅表现出西方现代性线性向前、不断进化的时间意识，同时借助于趋近泰纳"三要素"的内容，建立起文学与国家文明、国民性相关联的宏大主题。

除了上述的社会历史价值以外，作为"中国文学史第一人"，古城贞吉此本文学史的意义更在于，突出了"文学"作为一种语言文字艺术、独立于经史学问之外的审美价值，展现出了作者趋向审美现代性的知识视界，以及契合于西方现代"文学"（Literature）的观念理解。此前，以末松谦澄《支那古文学略史》为代表的日本人著作，论及中国"文学"，始终不脱中国传统孔门四科

---

① 周作人. 序［M］//青木正儿. 中国古代文艺思潮论. 王俊瑜，译. 北平：人文书店，1933：3.
② 在古城贞吉之前，已有末松谦澄《支那古文学略史》、儿岛献吉郎《支那文学史》《文学小史》等著作，只是从内容的全面程度以及文学史著作本身的影响力而言（古城贞吉《支那文学史》出版后 5 次重印），古城贞吉都远远超过前人。参见赵苗. 日本明治时期刊行的中国文学史研究［M］. 郑州：大象出版社，2018：105.
③ 田口卯吉：支那文学史·序［M］//古城贞吉. 支那文学史. 东京：东京经济杂志社，1897：3.

"文学"的窠臼，其所谓"文学"，所指的依然以诸子百家之学为代表的传统学问①。相比较而言，古城贞吉的《支那文学史》，则更多表现出一种狭义的"纯文学"观念，将先秦至明清时期的诗词文章作为主要内容，努力发掘文学遣词造句、塑造形象、表达情感等方面的独立价值。田口卯吉在序言中将人类社会分为物质界与文学界，指出中国文学界中，秦汉以前雄篇大作，如长松耸天，唐宋八大家措辞整肃，如盆栽枝叶，是"文之真趣"；与之相比，清代以后注重考据学问、涉及搜索，反而忽略了"文"的独立价值。他表示：

> 人类社会中有二大界，一曰物质界，一曰文学界。在物质界，帝王相将、勇士烈妇、贤奸智愚，续续辈出，或发挥天赋技能，以奏绝代伟勋，或狂奔一时名利，以博万世冷笑，亦为人间秒观，而其事率简易，序之不甚难，故古今修其史者，实不鲜矣。至文学界，词客文人、儒释黄老、诸子百家，触物应事，或悲哀、或欢喜、或怒号、或骂笑，或谆谆如谕蒙，或扬扬如夸荣，其言高妙雄大，皆有足使人叹服者，故品评之也甚难。②

借助古城贞吉《支那文学史》，田口卯吉表现出一种现代意义上"文学"的自觉。他对于"文学界"与"物质界"的表述，强调情感的自然流露，接近于艺术审美层面的现代性，而与注重事功、工具理性和目的论的社会现代性相对。这种现代性的追求，在《时务报》的"东文报译"栏目中并不多见。为了迎合中国维新知识分子的阅读需求，古城贞吉更倾向于选译"物质界"与社会现代性的内容。例如第46册上，一篇介绍德皇威廉一世的文章《论德皇为人》，称其"虽不甚爱文学，而好读军书，及小说之以史事为本者，又好艺学"③。作者将科技、军事乃至历史之学，与文学对立起来，用以说明德人不尚虚文、致力实学的民性，以及普鲁士帝国在近世走向强盛的原因。这种有关"文学"的论调，显然与整个维新运动期间中国士人的"时务风气"相契合，但作为《时务报》的主要译者，此时正在写作《支那文学史》、追求"文之真趣"的古城

---

① 根据戴燕的研究，"literature"一词在英语或相近的欧洲语言中，19世纪之前也主要指著作或书本知识，范围，关于literature的现代理解，则是浪漫主义文学运动之后。深受中国文化影响的日本，明治之前"文学"概念亦有多种理解，一般泛指学问，明治维新后，才开始作为Literature的译语，转向了由语言来表达想象力和情感。参见戴燕. 文学史的权力［M］. 北京：北京大学出版社，2002：4.

② 田口卯吉：支那文学史·序［M］//古城贞吉. 支那文学史. 东京：东京经济杂志社，1897：1-2.

③ 论德皇［J］. 古城贞吉，译. 时务报，1897（46）：35-36.

贞吉本人，却并不全然认同。

　　除了与其他《时务报》同人一样，专注于为中国读者译介有关近代西方社会发展的物质成果外，古城贞吉在"东文报译"栏目所选取翻译的另一部分文章，所呈现出的主题和内容，是对于社会学意义上的现代性的质疑和反思。《时务报》第17册上，古城贞吉译自《大阪朝日报》的《论社会》一篇中，阐释日本社会的精神文明基础，"本自有一种俗尚，及通交于朝鲜中国，或为儒道熏陶，或为佛教铸冶，而浸润其风气，盖亦不鲜也，至近古与欧美相交，又大有变化"。类似于"文学界"与"物质界"的相对，文中专门提到了"学人社会"与"俗客社会"的对峙，以及"文艺美术"不被容于现今世俗社会的情形。作者称：

　　　　以吾人观之，当推广社会之容量，而包含异种异样之事物耳。今夫学人社会，不容俗客，俗客社会，不容文艺美术（西人称诗歌音乐雕刻绘画曰美术），文艺美术之社会，不容宗教道德等之理论，宗教道德之社会，不容股份市情之谈话，股份市情之社会，不容格致博物之学术，格致博物之社会，亦不容政治家。①

　　在以物质文明为基础的现代文明秩序中，对中国道德民性的肯定及为汉学辩护，是古城贞吉选译文章的一个重要方向。相比于偏执地将政治、经济、科技进化发展作为社会文明标志的观念，他对于作为文明内化形质的文学艺术、宗教道德的强调和包容显得难能可贵。第22册上，古城贞吉译自《东华杂志》的《汉学再兴论》一篇，批驳明治日本"及政法一变，求智识于西洋，学问之道一变，贬汉学为固陋之学"的趋向，并提到了"文学"，指出"汉学盛行之际，虽流弊杂出，要之修身齐家，涵养德义，设立教育之本旨，即今日教育子弟，亦当取法夫此也。如《论语》为纯然一部道义之书，不止在一片文学，而实为道义之书也"②。只是，此处译文中所提及"文学"一词，与"道义"相对，应属于"孔门四科"中的范畴，并非西方现代意义上的 literature，主要指向传统意义的文章学问。

　　古城贞吉真正向中国读者展现一种现代"纯文学"观、强调"文艺美术"之价值的，是《时务报》第39册上，他译自《世界报》上的一篇《得泪女史

① 论社会［J］. 古城贞吉，译. 时务报，1897（17）：23-24.
② 汉学再兴论［J］. 古城贞吉，译. 时务报，1897（22）：24-25.

与苦拉佛得女史问答》。本文为一英国闻名女士与报馆女记者的问答，二人在问答中讨论女性问题，有诸如"女人蒲柳之质，受之天命""女性质性，实能远出于男子之上"之观点，理由之一，乃是女性在文学绘画上的天赋。文中有一段对话这样表述西方人对于文学的理解：

> 是故予常告爱文学之女人，宜学习绘画，且缕述其中效验，而一再不已也，夫创造绘画之事，未尝与创造小说（西人以小说为文学之粹美）之事相异也，泥美术（西人以绘画、雕刻、音乐、诗歌为美术）之与文学，又本有至密切至切之关系乎，诚益人之事也。①

这段话表明了两层意思：首先，文学与绘画、音乐等艺术并列，是一种审美价值的表现，且对于外部世界线条色彩更加敏锐、更加感性之女性，在此方面有着极高的天赋；其次，在西人的认知中，小说不仅属于文学，且与绘画美术之事有密切之关联。这篇源自西方社会、经由日本报刊转译的文章，展现了近代西方"文学"（literature）更加偏向绘画音乐等艺术门类、而非经史学术的审美艺术特性。并且，文中将小说纳入文学的范畴，以"小说为文学之粹美"，较之古城贞吉在《支那文学史》中以诗文为正宗、排斥小说等俗文学所表现的文体观念，又有了较大的跃进。1个月后，在《时务报》第42册上，古城贞吉又翻译了日本《国民新报》上的一篇《美国名士演说日本情形》，为"美国前驻日公使喝都巴得氏，于华盛顿府博物院演说日本国民"，其中有"日本又有神教，多古稗史，故日本美术诗歌等，实根于此，佛教之感化日人，其效亦极大，日用之常，与文学美术等事，多为佛教所移化"② 之语，此处"文学"之用法，与《得泪女史与苦拉佛得女史问答》中相近，同样展现出将文学与美术并列，趋向将"文学"作为一种审美艺术形式的现代观念。在以"政学为主、艺学为辅"的《时务报》中，尽管这些论调显得过于微弱，却表现出一种反对世俗目的论、工具理性的审美现代性追求，在中国维新运动一片追求社会现代性、反对虚文且批判词章的风潮中，保留了一些独立的声音。

（四）日本体验：词语影响与阻隔

1897年古城贞吉的《支那文学史》出版，无论是所采用的历时性全景式叙述方法，还是所表现出的趋向现代意义的"纯文学"观念，都足可称作"中国

---

① 得泪女史与苦拉佛得女史问答［J］．古城贞吉，译．时务报，1897（39）：24.
② 美国名士演说日本情形［J］．古城贞吉，译．时务报，1897（42）：21.

文学史"编撰史上的标志性事件。从《沪上销夏录》的记载来看，早在1896年古城贞吉来上海时，这一有关"中国文学"的文本便已被文廷式这样的中国文人接触到。然而，从1896年到1898年，对于中国维新知识分子而言，古城贞吉最主要的身份和贡献并不是他身为汉学家对于中国文学所作的鸿篇史论，而是他在时务报馆所承担的翻译工作。无论是他本人，还是《时务报》同人，都未曾通过报馆在中国本土推介过这本关于"文学"的著作。从古城贞吉写给时务报馆经理汪康年的十六封信札来看，除了日本报文外，他还努力翻译了《欧美政书》《日本政史》《欧洲政史》等"政书"寄往中国；在他为《时务报》所翻译的600余篇文章中，政学、艺学（技艺之学）的内容牢牢占据了主流，"俗客社会，不容文艺美术""小说为文学之粹美"一类的声音，更像是甲午至戊戌时期"时务"风潮中的吉光片羽。

与《支那文学史》中那些展现"文之真趣"词章诗赋相对，古城贞吉在《时务报》上编译的报刊文章，导向了"文"的另一个方向——传播实学、讲求时务。他所翻译的部分文章，甚至构成了此时期"时务风潮"与"时务文学"的组成部分。据统计，《时务报》上"东文报译"栏目的不少文稿，被作为经世文章，收录在此时期中国本土文人编选的文集中，例如《论台湾宜亟变法》《美国共和党宣论新政》《伯拉西尔风土记》《过波兰记》等，被收录到各类《经世文编》当中；《德国怀雄志东亚》《英俄合从策》《论俄法同盟》《意国振兴海军》等，被收录至《外洋国势厄言》；《义火可握国记》《古巴岛述略》，则被收录至《小方壶斋舆地丛钞补编再补编》①。而除了主持《时务报》的报译栏目外，古城贞吉还在同时期为上海的《蒙学报》《农学报》提供译稿，《时务报》改为《昌言报》后，又继续在《昌言报》上主持"东文译编"。他在《蒙学报》上开设"格致丛谈"专栏，介绍日本教育童蒙之法；又在《农学报》上介绍农业知识，翻译日本农会章程，配合了这两类专门性刊物对于实学的讲求。一直到《昌言报》的"东文译编"栏目上，《德国思占吕宋》《意国危机》《德国怀抱非望》《论西班牙今后情形》《俄国大饥馑》以及《拯救中国》一类时政类的文章，基本延续了古城贞吉在《时务报》上选译文章的方向。

戊戌政变发生后，身在日本的古城贞吉听闻谭嗣同等志士就刑，专门去函向汪康年询问。字里行间，透露出这位日本学人对于中国维新事业遭遇腰斩的

---

① 《时务报》译稿收录至各类《经世文编》《外洋国势厄言》及《小方壶斋舆地丛钞补编再补编》的情况。参见潘光哲. 创造近代中国的"世界知识"［M］. 北京：社会科学文献出版社，2019：85-94.

忧虑。他在信中提到了30年前日本幕末时代的风云：

> 唯弟有杞人之病，窃忧念猛火燃昆岗，不辞玉石俱焚也。阁下志虑周密，行义正大，夙以国事为念，然犹恐构者窥于阴，愚考贵国现情，犹似弊国三十年前事，真志士苦心，焦虑之秋矣。①

相近的历史进程，使得中日两国的维新志士，习惯以彼此在现代性来临时的运命走向，作为自身的比较和参照。因此，除了"世界知识""中国镜像"的内容外，那些关于日本社会的文章，是《时务报》译稿中尤为特殊的一环。从《时务报》第1册上，张坤德主持的"域外报译"栏目连续发表《论日本国势》《日本度支》《日本铁路》开始，至曾广铨后期翻译《论日本》《日本时局》等文章，介绍"自维新以来，日本励精图治，百废俱兴"②的经验，不仅仅是"东文报译"栏目，而且在《时务报》各国报译栏目中，日本皆是受到关注最多的对象。古城贞吉受命主持"东文报译"栏目，更是顺理成章地将涉及日本政治军事、社会经济、思想文化的文稿，诸如《日本大臣会议》《日本国增设大学》《日本名士论经济学》《论日本大隈伯提倡新说》《美国人观日本情形记》《英儒论日》等一系列译稿，呈现在中国读者面前。《时务报》第42册，古城贞吉翻译自《读书报》的《俄论日本》，以俄国游历者的眼光，描绘了经过维新后的"日本文明之盛"，以及日本的国民教育和习性，并且不吝以"美风""美观"一类的修辞称赞日本维新运动所取得的成绩：

> 都会之地，必设点灯，不独街路而然，即商店茶馆酒楼，其他至小之店，亦莫不皆然，东京、横滨、神户、京都、大阪等，皆设电线铁路，以便来往。日本大小学校，每月一次，必辍业以游于数十里之外，其意在欲观天地山川之奇，察人世行路之难，以资学问也。当是之时，铁路公司及轮船公司等，必廉其车资，以便学徒，立为常例，盖美风也。自来水之设，亦于各地装为喷水，或灌树木花草，又或上下其水，作种种形状，靡不美备奇巧，颇为地球第一美观也。③

---

① 古城贞吉. 古城贞吉函：十 [M] //汪康年师友书札：四. 上海：上海古籍出版社，1989：3312.

② 论日本 [J]. 曾广铨，译. 时务报，1898（62）：16-17.

③ 俄论日本 [J]. 古城贞吉，译. 时务报，1897（42）：20-21.

　　甲午之后，日本受到中国知识分子空前的关注，以梁启超先后在《时务报》上发表《〈日本国志〉后序》《读〈日本书目志〉书后》等文章，并推荐黄遵宪等人有关日本之著作为标志，近代日本在中国人走向世界、体验现代文明的历程中越发充当起中介桥梁的作用。大量中国留学生进入日本，借助日本眺望世界；同时，也有许多如古城贞吉这样来到中国，并直接将明治日本的社会运作模式、个体生存方式，以翻译文本的形式译介给中国读者。对于通过《时务报》"报译栏目"来获取世界知识的中国读者来说，日本在地理、文化乃至语言上与中国的接近，让他们在体验现代性文明的同时，更少了一层隔阂感，"日本体验"成了中国读者现代性体验最重要的一环。正如这篇《俄论日本》所表现出来的趋向，受到日本"文明之盛"的感召，社会现代性的追求与实践被视为是最大的"美风"和"美观"，在以《时务报》为代表的晚清中国公共领域中，无论是译者还是读者，聚焦的往往是现代政治、经济、科技、军事等领域的发展，而忽略文学艺术上的形式趣味及审美意涵。

　　除了东渡扶桑进行设身处地的学习、体验和交流外，更多的中国知识分子则是通过这些翻译文本来感知近代东瀛社会发生的剧变的。中日两国在文字上的相通，使得日本成为西方向中国传播近世思想学说的中转站，"从日本语言中大量汲取了新的西方文化的词汇与概念"①，也成为中国知识分子体验现代思想及存在方式的第一媒介。梁启超在流亡日本后疾呼"我国人之有志新学者，盍亦学日本文哉"②，也是看到了日语新词中所蕴含着丰富的知识信息。特别是除去近代日本独创的词汇以外，一些汉语当中原本存在的古典词语，包括"经济""社会""文学""文明""教育""艺术""思想""自由""革命"等③，经由日本人与西人词语对译，演变为具有全新含义的词汇，再"逆输入"中国，起到了中西文明之间的桥梁作用。一方面，这些古典词语裹挟着作为西文译词的新义，成为一些西方近代新观念进入中国的滥觞；另一方面因于同汉语词汇的亲缘关系，这些外来新词更易为中国知识分子所接受，运用起来也更加自在自如。

　　这些日语中的新词语、新观念，古城贞吉在译稿过程中多有涉及。他的译稿中"文明""国民"一类词语十分多见，特别《政党论》《欧洲党人倡变民

---

①　李怡. 日本体验与中国现代文学的发生［M］. 北京：北京大学出版社，2009：20.

②　梁启超. 论学日本文之益［M］//汤志钧，汤仁泽. 梁启超全集：第一集. 北京：中国人民大学出版社，2018：704.

③　陈力卫. 东往东来：近代中日之间的语词概念［M］. 北京：社会科学文献出版社，2019：14.

主》《记东邦学会事》《日相论制定宪法来历》《论中国宜亟变法》等文章，透过"政党""民主""学会""宪法"乃至"社会主义"① 一类的政治词语和观念，呼应了中国维新知识分子的现实诉求。这些词语背后包含着的各类议题，在思想前沿性与敏锐性方面甚至超过梁启超等时务报馆主笔，将中国维新知识分子不便直言的议题公开表达出来，成为一种"政论化的翻译"②，为整个维新运动积蓄了观念和思想的力量。而这些政治化的词语观念，往往被统摄在《时务报》整个报译栏目的"文明"视野下，如第 17 册上的《论社会》一篇，即以"社会"这一新词开篇，言及"进化"，表现出一种文明进化及等级论的观点：

野蛮之地，无社会者焉，及文明渐开，微露萌蘖，久之遂成一社会，然则所谓社会，盖以渐积成者也。"社会"二字，本非我国古来惯用之熟语，而社会之实形，自古已有，我邦建国，本自有一种俗尚，及通交于朝鲜中国，或为儒道熏陶，或为佛教铸冶，而浸润其风，盖亦不鲜也。至近古与欧美相交，又大有变化，盖变化者，进化于善也。③

同样是经由日本"逆输入"的汉语词汇，相比于已经被大量日本学者选择与西方 literature 一词对译的"文学"，中国读者更为关注的，是在《时务报》"东文报译"栏目中更多次出现的"文明"（civilization），以及文明视野之下有关"国民""国民性"的讨论。与古城贞吉向时务报馆大量译介西报、西书几乎同时期，佐藤宏等日本国粹派又将《日本》《日本人》等讨论国民性、重构日本"民族性"的刊物寄送给时务报馆的黄遵宪、梁启超等人④。《时务报》知识群体最为关注的议题，不少正来自他们的日本体验，诸如近代日本知识界与国民的自新，启迪了中国维新知识分子的"新民"之思。1897 年，梁启超在《时务报》上发表的《记东侠》一文，便以幕末日本僧月照、浦野望东、驹井跻庵三位维新志士为参照，来反省中国士大夫"被服儒术者"，以及主静不主动

① "社会主义"一词出现于古城贞吉所译《硕儒讣音》一文（译自《大阪朝日日报》），记"英国名士威呢喑摩里是氏"，即英国社会主义活动家威廉·莫里斯（William Morris）"享龄六十二，氏为近世社会主义（学派之名）之泰山北斗也，著书极富，名声藉甚，时人惜之。"参见硕儒讣音［J］. 古城贞吉，译. 时务报，1896（12）：27.
② 王淑琴. 中国近代维新政治思潮的兴起：从《时务报》角度的审视［M］. 长春：吉林大学出版社，2014：148.
③ 论社会［J］. 古城贞吉，译. 时务报，1897（17）：23-24.
④ 郑匡民. 梁启超启蒙思想的东学背景［M］. 上海：上海书店出版社，2003：13.

之东方文明：

> 中国、日本，同立国于震旦，画境而治，各成大一统之势，盖为永静之国者，千年于兹矣。日本自劫盟事起，一二侠者，激于国耻，倡大义以号召天下，机掫一动，万弩齐鸣，转圜之间，遂有今日。①

这些经由近代日本输入的新词语，以及新名词背后所蕴含的全新观念思想，在近代中国知识分子现代性体验的发生过程中发挥了举足轻重的作用，进一步影响了"文明""国民性"话语的运作。相比之下，作为已被井上哲次郎、福泽谕吉、三上参次、高津锹三郎等日本学人借用与英文 literature 对译的"文学"一词②，却意外遭遇了中国维新知识分子观念认知上的阻隔。在这一波翻译浪潮中，不仅仅古城贞吉的中国文学史著作没有被及时翻译至中国，他在写作《支那文学史》中所表现出的现代"文学"观念，在《时务报》为代表的维新舆论空间里，也没有得到包括其本人在内的报馆同人更加充分的展示和呈现。原本，以"文明""经济""社会"等为代表，日语新词在中国表现出空前的强势输入态势，鲁迅在自己的文章里曾言，近代以来新派所言"文学"这一概念，"不是从'文学子游子夏'上割下来的，是从日本输入，他们的对于英文 literature 的译名"③；古城贞吉此时期写作的《支那文学史》，包括他在《时务报》上译介的"文学"概念，业已呈现出摆脱泛指"文章学问"的趋向，为之后黄人、林传甲等人以现代"文学"观念写作中国文学史树立了典范。但在维新运动时期，"文学"词语的使用是另一番复杂的景象，在借助报译栏目"广译五洲近事""知全地大局"的同时，受到"文明""国民性"等话语背后社会学现代性追求的影响，对于古城贞吉《支那文学史》中被作为一种审美艺术的"文学"及"中国文学"，以梁启超等为代表的《时务报》同人，却基于维新运动与讲求时务的现实需要，形成了自身独特的有关"文学"的观念体系和实践方向。

---

①　梁启超．记东侠［J］．时务报，1897（39）：3-4.

②　有关近代日本学人对于"文学"一词的接受和重组，特别是作为翻译词的"文学"，如何与"literature"邂逅，日本学者铃木贞美在其著作《文学的概念》中有着翔实的考证．铃木贞美．文学的概念［M］．王成，译．北京：中央编译出版社，2011：101-113.

③　鲁迅．门外文谈［M］//鲁迅全集：第六卷．北京：人民文学出版社，2005：96.

第三章

观念转型与"文学兴国"的诗文实践

一、文学观念：在现代与传统之间

（一）新生的词汇与古义的惯性

作为《时务报》报译栏目的主持人，古城贞吉一面写作关于中国的国别文学史，整理中国数千年的诗文谱系；一面将现代意义上的"文学"观念，通过译文的形式呈现在中国读者面前。与许多新词语一样，"文学"一词在晚清中国所经历的演进过程，是典型的外来冲击影响本土文化的模式：从源自古时孔门四科中的旧义项逐渐转向英文 literature 的对译概念，原本泛指"文章博学"即广义上学术、学问的语义，变为了现代意义上语言艺术形式的专门指称。这种词语含义的净化或狭窄化，类似于近代西方 literature 一词，由最初"指的是'著作'，或者'书本知识'"①，演化为符合浪漫主义基本精神、"具想象力的作品（imaginative writing）"②，与艺术（art）、审美（aesthetic）、创造性（creative）等词语交汇为具有现代内涵的"纯文学"观。这一过程，伴随着"文学"与历史、哲学的分野，"文学"开始用以专指具有艺术性的语言文字作品，并将小说、戏剧等新兴文类吸纳进来，古老的汉语词汇"文学"似乎也与西方的 literature 一样，在近代迎来了一次新生。

词义更替的背后，是观念的嬗变，以及一整套学理知识乃至社会价值体系的转型。甲午至戊戌期间，正是以《时务报》等维新报刊为媒介，"文明""进化""自由""民权"等词汇不仅仅被广泛传播，且通过对这些词汇的运用，形成了某些现代观念的雏形。金观涛、刘青峰在《观念史研究》一书中指出，"观念是指人用某一个（或几个）关键词所表达的思想"，且作为意识形态的组成因素，其作用甚至比意识形态要更加根本：

---

① 卡勒．文学理论入门［M］．李平，译．南京：译林出版社，2008：22.
② 威廉斯．关键词 文化与社会的词汇［M］．刘建基，译．北京：生活·读书·新知三联书店，2016：319.

人们通过它们来表达某种意义，进行思考、会话和写作文本，并与他人沟通，使其社会化，形成公认的普遍意义，并建立复杂的言说和思想体系。①

从某种意义上来说，《时务报》等公共媒介上的这些词汇，形塑了维新运动的核心要义，这些词汇承载和传播的观念，决定了维新派知识分子社会现实行动的方向。正如巴赫金所说，话语符号是"最敏感的社会变化的标志"②，"文学"的词义转变与"文明""经济""革命"等词语一样，是汉语古词接受外来观念而生出的新义，与启蒙、进化等历史观念相关联，同时也构成了近代中国社会发展变迁、西学东渐的缩影。无论是艾儒略、麦都思、马礼逊、艾约瑟等西方传教士通过翻译活动，建立起"polite literature""Belles-letter"与中国古代"文学""文章"在语义上的联系，还是井上哲次郎、福泽谕吉、三上参次、高津锹三郎等日本学人，选择借用汉语中的"文学"与英文 literature 相对应，进而向中国进行"逆输入"③，近代汉语"文学"向专指语言艺术的词义演进，处处显示出西方近代词汇与知识观念在传播译介过程中的影响效力。

西方传教士、日本学人在各自著述和翻译中，不断衍生出的关于汉语词汇"文学"的新解，同样也浸染着中国本土知识阶层固有的观念世界。在维新运动之前，从1857年王韬作为中文助译在传教士刊物《六合丛谈》上接触到"希腊为西国文学之祖"的说法，到1887年担任驻日使节的黄遵宪在《日本国志》中有关东京大学校"法学、理学、文学三学部"的介绍，皆表明西方 literature 的新译名或近代教育的学术分科对于国人既有古典"文学"观念的冲击；而在维新运动结束后不久，林传甲、黄人等中国本土作者，则开始吸收西方及明治日本的知识架构，写作国别文学史；20世纪伊始，梁启超、马君武、王国维、严

---

① 金观涛，刘青峰. 观念史研究：中国现代重要政治术语的形成［M］. 北京：法律出版社，2009：3.

② 巴赫金. 马克思主义与语言哲学［M］//钱中文，译. 巴赫金全集：第二卷. 北京：河北教育出版社，2009：352.

③ 有关近代西方传教士、日本学者"文学"观念的变化，意大利学者马西尼的专著《现代汉语词汇的形成——十九世纪汉语外来词研究》、日本学者铃木贞美的专著《文学的概念》分别做了专门研究。此外，余来明的专著《"文学"概念史》、陈广宏的论文《近代中国文学概念转换的历史语境与路径》等研究也有涉及，其中余来明书中第三章"旧学还是新知——'戊戌'前知识视野中的'文学'"，对戊戌维新运动以前中国士人借助西方或日本的知识体系和教育制度所产生的"文学"观，有较为详备的梳理总结。

复等人在各自著述中所表现出的"文学"观念，开始与近代西方对 literature 的理解接榫①。正如刘禾在《跨语际实践》一书中所指出的，"文学"与"历史""宗教""哲学"等知识领域一样，是在西方概念的新译名基础上进行的重新分配，"中国古典'文学'被迫按照现代文学的观点，被全新地创造出来"②，在外来文明及其话语日趋强势的背景下，晚清以降中国的"文学"观念，无疑是在外来词语或新学制影响下被再生产的。

但是，以《时务报》及报馆同人的表述为代表，维新派文人的"文学"观念却呈现出一种含混的状态，在由传统多义项转向现代单义项的过程中，指涉"文才""文教"等其他义项的案例并不少见③。特别是当以古城贞吉主持的"东文报译"栏目，已经将"文学"当作审美艺术之一种，与音乐、美术并列时，在其他《时务报》同人的词语运用及观念认知中，"文学"一词的古义表现出了极强的惯性。正如蒋廷黻在总结维新运动的教训时所说，"我们的维新事业几可以一言以蔽之：那就是拿新名词掩饰旧事物。事情尽管旧，名词务求其新"④，依循着今文经学"通经致用""托古改制"的路径，康有为、梁启超等维新知识分子惯于以托古来谈维新、以中国既有之事物比附新名词，这是近代中国应对外来文明冲击影响的一种特殊方式，反映出本土知识分子在西方强势话语面前的复杂心态。而他们对于"文学"一词的认知和使用，既贴近人们对于"文学"作为一种语言艺术形式的认知，更带有着强烈的传统儒家"文学"观念痕迹，他们对于八股制艺的批判，以及对于政论文、诗歌、小说等现代"文学"文体的改造，也多是立于经学学说、文献知识的传统"文学"观念基

---

① 1900 年后，马君武在《法国文学说例》（1903 年）、王国维在《论近年之学术界》（1904 年）、严复在《出洋考试布告》（1907 年）中有关"文学"的表述，已与近代对于"文学"的理解相近。参见余来明."文学"概念史［M］.北京：人民文学出版社，2016：112-114. 而在戊戌维新失败后东渡日本的梁启超，在大量接触日本书报后，其对"文学"的认识也发生了转变，呈现出以"文学"专指诗文、小说等文体的趋势，参见李敏.戊戌东渡后的梁启超与"文学"概念的转变［J］.中山大学学报（社会科学版），2018（5）：83-94.

② 刘禾.跨语际实践：文学，民族文化与被译介的现代性［M］.宋伟杰，等译.北京：生活·读书·新知三联书店，2002：49.

③ 关于晚清《时务报》《清议报》《新民丛报》上"文学"不同语义的运用情况，学者蒋英豪曾有过专门统计和分析。参见蒋英豪.十九、二十世纪之交"文学"一词的变化——并论汉语中"文学"现代词义的确立［M］//刘东.中国学术：第二十六辑.北京：商务印书馆，2010：138-143.

④ 蒋廷黻.新名词·旧事情［M］//邓丽兰，刘依尘.蒋廷黻文集.天津：南开大学出版社，2019：222.

础之上。

作为整个维新运动的肇始，光绪乙未年（1895 年）康有为与集结在京参加会试的举人共同向光绪皇帝上书请愿，在总计 1 万 8 千余字的《上清帝第二书》（即《公车上书》）中，以古时《尚书》《诗经》中记录的地官诵训、采诗观风制度，来比附近代报馆在通达民情方面的作用。对"文学"一词的使用，同样也是这种以新名词表述旧事物的方式代表：

> 《周官》"诵方""训方"，皆考四方之愿，《诗》之《国风》《小雅》，欲知民俗之情。近开报馆，名曰新闻，政俗备存，文学兼存，小之可观物价，琐之可见士风。清议时存，等于乡校，见闻日辟，可通时务。①

从这份有关维新变革的纲领性文件来看，此处的"文学"一词被用以修饰新兴的文体——报章之文，并拉来《诗经》《尚书》这些先秦诗文典籍作为参照，却并没有超出泛指文献资料和学问知识的古义，这也是维新运动期间维新派在使用"文学"一词时的常态。在时隔不久的《上清帝第三书》《上清帝第四书》中，康有为先是重复了关于《诗经》《尚书》与近代报馆的类比（只是"文学兼存"改作"文学兼述"），又称昔日泰西诸国"未有治法文学之事也"，而至今世"以治法相竞，以智学相上"②，"文学"依旧指向学问知识（智学）的发展。一直到 1898 年"百日维新"期间，康有为在《请开学校折》中称赞欧美之作国民为人才，"及近百年间，文学大兴"③，延续了这种广义的用法，且相比古义所指以经学为主的儒家学问，此时他所理解的"文学"，又增加了近世被归为"时务"范畴的算术、天文、舆地、格致之学等新内容。

而在《时务报》上，梁启超、欧榘甲等康门弟子，在各自倡导维新的文章中，亦大都呈现出类似的"文学"观。无论是梁启超刊于第 10 册的《古议院考》），提出"国必风气已开，文学已盛，民智已成，乃可设议院"④，还是欧榘甲发表于第 50 册的《论大地各国变法皆由民起》，称赞"夫欧米今日文学之盛，

---

① 康有为. 上清帝第二书 ［M］//姜义华，张荣华. 康有为全集：第二集. 北京：中国人民大学出版社，2007：42.

② 康有为. 上清帝第四书 ［M］//姜义华，张荣华. 康有为全集：第二集. 北京：中国人民大学出版社，2007：81.

③ 康有为. 请开学校折 ［M］//姜义华，张荣华. 康有为全集：第四集. 北京：中国人民大学出版社，2007：315.

④ 梁启超. 古议院考 ［J］. 时务报，1896（10）：3-4.

政治之美，工艺之巧，制造之精，商业之横溢，农产之郁丰"①，皆延续了康有为在上书中对"文学"的理解，将之与现代政治、社会文明的发展关联起来。对于康有为及其弟子而言，今文经学本是他们所服膺的学说，以《春秋》公羊学为主体的"微言大义"是他们鼓吹维新变革的主要理论资源，同时，也顺理成章地成了他们借以批判八股文章、"开展文学革命运动的精神动因和思想资源"②，"文学"与经学—政治思想形成一种异质同构关系。只是，这种依附于经学知识、导向现实政治目标的"文学"，与作为语言文字艺术的现代"文学"观念，在他们的阐释中，逐渐拉开了距离，甚至走向了各自的反面。

作为这一时期阐释儒家政治思想的代表作，梁启超在 1897 年所作的《读〈孟子〉界说》一文中，从今文经学的视角，总结了战国时期孔子之学所衍生的孟子、荀卿两大派，称"荀卿之学在传经，孟子之学在经世，荀子为孔门之文学科，孟子为孔门之政事科"③。他指出，"文学"一科主要在传经，而不注重经世，汉代诸经皆传自荀卿，固然功不可没，却在微言大义上不及孟子学说，道出"文学"一科在言说上的缺陷。另一位今文经学家、《时务报》的忠实读者皮锡瑞，1898 年与黄遵宪等人于湖南组织南学会，在传播新学知识的演讲中阐释了"孔门四科"——德行、言语、政事、文学，亦指出言语一科，原是用以使适四方的外交活动，注重的是在语言文字层面的表达功能。在皮锡瑞看来，言语一科"非寻常言语。子曰'巧言令色，鲜矣仁。'又曰：'巧言乱德。'是夫子不重言语"；相较而言，他所看重的"文学"一科，正与浮华言辞相对，被认为属于汉学一脉，可阐释孔教义理，远非八股制艺文章一类空疏无用之文可以比拟：

> 汉学近文学，宋学近德行，其精者亦可备一科之选，特不兼通言语、政事，犹未见其切实有用，可以经世耳。墨守讲章八股之士，乃谓孔教尽在讲章八股之内，此外皆西学，非孔教。不知八股文止是文学之一种，何足以尽孔教。④

皮锡瑞对于"文学"的阐释，以及将之与注重精妙文字语言形式的"言

---

① 欧榘甲. 论大地各国变法皆由民起 [J]. 时务报，1898（50）：1-3.
② 刘再华. 今文经学与晚晴文学革命 [J]. 中国文学研究. 2006（2）：68.
③ 梁启超. 读《孟子》界说 [M] //汤志钧、汤仁泽. 梁启超全集：第一集. 北京：中国人民大学出版社，2018：299.
④ 皮鹿门学长南学会第七次讲义 [J]. 湘报，1898（37）：146-147.

语"一科相对立的理解，构成了维新运动期间中国普通文人对于"文学"一词的认知主流。而当这种传统的"文学"观念作为一种惯性，被继续使用并不断添加新的内涵时，近代西方 literature 却放缓了与"文学"一词整合的步伐，维新运动甚至成为一个现代意义上"非文学"的时代。古城贞吉在《支那文学史》中以现代"文学"（literature）观念整理的以诗赋词章为主体的中国"文学"谱系，遭到了怀疑和批判，在效法西学西政、致力变法图强的浪潮中，充斥着各种词章无用、否定文学的声音①。1895 年，严复在其刊于天津《直报》的《救亡决论》一文中便称：

> 若夫词章一道，本与经济殊科，词章不妨放达，故虽极蜃楼海市，惝恍迷离，皆足移情遣意。一及事功，则淫遁诐邪，生于其心，害于其政矣；苟且粉饰，出于其政者，害于其事矣。而中土不幸，其学最尚词章，致学者习与性成，日赠惛慢。②

原本可以与现代 literature 对接、移情遣意的"词章"，和承续古义、可及事功之"文学"对立了起来。康有为在上书过程中，一方面赞许西方的"文学兼存"，一方面批评中国学校所教词章诗文"用非所学，学非所用，故空疏愚陋，谬种相传，而少才智之人"③，将不切实用的诗文视为中国民智不开的根源。正如梁启超在《戊戌政变记》中所言，"唤起支那四千年之大梦，实自甲午一役始也"，其中"士知诗文而不通中外，故锢聪塞明而才不足用"④ 即为要唤醒的大梦一种；谭嗣同在写作于这一时期的《仁学》中亦指出，娑婆世界"网罗重重"，而今新学竞新、民智渐辟，需"冲决俗学若考据、若词章之网罗"⑤。以诗文为正宗的古典文学，以及徒尚语言文字修辞的"虚文"，遭遇了前所未有的质疑，这自然延阻了对以西方近代 literature 作为对译词"文学"观念的接受，也为"文学"古义的延续提供了现实土壤。

---

① 包括谭嗣同、梁启超在内，维新知识界以诗词为戒，把文学当作经世致用的累赘，进而形成了一股"否定文学的思潮"。参见刘纳 . 嬗变：辛亥革命时期至五四时期的中国文学［M］. 北京：中国社会科学出版社，1998：3-4.

② 严复 . 救亡决论［M］//王栻 . 严复集：第一册 . 北京：中华书局，1986：45.

③ 康有为 . 上清帝第三书［M］// 姜义华，张荣华 . 康有为全集：第二集 . 北京：中国人民大学出版社，2007：69.

④ 梁启超 . 戊戌政变记［M］// 汤志钧，汤仁泽 . 梁启超全集：第一集 . 北京：中国人民大学出版社，2018：601.

⑤ 谭嗣同 . 仁学［M］//谭嗣同全集：下册 . 北京：中华书局，1981：290.

（二）"极文字之美"的认识潜流

尽管"文学"之古义表现出了极大的惯性，但是《时务报》上，中国本土作者对于"文学"以语言文字为基础、在遣词造句方面的审美追求，也有潜在的认识和表达。从《时务报》第4册起，在第12、20、27册上，本着"变通文字为先"的宗旨，以推行切音字和速记之法为目的，由梁启超亲自作序推荐，连载了江苏吴县（现已撤销）沈学的《盛世元音》一书。作为拼音文字的倡导者，沈学写作此本著作的初衷，是通过推动中国文字的改革，以趋向简易的文字来启发民智，正如他本人在序中所言，"文字者，智器也，载古今言语心思者也，文字之易难，智愚强弱之所由分也"，故其目的，在于使国家民众"得文字之捷径，为自强之源头"①。全书包括"体用""字谱""性理""反切""书法"等部分，其"文学"部分被分为四卷，"卷一论字母反切，卷二积音义成字，卷三积字成句（诗歌韵律），卷四积句成章（词章各学）"。相比于全书功利实用的文字观，此部分全以语言文字的组合妙用来解释"文学"问题，并有意识地从诗歌韵律、词章造句等角度与西方文学进行比较，沈学指出：

> 其三四卷，泰西中华，各有成书，均学中华详于泰西，词章亦曲于泰西，以有四声八股。惟泰西韵有长短通转，词章能施之实用，述之于笔，即可出之于口，其字句生动浏亮者，必有口才，议会中硕人，每口如悬河，中华娓娓纸上者，颇多期期艾艾，以文字与言语，判若天渊。②

虽然全书内容旨在推崇泰西的"言文一致"、倡导切音文字和速记之法，肯定泰西词章的"能施之实用"，但在"文学"部分，沈学依然从审美的角度论述了中国文学在炼字、造句方面的优长。梁启超在为其所作的《沈氏音书序》中，专门补充了一段论述，"天下之事理二，一曰质，二曰文。文者，美观而不适用，质者，适用而不美观，中国文字畸于形，宜于通人博士，笺注词章，文家言也。外国文字畸于声，宜于妇人孺子，日用饮食，质家言也"，又称中国古代妇女编为诗章的咏谣，士大夫著为辞令的问答，"后人皆以为极文字之美"③。在梁启超看来，中国文字的书写特质，注定了其诗文生产的方向，造就了一个注重以审美艺术为中心的"纯文学"的国度，与西方比较起来，更贴近于

---

① 沈学.《盛世元音》原序［J］. 时务报，1896（4）：5-7.
② 沈学. 盛世元音［J］. 时务报，1896（12）：1-3.
③ 梁启超. 沈世音书序［J］. 时务报，1896（4）：4-5.

"文"的维度。然而他也强调,中国"文章尔雅,训词深厚,为五洲之冠",却"能达于上,不能逮于下",这种畸于形的文字,使得诗赋文章"美观而不适用",不能施教于大众,而实质上,歌谣、问答等一些曾经被视为俚俗粗鄙的文字,在后世反而被视为具有审美价值的佳作。

沈、梁二人所论,皆具有强烈的现实目的,旨在从文字改良层面出发,改变中国之文字言语相互分离、手口异国的弊端。而对于此时期鼓呼"词章不能谓之学""若夫骈丽之章,歌曲之作,以娱魂性,偶一为之,毋令溺志"[①] 的梁启超而言,崇尚雅言的词章之学,作为庸恶陋劣学术的代表,更是与专制政体、繁缛风俗一起,构成了中国维新运动亟须克服超越的对象。甚至在《时务报》的译稿中,还出现了"以中国数百兆之人民,概用文诗取用宰相、督抚、布政、按察等官,每年实不知耗费几许心思,埋没几许英豪""中国之字,颇难识认,如能用北京官话,参以西字,编成字母新书"[②] 一类的论调,通过将"虚文"与"实学"对立,倡导文字变革。可沈学、梁启超在此处,对于美观的"文家言"的认识,以及"极文字之美"的观念凸显,依然从注重修辞表达、审美艺术的"纯文学"层面肯定了中国诗赋词章的价值;同时,对于通俗实用"质家言"的提倡,又为之后维新派将戏剧、小说等白话文体当作开启民智之利器,纳入"文学"范畴,提供了观念认识的基础。

在沈学的《盛世元音》以语言文字变革为基础对于"文学"问题进行讨论后,《时务报》第 20 册又登载了孙家鼐的《官书局议覆开办京师大学堂折》。在这份原作于 1896 年、欲以官书局为基础创立京师大学堂的奏折当中,文学首次作为一门独立的学科,与天学科、地学科、道学科、政学科、武学科、农学科、工学科、商学科、医学科一道,并列为新式学堂拟开设的十门分科之一,位列第五。作为支持维新变法的上层官员,孙家鼐在奏折中同样强调了语言文字作为文学科的基础,于文学一科后特意注明"各国语言文字附焉"[③]。两年后,由总理衙门委托康有为、最后交于梁启超起草的《筹议京师大学堂章程》,将文学列入十种"普通学"之中,位列第九,虽然在这份章程中没有对科目的具体课程内容做说明,但可从梁启超此前在万木草堂求学以及创办湖南时务学堂的经验,以及之后"壬寅学制"与"癸卯学制"分别颁布的《钦定京师大学堂章程》与《奏定京师大学堂章程》中文学科的设置来看,此处的"文学是以文字

---

① 梁启超. 万木草堂小学学记 [J]. 知新报,1897(35):3-5.
② 中国讲求西学论 [J]. 曾广荃,译. 时务报,1898(51):11-13.
③ 官书局议覆开办京师大学堂折 [J]. 时务报,1897(20):4-7.

为起始点所开出的概念"①，并且不只是基础的语言文字学习，而偏指"词章"，指涉更高体格的以文字为基础的现代"文学"观念。

在新式学堂建立"文学"科、尝试以"文学"取代"词章"来整合以语言文字艺术为主要内容之文类的努力，原本是维新派效法西方学制、倡导文字变革以启蒙国民的意志体现，却展现出对于"文学"趋向专门化及审美化的认识潜流。特别是甲午战争的失利，促使清廷下定决心革新教育制度，西方及日本大学学制中"文学"一科的设置，随之进入中国维新知识分子的视野。1895年，郑观应在《盛世危言》中所附的《英、法、俄、美、日本学校规制》一篇中，提到东京帝国大学文科"分目四，曰哲学、曰本国文学、曰史学、曰博言学"②；次年，另一位维新派知识分子，曾担任上海《经世报》主笔的宋恕，去信给日本学者冈鹿门，称所见东京大学章程，文学部有哲学、汉文学二科，遂有"询无关邦政之哲学、文学要端数条"③ 之语。从郑、宋二人所接触到并转述的日本大学学制来看，二人皆已意识到文学作为专门一科，与哲学、史学等其他学科的区分。

关于文学一科的教育应包含什么内容，在中国的维新知识分子内部，也有了相关探索。在这一过程中，被视为经学的附属和学问之途的末流、甲午之后更被目为中土不幸、导致学者"日增惝慌"的词章之学，开始了向"文学"的观念替换。1894 年，康有为往桂林游学后所作《桂学答问》中，"词章之学"条目共包括文、诗、赋、词四种文类，涉及书目有《文选》《唐宋诗醇》《赋汇》《词综》等诗文选集，且已与经义、史学、子学、宋学、小学一类的学问并列，具有独立的地位。两年后，这些文类成了《万木草堂口说》中"文学"条目下的主要内容。1896 年，在由康门弟子整理康有为授课讲义而成的《万木草堂口说》中，"文学"一条，以古代"六艺"技能（礼、乐、射、御、书、数）背后"游于艺"的观念开始，从汉时文吏笺奏、马班史学、骈文汉赋，到建安七子、六朝江、任、鲍、谢"为诗学亦入文学"，再到唐诗赋、宋文诸子、明清八股名家，几乎是缩略版的中国古代文学史，所列举内容，摆脱了宽泛的学问知识，偏向于诗赋词曲等专门文类。门人张伯桢所录《南海师承记》中，记康有为在广州"讲文学"，亦与《万木草堂口说》中"文学"内容相近，以骈赋

---

① 陈国球. 文学如何成为知识？［M］. 北京：生活·读书·新知三联书店，2013：47.

② 郑观应. 英、法、俄、美、日本学校规制［M］//夏东元：郑观应集. 上海：上海人民出版社，1982：260.

③ 宋恕. 致冈鹿门书［M］//胡珠生. 宋恕集：上册. 北京：中华书局，1993：556.

诗文为主①；梁启超在《南海康先生传》中，回顾康有为的讲学，则有"义理之学""考据之学""经世之学""文字之学"的学科之分，其中"文字之学"又分为"中国词章学"与"外国语言文字学"②，在词章的基础上，加入了语言文字学的内容。从康有为关于"文学"的讲授内容来看，能看到他对于"文字之美"的看重，例如他在《万木草堂口说》品论明末清初尤侗、袁枚等人之文章，尤其注重突出"文学"作为一种语言文字艺术的审美感受，称：

> 文须随便下笔。
> 章云、李开、尤西堂、袁子才一派，怪奇玮丽，曲折奥深。
> 王艺孙标"先、仙、鲜"三字为文诀。又"醒、警、紧"。
> 唐翼修曰：皱、瘦、透。先生展之曰：折、撇、切。又：浓、雄、融。③

在康有为 1896 年开始编撰、最终完稿于 1898 年的《日本书目志》中，也能看到日本近代文学史写作以及视"文学"为以语言文字为基础的审美艺术的观念影响。这本对于东洋书目（也包括大量经由日本转译的西洋著作）进行分类整理的书目志，在宗教、政治、法律、农业、工业、商业等门类之外，专门设有文学一门，以诗集、歌集、俳谐集、戏文集、谣曲集为收录对象，包括了《日本文学史》《江户文学志略》《希腊罗马文学史》《英国文学史》等文学史著作，以及《诗法纂论》《唐宋新联珠诗格》《和歌俳句节用集》《古今和歌集》等诗歌集。虽然小说作为通俗文类，另设一门，但在实质内容编选中，康有为依然打破了雅俗文学的界限，将《小说史稿》以及大量的演剧脚本列入"文学"门类。此外，康有为在美术门的按语中还曾出现"美术关于文学，盖水地致然"④ 这样的认知表述，不仅有意识地突出了"文学"与其他艺术门类的区分，又对应了此前古城贞吉在《时务报》译稿中关于文学与美术"有至密至切之关系"的观点。

---

① 张伯桢. 南海师承记 [M] // 姜义华，张荣华. 康有为全集：第二集. 北京：中国人民大学出版社，2007：243-244.

② 梁启超. 南海康先生传 [M] // 汤志钧，汤仁泽. 梁启超全集：第二集. 北京：中国人民大学出版社，2018：365.

③ 康有为. 万木草堂口说 [M] // 姜义华，张荣华. 康有为全集：第二集. 北京：中国人民大学出版社，2007：197.

④ 康有为. 日本书目志 [M] // 姜义华，张荣华. 康有为全集：第三集. 北京：中国人民大学出版社，2007：489.

从维新刊物到新式学堂，从文质之辩到雅俗之别，沈学、梁启超等人关于中国古代"文家言""极文字之美"的认知，以及孙家鼐、康有为等对于"文学"学科及书目的设定划分，重新强调了"文学"在语言层面的修辞藻饰特质，超出了"文章博学"等旧义项中泛指文献、学问知识的内容范畴。这些对于"文学"指向文字之美的潜在认知，虽然大多并未成熟成型，在批判虚文、倡导实学的时务浪潮中，甚至与他们自己同时期的观念言论相悖。但立于语言文字的形式基础、注重审美艺术形式的"文学"观念，还是为他们日后选择"文学"取代"词章"与西方近代 literature 接榫，奠定了基础，同阮元、刘师培、陈独秀等人一道，构成了近代中国"纯文学"观念的发生发展线索①，无论是对于"文学"还是"中国文学"的认知，都已有了不小的跃进。

（三）"专门"与"普通"的观念博弈

以孙家鼐等人筹议在京师大学堂设立文学一科为标志，国人对于文学开始有了专门的学科意识。正是在《时务报》创办期间，中国的学堂、书籍、报刊尝试以"文学"取代"词章"，以对应近代西方 literature 所指涉的诗文、小说、戏剧等具体文类，通过强调学科专业、缩小知识范畴，呈现出趋向专门化的努力。特别是经由介绍和学习日本近代学制，开始注重突出"文学"在字义和文法等方面的专门内容。1897 年，日本汉学家安藤虎雄在上海《译书公会报》所译《日本女子高等师范学校章程》，介绍了学堂的"汉文学"功课，为"择经史纪传中词旨雅正者，授句读，讲字义、文意，明字法"②；同年年底，叶瀚在上海《蒙学报》上连载自己的《文学初津》，"编导为幼童讲文法"，"教儿童识字，并照注解，讲明字义"③。而在《时务报》上，无论是外文译稿《中国讲求西学论》中提到"今同文馆尚设于京师，专教英法德俄等国文学"④，还是发布《新设英法文学塾课程》广告，在时务报馆内授课，专为中国士大夫"精晓西国语言文字"⑤，诸如此类，皆将"文学"限定在语言文字的范畴，偏向于专门的学科知识划分。

只是，这种专门化的努力，却不能掩盖在更广泛的中国知识群体中，存在

---

① 晚清至五四，从阮元的"声韵排偶"论、刘师培的"藻会成章"论，到陈独秀的"文学美文"说，注重语言美的"纯文学"观，一直是中国"文学"观念嬗变的一条线索。参见周兴陆."文学"概念的古今榫合［J］.文学评论，2019（5）：64-70.
② 安藤虎雄.日本女子高等师范学校章程［J］.译书公会报，1897（7）：41-42.
③ 叶瀚.文学初津［J］.蒙学报，1897（5）：36.
④ 曾广荃.中国讲求西学论［J］.时务报，1898（51）：11-13.
⑤ 新设英法文学塾课程［J］.时务报，1898（68）：1.

着另一种更加普遍的"文学"观念。以赛亚·柏林在《观念的力量》一书中曾经提出"普遍观念"一词,用以区别于具体学科的具体观念,他指出,相比于数学、哲学、科学、美学等有着清晰定义的专业领域,这些"普遍观念"往往更加定义不清却内容丰富,"在那里我们会发现不同的意见、普遍的思想原则和道德原则、价值观念的标准和价值判断"①,柏林用"观念背景""舆论""风俗""普遍看法"以及马克思所谓的"意识形态"来形容这种带有普遍性质而非专业的观念。在中西方"文学"观念的现代演进过程中,也始终存在这种"专门"和"普通"("普遍")观念的博弈,通常表述为狭义/广义、纯文学/杂文学(或大文学)之争,前者偏向现代专业的学科划分,后者往往比前者有着更加模糊的定义和丰富的内容。桐城派末期代表姚永朴在民国初年任教于北京大学,在编写的教材《文学研究法》中,曾对文学做过"专门学"和"普通学"的区分:

> 何谓普通学?但求其明白晓畅,足以作书疏应社会之用可矣。何谓专门学?则韩退之《答李翊书》所谓"将蕲至于古之立言者"是也。大抵中小学校与夫习他种专科,能有普通文学,已为至善。若以中国文学为专科,岂可自画?②

作为北京大学的前身,京师大学堂在设立文学科时,业已体现出这种"专门"与"普通"观念的博弈,姚永朴不欲以文学为专科自画的表述,正是维新运动时期"极文字之美"的专门学意识之外,中国士人对待"文学"更为广泛的"普通"观念。1898 年 7 月,维新变法运动进入最高潮之际,由总理衙门委托康有为、交梁启超起草的《筹议京师大学堂章程》,分设有"普通学"与"专门学"两大类,其中"专门学"为"西学"中政治学、算学、格致学、农学、矿学等专门学科,文学一科未入专门,位列经学、理学、中外掌故等学科之后,在"普通学"中排名第九,仅排在第十体操学之前。这种学科划分,有效法日本近代学制"普通学即寻常中学"③ 的因素,"文学"一科边缘化的位

---

① 柏林,观念的力量 [M].胡自信,魏钊凌,译.南京:译林出版社,2019:99.
② 姚永朴.文学研究法 [M].南京:凤凰出版社,2009:10-11.
③ 张之洞.致京张冶秋尚书 [M]//苑书义,孙华峰,李秉新.张之洞全集:第十一册.石家庄:河北人民出版社,1998:8744.

置，更显出整个维新运动"以政学为主义、以艺学为附庸"①、否定虚文并提倡实学的思想主潮，从中亦可看出中国维新知识分子在已生成有关文学乃"极文字之美"，且接触到西人"以小说为文学之粹美"观念后，如何再由"专门"入"普通"、由新词返古义的观念演进逻辑。

仅仅将"文学"视作以语言文字为基础的专门学问，并不能满足维新运动时期文人群体"疏应社会之用"的要求；强调字义句读的基础知识以及音律文法的妙用，同样也不能适应明白晓畅、以启蒙更多国民的目标。《时务报》上，康门弟子徐勤在其题为《中国除害议》的文章中，一面沿用普通的古义，称"自乾嘉后、迄于咸同，称文学最盛之时"；一面否定专门的词章之学，表达了对于"文究非道"的疑虑，他表示：

> 若词章之学，号称为诗古文词者，古文托于明道，其号尤尊，然以文明道，文究非道，不过语言之文者耳。盖周秦之文，已通行于当世，如今行省言语之通用京话，夫通行于海内，则用京话，通行于天下后世，则用文话。②

类似于"专门学"和"普通学"的划分，韦勒克和沃伦曾在《文学理论》中从语言的角度来定义文学，提出了文学语言和日常语言的区别：前者"对于语源（resources of language）的发掘和利用，是更加用心和更加系统的"③，在语言符号的修辞美感方面有着专门追求；而后者往往不是一个统一的概念，包括口头、官方、商业、宗教等更广泛普通的语言变体。这种从语言层面进行的"专门"和"普通"观念区分，亦是中国维新知识分子以语言文字为基础"文学"观念演变的重心。徐勤在《时务报》上痛陈八股八韵之害，对作为"语言之文"的诗文，做了"通行于海内"和"通行于天下后世"的比较，将那些"旸谷幽都之语、云龙风虎之辞"的骈俪文章视为"无关大道、不周世用"，这与梁启超在《湖南时务学堂学约》"学文"一章中有关"传世之文，或务渊懿古茂，或务沉博绝丽，或务瑰奇奥诡"的看法，以及"觉世之文，则辞达而已

---

① 此处的艺学主要指以实用科学为代表的技艺之学。参见新会梁启超撰. 学校余论（《变法通议》三之余）[M]. 时务报，1897（36）：1-3.
② 徐勤. 中国除害议·续前稿无学之害三 [J]. 时务报，1897（46）：1-3.
③ 韦勒克，沃伦. 文学理论 [M]. 刘象愚，等译. 北京：生活·读书·新知三联书店，1984：10.

矣，当以条理细备，词笔锐达为上，不必求工也"① 的评判，有着共通之处，即在肯定一种专门化、系统化文学语言的同时，又从维新图强的层面出发，否定片面追求形式美感的修辞，寻求更切合现实需要的语言和表达方式。

于是，对于文学的基础——语言文字，以《时务报》同人为代表的中国维新派知识分子形成了更加切近实用的普遍观念，这种普遍观念最终又反向作用于他们对于"文学"的理解和建构。此前，黄遵宪在考察明治维新经验的《日本国志》《学术志二·文学》一篇中，就曾探讨包括书札、歌谣、和歌、小说等文类在内日本"文学"的发展演变，强调了文学作为语言文字之"利"，认为日语平假名的使用，"音不过四十七字，点画又简，极易习识，而其用遂广"②，可用之书札、披之歌曲，通过"言文一致"最终助力了日本民智的开启。甲午战争后，《日本国志》得以在国内刊行，就是受到这种语言变革思想的影响。沈学在《时务报》连载《盛世元音》，于"文学"部分提出"夫字，士人之利器，以愈利为愈妙"，梁启超则指出，中国文章尔雅，宜于通人博士，却不能施教于妇人孺子，二人在肯定传统词章语言美观与妙用的同时，都表达了追寻适用而非美观之"文学"的诉求。

这种立于日常语言的普通文学观念，也让小说文体地位的抬升和对白话文学的探索在这一时期成为可能。1897 年，严复与夏曾佑在《国闻报》上倡议小说文体的《本馆附印说部缘起》中，除了意识到中国"口说之语言"与"书传之语言"相远的问题，还提出书传之文字语言有"简法之语言"与"繁法之语言"的二分，前者"以一语而括数事"，后者"衍一事为数十语"，"繁法之语言易传，简法之语言难传"③，要推动维新事业，便需追求易传之语言，故而倡导能"入人之深、行世之远"的小说文体。同样是 1897 年，裘廷梁在《苏报》上发表《论白话为维新之本》（后又刊于《中国官音白话报》），将贴近"普通语言"的白话抬升到"维新之本"的地位，同时对所谓文言之"美"、白话之"陋"提出了自己的辩驳：

　　且夫文言之美非真美也，汉以前书曰群经曰诸子曰传记，其为言也必先有所以为言者存，今虽以白话代之，质干具存，不损其美。汉后说理记

---

① 梁启超. 湖南时务学堂学约十章［M］//汤志钧、汤仁泽. 梁启超全集：第一集. 北京：中国人民大学出版社，2018：297.
② 此篇原题为"文学"，但其内容均指向文字. 参见黄遵宪. 日本国志：卷三十三［M］. 杭州：浙江书局，1898：4.
③ 几道，别士. 本馆附印说部缘起［J］. 国闻报，1897（46）：2.

事之书，去其肤浅，删其繁复，可存者百不一二，此外汗牛充栋，效颦以为工，学步以为巧，调朱傅粉以为妍，使以白话译之，外美既去，陋质悉呈。①

文言与白话的雅俗之争，外美与内质的虚实取舍，让作为专门语言文字艺术的"文学"观念成为可怀疑的对象，这种怀疑最终落在最能体现文言之美的诗赋词章上，传统词章与近代文学（modern literature）原本已逐渐建立起的关联，又在强调质干、实用的普通观念中被剥离开来。梁启超在刊发于澳门《知新报》的《万木草堂小学学记》中，针对万木草堂"文学"一门的教授，在"学文"条目中，特别提出"词章不能谓之学"，以为"若夫骈丽之章，歌曲之作，以娱魂性，偶一为之，毋令溺志"②。在条目的末尾，他还专门补充称"西文西语，亦附此门"，对应《议复开办京师大学堂折》文学一科"各国语言文字附焉"的专门性划分，显示出他对系统专门之文学语言的看法。实际上，早在连载于《时务报》上的系列政论文《变法通议》中，梁启超就批评今日之同文馆、方言馆、水师学堂虽效法西方学校，却"言艺之事多，言政与教之事少，其所谓艺者，又不过语言文字之浅"③。显然，即便是强调师法西方，维新派知识分子亦不再满足于语言文字层面之"浅"，在"专门"和"普通"观念的僵持与博弈中，一种指涉更加宽泛的普通"文学"观念最终占得了上风。

（四）"兴国之策"的意欲效应

从"文学"古义的延续，到以"用""利""质"为旨归的普通观念来看，1895 年至 1898 年，《时务报》知识群体及维新派的"文学"观念似乎并未实现现代意义上的转型，故而其作为一种观念，对诗文、小说等 literature 所包含文体的作用，似乎也无从谈起。可正如昆廷·斯金纳在《观念史中的意涵与理解》中所言，我们用以表达观念的术语意涵会随着时间的推移而不断变化，要理解作者言说的观念术语，就要把握这一言说的意欲效应（intended force），"我们不仅要了解人们的言说（saying），而且要知道他们在言说时的行为（doing）"④，观念往往会影响现实层面的行为实践，行为实践同样也会反过来重新形塑观念本身。《时务报》同人的初衷是挽救民族危机、变法图强，也带有

---

① 裘廷梁. 论白话为维新之本［J］. 中国官音白话报. 1898（20）：1-4.

② 梁启超. 万木草堂小学学记［J］. 知新报，1897（35）：3-5.

③ 梁启超撰. 论学校一·总论（《变法通议》三之一）［J］. 时务报，1896（6）：1-3.

④ 斯金纳. 观念史中的意涵与理解［M］//任军锋，译. 丁耘. 什么是思想史. 上海：上海人民出版社，2006：127.

启蒙民智、融入世界文明的努力,"文学"作为一个处于不断流变状态中的观念,正是在同实践行动相互作用的过程中不断修订着自身的观念意涵。

1897 年年底,在《时务报》第 43 册的"英文报译"栏目中,选译了上海《字林西报》的一篇文章——《中国宜亟开民智论》。在这篇倡导思想启蒙的文章中,始终被批评质疑的中国"词章"被"中国之文学"取代,"文学"一跃为民智能否开启的关键。文中所称文学,言说指向的是语言形式本体之"文",所欲在实践中建构的,则是容纳近代文明学说、周知世界知识的"学":

> 蒙非敢蔑视中国之文学也,就其文而论之,已毕文章之能事,然读之而能周知天下事乎? 人之聪明才力,固应尽销磨于此,而自余无可学者乎。①

《时务报》创办期间,"文学"观念从言说到行动所发生的"意欲效应",正表现为批判地接受近代"文学"(literature)以语言文字形式为指向的范畴,又从适用的层面对泛指学问知识的古义进行了整合,进而形成既有专门学科意识雏形,又辐射普通思想原则和价值标准的"文学"观念。这种"意欲效应"的标志,便是"文学兴国论"的兴起,以及由之带来的从诗文到小说的全方位革新实践。《时务报》上,当梁启超通过系列政论文《变法通议》倡导革新、在《西学书目表》中推广西学时,都提到一本译著——《文学兴国策》。本书的作者为日本原驻美大使森有礼,由美国传教士林乐知与中国助手任廷旭共同翻译。全书颇吸引眼球的题目,在中国"文学"观念演进的历史进程中极具象征意义,"文学兴国论"逐渐演化为晚清至五四中国一种主流"文学"观念的发生起源,可谓预先"提出了一条'文学救国'的道路"②。用林乐知在序言中的话来说,即"欲变文学之旧法,以明愚昧之人心,而成富强之国势,此《文学兴国策》之所为译也"③。书中收录的《埃尔博学书院监院华尔赛复函》一篇,出现了诸如"夫文学之用益于大众者""论文学有益于富国""论文学有益于商务""论文学有益于伦常、德行、身家"④ 等判断语句,日后也成为晚清文学改良运动中被中国文人熟练运用的观念术语。

---

① 中国宜亟开民智论 [J]. 孙超,王史,译. 时务报,1897(43):11–12.
② 袁进. 从《文学兴国策》看晚清与新文学的关系 [J]. 中国现代文学研究丛刊,1999 (1):9–15.
③ 林乐知.《文学兴国策》序 [J]. 万国公报,1896(88):3–6.
④ 森有礼. 文学兴国策 [M]. 任廷旭,译. 上海:上海书店出版社,2002:2–3.

但是，这本森有礼与美国官员学者的通信集，英文书名为 *Education in Japan*，原题指向"教育"（education），而非"文学"（literature），书中虽涉及《圣经》文学的内容，以及美国绅士加非德（Garfield）所列举诗人 William Jones（威廉·琼斯）诗歌对于开启民智、振兴国家的作用①，可原书大多数被译作"文学"的地方，无论是词语本身还是语义内涵都指向"教育"（education）。然而，通过翻译、传播过程中的观念生成和行为实践，森有礼基于振兴"学"的语义初衷，被中国的文人知识分子化用为推动"文"之变革的思想资源。曾任翰林院庶吉士的龚心铭，在《万国公报》上为本书作序时，便将"文学兴国"与维新运动批评八股制艺的风潮联系起来，称：

> 国朝沿明成法，以制艺取士，……士风不振，舍本逐末，钞胥剿袭，文品日卑，学之所由废也。余读林乐知先生所译美国诸名流振兴文学成法，不禁喟然而叹曰："四裔有学，不如诸夏之亡也"。②

基于"四裔有学"而亟须"振兴文学"的认知，和以"文"为基础而导向"学"的观念意识，形成了对科举制度下文章生产及所谓"八股八韵考据词章之士"的批判，进而演变为废八股、变官制等实践举措。这种意欲效应，最终也蔓延至《时务报》上，以康门弟子为代表的维新知识分子，将科举制度下八股诗赋的束缚，视作开启民智、振兴"文学"乃至改良政治的最大阻碍。徐勤在《中国除害议》中倡导"文学之业"、反对科举取士，遂称"不受八股楷法诗赋所缚者，可以智矣，无如才识之开，皆由文学，士人既专文学之业，九流咸奉为宗师"③；另一位康门弟子欧榘甲，一面称赞欧美"今日文学之盛"，一面抨击中国"自放于曼声冶色，考据词章""柔脆枯槁，甘滋他族，偃诟无耻，以待奴隶，无人焉振兴文学"④。直到戊戌政变前夕，康有为之弟康广仁劝其兄南返，依然将八股废除视为民智开启的契机，寄望于所谓"文学者"，他指出：

---

① 信中加非德以威廉·琼斯的诗为例，向森有礼阐释民众的"智力（intelligence）"程度与"道德（morality）"实践，构成国家振兴繁荣的基础。参见 Education in Japan：a series of letters addressed by prominent Americans to Arinori Mori［M］. New York：D. Appleton，1873：134-135.

② 龚心铭.《文学兴国策》序［J］. 万国公报，1896（90）：9-10.

③ 徐勤. 中国除害议·除不学之害二［J］. 时务报，1897（44）：1-5.

④ 欧榘甲. 论大地各国变法皆由民起［J］. 时务报，1898（50）：1-3.

自八股废后，民智大开，中国必不亡。上既无权，必不能举行新政。不如归去，选通中、西文学者，教以大道，三年当必有成，然后议变政，救中国，未晚也。①

泛指学问知识的"文学"，成为挽救"词章"无用的良药，对于情感上不愿接受"诸夏之亡"的维新士人，康有为等人所采取的今文经学托古改制的方法，正适用于"文学兴国"这一观念的实施。从1895年《申报》上未署名的《昌文学以崇圣道》一篇提出"地球各国中，以中国文学为最先，亦以中国文学为最难"，进而批评"今徒以时文一途以困天下之人才，其所用文字无一适于实用"②；到1896年《中西教会报》主笔卫理在《读〈文学兴国策〉书后》中将"文学"一词引向传统的孔门四科，称"中国素重文学，故四科之内，德行居其首，而文学贯其终"，又云"中国今日，文胜质微，躬行君子，未之有得"。在各大报刊的表达中，古时指涉学问知识之"文学"的繁复与昌盛，同今日徒尚词章之"文学"的狭隘与衰微，形成了巨大反差。

当中国的维新士人沿着"文学兴国"的目标推行具体举措，指向全新学问知识的"学"，又亟须借助对语音文字之"文"来实现，原本被割裂的"实学"与"虚文"，在"文学"作为"兴国之策"的意欲效应中得到弥合。于是，当以报刊为主要媒介的"时务文体"开始兴起，维新知识分子的聚焦中心，除了实学知识等内容外，也包括了平易畅达、杂以俚语韵语及外国语法的语言形式本身。1895年，《强学报》第2号上《毁淫祠以尊孔子议》一篇，就已提出今日欲避免知觉钳制、思想瞀聩，"劝世之文、歌谣、小说之书皆以援孔子之大义，明孔子之大道"③，将这些通俗化的文类，当作传播今文经学、宣传变法的利器。一年后，梁启超在《时务报》上发表《变法通议·幼学》，同样将孔子立教歌、历代传经歌作为幼学亟须补充的一种文类，并提出以专用俚语之小说来阐释孔教儒学。到了1898年，在《请废八股试贴楷法试士改用策论折》中，康有为批评八股取士，与经义相脱离、几类俳优之曲本，致使"诸生荒弃群经，惟读四书；谢绝学问，惟事八股。于是二千年之文学，扫地无用，束阁不读

① 康有为.康南海先生自编年谱［M］//蒋贵麟.康南海先生遗著汇刊（廿二）.台北：宏业书局，1987：56.
② 昌文学以崇圣道［N］.申报，1895（8014）：1.
③ 毁淫祠以尊孔子议［J］.强学报，1896（2）：1.

矣"①，更是明确地将"文学"与今文经学、托古改制的学术思想内容联系起来。

值得注意的是，卫理在《读〈文学兴国策〉书后》中，曾专门强调"中国今日，文胜质微"，即兴文学，"不必专注于五经四书也，宜取泰西新译诸史及格致诸书读之"②，代表了对于"文学"所应承载内容的体认。康有为等人在公车上书等维新活动中，屡屡提及的西方"文学兼存""文学大兴"，在沿用孔门文学科之古义的同时，显然也包括了这些新学知识的内容。在《日本书目志》的序言中，康有为同样呈现了对于泛指学问知识的"文学"观察，并将之与矿农工商的发展、化光电重的探究联系在一起，称"然后致之学校以教之，或崇文科举以励之，天下向风，文学辐凑，而才不可胜用矣"③。而在全书"小说"部分的一段论述中，作为对于这一通俗文类的提倡，康有为连续三次提到了"文学"，以及通过"文学"破除愚昧孤陋与作"通人"之间的关系：

> 天下通人少，而愚人多，深于文学之人少，而粗识之无之人多……今中国识字人寡，深通文学之尤寡，经义史故亟宜译小说而讲通之……日人通好于唐时，故文学制度皆唐时风，小说之秾丽怪奇，盖亦唐人说部之余波，要可考其治化风俗焉。④

可见，在"西方传播/中国吸收"的观念史惯用逻辑中，以《时务报》同人为代表的维新派知识分子以自己的言语行为，延宕了作为语言艺术的"纯文学"观念的进入，而基于语言文字形式以及诗文、小说等文体的内涵体认，又为之后的文学改良运动奠定了基调，这未尝不构成另一种意义上"文学"的自觉。直到维新运动失败后，梁启超发起小说界革命，提出"小说为文学之最上乘"，显然也是康有为有关小说"深于文学"逻辑的深入阐发，而非古城贞吉所译"西人以小说为文学之粹美"中所体现的观念意识，他在《新民丛报》上以先秦为例，将"文学"描述为"学术思想所凭借以表见者也"，称"屈宋之专

---

① 康有为. 请废八股试贴楷法试士改用策论折［M］// 姜义华，张荣华. 康有为全集：第四集. 北京：中国人民大学出版社，2007：79.
② 卫理. 读《文学兴国策》书后［J］. 中西教会报，1896（7）：17-19.
③ 康有为. 日本书目志［M］// 姜义华，张荣华. 康有为全集：第三集. 北京：中国人民大学出版社，2007：264.
④ 康有为. 日本书目志［M］// 姜义华，张荣华. 康有为全集：第三集. 北京：中国人民大学出版社，2007：522.

门名家勿论,而老、墨、孟、荀、庄、列、商、韩,亦皆千古之文豪也,文学之盛衰,与思想之强弱,常成比例"①。当然,这种与外部学术思想、国家社会联系紧密的"文学"观念,在维新运动期间,并未停留于观念层面,而是作为支持现实行动的理论资源,直接参与了梁启超等人以《时务报》为中心、所进行的诗文写作实践。

二、时务文体:在述学与议政之间

(一)报章上的著作体例

"文学兴国"的逻辑,迎合了中国知识分子尝试以"文"为手段②、讲求"时务"并寻求政治变革的风潮,也产生了以报刊为主要传播媒介的"时务文体"("时务文章")。相比于指涉更加宽泛的"时务文学"概念,"时务文体"往往被用以专指发表在《时务报》等维新报刊上的文章。特别是那些从桐城古文中解放出来、"信笔取之而又舒卷自如,雄辩惊人的崭新的文笔"③,使得梁启超、汪康年、麦孟华、徐勤等人在《时务报》上的政论文章,几乎成了新兴"报章之文"的代名词。应时而作、因势求新的报章议论,因强调传播的实效性与内容的公共性,掀起了"举国趋之,如饮狂泉"的阅读浪潮,受到追捧和效仿。同时,也难免被诟病"过于叫嚣,一泻无余,可以风行于一时,而不可以行于久远"④,进而遭受诸多非议。光绪乙未年的进士胡思敬,便曾在他的《戊戌履霜录》中评价"风行一时"的时务文体,称:

> 自《时务报》出,每旬一册,每册数千言,张目大骂,如人人意欲所云,江淮河汉之间,爱其文字奇诡,争传诵之。⑤

独立意义上"文体"的写作自觉,往往意味着从文章功能性到艺术性、从

---

① 梁启超. 论中国学术思想变迁之大势 [J]. 新民丛报, 1902 (5): 57-74.

② "以'文'为手段",是林少阳在论述章太炎与清季革命关系时提出的。他指出晚清印刷技术的发达所带来的资本主义的发展,促进了以"文"为手段而进行的革命。与"武"相对而言的,以"文"为手段,意味着一种注重"文"(或语言)之独立性、非暴力甚至反抗暴力的伦理和政治观念。参见林少阳. 鼎革以文:清季革命与章太炎"复古"的新文化运动 [M]. 上海:上海人民出版社, 2018: 17-18.

③ 郑振铎. 梁任公先生 [M] //郑振铎文集:第5卷. 石家庄:花山文艺出版社, 1998: 376.

④ 陈柱. 中国散文史 [M]. 上海:上海书店出版社, 1984: 304.

⑤ 胡思敬. 戊戌履霜录:卷二 [M]. 南昌退庐刻本, 1913: 2.

内容到形式一种"有意味的重复"。而在以《文心雕龙·时序篇》为代表的中国传统文论体系中，这种文体形式的盛衰兴替，往往又与外部政治、社会的更迭变迁息息相关。仅以明清两代而言，晚明社会的市井繁荣和心学思潮昌盛，滋养了独抒性灵的公安派散文；清代意识形态的持续收紧和经学考据之风的盛行，又让本于经术、讲求法度的桐城派古文走向兴盛。戈公振曾言，"清代文字，受桐城派与八股之影响，重法度而轻意义"①，作为当时文界的主流，桐城古文所讲求的"法度"，即文章程式规模的言之有序，以及文章语言的雅洁，讲究澄清疏朗、辞约义丰，逐渐成为文人作文所要遵循的清规戒律。而文章的法度，又正与本于经术的义理互为表里，所谓"本义言法，因义立法"，清代文界流行的谋篇布局及行文之法，注定了主流文人对"时务文体"汪洋恣肆之语、激烈鼓噪之气以及新学异词俚语等特质的天然排斥。

维新运动伊始，在文章法度、语言风格等方面，以《时务报》同人为代表的报刊作者，不仅表现出对于桐城古文的反叛，追求一种时效性的表达，更有意识地区别于传统的"著作之文""文集之文"，展现出写作报章之文的文体自觉意识。对于梁启超等人的文章，所谓"梁君下笔，排山倒海，尤有举大事、动大众之概"② 一类的肯定，也是聚焦"时务文体"作为以报章为载体的政论形式，在鼓动民心士气方面的优长。而正如夏晓虹所指出的，是"新名词的出现及大量进入文章中，仍促使文体渐变，产生了时务文体"③。作为晚清文界革命的重要一环，"时务文体"不仅从桐城古文的窠臼中解放出来，在化用"异学之诐词，西文之俚语"④ 用以政论方面，也有着不同于前后时期经世文章、新民体的特点，是变法运动、时务风潮作用于文学的特殊产物。

1897 年，谭嗣同在"时务报馆文编"栏目上专门作文《报章文体说》，痛陈文章选家对于"时务"的游离，乃是"陈古而忽今，取中而弃外"，并提出"匡其阙漏，求之斯今，其惟报章乎?"⑤ 体现出一种报章文体的自觉意识。次年，他又在《湘报》创办后，从书籍与报刊的时效性出发，对二者所承载的文体差异进行了判定，称，"夫书，已往之陈迹，古人之糟粕也""昨日之新，至

---

① 戈公振：中国报学史［M］. 长沙：岳麓书社，2011：113.
② 郑孝胥. 郑孝胥函：一［M］//汪康年师友书札：三. 上海：上海古籍出版社，1987：2971.
③ 夏晓虹. 诗骚传统与文学改良［M］. 杭州：浙江文艺出版社，1998：349.
④ 叶德辉.《长兴学记》驳义［M］. 苏舆. 翼教丛编. 上海：上海书店出版社，2002：103.
⑤ 谭嗣同. 报章文体说［J］. 时务报，1897（29）：18-19.

今日而已旧",于是"同志诸友,复创为《湘报》,日一出之,其于日新之义庶有合也"①。而就在同时期,赴湖南时务学堂任教的梁启超,在为学堂制定的学约章程中,针对著作之文与报章之文在法度境界、语言文辞上的不同,做了著名的"传世之文"和"觉世之文"的界定区分,实质亦是对"述学"和"议政"两种文体功能的辨章。流亡日本后,他又在《清议报》上回顾中国报章文体的发端,特别是戊戌时期《时务报》《知新报》《广仁报》《湘报》的"继轨并兴,斯道大畅",并论及这些报刊政论作为觉世之文,对于传统古文宗派家法的打破:

> 自报章兴,我国之文体为之一变,汪洋恣肆,畅所欲言,所谓宗派家法,无复问者。夫宗派家法,固不足言,然藩篱既决,而芜杂鄙俗之弊,亦因之而起。②

流亡日本后,以新民体继续引导文界革命的梁启超,又对"著作之文"及"报章之文"的文体功能做了总结,称"著书者,规久远,明全义者也;报馆者,救一时,明一义者也"③。显然,无论是谭嗣同,还是梁启超,对于报章之文的功能实践和理论建构,都有着非常明确的指向,即以通俗晓畅之语言,行激烈恣肆之雄辩,不惜打破古文的程式法度,舍弃学理的整饬严谨,通过异学诐词和西文俚语的化用,来作因时而作的政论,进而实现觉世的功效。故而不惟外部保守士人有颇多非议,在维新派知识分子内部,也有诸如严复"其文行于时,若蜉蝣日暮之已化,此报馆之文章,亦大雅之所讳也"④ 一类的批评声音。但是,虽然包括作者在内,有将"时务文体"等同于"报章之文"作"一时""一义"之政论的趋向,进而承认笔下文字"芜杂鄙俗"的弊端,可从实际的内容安排和面目体裁来看,在《时务报》等维新报刊上出现的"时务文体",依然带有着鲜明的"著作之文"的体例痕迹。这些体例痕迹让以报刊为载体的政治议论呈现出所谓著书者"久远""全义"式的述学面貌。

同此时期《时务报》同人的"文学"观念并没有全然指向语言文字之"文","时务文体"所谓之"时务",并未全然趋向现代报刊所聚焦的时政性话题,相反更多指向了时局纷扰背后、知识阶层所关注的新式思想学说。正如

---

① 谭嗣同.《湘报》后叙:上 [J]. 湘报, 1898 (11): 41.
② 中国各报存佚表 [J]. 清议报, 1901 (100): 1-5.
③ 中国之新民. 敬告我同业诸君 [J]. 新民丛报, 1902 (17): 1-7.
④ 严复. 与《新民丛报》论所译《原富》书 [J]. 新民丛报, 1902 (7): 109-113.

《时务报》上署名琼河庄客的文章《崇实论》所指出的，"何谓时务，康熙之理学，乾嘉之经学词章，今日之西学西法"①，在维新图强的变革呼声背后，有着更为深远的学术思想渊源，这也影响了中国本土报刊勃兴之初、文章议论的风向。即使是作为中国"报界文人"先驱的王韬，在香港以《循环日报》为平台所作报章议论，也多有着预先的题材规划和学理思考，涉及原道、变法、洋务、传教等时务话题，并于日后结集为完整的系列，编入《弢园文录外编》这样的著作中。在这些报章政论中，王韬的文字"仍可属所谓'正论'，泛谈一些道理，并不具有强烈的针对当下具体事件的时间性""新闻所特有的时效性在论说中并不存在，此时的论说只能说是载于报刊的文章，而并不就是报章之文"②。郑观应早年发表在《循环日报》上的文章，亦在政治、经济、教育、军事等宏观学理问题上条分缕析，最终收录到《易言》《盛世危言》这些文集著作中。

　　到了维新运动时期，此类在新兴报刊媒介上、借助报章之文的形式讨论西学西法的现象，则越发趋于普遍。仅以《湘报》这份地方报刊为例，包括谭嗣同的《以太说》、唐才常的《论热力》、樊锥的《开诚篇》、熊崇煦的《论实力》、何来保的《说私》、皮嘉祐的《平等说》等一系列文章，皆是对各类新学新理的解说阐释。这种文章内在的内容设置，也呼应了外部报刊的版式安排——以习惯传统书籍阅读的文人士大夫为写作对象，依然是著作式的体例。早已有学者研究指出，尽管以"报"为名，但《时务报》《知新报》《国闻报》《湘报》等维新报刊，极少采用现代报纸大张散页的版面设计，而多呈现为线装书本的面貌，"还没有具备现代报刊的形制，具有浓浓的书卷味"③。这种由内至外的编排设计，也让维新报刊上的"时务文体"一经登出，更平添了著书立说的意味。

　　时务内容的承载，本身要求且召唤了全新的文章风气及语言风格，并在戊戌时期报刊媒介勃兴前便有了发端之迹象。毋论康有为等人条陈时务、恣肆横议的上书，那些以"危言"为题的著作，作为晚清经世散文的代表，亦呈现出与此后维新派"报章之文"相趋近的文体诗学特征。曾参加强学会的汤寿潜所作著作《危言》，共设议院、考试、书院、开矿、铁路、海军等四十门，涉及政治、经济、教育、军事等多个领域，表现出对于当时时务内容的整体性把握，

---

① 琼河庄客. 崇实论［J］. 时务报，1898（67）：1.
② 王风. 近代报刊评论与五四文学性论说文［M］//世运推移与文章兴替：中国近代文学论集. 北京：北京大学出版社，2015：170-171.
③ 李玲，陈春华. 维新报刊的"面目体裁"：以《时务报》为中心［J］. 中国现代文学研究丛刊，2012（12）：132.

是典型的述学体例。孙宝瑄在日记中记录自己阅读此书,"专论时务,洋洋洒洒,数千万言",是对于其书内容的肯定;而评价其"文笔则如长江大河,浩渺无际。令读者爽心豁目,开拓心胸,足以辟中朝士大夫数百年之蒙蔽"①,则代表了读者群体对于此类时务话题之下语体文风的推崇。这些带有古策士之风的著述文字,特别是"骈偶排句以及连环贯珠式的整句段落,在行文中的生势作用"②,已然具有了冲破古文家法、作觉世之功的"时务文体"特征,影响了此后维新派在报刊上的表达风格。

实际上,包括《时务报》在内,维新运动期间的报刊主笔,也会效法此前的王韬、郑观应,将一些所谓正论的文章,刊于原用以畅言政治观点的报刊,这些文章作者大多不满足于报刊议论的"一时""一义",而显露出"规久远""明全义"的著述追求,表现为一种趋向学理化的政治表达。不少已经成书、讨论时务的"著作之文",正是通过报刊媒介的刊载传播,方始在公共领域产生更大的影响、形成文章觉世的现实效应。曾受命出使西方的宋育仁,在其阐释变革主张的《时务论》成书后,又通过《渝报》的连载,宣传自己"复古即维新"的改良思想;谭嗣同杂糅中西学说的《仁学》,部分内容先发表于《湘报》,后作为遗作先后连载于《清议报》《亚东时报》,成为重要的启蒙理论资源。

作为"时务文体"的代表作,梁启超发表于《时务报》上的系列政论文《变法通议》(少部分为流亡日本后所写,刊于《清议报》),其体例也是按照著作文集的结构进行设计的。在《变法通议·自序》开篇,梁启超援引《诗经》《周易》等经典阐释"变"之理,并介绍自我撰述计划,显现出偏向学理性著作的严密思路:

> 《易曰》:穷则变,变则通,通则久。伊尹曰:用其新,去其陈,病乃不存。夜不炳烛则昧,冬不御裘则寒,渡河而乘陆车者危,易证而尝旧方者死。今专标斯义,大声疾呼,上循土训诵训之遗,下依濛讽鼓谏之义,言之无罪,闻者足兴。为六十篇,分类十二,知我罪我,其无辞焉!③

整个《变法通议》系列共分为"学校""科举""学会""师范""女学"

---

① 孙宝瑄. 忘山庐日记:上 [M]. 上海:上海古籍出版社,1983:56.
② 杨旭辉. 晚清"危言体"散文的文学史审辨 [J]. 文学遗产,2020 (2):116.
③ 梁启超.《变法通议》自序 [J]. 时务报,1896 (1):2-3.

"幼学"等部分，按照《自序》中的撰述计划，预备为 12 类、60 篇（未全部完成①）。如果对照同时期呼吁变革的著作，如郑观应 1894 年编成文集《盛世危言》中的各标题（亦设有"学校""考试""议院""女教"等相近内容），会发现其在内容编排上多有重合之处。相似的例子，还有同为康门弟子的麦孟华，其在《时务报》上先后连载《民义自序》《民义总论》《总论（民义第一）》《公司（民义第二）》，思考国民自智与自立之道，虽最终止于此数篇、未形成规模，但据其自序中所言，"谨最其要图，条为八事，为三十二篇"②，言说君臣之义等时务话题，预备为阐述学理的著作体例；徐勤在澳门《知新报》上连载《地球大势公论》，包括了《总序》《总论亚洲》《中国盛衰关于地球全局》《论俄国不能混于亚东》《论日本自强之敌》等多篇，并将康有为的"大同三世"学说贯穿始终，同样是整体性的专题著述。而梁启超这些在《时务报》上连载的系列论文，加上报刊上发表的其他文章（如《论中国之将强》《古议院考》《论报馆有益于国事》《治始于道路说》等），最终在戊戌年结集成书，如《危言》《盛世危言》等书籍一样，作为考察时务的代表著作一种，得以进呈给光绪皇帝，在实现将维新主张上达天听的政治目标的同时，也将康门弟子原本散见于报刊、基于"大同三世说"的文章议论，从著述立学的层面进行了系统性的整理。

（二）"兼政与学而言之者"

在报章之文与著作之文的编排体例差异背后，是各个报刊同人对于"时务文体"介于议政与述学之间的功能体认。湖南善化的汪恩至曾在《湘报》上发表《〈时务报〉书后》一文，结合自己对于当时报刊的阅读体验，称赞《时务报》上的文章"张拓宏论，振发聋瞽，虽天下至愚之人，亦当为之瞰然奋兴、横涕集慨而不能自禁"，亦提及外界的批评声音，"或病其一二偏宕愤激之谈，以是为狂夫之讪上，处士之横议"，代表了读者群体对于"时务文体"的一种观感。在文中，汪恩至将中国的维新报刊分为"政报""学报""议报"三类，除去代表了报章政论之文、述学著作之文的前两类，特别强调了能够"兼政与学而言之者"的第三类报刊，表达了对于理想报刊形式及文章功能的推崇。他总结道：

---

① 在《时务报》第 6 册上，梁启超又对写作计划进行了修改："其总纲三：一曰教，二曰政、三曰艺。其分目十有八。"参见梁启超 . 论学校一：（《变法通议》三之一）［J］. 时务报，1896（6）：1-3.

② 麦孟华 . 民义自叙［J］. 时务报，1897（26）：1-2.

政报者，牟古今之成败，揽中外之得失，条举目析，胪列以观其备者
也；学报者，阐格致之新理，穷制造之实是，抉幽剔微错出以求其精者也；
议报者，持天下之短长，地生类之试听，忌讳非所顾恋，劝足相辅，兼政
与学而言之者也。①

　　正如梁启超在此时期编撰的《西学书目表》中所言，"凡一切政皆出于学，
则政与学不能分"②，"时务文体"对于时务的言说，逐渐趋向政治与学术的结
合体，成为一种述学的政治。此种在"政报"与"学报"、议政与述学之间纠
葛乃至产生矛盾冲突的文章倾向，在"时务文体"的写作过程中始终存在。作
为《时务报》主笔，以词句浅显、笔锋常带感情之政论，一跃而为舆论巨子的
梁启超，曾在与严复的信中承认，自己"性喜议论，信口辄谈，每或操觚，已
多窒阂"③，在写作报刊之文伊始，尚能顾忌学理之严谨，做到矜持不妄下笔，
数月之后则难免匆迫草率、潦草塞责，能够自恕之处，在于"以为此不过报章
信口之谈，并非著述，虽复有失，靡关本原"④，显示出梁启超这样的报章主
笔，在矜持自重、考辨学理和任意而谈、臧否时政之间的游移态度。

　　《时务报》办刊中途，麦孟华、章太炎等作者的加入，给报章议论注入了新
的活力，也进一步引发了报馆同人有关"政"与"学"的取舍讨论。除去《民
义》系列外，麦孟华还写作了《论中国宜尊君权抑民权》《论中国变法必自官
制始》《尊侠篇》等政论，鼓吹变法维新和改良群治，甚至援引近世华盛顿等西
人率众反抗、自立民政之事，呼唤重塑侠士精神；章太炎则发表了《论亚洲宜
自为唇齿》《论学会有大益于黄人亟宜保护》，阐述自己"亚洲宜为唇齿""以
革政挽革命"等政见主张，表露出更鲜明的政治立场的同时，也增添了报章议
论所需的广博宏丽之气。对于这些政论文章，《时务报》同人及其读者纷纷给
了赞扬和肯定，谭嗣同在给报馆经理汪康年的信中，将章太炎与主笔梁启超并
论，称许道："贵馆添聘章枚叔先生，读其文，真巨子也。大致卓公如贾谊，章

① 汪恩至.《时务报》书后［J］. 湘报，1898（99）：393.
② 梁启超. 西学书目表［M］//汤志钧，汤仁泽. 梁启超全集：第一集. 北京：中国人民大学出版社，2018：134.
③ 梁启超. 致严复书［M］//汤志钧，汤仁泽. 梁启超全集：第一集. 北京：中国人民大学出版社，2018：532。
④ 梁启超. 致严复书［M］//汤志钧，汤仁泽. 梁启超全集：第一集. 北京：中国人民大学出版社，2018：533.

似司马相如。"① 黄遵宪则去信给汪康年，谈起章、麦二人之文在舆论界的反响，以及自己对章太炎文字的看法，称"馆中新聘章枚叔、麦孺博（任父盛推麦孺博，弟深信其言）均高材生，大张吾军，使人增气。章君《学会论》甚雄丽，然稍嫌古雅。此文集之文，非报馆文"。但同时，他也从维新事业及报馆前途命运出发，提出了一些对于报章议论的担忧，并给出了自己的建议：

> 夫都中论者仍多以报馆文为谤书，前刻某君来稿，语侵台谏，乃当世敛手推服者，则以为犯不讳，弟言偶失检耳，照章程例不论入，非有意也，此后当力守此诫。其他泛论之语，有骂詈之辞，可省则省，愿与诸君子共勉之。②

黄遵宪此言别有深意，一方面，他欣赏章太炎、麦孟华等人在议论文字中所表现出的雄丽之气，借此可以增加政论的感染力，亦表示了对章氏文章古雅习气的介意，认为会影响政见的表达效果；但另一方面，黄遵宪也注意到京师朝野对于报刊政论激烈文辞的反应，特别是将报馆文章等同于谤书，对"骂詈之辞""泛论之语"的诟病。从讲求时务、启蒙民众的角度出发，黄遵宪认为欲使之长久，规避不必要的风险，在作"处士横议"的同时，也应寻求深厚学理、严密逻辑的支撑。这种对于政论文章的担忧，并非只有黄遵宪一人，就在《时务报》经理汪康年的《论中国参用民权之利益》刊出后，曾多次向《时务报》投稿的高凤谦，即劝说汪康年应"论议出之以渐，庶不至倾骇天下之耳目也"③。而仿效《时务报》的《知新报》在澳门创刊后，尚在京官任上的张元济，亦去信给汪康年，建言称"议论时政，臧否人物，均足以触当道之忌，于事仍无所济"，不如"专纪外国新政新学，似乎较有裨益"④。

梁启超曾欲以报刊之文追求觉世功用的特殊性，来为"时务文体"中部分政论文字的空疏浅陋辩驳，但实际上，黄遵宪、高凤谦等人对于报章政论从内容到形式的担忧，同样可见于那些以讲求时务、传播新学为目标的著述作者中。

---

① 谭嗣同．谭嗣同函：七［M］//汪康年师友书札：四．上海：上海古籍出版社，1989：3241-3242.

② 黄遵宪．黄遵宪函：二十七［M］//汪康年师友书札：三．上海：上海古籍出版社，1987-2351

③ 高凤谦．高凤谦函：二［M］．汪康年师友书札：二．上海：上海古籍出版社，1986：1610.

④ 张元济．张元济函：十［M］．汪康年师友书札：二．上海：上海古籍出版社，1986：1689.

郑观应于《盛世危言》自序中便曾言，"自知愤激之词，不免狂戆僭越之罪"①；谭嗣同在《仁学自叙》中亦称，自己写作《仁学》时，"每思一义，理奥例赜，坌涌奔腾，际笔来会，急不暇择，修词易刺，止期直达所见，文词亦自不欲求工"②，承认自己文章的缺憾，几乎与梁启超所谓"觉世之文"以觉世为先、辞达而已矣的说法吻合。作为"时务文体"的雏形和衍生，各类著作文集由于浮躁激愤之情所造成的内容疏漏与文字弊端，这些著述作者本人，往往与梁启超等报刊主笔一样，对此有着较为清醒的认识。

或许正是因为这种文体的自觉和自审意识，使得维新报刊上的"时务文体"写作并没有一味倒向政治化的呼喊口号及情绪化的叫嚣语言，不仅在体例上有向著述之文靠拢的趋向，在实际内容上，对于维新变法的倡导议论，也有着朝向考辨学问、记叙说理方向的尝试和努力。在《时务报》上，对于时务话题的言说，没有止于锋芒毕露的时政议论一种文章风格，类似史传题材的《波兰灭亡记》《记东侠》（梁启超），展现近代商业论文雏形的《商战论》（汪康年）、《保富篇》（汪大钧），脱胎于晚清格致文章的《机器说》（刘枬）、《说铁》（陈庆年），在浮泛的鼓动文字之外，呈现出更加平实理性的色彩。从第18册开始设置的"时务报馆文编"栏目，吸收读者来稿，由最初瑶林馆主《俄人国势酷类强秦论》，到之后的高凤谦的《翻译泰西有用书籍议》，再到寿富的《与八旗诸君子陈说时局大势启》，虽皆为论说文字，却也如黄遵宪所建言，减去了不必要的骂詈和泛论之语，增加了对泰西新政新学的纪录与介绍。

吊诡的是，在"时务文体"中，最具新学色彩、最积极吸纳各类新名词的，往往正是那些倡议新政的文章。《时务报》第12册上，汪康年曾作有一篇《以爱力转国运说》，将近世西方有关吸力之学说，引入到民族国家的政治想象当中，作为勾连上下、团结士民的关键要素，并将之与当时公司、学会、议院这些新兴组织的兴办建设联系起来。他对于国家观念的阐释，对于中国社会的议论，有着非常明显的近代格致学说的影响痕迹，他在文中以"爱力"一词解释民族国家意识，称"国者何也？以其能自完固也。质点相切而成物，若未受空气之改变，而质点未相离，则同类之物，必无能损之理"，继而表现他对于中国维新事业的看法，指出"中国迭更艰阻，而犹晏然无振作之意，说者谓其守旧

---

① 郑观应.《盛世危言》自序［M］//陈志良，选注. 盛世危言，沈阳：辽宁人民出版社，1994：15.
② 谭嗣同. 仁学［M］//谭嗣同全集：下册. 北京：中华书局，1981：290.

法也，谓其多掣肘也，谓其意见之歧也，吾以为由于不相爱也"①。"时务文体"以"学"议"政"，兼二者而言之的特点，在汪康年的这篇文章中，得到了充分的体现。

又如第 24 册上心月楼主②的来稿，作《心力说》，谈到近代光力、电力、热力、吸力、抵力等格致概念，杂以传统学问中仁义礼智的解释，进而论及近世欧洲文明之发展，称："力之至大者，中国古称龙象，泰西则曰狮曰兕。孟贲乌获项籍之伦，古之多力人也，在天之力，则有风雷，在地之力则有潮海。自欧洲各国讲求重学，阐水火二气之功用，创造机器，而生力借力，遂较人力加至百千万倍，而不可胜穷。"③ 而循着"所谓光力者智也""所谓热力者仁也"的理解，以及对于各种"力"的铺陈排偶、援引阐释，作者最终落脚于对于中国时政的议论上：

> 夫国亦犹是耳，上不爱民，民离其上，敌兵一至，拉朽摧枯，无抵力故也。是故好生之心，天心也，爱民之道，天道也，此人心之热力也，即人身之抵力也。人心不死，万古安存，热力一消，立时渐灭，人心之光力、热力，其大乃至上同于日，下同于电，盈天下无物可比之，生死如转圜，兴亡如反手。吾愿君相之秉钧持运者，增兹光力，养兹热力，以自存其吸力，毋使抵力净尽，见并于他球也。④

此种掺以新学说、新名词的议论文字，在学理阐释上不免显得牵强且粗糙，随即引来保守派的抨击，指摘《时务报》《知新报》上"支那、震旦、热力、压力、阻力、爱力、抵力、涨力等字，触目鳞比，而东南数省之文风，日趋于诡僻，不得谓之词章"⑤，批评《湘报》上作者摇笔即来的"血轮、脑筋、灵魂、以太、黄种、白种、四万万人等字眼"，其弊较时文更甚，"好为一切幽缈

---

① 汪康年 . 以爱力转国运说 [J] . 时务报，1896 (12)：1-3.
② 关于心月楼主的真实身份，《时务报》第 39 册曾登出告白，称"天津寄来《辟韩》及江西寄来《贵私贵虚》及《心力说》各篇，外间颇有问讯作人者。但寄来时既无姓名，本馆亦无从奉覆。此后定例：凡惠赐来稿，请必写明邑里姓名，俾得照登"。参见本馆告白 [J] . 时务报，1897 (39)：2.
③ 心月楼主 . 心力说 [J] . 时务报，1897 (24)：7-8.
④ 心月楼主 . 心力说 [J] . 时务报，1897 (24)：7-8.
⑤ 叶德辉 . 《长兴学记》驳义 [M] // 苏舆 . 翼教丛编 . 上海：上海书店出版社，2002：103-104.

怪僻之言，阅不终篇，令人气逆"①。不惟这些保守派，即使是同样倡导革政、支持维新的章太炎，亦持有保留意见，他在后来的自定年谱中回忆：

> 时新学初兴，为政论者辄以算术物理与政事并为一谈。余每立异，谓技与政非一术，卓如辈本未涉此，而好援其术语以附政论，余以为科举新样耳。②

作为维新派报刊活动的参与者，章太炎在直观表达自己对于"时务文体"所代表文章风气看法的同时，也道出了时务风气影响下，《时务报》同人于世变之亟，急于将以算学、力学等格致学问为代表的新学说，化用到自身的报章议论中，进而推动现实层面维新变革的心理症候。特别是他指出相比汪康年、谭嗣同等人在文章著述中聚焦的算术物理学问，梁启超同样有着将学问术语与政论思想并为一谈的倾向，却始终坚持"以政学为主义，以艺学为附庸"③。以他为代表的康门弟子，在讲求时务的文章中对于政学名词术语的援引，要远高于代表科学技术的艺学。章太炎称其为科举新样，视为一种新八股，即注意到除了"政""学"等时务内容外，"时务文体"在语言句式等形式层面"有意味的重复"，恰恰源自新思想新学术的表达需要。特别是梁启超等人好援引的经学术语，决定了"时务文体"的语言风格和文章面貌，并逐渐被报刊作者所效仿，形成了维新语境下内容与形式相互适应的文体诗学。

（三）"借经术以文饰政论"

"时务文体"的滥觞和自身文章风格的形成，与外部政教学问的发展变迁息息相关，"题材吁请形式"，同时"形式征服内容"④，两者在对立冲突中建立秩序，最终形塑《时务报》上独具魅力的文体。清代学术文章有今古之分，"经古文学家注重典章制度，其学讲实事求是，其文则朴直古拙；经今文学家强调微言大义，其学多引申发挥，其文则瑰丽幽秘。学派不同，文学趣味迥异"⑤，相比外来的政教、格致学问，本土的今文经学，显然更易为文人士大夫所接受，并逐渐形成了政治改制—经学微言—文体解放的互动。道咸之际，借助于今文经学的复兴，以龚自珍、魏源为代表的经世派文人，在《乙丙之际著议》《筹海

---

① 湘省学约［M］//苏舆．翼教丛编．上海：上海书店出版社，2002：153.
② 章炳麟．太炎先生自定年谱［M］．台北：文海出版社，1971：6.
③ 梁启超．学校余论（《变法通议》三之余）［J］．时务报，1897（36）：1-3.
④ 童庆炳．文体与文体的创造［M］．昆明：云南人民出版社，1994：294-298.
⑤ 陈平原．中国散文小说史［M］．上海：上海人民出版社，2014：188.

篇》等著述中，吸纳外来科学技术和世界知识的同时，也开始以不拘一格的文章体式，冲破古文的藩篱，一扫有清以来文章的拘谨束缚，呈现出汪洋恣肆的文风，梁启超曾表示："后之治今文学者，喜以经术作政论，则龚、魏之遗风也。"① 而作为晚清今文经学的集大成者，康有为在其早期《论时务》《上清帝书》等文章中，即表现出援采西学以经世致用、好用排偶以气势压人等从内容到形式上的特征。

根据梁启超在《万木草堂小学学记》中的回忆，他们在康门读书，"正经正史，先秦诸子，西来群学，凡此诸端，分日讲习"②，从传统经学子学，到西方政学艺学，所学驳杂多元。正如钱基博对康有为文章的评价，"糅经语、子史语，旁及外国佛语、耶教语，以至声光化电诸科学语，而冶以一炉，利以排偶；桐城义法至有为乃残坏无余，恣纵不傥"③，中西学问的融合接受，影响了康氏纵论时务的文章形态。这些杂糅中西学问、冶以一炉并铺陈开来的特点，在早期"时务文体"的写作中体现得尤为明显。特别是维新运动期间，以康有为《上清帝书》为代表的奏议文章中，以今文经学的"微言大义"驱动政论、恣肆奔放且充满感染力的文字，逐渐演变成一种言说维新的文体范式。虽然因为受到张之洞等官绅的抵制，《时务报》等维新报刊多避免直言"康学"，但康有为源自《春秋》公羊学、述诸《新学伪经考》《孔子改制考》等著作、夹杂了西方近世政学思想的"春秋三世""孔子改制"学说，依旧被梁启超等门人弟子渐次转述到公共领域，成为他们报章政论背后的学理资源。

作为"时务文体"写作的主力军，维新运动期间康门弟子的报刊政论，承袭了今文微言所兼具的引申发挥学思和瑰丽恣肆文风。在万木草堂与梁启超以"梁麦"并称的麦孟华，在《时务报》上发表《民义总论》疾呼，"据乱之世，犷犷莽莽，罔识君民；升平之世，以君统民，事总一智，万愚受治，权属一尊，万卑受成"，"久之而智者失智，愚者安愚，则权堕事败，而不可为治矣。不能不进之以太平"④，以春秋三世学说，来阐释世界进化历史以及背后的"民治"思想。曾是草堂学长的徐勤，则在《知新报》上将三世替换为"土司之世""君主之世""民主之世"，用以演说黄帝子孙、亚当种族至嬴政无道、罗马暴兴再至华盛顿出、拿破仑兴的全球历史大势，称"结地球之旧俗者亚洲也，开

① 梁启超. 清代学术概论［M］//汤志钧，汤仁泽. 梁启超全集：第十集. 北京：中国人民大学出版社，2018：271.
② 梁启超. 万木草堂小学学记［J］. 知新报，1897（35）：3-5.
③ 钱基博. 现代中国文学史［M］. 北京：中国人民大学出版社，2004：298.
④ 麦孟华. 民义自叙［J］. 时务报，1897（26）：1-3.

地球之新化者欧洲也，成地球之美法者美洲也"①，呈现上下古今、纵横寰宇气势的同时，亦有为"康学"张目的色彩。

实质上，除去康门弟子外，以批判古文经典为"伪经"、畅言"改制"的今文经学内容和变法思想，还不断见诸此时期宋育仁、皮锡瑞、谭嗣同、夏曾佑等维新派文人的文章，且纷纷呈现出由著述学问转向公共舆论的互动。宋育仁在《时务论》中提出"复古即维新"，皮锡瑞则在南学会上演说"西学中源"，表示"'天子失官，学在四夷'，据圣人之言，西学苟可采用，不必过分畛域"②（后刊于《湘报》)，引导对于外来文明成果的变通吸收。谭嗣同在《仁学》中批判秦制与荀学，夏曾佑则在其刊于《时务报》上的《论近代政教之原》中，讨论秦制与荀学问题，指出"今日之政法，秦人之政法，非先王之政法也；今日之学术，秦人之学术，非先王之学术也""千条万派，蔽以一言，不过曰'法后王'与'性恶'而已。惟法后王，故首保君权"③，将今文经学的"排荀"风潮引向了对于民权学说的提倡。无论是思想内容还是行文语言层面，则皆有今文经学之文不为法度所困、"时至事起，间不容发"的冲击力和感染力。

除去上述文人外，"时务文体"最为重要的作者，自称"启超之学，实无一字不出于南海"④的梁启超，尽管一度向时务报馆经理汪康年承诺"弟必不以所学入之报中"⑤，但面对世变时局和西学新理，期待以报馆去塞求通、有益于国事的他，也亟须为自己的维新议论寻求学理的支持。在《说群》《说动》等文章中，梁启超曾尝试援引"吸力""拒力""动力""压力"等格致概念与名词，用以演说种族竞争、文明进化之大势，可诸如"凡生生之道，其动力大而速者，则贱种可进为良种；其动力小而迟而无者，则由文化而吐番、而猿狄、而生理殄绝""今夫压力之重，必自专任君权始矣，动力之生，必自参用民权始矣"⑥一类的论说，总归不免将技与政并于一谈的晦涩生硬，其效果远不及其在《变法通议》中，以铺陈排偶的句式、简易直接的表述方式，所寄出的"公羊三世说"理论武器：

①　徐勤.《地球大势公论》总序［J］.知新报，1897（2）：2-3.
②　皮鹿门学长南学会第二次讲义［J］.湘报，1898（6）：21-22.
③　某君.论近代政教之原［J］.时务报，1898（63）：1-3.
④　梁启超.梁启超函：四十一［M］//汪康年师友书札：二.上海：上海古籍出版社1986：1862.
⑤　梁启超.梁启超函：十九［M］//汪康年师友书札：二.上海：上海古籍出版社，1986：1843.
⑥　梁启超.说动［J］.知新报，1898（43）：1-3.

吾闻之，《春秋》三世之义，据乱世以力胜，升平世智力互相胜，太平世以智胜。……世界之运，由乱而进于平，胜败之原，由力而趋于智。故言自强于今日，以开民智为第一义。①

正是在此时期，初登报界的梁启超通过经术与政论的杂糅，开始形成自己的文章风格。他发表于《时务报》第 10 册上的《古议院考》，从其文章题目来看，似乎是一篇述学考据之文，但从其行文来看，充斥着今文经学托古改制的思想痕迹，且带有梁氏的个性化语言。文章以鼓动性的情感文字开篇，"问：泰西各国何以强？曰：议院哉！议院哉！"继而展开关于古代议会的考证，用《洪范》之卿士、《孟子》之诸大夫来比附泰西诸国的上议院，用《洪范》之庶人、《孟子》之国人比附下议院，文章结尾处，则将践踏民权者直呼为"践踏古制者"，用相近的语言句式呼应前文："问：古议院之亡，自何时乎？曰：议院者，民贼所最不利也，如朱博之徒，悍然以败坏古制为事者，盖不知几何人矣。"②随后，在第 41 册的《论君政民政相嬗之理》中，直接阐释《春秋》"张三世"之义，谓"多君者，据乱世之政也；一君者，升平世之政也；民者，太平世之政也。此三世六别者，与地球始有人类以来之年限有相关之理"③，进以演说自酋长世、封建世以至君政世、民政世之公理大势，如椽大笔所挟其所述之经术学理和政论主张，辅之以铺陈排偶的语言句式、不容置喙的情感气势，在内容与形式的统一中，锻造出一种专门用以言说维新的文体诗学。

相比于今文经学伊于胡底的"托古以言维新"，梁启超还有自己更为犀利的思想锋芒展现。在担任《时务报》主笔的两年时间内，他的文字也借助经术的文饰，逐渐增加了个性化的议论和思考，经历了从"复古"走向"解放"的蜕变。例如梁启超在《论不变法之害》中，直言"故夫法者，天下之公器也。征之域外则如彼，考之前古则如此，而议者犹曰'彝也彝也'而弃之，必举吾所固有之物，不自有之，而甘心以让诸人，又何取耶"④，回击有关变法乃是"以夷变夏"的攻击；在《论学校》中，大胆地抨击秦始皇的焚诗书、明太祖的设制义，乃是"遥遥两心，千载同揆，皆所以愚黔首，重君权，驭一统之天下"⑤，将矛头直指向专制皇权对于国民思想的钳制；包括《续译列国岁计政要

---

① 梁启超 . 论学校一·总论（《变法通议》三之一）[J] 时务报，1896（5）：1-3.
② 梁启超 . 古议院考 [J] . 时务报，1896（10）：3-4.
③ 梁启超 . 论君政民政相嬗之理 [J] . 时务报，1897（41）：1-4.
④ 梁启超 . 论不变法之害（《变法通议》一）[J] . 时务报，1896（2）：1-5.
⑤ 梁启超 . 论学校一·总论（《变法通议》三之一）[J] . 时务报，1896（5）：1-3.

叙》，本为介绍外译书目，然借题发挥，称"有君史，有国史，有民史。民史之著，盛于西国，而中土几绝"，后世修史者"不过为一代之主作谱牒"①，开始展露出其对于传统史学的批判，显现出其后史界革命思想的端倪。这些议论，超越了当时常见的动员式、程式化的陈词，而带有了梁启超个人基于对文明历史、社会现实乃至思想学术的思考判断，并在此基础上进行个性化的表达。

在洋务派官员还在孜孜于"华夷""体用"之辨时，《时务报》上的议论文章，正是借助于今文经学的托古改制学说，表现出了对于君主专制的反叛，在思想层面做出了极大跃进。正如梁启超所言："南海之功安在？则亦解二千年来人心之缚，使之敢于怀疑，而导之以入思想自由之涂径而已。"② 在经术文饰的基础上，许多关于"民权"问题的讨论，挣脱了今文经学的言说窠臼，越发趋向个性化的自由言说，在当时帝制及儒家意识形态的语境中，多有发聩之作。《时务报》上，梁启超《论君政民政相嬗之理》、汪康年《论中国参用民权之利益》、麦孟华《论中国宜尊君权抑民权》等一系列文章，无论观点如何，都展现出作者立于世界视野、杂以西学思想、以充沛情感推动"伸张民权""开启民智"的努力。如欧榘甲在其文《论大地各国变法皆由民起》中，"言大地各国之民"，以欧美民众抗争之前史，包括法国"巴士的狱"（巴士底狱）、英国"曼拙忒"（曼彻斯特）人民的抗争，来对照中国今日之现实，并号召激励"吾民"：

> 夫其百年前之情形，岂有异于我今日哉？然且巴士的狱，幽镝百年，偶语腹诽，囹圄卒岁，以视吾民何如矣？炉床纳税，昼夜驱蛙，世族骄横，凭陵在庶，以视吾民何如矣？非色野之连兵，曼拙忒之喋血，豪杰奋志，动遭骈首，以视吾民何如矣？群雄角立，晨夕干戈，生长于兵，半罹烽刃，以视我民又何如矣？教祸缨络，红军十起，强食弱肉，朝不保夕，以视吾民又何如矣？③

这种"以复古求解放"的文章变革，不仅体现在文章运用经术以适应西学的内容中，也体现在文章善用排偶、骈散兼具的形式本身上，以批判科举制艺为主旨的报章议论，却吊诡地继承了传统骈文甚至是八股文的特点，同样构成

---

① 梁启超 . 续译列国岁计政要叙 [J] . 时务报，1897（33）：3-4.
② 梁启超 . 论中国学术思想变迁之大势 [M] //汤志钧，汤仁泽 . 梁启超全集：第三集 . 北京：中国人民大学出版社，2018：101.
③ 欧榘甲 . 论大地各国变法皆由民起 [J] . 时务报，1898（50）：1-3.

一种"复古的解放"。胡适便指出，梁启超、谭嗣同等人的文章，在冲破古文义法的同时，"又都曾经过一个复古的时代，都曾回到秦汉、六朝；但他们从秦汉、六朝得来的，虽不是四六排偶的形式，却是骈文的'体例气息'。所谓体例，即是谭嗣同说的'沈博绝丽之文'；所谓气息，即是梁启超说的'笔锋常带感情'"①。介于文白、骈散之间的语言风格，沉博恣肆、感情激越的文体诗学，配合了《时务报》上淆乱粗糙却元气淋漓的述学内容②。

"时务文体"的缺陷是显而易见的，经学、政学与艺学的杂糅附会，铺陈堆砌且过于感性、煽动的文风，都使得这一特殊历史语境下生产出的文体形式遭受了不少诘难与非议。不惟以叶德辉为代表的"翼教""卫道"阵营，将之与东塾学派、桐城古文相对立，谓之"有东塾之平实，而后有新学之猖狂；有桐城、湘乡文派之格律谨严，而后有今日《时务报》文之藩篱溃裂"③；同属维新阵营的严复、章太炎等人，也从捍卫古文、古文经学的角度，对"时务文体"及其发展衍生的"新文体"有持续的"恶评"④。而如前文所述，梁启超等"时务文体"作者，除去在语言风格上有过自省，对于"好援其术语以附政论"的述学风气，也表达过不满和检讨。在给严复的信中，梁启超曾谈及《古议院考》一类的文章，称：

> 实则启超生平最恶人引中国古事以证西政，谓彼之所长，皆我所有。此实吾国虚骄之结习，初不欲蹈之，然在报中为中等人说法，又往往自不免。⑤

应注意到的是，梁启超在自省的同时，也从接受的层面分析了"时务文体"

① 胡适. 五十年来中国之文学 [M]//欧阳哲生. 胡适文集：三. 北京：北京大学出版社，1998：218.
② 相同的判断还见于曹聚仁的《文坛五十年》，他指出梁启超等人的"时务文章"，"是以骈文的体例气息写成的散文，时时把事理的正面反面说得非常畅快，时常用叠辞复句增加语句的力量，时常用刺激性的感慨语调增加论断的语气"。参见曹聚仁. 文坛五十年 [M]，北京：东方出版中心，1997：31.
③ 叶吏部与石醉六书 [M]//苏舆. 翼教丛编. 上海：上海书店出版社，2002：163.
④ 晚清至五四，严复、章太炎、林獬、刘师培、林纾、胡先骕等人，乃至晚年康有为本人，对于"时务文""新文体"语言的不自检束和学理的浮夸空疏，有大量批评声音。参见朱文华. 关于晚清"新文体"的"恶评"问题及其他 [J]. 江淮论坛，2001（4）：99-103.
⑤ 梁启超. 致严复书 [M]//汤志钧，汤仁泽. 梁启超全集：第十九集. 北京：中国人民大学出版社，2018：533.

写作的必然，阐明介于上层精英与普通民众之间、以中下层知识群体为主的读者对象预设，决定了"时务文体"的语言体例。在维新运动的特殊语境下，肩负启蒙之责，梁启超等人的述学政治和文体诗学也带有了特定的时代烙印，他曾在《清代学术概论》中回顾："有为、启超皆抱启蒙期'致用'的观念，借经术以文饰其政论，颇失'为经学而治经学'之本意，故其业不昌，而转成为欧西思想输入之导引。"① 虽然只是短暂的实验，但梁启超也指出，纵使"在淆乱粗糙之中，自有一种元气淋漓之象"②，从这些报章之文受到追捧乃至遭受质疑的情形来看，"时务文体"在知识阶层中达到了耸动风气的效果。连持批评态度的严复也承认其文章"譬如扶桑朝旭，气象万千，人间阴噎，不得不散"③，足见"时务文体"在公共领域产生的影响，构成了国人有关近代政教与格致学问、即所谓"德先生""赛先生"最原始粗粝的思索和表达。

（四）批评空间的建构与开拓

伴随着《时务报》的风行，以"时务文体"的写作和阅读为中心，在维新运动期间的中国知识界，形成了现代意义上的"公共空间"雏形。这一公共空间，即哈贝马斯（Jürgen Habermas）所谓的与私人领域泾渭分明、"超越个人家庭的局限、关注公共事务"的领域，处在这一领域内的公众，借助新闻媒介的传播效力，"把社会变成一个严格意义上的公共事务"④。梁启超、汪康年等"时务文体"作者，正是通过《时务报》这样的公共空间，批判了"抱八股八韵，谓极宇宙之文，守高头讲章，谓穷天人之奥"⑤ 的文人姿态，否定了八家之调、八股之体"密为文法文式文律以困之"⑥ 的陈腐文风，在重塑"文"的现实价值功能的同时，建立起中国知识分子以报刊作为公共领域、介入并讨论国家民族事务的范例。他们的"时务文体"写作，超越了私人化的寻章摘句和性理学问，走向了面向公众的时务话题与启蒙实践，凭借从文字形式到内容思想的公共性，尽可能地推动了当时中国士绅官民的观念更新。作为"时务文体"的读者，无论是反对还是支持维新，思想激进或是保守，受到这些文章的感召，也都积极地参与公共事务的讨论中。

---

① 梁启超. 清代学术概论［M］// 汤志钧，汤仁泽. 梁启超全集：第十集. 北京：中国人民大学出版社，2018：219.

② 梁启超. 清代学术概论［M］// 汤志钧，汤仁泽. 梁启超全集：第十集. 北京：中国人民大学出版社，2018：217.

③ 严复. 与梁启超书［M］//王栻. 严复集：第3册. 北京：中华书局，1986：513-514.

④ 哈贝马斯. 公共领域的结构转型［M］. 曹卫东，等译. 上海：学林出版社，1999：22.

⑤ 梁启超. 知耻学会叙［J］. 时务报，1897（40）：3-4.

⑥ 徐勤. 中国除害议·除不学之害二［J］. 时务报，1897（44）：1-4.

　　读者群体的阅读反馈，印证着《时务报》上的"时务文体"，从文字风格到内容，在公共领域产生的影响。地方士绅中，不仅有"议论精审……尤切要者，洵足以开广见闻，启发志意"①"论议极为明通……其激发意志，有益于诸生者，诚非浅鲜"② 一类的评价，肯定其传播知识、激发意志的作用；也有"实足以扩见闻而裨实用，虽间或语涉激切，然阅者当心知其意"③ 之语，对其中激烈的言辞采取了包容的姿态。而苏州公学会成立时，学会成员来稿表示，"读新会梁君之《变法通议》，则勃然以兴，读长白富君之告八旗子弟书，则又悱然以思"④，则显示出《时务报》上不同作者之文章，在读者层面引发的不同凡响。同时，"时务文体"也吸引了一些在华传教士对于其文字风格的注意，被李提摩太誉为创作了一种介于古典文言与普通白话之间的文体⑤，为报刊文章真正为公众所接受、走向公共视野奠定了基础。康有为在给女儿康同薇的信中，还专门提点这位日后中国最早的女报人，希望其学习中国文章，以充报馆主笔之才，特嘱咐"《时务报》可观，即学之"⑥，俨然将之当作了新的文章写作范本。

　　《时务报》及"时务文体"对于文学公共性的推动，除了每册卷首的主笔文章在读者层面引发的反响外，还表现在读者群体通过投稿参与公共事务的讨论，以及《时务报》同人对于外来稿件的接纳上。从第 4 册上登出署名"吴沈

---

①　岳麓院长王益梧祭酒购《时务报》发给诸生公阅手谕［J］. 时务报，1897（18）：11-12.

②　湘抚陈购《时务报》发给全省各书院札［J］. 时务报，1897（25）：7.

③　山西清源局通饬各道府州县阅《时务报》札［J］. 时务报，1897（32）：10-11.

④　苏学会公启［J］. 时务报，1897（33）：29-30.

⑤　传教士李提摩太曾评价《时务报》的文章，是"介于高级的文言（一种属于古典文学的高级文体）——只有相对较少的学者才能理解——与白话之间，后者一般的苦力都能理解"。李提摩太. 亲历晚清四十五年：李提摩太在华回忆录［M］. 李宪堂，侯林莉，译. 天津：天津人民出版社，2005：242.

⑥　康有为在信中称："汝现在仍以多读中书，学习中国文章，俾可充报馆主笔之才为重要。易一语言不正，又不能多来，此事少令尔来，或每日一点钟便可，不必习西。譬更多以读书为先，西文从缓也。《时务报》可观，即学之。"参见康有为. 与同薇女书［M］//姜义华，张荣华. 康有为全集：第二集. 北京：中国人民大学出版社，2007：125.

学来稿"的《盛世元音序》与"昭文孙同康来稿"的《各省宜建翘材馆议》①，到第 68 册署名"读有用书室主人来稿"的《论阻挠新法之害》与"海藏楼蒿目居士来稿"的《愤言》，报馆外作者的来稿文章成了《时务报》的一个重要组成部分。特别是从第 18 册开始，《时务报》专门为外来稿件设置了名为"时务报馆文编"栏目，由最初中央官员瑶林馆主（陈炽）的《俄人国势酷类强秦论》，到之后的地方士绅高凤谦的《翻译泰西有用书籍议》，再到清宗室寿富的《与八旗诸君子陈说时局大势启》，无论作者的身份为何，都得到了在《时务报》这一平台振臂一呼的机会，且表现出以"时务文体"通晓五洲近事、讨论时局政事的文章风尚，与梁启超等主笔的文字形成了同声共振的局面。

一直到光绪戊戌年（1898 年）年初，《时务报》同人内部陷入动荡，经历人事纠葛与分裂，外来的稿件一度撑起了《时务报》的门面。第 53 册、54 册上，往期作为头版内容的主笔文章连续缺席，报馆选录了外来稿件来替代，其中第 53 册，起首三篇分别为署名"丹徒姚锡光来稿"的《东方兵事纪略序》、"湖南赵而霖来稿"的《开议院论》以及"福建高凤谦来稿"的《释彝》。此三篇来稿，首篇为李鸿章幕僚姚锡光介绍自己记录甲午战争著作的序言；第二篇为湖南地方士人赵而霖呼吁变法、设立议院的文章；最后一篇则是高凤谦依据时势、重新诠释中国与夷狄界限之作。除了首篇表示了甲午一役后"痛深创巨"的舆论主潮外，其后两篇更是紧跟了此前《时务报》主笔文章的论调。诸如汪康年《中国自强策》有关议院制度的讨论，以及梁启超《春秋中国夷狄辨序》对于华夷之辨的思考，都在这些外来稿件中得到了相关的呼应，其以旧事物阐以新名词的方法，托古维新的政论思路，也与梁启超等主笔相近，如：

> 然而朋党之交讧，前代皆有，载有史书，班班可考。唐时无议院，何以有牛李之党，明时无议院，何以有东林之党？（《开议院论》）②
> 泰西各邦，中国所共鄙为彝者，然吾观其立政教民之法，何与吾圣人相类也。然则今日之泰西，谓之外国可也，谓之彝狄不可也。弃其所短可

---

① 孙雄，本名同康，字君培，著有《论语郑注集释》《道咸同光四朝诗史》《读经救国论》等诗文集多种。光绪丙申至戊戌期间，孙雄撰写了不少政论文，并投给《时务报》，此篇"是孙雄向《时务报》多次投稿当中唯一被录用的篇章，主张在督抚驻地建'翘材馆'，储备'明体''达用'两类人才。"参见陆胤. 从书院治经到学堂读经：孙雄与近代中国学术转型［J］. 学术月刊，2017，49（2）：163-178.
② 赵而霖. 开议院论［J］. 时务报，1898（53）：1-3.

也，并没其所长不可也。(《释彝》)①

　　而在众多的外来稿件中，引发读者群体最多关注和争论的，莫过于第 23 册的"时务报馆文编"中，严复署名"观我生室主人来稿"的《辟韩》。对于梁启超等人所作"时务文体"的风格，严复本有着颇多异议，他在《时务报》分裂后所做的《〈时务报〉各告白书后》一文中，对于梁启超离馆之后的"文劣事懈，书丑纸粗"，明确表达了自己的失望。严复提出了自己有关文辞应务渊雅、求其是的主张，规劝梁启超等人的近俗文字，称"理之精者不能载以粗犷之词，而情之正者不可达以鄙倍之气"，"苟然为之，言庞意纤，使其文之行于时，若浮游旦暮之已化。此报馆之文章，亦大雅之所讳也"②。对于同为报人，却始终以古文家法为写作范式的严复而言，他对于《时务报》的关注和称许，看重的是其作为"公共空间"对于现代价值的系统性追求，对于中国政教"社会—文化—政治"整体秩序的重新审定，不仅是"救一时，明一义"，也是"规久远，明全义"。

　　原本于光绪二十一年二月十七、十八日（1895 年 3 月 13、14 日）刊发于天津《直报》的《辟韩》，相隔两年后，于光绪二十三年三月十一日（1897 年 4 月 12 日），在上海的报刊上得以重新转载。此篇文章迎合了时务报馆同人伸民权、开民智的思潮，作者严复在行文中，每至激愤处，于其一贯坚持的语言雅洁、立论切实的语言风格外，也不免披上趋向"时务文体"激越的感情色彩。其文一经《时务报》转载，立刻与报刊上其他议论文字形成了呼应，且较之梁启超等主笔及其他来稿者的"微引其绪，不敢倡言"③，《辟韩》在观点的犀利、文字的顺畅、文风的自由上，皆有过之而无不及，让梁启超都不禁感叹"不服先生之能言之，而服先生之敢言之"④。如其在文末，大胆抨击君主专制对于国

---

① 高凤谦. 释彝［J］. 时务报，1898（53）：3.
② 严复. 与《新民丛报》论所译《原富》书［J］. 新民丛报，1902（7）：109-113.
③ 梁启超. 清代学术概论［M］// 汤志钧，汤仁泽. 梁启超全集：第十集. 北京：中国人民大学出版社，2018：278.
④ 虽然坚持古文义法、行文尔雅的严复，较之梁启超更趋向复古文风，但在"进化""民权"等思想主张上，早年留学英国的严复相比梁氏的今文经学、三世之说，无疑更加贴近这些西学思想的原义。梁启超就此曾专门在信中，向严复辩解自己以及康门弟子的保教思想，表示："不服先生之能言之，而服先生之敢言之""譬犹民主，固救时之善图也，然今日民义未讲，则无宁先借君权以转移之，彼言教者，其意亦若是而已"。参见梁启超. 致严复书［M］// 汤志钧，汤仁泽. 梁启超全集：第十九集. 北京：中国人民大学出版社，2018：535.

民才力智德的侵害：

> 秦以来之为君，正所谓大盗窃国者耳。国谁窃？转相窃之于民而已。既已窃之矣，又惴惴然恐其主之或觉而复之也。于是其法与令猥毛而起。质而论之，其什八九皆所以坏民之才、散民之力、漓民之德者也。斯民也，固斯天下之真主也。必弱而愚之，使其常不觉，常不足以有为，而后吾可以长保所窃而永世。①

　　曾与严复一同创办《国闻报》的夏曾佑，在办《国闻报》的间歇，也曾匿名在《时务报》第 63 册上发表了《论近代政教之原》，抨击秦制与荀学。他表示，"夫以秦法为因，而遇欧洲诸国重民权兴格致之缘，于是而成种亡教亡之果"，"今政教之源，皆出于秦，载在图书，莫能为讳。而天下之人，若瞠目而不睹，岂不异哉？岂不异哉！"②在文中，夏曾佑提出政教相依，秦法正依于荀子的性恶论，延续了此前梁启超《变法通议》、徐勤《中国除害议》等文章中对于中国政教学问的系统性反思，即从政学一体的角度，批评古代中国"社会—政治""文化—道德"两种秩序中所存在的"普遍王权"③，且以更加直接的言说方式表达出来。

　　正是因为《辟韩》等文章的刊载，使得维新运动期间的公共领域中，那些对于《时务报》上文章风气的不满和隐忧情绪也逐渐浮出水面。始终密切关注着报馆动态的张之洞在读到《辟韩》后，马上命幕僚屠仁守写了一篇《辨辟韩书》，在《时务报》上予以回击，其中不惟有对严文的批驳，还有对于整个刊物报议文字的劝谏，称"自丙岁仲秋之月，获读大报首册及公启，蹶然而兴，慨然而叹"，然而"次第及十数册，陈义弥高，不无出入，又好以嬉笑怒骂为文章，同人窃窃致疑其间"④。而支持维新派的高凤谦，则从保存报馆的角度，向汪康年表示对于《时务报》上登出严复《辟韩》一文的担忧，他列举汪康年、麦孟华等人同样讨论"民权"问题的文字，用以说明严复文章言辞和思想过激，

---

① 观我生室主人．辟韩［J］．时务报，1897（23）：5-6.
② 某君来稿．论近代政教之原［J］．时务报，1898（63）：1-3.
③ 林毓生提出中国古代社会的"普遍王权"（universal kingship），"在促使社会—政治和文化—道德这两个秩序的整合方面"发挥着作用，既是持久的统治制度，也是根深蒂固的思想观念，使得君主"既拥有世俗的权力和权威，主宰一切""也行施着宗教和精神的权威"。参见林毓生．中国意识的危机："五四"时期激烈的反传统主义［M］．穆善培，译．贵阳：贵州人民出版社，1988：17-18.
④ 屠仁守．孝感屠梅君侍御辨辟韩书［J］．时务报，1897（40）：20-22.

不仅不容于那些将变法维新之议排斥为"异学"的保守派，甚至会牵连报馆这一"公共空间"的生存命运。他表示：

> 中国之患，在于事权无属，故百事废弛。非伸民权，即君权亦无所寄。惟此等论议措辞，不可过激，即如足下所论中国参用民权之利益，麦君所论中国宜尊君权抑民权等篇，出之以委婉，便足动听。《辟韩》一篇，鄙意大不以为然，所论君臣一节，尤不宜说破。变法之事，久为人所不喜，内有顾瑗、杨崇伊，外有李秉衡、谭钟麟，皆以排斥异学为己任。君权可废之语，既为人上所不乐闻，则守旧之徒，将持此以诣于上。不独报馆大受其害，即一切自新之机，且由此而窒。贵报风行至广，关系至大，举措不可不慎也。①

由此可见，《时务报》上的这些议论文字，一旦在言语或思想上发生越界，难免有遭受诘难之虞，甚至波及维新运动时期最大"公共空间"的命运。可同时，来自读者的一番反馈，也从侧面折射出"时务文体"从形式到内容，在晚清士绅阶层中所引发的震动，此种震动效应，既是议论文字的风格语言所带来的，更是叙述内容的观念思想所引发的。梁启超曾在回复严复的信函中表示，"然启超常持一论，谓凡任天下事者，宜自求为陈胜、吴广，无自求为汉高，则百事可办。故创此报之义，亦不过为椎轮，为土阶，为天下驱除难，以俟继起者之发挥光大之"②，阐明二人同声相求之处。在数年后的《新民丛报》上，梁启超对于报刊上的文章写作，又有这样的一番总结：

> 故某以为业报馆者既认定一目的，则宜以极端之议论出之，虽稍偏稍激焉而不为病，何也？吾偏激于此端，则同时必有人焉偏激于彼端以矫我者，又必有人焉执两端之中以折衷我者，互相倚，互相纠，互相折衷，而真理必出焉；若相率为从容模棱之言，则举国之脑筋皆静，而群治必以沈滞矣。③

---

① 高凤谦. 高凤谦函：九［M］//汪康年师友书札：二. 上海：上海古籍出版社，1986：1621.

② 梁启超. 致严复书［M］//汤志钧，汤仁泽. 梁启超全集：第十九集. 北京：中国人民大学出版社，2018：533.

③ 中国之新民. 敬告我同业诸君［J］. 新民丛报，1902（17）：1-7.

在此期间，梁启超曾借着评论严复的著译文章"太务渊雅""殆难索解"，将文体变化与文明发展相关联，提出"夫文界之宜革命久矣，欧美日本诸国文体之变化，常与其文明程度成比例。况此等学理邃赜之书，非以流畅锐达之笔行之，安能使学僮受其益乎"①。梁启超的所谓"极端"乃至"革命"，是从思想内容和文体形式两个层面着眼的。虽然作为主笔，他自身的文体观念、文字风格不断遭受讥讽、排斥以至抨击，但《时务报》最终能够在自身的政治理想建构之外，建立起宣传新知识、新思想的公共舆论，并形成对于政治权力的批判，进而形成一种与"管理型公共领域"相对的"批判型公共领域"②，在此时期的文人士大夫群体中产生一种文章效应，开拓出现代意义上的批评空间，显然正有赖于梁启超等报刊主笔在此时期的"极端之义"与"粗犷之词""鄙俗之气"。

三、诗界革命：在骛外与向俗之间

（一）新派诗：吟到中华海外天

相比于"时务文体"的写作热潮，诗歌作为古代中国最主要的一种文体形式，在《时务报》知识群体当中则是一种遇冷的状态。虽然维新派文人一再表示欲以新闻报刊来实现"采诗以观民风""诵诗以观国政"的功能，他们中间大多在私下也颇具诗情和诗才，可最终时务报馆同人借以周知世界的"时务文学"形式，是报刊上的各类文章体裁，他们在公共领域中所表现出来的，是对诗人身份的回避甚至拒斥。不仅在 69 册的《时务报》上鲜有诗歌刊载，此前《申报》上中国本土文人以诗词应酬、往来唱和的情形在各大维新报刊上也几乎绝迹，在梁启超以《变法通义》为代表的报刊议论中，强调韵律美感的传统"诗赋"，是与"词章"并列在一起被大加鞭挞的。但是，在这样一种语境和氛围中，《时务报》同人依然在诗歌层面开启了不同方向的写作实验和探索，包括诗人黄遵宪在内，曾产生过借助报馆的力量推广自身诗歌作品的设想，不断酝

---

① 绍介新著《原富》[J]．新民丛报，1092（1）：113-115.

② 许纪霖指出，晚清社会出现的，多是"一种不同于欧洲的公共领域，即罗威廉和兰钦所研究的管理型公共领域"，它们并不是作为与国家对峙的公共空间，而是作为一种"国家权威的社会性装置"而存在的。而真正的"批评型公共领域"，是"以 1896 年梁启超在上海主持《时务报》开始"，与古代士大夫的清议传统相连，兼有现代意识和救世关怀，且"在风格上缺乏文学式的优雅，带有政论式的急峻"。参见许纪霖．都市空间与知识群体研究书系：总序[M]//方平．晚清上海的公共领域（1895—1911），上海：上海人民出版社，2007：7-8.

酿了"诗界革命"的因子。

作为晚清"诗界革命"的代表人物，黄遵宪过早离开时务报馆，或许是因为时务报馆中的诗体试验远不及文体革新。就在《时务报》创刊的两个月后，作为创办者之一的黄遵宪，奉调令离开了上海，北上京师①。在北京，他获得了光绪皇帝的召见，直呈维新变法的主张，并将自己的维新著作介绍给包括翁同龢在内的要员。次年，他又被委任湖南长宝盐法道，随后署湖南按察使，参与地方新政，这位外交官早年的一些思想抱负得以在具体的维新实践中施展。虽然早早离开了报馆，无缘"时务文学"的写作风潮，但黄遵宪与《时务报》之间依然保持着密切的联系，并构成了相互成就的关系。他一直关注着上海《时务报》的事务，参与报馆章程的修订②，介入到后期的人事纷争；而他写作于驻日期间的《日本国志》，正是在这一时期借助《时务报》同人的大力推荐，以及时务报馆的重新装订发售，得以在国内士人中传播流行，对此，黄遵宪本人亦自信地表示："附《时务报》而行，谅必消流。"③

《时务报》第21册上，主笔梁启超写作了《〈日本国志〉后序》，称赞这位年长自己25岁的忘年交"其为学也，不肯苟焉附古人以自见，上自道术，中及国政，下逮文辞，冥冥乎入于渊微"④。在《日本国志》中大力推崇报纸亦可"列内外事情以启人智慧"的黄遵宪，也格外欣赏这位青年笔下的极具情感和煽动力的文字，梁启超能够出任《时务报》主笔，背后离不开黄遵宪的慧眼识人和诚恳邀约。故而，无论是在京师还是在湖南，黄遵宪不断表达着对于《时务报》的期待，并对这份刊物的办刊方向进行建言。他在给报馆经理汪康年的信函中，不无激动又略带遗憾地表示：

---

① 有关黄遵宪离开时务报馆北上入都的时间，有光绪二十二年八月、九月两种说法。根据黄遵宪进京后曾三次拜访的何翔高（藻翔）在《六十自述》中的回忆，黄北上时间应为八月；而据梁启超《创办〈时务报〉源委》中的说法，"公度在上海，至九月始北行"，相较而言，梁文作于黄遵宪入京的两年后，"似较核实"。吴天任.清黄公度先生遵宪年谱［M］.台北：台湾商务印书馆，1985：104.

② 谭嗣同在光绪二十三年七月初十日致汪康年函中，曾谈及"公度昨来言将为时务报馆改订章程，专为公省去许多烦劳，嗣同闻之，不甚其喜，想尊处必乐用其新章也"。参见谭嗣同.谭嗣同函：二十三［M］//江康年师友书札：四.上海：上海古籍出版社，1989：3261.

③ 黄遵宪.黄遵宪函：三十一［M］//汪康年师友书札：三.上海：上海古籍出版社，1987：2358.

④ 梁启超.《日本国志》后序［J］时务报，1897（21）：3-4.

匆匆北上，不及待公回沪，至为怅惘。《时务报》规模大定，必可风行。①

毕竟是在创刊伊始便离开了报馆，黄遵宪错过了《时务报》在国内风行的黄金时期，当梁启超、汪康年等人在舆论界掀起一阵阵波澜之际，他却不曾在《时务报》上发表只言片语。而他另一个重要的身份——晚清"诗界革命"的主要领导者和实践者，也无从通过这一平台来展现。在赴湖南任上途中，黄遵宪途经上海，又因报馆举董事之事，与汪康年发生争执，并最终导致关系破裂，② 与这份自己亲手参与创办的报刊分道扬镳。相比于梁启超的政论文章借助新兴印刷媒介大放异彩，黄遵宪的诗歌未能如其所愿通过自己所创办的刊物走向更广阔的公众视野。而从《时务报》每期内容的整体组成结构来说，当纵横捭阖的"时务文体"造就了举国趋之、如饮狂泉的浩大声势，成为"文界革命"先声；却在诗歌这一文体上呈现了一大处留白，其上鲜有诗歌发表，对于维新运动期间影响最大的《时务报》以及黄遵宪本人而言，不能不说是一种遗憾。

不过，黄遵宪在参与《时务报》创办的过程中，并没有停止诗歌的创作，其不少诗作，正与《时务报》乃至外部的"时务风气"颇有渊源。1896 年，为邀请梁启超南下上海共同创办《时务报》，黄遵宪专门作了《赠梁任父同年》组诗六首，表达了对于二人携手、共纾国难的期望与决心。其中第二首与最后一首，更表露出其对于当时作为士林风尚的台阁文体、官样文章及试贴诗的不满，进而将梁启超与古代"钓鳌"名士相提并论，寄希望他的如椽大笔来力挽颓势。他在此两首诗中写道：

祛卢左字力横驰，台阁官书贴括诗。守此毛锥三寸管，丝柔绵薄谅

---

① 黄遵宪. 黄遵宪函：二十一 ［M］//汪康年师友书札：三. 上海：上海古籍出版社，1987：2341.

② 梁启超对于此段过节，曾有详细记录，起源在汪康年应酬太繁，不能兼办全局，黄遵宪推吴铁樵为坐办，又有举总董之议："自丙申秋至丁酉夏，公度屡伸此议，谓当举总董。以此两事之故，穰卿深衔公度，在沪日日向同人诋排之，且遍滕书各省同志，攻击无所不至。以致各同志中，有生平极敬公度，转而为极恶公度者。至去年八月，公度赴湘任，道经上海，因力持董事之议，几于翻脸。"参见梁启超. 创办《时务报》源委 ［M］// 汤志钧，汤仁泽. 梁启超全集：第一集. 北京：中国人民大学出版社，2018：464. 此外，郑孝胥在光绪二十三年七月初四的日记中，也曾记载："午后，梁卓如、汪穰卿、李一琴来，汪与黄公度有隙，余为排解久之。"参见郑孝胥. 郑孝胥日记：第 2 册 ［M］. 北京：中华书局，1993：610.

难支。

　　青者黄穹黑劫灰，上忧天坠下山隤。三千六百钓鳌客，先看任公出手来。①

　　基于对于报刊媒介和青年报人的信心，黄遵宪同样期望借助亲手创办的《时务报》来传播自己思想和文字，发出自己的声音。在给报馆经理汪康年的信中，黄遵宪曾多次透露欲通过《时务报》推广自己在驻日时期所撰写的两本著作的愿望。其中第一本即为《日本国志》，黄遵宪为此多次去信，委托汪康年代为改刊，在信中表示"前承垂询《日本国志》，此书久已在粤刊就，今寄九十部来，惟尚有改刊者，具如别纸，求为照办"；另一本，则为一本诗集——黄遵宪为写作《日本国志》做准备、与之相辅相成的《日本杂事诗》，他特意向汪康年提出："他日尚欲将《日本杂事诗》改本交馆印行也。"② 此后又数次去信叮嘱，介绍自己的这本诗作，他在信中称：

　　《日本杂事诗》为初到东瀛时作，印活字版，有总署本，有香港报馆本，有日本凤文坊坊本。惟此书寓意尚有与《国志》相乖者，（《诗》成于光绪五年，《志》成于光绪十三年，故所见不同也。）时有删改。近居萧寺中，清暇无事，辄复补改数十篇，当在沪仿最精版式付石印，他日亦付报馆也。③

　　让黄遵宪念念不忘的这本《日本杂事诗》，是其写作《日本国志》、系统考察东瀛社会前的铺垫，完稿于1879年④。相比于《日本国志》在国内遭受的阻力，或许因为诗歌体裁并不如"国志"那般让人感到敏感突兀，《日本杂事诗》在呈送总理衙门后，很快就由同文馆刊刻印行。这些杂事诗的写作，十分符合

① 黄遵宪．赠梁任父同年［M］//钱仲联，笺注．人境庐诗草笺注：下．上海：上海古籍出版社，1981：715-719.
② 黄遵宪．黄遵宪函：二十四［M］//汪康年师友书札：三．上海：上海古籍出版社，1987：2347.
③ 黄遵宪．黄遵宪函：二十八［M］//汪康年师友书札：三．上海：上海古籍出版社，1987：2355.
④ 1890年到英国后，黄遵宪本人曾对《日本杂事诗》进行过修订，对于一些内容进行了删定和修改，显示出其"对日本明治维新从犹存'新旧同异之见'到'信其改从西法，革故取新'的思想变化"。参见王飚．从《日本杂事诗》到《日本国志》：黄遵宪思想发展的一段轨迹［J］．东岳论丛，2005（2）：75-80.

此后维新派"古者采诗以观民风，诵诗而知国政""盖诗者，即今日之新报，上而政教，下而风俗，无不备陈"①的文学观念。用黄遵宪诗中的描述来说，即是"海外偏留文字缘，新诗脱口每争传。草完明治维新史，吟到中华以外天"②，以诗歌的文体形式，来观察和纪录外部世界，与《日本国志》的写作目的相辅相成。《日本杂事诗》中不仅有着与《日本国志》相近的目的和内容，通过咏史、纪事等方式，对日本历史及文化，特别是明治维新时期的日本社会有着真实的反映；同时，也继承了古代诗歌本身所具有的认识功能，与近代报刊上以"识中外之情、达古今之变"为主要目标的文学活动相适应。实质上，在明治日本，森春涛等人所创办的诗歌刊物《新汉诗》上，已经出现了以汉语旧体诗来描写铁路、汽车、轮船甚至国际公约等新事物的尝试，在以诗歌向大众传播现代文明方面做出了探索③。受此激励和影响，尽管时隔多年，黄遵宪依然期望能够通过时务报馆重新刊印自己写作于日本的这本诗集，无疑有着在"报章之文"以外，寻求一种"报章之诗"，将诗歌这一古老文体利用新式媒介进行传播的意味④。

这并不是黄遵宪第一次借助报馆的力量来推广自己的诗集，在同文馆印行《日本杂事诗》的第二年，与黄遵宪"相交虽新"却"相知有素"，常常酒酣耳热以谈天下事的王韬，便通过香港循环日报馆以活字版重印了《日本杂事诗》，并亲自为之撰写序言，称："又以政事之暇，问俗采风，著《日本杂事诗》2卷，都154首。叙述风土，纪载方言，错综事迹，感慨古今。或一诗但纪一事，或数事合为一诗，皆足以资考证。大抵意主纪事，不在修词。其间寓劝惩，明美刺，具存微恉。而采据浩博，搜辑详明，方诸古人，实未多让"⑤。当时正孤独地在殖民地办着华文报纸的王韬，欣喜地发现这类"意主纪事，不在修词"

---

① 开设报馆议 [J] . 强学报，1896（1）：2.

② 黄遵宪 . 奉命为美国三富兰西士果总领事留别日本诸君子 [M] //钱仲联，笺注 . 人境庐诗草笺注：上 . 上海：上海古籍出版社，1981：340.

③ 蔡毅 . 黄遵宪与明治"文明开化新诗" [M] //中国史学会、中国社会科学院近代史研究所 . 黄遵宪研究新论 纪念黄遵宪逝世一百周年国际学术研讨会论文集 . 北京：社会科学文献出版社，2007：472-481.

④ 晚清中国报界中，最初只有外国传教士所办的《教会新报》《万国公报》，以及英人所办、华人主持笔政的《申报》当中，出现过一些表现近代文明、异域世界的新题材诗。其余刊物如《瀛寰志略》所刊诗歌，在题材、风格、内容上大多延续旧时趣味。参见胡全章 . 近代报刊与诗界革命的渊源流变 [M] . 北京：北京大学出版社，2017：13-17.

⑤ 王韬 .《日本杂事诗》序 [M] // 楚流，书进，风雷，选注 . 弢园文录外编 . 沈阳：辽宁人民出版社，1994：338.

"采据浩博，搜辑详明"的杂事诗，迎合了自己尚"奇"主"变"的诗学观念，其中对于明治时期日本社会生活、思想风尚、科技教育的描写，无疑符合王韬这位报界先驱对于报馆"通上下、通内外、辅教化之不足"的功能预设。

直到黄遵宪奉命出使美国、英国及新加坡等地，写作《伦敦大雾行》《登巴黎铁塔》等作品，这种以诗纪事、展现外部世界风土人情和近代文明发展成就的方式才得到了不断的延伸。而他本人在修订《日本杂事诗》的过程中，也越发认识到报刊新闻的价值，在光绪戊戌年（1898 年）的"定稿本"中，又于初稿本的基础上另作了一首有关新闻报刊的诗，并附上注释，以诗的形式，肯定报刊在"讲求时务、周知四国"方面的功能价值：

> 欲知古事读旧史，欲知今事看新闻。九流百家无不有，六合之内同此文。
>
> 新闻纸以讲求时务，以周知四国，无不登载。五洲万国，如有新事，朝甫飞电，夕既上板，可谓不出户庭而能知天下事矣。其源出于邸报，其体类乎丛书，而体大而用博，则远过之也。①

在甲午之后中国维新知识分子一片否定诗赋词章的浪潮中，黄遵宪没有忘却自己诗人的身份，并期望借助时务报馆的传播效力，来继续推广自己在日本所作的这 100 余首诗作。在他的眼中，这些以"杂事"为名"网罗旧闻，参考新政，辄取其杂事衍为小注，串之以诗"② 的旧作，与时务报馆旁搜博纪、通达四方、启人智慧的宗旨相契合。民国时期，周作人曾回忆道，"《杂事诗》一编，当作诗看是第二着，我觉得最重要的还是看作者的思想，其次是日本事物的纪录"③，所看重的也正是《日本杂事诗》诗歌"文"之本体以外"学"的价值，包括其中对于明治维新时期日本社会的考察，对新事物、新思想的涉及，

---

① 黄遵宪. 日本杂事诗［M］//钱仲联，笺注. 人境庐诗草笺注：上. 上海：上海古籍出版社，1981：1111. 初版本时，作者的原诗为"一纸新闻出帝城，传来令甲更文明。曝檐父老私相语，未敢雌黄信旦评"，并注解道"然西人一切事皆藉以达，故又有诽谤朝政、诋毁人过之律，以防其纵"，相比之下，"定稿本"诗中对于报纸媒介"讲求时务""周知四国"的作用，有了更加积极的肯定和评价。参见王飚. 从《日本杂事诗》到《日本国志》：黄遵宪思想发展的一段轨迹［J］. 东岳论丛，2005（2）：75-80.

② 黄遵宪.《日本杂事诗》自序［M］//钱仲联，笺注. 人境庐诗草笺注：下. 上海：上海古籍出版社，1981：1095.

③ 周作人. 日本杂事诗［M］//钟叔河订. 周作人散文全集：7. 桂林：广西师范大学出版社，2009：176.

以及对"维新""万法""议员""博物""共和"等外来语词的运用，代表了黄遵宪尝试透过诗歌承载的新语词，对于外部世界的观察和理解。特别值得注意的是，黄遵宪在每首诗后的小注构成了《日本杂事诗》的另一主要内容，部分注解的重要性甚至超过了诗本身，如在"玉墙旧国纪维新，万法随风候转轮"这样的诗句后，注"既知夷不可攘，明治四年，乃遣大臣出使欧罗巴、美利坚诸国，归遂锐意学西法，布之令甲，称曰维新"①，介绍日本从排斥外夷、被动抵抗到开国维新、主动求变的过程，实际已自成一种对于外部社会及其文明的记录与言说。

正因如此，光绪乙未之际，在对日战争失败的反思，进而倡导维新变法的浪潮中，写作过《日本国志》《日本杂事诗》的黄遵宪，重新进入中国文人读者的视野，并收获了时人"谁谓君为异人者，我观君道得毋同，诗言起讫一生事，眼有东西万国风"的赠诗，以及"公度之人，处于今世则不能异人。而公度之诗，传之后世则诚异耳"②的评价。一首赠诗及评价，透露出在时人眼中，黄遵宪这些诗歌最大的价值，同梁启超"觉世之文"的启蒙功效类似，也与能够通达时务、周知天下的报刊价值相仿，正在于这些启发今世而非传世、呈现东西万国风、参以旧闻新政的诗歌记录。

甲午至戊戌时期，在直接参与维新实践的同时，黄遵宪始终保持着以诗歌来纪事的习惯，无论是《悲平壤》《东沟行》《哀旅顺》《苦威海》中对于中日甲午战争的宏大诗史呈现，还是《纪事》《放归》里有关戊戌政变后个人遭遇软禁、搜查、革职的细微点滴记录，都是通过笔下的诗句表现出来。不过，这些大抵都属于黄遵宪在国家与个人倍感无力时的寄托，正如他在《支离》一诗所谓，"举鼎膑先绝，支离笑此身。穷途竟何事，馀事且诗人。技悔屠龙拙，时惊叹腊新。剖胸倾热血，恐化大千尘"③，其语气与《时务报》上痛陈词章无用的笔调一致。而让黄遵宪尚且有所期望的、可作用于现实的，除了《日本国志》外，似乎还有那本《日本杂事诗》。也正是在1897年，黄遵宪对于自己进行已久的诗歌实践，有了一种文体上的自觉意识，并命名为"新派诗"，他曾作

① 黄遵宪.日本杂事诗［M］钱仲联，笺注.人境庐诗草笺注：下.上海：上海古籍出版社，1981：1101.

② 此语为光绪乙未年岁末，黄遵宪客至江宁，同往拜谒张之洞的通州范肯堂赠诗，并复题其后。参见黄遵宪诗评论（附年谱）［M］.钱仲联，辑.台北：文海出版社，1973：99.

③ 黄遵宪.支离［M］//钱仲联，笺注.人境庐诗草笺注：下.上海：上海古籍出版社，1981：773.

诗道：

> 废君一月官书力，读我连篇新派诗。风雅不亡由善作，光丰之后益矜奇。
>
> 文章巨蟹横行日，世变群龙见首时。手撷芙蓉策虬驷，出门惘惘更寻谁？①

"官书"一词，在此前《赠梁任父同年》"祛卢左字力横驰，台阁官书贴括诗"中就出现过，黄遵宪将自己的新派诗与之相对，乃是将自我所作诗歌与主流诗文区分开来。早于梁启超之后在《夏威夷游记》中提出以新意境、新词语入诗的"诗界革命"主张，"新""奇"二字背后，是自黄遵宪《日本杂事诗》"吟到中华以外天"开始，便已展现出的一种对于诗歌内容的革新追求。梁启超在《饮冰室诗话》中曾表示，甚爱黄公度"文章巨蟹横行日，世变群龙见首时"一句，由这首从新派诗的风雅不亡，言及文章的横行世变的诗作可见，黄遵宪心目中的"诗"，亦是戊戌时期梁启超等人所追求实践的广义之"文学"，即"吾身之所遇，吾目之所见，吾耳之所闻，吾愿笔之于诗"②，"其述事也，举今日之官书会典方言俗谚，以及古人未有之物、未辟之境，耳目所历，皆笔而书之"③。晚年在给诗人邱炜萲的信中，黄遵宪依旧坚持作为小道的诗具有改变外部世界的力量，称"少日喜为诗，谬有别创诗界之论""诗虽小道，然欧洲诗人，出其鼓吹文明之笔，竟有左右世界之力"④，以为传播文明、开启风气之功用，努力抬升备受贬低和质疑的诗歌之地位，并重构了诗作为"文学"的功能和价值。

（二）新学诗：新名词以表自异

在"新派诗"当中，黄遵宪着眼的是通过诗歌形式，来实现对外部世界的直观呈现，对新事物与新知识的传播，可看作是"时务文学"以文学兴国观念在诗歌文体层面的体现。但正因这种写作实践和革新诉求是超出诗歌本体之外的，易导致一种"非诗"的状态，这也让黄遵宪诗中呈现出的"新派"受到了

---

① 黄遵宪.酬曾重伯编修［M］//钱仲联，笺注.人境庐诗草笺注：下.上海：上海古籍出版社，1981：762.
② 黄遵宪.致周朗山函［M］//陈铮.黄遵宪全集：上册.北京：中华书局，2005：292.
③ 黄遵宪.自序［M］//钱仲联，笺注.人境庐诗草笺注：上.上海：上海古籍出版社，1981：3.
④ 黄遵宪.致丘菽园书［M］//陈铮.黄遵宪全集：上册.北京：中华书局.2005：440.

不少诘难和质疑。南社诗人高旭在《愿无尽庐诗话》中便曾表示,"世界日新,文界、诗界当造出一新天地,此一定公例也。黄公度诗独辟异境,不愧中国诗界之哥仑伦矣,近世洵无第二人。然新意境、新理想、新感情的诗词,终不若守国粹的、用陈旧语句为愈有味也"①;民国时期白屋诗人吴芳吉亦评价,"始能用新名词者为新诗,如黄公度人境庐诗是也""以能用新名词者为新诗,是诗之本体徒为新名词蔽……新派所以有此误者,盖其用工不直向诗之本体是求,而于末枝是竞"②。高旭是清末宣扬民主革命的同盟会领袖,吴芳吉在民国初年是支持护国运动、反对复辟的爱国诗人,都是同时期比较开明的人物,但相比于政治观念上的跃进,二人在诗歌层面却都恪守着古典诗歌的本体价值,表现出对黄遵宪所谓"新派"的怀疑,担心过分强调诗歌的现实功用,会导致诗歌本体审美价值的受损。

这一问题,也引起了《时务报》同人的注意,梁启超公开反对鹦鹉名士一类的词章家,在自己的文章写作中能做到纵笔所至不检束,却也认为"须以古人之风格入之,然后成其为诗"③,不肯全然放弃传统诗体语言和形式。黄遵宪在"新派诗"的实践过程中,有全新内容的融入和新意境的营造,却在词语形式方面沿袭旧法,故梁启超称"能为诗人之诗而锐意欲造新国者,莫如黄公度。其集中有《今别离》4首,又吴太夫人寿诗等,皆纯以欧洲意境行之。然新语尚少。盖由新语句与古风格,常相背驰,公度重风格者,故勉避之也"④。在《日本杂事诗》中,黄遵宪依然注重严谨的古典技巧,和谐的韵律,整饬的句式,以及对于中日传统典故的化用,甚至在引入一些新术语的同时,力求避用流俗之语及过于生涩的词句。他自诩欲在诗中表现古人未及之物、未辟之境,但依然顾及"平生怀抱,一事无成,惟古近体诗能自立耳"⑤的诗人身份,即使在运用新术语、新名词时,也会刻意用一些诸如佛语词汇来减弱新词语的怪

① 高旭. 愿无尽庐诗话 [M] //郭长海,金菊贞. 高旭集. 北京:社会科学文献出版社,2003:544.
② 吴芳吉. 四论吾人眼中之新旧文学观 [M] //傅宏星校. 吴芳吉全集·上. 上海:华东师范大学出版社,2014:431.
③ 梁启超. 夏威夷游记 [M] //汤志钧,汤仁泽. 梁启超全集:第十七集. 北京:中国人民大学出版社,2018:261.
④ 梁启超. 夏威夷游记 [M] //汤志钧,汤仁泽. 梁启超全集:第十七集. 北京:中国人民大学出版社,2018:261.
⑤ 黄遵宪. 辛亥初印本跋 [M] // 钱仲联,笺注. 人境庐诗草笺注:下. 上海:上海古籍出版社,1981:1091.

异感和破坏力①，既考虑读者对于这些外来词语的接受程度，又避免影响诗歌本身的风格。

然而，正是在《时务报》筹备创办期间，梁启超、夏曾佑、谭嗣同等一批《时务报》作者，尝试了较之黄遵宪更加激进，也更加贴近维新运动时务风气的诗歌试验——"新学诗"（又名"新学之诗"），在"新派诗"的创作基础上更进一步。显然，黄遵宪的诗给了他们启发，光绪乙未年（1895年），夏曾佑为黄遵宪《人境庐诗草》第1册作跋，就称赞公度之诗"以命世之资，而又适当世会之既至，天人相合，乃见此作"②。但是相较于黄遵宪在使用新名词、新术语时的谨慎，夏曾佑等人在"新学诗"中所表现出的，是一种刻意追求新名词、新术语以表自异的观念意识。按照梁启超在《饮冰室诗话》中的回顾，"新学诗"的写作正是由夏曾佑最先提倡的，并得到了他与谭嗣同的响应：

> 复生自喜其新学之诗。然吾谓复生三十以后之学，固远胜于三十以前之学；其三十以后之诗，未必能胜三十以前之诗也。盖当时所谓新诗者，颇喜捃扯新名词以表自异。丙申、丁酉间，吾党数子皆好作此体。提倡之者为夏穗卿，而复生亦篤嗜之。③

夏曾佑是浙江钱塘人，与时务报馆经理汪康年为同乡，且与之交厚，多有书信往来，《时务报》筹备期间，曾去信明确表示支持汪康年创办"译报"的初衷，并称"若沪上译报之局成，则弟更愿就之也"④。虽然他最终未能南下，而是赴天津担任育才馆教习，并与严复一起创办《国闻报》，但在这期间，他也曾为《时务报》撰稿，在《时务报》第63册上发表过批判秦制与荀学的《论近代政教之原》。在天津，夏曾佑始终关注着南方的舆论情形，他向汪康年谈到《时务报》在天津的影响，称"天津为神京孔道，客自南来者踵相接也，识与不

---

① 例如在《伦敦大雾行》中，在诗歌末尾出现了"地球""英属""地气"等新词语，前半段则采用了"阿修罗""阿鼻狱""罗刹国"等佛教用语，通过这种平滑的过渡，让读者更容易接受。参见施吉瑞. 人境庐内 黄遵宪其人其诗考 [M]. 孙洛丹，译. 上海：上海古籍出版社，2015：80.

② 夏曾佑.《人境庐诗草》跋 [M] // 杨琥. 夏曾佑集：上. 上海：上海古籍出版社，2011：1.

③ 梁启超. 饮冰室诗话 [M] // 汤志钧，汤仁泽. 梁启超全集：第三集. 北京：中国人民大学出版社，2018：206-207.

④ 夏曾佑. 夏曾佑函：九 [M] // 汪康年师友书札：二. 上海：上海古籍出版社，1986：1321.

识，无不以见兄与任弟为荣"，又表示"贵报权实双彰，深于诱掖，两君之学，佑虽不能至，或足知之，而两君之所以用其学之学，则非平日所能梦见也"①，表明他与《时务报》同人在时务讲求上的相通和默契。

夏曾佑与梁启超的交往，始于梁19岁在北京时，后光绪甲午年二月至十月，梁启超再度客居北京，"作汗漫游，以略求天下之人才"②，寓粉坊琉璃街新会邑馆，适逢夏曾佑亦在京，租住在贾家胡同，二人有了更多当面交流、讨论新学的机会。年长十岁的夏曾佑欣赏梁启超的才学，极力向汪康年推荐③。梁启超则回忆称，"我当时说的纯是'广东官话'，他的杭州腔又是终生不肯改的，我们交换谈话很困难，但不久都互相了解了"，"后来又加入一位谭复生，他住在北半截胡同浏阳馆。——'衡宇望咫尺'，我们几乎没有一天不见面，见面就谈学问，常常对吵，每天总大吵一两场。但吵的结果，十次有九次我被穗卿屈服，我们大概总得到意见一致"④。在总结清代学术发展的《清代学术概论》中，梁启超也曾表示："启超屡游京师，渐交当世士大夫，而其讲学最契之友，曰夏曾佑、谭嗣同……启超之学，受夏、谭影响亦至巨。"⑤ 除去讨论学问，夏曾佑还数次以诗相赠，其中适逢《时务报》创办的光绪丙申年（1896年）夏，他所作的二首酬赠之作，已然有了一些"新学诗"的意味：

《赠梁任公》
滔滔孟夏逝如斯，叠叠文王鉴在兹。帝杀黑龙才士隐，书蜚赤鸟太平迟。

民皇备矣三重信，人鬼同谋百姓知。天且不为何况物，望先万物出于机。

① 夏曾佑. 夏曾佑函：十三［M］// 汪康年师友书札：二. 上海：上海古籍出版社，1986：1324.
② 梁启超. 致夏曾佑书［M］//汤志钧，汤仁泽. 梁启超全集：第十九集. 北京：中国人民大学出版社，2018：471.
③ 适值《时务报》已发行，夏曾佑在信中称，"任弟闻已来沪。弟与兄始交任弟时，心奇其才，然偶与士大夫言及，皆略不置意。今任弟之誉，满于四方，数年之后，当更可想。任弟之才，固复乎不可及矣。然亦可见一人之学，显晦有时，不独大道之行，非人力所能强也"，参见夏曾佑. 夏曾佑函：十［M］// 汪康年师友书札：二. 上海：上海古籍出版社，1986：1321-1322.
④ 梁启超. 亡友夏穗卿先生［M］//汤志钧，汤仁泽. 梁启超全集：第十七集. 北京：中国人民大学出版社，2018：320.
⑤ 梁启超. 清代学术概论［M］//汤志钧，汤仁泽. 梁启超全集：第十集. 北京：中国人民大学出版社，2018：277.

《沪上赠梁启超》

有人雄起琉璃海，兽魄蛙魂龙所徒。天发杀机蛇起陆，羌方婚礼鬼盈车。

南朝文酒韬乾战，西婉山川失宝书。君自为繁我为简，白云归去帝之居。①

三人讨论的所谓"新学"，即为当时维新派知识分子亟于讨论的时务。梁启超曾于 1924 年夏曾佑去世之后，在《亡友夏穗卿先生》一文中有过说明，表示三人将"新学"融入诗歌写作的实验，与甲午战争之后追慕西学的大背景有关，"既然外国学问都好，却是不懂外国话，不能读外国书，只好拿几部教会的译书当宝贝。再加上些我们主观的理想，——似宗教非宗教，似哲学非哲学，似科学非科学，似文学非文学的奇怪而幼稚的理想，我们所标榜的'新学'就是这三种元素混合构成"②，这段表述颇有悔其少作的意思，并不全然客观。1896 年谭嗣同宣告与"旧学"决裂，开始在金陵写作《仁学》，次年终告付梓；1897 年《国闻报》创刊，夏曾佑在其上接连发表九篇文章，后又在《时务报》上发表《论近代政教之原》，二人在反对秦政荀学、倡导格致民权方面，已然是维新群体中的成熟之作。梁启超晚年写下这番评论，带有他本人在五四时期反思现代文明、转向传统文化的主观价值倾向，也反映出戊戌时期思想界及《时务报》同人知识体系所面临的新旧杂糅局面。这种学问知识与价值观念的杂糅，体现在这些以"新学"为名的诗作上，便是脱离了古人意境风格的诗句，以及与"旧学"截然对立的"新学"知识。例如夏曾佑写作于这时期的二十六首绝句，其中有不少全然以外来的名词、典故入诗：

进退百神归太乙，扫除三界显唯心。穿衣吃饭寻常事，不管玄珠象罔寻。

冰期世界太清凉，洪水茫茫下土方。巴别塔前一挥手，人天从此感

---

① 此二首在国家图书馆所藏《夏别士先生遗诗》抄本中（系夏氏外甥朱羲唐在夏曾佑逝世当年所抄录），题为《赠梁任公》《沪上赠梁启超》，后又曾以《赠任公二首》为题，发表在 1901 年《清议报》第 100 册上，署名"碎佛"，自注时间为"丙申夏"，参见夏曾佑. 赠梁任公、沪上赠梁启超 [M] // 杨琥. 夏曾佑集：上. 上海：上海古籍出版社，2011：423-424.

② 梁启超. 亡友夏穗卿先生 [M] // 汤志钧，汤仁泽. 梁启超全集：第十七集. 北京：中国人民大学出版社，2018：321-322.

参商。

……

帝子采云归净土，麦加文石镇欧东。两家悬谶昭千祀，一样低头待六龙。

六龙冉冉帝之旁，三统茫茫轨正长。板板昊天有元子，亭亭我主号文王。①

这是中西观念杂糅、儒释道等术语名词混合的一组诗作，"太乙""三界""玄珠"是道家的概念，佛教术语中也曾有"三界"的表述，"冰期""洪水""巴别塔"则出自近代地质学以及《圣经·旧约》中的典故。在这些绝句中，夏曾佑既表现出了对于形而上本体"道"的思索，也展现出了对于人类文明历史演变的关注。特别是后二句诗，梁启超在《饮冰室诗话》中曾有注解称："所谓帝子者，指耶稣基督自言上帝之子，元花云云，指回教摩诃末也。六龙，指孔子也。吾党当时盛言《春秋》三世义，谓孔子有两徽号，其在质家据乱世则号'素王'，在文家太平世则号'文王'云，故穗卿诗中作此言。"②戊戌时期康有为及门下弟子，借今文经学与孔子改制的学说思想提倡改制变法，并希望效法基督教的耶稣及回教的摩诃末，以孔子为教主，对内制衡君主专制，对外抵御西方侵袭。受此影响，夏曾佑在这一阶段也曾"治今文学，而旁及于内典"③，并尝试将之化用在诗句中，作为"新学"传播，此二十六首诗作便是其中的代表。

若干年后，梁启超在自己的纪念文章中，将夏曾佑这些展现宇宙观、人生观的绝句称为光怪陆离的怪话，并表示自己当时的唱和诗太坏。而在写作"新学诗"不久后所作的《夏威夷游记》《饮冰室诗话》等著作中，梁启超便已对杂糅新学的诗歌尝试表达了否定意见。他提出这些诗歌必非诗之佳者，称谭嗣同"丙申，在金陵所刻《莽苍苍斋诗》，自题为'三十以前旧学第二种'，盖非其所自憙者也。浏阳殉国时，年仅三十二，故所谓新学之诗，寥寥极希"④。他

---

① 夏曾佑. 无题 [M] // 杨琥. 夏曾佑集：上. 上海：上海古籍出版社，2011：426.

② 梁启超. 饮冰室诗话 [M] //汤志钧，汤仁泽. 梁启超全集：第三集. 北京：中国人民大学出版社，2018：207.

③ 夏曾佑. 夏曾佑函：十 [M] // 汪康年师友书札：二. 上海：上海古籍出版社，1986：1322.

④ 梁启超. 饮冰室诗话 [M] //汤志钧，汤仁泽. 梁启超全集：第三集. 北京：中国人民大学出版社，2018：163.

极力推崇谭浏阳的志节、学行、思想，却对其寥寥无几、"独辟境界而渊含古声"的新学诗，从诗歌本体的层面进行了批评，以为其 30 岁以后所作之诗，不能胜 30 岁以前之诗。不惟夏曾佑、谭嗣同，甚至对于自己仅能记起的一首和诗，梁启超同样以为"可笑实甚"：

> 吾既不能为诗，前年见穗卿、复生之作，辄欲效之，更不成字句。记有一首云："尘尘万法吾谁适，生也无涯知有涯。大地混元兆螺蛤，千年道战起龙蛇。秦新杀黥应阳厄，彼保兴亡识轨差。我梦天门受天语，玄黄血海见三蛙。"尝有乞为写之且注之，注至二百余字乃能解。今日观之，可笑实甚也，真有以金星动物入地球之观矣。①

这种不成字句、晦涩难解的风格，使"新学诗"遭到了包括梁启超本人在内"非诗"或"非诗之佳者"的反思与贬斥否定，其杂糅新学知识与旧诗体裁的创作试验也没有维持太长时间。形成鲜明对照的是，黄遵宪表现域外文明、异邦风物的"新世瑰奇""欧亚新生"为主的"新派诗"，在之后又有康有为、丘逢甲、蒋智由等人继承发扬，而夏、谭、梁三人的"新学诗"不仅影响范围有限，并且很快就走向收束。但也应看到，相比于黄遵宪《日本杂事诗》《伦敦大雾行》《今别离》中对于近代文明和新式事物的描绘，夏曾佑、谭嗣同等人的"新学诗"，表现出由浅层的游历观感经验，进入到深层的观念思想和宗教哲学认知的努力。特别是"新学诗"的写作时间，与《时务报》在中国文人中风行的时间基本重合，在某种意义上构成了对于报章之文的补充，以古典文学中高度凝练的审美形式——诗歌，来承载全新的内容和思想，更具有一种大"文学"观念的意味，其重心在"学"之内容，而非"诗"之形式。

在《时务报》同人接受与传播"新学"的背景之下，"新学诗"写作所针对的核心问题，是新旧之分，而非中西之别。夏曾佑、谭嗣同等人的实验，与其说是反旧诗，与《时务报》上批判的诗赋贴括之业相对立，毋宁说是反"旧学诗"，或者说是反"旧学"，即旧有的义理、词章、考据之学，针对的是作为

① 梁启超. 夏威夷游记［M］//汤志钧，汤仁泽. 梁启超全集：第十七集. 北京：中国人民大学出版社，2018：262. 另此处梁启超诗中提到的"龙蛇""三蛙"，及此前夏曾佑《沪上赠梁启超》所言"兽魄蛙魂龙所徒"，梁启超亦曾有解释称："谭、夏皆用'龙蛙'语，盖时共读约翰《默示录》，录中语荒诞曼衍，吾辈附会之，谓其言龙者指孔子教徒云，故以此徽号互期相许。"参见梁启超. 饮冰室诗话［M］//汤志钧，汤仁泽. 梁启超全集：第三集. 北京：中国人民大学出版社，2018：207.

"旧学"附庸的诗歌。"新学诗"所表现出来的,既是对耽美于声律对仗等形式、沉溺于吟风弄月主题的反动,也是对"贴经""试贴"之用一类贴括诗的反动。特别是在儒家"诗教"传统中,诗是向民众施加教化的绝佳工具,在贴括诗一类创作背后,对应的正是科举制度下的知识学问。在《时务报》作者对科举制度的批判中,"八韵之诗"与"八股之文","纤巧之试贴"与"烂腐之八股"常常作为并列的概念一起出现。梁启超的《变法通议》率先抛出了诗赋词章作为钳制民众乃至愚民之道的观点,认为"其所以为教,则曰制义也,诗赋也,楷法也"①;徐勤在《中国除害议》也指出,"于是所谓天下之英,词馆之后,研墨弄笔,朝书暝写,穷老尽气,而惟楷折之求工,诗赋则求题解而熟诵无用之诗,则谓才博人矣。尚安有余力暇日,以讲天下之故新理之学,群盲既聚,亦安能互相补益,而少见天日乎"②。徐勤的文章《中国除害议》之后,甚至还专门添加了一个副标题——"除不学之害",在梁启超、徐勤等人看来,这些所谓的楷法诗赋之业连接的旧学,本质乃是"不学",为"普遍王权"之下的愚民之术。

于是,与维新运动对"旧学"甚至"不学"的批判相呼应,夏曾佑、谭嗣同等人立于"新学诗"的新名词、新术语与新典故所表达的所谓"新学"之思,恰恰与梁启超等人在《时务报》上有关改制、民权的思考形成了刊物内外的文本互动。戊戌时期夏曾佑一度服膺今文经学,在给另一个上海维新派、《经世报》主笔宋恕的信中,讨论中国政教自秦以后的"晦蒙丕塞,长夜不旸",表示孔子之教,诸弟子中有全闻者,有半闻者,"全闻者知君主之后,即必有君主并主与民主,故道性善",由此批评荀学及其弟子秦相李斯的性恶之说,"焚坑之烈,绝灭正传,以吏为师,大传家法"③,致使中国2000年各教尽亡,儒教之大宗亦亡,惟有谬种流传。而在发表于《时务报》的《论近代政教之原》中,夏曾佑又集中讨论了秦制之后荀学的问题,"是以秦人一代之政,即荀子一家之学,千条万派,蔽以一言,不过曰'法后王'与'性恶'而已。惟法后王,故首保君权"④。

这些对于专制及"旧学"的批判,成了他们吸收今文经学、改制思想并以此"新学"入诗的思想资源,无怪其诗句及其使用之名词术语,都被视为一种异端。1896年,夏曾佑曾试作一首《丙申一日试笔》,名曰"试笔",带有着

---

① 梁启超. 论学校一·总论 (《变法通议》三之一) [J] //时务报, 1896 (5): 1-3.
② 徐勤. 中国除害议·除不学之害二 [J]. 时务报, 1897 (44): 1-5.
③ 夏曾佑. 致宋恕书 [M] //杨琥. 夏曾佑集: 上. 上海: 上海古籍出版社, 2011: 445.
④ 某君. 论近代政教之原 [J]. 时务报, 1898 (63): 1-3.

"新学诗"的实验性质，究其内容，即将并不被主流所接受的今文经学思想用诗的形式演说出来：

　　　散木萧闲入梦身，流光喜见一年新，春风遥托文王统，云驭难追帝子尘。

　　　演孔告羊胡术破，升皇临眈国无人。朝阳一抹西山上，昨夜曾经照大秦。①

　　相类似的今文经学表述，在谭嗣同的"新学诗"中，也得到了相应的呈现，无论是赠梁启超的"大成大辟大雄氏，据乱升平及太平。五始当王讫麟获，三言不识乃鸡鸣。人天帝网光中见，来去云孙脚下行。漫共龙蛇争寸土，从知教主亚洲生"②，还是酬宋恕的"居夷浮海一潜夫，佛肸、公山召岂徒。孔后言乖犹见义。秦还禁弛亦无书"③，从倡三世说、尊孔教，到批判秦制、荀学，能够看到谭嗣同及"新学诗"背后的学思逻辑。特别是这首作于光绪丙申年秋（1896年）的《酬宋燕生道长见报之作即用原韵》，谭嗣同专门做了注解，称"秦变法而学与之俱变，非关挟书之禁也。居大道晦盲之际，则敢为一大言断之曰：三代下无可读之书，士读尽三代下书已不易，况又等于无读，黄种所以穷也"④，并提出今日急务，无有过于开学派，实现对"新学"的群体性讲求，基本上是《时务报》上梁启超、徐勤等人有关"旧学"实质乃"无学"的思想翻版。此阶段谭嗣同发愤著书，写作汇通儒释耶三教思想、中西学问的《仁学》，显然也是基于"新学诗"中透露的目的，而他在《仁学·自叙》中提出"网罗重重，与虚空而无极"，要由冲决"俗学"之网罗（若考据、词章之网罗），走向冲决君主、伦常之网罗，已经较之今文经学，有了更加鲜明的思想革命意味。为此，谭嗣同表示"修词易刺""文词亦自不欲求工"，所著篇章，难免"际笔来会、急不暇择""知解不易，犹至如此"：

---

①　夏曾佑.丙申一日试笔［M］//杨琥.夏曾佑集：上.上海：上海古籍出版社，2011：423.

②　谭嗣同.赠梁卓如诗四首［M］//谭嗣同全集：上册.北京：中华书局，1981：244.

③　谭嗣同.酬宋燕生道长见报之作即用原韵［M］//谭嗣同全集：上册.北京：中华书局，1981：244.

④　谭嗣同.酬宋燕生道长见报之作即用原韵［M］//谭嗣同全集：上册.北京：中华书局，1981：244.

何哉？良以一切格致新理，悉未萌芽。益复无由悟入，是以若彼其难焉。今则新学竞兴，民智渐辟，吾知地球之运，自苦向甘，吾惭吾书未履观听，则将来之知解为谁，或有无洞抉幽隐之人，非所敢患矣。①

这一段言论，可看作谭嗣同对于《仁学》中言辞思想的解读，亦可视为对于"新学诗"创作的阐释。对于这一时期绝意与"旧学"分裂的谭嗣同来说，诗作中出现了"荀子学传君统贵，瞿昙女去佛情钟"（《和友人诗》），"祖龙、罗马东西帝，万古沉冤紫与蛙"（《赠梁卓如诗四首》），"前有尧舜禹，后有华盛顿"（《送吴雁舟先生官贵州诗叙》）一类的句子，正表明了他对于旧学的批判和对新知的渴求。而作为"新学诗"的代表，《金陵听说法诗》"而为上首普观察，承佛威神说颂言。一任法田卖人子，独从性海救灵魂。纲伦桎以喀私德，法会极于巴力门。大地山河今领取，庵摩罗果掌中论"②，则将谭嗣同所追求的"新学"二字展现得更为彻底。诗中"喀私德即 Caste 之译音，盖指印度分人为等级之制也。巴力门即 Parliament 之译音，英国议院之名也"③，与《仁学》中一些论述已经超出了当时"托古改制"的主潮、呈现出更为决绝的反专制和反礼教思想相似，此首"新学诗"业已超出了大部分以言三世、倡孔教为主的新学诗作，直接在诗中吸收了最具思想革命意味的术语名词。诗人汪辟疆在其《光宣诗坛点将录》中曾评价谭诗"三十以后，乃有自开宗派之志。惟奇思古艳，终近定庵，且喜摭西事入诗。当时风尚如此，至壮飞乃放胆为之，颇有诗界慧星之目"④，"慧星"二字，点出了谭嗣同等人思想和诗歌的超前，但也正是这种超前，注定了其在当时难以被大多数中国的文人群体所接受。

（三）新乐府：固不仿为俚鄙者

光绪丁酉年十二月初一（1897 年 12 月 24 日），在《时务报》第 49 册上，终于登载了一首诗歌，这也是《时务报》两年多的办刊时间内，刊出的唯一一首诗作。然而，这首仅有的得到报馆青睐、通过《时务报》向读者展示的诗作，却并非此前梁启超、夏曾佑、谭嗣同等人酝酿并试验已久的新学诗，而是署名"林琴南"的一首新乐府——《小脚妇（伤缠足之害也）》，相比新学诗的晦涩难懂，这首诗的风格更趋向通俗浅易。大约一个月前，时常在福建与友人议论

① 谭嗣同. 仁学·自叙 [M]//谭嗣同全集：下册. 北京：中华书局，1981：291.
② 谭嗣同. 金陵听说法诗 [M]//谭嗣同全集：上册. 北京：中华书局，1981：247.
③ 梁启超. 饮冰室诗话 [M]//汤志钧，汤仁泽. 梁启超全集：第三集. 北京：中国人民大学出版社，2018：207.
④ 汪辟疆. 光宣诗坛点将录 [M]//汪辟疆文集. 上海：上海古籍出版社，1988：375.

时事的林纾（字琴南），在福州印行了自己的第一部诗集《闽中新乐府》，取名
"新乐府"，意在效法唐代白居易补察时政、讽喻时事的新乐府创作，以诗歌的
方式介入到对于时务话题的讨论中来，"变法""西学""时务"等词语频繁出
现在他的诗句中。《时务报》的另一名作者、林琴南的老乡高凤谦，曾在《闽中
新乐府》出版后，专门致信时务报馆经理汪康年，盛赞这本诗集"大概用以振
作童子志气，并屏除陋习，颇便蒙学"①，期望汪康年能够利用他的人际关系网
络在上海代印。

　　这首发表在《时务报》上的《小脚妇》，便选自这部《闽中新乐府》。其内
容聚焦戊戌时期如火如荼的不缠足运动，同《时务报》上《纪不缠足会》《湖
南不缠足会嫁娶章程》《不缠足会博议》《福州戒缠足约章》《不缠足会广议》
等一系列有关废除缠足的声音相呼应②。与其他文类相比，林琴南通过通俗的新
乐府形式，向人们直观地展现了裹脚对于女性的伤害：

　　　　小脚妇，谁家女？裙底弓鞋三寸许。下轻上重怕风吹，一步艰难如
　　万里。
　　　　左靠嬷嬷右靠婢，偶然踬之痛欲死。问君此脚缠何时，奈何负痛无
　　了期？
　　　　妇言侬不知，五岁六岁缠胜衣，阿娘作履命缠足，指儿尖尖腰儿曲，
　　号天叫地娘不闻，宵宵痛楚五更哭。
　　　　床头呼阿娘：女儿疾病娘痛伤，女儿颠跌娘惊惶；儿今脚痛入骨髓，
　　儿自凄凉娘弗忙。阿娘转笑慰娇女：阿娘少年亦如汝。但求脚小出人前，
　　娘破工夫为汝缠。③

　　这首明确注明"下册续印"的新乐府诗，却没有了下文，没有如期在《时
务报》上得以继续刊载。但在随后的1898年，林琴南便以"闽中畏庐子"为笔
名，将《闽中新乐府三十二首》连载在了澳门何廷光、康广仁等人所办的《知

---

①　高凤谦. 高凤谦函：二十二 [M] //汪康年师友书札：二. 上海：上海古籍出版社，
　　1986：1639.
②　在第49册刊登林琴南新乐府诗《小脚妇》的同时，《时务报》上有关"不缠足"的讨
　　论和倡议也达到了一个高潮，从第45—50册，《时务报》连续刊载了《纪不缠足会》
　　《湖南不缠足会嫁娶章程》《不缠足会博议》《福州戒缠足约章》《不缠足会广议》等一
　　系列文章和章程。
③　林琴南新乐府：小脚妇·伤缠足之害也 [J] 时务报，1897（49）：11.

新报》上。包括《渴睡汉（讽外交者勿尚意气也）》《破蓝衫（叹腐也）》《獭驱鱼（讽守土者勿逼民入教也）》《哀长官（刺不知时务也）》等讽喻时弊之作，借助报刊媒介将这种通俗的诗歌推向了全国的读者。林琴南本人显然相信这种诗歌形式能够在启蒙大众方面发挥更大的作用，《兴女学（美盛举也）》《水无情（痛溺女也）》《灶下叹（刺虐婢也）》等诗都是表现维新运动期间兴女学、反缠足等妇女解放的主题，甚至《小脚妇（伤缠足之害也）》一篇在《时务报》发表后，又重新被选刊于《知新报》上。

　　除去为现实层面变革举措的鼓呼外，在林琴南的这些新乐府诗中，还可以看到更多通俗易懂的时势呈现及言说。如在整部《闽中新乐府》的第一首《国仇（激士气也）》，"俄人柄亚得关键，执言仗义排日本。法德联兵同比俄，英人始悔着棋晚。东洋仅仅得台湾，俄已回旋山海关。铁路纵横西伯亚，攫取朝鲜指顾间。法人粤西增图版，德人旁觑张馋眼。二国有分我独无，胶州吹角声呜呜"①，将甲午之后的东亚局势进行透彻分析；又如《生骷髅（伤鸦片之流毒）》，"生骷髅，生骷髅，眶陷颐缩如猕猴。痰声来，嗽声续，黔到指头疲到足。汗渍眉心泪注目，逆气轳辘转心腹。""富贵人居安乐窝，日斜未起如沉疴。无论大事误军国，儿孙踵武将如何。何况寻常百姓家，那能余力耽烟霞"②，痛陈鸦片对于国家及国民之害；《哀长官（刺不知时务也）》一首，更是将部分沽名钓誉、却对于外部世界及新学知识无知且颟顸的官僚，穷形尽相地表现出来：

　　　　廉名已跨海刚峰，心中肯把西人畏。西人纵使畏廉吏，长官当为朝廷地。
　　　　英俄德法如封狼，东洋尤嗜渔人利。长官屡屡挑欧西，西学不与中学齐。
　　　　海口无兵内无备，先讲修齐后平治。黑烟江上敌舰来，舰来何意君为猜。
　　　　舰来即欲长官去，长官此去留声誉。属员大笑解千愁，大家明日穿皮裘。③

---

① 闽中畏庐子. 国仇：激士气也 [J]，知新报，1898（46）：1.
② 闽中畏庐子. 生骷髅：伤鸦片之流毒 [J]. 知新报，1898（48）：6.
③ 闽中畏庐子. 哀长官：刺不知时务也 [J]. 知新报，1898（50）：8.

作为康门弟子仿照《时务报》模式创办的刊物①，《知新报》对于《闽中新乐府》的大量刊载，无疑弥补了《时务报》上"诗"这一文体大量缺席的遗憾。原本康有为、梁启超等人创办《强学报》《时务报》，在《开设报馆议》《论报馆有益于国事》等文章中，明确表示期望以报馆恢复古时采诗、陈诗的传统，但在具体实践的过程中，"诗"的文体形式和功用却被报章议论及译文替代，古典诗歌因其强调格律、对仗等高度形式化的文体特点，被视为中国不切实用之"虚文"的代表。谭嗣同在《时务报》上发表《报章文体说》，总结天下文章体例，便明确表示"去其词赋诸不切民用者"，又将"诗赋、词章、骈联、俪句、歌谣"等列在他所总结的三类十体文章之外，归于"编幅纡余"②。不惟这些《时务报》的作者对于不切实用的诗词歌赋有着怀疑和否定，就连林琴南本人，也在自己的新乐府诗《知名士（叹经生诗人之无益于国也）》当中，以诗的形式，来哀叹诗人的无益于国事。他在诗中讥讽那些苦吟推敲的诗人，"方今欧洲吞亚洲，噤口无人谈国仇，即有诗人学痛哭，其诗寒乞难为读。蓝本全钞陈简斋，祖宗却认黄山谷，乱头粗服充名家，如何能使通人伏"③，直指当时诗界标举荒寒、幽峭奥衍之风却不能通人之弊。

有鉴于这种诗歌本体形式的局限，林琴南的新乐府诗有了"作诗如作文"的意味，采用了近乎白话的语言来容纳对于时政的议论。原本作为清末诗界的主流，宋诗运动影响下陈衍、陈三立、沈增植等同光体诗人曾极力推崇和学习江西诗派的陈与义和黄庭坚，在主张宗宋的同时，期望摆脱诗歌徒讲性灵、空疏无物之弊病，表现出穷经通史、援学问入诗的努力，既然以经史学问为诗材诗料，"在这一过程中，尤需用力处在于'不俗'"④。这种偏向征实考证、佶屈聱牙的诗风，似乎也与夏曾佑、谭嗣同等人努力以今文经为基础、援引西学

① 《知新报》一度拟命名为《广时务报》，《湘报》第 1 册唐才常《湘报序》中则明确提出"以辅《时务》《知新》《湘学》所不逮"的办报初衷。《知新报》《湘报》创办之时，梁启超都曾参与策划，他后来在纪念《清议报》刊印 100 册的文章中表示，"《时务报》后，澳门《知新报》继之，尔后一年间沿海各都会继轨而作者，风起云涌，骤十余家。大率面目体裁悉仿《时务》，若惟恐不肖者"。参见梁启超.本馆第 100 册祝辞并论报馆之责任及本馆之经历［M］//汤志钧，汤仁泽.梁启超全集：第二集.北京：中国人民大学出版社，2018：354.

② 谭嗣同将天下文章分为名、形、法三类，又分为纪、志、论说、子注、图、表、谱、叙例、章程、计十体，称"开物成务，利用前民，要无能出此三类十体之外"。参见谭嗣同.报章文体说［J］.时务报，1897（29）：18-19.

③ 闽中畏庐子.知名士（叹经生诗人之无益于国也）［J］.知新报，1898（55）：9.

④ 关爱和.自立不俗与学问至上：清代宋诗派的两难选择［J］.文学遗产，1998（1）：88.

新学入诗殊途同归,甚至在以文为诗、以议论为诗方面,与新乐府诗的追求有着诸多交集。但是,这些以"学"为旨归的诗(无论是入传统学问的宋诗,还是入西学新知的新派诗),却未成为林琴南的诗学选择,其本人也并不以诗人自命,以至于承认自己诗歌的语言鄙俗、格调不高。他的挚友魏瀚在《〈闽中新乐府〉序》中,记录了二人之间的这样一段对话:

> 畏庐子笑曰:"二十六年村学究,乃欲吟诗为童子启悟之阶,自度吾力未至也。且吾不善为诗,俚语鄙谚,旁收杂罗,谈格调者将引以为嚎,而吾又不乐为诗人也。"余曰:"不然。世局危迫,固执者既万不可变,吾辈子弟无罪,不当使其聩聩至老。子之诗虽无救于世局,然使吾子弟读之,亦知有人间之事,不死于贴括之手,为攻岂不伟乎?且《新乐府》之体,固不仿为俚鄙者也。"①

如果说夏曾佑、谭嗣同等人的新学诗喜欢拉扯新名词以表自异,注重的是诗中西学新潮内涵之"异";林琴南的新乐府及同时期的歌体诗创作,则恰恰落脚在一个"俗"字上,在于采用为士人精英所不屑的俚语鄙谚来扩大维新思想的传播,以期影响更多民众。作为甲午之后中国文人寻求诗歌变革的二途——骛外与向俗②,前者在一开始便受到文人的青睐,无论是黄遵宪的"新派诗",还是夏曾佑等人的"新学诗",都意在通过诗歌的形式承载新内容与新意境,对来自域外的新学新知进行传播。相较而言,"新学诗"尤其强调对于新学的讲求,往往将"喀私德(Caste)""巴力门(Parliament)"等新词语、域外典故夹杂在诗中,词汇内容晦涩朦胧,加上诗歌本身句式的限制,难免曲高和寡、应者寥寥。

而以林琴南的《闽中新乐府》为代表,对于西学新知讲求颇为浅薄的新乐府诗,却为《时务报》《知新报》所选择刊载,并在清末不断被各类报刊、诗人模仿效法。梁启超甚至在流亡日本后,于自己所办的《新民丛报》中专门设置"新乐府"栏目,号召"附辐轩之义,广采诗史,传播宇内,为我文学界吐

---

① 魏瀚.《闽中新乐府》序 [M] //林薇,选注.林纾选集·文诗词卷.成都:四川人民出版社,1988:265.

② 李继凯,史志谨.中国近代诗歌史论 [M].长春:吉林教育出版社,1995:112.

一光焰"①。这种向俗化的诗体在晚清报刊上渐趋流行和推广，正来自从新派诗、新学诗到新乐府的诗体实践经验，相比于夏曾佑等人晦涩难懂的"新学诗"诗句，林琴南等人不再执着于以生硬的外来词汇来传达朦胧缥缈的"诗意"，而将注意力转向通俗化、平民化的"歌体"。"新乐府"以节奏明快、便于吟诵的诗体特点，来容纳较之民权、格致学说更加浅显及世俗化的维新主张（例如女性的裹脚问题、戒除鸦片的问题），显然更易为读者所接受，也更适应整个维新运动以觉世为导向的现实诉求。

从时务文章、新学诗到新乐府诗，标志着维新知识分子视线的下移——从"自新"到"他新"的转变。将启蒙的对象由士大夫精英转向了包括妇女儿童在内的大众，而随着书写对象的位移，文学的形式也相应地发生了位移。高凤谦在《闽中新乐府·书后》中介绍了林琴南写作新乐府的由来，称其"每议论中外事，慨叹不能自已，畏庐先生以为转移风气，莫如蒙养，因就议论所得，发为诗歌"②。林琴南本人则在《知新报》上说明其作新乐府，在于效法西方儿童教育，以歌诀、诗课等偏于通俗的文体形式来启蒙：

> 畏庐子曰：儿童初学，骤语以六经之旨，茫然当不一觉，其默诵经文，力图强记，则悟性室。故人人以歌诀为至，闻欧西之兴，亦多以歌诀感人者，闲中读白香山讽喻诗课，少子日仿其体，作乐府一篇，经月得三十二篇。吾友魏季渚爱而索其稿，将梓为家塾读本，争之莫得也。嗟夫，畏庐子二十六年村学究耳，目不知诗，亦不愿垂老冒为诗人也。故并其姓名佚之。③

这种"目不知诗"却又"冒为诗人"的尝试，正与《时务报》上有关蒙学教育、歌诀之诗的提倡相呼应。梁启超在系列论文《变法通议》中曾连作《幼学》《女学》两篇，分别批判了深居闺中、不讲实学的妇女，以及执掌私塾、蠢陋野悍的学究，他一面对作为无用之学的词章诗赋进行了否定，特别是对"批

---

① 1902年，梁启超在《新民丛报》上为《新小说》诗歌栏目征求诗歌，即以新乐府来设计该栏目，广告中称"《新小说》报中有'新乐府'一门，意欲附輶轩之义，广采诗史，传播宇内，为我文学界吐一光焰"，并列举"咏史乐府"和"感事乐府"二种为征诗例。参见征诗广告［J］.新民丛报.1902（15）.

② 高梦旦.书《闽中新乐府》后［M］//薛绥之，张俊才.林纾研究资料.北京：知识产权出版社，2010：112.

③ 闽中畏庐子.闽中新乐府三十二首［J］.知新报，1898（46）：1.

风抹月，拈花弄草，能为伤春惜别之语，成诗词集数卷"所谓才女者表示了不屑一顾，以为"若此等事，本不能目之为学，其为男子，苟无他所学，而专欲以此鸣者，则亦可指为浮浪之子，靡论妇人也"①；一面又大力提倡歌诀的作用，称所闻西人教育，教授天文地学、古今杂事，必选取童子乐见之鼓词、易于上口之歌谣，"今宜取各种学问，就其切要者，编为韵语，或三字，或四字，或五字，或七字，或三字、七字相间成文"②。在他设想的歌诀中，包括了劝学歌、赞扬孔教歌、爱国歌、变法自全歌、戒鸦片歌、戒缠足歌等歌体诗类型，"令学子自幼讽诵，明其所以然，则人心自新，人才自起，国未有不强者也"。显然，《时务报》刊出林琴南新乐府《小脚妇》，也在这一类新人心、起人才的歌诀之列。

自称不善为诗的林琴南，却从语言形式的层面开启了诗歌的解放，以文为诗、追寻自由表达的白话风尚打破格律的束缚，转向民间歌诀寻找自然音节的韵律节奏，的确在高度程式化的旧体诗体制中探求了诗歌本体变革的可能。1924 年，林纾去世，正致力于白话诗理论和创作的胡适，在《晨报》上刊文纪念，肯定他的新乐府诗受了新潮流的影响，"可算是当日的白话诗"③，并辑录了 5 首诗，其中一首即为发表于《时务报》上的这篇《小脚妇》。作为《时务报》上硕果仅存的诗歌，《闽中新乐府》的影响一直延续到了五四白话新诗的写作实践。

就诗歌的内容而言，林琴南的新乐府继承了白香山"文章合为时而著，歌诗合为事而作"的现实精神，并在新的时代变局中被赋予了全新的内容。"启蒙"二字，从林琴南以"村学究"自居、希望启悟童子的自我表述来看，更多带有传统私塾蒙学教育"启发童蒙"的意思，这也决定了新乐府诗在文字和形式上的通俗面貌；但是从内容和思想来看，这些诗歌开始在呼吁政治变革之外，引导全体国民自觉地审视在日常生活、文化风俗层面的各种积弊，已经越发超出了蒙学、女学的范畴，而与近代意义上的"启蒙"（enlightenment）——"脱离了不成熟状态，并使每个人在任何有关良心的事务上都能自由地运用自身所固有的理性"④ 的内涵相趋近。

只是，无论是何种启蒙，对于文字现实功利作用的诉求，都注定了新乐府

---

① 梁启超．论学校六·女学（《变法通议》三之六）[J]．时务报，1897（23）：1-4.
② 梁启超．论学校五·幼学（《变法通议》三之五）[J]．时务报，1897（17）：1-4.
③ 胡适．林琴南先生的白话诗 [J]．晨报，1924（六周年纪念增刊）：267.
④ 康德．答复这个问题："什么是启蒙运动"[M] // 何兆武，译．历史理性批判文集，北京：商务印书馆，2009：23.

诗在诗歌语言内容和思想内容方向"向俗"的努力乃至偏执。曾参与晚清诗界革命的诗人邱炜萲，在《知新报》上评价林琴南之诗，曾表示"随文缀韵，矢口成吟，易也，记诵之书也；指事类情，逐字求解，难也，理悟之学也。末俗就傅，便志功利，怵于理悟之繁赜，无所用心"①。对于急于扩大维新运动的声势，而不愿逐字求解、擘肌分理、考辨中西学问、参透民权格致之理的维新士人而言，同样是以文为诗、以议论为诗并以新名词入诗，"向俗"的新乐府无疑比"骛外"的新学诗要更加适应他们的功利目标。但是，这种在形式上几乎全然舍弃了诗歌本体的诗意寻求，又在内容上回避艰涩学思的探索，终易变为一种"怵于理悟之繁赜，无所用心"的程式化写作。"莫言芹藻与辟雍，强国之基在蒙养"（《村先生（讥蒙养失也）》），"女学之兴系匪轻，兴亚之事当其成"（《新女学（美盛举也）》）等诗句，类似于夹以俚语、气势压人，却疏于逻辑说理的报章文体；近乎口号式的表达，也趋向梁启超报章议论中诸如"必自蒙养始，蒙养之本，必自母教始，母教之本，必自妇学始"（《女学》）一类的文字风格，在"不仿为俚鄙"的同时，破坏了诗文词章原有的美感和法度。作为《时务报》知识群体践行"文学"观念的主要文体形式，这些诗体实验与报章之文一道，构成了戊戌时期"时务文学"的面貌表征与形式症候。

---

① 邱炜萲. 增印《闽中新乐府》序［J］. 知新报，1899（85）：4-5.

第四章

群治理想与作为方法的说部书

一、从"小说"到"说部"

（一）游戏笔墨：昌言报馆与"林译小说"

相比时务报馆内外围绕着"时务文体""新学诗""新乐府"等诗文体裁所进行的文本试验，中国本土文人知识分子对于小说文体变革的推进稍显滞后。原本在1895年，传教士傅兰雅（John Fryer）便借助《申报》《万国公报》这样的报刊媒介，率先发起"时新小说"征文竞赛，欲利用"小说推行广速，传之不久，辄能家喻户晓，气习不难为之一变"① 的优长，求著一种新小说，来驱除中国社会中的鸦片、时文、缠足三大弊病。这次征稿活动在中国本土文人中也最终如愿引发了一次初具规模的小说创作试验，吸引了共162篇来稿作品。但是，这些征集而来的所谓"时新小说"，大多体例混杂凌乱、内容良莠不齐②，无论是小说本身的艺术水准，还是傅兰雅所希望的"感动人心，变易风俗"，都未达到预期的成效。同时，以梁启超为代表的主流知识分子虽然在同时期也注意到了小说作为通俗文体的传播优势，却无暇在这一被传统观念视为"小道"的文体上躬身力行地进行写作尝试。

不过，日后梁启超在《论小说与群治之关系》中有关于"小说为文学之最上乘"的观念意识，以及欲通过写作"新小说"来改良群治的实践设想，在该时期的《时务报》上已初见端倪。1897年，梁启超在《时务报》第18册上发表《变法通议·幼学》，公开提倡"说部书"，欲以小说穷极"宦途丑态，试场恶趣，鸦片顽癖，缠足虐刑"等异形恶俗，可以说基本附议了傅兰雅举办时新小说竞赛的号召。在文中，梁启超将小说称为"群书"，表示"今宜专用俚语，

---

① 求著时新小说启［J］. 万国公报，1895（77）：31.

② 小说竞赛后，所征集的总计162篇作品均未公开发表。至2006年，原藏于美国加州大学柏克莱分校东亚图书馆的小说手稿方被发行，2011年，由上海古籍出版社结集为《清末时新小说集》（14册）出版。另根据学者对现存的150篇稿件的统计，只有44篇属于小说体例，其余实为议论文章、唱词以及文体难辨的杂凑之作。参见许军. 傅兰雅小说竞赛受挫原因考［J］. 天津大学学报（社会科学版），2012（5）：458-462.

广著群书，上之可以借阐圣教，下之可以杂述史事，近之可以激发国耻，远之可以旁及彝情"①，首次将长期被中国主流精英文人士大夫所轻视、原本只作为大众消遣娱乐之用的小说，与维新知识分子陈义甚高的"群治"理想并置。作为维新运动中最为核心的理念之一，"以群为体，以变为用"② 一度被视为挽救国家民族危机的要途，康有为在代张之洞所作的《上海强学会序》中便提出"夫挽世变在人才，在学术，讲学术在合群"③，梁启超本人甚至曾有意写作一部名为《说群》的著作来宣扬自己的群治思想。不过，既然要启蒙数量庞大、身份多元、文化水平参差不齐的国民群体，必然需要采用更加通俗有效的文体形式。在《时务报》第 44 册上，梁启超在为介绍《蒙学报》《演义报》所作之叙中，以日本明治维新的启蒙经验为参照，再次提到了原本只具备游戏娱乐功用的小说在引导"群治"方面的作用：

> 西国教科之书最盛，而出以游戏小说者尤夥，故日本之变法，赖俚歌与小说之力。盖以悦童子，以导愚氓，未有善于是者也。④

只是，如何以"游戏"之通俗文体为"群治"之启蒙事业，无论是学理观念上，还是创作实践上，中国本土的报界文人似乎并未做好准备。1895 年傅兰雅所发起的时新小说竞赛，无疑只是提供了一次失败案例。而在维新运动期间，包括《时务报》在内的维新报刊，经过数次对于"小说""说部"的提倡，除了张坤德、曾广铨翻译的少量外国小说外，亦未曾有中国作者将这些观念付诸实践，创作出专门利于改良群治的小说文本。即使是翻译西方小说，作为时务报馆的延续，昌言报馆在 1899 年推出林琴南的译作《巴黎茶花女遗事》，依然能够看到浓重的"游戏笔墨"色彩，与梁启超等人所希望的促进"群治"、引导"群氓"功能似乎有着较远的距离。

1897 年，正当梁启超在《时务报》上鼓呼日本维新之成效，实乃"赖俚歌与小说之力"时，林纾的《闽中新乐府》陆续通过《时务报》《知新报》发表，

---

① 梁启超. 论学校五·幼学（《变法通议》三之五）[J]. 时务报, 1897 (18)：1-3.

② 此语见于梁启超《〈说群〉自序》："启超问治天下之道于南海先生，先生曰：以群为体，以变为用。斯二义立，虽治千万年之天下可矣。"参见梁启超.《说群》自序 [J]. 时务报, 1897 (26)：1.

③ 上海强学会序 [J]. 强学报, 1895 (1)：5-8. 本篇文章后来在《不忍》杂志重刊时，曾标明"代张南皮作"。

④ 梁启超.《蒙学报》《演义报》合叙 [J]. 时务报, 1897 (44)：5.

率先朝着以文学启蒙大众的通俗化方向迈出了步伐。作为梁氏眼中促成日本变法的另一种通俗文体，日后使林琴南蜚声文坛的事业——"林译小说"，也在这一时期因为一次偶然的机缘悄然启动。相比维新运动时期具有明确目的性的诗文写作，以及日后林纾大量翻译的政治小说，这一次以小说文体为依托的文学翻译活动更像是一次无心之举，属于"无意中得先成书，非先生志也"①。这一年夏日，举业之路屡受挫折的林纾，又遭逢妻子刘琼芝病逝，早年曾赴巴黎大学留学、时任福州船政学堂教习的友人王寿昌为排遣其忧郁，建议与他合译法国作家小仲马的《茶花女》，称"子可以破岑寂，吾亦得以介绍一名著于中国，不胜于蹙额对坐耶"②。与此同时，另一位曾留学法国的友人、时任福建马尾船政局总司制造的魏瀚，则专门出资请林纾游福州鼓山，"买舟导游，载王子仁先生并往。强使口授而林笔译之。译成，林署红冷生，子仁署王晓斋。以初问事，不敢用真姓名"③。从亲历者的回忆来看，这次翻译小说的举动，更趋向于个人情感失意时的排解消遣之用，算不得什么严肃事业；而不愿署上真实姓名，更是将小说视为小道、以为君子弗为业的真实体现。此时的林纾，显然还未意识到一个属于小说的时代正要来临。

不过，这本原属无意为之、却在接受层面大受欢迎的"林译小说"，与《时务报》的报馆经理汪康年也有过一段渊源，且最终是借助时务报馆建立起的销售网络在中国读者中引发了阅读狂潮。1899年，林纾与王寿昌共同翻译的《巴黎茶花女遗事》已在福州镌刻（魏瀚出资），如何让这本小说通过铅印出版或是登报连载的形式继续扩大传播范围和影响，成为这本翻译小说几位参与者思考的问题。此时，随着戊戌维新运动的戛然而止，《时务报》业已停刊，由《时务报》改名、汪康年继续任经理的《昌言报》经过半年的出刊，最终停止出版。但是，报馆的活动尚未停止，并保留着由《时务报》《昌言报》开发出的销售

---

① 诗人邱炜萲1901年曾经撰文，回忆林纾开始翻译《巴黎茶花女遗事》的情形，源自其与马尾船政局诸生的交流，饱读东西洋译本，"林先生固于西文未尝从事，惟玩索译本，默印心中，暇复昵近省中船政学堂学生及西儒之谙华语者，与之质西事疑义，而其所得力，以视泛涉西文辈，高出万万……又闻先生宿昔持论，谓欲开中国之民智，道在多译有关政治思想之小说始"。参见客云庐小说话：卷三［M］//阿英. 晚清文学丛钞：小说戏剧研究卷. 北京：中华书局，1960：408.

② 此段交往经历见于钱基博《现代中国文学史》的"古文学·林纾"部分，"初纾与长乐高氏兄弟风岐、而谦敦昆弟欢。风岐、而谦历佐大府，为东诸侯上客有声，与纾相引重。而谦挚友王寿昌精法兰西文，亦与纾欢好"。参见钱基博. 现代中国文学史［M］. 北京：中国人民大学出版社，2004：166.

③ 参见黄濬. 林纾译西书之原始［M］//黄濬. 花随人圣庵摭忆：中. 李吉奎，整理. 北京：中华书局，2008：370.

网络，用以处理《时务报》时期累计下的债务①。魏瀚的表弟，同时也是《时务报》作者之一的高凤谦，再次想到了在出版界已颇具影响力的汪康年。此前他曾向汪介绍并嘱托印行《闽中新乐府》，此次又希望如法炮制，将这本在福州城被译出的《巴黎茶花女遗事》借助上海发达的出版媒介扩大印行和传播。于是，从光绪戊戌年十二月廿九日（1899 年 2 月 9 日）到光绪己亥年四月七日（1899 年 5 月 16 日），高凤谦连续在 7 封书函中向汪康年推荐了林纾这本翻译小说，并在正式铅印发行后与之继续讨论小说的推广事宜，短短的 3 个月时间内，可以说见证了"林译小说"被推向公众视野的全过程。

在高凤谦这几封涉及《巴黎茶花女遗事》的信函中，光绪己亥年三月十一日（1899 年 4 月 20 日）一函对于当时情形的记录尤为详备。高凤谦在信中称："《茶花女遗事》系王子仁、林琴南同译，魏季子出资刊刻。计雕工并刷印以送人者，得费八九十元，尚未细算。现在所以发售者，不过欲收回成本，并无图利之心。足下将以印报，原无不可，惟报章风行，得阅者既多，恐碍此书销路。"② 信中透露出的两处重要信息，一是委托汪康年刊印此书，实乃出于经济考虑，为收回成本；一是小说最后没有通过报章连载的形式发行，也是为了不影响图书刊印后的销量。而在不久之后的信中，高凤谦又称《巴黎茶花女遗事》"本系游戏之作，意不在利""此书魏君所刊，林、王二君不愿得酬资"③，将这本在读者中间风靡的小说定义为"游戏之作"。

此前在小说发行的形式上，为经济成本问题，林纾等人颇费思量，等到真正刊印时，不仅不愿署真名，又不要稿酬。相比于此前介绍《闽中新乐府》时对于该诗可"用以振作童子志气、并屏除陋习"的夸赞语气，在推荐《巴黎茶花女遗事》时，高凤谦的语气显得更加谨慎谦逊，其态度的转变颇值得玩味。不过，无论是出于经济利益的考量，还是出于游戏消遣的目的，在戊戌政变后紧张的政治氛围中，林纾所译的《巴黎茶花女遗事》正是因为不牵扯政教思想等敏感问题，从镌刻到铅印进展得十分顺利，很快就由昌言报馆推出，进而引

---

① 根据学者廖梅的统计，虽然销行量不断攀升，但因为各地报款的拖欠，以及报馆各项支出过高，导致时务报馆"前一年半一直处于亏损状态，两年的亏损总额高达 12419.8 元"。参见廖梅．汪康年：从民权论到文化保守主义［M］．上海：上海古籍出版社，2001：65.

② 高凤谦．高凤谦函：四十三［M］//汪康年师友书札：二．上海：上海古籍出版社，1986：1653.

③ 高凤谦．高凤谦函：四十四［M］//汪康年师友书札：二．上海：上海古籍出版社，1986：1654.

发对这本外译小说的阅读热潮①。但作为梁启超等《时务报》同人寄予厚望，并借用了《时务报》销售网络的通俗小说文体，这本林译小说却在创作与接受层面都被当作了一种游戏笔墨，与维新派知识分子所期望的以小说"合群"、改良群治的目标相去甚远。

作为直接当事人，小说译者林纾在这一时期也曾给汪康年去过两封信，足见其本人的真实态度。第一封作于光绪己亥年三月廿九日（1899年5月8日），乃是从《中外日报》上获闻有巨资来购小说后，与汪康年讨论售出小说费用的使用问题，林纾在信中再次表示"在弟游戏笔墨，本无足轻重"，故"无受资之念"，并委托汪康年在《中外日报》上登报说明"致巨资为福建某君翻译此书润笔，兹某君不受，由本处捐送福建群学会"②。第二封写于七日后，乃林纾得知小说已经排印，专门去信感谢，又谈及时事以及将来翻译之打算。其全信内容如下：

> 穰卿先生足下：
>
> 　　初六日得沪上所发初三日手函，述《茶花女遗事》排印之由，将以津贴馆中经费。此举至妥至善，寸心想先生已曲谅之矣，慰甚。昨闻南洋电音，意船大至沙门湾，谅尊处已有所闻。意人舰队远来，枢府已面无人色，只有允之一字，而无他法。我生不辰，日睹恨事，又无半亩之田足以躬耕，于人迹不到之处，不见不闻，养得此心一日安静。今却光着身子听人家宰割，哀极痛极！近就陈吉士大令教读笔墨之馆，月可百饼，弟家累极重，藉以糊口。年底归闽，拟同魏季绪再翻外国史略或政书一部，成时当奉商也。闻张菊生颇称吾书，此君品学皆高，恨未之见，恨甚。即颂箸安。
>
> 弟林纾顿首，初六。③

在这两封书信中，林纾透露了多重信息。首先是他本人对于小说的态度，正如高凤谦所称，不过是无足轻重的"游戏笔墨"，并非其在写作《闽中新乐

---

① 从1899年2月在高凤谦的帮助下获得林译《茶花女》的印售权，到5月铅印发售，有关于汪康年铅印《茶花女》的始末，学者张天星曾做了较为详细的考论。参见张天星.汪康年铅印林译《茶花女》考论［J］.济南大学学报（社会科学版）.2011（4）：25-30.

② 林纾.林纾函：一［M］//汪康年师友书札：二.上海：上海古籍出版社，1986：1159.

③ 林纾.林纾函：二［M］//汪康年师友书札：二.上海：上海古籍出版社，1986：1160.

府》时那样，有效法西方以歌诀感人的启蒙动机和决心。此外，面对外侮不断，其作为书生亦有济世之心，却苦于报国无门，只能徒增哀痛，显然也没有想到自我翻译小说的行为意义能成为有益于现实的事功。在第二封信的末尾，"家累极重"四字透露了此时林纾的家境情况，即使处在生活的困窘中，译者对于出售《巴黎茶花女遗事》译本小说收获的"巨资"却无意接受，准备将之捐赠给福建当地倡导群学的学会。除了身无半亩、心忧天下的士人精神传统体现外，其中更有意味的是，"小说"和"群治"这两个日后被梁启超在《论小说与群治之关系》中绑定在一起的词汇，于此处发生了奇妙的关联，尽管这种关联在此时，与小说本身的内容并无太多关系。

原本，受到时务风气的影响，作为倾向维新的地方开明人士，林纾与高凤谦等人更希望推进的翻译是"有用"之书，而非"游戏"之作。林纾于这封信中流露出的日后打算，是准备在汪康年协助铅印《巴黎茶花女遗事》后，与魏瀚继续合作译书，目标对象则从小说转向了外国史、政治书籍。早在1897年，高凤谦便在《时务报》第26册上发表过《翻译泰西有用书籍议》一文，指出泰西有用之书"大约不出格致、政事两途"[1]，"有用"的政学、艺学书籍，与作为"游戏"的小说之间，有着巨大的鸿沟。但此次"林译小说"所收获的销量和欢迎，以及小说本身展现出来的魅力，还是让这些追求"有用"的维新士人注意到了小说这一原本被中国读书人视为无用小道的文体。1899年5月26日，在汪康年主持的《中外日报》（原名《时务日报》）头版，以昌言报馆的名义，正式登出了预售《巴黎茶花女遗事》的广告。数日后，广告又更名为《译印〈巴黎茶花女遗事〉》继续推出，其原文如下：

> 此书为西国著名小说家所撰，书中叙茶花女遗事，历历如绘，其文法之妙，情迹之奇，尤出人意表；加以译笔甚佳，阅之非独豁人心目，且于西国俗尚亦可略见一斑，询为小说中出色当行之品，非寻常小说所可同日语也。现与新译《包探案》《长生术》二种合印出售，每部白纸价洋三角，洋竹纸二角五分，不折不扣。如欲购者，请向昌言报馆及各书坊购取可也。
>
> 昌言报馆代白[2]

需要指出的是，《时务日报》本身与《时务报》有着深厚的渊源。这份报

---

① 高凤谦. 翻译泰西有用书籍议 [J]. 时务报, 1897 (26): 9-10.
② 译印《巴黎茶花女遗事》[N]. 中外日报, 1899 (283): 1.

刊于光绪戊戌年（1898 年 5 月 11 日）创刊于上海，经理为汪康年，曾广铨、汪大钧等《时务报》同人也同时参与了《时务日报》的创办，与《时务报》一为旬刊，一为日报，其内容体例包括上谕、论说、译报等，均与《时务报》相仿，可称为姐妹刊。同年七月初一（8 月 17 日），与《时务报》改为《昌言报》几乎同时，《时务日报》亦更名为《中外日报》，随着维新局面的急转直下，思想内容日趋保守。当《中外日报》作为《时务报》办刊体例与经营的一种延续，登出推售"林译小说"的广告时，距离《时务报》正式停刊已经过去大半年的时间，《时务报》上那些激昂的变革声音似乎已为陈迹。然而，与林译《茶花女》捆绑销售的《新译包探案》《长生术》，却也正是《时务报》的遗产，为张坤德、曾广铨二人在《时务报》上所译且登出的惟二本小说。在后世文人学者的描述中，《巴黎茶花女遗事》的译印出版，见证了小说在国民群体中的巨大影响力，昭示了一个新的文学时代的开启①，从上述史料的描述来看，其作为爱情悲剧题材小说被林纾选择只是一次偶然事件。"非独豁人心目，且于西国俗尚亦可略见一斑"虽为推销书籍的广告语，却更像是具有明确文体功能指向的有意为之，联系到维新运动及《时务报》同人有关倡导小说的声音，更能够窥见小说这一文体在晚清主流文人士大夫中间逐渐兴起的历史逻辑。

（二）精英运作：由"俗"向"雅"的小说

在甲午至戊戌时期的中国报界及出版界，小说依然是属于民间的通俗艺术文类，日常的流行题材，是以《玉燕姻缘全传》《玉瓶梅》为代表的世情小说，及《七剑十三侠》《续彭公案》一类侠义公案题材。此外，作为民间文人对于时事的反应，在中日甲午战争之后，也出现了《梦平倭奴记》《台战演义》《台湾巾帼英雄传初集》等直接表现甲午风云的战争演义。② 从体例到内容，这些作品依然是传统小说的延续，在注重以诗文为正宗的精英士大夫眼中，终究只是无关宏旨的游戏文字。基于表现时务、推动维新的需要，他们可以写作冲决古文义法藩篱、杂以俚语韵语的报章之文，也可以吟咏打破格律束缚、不避用俗字俗句的歌诀体诗，却少有人愿意在此时期尝试一下小说这类文体形式。中国传统小说戏剧作品中，类似于林纾所译《巴黎茶花女遗事》这样坦露私人情欲的题材，包括《红楼梦》《西厢记》在内，本身也存在一定的出版风险，在

---

① 陈平原即指出，不仅是《茶花女》中女性人物的悲惨命运，让中国读者倾心的，还有西洋小说独特的表现手法，故而"《巴黎茶花女遗事》出版，开启了一个新的文学时代"。参见陈平原. 文学的周边［M］. 北京：新世界出版社，2004：97.

② 关于清光绪甲午至戊戌年间出版刊行的小说，参见陈大康. 中国近代小说编年［M］. 上海：华东师范大学出版社，2002：59-76.

清代常常被官方当成"诲淫之作"而查处禁止。① 光绪二十二年（1896 年），在时务报馆所在的上海四马路就发生了几起查处销毁小说的案件，其中清乾隆年间夏敬渠所作的长篇《野叟曝言》，通过主人公白素臣的视角，讥讽庙堂君臣无道又多记民间风月之事，这部被鲁迅誉为"以小说为庋学问文章之具，与寓惩劝同意而异用"② 的才学小说，因有书店伙计在四马路附近的茶馆烟馆销售，最终招致英租界包探赵英河亲往拘捕，经过公堂审讯后做出罚款、焚毁书籍的处理，《申报》对此还做了持续报道。③

因此，那些迫于生计而写作小说的文人，纵使是保持着一种讽喻劝诫的精英意识，自觉尝试以小说来反映甲午之役这样宏大的家国题材，也鲜会产生诸如"以文章名世"的自豪感。对于自己创作的作品，他们往往不愿意署上真实姓名，除了视小说为小道、爱惜自己的声誉外，也因写作或销售发行这些充满现实关怀的小说可能让自己背负一定的现实风险。甲午战争发生后，以诗文表现文人士大夫的悲歌痛苦情绪已成为常态，在一片反思的浪潮声中，民间流传的小说依然是官方重点审查的对象。光绪乙未年八月二十日（1895 年 10 月 8 日）的《申报》上，甚至还曾专门登出当时四川巴县（现重庆市巴南区）《示禁小说》的公告，禁止并严办所谓"捏造"台湾战事的小说：

> 巴县正堂何为示禁事：照得昨阅抄报，省城各报房妄将福建省台湾战略事迹附会装点，捏造上谕。小说刻板，刷卖渔利，当经首府县查拿责禁在案。渝郡人心浮动，此等捏造小说，当亦不免。除差查外，合行出示严禁。为此，示本城各书铺知悉。自示之后，所有前项捏造小说及有关时政等书，未经奉有明文者，一概不准刻卖，以免煽惑人心。倘敢不遵，一经本县查出，定行从严惩办不待，特示。④

---

① 清代禁毁小说戏剧的官方高谕和民间乡约，王利器辑录的《元明清三代禁毁小说戏曲史料》（上海古籍出版社 1981 年出版）有着详备的文献梳理。另赵维国的《教化与惩戒：中国古代戏曲小说毁禁问题研究》（上海古籍出版社 2014 年版）做了专题研究。

② 鲁迅 . 中国小说史略 [M] //鲁迅全集：第九卷 . 北京：人民文学出版社，2005：250.

③ 1896 年 10 月 2 日、3 日、5 日的《申报》曾对此案做了持续报道。其中 10 月 2 日的报道称，"淫词小说久于例禁，无如牟利之人视若弁髦，私行刊印，倩人在四马路茶寮烟室兜售。昨据包探赵银河拘解嘉记书店伙蒋午庄及钉书之张阿双，并《野叟曝言》书片数百部、印书石一块到案，禀称'此书最为淫亵'""别驾着一并押候上堂，复讯起获之书，交捕房先行焚毁"。参见史廨琐案 [N] . 申报，1896（8427）：3.

④ 示禁小说 [N] . 申报，1895（8071）：2.

　　而就中国维新知识分子对域外小说的译介推广而言，在广译西书、西报的浪潮之下，正如高凤谦在《时务报》上所说，选择翻译的重心乃是所谓的"有用书籍"。1896 年，梁启超通过时务报馆代印自己的《西学书目表》时，曾在《时务报》第 8 册上刊登《西学书目表序例》表示，"国家欲自强，以多译西书为本，学子欲自立，以多读西书为功"①，号召阅读西方书籍。在这一整套梁启超号称"择其精要"的图书书目中，300 余本图书共被分为了学、政、教三大类，除去西教之书不录外，书目表上卷为西学诸书，包括了算学、重学、电学、化学、声学、光学、植物学、医学等目，中卷为西政诸书，包括了史志、官制、学制、法律、农政、矿政等目，下卷为杂类之书，包括游记、报章、格致、西人议论以及无可归类的书目。在这些被列举的西方图书中，仅有两部小说，一部为《昕夕闲谈》，译者为"蠡勺居士"②，译自英国作家爱德华·布尔沃-利顿（Edward Bulwer-Lytton）的小说《夜与晨》（*Night and Morning*）前半部；一部为《百年一觉》，译者为传教士李提摩太，译自美国作家爱德华·贝拉米（Edward Bellamy）的小说《回顾》（*Looking Backward*）。不仅选入的数量少，且这两本小说还被梁启超列入"无可归类之书"，从中亦可看出在整个维新思潮的知识谱系中小说文体所处的地位。

　　尽管在被译介的西学书目中处于绝对边缘的位置，但是小说文体在这一时期由"俗"向"雅"的转变，却正是源自域外人士的影响和运作。与长期被中国主流文人视为小道，甚至被官方审查禁止形成对比的，是中国小说时常受到欧美文人学者的青睐，以一种迥异于中国本土的精英意识，让中国小说获得了空前的地位提升。早在 19 世纪初，歌德就在与友人的谈话中对《好逑传》这样的中国小说表示了赞赏，将小说中体现的道德和礼仪视为中国社会维持数千年的基础③；美国汉学家、传教士卫三畏（Samuel Wells Williams）在他 1848 年出版的著作《中国总论》中，也曾将中国的小说、戏剧与诗歌一起当作雅文学（polite literature）乃至纯文学（belles-lettres）的一种进行褒扬，称这些文类

---

　　①　梁启超. 西学书目表序例［J］. 时务报，1896（8）：3-6.

　　②　根据美国学者韩南对"蠡勺居士"其人的考证，认为应为《申报》早期编辑蒋其章的笔名，他的译作也被视为中国人翻译外国通俗小说的开始。参见韩南. 中国近代小说的兴起［M］. 徐侠，译. 上海：上海教育出版社，2010：87-113.

　　③　1827 年 1 月 31 日，歌德在与友人爱克曼的谈话中提到这本中国小说，并称赞"在他们那里，一切都是明智的，中庸的，没有强烈的情欲和富有诗意的激奋，因此和我写的《赫尔曼与窦绿苔》以及理查生写的小说有很多类似之处"，甚至指出"正是这种在一切方面推行的严格的节制，使得中国维持了几千年，而且还会长存下去"。参见歌德谈话录［M］. 艾克曼，辑录. 洪天富，译. 上海：上海三联书店，2016：199.

"一直被我们尊重且有着极高的地位"①。在 19 世纪上半叶由传教士马礼逊（Robert Morrison）、裨治文（Elijah Coleman Bridgman）与商人奥立芬（David W. C. Olyphant）共同创办的刊物《中国丛报》（*Chinese Repository*）中，从 1833 年到 1850 年，共有包括《三国演义》《搜神记》《聊斋志异》《红楼梦》等在内的 20 余部中国古典小说被译成英文，且在这些译文中间，被传教士译者插入了大段赏析和评论文字，其中同样不乏溢美之词。②

这种来自西方精英知识分子有关小说文体及中国小说的不同声音，一直延续到 19 世纪末的维新运动前后。1889 年至 1890 年，由陈季同用法文翻译《聊斋》一书中 26 个故事而成的《中国故事集》，和以唐传奇《霍小玉传》为蓝本创作的小说《黄衫客传奇》，在欧洲大获好评，后者更是被法国《图书年鉴》称赞"是一本既充满想象力，又具有独特文学色彩的小说""以一种清晰而富于想象力的方式描绘了他的同胞的生活习俗"③。1897 年，施英（E. W. Thing）在《中国评论》（*The China Review*）上撰文《中国小说》，评论自己在《中国丛报》刊物上读到的中国小说，称"许多故事和传奇，可以让我们获得一种愉快的调剂"，并可以"对于中国人过去和现在的生活有一个真实图景的观照"④。那些在中国本土被视为游戏之作的小说，在西人眼中俨然跻身了雅文学（polite literature）的殿堂，并享受着极高的礼遇。

《时务报》第 39 册"东文报译"栏目上，古城贞吉在译自《世界报》的一篇访谈文字中，将"西人以小说为文学之粹美"⑤ 的观念译介给中国的读者，更显示出在维新运动时期，西人对于小说文体属于雅文学（polite literature）的认知实际上已经在冲击着中国旧有知识谱系和文体意识。与之相对，同时期的中国维新知识分子，尚未摆脱以诗文为中心的雅文学观念，对于在大众中流行的通俗文类往往不屑一顾。梁启超在《时务报》上论及近代中国译成西文的书籍时，谈起那些已经被西人赞誉有加的中国小说，依然会流露出"猥陋"一类

①　原文为 We make no scruple to avow that the circle of their belles-lettres, comprised under the hands of drama, poetry, and novels, has always possessed the highest place in our esteem. 参见 Williams S W. The Middle Kingdom [M]. New York : Charles Scribner's Sons, 1913: 674-675.

②　有关《中国丛报》上翻译中国古典小说的情形，宋莉华在其专著《传教士汉文小说研究》第五章"《中国丛报》译介的中国古典小说及其对传教士的影响"中做过专题研究。参见宋莉华. 传教士汉文小说研究 [M]. 上海：上海古籍出版社，2010：94-110.

③　陈季同. 黄衫客传奇 [M]. 李华川，译. 北京：人民文学出版社，2010：118.

④　E. W. Thing. Chinese Fiction [J]. The China Review, 1897, 22 (6)：759.

⑤　得泪女史与苦拉佛得女史问答 [J]. 古城贞吉，译. 时务报，1897 (39)：24.

的评价，他在文中表示：

> 爰及近岁，诸国继踵，都会之地，咸建一区，庋藏汉文之书，无虑千数百种，其译成西文者，浩博如全史三通，繁缛如国朝经说，猥陋如稗官小说，莫不各以其本国语言，翻行流布，其他种无论矣。①

可以看到，当中国的维新知识分子开始倡导小说及翻译域外小说时，并不像歌德、卫三畏等人一样，把以叙事为主的小说视为可以承载道德风尚、具有审美价值的雅文学，旧有的文体意识和雅俗区分始终是他们论及这一文体的基本姿态。1897年年初，梁启超在《时务报》第18册上发表的《变法通议·幼学》中批评中国的小说一家，"自后世学子，务文采而弃实学，莫肯辱身降志，弄此楮墨，而小有才之人，因而游戏恣肆以出之，诲盗诲淫，不出二者，故天下之风气，鱼烂于此间而莫或知"②。年底，严复、夏曾佑又在刊于《国闻报》上的《本馆附印说部缘起》，言及天下人心风俗为说部所持，亦称"夫古人之为小说，或各有精微之旨，寄于言外，而深隐难求；浅学之人，沦胥若此，盖天下不胜其说部之毒，而其益难言矣"③。两篇文章均被视为此时期小说地位提升的开始，然而在字里行间，依然保有着对于小说鱼烂天下风气的指摘，中国文人士大夫骨子里对于稗官小说"猥陋"的看法并没有多少改变。

不过，欲通过"文学"兴国，启蒙数量庞大的国民群体，达到改良"群治"的目的，除了弃"雅"向"俗"、采用趋向通俗的报章之文或新乐府诗外，原本就属于通俗文类的小说也顺理成章地成了维新知识分子的一个文体选项。可以说，恰恰与西方文人将小说视为雅文学的观念相对，中国维新知识分子认为小说能够有益于群治，乃至产生"小说为文学之最上乘"的观念萌芽，首先是建立在这种对于小说文体"猥陋"，却易风行推广的认知基础上。如何让梁启超们放下曾经视作经国大业的文章或者暂且搁置亟欲向西方求取的政艺学问，实现对于小说文体从"俗"至"雅"、由"猥陋"到"最上乘"的认识转变，不仅需要改变旧有文人士大夫的成见，实现弃"雅"向"俗"的心理与姿态倾斜，同时，也正需要他们通过精英意识的运作，来实现对小说文体的由"俗"

---

① 梁启超.论学校七·译书（《变法通议》三之七）[J].时务报，1897（27）：1-5.

② 梁启超.论学校五·幼学（《变法通议》三之五）[J].时务报，1897（18）：1-3.

③ 几道，别士：《本馆附印说部缘起》，原载于《国闻报》，一八九七年十月十六日、十九日、十一月十五日至十八日。参见本馆附印说部缘起[M]//陈平原，夏晓虹.二十世纪中国小说理论资料（1897—1916年）：第一卷.北京：北京大学出版社，1989：12.

向"雅"的价值重估和功能改造。

（三）功能预设：在叙事与论说之间的"说部"

与"文学"一词一样，"小说"的文体观念及其功能也常处流变之中，西方的 fiction、novel 等概念，就包含了中世纪的民间讽刺故事、传记文学、骑士游侠传奇，以及文艺复兴之后才在欧洲渐渐流行的近代小说。类似于汉语中的"文学"逐渐演变为西方 literature 的对译词，当西方的 fiction、novel 等概念逐渐在东亚地区传播散布，中国本土文人也面临着如何以既有之词汇来实现转译和认知这些概念的问题。按照学者冯天瑜的研究，现代意义上的"小说"概念也是经由日本逆向输入中国的，"历经'古汉语词—传入日本—近代日本人以之翻译英文 Novella—传输中国'的过程。回归故里的'小说'，以现代义得以流行，而其'街谈巷语''稗官野史'的古典义，作为一种背景和底蕴，仍然潜伏其间"①，作为一种以虚构叙事为主的通俗文体，最主要的功能价值在与'novel'的对译过程中得以保存。黄遵宪在《日本国志·学术志二·文学》中，论及日本明治维新时期的小说时，即是采取此种用法，他表示：

> 若稗官小说，如古之《荣华物语》《源语》《势语》之类，已传播众口，而小说家簧鼓其说，更设为神仙佛鬼奇诞之辞、狐犬物异怪异之辞，男女思恋蝶亵之辞，以耸人耳目。故日本小说家言充溢于世，而士大夫间亦用其体，以述往迹，纪异闻。②

实际上，与择取 literature 的对译词一样，在中西观念对接与碰撞的过程中，对于西方的 novel，中国维新知识分子也有其他的名词概念选择。相较于趋向现代叙事文学含义及功能的"小说"一词，"说部"一词的使用，犹能看到另一种介于雅与俗之间的文体意识，以及引入域外名词概念以外，中国知识分子采用既有观念作为"文学"革新方法的意图。无论是严复、夏曾佑的《本馆附印说部缘起》，还是梁启超的《变法通议·幼学》，都同时使用到了"小说"与"说部"两个概念。尽管在有关近代小说兴起与晚清小说界革命发端的描述，以及维新士人自己的使用中，这两个概念之间的细微差异常常被忽略，以至于被等同使用，但二者的内涵区别，以及"说部"在叙事之外原本所具有的论说功

---

① 冯天瑜. 新语探源：中西日文化互动与近代汉字术语生成［M］. 北京：中华书局，2004：611.

② 黄遵宪. 日本国志［M］//陈铮. 黄遵宪全集：下册. 北京：中华书局，2005：1418.

能，方才是为《时务报》同人等维新知识分子所看重，并努力提倡的因由。

以天津《国闻报》上登出的《本馆附印说部缘起》为例，文中对于"说部"与"小说"的名词使用交替出现。全文题为"说部"，所使用之名词、所列举之内容复又指向以《三国演义》《水浒传》为代表的"稗官小说"，显示出以"说部"为方法来指导"小说"实践方向的倾向。而在全文的结尾处，对于"使民开化"的功能价值预设方面，名为"小说"，实则又最终落在易传国史之不易传、可作为经史之补的"说部"观念上。文章指出：

> 有人身所作之史，有人心所构之史，而今日人心之营构，即为他日人
> 身之所作。则小说者又为正史之根矣。若因其虚而薄之，则古之号为经史
> 者，岂尽实哉！岂尽实哉！①

严复、夏曾佑在此处提出"小说"为"正史之根"，属于当时知识精英对小说文体由"俗"及"雅"的运作努力，同时，也混淆着借用了明清两代有关"说部"的理解。从源流上来看，"说部"一词最早见于明王世贞的《弇州四部稿》。"说部"一词作为概念被提出，要远远晚于作为九流十家末流的"小说家"，但就其具体内涵而言，既包括了"记载史实、讲述故事的叙事体"，又包括了"阐释义理、考辨名物的论说体"②；在体裁和功能方面，相较"小说"而言有了不小的拓展。因此，在晚清以前，"说部"借助不同于"稗官小说"的内涵，一度获得了远高于"小说"的地位，特别是在清代学术谱系中，"说部"被章学诚等学人理解为"经之别解""史之外传"与"子之外篇"，"犹之训诂与子史专家，为之不易，故降而为说部"③。在清代学人眼中，"说部"是作为经史学问之补充而存在的，"乃是指与'专家'相对的'杂家'，与中国传统指'丛残小语'的'小说'含义相近"④，远非泛指叙事文类的"稗官小说"的"小说"可比。自晚清以降，虽然"说部"与"小说"常常被混用，但二者所包含的文类内容及形式同样不能完全对等，以民国初年国学扶轮社所编辑出版的《古今说部丛书》为例，"说部"在传奇演义等叙事文体之外，还包含有史

---

① 本馆附印说部缘起［M］//陈平原，夏晓虹．二十世纪中国小说理论资料（1897—1916年）：第一卷．北京：北京大学出版社，1989：12.

② 在王世贞的分类中，"说部"已与"赋部""诗部""文部"并列为四部。参见刘晓军．"说部"考［J］．学术月刊，2009（2）：129-135.

③ 章学诚．文史通义校注［M］．叶瑛，校注．北京：中华书局，1985：560.

④ 余来明．"文学"概念史［M］．北京：人民文学出版社，2016：119.

乘、诗文评、博物风俗、学术笔记等论述说明体裁。此种含义丰富的"说部"，与作为稗官野史的"小说"在文体功能上并不一致，更与现代西方"文学（literature）"谱系之下的"小说（novel）"体例、近代西人阅读且品鉴的中国古典小说作品以及他们所期望的"时新小说"，有着较大差异。

原本在 1895 年，当傅兰雅在《申报》《万国公报》上发布《求著时新小说启》、发起小说竞赛时，指出中国社会积弊最重大者有三端：一鸦片，一时文，一缠足，故"欲请中华人士愿本国兴盛者，撰著新趣小说，合显此三事之大害，并祛各弊之妙法"，所表露的观点，与此后夏曾佑、梁启超等人对"说部"或"小说"的价值阐释和功能预设并无太多出入。但在期望以小说来感动风俗、变动人心之余，傅兰雅也没有忘记小说作为一种叙事文体（novel）的独立价值。他鼓励中国士人创作小说，要求"辞句以浅明为要，语意以趣雅为宗。虽妇人幼子，皆能得而明之"，并承诺"果有佳作，足印人心，亦当印行问世。并拟请同常撰同类之书，以为恒业"①。然而，当受到这则小说竞赛广告激励鼓舞的中国作者纷纷投来小说作品，努力地迎合傅兰雅所谓"显此三事之大害"的主题时，傅兰雅本人对于这些来稿却不甚满意。他先是在《教务杂志》（*The Chinese Recorder*）上重新强调了自己征集"时新小说"的初衷，称："中国现在最需要的是一个故事，或一系列故事，必须同样在描写上扣人心弦，真实地反映生活，揭露政府不能或不愿抵制的到处猖獗的重大积弊"②；又在《万国公报》上明确表示对部分来稿作品"非小说体格"的不满，指出一些小说通篇充斥着议论文字，非报馆倡导小说竞赛所求：

> 　　更有歌词满篇、俚句道情者，虽足感人，然非小说体格，故以违式论。又有通篇长论、调谱文艺者，文字固佳，惟非本馆所求，仍以违式论。③

这次由外国传教士发起、以小说文体写作来推动现实变革的一次尝试，被视为数年后梁启超等人引领的"小说界革命"的一次预演。从实际效果看，"时新小说"竞赛有一大批中国作者参与进来，尝试用强调叙事的小说体格来改良中国的群治，所看重的，却是叙事背后对于时政的论说、对于国民的劝诫等原

---

① 求著时新小说启［J］. 万国公报，1895（77）：31.

② 原文为 What china now wants, among many other things, is a story or series of stories of the same thrilling description。参见 Notes and Items［J］. The Chinese Recorder. July, 1895.

③ 傅兰雅在此文中对参与小说竞赛的 162 卷小说进行了点评，并公布了 13 名获奖作者的名单，参见傅兰雅. 时新小说出案［J］. 万国公报，1896（86）：30-31.

"说部"功能。傅兰雅发起这次小说竞赛,其初衷原本也更偏向作为"论说体"的"说部",而非作为"叙事体"的"小说"。但他对于征集到的时新小说"通篇长篇论调"表示十分失望,故重新强调扣人心弦的故事性,显然也是注意到了这一偏向性问题。对于中国维新知识分子而言,"说部"的论说功能与"小说"的叙事魅力,前者是目的,而后者是手段,当二者逐渐被混用为专指叙事文类的概念时,论说学理、考辨名物的价值始终是隐藏在叙事功能背后的要旨,可以说以"小说"充其名,"说部"演其实。

1897 年,詹熙在上海写成《花柳深情传》,借助小说人物表达废时文、戒鸦片、放缠足的主题,自称受到傅兰雅之影响,突出的是小说的易"解说"、广"劝戒",他表示"英国儒士傅兰雅谓中国之所以不能自强者,一时文、二鸦片、三女子缠足,欲人著为小说,俾阅者易于解脱,广为劝戒。余大为感动,于二礼拜终成此一书"①。同年,梁启超在《变法通议》中顺着"时新小说"的理路,以期发挥这种俚语群书"阐""述""激发""旁及"等作用,提出的名词概念则直接变为了"说部书":

> 今宜专用俚语,广著群书,上之可以借阐圣教,下之可以杂述史事,近之可以激发国耻,远之可以旁及彝情,乃至宦途丑态,试场恶趣,鸦片顽癖,缠足虐刑,皆可穷极异形,振厉末俗,其为补益,岂有量耶?②

在此之前,这种名曰"小说"、实指"说部"的文学变革话语已十分普遍。《强学报》第 2 号刊出《毁淫祠以尊孔子议》一文,提到欲继孔子之志,需"劝世之文、歌谣、小说之书,皆以援孔子之大义,明孔子之大道"③,将小说视为阐释孔子思想学说的工具。康门弟子张伯桢根据自己在万木草堂旁听笔记所录而成的《康南海先生讲学记》,曾记康有为讲授"小说家"时所言,有"《鬻子》一篇,见《百子全书》"与"《续齐谐》《汉魏丛书》尚传"两句,分别指被《汉书·艺文志》列入小说家的先秦鬻熊所著《鬻子说》,以及南朝吴均所撰的神话志怪小说集,但其后补充数语云"九家之学,皆出于孔子六经。九家之学,亦可以治天下"④。在张伯桢所记录的康有为授课内容中,小说家位

---

① 绿意轩主人. 自序 [M] //花柳深情传. 白荔, 点校. 北京: 北京师范大学, 1992: 1.
② 梁启超. 论学校五·幼学 (《变法通议》三之五) [J]. 时务报, 1897 (18): 1-3.
③ 毁淫祠以尊孔子议 [J]. 强学报, 1896 (2): 1.
④ 康有为. 康南海先生讲学记 [M] //姜义华, 张荣华. 康有为全集: 第二集. 北京: 中国人民大学出版社, 2007: 118.

于儒、道、阴阳、法、名、墨、纵横、杂、农家之后，又列于诗赋、兵、天文、五行、蓍龟、杂占、形法、数术、医家之前，为可以治天下之六经学问的门槛。从《强学报》提出的通过小说援孔子之义、明孔子之道的观点来看，显然在康有为等人心目中，"小说家"趋近九家之学，可用以治世。于是，梁启超在《变法通议》中延续了康有为的观点，一面批评小说"游戏恣肆""诲淫诲盗"，一面称"夫小说一家，《汉志》列于九流，古之士夫，未或轻之，宋贤语录，满纸恁地这个，匪直不事修饰，抑亦有微意存焉"①。"微意存焉"四字，即是对于小说一家的实证考察，也包含了康梁等人对于以"小说"之体行"说部"之功的期待。

1898年春，当维新运动逐渐进入高潮时，康有为在由上海大同译书局梓行的《日本书目志》中，考察了唐代说部的波及影响，以及日本人对于唐代小说秾丽怪奇之风的沿袭，再次将"小说"与"说部"混用，从开启民智的层面出发，表达了欲深通文学，讲求经义史故，宜译小说的观点。他表示：

> 天下通人少，而愚人多，深于文学之人少，而粗识之无之人多……今中国识字人寡，深通文学之人尤寡……经义史故亟宜译小说而讲通之。泰西尤隆小说学哉！日人尚未及是……日人通好于唐时，故文学制度皆唐时风，小说之秾丽怪奇，盖亦唐人说部之余波，要可考其治化风俗焉。②

戊戌变法失败后，梁启超于1898年年底于日本横滨创办《清议报》，在《时务报》停刊不到半年的时候创办此份报纸，颇有继承《时务报》未尽之事业、"为国民之耳目、作维新之喉舌"的性质。其行动之一，便是在《清议报》上开始翻译政治小说《佳人奇遇》《经国美谈》，并发表《译印政治小说序》，与年初康有为在《日本书目志》中提倡翻译小说的声音相呼应。在这篇译介小说的理论文章中，全篇改称"小说"，但不忘"说部"之功能，称"天下通人少而愚人多，深于文学之人少，而粗识之无之人多，六经虽美，不通其义，不识其字，则如明珠夜投，按剑而怒矣""今中国识字人寡，深通文学之人尤寡，然则小说学之在中国，殆可增七略而为八，蔚四部为五者矣"③。他所展望的小说之流行，乃是希望其可以作为经史、语录、律例之辅助，依然是"说部"观

---

① 梁启超．论学校五·幼学（《变法通议》三之五）[J]．时务报，1897（18）：1-3.
② 康有为．日本书目志[M]//姜义华，张荣华．康有为全集：第三集．北京：中国人民大学出版社，2007：522.
③ 任公：译印政治小说序[J]．清议报，1898（1）：53-54.

念的延续。

可以看到，当林纾着手翻译《茶花女》、聊作消遣游戏时，以《时务报》同人为代表的主流维新知识分子已经着手将小说的叙事与说部的论说功能结合，作为经史子集之外的"蔚四部而为五者"。其中，多少能看到今文经学的思想痕迹，之后梁启超等人主导的新小说运动，似乎也正沿着此方向向前推进，最终促成了鄙陋的稗官小说与群治理想之崇高事业的接轨。在写作于1902年的小说《新中国未来记》中，梁启超正是借助小说人物之口，用大段的论说文字，阐释其改良主张，以及通过儒家文明建构一个新型国家和世界的政治想象。有意思的是，在这本新小说中，梁启超甚至将《时务报》也搬进了虚构的情节，两次提到了《时务报》同人的思想论说，并在小说中借人物之口继续加以论说阐释：

> 毅伯先生拜过严命，即便起行。却不从香港直往，绕道由上海、日本、加拿大渡大西洋往英国。到了上海，在时务报馆里头，刚遇着浏阳谭先生嗣同寓在那里，正著成《仁学》一书。(《新中国未来记》第三回)①
>
> 且说这位郑伯才君，单名一个雄字，乃是湖南湘潭县人，向来是个讲宋学的，方领矩步，不苟言笑。从前在湖北武备学堂当过教习，看见有一位学生的课卷，引那《时务报》上头的《民权论》，他还加了一片子的批语，着实辨斥了一番，因此满堂的学生都叫他做守旧鬼。(《新中国未来记》第五回)②

作为清末新小说的开山之作，《新中国未来记》作为小说文体的叙事水准常常为后人所诟病，阿英在《晚清小说史》中评价此篇小说，认为全书即使最精彩的部分，也不过是连篇累牍的政治辩论，整部小说"只是一部对话体的'发表政见，商榷国计'的书而已"③。不过，梁启超自《时务报》时期便开始酝酿的"小说"观念，源自"说部"的"阐""述""激发""旁及"等以论说为主的功能设计，在《新中国未来记》中都得到了极大的贯彻和体现。清末由他发动的新小说运动，多沿袭此法。《时务报》上，虽然只有有关"说部"的观念方法提出，没有本土创作新小说的实践，但以"说部"作为理论方法，对于小说作为"群书"的功能改造，实际上已经在《时务报》的翻译小说中有所探索

---

① 饮冰室主人. 新中国未来记·第三回 [J]. 新小说，1902 (2)：27–77.
② 饮冰室主人. 新中国未来记·第五回 [J]. 新小说，1903 (7)：27–60.
③ 阿英. 晚清小说史 [M]. 南京：江苏文艺出版社，2009：77.

和实践。在张坤德、曾广铨对于域外小说的翻译过程中，他们通过小说叙事所达成的论说、纪闻、考辨之事，既迥异于同时期林纾翻译《茶花女》时的"游戏笔墨"姿态，又远远超出康有为等人所预期的阐发圣教、作经史之补的功能范畴。他们对柯南道尔、哈葛德小说的翻译，与整个维新运动时期广译世界知识、讲求时务的风气合流，成了晚清中国小说与群治之间互动关系的预演。

二、张坤德与"福尔摩斯"

（一）侦探小说的遇冷

维新运动前后，在严复、梁启超等人提倡说部的浪潮下，林纾在福州选择《茶花女》进行翻译，属于一次偶然的个体行为，而在《时务报》以"政学""艺学"为主要内容的报译栏目中，出现对于中国读者来说全然陌生的侦探小说，同样显得有些突兀。1896 年 8 月，《时务报》创刊之际，在创刊号上由浙江桐乡人张坤德主持的"域外报译"栏目，登出了一篇译自《伦敦俄们报》的侦探小说《英国包探访喀迭医生奇案》，小说未署原作者名，篇幅不长，情节亦不复杂，记叙了英国包探如何利用化学知识侦破富商嗝子生被妻子伙同医生喀迭谋害一案。从小说艺术的层面而言，整篇小说的叙事技巧不甚高明，人物形象塑造也较为扁平，即使放在当时的英国文坛，也是一篇极为普通的通俗小说，很难与那些被西方传教士交口称赞甚至归于雅文学的小说作品联系起来。处在创刊号《论报馆有益于国事》《变法通议》等政论以及《论东方时势》《论日本国势》报译文章所共同营造的时务风气中，这篇侦探小说无论是体裁还是内容，都与《时务报》上的其他文本格格不入。

随后的一年时间内，张坤德又连续翻译了 4 篇侦探小说，分别为连载于第 6 册至第 9 册的《英包探勘盗密约案》、第 10 册至第 12 册的《记伛者复仇记》、第 24 册至第 26 册的《继父诳女破案》、第 27 册至第 30 册的《呵尔唔斯缉案被戕》。这 4 篇侦探小说的作者，正是大名鼎鼎的英国侦探小说作家阿瑟·柯南·道尔（Arthur Conan Doyle），小说中主人公"歇洛克·呵尔唔斯"和"滑震"，则是张坤德对经典人物形象神探"夏洛克·福尔摩斯"（Sherlock Holmes）及其助手医生"约翰·H. 华生"（John. H. Watson）的中文译法。4 篇小说分别出自"福尔摩斯系列"的《冒险史》（*The Adventures of Sherlock Holmes*）和《回忆录》

（*Memoirs of Sherlock Holmes*）①，皆是英国通俗小说的名篇。1899 年，这 4 篇小说与第 1 册的《英国包探访喀迭医生奇案》一道，由素隐书屋专门收录，结集为单行本《新译包探案》出版。前文已提到，同年林纾所译的《巴黎茶花女遗事》由昌言报馆预售，便是与张坤德的《新译包探案》一起被捆绑宣传，可谓共同"揭开了翻译文学新纪元"②。而从小说叙事技巧的层面而言，西方侦探小说独特的叙事视角、结构所带来的冲击，也足以预示着中国小说现代化历程的开启。

与日后被视为开创了翻译文学新纪元相比，当时时务报馆的译者对于这些小说译本的态度却颇值得玩味。林纾将翻译《茶花女》视为"游戏之作"，不愿署上真名，张坤德在上海素隐书屋推出《新译包探案》单行本时也隐去真实姓名，署"丁杨杜译"。小仲马、柯南·道尔作为小说作者在西方读者中的流行，与中国译者的态度之间，形成了不小的反差。这样的反差，同样体现在《时务报》的编排上：在张坤德主持的"域外报译"栏目（第 3 册起改为"英文报译"）中，侦探小说并没有被当作一种特殊的文学文类对待，而是混杂在军事外交、轮船铁路、商务贸易、科技发明一类的报译文章中。与之类似的情况是，在《时务报》第 60~69 册上，接替主持"英文报译"栏目的曾广铨，在连载自己翻译的英国小说家哈葛德（Henry Rider Haggard）的《长生术》（译自小说 *She*）时，虽有意将小说单独列为附编，与其他各类新闻稿件区别开来，却也没有特意注明其作为小说的特殊性。更具代表性的是，在张坤德结束侦探小说的连载后不久，《时务报》就通过回复来函的形式重申了译报栏目的宗旨：

> 凡于应译之报，无不翻译详明，以餍阅者之意，惟本馆译报宗旨，主于使吾华士夫周知中外情事，故于西报之陈说中国利病者，则详译之，于西政之可为吾华法戒者，亦兼译之，但取确实，不尚浮华。③

---

① 张坤德所译的 4 篇柯南·道尔的小说，分别为《冒险史》中的《身份案》（A Case of I-dentity），以及《回忆录》中的《驼背人》（The Crooked Man）、《海军协定》（The Naval Treaty）、《最后一案》（The Final Problem）。

② 施蛰存曾指出，1890 年至 1919 年，是继中国汉唐时期翻译佛经后第二次翻译高潮，此时期欧洲文学名著输入中国的第一部，当属 1899 年林纾所译《巴黎茶花女遗事》。但作为欧洲文学名著的一种，《时务报》上对于《福尔摩斯探案集》的翻译，在时间上要略早于林纾翻译《茶花女》。参见施蛰存．导言［M］//中国近代文学大系 1840—1919·翻译文学集·1. 上海：上海书店，2012：4.

③ 奉覆来函［J］. 时务报，1897（38）：1.

　　类似于此前高凤谦在《翻译泰西有用书籍议》中翻译"有用之书"的倡议，此处告白利用西报之陈说利弊"为吾华法戒""但取确实，不尚浮华"几句，道出了《时务报》同人的翻译宗旨，也从侧面反映出他们对于作为一种叙事文类、西人以为"文学之粹美"的小说文体的态度。在这种观念的影响下，作为"域外报译"栏目的负责人，张坤德也在调整着自己的翻译对象。从第34册开始，一直到第68册《时务报》终刊前，他放弃了侦探小说的翻译，开始将连载长篇的精力转向译自《字林西报》的《会讯信隆租船全案》。其所翻译的文本，详细介绍了当时信隆洋行控告金陵筹防局一案的相关诉讼词状①，与侦探小说的限制叙事、悬念迭起相比，这一连载内容基本是枯燥乏味的案宗抄录，以至于遭到了读者"译报语太繁、不甚愿看""即如会讯租船案反复辨驳，阅者转看不明白"② 的来信抗议。然而，这种抗议的最终目的，不过是希望作为译者的张坤德能够改变逐堂全抄的译法，"将始末情节作一文，俾知何处吃亏"，中西双方对簿公堂的陈词，以及从中可以吸取的现实教训，依然是较之虚构的侦探小说故事，更为中国报人及读者所看重的文本内容。

　　除去张坤德本人的编排和选译内容之外，《时务报》上与侦探小说的登载形成一种对照的，还有在《时务报》创刊号上，重版刊出的由遵义黎汝谦、番禺蔡国昭于1886年一同翻译的《华盛顿传》，译自美国作家华盛顿·欧文（Washington Irving）的《华盛顿全传》（*Life of George Washington*）。黎汝谦在这本史传译作的序言中称："华盛顿者，合众国开创之君也，泰西人士数近古豪杰，必称华盛顿、拿破仑二人。"③ 整部作品颇具英雄传奇的文学性，翻译的文本在行文上甚至还带有一些传统章回体小说的痕迹，文本内容则贴近中国士人希望讲求的时务与世界知识。这部作品从《时务报》的第1册开始，一直连载至第11册。在连载完全书第一卷后，第二卷因为篇幅过长，改由时务报馆印行石印本，并由《时务报》第13册专门登出《本馆告白》说明称："报后附印《华盛顿传》，现因卷帙繁重，非二三年不能印完，故将第二卷后全付石印，俟出书后发售，不复附报后。"④ 虽然连载最终因为版面编排的原因被迫中断，但这本《华

① 此案为晚清华洋诉讼之一代表案例，中国金陵筹防局租借轮船四艘与信隆洋行，后因船损坏，索取赔偿。双方对簿公堂，案件审理过程长达两个多月，辩论十余场，最后中方胜诉。参见蔡晓荣. 晚清外籍律师新见：一个职业本位的视角 [J]. 西华师范大学学报（哲学社会科学版），2007（1）：52-56.
② 汪立元：汪立元函：八 [M] // 汪康年师友书札：一. 上海：上海古籍出版社，1986：1029.
③ 《华盛顿全传》叙 [J]. 时务报，1896（1）：1.
④ 本馆告白 [J]. 时务报，1896（13）：1.

盛顿全传》所引起的重视，却非虚构的"福尔摩斯"系列小说可比。

严复、夏曾佑在《本馆附印说部缘起》中论及史传与小说之区别，称"书之纪人事者，谓之史，书之纪人事而不必果有此事者，谓之稗史"①，有意将两种文类区分开来。在正统史传与稗史小说渊源深厚的中国，相比于张坤德翻译的侦探小说遇冷，类似于史传题材的《华盛顿传》在同时期无疑更加吸引中国知识分子的眼球，其影响力自然也盖过以虚构为主的侦探小说。当时曾为《时务报》筹措资金、全力支持办报的吴德潚、吴樵父子，就分别在给汪康年的书信中表示过对于这本史传的关注，有"《华盛顿传》何时出"②的咨询，亦有"《华盛顿传》尤妙不可言"③的赞叹。从19世纪初传教士所办中文报刊《察世俗每月统记传》《东西洋考每月统记传》开始，华盛顿的形象不断出现在各类诗文当中，已经被中国士人视为近代西方文明发展的一个象征④，《华盛顿传》的出现，则以叙事文体的形式，将这一人物及其背后的社会历史全景式地展现出来。由《时务报》连载的这本《华盛顿传》，甚至作为新学知识在一些新式学堂中推广，可以说全然突破了叙事功能，而发挥了阐释、论说、激发等文体作用。不仅在维新运动期间，湖南学政徐仁铸曾以"书《华盛顿传》后"⑤为题来考察学子，在变法失败后，还继续被一些新式学堂采用，成了中国现代小说奠基者鲁迅在南京求学时的考题⑥，被认为是可考的鲁迅接触到的第一部翻译文学作品⑦。相比之下，张坤德翻译的"福尔摩斯探案集"等西方侦探小说，无论是在连载期间受到的关注程度，还是在发布之后形成的影响效力，在同为叙事文体的史传作品映衬下都显得有些相形见绌。

---

① 几道，别士. 本馆附印说部缘起 ［M］// 陈平原，夏晓虹. 二十世纪中国小说理论资料（1897—1916年）：第一卷. 北京：北京大学出版社，1989：10.

② 吴德潚函：二十八 ［M］// 汪康年师友书札：一. 上海：上海古籍出版社，1986：415.

③ 吴樵函：十八 ［M］// 汪康年师友书札：一. 上海：上海古籍出版社，1986：500.

④ 关于华盛顿形象在近代中国的传播，参见熊月之. 华盛顿形象的中国解读及其对辛亥革命的影响 ［J］. 史林，2012（1）：88-103.

⑤ 徐大宗师按试衡州府属经古并正场题 ［J］. 湘报，1898（134）：535-536.

⑥ 鲁迅在《朝花夕拾》中曾回忆自己南京求学时期，从当时兼任矿路学堂总办的俞明震处接触到《时务报》："第二年的总办是一个新党，他坐在马车上的时候大抵看着《时务报》，考汉文也自己出题目，和教员出的很不同。有一次是《华盛顿论》，汉文教员反而惴惴地来问我们道：'华盛顿是什么东西呀？……'"参见鲁迅. 琐记 ［M］// 鲁迅全集：第二卷. 北京：人民文学出版社，2005：305.

⑦ 陈福康. 读书偶拾 ［J］. 鲁迅研究月刊，1991（7）：49-52；林辰. 鲁迅·黎汝谦·《华盛顿传》［J］. 鲁迅研究月刊，1992（3）：35-37.

（二）叙事以外的"可观风俗"

虽然并不甚符合这一时期维新派翻译西书的主旨，在编排上也并没有体现一本西方畅销小说作品的专门地位，但是《时务报》上登出的侦探小说，还是凭借特有的情节故事吸引了一些读者从小说艺术的角度注意到这几篇译作，并逐渐领略到小说作为一种叙事艺术的独有魅力。根据鲁迅回忆，自己在《时务报》上不仅读到了黎汝谦、蔡国昭翻译的《华盛顿传》，也看到了张坤德翻译的《福尔摩斯包探案》，他表示，"我们曾在梁启超所办的《时务报》上，看见了《福尔摩斯包探案》的变幻"①，"变幻"二字道出了当时中国文人读者初次接触侦探小说新颖叙事模式的阅读体验。晚清民初曾致力于创作并翻译小说的包天笑在回忆录中称，《时务报》上的这几篇侦探小说"可以算作是中国翻译外国侦探小说的鼻祖"②；另一位以研究小说理论闻名的寅半生，则在自己的《小说闲评》中指出晚清以降对于"福尔摩斯"的翻译，"其首先译出而为小说家所欢迎者，始于《时务报》"③。二人或从翻译行为本身，或从读者欢迎程度的层面，肯定了《时务报》及张坤德译介侦探小说的开创意义。在张坤德之后，陆续翻译了《毒蛇圈》《福尔摩斯再生案》等侦探小说的周桂笙，在《新民丛报》上翻译柯南·道尔（周译为"陶高能氏"）的《歇洛克复生侦探案》，不仅沿用了《时务报》张坤德对于"福尔摩斯""华生"等主要人物的译法，且通过与之后《华生包探案》等作品的对比，表现出对于小说叙事功能及价值评判鉴赏的自觉。在小说的弁言中，他称：

> 英国呵尔唔斯歇洛克者，近世之侦探名家也，所破各案，往往令人惊骇错愕，目眩心悸。其友滑震，偶记一事，晨甫脱稿，夕遍欧美，大有洛阳纸贵之概。故其国小说大家，陶高能氏，益附会其说，迭著侦探小说，托为滑震笔记，盛传于世。盖非尔，则不能有亲历其境之妙也。吾国若时务报馆张氏所译者尚矣。厥后续译者，如《华生包探案》等，亦即"滑震笔记"耳，嗣自歇洛克逝世后，虽奇案累累，而他人无复有如歇氏之苦心

---

① 鲁迅.祝中俄文字之交［M］//鲁迅全集：第四卷.北京：人民文学出版社，2005：472.

② 包天笑.钏影楼回忆录［M］.北京：中国大百科全书出版社，2009：171.

③ 寅半生.小说闲评［M］//黄霖.历代小说话：第4册.南京：凤凰出版社，2018：1416.

思索，默运脑髓以破之者，而陶氏亦几有搁笔之叹。①

　　周桂笙此文，一面肯定了张坤德在《时务报》上对于柯南·道尔所作侦探小说的翻译，一面又强调了不同侦探小说之间，在人物情节方面有着高下之分，表明中国译者对于所译小说及其叙事艺术有了自己的鉴别判断。而张坤德本人在翻译侦探小说的过程中，也有一个逐渐发现侦探小说叙事特征与文体价值的过程，因此，在他前后几篇的译作中，表现出了巨大的进步。例如，从最开始的《英包探勘盗密约案》，到之后的《记伛者复仇事》，再到《继父诳女破案》《呵尔唔斯缉案被戕》，张坤德的译本由最开始调整原作的倒叙结构，改为中国读者所习惯的自然时间发展，逐渐变为高度还原侦探小说的叙事线索，保留原小说设置的故事悬念。例如，《密约案》（又译作《海军协定》）一篇，柯南·道尔的原作以滑震收到同学攀息的一封信作为开头，逐渐引出攀息丢失外交文件一事，再由福尔摩斯出面勘察破案；到了译稿的叙事结构中，被张坤德改为先叙述攀息丢失文件的经过，在焦虑萎靡中向同学滑震求助。相比之下，译文失去了原作那种引人入胜、有如"亲历其境之妙"的效果。这种情形到了随后翻译的《继父诳女破案》和《呵尔唔斯缉案被戕》两篇小说中，得到了很大改善，在叙事结构上，与原作保持了高度一致。如《继父诳女破案》（又译作《身份案》）中，女子迈雷色实的未婚夫在新婚前夜突然失踪，不得不向福尔摩斯求助，方才引出其继父为控制其财产，利用其近视乔装作绅士诱骗她恋爱的故事。柯南·道尔采取的这种倒叙方式，在张坤德此篇翻译中得以继续沿用，原作中通过滑震第一人称限制视角展开破案过程的方式也得到了保留。

　　但是，这些译作在叙事结构和叙事视角上的进步，并不足以证明以张坤德为代表的中国维新知识分子，对于小说尤其是侦探小说的提倡和译介，已然与以情节、叙事为中心的小说观念全然趋同。在《时务报》上，侦探小说最大的魅力——"悬荡（suspence）"，并没有随着小说的倒装叙事结构、第一人称限制性技巧的还原得到完全恢复并受到足够的重视。仅仅从最后两部作品的汉译题目来看，原标题 *A Case of Identity*（《身份案》）、*The Final Problem*（《最后一案》），虽然介绍了作品的内容，却未透露小说情节的最大悬念和最后结局。然而经过张坤德的翻译，无论是"继父诳女"还是"呵尔唔斯被戕"，几乎都事先向读者预知了结局，可谓犯了侦探小说的大忌，变成了"坏故事"，其作为小

---

① 陶高能.《歇洛克复生侦探案》弁言［J］.知新子，译述.新民丛报，1904（55）：85-
　86.

说尤其是作为侦探小说的叙事魅力被大大降低了。

　　显然，包括张坤德本人在内的《时务报》同人，对于在这份维新阵地上刊载侦探小说，另有打算和期待。作为《时务报》的作者同时也是忠实读者，地图学家邹代钧在致汪康年的信中，推崇五篇侦探小说中情节最为简单、叙事技巧也最为普通的《英国包探访喀迭医生奇案》，他指出，"《医生奇案》最为出色，既可观风俗，又能引人入胜"①，认为这篇展现了伦敦城市生活以及化学实验科学的小说，在叙事的引人入胜之外，更突显出小说内容的"可观风俗"，正对应梁启超等人欲以报馆为耳目咽喉、通晓五洲近事的办刊初衷。张坤德之后翻译的几篇"福尔摩斯"探案故事，恰好扮演了为中国读者译介，进而阐释异域文化的角色，与其说是被当作一个充满叙事悬念的小说，不如说更多是作为来自异域的文化读本出现的。而与《时务报》各个报译栏目中有关照相、拍电报、燃煤取暖、医疗救生、消除害虫乃至现代养生法的新闻介绍相比，这些通过叙事悬念的演绎所展现出的世界知识、异域风俗，无疑更能与新学说、新思潮一起，渗透进中国读者的精神世界。

　　在翻译《福尔摩斯探案集》的过程中，张坤德通过包探的个人视角以及充满悬念的叙事结构，全方位展现了19世纪工业革命和大英帝国的鼎盛时期——维多利亚时代的风土人情和文明景观。与《时务报》上其他报刊文章一样，他十分注重对于中国读者不熟悉的"新名词""新事物"进行译介，如"密思忒（呼人尊称之词）""码（每码合中国二尺四寸）""帽擎（西俗，客人入大门则脱帽置帽擎上）""消闲馆（卖加非及酒）"等，都会额外在译名后加上解析。作为小说中的主人公形象，包探属于一种在近代上海租界出现的新兴职业，在《点石斋画报》等公共媒介中，原本只是游离法外、滥用私刑的负面形象②，但通过张坤德在《时务报》上的连载翻译，中国的读者接触到了一位极具个性魅力的私人侦探形象，以及其身上所体现的现代生存方式和文化价值。福尔摩斯生活在市井之中，喝咖啡、阅报纸、乘火车、坐轮船，相比于中国读者习惯的侠客或清官，人物形象更加立体，兼具有普通人性的优缺点。而他在《英包探勘盗密约案》等译作中身着中国式长衫的出场，则最大限度迎合了当时中国维新士人群体对于西方近代科学文明发达、理性精神的想象：

---

① 邹代钧. 邹代钧函：二十三［M］//汪康年师友书札：三. 上海：上海古籍出版社，1986：2659.

② 在1898年的上海《点石斋画报》上，就曾经刊出包探私刑的图像，并配以文字对包探诬指、酷刑等行为进行了说明，参见《点石斋画报》1898年第512期。

歇洛克方著长衫坐桌旁，桌上安一小火炉，炉中烟作蓝色，炉上一弯口瓶，瓶口接一管，瓶中水沸，汽自管出，管外激以冷水，汽咸变水，滴入二立透之器中。歇洛克端坐验视，见滑震至，亦不起，滑震自坐一椅上，歇洛克持一小玻璃杆连蘸数瓶，复持一管，内有药水，至桌边，右手持一验酸质之蓝色纸，曰：“滑震汝来乎？此时方急欲验此，若此纸变作红色，则当抵一大辟罪。”稍顷，纸果变为暗红色。因起书电报一纸，付其仆。谓滑震曰，“此寻常谋害事，汝来必有非常者。”①

在崇尚科学、理性生活方式的同时，小说中所蕴含的对于现代公民的生存价值探讨，包括对于复杂人性的思索，也使得《福尔摩斯探案集》塑造的主人公形象，为习惯了庙堂上清官断案、江湖中剑客行侠的中国读者提供了一个全新范式。原本在《时务报》上，在“群治”理想的号召下，充斥着有关国家与国民关系的讨论，张坤德所译的几篇小说中，“福尔摩斯”作为普通民众，如何介入社会秩序的维护和重建，无疑是对于整个维新运动主旨的一次深入。正如晚清时期另一位侦探小说翻译者陈景韩在他的《侦探谈》中所言，侦探与兵互为国之左右手：“兵为阳，侦探为阴；兵为表，侦探为里；兵为勇者，侦探为智者。故国无兵，如人无气力。国无侦探，如人失直觉。”② 尽管原文中福尔摩斯有关社会文明的言论，在张坤德的译作中多有删减，例如，其有关“正义”的表述，“It's every man's business to see justice done”（或译作“伸张正义，人人义不容辞”），被简化为“人固有不平而私访者”③。但对应着《时务报》上有关国家、国民及国民性话题的探索，福尔摩斯身上体现出的现代公民精神和社会理想，以及真切、精细、周到、坚忍、勤勉等品格，还是在张坤德有关人物心理活动的翻译文字中被展现出来。

（三）翻译背后的“文化政治”

面对篇目众多、篇幅较长的《福尔摩斯探案集》，张坤德只能采取选译的方式，这种选译既体现在篇目上，也表现在具体内容上。张坤德在《时务报》上翻译的最后一篇小说《呵尔唔斯缉案被戕》，原名为《最后一案》（The Final Problem），为《福尔摩斯探案集》第四辑《回忆录》（Memoirs of Sherlock Holmes）

---

① 英包探勘盗密约案 [J].张坤德，译.时务报，1896（6）：16-19.
② 陈景韩.《侦探谈（一）》序 [M]//李今.汉译文学序跋集：第一卷.上海：上海人民出版社，2017：65.
③ 此句出自《记伛者复仇事》中福尔摩斯与华生的一段对话，原文参见 DOYLE C. The Complete Sherlock Holmes [M].London：Vintage Books，2009：419.

中的最后一篇。小说结尾处福尔摩斯与敌人在悬崖搏斗，最后跌落深渊，是作者柯南·道尔本人为主人公设计的"死亡"结局，后因为遭到读者强烈抗议，不得不于 1903 年写作《归来记》（*The Return of Sherlock Holmes*）让福尔摩斯"复活"，即之后周桂笙翻译的《福尔摩斯再生案》。张坤德直接跳过其他篇目，将此篇作为自己翻译侦探小说系列的一个收束，意味着他很可能已经系统地阅读了完结于 1893 年的《福尔摩斯探案集》，并有意在译完此篇小说后，结束自己对于侦探小说的翻译。而这篇小说的内容，也确有与维新运动的启蒙话题相契合之处，小说中，当主人公福尔摩斯被邪恶组织盯上，预见到自身所面临的危险时，他对华生的一段自白，对于正在以"说部"探讨徇私、耽逸等中国国民性问题、追求"合群"以自强的维新知识分子而言，无疑是乐于闻见的箴言。在这段有关自我人生价值的独白中，福尔摩斯表示：

> 我生在世，并非无益，即使我之职业，今晚停止，我亦问心无愧，伦敦一方，自有我以来，恍若天气日渐爽朗。我所查案，计一千余件，我自思从未有用心错误之处，而我近来又专考人之性情，不甚在浮面上观人善恶。俟我将欧洲罪人中，最能最险如莫者，得以除去，则尔之笔记，亦可从此了矣。①

从《强学报》到《时务报》，中国的维新知识分子一直批评的，便是从黄杨之学开始，"自为其身不求兼善天下"②的国民性弊端，并以此为基础，追求"道莫善于群，莫不善于独"③的群治理想。当一位乐意参与公共事务，甚至不惜为此牺牲自己生命的私人侦探"福尔摩斯"出现在《时务报》上时，其人物形象除了作为近代科学理性文明之象征外，也具有了从"群"的层面建构国民与社会之间纽带的意义价值。而纵观《时务报》上对于《福尔摩斯探案集》的翻译，正因为福尔摩斯身上所具有的这种现代公民特质，才使得张坤德在译本中，努力保持了原作有关人物对话、社会场景、破案过程乃至心理活动的描写，将这位"包探"形象较为完整地呈现给中国的读者。

但不可忽视的是，翻译过程中常见的文化干预现象，以及文化干预所导致的改写与删减现象，在《时务报》的这些侦探小说译本中依然大量存在。基于

---

① 呵尔唔斯缉案被戕 [J] . 张坤德，译 . 时务报，1897（30）：16-18.

② 论会即荀子群学之义 [J] . 强学报，1895（1）：3-4.

③ 梁启超 . 论学校十三·学会（《变法通议》三之十三）[J] . 时务报，1896（10）：1-3.

翻译有用之文本的精神，主人公的科学精神、群体意识被译本凸显出来，而那些与国家、社会等"群治"主题无关、又不属于"可观风俗"的细节描写，则常常被张坤德选择性地忽略。例如，《继父诳女破案》的开头，福尔摩斯与华生对话时，有关日常生活与小说艺术的大段讨论，被一句"余尝在呵尔唔斯所，与呵据灶觚语，清谈未竟"一笔带过。显然，除却福尔摩斯喜好科学推理、维护社会正义这类特质，以及与叙事主线相关的语言，这类塑造人物形象的情感流露、性情表露并不被译者所注重。《英包探勘盗密约案》中，福尔摩斯曾对着玫瑰花发出有关宗教、生命、人类的哲思感慨，这段极为彰显侦探个性气质和主人公深邃思考的语言，在翻译时更是被直接删去了：

按照推理法，据我看来，我们对上帝仁慈的最高信仰，就是寄托于鲜花之中。因为一切其他的东西：我们的本领，我们的愿望，我们的食物，这一切首先都是为了生存的需要。而这种花朵就迥然不同了。它的香气和它的色泽都是生命的点缀，而不是生存的条件。只有仁慈才能产生这些不凡的品格。所以我再说一遍，人类在鲜花中寄托着巨大的希望。①

对于原作的修改、删减，本是晚清翻译活动中常见的行为，在《时务报》上各个报译栏目翻译文本中时常可见。但当《时务报》对于诸如《会讯信隆租船全案》这类卷帙繁重的文本，进行不惜篇幅笔墨的翔实翻译，甚至对于《华盛顿传》中人物描写桥段亦颇费心思地进行本土化刻画时，张坤德对于柯南·道尔小说中最为感性、最能体现人物个性的段落却有意忽略。此种现象背后体现出来的，是他本人对于所译小说文体功用的认知和理解，也形成了跨语际实践过程中译者对于文本的主体意识干涉，"使语言或词语具有了地缘文化和地缘政治学的意义"②，构成了一种小说翻译背后的文化政治。

对于以张坤德为代表的《时务报》同人而言，虽然他们对于文字的旨趣各异，但期望通过报议及报译之文来推动中国维新变革、融入近世文明潮流的目标是一致的。《时务报》上，近代西方的格致学问依然是译介的重点，在一篇译自美国《格致报》的文章中，科学被形容为近代社会发展进步的基石，"格致之学，至今日而可为极盛之世矣，其精美完备，笼罩一世而范围之，自生民以来，

---

①　此段译文为群众出版社版本李家云所译，参见阿·柯南道尔. 福尔摩斯探案全集：中 [M]. 丁钟华，等译. 北京：群众出版社，1981：233. 另原文出处参见 DOYLE C. The Complete Sherlock Holmes [M]. London：Vintage Books，2009：455-456.

②　陈永国. 翻译的文化政治 [J]. 文艺研究，2004（5）：31.

史册之所载，未有如今日之甚者也"①。而在启蒙民智方面，除去洋务运动期间已经广为传播的格致学问，"中国民气散而不聚，民心独而不群"② 的判断，使得"群治""群学""合群"在维新运动期间被视为强国保种的另一剂良方。正因如此，隐含在《福尔摩斯探案集》原作中那些从"人文精神"层面对"科学理性"的反思，从"个"的层面对于"群"的质疑，自然很难被中国译者所注意且注重。

在柯南·道尔的小说原著中，福尔摩斯的个人魅力，源自他对滥用科学技术危害的警惕、对法律缺憾和警察局限的补充以及对于社会现实秩序的重构，在个体与群体之间，展现出一种对于现代文明社会的反思批判张力。小说中，福尔摩斯最大的对手，是欧洲犯罪组织的头目莫里亚堆掌教（Professor Moriarty），"系出世家，学术渊博，尤精天算，年二十一，即推衍数理，著一书通行欧洲"，却抢夺、谋杀，"屡干国宪，罔知后悔""诚罪人中之拿破仑"③。但是到了张坤德的译作中，一部分反思现代科学技术的内容得以被翻译，一部分紧张对峙的内容则被选择性地消弭了。例如，《英包探勘盗密约案》中，原著曾有一段福尔摩斯在警厅收集情报时与官方警探 Forbes（译作"复勃斯"）之间的谈话，对于警方诘难的回应④，张坤德译文却做了缓和处理：

> 谓歇曰："汝知我捕房探得消息，乃就询，及勘得状，遂自居名，而使我辈不才，术诚巧矣。"
> 歇曰："从前我办五十三案，才得其四件，余皆捕房查得者，我等诚无能耳。汝言殊误，然我不怪汝。"⑤

原著中，面对尖酸的（tartly）、关于自己利用警方信息破案却占据荣誉的指控，福尔摩斯强调的是自己所办 53 件案子中，只有 4 件案子署过名；到译文中则变为了福尔摩斯承认其余案件都为"巡捕房"查得，进而承认自己的无能，

---

① 瑞人挪勃而散财以兴格致 [J]. 时务报，1897（37）：18-19.
② 麦孟华. 总论·民义第一 [J]. 时务报，1897（28）：1-4.
③ 呵尔唔斯缉案被戕 [J]. 张坤德，译. 时务报，1897（27）：17-19.
④ 原著为：Said he tartly. "You are ready enough to use all the information that police can lay at your disposal, and then you try to finish the case yourself and bring discredit on them." "On the contrary," said Holmes, "out of my last fifty-three cases my name has only appeared in four, and the police have had all the credit in forty-nine. I don't blame you for not knowing this." 参见 DOYLE C. The Complete Sherlock Holmes [M]. London：Vintage Books，2009：458.
⑤ 英包探勘盗密约案 [J]. 张坤德，译. 时务报，1896（7）：15-18.

完全违背了原意。类似的情形，还有《继父诳女破案》中，开头福尔摩斯对于警察案件报告陈词滥调的批评，被全部删除。而小说结尾处，当需要惩戒欺骗继女情感、图谋其财产的继父时，法律的缺憾让作恶者无从受罚，相反福尔摩斯自身要因人身攻击和非法拘留而面临起诉威胁，原著的表述是"The law cannot，as you say，touch you."　"yet there never was a man who deserved punishment more"（可译作"如你所说，法律奈何不了你""可再没有谁应比你受到更大的惩罚"），张坤德则简化为"律虽无惩汝之条"①，相比于原作体现出的主人公悲愤于在罪恶面前正义和法律皆无从措手，译文中情感表述被弱化许多。显然，作为译者，张坤德更愿意站在群体的角度，维护社会法律、道德及警察的权威。

同样的情形还出现在张坤德对于原小说中女性形象的处理上，柯南·道尔的小说对于维多利亚时代女性社会地位的提升，包括女性接受教育、参加工作、自由恋爱，有着较多的描写。在张坤德的译作中，也出现了独立自主的现代女性形象，《继父诳女破案》中，女主人公 Mary Sutherland（译作"迈雷色实"），恰是靠着经营铅印打字和股票实现了物质的丰盈自足。原作中关于女子地位的表述甚至在译文中得到强化，例如，两段女主人公的独白，可以对比 1981 年群众出版社与《时务报》上两个版本的翻译：

群众版陈羽纶的翻译为：

"不让女人做她愿意做的事是没有用的，她总是爱干什么就会干什么。""他总是说，女人家应当安于同自己家里的人在一起。不过我却常常对母亲说，一个女人首先要有她自己的小圈子，而我自己还没有。"②

张坤德在《时务报》上的翻译为：

"女子欲有为，诚无可以禁之之术也。""常言女子当于室中自娱，而我

---

① 继父诳女破案［J］.张坤德，译.时务报，1897（26）：16-18.原文参见 DOYLE C. The Complete Sherlock Holmes［M］.London：Vintage Books，2009：201.
② 阿·柯南道尔.福尔摩斯探案全集：上［M］.丁钟华，等译.北京：群众出版社，1981：338.

常语吾母，女子当求友，我无友。"①

　　相比于原著，《时务报》上的文言译文剥离了具体情境，将女主人公这段话的立意，从女子当摆脱室中自娱的状态、当求友、当有为的角度进行了拔高，这显然与甲午至戊戌时期，维新知识分子及《时务报》有关女性解放的呼声相关联。但这并不是侦探小说译介中对待女性形象的唯一方式，在张坤德译自《伦敦俄门报》的第一篇侦探小说中，开头对于女性的描写，"韶秀若西班牙美人。而唇颊间，微露狠恶之状，且似意识不定，易为人指使者"②，不仅明显地破坏了侦探小说的叙事悬念，且又回到了传统叙事文学蛇蝎美人的窠臼模式。在《继父诳女破案》中，女主人公出场时身着盛装"以德文郡公爵夫人卖弄风情的姿态"（In a coquettish Duchess of Devonshire fashion），这类在中国读者看来颇为出格的女性描写被译者直接删除；福尔摩斯对其"是一个非常有趣的研究对象"（Quite an interesting study），被译为"此女如斯，诚可作闺壶师范矣"，平添了几分道德评判色彩。《记伛者复仇事》里对于"love"一词的翻译，在观念隔阂及尚无合适的对应译词的背景下，则只能选择以"悦之"代替，回归了传统文学温柔敦厚的表达方式。显然，在维新派知识分子期望以小说作为改良群治之工具的大背景下，一旦小说的人物和语言离开国家之"群"的意义圈，在翻译的过程中势必将面临译者自觉的文化干预，从而失去原著人物形象塑造所具有的光彩。

三、曾广铨与《长生术》

（一）性别观念的越界与过滤

　　如果说作为《时务报》上乃至整个维新运动时期"附印说部"的实践操作，张坤德翻译的《福尔摩斯探案集》系列聚焦的是代表着近代理性精神、掌握科学知识又追求正义公平的男性侦探形象，那么经过翻译文本呈现出的女性人物形象，则因为附着了传统道德目光的文字笔调，多少失去了原作中维多利亚时代新女性的光彩。而在柯南·道尔的《福尔摩斯探案集》之后，《时务报》

---

① 继父诳女破案［J］. 张坤德，译. 时务报，1897（24）：17-18. 原文为"There was no use denying anything to a woman, for she would have her way." "He used to say that a woman should be happy in her own family circle. But then, as I used to say to mother, a woman wants her own circle to begin with, and I had not got yet." 参见 DOYLE C. The Complete Sherlock Holmes［M］. London：Vintage Books，2009：194.
② 英国包探访喀迭医生奇案［J］. 张坤德，译. 时务报，1896（1）：22-25.

上登出的另一位英国小说家的作品，却出现了对于中国读者而言全然陌生的情爱故事，以及更加个性鲜明的女性形象，其在性别观念上的越界，不亚于同时期林纾翻译的《巴黎茶花女遗事》。从1898年第60册开始，一直到《时务报》终刊的第69册，在每期的"附编"部分，后期接手负责"英文报译"栏目的曾国藩之孙曾广铨，连载翻译了英国小说家哈葛德的长篇作品《她》（She），并注明为"英国解佳撰"。《时务报》改名为《昌言报》后，小说的最后一部分被刊载于《昌言报》第1册。

曾广铨的译本题名为《长生术》，而哈葛德小说的英文题目为 She，对于当时尚未有"她"字产生用以专门指代女性的中国文人来说，不仅意味着直接翻译原题的困难，也面临着原作中一种性别观念的越界和冲击。小说中，西方冒险题材中常见的"英雄男性"形象不复存在，被浓墨重彩描写的是大胆追求爱情的女性"她"，其中不乏被视为禁忌的情欲书写，处在人生迷茫中的男主人公甚至需要女性情欲所代表的生命力来拯救。当 She 于1887年首次发表时，在妇女地位已大为改观的维多利亚时期的英国，这一"惊人的罗曼史传奇"大卖之余，尚且受到一些批评，更毋论晚清时期的中国。曾广铨在翻译小说引言时，特意加入了原文所没有的一句表述，"卷中情节过奇，恐遭物议"①，显然也是预估了小说情爱主题和性别观念可能遭遇的风评。而其引言开头亦称：

> 本传所述各情，情节离奇，人间罕有，近夫虚诞，不得不稍述端倪，以释众怀。②

尽管如引文所言，曾广铨对于 She 的翻译显得小心翼翼，但这一颇具传奇浪漫气息的情爱故事最终被他完整地翻译至《时务报》上，在倡导广译西报、西学的维新刊物中独树一帜。小说中，男女在情爱关系中的地位发生了逆转，男主人公何礼（Holly）虽已是英国剑桥大学的教员，却因为久困书斋，在20多岁的年纪出现了身体衰退迹象，以至于被女性嘲笑为怪胎。一天身患重病的同事文玺（Vincey）突然造访，在去世前将幼子立我（Leo）以及记载着其祖先噶礼克讷帝士（Kallikrates）与埃及公主爱情故事的陶片托付给何礼。立我长大

---

① 解佳．长生术［J］．曾广铨，译．时务报，1898（60）：1-3.
② 解佳．长生术［J］．曾广铨，译．时务报，1898（60）：1-3. 原文为 I suppose one of the most wonderful and mysterious experiences ever undergone by mortal men... I was still more astonished，as I think the reader will be also. 参见 HAGGARD R H. She：A History of Adventure［M］．New York：The Modern Library，2002：3-7.

后，虽然外表英俊，有众多女性爱恋，却并不敢接受异性的追求（曾广铨译为"逃脱粉黛胭脂之关"），在非洲冒险的途中，他亦时常显出幼稚软弱的一面，一度生命垂危需要女主人公的救助。

相比这些出现生命力衰退迹象的男性，充满了情欲和活力的女性，如同弥赛亚降临一般，成为男性的救世主。当两位男主人公前往非洲，见到已经长生了两千年之久、美丽妖艳且残忍霸道的女王，即陶片中称为"必须服从的她"（She who must be obeyed），经过了一系列磨合与冲突后，连何礼这位原本具有厌女症（misogyny）的理性之人（rational man），最终都为其风姿所倾倒。小说的第二十五章名为"生命之魂"（The Spirit Of Life），在这一章，立我最终放下了心中的戒备，爱上了这位前世的情人，何礼也如脱胎换骨一般，重新恢复了自信，获得了生活的乐趣。清末诗人邱炜萲在比较《长生术》与林纾所译《巴黎茶花女遗事》时，曾谓《长生术》"沉冗无味"，而《茶花女》"如饥得食"，乃"觉情世界铸出情人"①，旨在肯定林纾所译之言情小说，然而这一评价显然不全然符合曾广铨译本的实际。不仅哈葛德原作的故事情节在《长生术》中被基本保留，爱情（love）的主题也被曾广铨翻译成一个"情"字，并借用"儿女情肠""恩爱之情""世上男女相悦，无非因情动之"等一系列本土化的语词来表述小说中的旷世之恋。在译作中，男主人公"情之所致"，甚至不惜为之"取祸""灭福"的冲动，被通过第一视角的独白传神地翻译出来：

> 以其二千余年之阅历，抱无限之权术，加以明眸皓齿，一见颜色，即已情迷，虽明知取祸之道，灭福之源，自今日始，然情之所致，无可挽回，只得复效前人，任听其变为野兽而已。②

这种因于情爱、由文明人复归向野蛮的冲动，恰恰构成这本小说在《时务报》众多译稿中的独立价值——对于西方现代性文明的反思。而承担反思现代文明、张扬生命活力功能的，恰恰是女性角色。小说中另一位女性形象，黑人部落的乌丝塔妮（Ustane），见到立我后一见倾心，其方式是直接"将立我搂抱入怀，亲其嘴"，面对女王"她"的死亡威胁，依然不离不弃。不惟女性勇敢坚持自我，黑人部落首领毕拉里（Billali）亦对外来的白人男性表示："我国风俗，

---

① 邱炜萲．巴黎茶花女遗事［M］//陈平原，夏晓虹．二十世纪中国小说理论资料（1897—1916年）：第一卷．北京：北京大学出版社，1989：30.
② 解佳．长生术［J］．曾广铨，译．时务报，1898（63）：10-12.

重女轻男，以无女人则人类必灭，故敬重之，不忘本也。"① 这一从生命起源和人类繁衍角度对于女性地位的推崇，借助非洲部落的风俗呈现出来，无疑为以男性为中心的中西方社会读者提供了全新的性别视野。

哈葛德小说中，有关男女情爱的描写充满了张力，女王对作为自己情人转世的立我采取的主动追求方式，不仅意味着在传统两性关系中身份的越界，同时也交织着人类爱恋与嫉妒、付出与占有的正负情感两极。在女主人公"她"出场后，多处出现西方文学中所常见的"蛇"的意象。这些意象一部分被曾广铨翻译了出来，如"她"出场时，从体态到服饰，都呈现出蛇一般的妩媚："衣白色，似系细布，身材婉秀如蛇，脚下着草鞋，用金纽扣，腰间缠金带，带以金为之，织成两首蛇形。"② 在原作中，这一类的描写则更多，如用蛇发起进攻时的姿势来表现"她"发现情敌时的攻击性，"throwing back her head like a snake about to strike"③；以蛇在蜕皮时发光的灿烂来形容"她"脱去面纱后的神采，"shining and splendid like some glittering snake when it has cast its slough"④。哈氏通过"蛇"的比喻，将女主人公"她"从外表到个性的妖艳特征呈现了出来。

这些通过蛇的意象对于女主人公"她"的描写，让人联想到《圣经》中诱惑人类始祖夏娃、亚当偷食禁果的蛇，正是蛇的狡黠唤醒了人类沉睡的欲望。在中国古代小说中，也一直有"蛇蝎美人"的形象传统，甚至于在《时务报》第 1 册上，张坤德所翻译的西方侦探小说中，依然有毒妇人形象的出现。相对这些"蛇蝎美人"形象，小说 She 所塑造的女主人公形象，超越了简单的褒贬，更加趋向于表现人性的多元复杂。面对大胆的情爱追求，立我最终放下了对于蛇蝎美人的警惕和拒斥，一直理性克制的何礼，亦被"她"身上独有的魅力征服。这些观念和内容，在曾广铨的译文中得到了较为完整的保留和接受，他在译本《长生术》中，对于"她"的描写片段，甚至还添加了一些中国化的表达，称曰"观止矣"，又通过"她"表示："凡人世之好恶甘苦憎爱，饮食男女，天地之日月昼夜，皆世上应有之事。"⑤ 此种对于女性身体之美和自然情欲的肯定出

---

① 解佳. 长生术 [J]. 曾广铨，译. 时务报，1898（62）：7-9.
② 解佳. 长生术 [J]. 曾广铨，译. 时务报，1898（63）：10-12.
③ HAGGARD R H. She：A History of Adventure [M]. New York：The Modern Library，2002：157.
④ HAGGARD R H. She：A History of Adventure [M]. New York：The Modern Library，2002：190.
⑤ 解佳. 长生术 [J]. 曾广铨，译. 时务报，1898（65）：16-18.

现在晚清中国的公共媒介上，无疑已是巨大的进步。

当然，尽管曾广铨在翻译过程中，努力以本土化的方式传达着原作中的女性形象描写和情爱主题表达，但与张坤德翻译《福尔摩斯包探案》一样，《长生术》中依然存在大量内容删减和观念过滤的现象，并时不时会在译稿中加入译者自己的道德评判。较之哈葛德的原作，《长生术》中有关情爱的表达和书写内容被大大削减了，不少关于女性形象诗性的描写，以及歌咏爱情的诗歌被直接删去，如第二十三章众人来到科尔城古塔遗迹，见到"真理女神"雕像及镌刻其上一段有关爱情、真理与人之宿命的铭文，本是对全篇小说主旨的升华，却被曾广铨以"有诗一章，以赞其美，因不识其文，无从译录"① 的方式，轻描淡写地略去。此外，译作中还增添了一些道学色彩的文字，如描绘"她"时，赞叹其美艳之余，又从译者的角度表达了对于"纵情过度""理学废弃"的担忧，称其"非善类之艳，乃妖艳也。只可意会，不能言传""再加细验，则察出已系纵情过度""见之者，并评其人为妖孽"②。男性面对女性魅力时的倾倒，在译文中则变为了"理学"与"女色"的对峙，女王对何礼表示"尔以为四十余岁之人，不至为女色动心，乃不片刻之间，尔已倾倒，理学已至何地"③。作为哈氏小说在中国的首位译者，曾广铨和其他中国读者一样，一面为离奇怪诞的爱情故事着迷，表现出对于其中两性观念的宽容乃至接受，一面又时常游离其外，以中国本土的道德观念来过滤原作中的情爱主题。

（二）文明冲突的视野和焦虑

在小说《长生术》的最后，女主人公浓烈炙热的情欲最终毁灭了自己，为引导立我往长生火塔沐浴永生之火，她自己率先踏入火中，却不料在火焰中迅速干瘪萎缩而死去；何礼和立我穿过非洲沼泽和瘴雾，经历了被野蛮部落扣留之后，搭上一条商船回到了英国，回归了文明世界。这一结局安排，在小说的情爱主题之外，似乎又增添了另一层意味："她"身上所具有的原始野蛮之生命力，虽然拯救了委顿退化的西方男性，却也因为无所节制而最终反噬其身，而作为两性之间发生观念冲突背后的隐喻，"她"身后所代表的非洲大陆，作为作者笔下的一片"卑湿之地"，与男主人公所在的当时世界上最强大的英国，形成了不同文明之间的比较视野和反差。

小说原作的副标题为 A History of Adventure（"冒险史"），冒险旅途中，西

---

① 解佳. 长生术 [J]. 曾广铨，译. 时务报，1898（68）：25-27.

② 解佳. 长生术 [J]. 曾广铨，译. 时务报，1898（63）：10-12.

③ 解佳. 长生术 [J]. 曾广铨，译. 时务报，1898（65）：16-18.

方人以象征着文明开化的视角审视作为他者的异域，本身就带有殖民主义的色彩。作为擅长此类题材的通俗小说作者，哈葛德曾到过英属南非担任殖民官员，文明之间的比较视角和冲突内容显然来自他在非洲的生活经验。与哈葛德经历相似的是，曾广铨也曾是一位外交官，他早年跟随养父曾纪泽出使英国多年，并担任过驻英使署参赞，是《时务报》同人中极少数近距离接触过西方社会的成员，故而他所期望的，是通过小说中蛮荒、落后的非洲来反观当时国人亟欲追赶的西方近代文明。在《长生术》中，主人公对非洲当地的首领自称"生于好学之国，愿朝闻道，夕死可也"，希望"寻新地，以广见闻"①，却不料在这一广见闻的路途中，见识到非洲部落的野蛮风俗，感叹其"视同类之生死，漠不关心，喜乐哀怒之性，远不及地球上平常之国"②。

　　作为与文明相对的野蛮之风，小说中所表现的非洲部落食人习俗，在译作中被保留下来，记为"外国来人至此，以热罐套其首，烹而食之"③。周作人后来谈起与兄长鲁迅一同读到《长生术》时的场景，对于此段内容记忆犹新，"说什么'罐盖人头之国'，至今还记得清楚"④。而带头实施对于何礼等人的袭击、企图烹食同行舵工的，正是部落中的一位女性，实施烹食的陶罐上甚至绘有情爱的场面（love scenes），曾广铨译作"绘有春宫人物"。当这位做杀人势之女搬弄着陶罐"向舵工出亲热淫荡之语"，并如同蛇一般缠绕爱抚作为猎物的男性时，何礼等人没在情欲面前迷失，而是在意识到这是食人前的仪式陷阱后，做出了愤怒的回应，"怒发冲冠，当时取出洋枪，向女施放，女人登时毙命"⑤。

　　于是，在小说的某些片段中，性别身份及观念的越界，于文明冲突的视野下又发生了逆转，白人男性作为西方文明的象征，时而展现出对于女性和非洲部落的评判甚至惩治。特别是当来自英国的何礼与立我，与统领着非洲部落的"她"展开有关英国政治文明的对话时，二人似乎又恢复了男性的魄力，围绕着民权、法律等问题，与质疑英国民主制度、期望取代英国女王建立一个像罗马一样帝国的"她"据理力争：

　　　　余与立我向前，斥其不应出此言。女主曰："汝为英民，敬重国后，理

---

①　解佳．长生术［J］．曾广铨，译．时务报，1898（61）：4-6.
②　解佳．长生术［J］．曾广铨，译．时务报，1898（62）：7-9.
③　解佳．长生术［J］．曾广铨，译．时务报，1898（62）：7-9.
④　周作人．鲁迅的青年时代［M］．钟叔河，订．周作人散文全集：十二．桂林：广西师范大学出版社，2009：648.
⑤　解佳．长生术［J］．曾广铨，译．时务报，1898（62）：7-9.

所当然，惟此为世常有之事，朕居此已久，岂朝章有今昔之殊乎？"

余曰："英国君主，必须代禅，虽有民权，不得擅易。"

女主曰："为君主者不过徒有虚名而已，有何实在，既是虚名，何难灭没？即以朕立为国主，有何不可？"

余曰："英国律例甚严，不能如此行为。"①

在原作中，"民主"（democracy）和"法律"（law）作为西方近代文明的标志，在与一个象征着古老过去的文明对峙时，被英国白人男性用作了辩驳的武器，以至于义正词严地警告"她"任何僭越的企图都会遭受法律的制裁，"any such attempt would meet with the consideration of the law"②。作为译者，曾广铨大段地删除和过滤小说中有关两性情爱的细节，在此段对话处却没有吝惜笔墨篇幅。作为《时务报》后期"英文报译"栏目的主持人，他与早期的栏目主持人张坤德一样，本身就保持着对西方文明特别是"日不落帝国"英国的关注。在其负责选编的"外国时务""中国时务"两部分，有关英国的内容占了绝大多数，《英俄两国关系》《英法修合约》《论英德用意各有所在》等涉及列国竞争的文章，以及《论中英近六十年交涉利弊》《英议院筹画中国情形》《中英交涉》等有关中英关系的时政要闻，皆被选为译介。《昌言报》取代《时务报》后，曾广铨继续主持报译栏目，不但完成了《长生术》的连载，并继续翻译了《英国考略》《中英时局》等文章。

可以看到，包括《长生术》在内，曾广铨对于翻译对象的选取，重点聚焦于文明与国家之间的冲突问题。与哈葛德不同的是，他在这种文明冲突视野中更多展现出来的，是基于非洲文明来反观中国自身命运的现实动机，这也正是《长生术》所蕴含的另一主旨内容：曾经盛极一时的文明走向衰亡。这一作者期望通过小说论述表达的主题，经由小说中的人物说出，似乎更有一层警醒读者、哀之鉴之的意味。当已经在非洲长生了两千年的女王向何礼询问外面世界的变迁以及埃及、希腊等文明古国的近况时，在一问一答之间，将埃及、波斯、希腊等国家民族在近世的境遇一一道出：

女主曰：埃及犹存乎？目今在位之法纳欧为何人，其犹波斯人乎？

---

① 解佳. 长生术 [J]. 曾广铨，译. 时务报，1898（68）：25-27.
② HAGGARD R H. She：A History of Adventure [M]. New York：The Modern Library，2002：253.

余答曰：波斯人去埃及，已经二千年，自是时及今，卜多勒灭人及罗马人，及他种人，分别前后入埃及，均经盛衰。

女主问曰：希腊犹存乎？希腊人物美丽，然心地凶恶，不可靠也。

余曰：希腊犹存，但今为衰世。

女主又问曰：希布鲁国仍在耶路撒冷否，明主琐罗门所建之大坛犹存乎？其耶稣已降世乎？今治天下乎？

余曰：犹太人已成亡国之辈，耶路撒冷已被罗马人所伤，今已瓦解，犹太故址，今已成荒。①

从文明冲突与竞争的视角，审视世界各洲国家民族的命运，进而反思中国的现状，本就是《时务报》同人译介西报西学的初衷。《长生术》中出现的英国与非洲文明，恰恰是西方中心视野下文明与非文明的两种典型，这些通过小说人物对话呈现出的世界国家与文明的兴衰历史，恰与《时务报》上有关文明问题的讨论形成了互文关系。不仅曾广铨、张坤德等人关注着英国，"东文报译"栏目中，古城贞吉译自《东京日日报》的《论中国现情》一文中，也曾有对中国为"往古文明之开"，尚是英国人"裸体野蛮、以山野为巢宅之时"，而"以今思昔，中国果有何进境乎"② 的追问。小说中出现的非洲大陆虽然距离中国遥远，却形成了全球化背景之下对中国文明在近世危机的参照。梁启超在《变法通议》中，将非洲与印度、突厥、波兰等区域在近代的衰亡相提并论，称：

> 非洲广袤，三倍欧土，内地除沙漠一带外，皆植物饶衍、畜牧繁盛，土人不能开化，拱手以让强敌矣。③

或许是意识到中国有如非洲一样、被排除于文明世界以外的风险，曾广铨在《长生术》中，不仅延续了以旧有名词来阐释新事物的译法，译大学为"书院"，称获得学位为"考取举人"，还将那些原作中为白人引以为傲的文明表述部分替换为中国的道德话语。当黑人首领欲用俘虏来试验枪之威力，被何礼严词阻止时，原作中强调的是应由法律和宗教来实施惩罚，"We left vengeance to

① 解佳. 长生术 [J]. 曾广铨，译. 时务报，1898（63）：10-12.

② 论中国现情 [J]. 古城贞吉，译. 时务报，1897（36）：19.

③ 梁启超. 论不变法之害（《变法通议》一）[J]. 时务报，1896（2）：1-5.

the law and a higher power"①,《长生术》中则阐释为"君子恕道"，由主人公正色回答，"不伤弱人，不擒二毛，君子仁恕之道"②；女王"她"出于占有欲，要杀害爱上立我的黑人女子乌丝塔妮时，立我谴责"她"是一个没有任何准则的人，什么事都能干出来，"for what may not be possible to a being who, unconstrained by human law"③,《长生术》中则译为"世上五伦道德，被其毁灭无遗，人无五伦，与禽兽又何别焉"④。小说第十七章中，男主人公何礼回答女王"她"有关当今世界所行之教的询问，在所列举各国文明的宗教中，曾广铨加入了原小说没有的"中国则信孔教"一句，在与原文形成词语转换和观念差异的同时，也隐含着译者内心面对近世文明竞争时的焦虑情绪。

（三）文本的旅行：从言情到保种

哈葛德小说文本在中国的初次旅行，展现了当时国人期望看到的"民族进步和文明延续的力量"⑤，其中隐约浮现的殖民主义色彩，更让中国本土知识分子警醒自身的危机。正是由于《时务报》同人在翻译有关非洲的文本时，将焦点集中在了"不能开化""拱手以让强敌"所产生的文明危机上，曾广铨翻译哈葛德的意义才并没有止于一部通俗小说的汉化，而恰与维新运动期间被翻译的政治时事文本一道，构成了思索中国如何面对外部世界的语境。特别是东西方文明冲突背景之下，黄种人意识的兴起，使得曾广铨对于两性之"情"从修辞到观念所进行的本土化处理，逐渐扩大到了国家文明、种族身份的层面。

如果说《时务报》上曾广铨等人主持的各国报译栏目，是企图通过翻译行动来观看西欧风景，接触科学发明、都市文化等近代文明事物，那么他们通过小说《长生术》观看到的非洲，则更多与"沼泽""荒野"等原始自然风光联系在一起。这些风景描写，隐含着西方权力话语的寓言，以及对西方以外非白人族群"野蛮"性质的身份隐喻，当男主人公初涉非洲大陆，见到原始动物之间争食的奇观时，很容易让人联想到小说中黑人部落野蛮的食人习俗：

---

① HAGGARD R H. She：A History of Adventure ［M］. New York：The Modern Library, 2002：109.
② 解佳. 长生术 ［J］. 曾广铨, 译. 时务报, 1898（62）：7-9.
③ HAGGARD R H. She：A History of Adventure ［M］. New York：The Modern Library, 2002：203.
④ 解佳. 长生术 ［J］. 曾广铨, 译. 时务报, 1898（65）：16-18.
⑤ 潘虹. 哈葛德小说在中国：历史吊诡和话语意义 ［J］. 中国比较文学, 2012（3）：106.

忽闻江心中有狮吼声，大约因鹿肉之鲜味引来，立我与余将洋枪持手中，向水内施放，击死其一，另有狮子一只，在水中大吼，狂奔回岸，似抱大痛。余既登岸，始明其故，右腿为鳄鱼所含，狮转首咬鳄喉，鳄因痛益咬狮腿，狮痛甚，愈形咆哮，以爪抓鳄首，血流满江，惨甚。半点余钟，两物皆死，亦可谓奇观矣。①

　　值得注意的是，在小说描绘的非洲风景中，并不缺少中国的元素，哈葛德常以"中国式"（Chinese）的文字、建筑乃至皮肤来形容所见到的非洲的景和人。显然，在作者的心目中，这些非洲的风景人物、文化民俗充满了与中国文明观感相近的神秘感及蛮荒感，同构为一个非西方文明世界的"他者"。例如，在小说的第十六章，主人公进入女王的陵寝，见到室壁上"中国式的文字"（Chinese writing），曾广铨译为"颇与支那（即中国）籀文相仿"。其中，不乏一些带有种族歧视色彩的文字：如小说的第六章，当主人公进入黑人部落时，打量那些手持长矛、赤身裸体的野蛮男性，一部分人的肤色被形容为像中国人那么黄，"as yellow as a Chinese"②；第十章，非洲部落首领毕拉里落入泥沼，哈葛德用了"like a Chinaman's freshly oiled pigtail"③，称其头发像中国人刚涂过油的"猪尾巴"。这些专指中国人种肤色及装扮的侮辱性文字，自然被曾广铨在翻译的过程中删去。

　　相比之下，在非洲统治着黑人族群、宣扬爱情不朽的女王，却被哈葛德塑造为一位美丽的白人。初次出场的描写中，作者在凸显"她"如蛇蝎一样性格和欲望的同时，也有意强调着其作为"白人"的身份——双臂洁白又浑圆（white and rounded arms）、乳房银白如雪（snowy argent of her breast）、身着白色的裙子（white kirtle）。作为在非洲大地长生了两千年的统治者，"她"不仅等待着白人情人转世，命令手下"白人来，不可杀之"，更以白人的眼光审视黑人的行为，谓之"狗性蛇行，食人之辈""苦穷白人，欲杀其仆"④。于是，小说中通过"她"表现的爱情主题似乎也附着了种族身份的意识：当面对白人男性情人时，她可以是富于幻想、温柔的女性，坚信爱情可以使一切变得美好，"love，

①　解佳.长生术［J］.曾广铨，译.时务报，1898（61）：4-6.
②　HAGGARD R H. She：A History of Adventure［M］.New York：The Modern Library，2002：81.
③　HAGGARD R H. She：A History of Adventure［M］.New York：The Modern Library，2002：123.
④　解佳.长生术［J］.曾广铨，译.时务报，1898（64）：13-15.

which makes all things beautiful"①；面对黑人部落的臣民时，却复变为心狠霸道的君主，对外宣称自己生活的地方是地狱，自己统治的则是一群禽兽不如的野蛮人，"barbarians lower than beasts"②。

　　哈氏原作中白人与黑人的二元对立，以及无处不在的种族优越感，对于向来严于"夷夏之防"、却又正经历"用夷变夏"的中国士人而言，无疑是十分敏感且棘手的内容。所谓"五色黄属土，土居中央。西人辨中人为黄种，是天地开辟之初，隐与中人以中位"③，"华夏"对"四方之夷"的中心本位，在依然为部分中国士绅文人所坚持的同时，也不可避免地面临着现实的冲击。1898年在《昌言报》第1期，曾广铨曾与章太炎一同翻译了《斯宾塞尔文集》中的《论进境之理》，介绍宇宙万物的进化学说，适逢严复在甲午战争后翻译赫胥黎《天演论》，中国的士人精英已经日益感觉到文明冲突背后的"旧种渐湮，新种迭盛"，进而感慨"大地之上，我黄种及黑种、红种其危哉"④。同时，《时务报》同人也保持着对"西方中心"及白人优越论的警惕，梁启超在《变法通议·论变法不知本原之害》中即指出今日变法之弊之一，乃在于"以为黄种之人，无一可语，委心异族，有终焉之志"⑤，章太炎则在《论学会有大益于黄人亟宜保护》《论亚洲宜自为唇齿》两篇中，提出"修短有异，黄白有别，则德性风俗亦殊"⑥，并抛出"亚洲唇齿"论，号召同为黄种的东亚诸国共同抵御西方。

　　1897年《时务报》第33册上，晚清时期遍游欧西各国、积极从事洋务运动的马相伯，曾署名"求在我者"刊文《枪不杀人》，以枪这一现代武器为引子，讨论欧洲各国在非洲的殖民侵略，称洋枪虽利，然"用之于非洲之北，……而意军是日死于敌人之戈刃者，盖万六千""英之用于非洲南也，虽中黑人，仍不能禁其踊跃以前"，使得"欧洲振动，咸云文明败于野蛮"。他表示：

　　　　西人万国史至有谓黄种之支那，直一虚生人世无用之物耳，惟欧洲之白种，日出新奇以眐人类，历观白种人之所至，他种非臣妾而师事之，乃

① HAGGARD R H. She：A History of Adventure ［M］. New York：The Modern Library，2002：249.
② HAGGARD R H. She：A History of Adventure ［M］. New York：The Modern Library，2002：150.
③ 叶德辉. 叶吏部与南学会皮鹿门孝廉书 ［M］//苏舆. 翼教丛编. 上海：上海书店出版社，2002：167.
④ 孙宝瑄. 忘山庐日记：上 ［M］. 上海：上海古籍出版社 1983：280.
⑤ 梁启超. 论变法不知本原之害（《变法通议》之二）［J］. 时务报，1896（3）：1-2.
⑥ 章炳麟. 论学会有大益于黄人亟宜保护 ［J］. 时务报，1897（19）：3-6.

自取灭亡之道也。求在我者曰：其视亚非等洲如猎场，人如原兽，恣其杀伐攻取，原非一日矣，即有以劝善为怀者，而其轻视非白之习，盖根于性，生于色，不肯须臾忘也。①

在《长生术》中，枪是白人进入黑人部落后采取自卫的有效武器，也是文明与野蛮的区分标志。小说的第八章与第九章，主人公正是使用象征着现代文明的洋枪，在食人宴席中击退手执长矛的黑人，救出即将被抛入煮肉之罐的舵工。以枪救人后，黑人首领毕拉里向何礼询问枪"是为何器"，何礼"乃将火药之理与之发挥"，当毕拉里想用俘虏试试枪的威力时，立刻被何礼喝止。枪的使用，不仅从白人的角度象征着当地原住民的愚昧，更暗示着异族风俗的野蛮。这一情节安排，正体现出文明竞争之下所谓的"轻视非白之习"，惟白种"日出新奇以贻人类"，而视其他种族为无用之人，其文本对于处于"亚非猎场"湮灭危机中的黄种读者而言，同样有着警醒之意。

保种意识的散布，让小说 She 中原本并不易为中国人所接受的情爱主题和性别观念，与维新运动中的女性解放浪潮发生了奇妙的关联。在曾广铨翻译《长生术》的同时期，推崇女性在种族之存续方面的作用，也为中国士人提供了接纳想象另一种女性形象的可能。《时务报》上，女性一度被形容为保国强种的关键，不惟译报栏目中出现有"夫涵养生民志气，在襁褓之中者，实为妇女之天职也"② 一类的论调。梁启超在《变法通议·女学》中，同样从种族保存、进化的角度提倡女学，称"西人言种族之学者，以胎教为第一义"，故"妇学为保种之权舆也"③。当时在各地兴起的不缠足运动也被引申到挽回黄种式微、保存国家种族的大义上来，例如，1898 年 5 月在湖南的《湘报》第 53 号上，便刊出刘颂虞、黄圣清等 14 位湖南士绅的《公恳示禁幼女缠足禀》④，他们在文中呼吁：

> 夫今日之急务，必咸曰富家富国以新气象，强种繁种以固基本，而不禁缠足，终无起点之术，何者？天生一人，即有一职业，以令自养，今二万万女子嗷然待哺，重困男子，生计艰窘，家即如此，国亦随之……黄种

① 求在我者. 枪不杀人 [J]. 时务报，1897（30）：22-23.
② 过波兰记 [J]. 古城贞吉，译. 时务报，1896（15）：24-25.
③ 梁启超. 论学校六·女学（《变法通议》三之六）[J]. 时务报，1897（23）：1-4.
④ 除了第 59 号外，同年《湘报》第 149 号还曾登出《新化县士绅等〈公恳示禁幼女缠足禀〉并批谕》，系当时尚为童生的陈天华联合同乡生员所作。

之式微，不忍言其究竟矣，可不哀哉！①

　　几乎在同时期，林纾翻译了西方小说《茶花女》，并在1899年与《长生术》一道由昌言报馆合印出售。同样是表现女性与爱情，前者收获了远远超过后者的关注。正因为在翻译过程中对于文明种族问题的偏向性，使得《长生术》中"她"作为女性形象体现出的魅力，较之《巴黎茶花女遗事》中虽落风尘却追求独立人格与爱情的玛格丽特，要削弱了许多。救亡图存、强国保种的现实需要，让这一时期的性别观念解放带有了更加强烈的现实功利色彩，这种观念意识最终投射在曾广铨对于哈葛德 She 的翻译实践中。

　　《长生术》作为译本，突出描绘的女主人公，除了是妩媚妖艳、浪漫痴情的女性，也是准备开疆拓土、建立功勋的女强人，对于"她"从深陷爱情且与世无争突然转向改变世界秩序并建立帝国的野心，曾广铨选择了重点翻译。译文中，何礼对女王建立帝国后所期待的物质生活改善，被转译为"天下大事，必有一番变动，若有此环球之主，争战尽息，岂非宇宙一大统之时乎"②；而原作中"她"无视世俗观念，对于何礼的引诱，则变作了圣人"三不朽"的劝说，称"若向未来设想，则兴致勃勃，甚欲立德立功立言，尔少年英雄，无甚可追悔之事，学问未成，不如从师于朕"③。特别是第十八章，女王对于何礼的告诫，称"天下事，惟强者得之，强者无敌，弱者必亡。譬如一树结果之后，新长之枝，其力必胜于旧"④，几乎是维新运动时期盛行之文明竞争、种族进化观念意识的宣讲，相比于原小说中被选择性过滤的个人情欲书写，女性从属于强国保种等群体事业之性质，在曾广铨这些翻译细节中被不断凸显。

　　需要指出的是，在此之后，不满意作为游戏笔墨的《茶花女》的译者林纾，也开始注意到哈葛德的作品，并陆续翻译了十余本哈葛德的小说，成为晚清时期翻译哈葛德作品最多的中国译者。这些作品中，包括《鬼山狼侠传》（*Nada the Lily*）、《埃及金塔剖尸记》（*Cleopatra*）、《斐洲烟水愁城录》（*Allan Quatermain*）等，其中亦涉及一些相似的女性形象和情爱题材。他甚至追随着张坤德在《时务报》上对于侦探小说的翻译，翻译了七部柯南·道尔的侦探小说。⑤

---

①　士绅刘颂虞等公恳示禁幼女缠足禀［J］. 湘报，1898（53）：210-211.

②　解佳. 长生术［J］. 曾广铨，译. 时务报，1898（68）：25-27.

③　解佳. 长生术［J］. 曾广铨，译. 时务报，1898（64）：13-15.

④　解佳. 长生术［J］. 曾广铨，译. 时务报，1898（65）：16-18.

⑤　有关林纾的翻译小说，马泰来曾编有《林纾翻译作品全目》。参见钱锺书，等. 林纾的翻译［M］. 北京：商务印书馆，1981：60-98.

1910 年，在曾广铨翻译哈葛德小说之后 12 年，林译版本的 *She*（中文名为《三千年艳尸记》）通过商务印书馆刊印，恢复了原小说更多的描写段落和人物细节，并在跋中评价"哈氏之书多荒渺，不可稽诘，此种尤幻"①，似乎超越了曾广铨的翻译动机。但通过他在序跋中对于哈葛德、柯南·道尔两位作家的评价可以看出，让他声名远播的"林译小说"仍是因循着《时务报》同人有关译印小说的设计方向：

> 畏庐曰：埃及久不国矣。……人民降伏归仰，无所拂逆，若具奴性。哈氏者，古之振奇者，雅不欲人种中有此久奴之种，且悯其亡而不知恤，忽构奇想，为埃及遗老，大张其檀。(《〈埃及金塔剖尸记〉译余剩语》)②

> 法国元气凋伤，至鲁意十六，大祸始肇。视民轻者身亦不国，鲁意十四其足悲矣！书叙非色野华侈之观，鲁意骄寒之态，两美竞媚之状，群臣趋走卑谄之容，作者不加褒贬，令读者自见法国当日危弊，在于岌岌。(《〈恨绮罗愁罗记〉序》)③

林纾在自己的翻译中努力建构小说文体与文明、国家、种族等宏大主旨之间的价值关联，这些小说及作品背后隐含的种族观念和文明意识，在经过时务报馆传播的过程中，也的确在青年读者中间产生了影响。周作人在 1901 年的日记中，记录了他与鲁迅一同阅读经由《时务报》同人翻译、最后通过昌言报馆印刷发行的两部小说，"上午……大哥来，带书四部。……下午，大哥回去，看《包探案》《长生术》二书，……夜看《巴黎茶花女遗事》一本竟"④，后来周氏兄弟翻译《域外小说集》，尤其注重那些被压迫民族作者的作品，且对于小说，"并没有要将小说抬进'文苑'里的意思，不过想利用他的力量，来改良社

---

①　林纾.《三千年艳尸记》跋［M］//李今.汉译文学序跋集：第一卷.上海：上海人民出版社，2017：488.

②　林纾.《埃及金塔剖尸记》译余剩语［M］//李今.汉译文学序跋集：第一卷.上海：上海人民出版社，2017：146-147.

③　此篇序为翻译柯南·道尔小说 *The Refugees*：*A Tale of two Continents* 后作。参见林纾.《恨绮罗愁罗记》序［M］//李今.汉译文学序跋集：第一卷.上海：上海人民出版社，2017：382.

④　周作人.周作人日记：上［M］.郑州：大象出版社，1996：276.

会"①。作为仅有的两篇被《时务报》翻译连载的域外小说，《时务报》上的小说译介在之后的 10 年间，不仅仅在阅读和翻译的对象上得到了延续和补充，其以说部为方法、有关于小说的功能定位和价值取向，也依然在中国本土文人对于小说的翻译和创作实践过程当中不断浮现。

---

① 鲁迅. 我怎么做起小说来［M］//鲁迅全集：第四卷. 北京：人民文学出版社，2005：525.

第五章

"时务"范式的传播与影响

一、相继而作的《知新报》

(一)《广时务报》的设想

《时务报》在上海的创办，为中国知识阶层利用报刊媒介容纳新知、讲求时务提供了一种全新的范式，举国驱之、如饮狂泉的"时务文体"也成为文人群体依托新兴印刷媒介进行写作的参照。伴随着《时务报》的风行海内，这种办报体例与文字风格很快就有了仿效者。光绪丙申年（1896年）十月，在《时务报》创办后不久，受到葡萄牙籍华商何穗田的邀请，康有为在弟子梁启超的陪同下，前往澳门游历，并与何商议了在当地创办一份报刊的事宜。关于此事，康有为在《我史》中略有记录，称："十月至澳门，与何君穗田创办《知新报》，将游南洋，不果。穗田慷慨好义，力任报事，后还省城。"① 无缘直接参与时务报馆的编撰工作，加之在张之洞等人的干涉下，时务报馆经理汪康年对于宣传"康学"的抵触，使得康有为希望借助华商的力量，以康门弟子为主，在南粤地区再办一份维新刊物，与上海的《时务报》遥相呼应。而选址在当时作为葡萄牙殖民地的澳门，既有靠近自己影响范围、便于直接管控的思虑，也有摆脱内地保守势力干扰、进一步宣扬其改制及民权思想的考量。

作为康有为的弟子代表，梁启超在十月接连去信给汪康年，向其介绍《知新报》的筹备事宜。先是在本月十三日的信中，梁启超告之曰："澳门顷新开一报馆，集款万金，亦欲仿《时务报》之例，十日一出，其处人必欲得弟兼为主笔。弟告以到沪后，看事忙否再定。"② 后于二十一日又去信一封，表示这份南粤地区的报纸，乃是仿效《时务报》体例所办，有推广《时务报》范式之意，故拟命名为《广时务报》。

---

① 康有为.康南海先生自编年谱［M］//蒋贵麟.康南海先生遗著汇刊（廿二）.台北：宏业书局，1976：37.

② 梁启超.梁启超函：十九［M］//汪康年师友书札：二.上海：上海古籍出版社，1986：1845.

光绪二十三年正月二十一日（1897 年 2 月 22 日），《知新报》第 1 册正式出版发行，馆址设在澳门大井头第 4 号，每五日一出，后于第 17 册改为旬刊，与《时务报》一样每十日出刊。① 在创刊号上，梁启超与另一名康门弟子吴恒炜分别撰写了《〈知新报〉叙例》与《〈知新报〉缘起》，末尾处还刊登有介绍报馆主要成员的《本馆总理撰述翻译名列》。在这份名单中，何穗田与康有为之弟康广仁共同担任报馆总理，何树龄、韩文举、梁启超等 8 人列名撰述，周灵生、宋次生、沙士等 6 人负责翻译。② 吴恒炜在连载于第 1~3 册的《〈知新报〉缘起》中，延续了《强学报》《时务报》对于报刊功能的定位，称"太史采风，辅轩远使，诗之风雅，审民俗之情，周官诵方，察四国之慝""报者天下之枢铃，万民之喉舌也。得之则通，通之则明，明之则勇，勇之则强，强则政举而国立，教修而民智。故国愈强，其设报之数必愈博，译报之事必愈详"③。将报刊与周代通过诗歌采风观政的传统相比拟，又将之与启蒙民智、振兴国家的现实主题相关联，此种对于报馆功能的预设，也注定了《知新报》作为维新舆论阵地、与《时务报》南北相呼应的地位。

分处沪、澳两地，两份报刊之间的联系是多方面的。从所载内容来看，《知新报》包括了论说文章、上谕恭录、京外近事、各国报译、路电择录等栏目，如梁启超此前在信中所言，基本延续了《时务报》的体例。在人员组成方面，两本刊物同样有着较多的交集，梁启超、徐勤、麦孟华、欧榘甲等曾担任《时务报》主笔撰述的康门弟子，先后为《知新报》供稿。这些稿件中，不乏梁启超《说群自序》这样同时刊载于两本刊物的文章。林琴南的《闽中新乐府》在《时务报》初试登出后，复将 32 首新乐府连载于《知新报》上，继而引领了《知新报》上"诗词杂咏""诗词杂录"等栏目的写作方向，推动《知新报》持续刊登具有"诗界革命"性质的诗词作品。④ 当时已是户部郎中、曾以"瑶林

---

① 戊戌政变发生后，《知新报》凭借澳门地区的特殊环境继续出刊，并于 1900 年第 114 册起，改为半月刊，至 1901 年第 133 册后停刊。

② 列名《知新报》撰述的分别为三水何树龄、番禺韩文举、新会梁启超、三水徐勤、顺德吴恒炜、顺德刘桢麟、番禺王觉任、南海陈继俨，担任翻译的则是英文周灵生、葡文宋次生、德文沙士、法文罗渣、美文甘若云、日文唐振超。参见本馆总理撰述翻译名列 [J]. 知新报，1897（1）：15.

③ 吴恒炜.《知新报》缘起：续前稿 [J]. 知新报，1897（3）：1-3.

④ 除了 1898 年林琴南在《知新报》上刊载《闽中新乐府》以外，从 1900 年第 113 册开始，到 1901 年第 133 册停刊，包括康有为本人在内，丘逢甲、丘菽园、蒋同超、钟祖芬等清末诗人亦曾在《知新报》上发表诗作。有关《知新报》所刊诗词情况，参见左鹏军. 澳门《知新报》所刊诗词考论 [J]. 岭南文史，2006（2）：28-33.

馆主"为笔名向《时务报》投稿的陈炽,也将自己的政论文《美德宜力保大局说》《英日宜竭力保中说》,投往这本地处南海之滨的维新刊物。而在报刊的推广发行环节,《知新报》除了在澳门、香港及广州地区增加了专门的派报处以外,在其他省份的派报处则注明"同上海《时务报》"①,甚至在上海四马路的时务报馆内,还设立了《知新报》分馆,"所有外埠来函径达时务报馆可也"②,两个报馆几乎共用了同一套传播网络。

正因为有着如此之多的关联,《时务报》同人在内容的编写方面,也给予了《知新报》足够的关注,并将之与《时务报》相提并论。清宗室爱新觉罗·寿富在发表于《时务报》的《知耻学会后叙》中,将《时务报》《知新报》二报分别视为沪粤两地士人知耻而后勇的行动成果,表示:"上海士大夫,闻而耻之,创立时务报馆,以讽天下,哀哀长鸣,血泪盈简。粤东士大夫,闻而耻之,创《知新报》,以开民智。"③ 1897 年第 31 册、1898 年第 51 册的《时务报》上,先后登出《〈知新报〉馆告白》《广西洋务总局司道饬全省府厅州县购阅〈知新报〉札》《兴化府张太守购时务报〈知新报〉发给书院示》等各地购阅《知新报》的公文,继续为这份兄弟刊物宣传造势。一些地方官绅则将《知新报》视为《时务报》以外另一重要的维新舆论阵地,期望通过阅读来推动本地士绅讲求时务的风气。当时广西洋务总局的官员便在饬令全省订阅《知新报》的札函中称:

> 今京师首辟官书局,上海《时务报》,皆以官报广行天下。今澳门知新报馆,又相继而作,其说论明正,深通时变,犹能激励愤耻,博深切明,其所译西国政事,以及农商化电等学,足见泰西富强之本。④

除了体例的效仿、人员的交叉以及文章言论的互动外,《知新报》也力图在《时务报》的基础上有所增益。梁启超在《〈知新报〉叙例》中,既肯定了《时务报》的成绩,也针对其在办刊过程中的缺漏做了总结,他表示:"去年结集同志,设馆海上,负山填海,绵薄滋惭,顾承达人,谬见许可,曾靡胫翼,已走

---

① 本馆代派报处 [J]. 知新报, 1897 (1): 15.

② 《知新报》创刊后在上海时务报馆内设分馆,后曾一度"迁往新马路梅福里",因"嫌其地太僻",又迁回位于四马路的时务报馆。参见本馆告白 [M]. 知新报, 1897 (1): 15.

③ 寿富. 知耻学会后叙 [J]. 时务报, 1897 (25): 25.

④ 广西洋务总局司道饬全省府厅州县购阅《知新报》札 [J]. 时务报, 1897 (28): 10.

陬潆。岂非恒饥之子不择撰而食，去国之客见似人而喜者耶？篇幅隘短，编志漏略，记事则西多而中少，译报则政详而艺略，久怀扩充，未之克任。"① 显然，在《时务报》风行的同时，梁启超等人也期望以《知新报》的创办，来弥补《时务报》前期内容"西多中少""政详艺略"的缺憾。从戊戌政变以前《知新报》担任论说部分作者的成员组成来看，粤人尤其是康有为的门人弟子占了绝大多数，更加宽松的舆论空间，让他们能够更加直接地袒露自我对于"康学"的推崇，这些都使得《知新报》相比于《时务报》而言，有了自身更为鲜明的立场和特色。

（二）"言《时务报》所不能言"

相较于《时务报》英文名 The Chinese Progress，《知新报》英文名 The Reformer China 在报刊名称的字面意义上，更加明确地将推动"变法""革新"作为了办刊的目标。从创刊到戊戌政变发生的一年多时间里，《知新报》与《时务报》分处澳沪，一南一北，共同推进维新启蒙事业，其对于西学新知的传播，对于时务话题的讲求，被认为是"未尝有分毫让《时务》，且时或过之"②。特别是相较于受到多方牵制掣肘的时务报馆，《知新报》地处澳门地区，内地保守势力的管控与干涉难以企及，故在时人眼中，《知新报》"时或过之"的最大原因正在于"言《时务报》所不能言"。也正因为此，为避免二者同受牵连，原拟的"广时务报"一名最终没有被采用。吴樵在给汪康年的信中，在肯定这份澳门报刊之理念的同时，也预见了其与《时务报》在思想言论方面可能存有的差异，因而力阻双方建立直接关联。他表示：

> 《广时务报》办法极好，与《太晤士》相反也，能言《时务报》所不能言也。惟有一层极不妥，断不宜与《时务报》相连。惟其能言《时务报》所不能言，尤不可不如此。吾辈此时利在多营其窟，将来澳报必有大振脑筋之语，我堂堂大国于澳门只可瞠目而视，然《时务》必任其咎矣。③

吴樵不主张两本刊物的相连，乃是担心以《广时务报》名义登出的文章会让内地的《时务报》承受额外的责难与风险，字里行间隐含着为《时务报》的

① 梁启超.《知新报》叙例［J］.知新报，1897（1）：3-4.
② 梁启超.梁启超函：三十一［M］//汪康年师友书札：二.上海：上海古籍出版社，1986：1856.
③ 吴樵.吴樵函：二十九［M］//汪康年师友书札：一.上海：上海古籍出版社，1986：523.

言论事业着想、着力保存的用意。同时，他也意识到《知新报》所处的更加开放宽松的空间，有另外开辟一片舆论阵地的意图。正是在澳门，以梁启超、徐勤、韩文举、何树龄、欧榘甲等康门弟子为主要作者群体，通过《知新报》可以更加没有顾忌地饰经术为政论，将康有为今文经学托古改制、三世之义的学说思想融入对中国维新变革的议论中来，在畅达淋漓之文字中阐彼词异学，发微言大义，的确实现了"言《时务报》所不能言"。

作为《时务报》的主笔，梁启超在《知新报》上先后登载了自己介绍尊孔保教、今文经学思想的《复友人论保教书》《〈新学伪经考〉叙》，以及宣传横滨大同学校、保皇会的《日本横滨中国大同学校缘起》《保皇会演说》等文章。他本人讨论"群"的文章《说群》，仅在《时务报》第26册上发表一篇自序，此后便"全稿以次印入澳门《知新报》中"①，虽依旧因有涉"康学"之嫌而遭侮诽，但终归冲破重重阻力得以刊发。就《说群》一文所遭受的质疑，梁启超曾专门致信汪康年表示，"启超之学，实无一字不出于南海。前者变法之议，未能征引，已极不安。日为掠美之事，弟其何以为人？弟之为南海门人，天下所共闻矣""弟印此文入《时务报》，实为扶持《知新报》起见，以澳门为可用之地，何穗田为可用之人，故必思多方以翼赞之，其实《说群》□□自问，犹未如《变法》之□尽也。又，世□□阅者，亦必不谓《说群》之过于《变法》□，姑妄言之何伤欤！"② 一则坦诚《变法通议》之议论观点，实源自其师康有为；一则暗示作《说群》而阐"南海"之学，惟借助《知新报》能无所保留地公之于众。

相比于《时务报》在上海遇到的阻力，澳门《知新报》为梁启超、徐勤等康有为门人弟子提供了更为自由宽松的舆论环境。从梁启超等人在《知新报》上实际登出的文章来看，《知新报》对于《时务报》言论空间的拓展，不仅仅在于援引"康学"，更在于可将在《时务报》上颇受诋毁、不能尽情施展的"异学""诐词"，更加自如地加以阐释、发表出来。如梁启超在这篇最终未能于《时务报》上登载的《说群》中，着重强调了进化、群学等维新思想，一面援引爱力、吸力、拒力等新名词，以言说生物之群递嬗盛衰之理，又从进化学说的角度阐释文明种族竞争之势，突出"群力"的重要性，无论是主进步、尚力量的观念，还是气势逼人、情感激烈的言辞，都构成对传统道德文章更加猛

---

① 梁启超.《说群》自序［J］.时务报，1897（26）：1. 实质上《说群》最终在《知新报》亦未登全，只在第18册上登出了《说群一：群理一》一篇。

② 梁启超.梁启超函：四十一［M］//汪康年师友书札：二.上海：上海古籍出版社，1986：1862-1863.

烈的冲击：

> 泰西之言天学者，名之曰"物竞"。洪水以前，兽蹄鸟迹，交于中国，周公大业，在驱猛兽。今则寻常陆地，虎豹犀象，几于绝迹，兽之群不敌人之群也。墨洲、非洲、澳洲咸有土人，他洲客民入而居之，则土著日渐渐灭，野蛮之群，不敌文明之群也。世界愈益进，则群力之率愈益大，不能如率，则灭绝随之，故可畏也。①

在《知新报》第 35 册上，梁启超发表了自己的《万木草堂小学学记》，乃是"略依南海先生《长兴学记》，演其始教之言，以相语也"②。内容涉及立志、养心、读书、穷理、经世、传教、学文、缮生八个方面的章程，并记有康门弟子在万木草堂求学时的学约。在学文一条中，重申了源自传统的"文学"观念，以为"词章不能谓之学也"，行文说理论事，应该务求透达厝意，对于"骈俪之章，歌曲之作"，只能偶一为之，毋令溺志。而在经世、传教两部分，梁启超转述了康有为"为学以治天下事""上依公理，下切时务"的经世思想，以及倡明圣教、改制立法的孔教学说。迫于来自外部的压力，《时务报》上一直避免直接言及"康学"，除去前期梁启超在《变法通议》等文中稍有提及外，"南海先生"更是成为报馆同人心照不宣的禁忌。将康有为与其生徒早年在万木草堂的讲学宗旨及内容在《知新报》上直接刊布，甚至直接介绍其事迹，显然弥补了诸位康门弟子在《时务报》上的遗憾。

除去在第 1 册负责撰写《缘起》《叙例》的吴恒炜与梁启超外，率先通过《知新报》发表议论的是另一名康门弟子徐勤。徐勤是广东三水人，与梁启超等人同在广州万木草堂受业，曾为万木草堂学长，1895 年《强学报》创办之时，他与同门何树龄一同奉师命前往上海主持报务③，将康学当中有关尊崇孔教、托古改制的观念贯彻到《强学报》的办刊理念和文章内容中。与梁启超一样，徐勤也曾被聘为《时务报》主要的撰述主笔，并通过《时务报》推广了自己完成

---

① 梁启超. 说群一：群理一 [J]. 知新报，1897 (18)：1-3.
② 梁启超. 万木草堂小学学记 [J]. 知新报，1897 (35)：3-5.
③ 康有为在《自编年谱》中回忆《强学报》创办情形时，曾有记，"吾以十二月母寿，须归，先调君勉、易一来办事"，君勉为徐勤的字，易一指何树龄。参见康有为. 康南海先生自编年谱 [M] //蒋贵麟. 康南海先生遗著汇刊（廿二）. 台北：宏业书局，1987：36.

于此时期的著作《春秋中国彝狄辨》①，宣传公羊家言、大同之说。他在《时务报》上连载了自己倡议改良科举之弊的《中国除害议》，抨击今之士人浸淫"烂腐之八股、纤巧之试帖""终日不离楷法诗赋之业"，文章未待连载完成，就因"诋南皮"，遭遇张之洞的干涉而被腰斩。② 本对于康门弟子持包容合作态度的经理汪康年，甚至因刊载徐文遭到缪荃孙的来函质问："公主政上报，意欲何为耶？"③ 足见《时务报》虽一时风光无两、却于夹缝中求生存的境遇。

《知新报》则为康门弟子提供了尽情施展的平台。据统计，从第 1 册梁启超发表《〈知新报〉叙例》起，至戊戌政变前发行的第 66 册《桌如孝廉述创办〈时务报〉源委》，康门弟子及康有为亲属康广仁、康同薇等在《知新报》上共发表文章 50 余篇④，几乎成为康门弟子宣扬"康学"的阵地。作为《知新报》最早登出的议论文章，徐勤连载于第 2 至第 5 册的《地球大势公论》，洋洋洒洒，将康有为的"大同三世说"与世界知识、进化观念、民权思想融汇，衍生出对全球局势发展的判断，置于当时的维新语境中，其语言、思想不无惊骇之处。文中，《公羊》"三世说"中的"据乱世""升平世""太平世"，被徐勤替换为"土司之世""君主之世""民主之世"，加以自己的阐释发挥，上下古今，纵横宇内，将"时务文体"极富感染力的文字优长发挥到了极致：

> 古今远矣，中外广矣！要而论之，其变有三：洪水以前，鸟兽相迫，昆仑地顶，人类自出，黄帝之子孙散居于中土，亚当之种族，漫衍于欧东。创文字、作衣冠、立君臣、重世爵，由大鸟大兽之世，而变为土司之世，

---

① 梁启超在《时务报》第 36 册上，曾发表了为徐勤新书所作的《〈春秋中国彝狄辨〉序》，谓其"于以犁千年之谬论，抉大同之微言"。随后，《时务报》第 51 册刊布的《大同译书局将已刻及译出之书价目列后》，将徐勤所著的《春秋中国彝狄辨》，与康有为的《春秋董氏学》、麦孟华所辑的《经世新编》（应为"经世文新编"），连同《瑞士变政记》《俄土战纪》《意大利兴国侠士传》等译著一道推出，并称其"以破千古之惑，学者当此时尤不可不熟明此义也"。

② 徐勤的《中国除害议》连载于《时务报》的第 42、44、46、48 册。张之洞读后，曾授意幕僚梁鼎芬致函汪康年，表示抗议称："徐文太悍直，诋南皮何以听之？弟不能无咎也。弟自云不附康，何以至是。"参见梁鼎芬. 梁鼎芬函：四十二［M］//汪康年师友书札：二. 上海：上海古籍出版社，1986；1901.

③ 《时务报》第 46 册刊载《中国除害议》后，缪荃孙曾致函汪康年，称"阅四十六号报，猖狂无理一至于此！公主政上报，意欲何为耶？试问有何益处？恐报之不行，于此可卜。荃穷老愁困，不愿与诸公争，然阅者愤愤，必不止荃一人也"。参见缪荃孙. 缪荃孙函：十三［M］//汪康年师友书札：三. 上海：上海古籍出版社，1987；3056.

④ 有关《知新报》上康门弟子及亲属发表文章情况的统计，参见汤仁泽. 维新运动时期的澳门《知新报》［J］. 史林，1998（1）：50-56.

其变一。

周秦之世，地运顿变，动力大作，争夺相杀而民贼之徒偏于时，兼弱攻昧，而强有力者尊于上，嬴政无道，驱黔首以为囚，罗马暴兴，合欧西而一统，由土司之世，而变为君主之世，其变二。

百余年间，智学竞开，万国杂沓，华盛顿出，而民主之义定；拿破仑兴，而君主之运衰；巴力门立，而小民之权重。由君主之世，而变为民主之世，其变三。

故结地球之旧俗者亚洲也，开地球之新化者欧洲也，成地球之美法者美洲也。欲平天下之政、定天下之制、经天下之民、易天下之俗，而不审古今之变、中外之势，是犹治河而不知溯源、理财而不谙会计、医者而不辨状脉、治兵而不识行阵也。①

以《上清帝书》为代表，康有为的政论文以瑰奇雄丽、恣肆流畅著称，其文往往骈散结合、好行排偶，加之以经术作政论，贯穿超迈流俗之思想，夹以近世全球文明发展演变之崭新内容，往往陈义极高，气势恢宏。徐勤等人作为其弟子，不仅沿袭其学说思想，在文章风格上亦深受老师的影响，发表在《知新报》上的文章，继承了《时务报》上"时务文体"的议论风格。不过，与梁启超连载于《时务报》上的《变法通议》系列政论文、在一个宽泛的"变法"主题下分作科举、学会、女学、幼学等不同专题相比，《地球大势公论》在《知新报》连载，包括《总序》《总论亚洲》《中国盛衰关于地球全局》《论俄国不能混于亚东》《论日本自强之敌》几篇，更像是整体性的专题述学文字，将康有为"大同三世说"的进化观和民权思想贯穿始终，并结合时事加以阐释议论。在随后的《知新报》上，王觉任在《论列国息争之公理》中"春秋之义，有分土无分民，太平之运，大同之治"② 的论调，欧榘甲在《〈春秋公法〉自序》中"环球诸国能推春秋之义以行之，庶几我孔子大同大顺之治哉"③ 的设想，无不是在对康学进行言说阐发。康有为的著作学说也顺理成章地成了《知新报》的推广对象，梁启超在第32册上发表《〈新学伪经考〉叙》，林旭在第51册上发表《〈春秋董氏学〉跋》，都属于对于康氏著作的直接宣传与介绍。

正因为此，《知新报》在大胆"言《时务报》所不能言"的同时，也更多

---

① 徐勤.《地球大势公论》总序 [J]. 知新报，1897（2）：2-3.

② 王觉任. 论列国息争之公理 [J]. 知新报，1897（19）：1-3.

③ 欧榘甲.《春秋公法》自序 [J]. 知新报，1897（38）：3-4.

附着了党人机关报的色彩，反而没有呈现出如《时务报》那样多元共生的舆论局面。而在文体层面，"时务文体"以经术推动政论所暴露出的某些弊病，在《知新报》上也表现得更为突出。如欧榘甲发表于第38册上的《论中国变法必自发明经学始》，言变政救亡，要义乃在于"宜大明孔子六经之义于天下"，文章主题为变法，通篇却为孔子作春秋以改乱制、行教道以成素王的演说。虽符合康门弟子说理论事、为学以治天下的"文学"观念，但将今文经学与对时局的分析牵强附会在一起，易流于一种程式化的滥调套语。而忽略严谨的论辩逻辑，以及真正切中时政要义的内容缺失，这些弊端随着笔尖饱蘸情感的议论文字一并显现，阻碍了《知新报》早期文章向现代意义上政论文字的发展。

不惟梁启超、欧榘甲等人，《知新报》上其他并非康门弟子的广东籍作者，例如，陈继俨的《忧教说》、刘桢麟的《论西学与西教无关》、黎祖健的《说通篇》等文章，同样也充斥着诸如"泰西诸学，为孔子六经所包，与吾周秦诸子相合"①"由是而以春秋三世之义例之，荒古则国愈多，远古则国渐少，近古则统一焉"② 等托古改制、大同三世的言说。陈继俨与刘桢麟二人，还分别在《知新报》上撰有《〈公羊初学问答〉自叙》《〈保教末议〉自叙》，直接为"康学"张目。1898年，在《知新报》第51册上，来自福建的维新派林旭，为康有为在上海大同译书局出版的《春秋董氏学》作跋，除了鼓吹董仲舒《春秋繁露》之公羊学"盖孔子之大宗正统"外，更是颂扬康有为乃"揭日使中天，拔星以向极，庸董氏得有此功臣耶"③。这些阐释经术的文章，固然有减少外界对于《知新报》"以夷变夏"质疑攻击的现实考虑，借助今文经的改制学说，旨在推动现实层面的维新变革，但在一定程度上影响了文章本身议事说理的严密性和说服力。相较于《时务报》上多方势力的相互掣肘和克制，《知新报》同人、特别是康门弟子对于康有为个人的一味凸显，也削弱了自身作为报刊媒介的客观性与公共性。

（三）"语言文字：所以为世界开明进化者"

从1897年第37册起，《知新报》的封面设计做了一次调整，此前与《时务报》一样简单突出报名（另附有出版时间与英文报名）的封面设计，增加了地球东西两半球的地图作为背景。这一设计让人联想起五年后梁启超等人在日本横滨创办保皇会机关报《新民丛报》时，以中国地图作为封面背景的设计。图

① 刘桢麟. 论西学与西教无关 [J]. 知新报, 1898 (49): 1-4.
② 黎祖健. 说通篇二 [J]. 知新报, 1898 (50): 2-3.
③ 林旭.《春秋董氏学》跋 [J]. 知新报, 1898-5-1 (51): 1.

像的背后，透露着报刊的设定观念和格局；而封面的调整，则显示出《知新报》办刊理念的进一步明晰。除了英文名 *The Reformer China* 展现出来的维新主题外，中文报名中的"知新"二字，亦表明认识和追赶世界文明大潮同样是《知新报》同人的目标。曾担任杭州知府、努力推动新学传播的林启，在敕令属下购阅《知新报》的公文中，将当时中国风行的报刊分为论政之报、论学之报两类，指出《知新报》上翻译西报部分，"上半录英俄法德美日各国大事，及有关东方交涉者，即泰西论政之报也；下半录农矿工商，及一切格致新法，即泰西论学之报也"①。在以文章议论推动现实层面的变革外，基于世界视野的去塞求通，让中国读者通晓全球大局与世界知识，这正是《时务报》上报议与报译文章共存、"议论切要"与"旁搜博纪"功能并举在《知新报》上的延续。

或许是鉴于《时务报》上议论文章遭受的非议和攻击，且预见到了宣扬"进化""民权"思想言论可能面临的风险，无论是《知新报》的筹备者，还是关注该报的开明人士，在《知新报》创刊伊始，皆有意纠正其可能发展衍生出的文章风气。梁启超本人在《〈知新报〉叙例》中阐释，《知新报》之创办，在于赓续上海报刊界的译述传统，特别是"自曩时间有翻述，《西国近事》《格致汇编》，惟彼二种，颇称美善，虽匪语于大备，乃有助于多识。数年以来，译印中止，志士惜焉"②。因此，梁启超在向汪康年介绍关于《知新报》筹备事宜的同时，也曾强调"多译格致各书，以续《格致汇编》"。当时为翰林院庶吉士、曾结交康有为并一度热衷于今文经学的张元济③，在京所办的通艺学堂曾获得《知新报》的报道宣传④，自己亦关注这份报刊的发展动向。他曾去信劝说汪康年，称"《知新报》亦大佳，惟嫌其太无含蓄"，为避免议论时政、臧否人物触怒当道，以至累及《时务报》，可"专纪外国新政新学，似乎较有裨益"⑤。在筹办《时务报》时，汪康年本人便有"述而不作"、仅仅将之办成一份译报的

① 杭州府林太守饬属购阅《知新报》札［J］. 知新报，1898（48）：6.
② 梁启超.《知新报》叙例［J］. 知新报，1897（1）：3-4.
③ 维新运动时期，张元济在信中曾向汪康年提及自己从梁启超处得到《新学伪经考》，并称"弟近读《公羊》，兼习公法，才智太短，进不能寸，惟志在必成，断不中止"。参见张元济. 张元济函：一［M］//汪康年师友书札：二. 上海：上海古籍出版社，1986：1676.
④ 1897年，张元济在北京创办专授西学的通艺学堂，《知新报》在"京外近事"栏目中有专门报道，视之为强学会之余绪，称："京师强学会封禁以后，一二有志之士，倡为小会，数日一集。"参见学会彬彬［J］. 知新报，1897（20）：10-11.
⑤ 张元济. 张元济函：十［M］//汪康年师友书札：二. 上海：上海古籍出版社，1986：1688-1689.

打算，虽然他未直接参与《知新报》事务，却不妨碍其借助脱胎于《时务报》的人员，来对这份澳门报刊的言论方向施加影响。

《知新报》作者在"学"与"文"、叙述与议论之间的徘徊，也表现为自身对于文章学问的价值判断和功能取舍。第 14 册上，何树龄在《论实学》中，将中西方学问划分为"务虚文"与"务实学"的对立，提出今日"变之若何"，在于"改科举、更学校、停捐纳、明功罪、尊卑贵贱，皆治于法律之下，此在上者之变政也；轻帖括、重格致、贱词华、贵物理、兔园狗曲，皆易为经济之林，此在下者之变学也"①。在随后的第 15 册上，韩文举又作有《推广中西义学说》，其中有对于中西方学问的一段总结：

> 中国多能八股，多能训诂，多能词章，非生而然也；西人多能格致，多能制器，多能电学，多能光学，多能化学，多能热学，多能动物学，多能植物学，为工为商为农为士，皆远逾中国亿万也，非生而然也。②

此处有关作为"兔园狗曲"之词章的论调，呼应了《时务报》上梁启超在《变法通议》对于中国士子寄之于"兔园之业，狗曲之学"等"虚空无薄之区"③ 的批判。而在徐勤等康门弟子以汪洋恣肆之文字在《知新报》上大发议论的同时，"西人多能格致"等判断，也给富国强种的现实目标提供了努力的方向。类似于此前《格致汇编》中那些介绍近代发明和传播科学知识的格致文章，也趋近于汪康年等人创办"译报"的设想，何树龄、韩文举通过《知新报》表达的意图十分明显，即期望推动更广泛的思想学问变革，更新读书人群体的知识体系，从"虚文"转向"实学"，以"此在下者之变学"配合"在上者之变政"。而与此时期维新知识分子普遍追求的"时务"风潮相吻合，最能代表"实学"的内容，除了格致学问外，还包括从学理的角度对西方政教经济的探讨，以及对世界文明、列国时事的介绍。

当然，受到维新运动时期依托于"文"而导向"学"的语言文学观念影响，这种对于"实学"的讲求，最终依然是通过"文"的形式来实现的。在戊戌政变以前的《知新报》上，除去康门弟子文思飞扬的议论文字外，其对于西学、西政的译介，较之《时务报》的译报栏目同样不遑多让，甚至在篇幅占比

---

① 何树龄. 论实学 ［J］. 知新报，1897（14）：1-2.
② 韩文举. 推广中西义学说 ［J］. 知新报，1897（15）：2-3.
③ 梁启超. 论学校二·科举 （《变法通议》三之二）［J］. 时务报，1896（7）：1-4.

上，还要超出后者。从第 1 册开始，除了卷首的两篇论说文章，以及效仿《时务报》设置的"上谕恭录""京外近事"外，"报译栏目"被极为详细地分为了美国、法国、英国、德国、日本、俄国、意国、突厥、暹罗等五洲各国的时政，以及农事、工事、商事、格致各个学问领域的内容板块。其中，涉及科学领域的文章又占了多数，如《光学植物》《电器火车》《考论脑质》《医理日进》等。而《知新报》上翻译的一些史传文本，例如，新会周灵生翻译的《俄皇大彼得传》，香山容廉臣译的《卑士麦传》，则如同《时务报》上刊载的《华盛顿传》一样，在以类似于中国史传文字的形式、向读者描绘近代西方人物形象的同时，也成了以西方近代史为鉴、推动自身变革的寓言性文字。

这些"实学"文章所承载的理性思维、论述逻辑和平实语言，一定程度上影响了《知新报》中国本土作者的题材选取与论说风格。在以今文经学微言大义为基础的"康学"以外，诸如，徐勤的《复友人论铁路书》（连载于第 33、34 册）、刘桢麟的《富强始于卫生论》（第 39 册），都较之《知新报》上其他的报章议论，多了更多学理和逻辑的支撑。特别是徐勤此前屡有大胆恣意的议论，在此篇文章中，也开始尝试着从广人才、饬吏治、通商务等层面擘肌分理地分析铁路之益。他在文中探讨机器、轮船、铁路诸新法不能实行之原因，在于中国不明"生利之法"，单纯以为"铁路既开，运力蹶者，十人中必有六人乏食者，不知新法未出，人数早溢于物产之数，其用力之处，早已抛荒十之七八"，并由之引申"故咸因陋就简，视为固然，贫瘠之根，即在于是，必明此理，方可与言一切新法，不独铁路为然也"①，论述逻辑之严谨，已然超过其在《知新报》前期的议论文章。

在光绪戊戌年正月出版的《知新报》第 43 册上，梁启超发表了《说动》一文，旨在"哀我中国之亡于静也"，解析"今夫压力之重，必自专任君权始矣；动力之生，必自参用民权始矣"之观点。与其他康门弟子及梁启超本人在此时期的惯常论述方式相比，此篇文章不再附会今文经学的托古改制之学，而是援引了近代格致学术的名词和思想，除了感性层面的情感抒发和恣肆文字外，多出了理性层面的宇宙本体论思考。在文中，梁启超效仿谭嗣同《仁学》中"以太"一说，将"动力"视作宇宙合成运行之本源、世界演进之大势，开篇即称：

> 合声、光、热、电、风、云、雨、露、霜、雪，摩激鼓宕，而成地球，曰动力。合地球与月，与金、水、火、木、土、天王、海王暨无数小行星、

---

① 徐勤. 复友人论铁路书 [J]. 知新报，1897（33）：1-4.

无数慧星、绕日疾旋，互相吸引，而成世界，曰动力。合此世界之日，统行星与月，绕昴星而疾旋，凡得恒河沙数，成天河之星圈，互相吸引，而成大千世界，曰动力。合此大千世界之昴星，绕日与行星、与月，以至于天河之星圈，又别有所绕而疾旋，凡得恒河沙数，若星团、星林、星云、星气，互相吸引，而成一世界海，曰动力。假使太空中无此动力，则世界海毁，而吾所处八行星绕日之世界，不知隳坏几千万年矣。由此言之，则无物无动力，无动力不本于百千万亿恒河沙世界自然之公理，而电、热、声、光，尤所以通无量无边之动力以为功用。①

梁启超在《说动》中所表现出的文章趋向，是逐渐摆脱了以传统经术文饰政论的行文窠臼，转变为以格致之学的代表的近代知识体系，来支撑有关时务的言说。"实学"逐渐取代经术，成为维新派士人推动维新的理论武器，甚至被《知新报》上的作者用以为屡遭质疑的"虚文"辩护，以之重建"文学"有别于考据词章的功能价值。1898 年，《知新报》第 66 册上，刘桢麟曾作有一篇《实事始于空言说》，带有总结性质地谈及甲午之后，中国文章议论之风的大倡，"有条奏焉、有著述焉、有学会焉、有报馆焉，四者皆议论之属也，皆议论之大宗也"，特别是"《时务报》继起，大声疾呼，痛哭流涕，以谈变法之事"，却遭到疑议"乃空言而非实事"。在文章中，刘桢麟延续了维新运动时期基于"学"为基础的"文学"观念，提出了自己对于时务文学的理解："语言文字，所以为世界开明进化者，其力量为无穷。"他还从格致学说的角度，援引了谭嗣同《仁学》中的"以太说"，作为《时务报》《知新报》所谓的文章议论之正名，称：

善夫格致家之言，以太之理也，凡地球之上，万物之中，其边际真空之处，必有一种流质充满其中，谓之以太，凡声光之传动，意息之感通，无不赖以太之代力，与空气同，而不能抽之使去，与电力等，而不收之使藏。盖不论体质之大小，路程之远近，此起一点，而即感动以太以传于彼，呼应之捷，亘古不异，由是以推，而空言之能感动实事，可无疑也。②

此段论述文字，与维新运动时期大量以算术物理与政事并为一谈的议论类

---

① 梁启超. 说动［J］. 知新报，1898（43）：1-3.
② 刘桢麟. 实事始于空言说［J］. 知新报，1898（66）：1-3.

似，其由物质概念推延至整个世界乃至人类精神活动的泛科学化逻辑显得牵强附会，但通过"实学"言说的学理化思维与文字训练，却有助于从空泛浮虚的程式化"虚文"窠臼中走出，迈向现代意义上的报议文章。这一年正在湖南参与维新运动的今文经学家皮锡瑞，在自己的《师伏堂日记》中，多次记录了自己读到《知新报》上议论文章的感受，并记有"归阅四十九本《知新报》，刘桢麟论西学无关西教，甚佳"① 之评价，特别肯定了刘文及《知新报》对于西学的推广。直到戊戌政变发生前夕，《时务报》同人内部走向分裂，汪康年擅自将刊物更名为《昌言报》继续出版，在谕旨、奏章、英文译编、东文译编等栏目设置上，虽继续延续《时务报》的体例，但在创刊后前六期上不载议论文字，改为登载曾广铨翻译、章炳麟笔述的《斯宾塞尔文集》，《时务报》上开创的议论风气消失殆尽。②《知新报》因为地处葡萄牙殖民者管辖的澳门，能继续处士横议，并得以以匿名的形式发表《论中国变政并无过激》《八月六日朝变十大可痛说》这类直陈时事的文章，借助澳门特殊的舆论场域，继续关切中国的现实。特别是《论中国变政并无过激》一篇，在戊戌政变后一片肃杀的舆论氛围中，针对包括变科举、变官制、变学校等保守派所诟病的维新举措，"约举新政数条而论之，以告天下之故为苟论者"。作者对于科举制度中的"文学"改革，不无犀利地指出，"今之改试策论者，朝廷已无可如何，为一孔之儒谋衣食，因而迁就之者也。况八股八韵之猥贱，大卷折字之奇谬，非以求才，实以愚民、弱民、毒民者哉，则去之唯恐不速也"③，批评八股八韵等旧文学的同时，也承续了此前《时务报》《知新报》等报刊以语言文字为基础、以开明进化为目标的"文学"追求。

二、《湘报》："时务文学"的地方性试验

（一）从时务学堂到《湘报》

从1897年下半年开始，在《时务报》与《知新报》上，陆续出现了介绍湖南地方维新运动的文章。《时务报》先后登出《湘抚陈招考湖南时务学堂学生示》《湖南不缠足会嫁娶章程》《湖南时务学堂学约十章》《南学会序》，《知新

① 皮锡瑞. 皮锡瑞日记［M］//吴仰湘. 皮锡瑞全集：第10册. 北京：中华书局，2015：940.
② 戊戌政变发生后，《昌言报》第7册章炳麟曾化名西狩祝予，发表《书汉以来革政之狱》，第9册复登出他的两篇议论文章《蒙古盛衰论》《回教盛衰论》（未署名），至第10册法文译编中，又刊出一篇《中国必将变法论》，终至被清廷查禁停刊。
③ 论中国变政并无过激［J］. 知新报，1898（74）：1-3.

报》则刊载了《湘学章程》《湘学大兴》《湖南时务学堂缘起》《湘抚陈宝箴时务学堂招考示》等文，介绍的内容涉及此时期湖南所推行的一系列维新举措。这些文章中提到的时务学堂、不缠足会、南学会，皆是在时任湖南巡抚陈宝箴、学政江标（后由徐仁铸继任）治下所开办的新式学堂和学会。而在同时期，时务报馆的黄遵宪、梁启超、李维格等人，先后前往湖南，参与了长沙本地学堂和学会的创办，将自己在《时务报》上宣扬的理念推行到地方的维新实践中。

地处内陆的湖南，也因为这些新式学堂、学会的创办，以及陈宝箴等人推动实施的一系列维新措施，由原本保守封闭的省份，一跃而为维新运动期间最为活跃的地区。这些悄然发生的变革，不仅得到了中国维新士人的支持，也吸引了域外媒介的关注。1898 年《时务报》第 55 册"西文译编"的"中国时务"部分上，便登出了《英国〈泰晤士报〉论中国时下情形》，介绍了英国《泰晤士报》对于当时湖南地方风气转变所进行的报道，文中称：

> 湖南为中国最守旧之省……前者中国拟通湖南电报，土人焚毁电杆千余根，将电线尽付水中，长沙人民，素多诋毁洋人之议，毋怪其然。近来风气渐开，电报居然立局，电灯亦稍见于长沙，复有时务学堂，专讲洋务，及西国有用之学，然通计中国各省，仅湖南一处，至今无洋人踪迹。[①]

《泰晤士报》的这段描述，基本符合晚清以降湖南的情形。自鸦片战争以来，与华洋杂处、西风东渐的上海等通商口岸不同，这一深居内陆的中部省份，显然缺少自我革新的内在驱动，一度成为外人眼中最为保守和排外的区域。1898 年，负责修筑粤汉铁路的美国工程师柏生士（William Barclay Parsons），奉命进入湖南进行考察，在其之后写成的游记《西山落日：一位美国工程师在晚清帝国勘测铁路见闻录》中，就用了全书最大的篇幅，写成了其中国游记的一章"湖南：中国最封闭的省份"。对于外来者而言，游历欧风美雨未曾浸染的内地，是相对于上海、广州等沿海城市，全然不同的中国体验，有关于湖南省城长沙，柏生士的描写是："长沙城有高大的城墙，有坚固的城门。这些城门晚上都紧紧地关闭着，透露出一种极其原始守旧的气息。"[②] 在这些极具文学性的游记文字中，也透露出域外人士对于中国内陆地区的基本观感与固化印象。

---

① 英国《泰晤士报》论中国时下情形 [J] . 时务报, 1898 (55)：8-10.

② 柏生士 . 西山落日：一位美国工程师在晚清帝国勘测铁路见闻录 [M] . 余静娴，译，李国庆，校订 . 北京：国家图书馆出版社, 2011：48.

　　而湖南及省城长沙，能够从原本保守闭塞的区域，变为维新运动的重镇，除去陈宝箴、江标等地方官员的变革举措，以及谭嗣同、熊希龄等一批地方开明士绅的支持努力外，还直接来自黄遵宪、梁启超等《时务报》同人，将原本在报馆内部酝酿想象的变法蓝图，实施于湖南这一内陆省份，进行了一场地方维新试验。早在以《变法通议》为代表的一系列报章议论中，梁启超等作者就大力宣传以学会为代表的新式文教空间在通时务、变科举、改官制等层面的作用。《时务报》上这些关于兴办学堂、学会、报刊的论述，被转化为推动湖南地方维新的思想资源及现实动力。

　　1897 年 7 月，经历了《时务报》内部人事纠纷的黄遵宪，赴任长沙、宝庆两府盐法道，不久后署理湖南按察使。在他的劝说下，与汪康年分歧日深的梁启超接受了长沙时务学堂的聘任，于当年 11 月入湘，担任中文总教习之职。出任学堂西文总教习的，则是《时务报》后期"英文报译"栏目的主持人李维格。此外，欧榘甲、韩文举、叶觉迈这几位康门弟子，也一同前往长沙担任了学堂中文分教习。为了促成梁启超、李维格等人的成行，黄遵宪、熊希龄等人先后致信汪康年，请其放人。谭嗣同除去信求情外，还在信中谈到湘南士绅对于张之洞干涉《湘学报》①、强令改正素王改制之说的反应，称"南皮词甚严厉，有揭参之意，何其苛虐湘人也。湘人士颇为忿怒，甚矣！达官之压力，真可恶也"②。适值《时务报》上徐勤的《中国除害议》、梁启超的《说群》等文章刊出后，屡遭张之洞及其幕僚的批评干预以至被腰斩，湘人的一番表态，无疑为争取梁启超等人离沪入湘做了铺垫。

　　为筹备时务学堂的成立，曾在湖南敕令全省各书院订阅《时务报》、并称赞"其激发志意，有益于诸生者"③ 的巡抚陈宝箴，通过《时务报》《知新报》等报刊发出《时务学堂招考示》。这份公文中称，"湖南地居上游，人文极盛，海疆互市，内地之讲求西学者，湘人实导其先"④，列举了魏源、郭嵩焘、曾国藩、左宗棠等湘人周知时局、讲求西学的努力，意图从近代湖湘文化传统中吸取变革现实的因子。梁启超后来在《戊戌政变记》中谈道，"湖南以守旧闻于天下，然中国首讲西学者，为魏源氏、郭嵩焘氏、曾纪泽氏，皆湖南人，故湖南

---

　① 《湘学报》为 1897 年谭嗣同、唐才常等人为提倡新学，在长沙所办的旬刊，最初名为《湘学新报》，以介绍西方格致学说为主，夹以教育、商业等内容，戊戌政变后停刊。

　② 谭嗣同 . 谭嗣同函：二十七 [M] //汪康年师友书札：四 . 上海：上海古籍出版社，1989：3266.

　③ 湘抚陈购《时务报》发给全省各书院札 [J] . 时务报，1897（25）：7.

　④ 湘抚陈招考湖南时务学堂学生示 [J] . 时务报，1897（43）：9-10.

实维新之区也"①，折射出当时一部分维新知识分子的想法，即当变法维新事业在其他区域遭受阻力的时候，可以尝试在地方打开维新运动的局面。随着这一年年末德国侵占胶州湾，中国的民族危机日益加重，康有为等维新派，甚至还生出利用湖南勇武之民气，以为中国及黄种之保存的设想。康有为之后在与友人的书信中证实了此种设想，称当时"诚虑中国割尽，尚留湖南一片，以为黄种之苗，此固当时惕心痛极，斟酌此仁至义尽之法也。卓如与复生入湘，大倡民权，陈、黄、徐诸公听之，故南学会、《湘报》大行"②。

于是，在1897年至1898年，在湖南省城长沙，伴随着维新运动局部的、区域性的展开，一场"时务文学"的地方性试验也随之开启。时务学堂、南学会、《湘报》相继在湖南创办，作为湖南本地新式学堂、学会、报刊的代表，不仅时务学堂沿用了"时务"一名，南学会及《湘报》也多有效仿强学会、《时务报》之处，北京、上海等地兴起的"时务风气"逐渐被搬至这片曾经激烈地排斥洋人与西学的内陆省份。在这段时期，以《湘报》上的诗文写作为中心，融汇时务学堂、南学会的演说、问答等活动，形成了湖南地方的文学共同体。虽是地方性试验，却没有固守地方一隅的地域传统，相反，《湘报》上呈现出的文学形态，在《时务报》的办刊日益陷入人事纠葛及外来干扰的困境之时，于内容、文体等层面做了更为大胆的尝试，在面对现代文明时表现出更加开放包容姿态的同时，也探索了中国及中国文学迈向现代之路的"地方路径"。

1898年年初，《湘报》在长沙正式创刊，为日报，由熊希龄任董事，唐才常任主笔，设有论说、谕旨、奏疏、本省及各省新政、各国时事等栏目，至戊戌政变后被迫停刊，共出177期。从办刊体例来看，是从口岸城市向内陆区域的模式复刻，既有上海等口岸城市报刊的风气转移，也有湖南地方本土的特色呈现。《湘报》上，除了谭嗣同、唐才常、樊锥等大量湖南士绅作者的文章外，梁启超、黄遵宪、徐勤等外省维新人士的思想言论也纷纷被登录在该报上。同时，与梁启超一同入湘的李维格，则延续了自己在《时务报》上的角色，为《湘报》主持"路透电音"的翻译栏目。作为戊戌时期最具特色的地方报纸，《湘报》上思想舆论的影响甚至跃出了湖南本省，获得了包括《时务报》《申报》在内的其他业界同人的关注。

---

① 梁启超. 戊戌政变记［M］//汤志钧，汤仁泽. 梁启超全集：第一集. 北京：中国人民大学出版社，2018：615.

② 康有为. 与赵日生书［M］//姜义华，张荣华. 康有为全集：第五集. 北京：中国人民大学出版社，2007：400.

　　总体而言，《湘报》上的文章基本继承了《时务报》《知新报》"时务文体"的特征。在巡抚陈宝箴的推动下，《时务报》上的报议文章已被湖湘学子熟知，让湖南本地的士绅读者能够很快接纳《湘报》上的思想内容和文字风格。梁启超在时务学堂时，则通过学堂学约中的"学文"一条，向湖南地方的学子阐释了自己有关"传世之文""觉世之文"的区分，以及对于"觉世之文"条理细备、锐达为上的特质思索。在《湘报》上，以唐才常的《时文流毒中国论》、伍元秬的《改时文为古文论》为代表，湖湘本土文人表现出了对科场文章窠臼的集体反思。通过报章之文，他们在议政与述学的功能之间游刃有余，务为平易畅达的同时，又杂以异学诐词，将格致学术、民权思想等"时务"内容融入议论。唐才常发表在创刊号的《〈湘报〉叙》一文，便明确地表示《湘报》的文章宗旨在于"义求平实，力戒游谈，以辅《时务》《知新》《湘学》"①。与《知新报》上刘桢麟援引谭嗣同"以太说"为报章议论正名一样，唐才常在《〈湘报〉叙》中同样提到"以太说"，来解释开设日报、大声疾呼之用，他称：

　　　　今夫古今不可思议之奇，无如电机，孰管钥是？孰邮传是？是理也，在人为大脑小脑，在天为空气中至微至神之物，无以名之，名曰以太。以太之动，电即随之，虽八万余里之地球，无一发间。日报为效之神且速，吾不敢信其至是。其所以感动以太之理，则一也。②

　　与唐才常的文章相呼应，谭嗣同随后在《湘报》上刊载《〈湘报〉后叙》，称《湘报》作为日报之创办，有日新之义。谭嗣同提到了《湘报》的创办过程，乃是湖南学政江标鉴于日新之具不可得，欲"日日使新人阐新理、纪新事而作为新书"，先创十日一出之《湘学新报》（即《湘学报》），后复创《湘报》，"一日一出之，其于日新之义庶有合也"，表明《湘报》之目的乃在于阐新理、纪新事，将一省学堂之所课、学会之陈说，浸灌于他省，"而予之耳，而授以目，而通其心与力，而一切新政、新学，皆可以弥纶贯午于其间而无憾矣"③。无论是唐才常还是谭嗣同，无论"以太"之说还是"日新"之义，他们对于创办《湘报》之设想，都趋近于此前的《湘学报》，与康梁等人最初对报刊之作用的提倡，以及通过报刊"去塞求通"、译介西政新学的期望，也是一脉

----

① 唐才常.《湘报》叙［J］.湘报，1898（1）：1.
② 唐才常.《湘报》叙［J］.湘报，1898（1）：1.
③ 谭嗣同.《湘报》后叙：下［J］.湘报，1898（11）：41.

相承。

作为"时务文学"的一场地方性试验，或许是因为湖南本地短暂出现的自由开放风气，《湘报》上的观点与言辞，通过各类新学、新理、新事的阐释而显得尤为犀利，甚至较之同时期的《时务报》要更趋激烈。除了谭嗣同的《以太说》外，唐才常的《论热力》、樊锥的《开诚篇》、熊崇煦的《论实力》、何来保的《说私》、皮嘉祐的《平等说》等文章，都借用述学的题材面貌，来实现对于现实的言说功能，其中不少亦效法康门弟子，以今文经学的三世之义来驱动政论。如唐才常在《论热力》中将星球世界、国家社会的合群运行解释为一种"热力"，呼应了此前《时务报》上心月楼主《心力说》中对于"热力"的用法，以"热力"阐释西人智民、新国之根源，期望通过生热电者强国力。同时，又进一步以此说作为倡导民权的学理基础，称"夫吾中国以四万万人而国者也，剖国权为四万万分，吾即有其一分，而可以揖拄之维持之"。文章最后援引《春秋》三世说，呼唤变革，表示"惟有热力者，愈变愈新愈文明耳"①。又如，皮锡瑞之子皮嘉祐作《平等说》，从山河草木鸟兽之不等，讲至人类社会的上下尊卑贵贱，遂有欲等而平之者，复援引墨子兼爱、佛法平等以及泰西"人人有自主权力""君民一体"说，谓孔子之教近于兼爱，其修《春秋》，"至太平世，天下远近大小若一，夷狄进至于爵，不分内外，不别夷夏"。他大胆地批评纲常伦理：

> 五伦之中，惟朋友可以等视，君臣平等则尊卑不分，父子平等则视亲爱过薄，夫妇平等则刚柔无别，兄弟平等则长幼失序。况蜂蚁尚知有君臣，虎豹尚知有父子，鸳鸯尚知有夫妇，鹡鸰尚知有兄弟，人而无伦，则以礼仪之邦，文明之国，反禽兽之不若，吾恐欲行平等于天下，而先坐蔑等之罪。②

皮嘉祐从今文经学托古改制的角度，梳理了古之太平世的唐虞之朝，"大询万民，载于《周官》，谋及卿士，纪于《洪范》，未闻等级之分之严也"，以至

---

① 唐才常. 论热力（下）[J]. 湘报，1898（7）：25.
② 皮嘉祐. 平等说 [J]. 湘报，1898（59）：233. 此种观点，谭嗣同在其《仁学》一书中也有类似的表述，批评君臣、父子、夫妇、兄弟之伦"各以名势相制为当然"，谓"五伦中于人生最无弊而有益，无丝毫之苦，有淡水之乐，其惟朋友乎。顾择交何如耳，所以者何？一曰'平等'；二曰'自由'；三曰'节宣惟意'"。参见谭嗣同. 仁学 [M] //谭嗣同全集：下册. 北京：中华书局，1981：348-350.

秦始皇之后，宋太祖、明太祖等为子孙帝王永远之业，所明严刑峻法，所行愚民之术，至天下为数十百等之天下。他继而论及近代泰西民权之倡、议会之设，并引申到 1898 年湖南所办南学会，"今吾湘立南学会，每次宣讲，官绅士庶列坐其中，休休乎无畛域之分，上下一体矣。噫，平等之事，原不仅此，而此殆为湘中诸事之起点，与湘中诸事平等之起点，尤为他省平等之起点"①。对比早些时候梁启超于《湘学报》《时务报》上登出的《南学会叙》，提出"有国必有会"，欲与诸君子"先合南部诸省而讲之，庶几官与官接，官与士接，士与士接，士与民接，省与省接，为中国热力之起点"②。唐才常、皮嘉祐在《湘报》上对于热力、学会的论述和思考，相较于《时务报》上的思考，有着进一步的生发阐释；而将格致学问、今文经学与报刊议论并为一谈的文章风气，无疑也是对"时务文体"的效仿和实践。

（二）演说问答与有声的报纸

《湘报》发行 10 期后，在第 11 号上，登出了谭嗣同撰写的《〈湘报〉后叙》。在这篇带有阶段总结性质的文章中，他历数了陈宝箴任巡抚、黄遵宪任按察使后的广布新政，江标、徐仁铸署理学政后的倡导新学，且不无自豪地宣称："夫言新于今日，其惟吾湘乎？"在新政的推动下，时务学堂、南学会、《湘报》所代表的维新空间平台，共同营造了湖南当地研习新学、讲求时务的热潮。故而谭嗣同在文中，将学堂、学会、报纸三者并称为"假民自新之权以新吾民者"之三要素。而在这三者之中，谭嗣同又有所区分，他指出学堂书院容量有限，学会仅设于省城，二者皆赖口头讲述，受到空间限制，书院及省城以外则无可观听，故需要"推行之妙术，不啻一一佛化百千身，一一身具百千口，一一口出百千音，执涂之人，而强聒不舍而后可也"③。报纸作为可以超越空间限制的媒介，恰恰可弥补前两者的缺憾，特别是伴随着报纸的销售传播，《湘报》一度突破了地方报刊的局限，影响到了湖南以外的地区，给了这些地方报人极大的鼓舞。当时上海《申报》上，即有"《湘报》行诸省中，吴中愤士读而善之"④的记录，这种传播效力，也是时务学堂、南学会所不能比拟的。

但与《时务报》《知新报》不同的是，《湘报》除了宏史官之职的报译与发处士之风的报议文章外，还保持了与学堂、学会之间的直接互动。在人员的构

---

① 皮嘉祐. 平等说［J］. 湘报，1898（60）：237.

② 梁启超. 南学会叙［J］. 湘学报，1897（25）：5-6. 后本篇又发表在《时务报》第 51 册上。

③ 谭嗣同.《湘报》后叙：下［J］. 湘报，1898（11）：41.

④ 读《湘报》［N］. 申报，1898（9074）：1.

成方面,《湘报》与时务学堂、南学会多有重合之处。作为发起者,谭嗣同参与了《湘报》与南学会的创立,同时又担任了时务学堂的绅董和分教习;熊希龄作为时务学堂提调,协同创办《湘报》,并制定了《湘报馆章程》,后又组织南学会。而同时兼任报刊、学会与学堂中的数职,不仅是当时谭嗣同、熊希龄这些湖南本地士绅的常态,也是包括梁启超、黄遵宪等外来维新知识分子在湖南的活动态势,这使得时务学堂、南学会与《湘报》之间形成了一种良性的互动关系。

除了人员的交流往来以外,三者之间在思想及文本方面的互文关联,也是《湘报》的一大特色。特别是《湘报》上刊载了大量时务学堂的课艺批札、南学会的问答讲义,这些原本只限于一时、一地的问答、演说"声音",被转化为一种特殊形式的"时务文体",超越了时空的局限,得以在更加广泛的读者群体中传播。从发刊号上介绍南学会的《开讲盛仪》开始,《湘报》陆续登出了陈宝箴、谭嗣同、皮锡瑞、黄遵宪等人在南学会的讲义①,甚至梁启超这一年重返北京后在保国会的演说,也被这份湖南地方报纸收录。近于现场"口说"的演讲内容,以及讲者与听者之间的问答,让《湘报》上的文章更呈现出一种独立思考、自由论辩的整体风貌,有更加生动、真实的现场感,这在当时的维新报刊中是不多见的。如在《开讲盛仪》中,《湘报》如是介绍南学会开讲当天的盛况:

> 二月初一日为南学会开讲第一期,陈大中丞、徐学使、黄廉访咸会,官绅士民集者三百余人,台上设讲座,下排横桌,听讲者环坐焉,初会时舄履交错,士大夫周旋问答,言笑晏晏,在所不免。钟十二下,主讲诸公就坐,会者毕坐,堂上铃声作,执事者唱毋哗,咸屏息敬听。首皮鹿门学长开讲,继之者黄廉访、乔茂萱比部、谭复生观察,最后陈大中丞宣讲。讲毕,堂上铃声作,众皆起鱼贯趋出,于是士大夫啧啧称美,以为贤长官用平等之义,讲会学之旨,情比于家人,义笃于师友,此事为生平所未见,不图今日见三代盛仪也。闻湘省之风者,可以与起矣。②

---

① 有关南学会演说人员及次数,学界已有不少研究,根据学者吴仰湘的统计,从1898年2月21日至6月18日,南学会共讲学13场,共计45人次,其中"皮锡瑞12次、黄遵宪8次,谭嗣同6次,陈宝箴4次,熊希龄、李维格各3次,戴德诚、曾广钧各2次,邹代钧、乔树楠、杨自超、欧阳中鹄、徐仁铸各1次",参见吴仰湘.南学会若干史实考辨[J].近代史研究,2001(2):281-292.

② 开讲盛仪、陈右铭大中丞讲义[J].湘报,1898(1):1-2.

梁启超流亡日本后，曾援引日本人犬养毅的说法，将学校、报纸、演说列为"传播文明三利器"，并将近代中国演说的兴起追溯到了湖南南学会的活动，称"我中国近年以来，于学校、报纸之利益，多有知之者；于演说之利益，则知者极鲜。去年湖南之南学会，京师之保国会，皆西人演说会之意也。湖南风气骤进，实赖此力，惜行之未久，而遂废也"①。实际上，早在《时务报》创办伊始，时人就已经对于演说活动有所关注，《时务报》虽然没有直接登录国内的演说，却大量刊载了翻译自西方或日本报刊上的演说文本，并出现了对于西方演说的讨论，有意识地注意到报章文体以外"演说之文"的问题。在古城贞吉等人主持的报译栏目中，曾向中国读者翻译了《英前相虞翁演说》《美国总统演说》《德皇演说》《美国名士演说日本情形》《英相演说筹划中国情形》《新报主笔某君演说俄国情形》《英国殖民大臣演说》等一系列关于演说的报道内容。而沈学在其推行拼音新字的《盛世元音》中，于"文学"部分，从语言文字的角度总结了中西方的差异，认为泰西之优长，在于语言与文字合，正适合于议会的演说：

> 惟泰西韵有长短通转，词章能施之实用，述之于笔，即可出之于口，其字句生动浏亮者，必有口才，议会中有硕人，每口如悬河，中华娓娓纸上者，颇多期期艾艾，以文字与言语，判若天渊。②

梁启超在介绍《盛世元音》的《沈氏音书序》中亦指出，"中国文字畸于形，宜于通人博士，笺注词章，文家言也。外国文字畸于声，宜于妇人孺子，日用饮食，质家言也"③，从启蒙民智的角度，对于中西方文字书写在"形"与"声"方面的偏执取舍进行了辩证。他认为，中国的语言与文字相离愈远，国人弃今言俗语不用，一味追求穷老深厚之文字，使得中国文字能达于上，却不能逮于下，故提倡未尽雅训、透辟锐达的质家言，这也成了他写作报章之文的理论基础。谭嗣同在《〈湘报〉后叙》中阐释报纸之价值，也使用了关于"声音"的表述，称报纸为民史而非官书，终古暗哑之民，始能言耳，乃"国有口矣"。

---

① 梁启超.自由书·文明普及之法［M］//汤志钧，汤仁泽.梁启超全集：第二集.北京：中国人民大学出版社，2018：47.本文原载《清议报》第 26 册，署名"任公"，《饮冰室合集·专集》之二收录《饮冰室自由书》时，收入本文末尾三段，题目为《传播文明三利器》。

② 沈学.盛世元音［J］.时务报，1896（12）：1-3.

③ 梁启超.沈氏音书序［J］.时务报，1896（4）：4-5.

他本人联合唐才常等人发起南学会，并与皮锡瑞、黄遵宪等人一道登坛演说，既有托学会为国会议院雏形、进行地方政治试验的初衷，以学会作为发挥民意之机关，向普通民众伸张平等之观念；也有借助"口说"讲演的形式，超越文字与言语分离的局限，让更多民众能够接受维新的思想主张，一经登报，更具有了"白话文学"雏形的意味。在他们的推动下，一时间湖南学会林立、演讲之风盛行①，在此种场合进行演说，面对更为宽泛、多元的接受群体，需要组织雅俗共赏、声情并茂之文字言语，自然也需要摆脱畸形泥古、浅薄浮泛的文章风气，传达民众真切质朴的"声音"。

陈平原在《有声的中国——"演说"与近现代中国文章变革》一文中曾指出，晚清以来迅速崛起的演说之风，不仅是一种知识传播方式，也深刻影响了中国的文章变革，构成了报章文体之外另一种形式的文体实验。因为演说活动的现实需要，除了向明白晓畅的白话文学、国语文学靠拢外，"某种意义上，演说与杂文相通，应该说狠话，下猛药，借题发挥，激情奔放，甚至不惜使用'语言暴力'"②，注重声音对于听众的感染力效果。《时务报》第43册上，古城贞吉所译《论英国在下议院人物》一文，对于演说的技巧有一番评论，亦称"演说之法，在乎动听者之心"③。从此种意义上来说，演说与梁启超等人在报刊上动情锐利、发大海潮音并期望以此觉世的"时务文体"，从形式到内容有着诸多共通之处。因此，南学会的演说讲义，虽然多是经过书面化处理的述学文字，阐释学堂、学会中的学理思想，但被收录于《湘报》上，与其他报议文章一道驰骋雄论、耸动视听，更显出趋近口语化表达的流畅气势。如黄遵宪在南学会的第一次演说，反思郡县制度的设官以治民，批评"设官甚公而政体则甚私"，主张推行地方自治，除了梁启超式的铺陈排比外，还有每段起首处以"诸君！诸君！""听者！听者！"的方式强调听众/读者的称谓，凸显出其演说/文章的对话性效果：

> 诸君！诸君！能任此事，则官民上下，同心同德，以联合之力，收群谋之益，生于其乡，无不相习，不久任之患，得封建世家之利，而去郡县

---

① 在给湖南巡抚陈宝箴的书函中，谭嗣同曾表示"国会者，群其才力，以抗压制也。湘省请立南学会，既蒙公优许矣，国会即于是植基，而议院亦且隐寓矣"，参见谭嗣同．上陈右铭抚部书［M］//谭嗣同全集：上册．北京：中华书局，1981：278.

② 陈平原．有声的中国："演说"与近现代中国文章变革［J］．文学评论，2007（3）：16.

③ 论英国在下议院人物［J］．古城贞吉，译．时务报，1897（43）：25.

专政之弊，由一府一县推之一省，由一省推之天下，可以追共和之郅治，臻大同之盛轨。余之言略尽于此，而尚有极切要之语为诸君告者：余今日讲义，誉之者曰启民智；毁之者曰侵官权。欲断其得失，一言以蔽之曰：公与私而已。诸君能以公理求公益，则余此言不为无功，若以私心求私利，彼擅权恃势之官，必且以余为口实，责余为罪魁。乞诸君共鉴之，愿诸君共勉之而已。诸君！诸君！听者！听者！①

不惟这些演说，在南学会演说过程中主讲人与听众之间的对话，也被整理登载在《湘报》上，形成演说文本向报章文体转换的另一文本类型。汪康年、梁启超等人曾在《时务报》上大力推广"问答书"，各国报译栏目亦曾登出一些西报上的问答文字②。《湘报》上所呈现南学会的演说、问答之风，无疑也是对《时务报》上设想的一次实验尝试。当时尚为时务学堂学生的范源濂，甚至直接在南学会问答中提出，全省各府州县之书院学会应效仿省学会的官绅一体、开诚布公，"其讲义问答，由各会绅董按次函录寄省湘报馆，择其精当者照登报纸，则风气逐处渐开，穷巷僻壤无患新学不兴，农工商贾皆知学会有益，斯群力可立，合民智得遍牖矣"③。于是，包括杨昌济、吴焕卿、辜天佑等青年听者，就"兵战不如商战、商战不如学战""尊孔教、护外教""乱世尚武、治世尚文"等时务话题质询，由各位学会主讲予以回应乃至反驳，一改以往道学文章写作的正襟危坐姿态，不乏当时危难时局下率性自然的情感流露，呈现出一种处士横议、众声喧哗的氛围。不久前考取拔贡的毕永年数次莅会，在南学会大胆表达出自我对一片热闹的维新表象下的现实隐忧，直刺当时以西学、时务为沽名特科的浮泛风气，引发了主讲谭嗣同的共鸣：

　　永年谨再问：顷闻复生先生讲义，声情激越，洵足兴顽起懦。但今日之局，根本一日不动，吾华不过受野番之虚名；銮舆一旦西巡，则中原有涂炭之实祸。所谓保种保教，非保之于今日，盖保之于将来也。此时若不将此层揭破，大声疾呼，终属隔膜，愈欲求雪耻，愈将畏首畏尾。或以西

---

① 黄公度廉访南学会第一、二次讲义［J］. 湘报，1898（5）：17-18.
② 汪康年在《论中国求富强宜筹易行之法》、梁启超在《变法通议·幼学》中，都曾提出多撰问答体之书，以为启蒙工具。此外，《时务报》的报译栏目还先后登出过《某报馆访事与伊藤问答节略》《英报馆与机匠问答节略》《得泪女史与苦拉佛得女史问答》《英国商务会问答节略》等问答文章。
③ 南学会问答［J］. 湘报，18983（33）：130-131.

学为沽名之具，时务为特科之阶，非互相剿袭，则仅窃皮毛矣。质之高明，当有良法。

答曰：王船山云："抱孤心，临万端。"纵二千年，横十八省，可与深谈，惟见君耳。然因君又引出我无穷之悲矣！欲歌无声，欲哭无泪，此层叫我如何揭破？会须与君以热血相见耳。①

如果说梁启超等人在《时务报》上提倡"问答书"，更多是从幼学和启蒙的撰写方面考虑，配以口语化的歌诀，期待"以歌诀为经，以问答为纬，歌诀以助其记，问答以导其悟，记悟并进，学者之能事毕矣"②，那么南学会的问答活动，与《湘报》上呈现出来的文本，作为演说行为的延伸，则更强调凸显出思想论辩观点上的针锋相对，以及朝向普通民众对话慷慨激昂的"声音"效果。虽然以讲学为主，却不乏文学性，除了对演说问答内容的学理知识有要求外，也考验讲义文本的修辞艺术、演说主体的表演技巧。作为南学会主讲之一，经学家皮锡瑞在戊戌年的日记中曾这样记载："南学会听讲凭单索者甚众，早已发罄，不知他处有否？讲学久不举行，人多以为戏剧，欲一新眼界"③，亦道出本以讲学为宗旨的学会演说，在维新运动特殊的时务风气中，这些被不同媒介传播、呈现的"声音"，因为演说技巧、个人情感的渗入，产生出的趋向戏剧艺术的观感。

（三）"以歌为诗"的诗体解放

除去演说与问答，《湘报》对于"声音"效果的追求，还体现在诗歌的写作实验上。1898年4月2日《湘报》第66号上，登载了署名慕莲女史（崔慕莲）的《卫足诗并序》，作者自称"羊城崔兵部女儿"，翻阅案头《湘报》时，读到"《立不缠足会》《戒缠足》诸篇并《廉访黄公度批示》"④，泣感成珠，遂"为我支那二万万女子凑成俚语"。其诗开篇即云，"人生不幸女儿身，缚束筋骸苦莫伸。会结菩提逢解脱，馨香愿祝赤趺人"，痛斥缠足陋习对于女性的戕害。在全诗结尾处，又将妇女的卫足与保国保种的宏旨联系起来，高呼"国富

①　南学会问答［J］.湘报，1898（29）：113-114.
②　梁启超.论学校五·幼学（《变法通议》三之五）［J］.时务报，1897（18），1-3.
③　皮锡瑞.皮锡瑞日记［M］//吴仰湘.皮锡瑞全集：第10册.北京：中华书局，2015：773.
④　在《卫足诗并序》发表前，《湘报》上曾陆续登出《戒缠足说》（浙江洪文治撰，第15号）、《湖南开办不缠足会》（第25号）、《不缠足会纪闻》（第39号）、《卫足述闻》（第43号）以及《士绅刘颂虞等公恳示禁幼女缠足禀》（后附黄遵宪批示，第53号）等文。

人强石勒勋，援桴助战约章焚。倘教再恣鲸吞虐，相继柴家娘子军"①。作为戊戌时期不缠足运动及妇女解放思潮影响下的诗歌创作，此首《卫足诗》也与林琴南发表在《时务报》《知新报》上的《闽中新乐府·小脚妇》一道，成为以诗歌体裁来介入现实、推动维新变革的一部分。但也应看到，虽然崔慕莲在序中强调自己乃是"凑成俚语"，其诗句却依然未脱旧式窠臼。相比于林琴南新乐府诗"小脚妇，谁家女？裙底弓鞋三寸许，下轻上重怕风吹"一类平实自由、趋向口语的表达，慕莲女史的《卫足诗》在句式章法上更加讲究，所用意象典故也更加晦涩。如考虑到《湘报》预设的传播对象，还包括文化程度不高的本地民众及女性，其诗作收到的实际效果，并不会好过那些同样杂以俚语、韵语的报议文章。

　　或许正因为忌惮于诗歌在语义表达方面的曲折隐晦，在分别登出林琴南、慕莲女史的两首有关废缠足的诗歌后，《时务报》《湘报》上便再未出现过诸如此类的诗作。包括此时期梁启超、谭嗣同等人写作的"新学诗"，也未出现在他们本人亲自参与筹办的这两份刊物上。不过，相比专注于以文章、译报来倡导维新的《时务报》，《湘报》并没有放弃以诗歌之体、行启蒙之业的努力。从第27 号登出皮嘉祐的《醒世歌》起，《湘报》陆续发表了数篇以"歌"为名的诗歌作品，包括《劝戒歌》《大家想想歌》《李官歌》《劝茶商歌》《劝种桑麻棉花歌》等"歌体诗"②。相比经过书面化处理的演说、问答"声音"，这些以"歌"为"诗"的诗作，加以歌谣化的"音乐"元素，更有一种从民间吸取养料的意味。当然，浅显易懂、节奏明快的文字，实则成了另一种朝向更广大群体的演说形式，如经学家皮锡瑞之子皮嘉祐《醒世歌》的开头：

　　　　世人听我醒世歌，我望世人勿入魔。凡事所争在大局，无益有害争什么。

　　　　发愤为雄在立志，破口挥拳是蛮气。我蛮人不怕我蛮，更有蛮法把我制。

　　　　小小不忍乱大谋，可怜能发不能取。无事生事有事怕，怕祸祸已到临头。

---

①　慕莲女史. 卫足诗并序 ［J］. 湘报，1898（66）：264.

②　"歌体诗"这一概念最早由学者龚喜平提出，指"滥觞于维新变法时期""多以'歌'为题……比较通俗、自由和一定程度上突破旧体诗格律束缚的诗作"。参见龚喜平. 近代"歌体诗"初探 ［J］. 西北师大学报（社会科学版），1985（3）：18.

临头要悔悔不及，只悔当初逞强力。逞强到底何能强，既害身家又害国。①

在这些通俗化、近乎口语的歌体诗中，并不缺少"新学"的因子及"时务"的要素。谭嗣同等曾在"新学诗"中尝试以新名词、新意境入诗，自然也影响了《湘报》"歌体诗"作者的遣词造句，"地球""文明""平等""民主""电化声光"等新式词语，时而会出现在皮嘉祐等人的诗作中。如果说皮嘉祐《醒世歌》"若把地图来参详，中国并不在中央。地球本是浑圆物，谁是中央谁四旁""佛法书中说平等，人人不必分流品。又有墨子说兼爱，利人竟不妨摩顶"② 等诗句，是当时积极参与维新浪潮的青年一代，所展现出的全新地理观念和平等思想，呼应了谭嗣同等人在南学会的演说活动；那么署名"靖州来稿"的《劝戒歌》，则代表了当时湖南地方的普通读者，在省城时务风气的带动下，对"算重电化声光汽"所代表之洋务知识，"变法图强""保种保教"所代表之时务话题的理解和思考。这位来自湘西的作者在诗中写道：

> 当道讲求有多端，算重电化声光汽。人人习之集众长，岂让外国器独利。而今避虚皆就实，事事脚脚踏实地。日本变法三十年，转弱为强亦甚易。中国四万万人多，岂甘鱼肉坐自弃。保我圣教要知几，保我种类须立志。莫惊洋务为惊奇，莫视时务为儿戏。③

在诗歌的末尾，作者自谓作此《劝戒歌》乃是"自强之机既如斯，长歌说与世人知"，强调本诗乃为劝诫民众奋起自强而作的同时，也突出"以歌为诗"的言说形式。从诗歌本体层面而言，这些可以称为"歌体诗"的作品，艺术水准并不高，包括这首《劝戒歌》在内，无论是皮嘉福的《劝茶商歌》，还是皮嘉祐的《劝种桑麻棉花歌》，出于"劝戒"的现实功用需要，都呈现出一种浅俗寡味的特征，几乎完全失去了诗歌含蓄蕴藉的美感。在《湘报》上连续发表了两首"歌体诗"的岳州府儒生吴獬，还曾先后写下过《戒烟歌》《戒赌歌》《放足歌》（又名"三戒歌"）等一系列歌体诗作④，尤善以此类趋近于歌诀的

---

① 皮嘉祐．醒世歌［J］．湘报，1898（27）：106-107.

② 皮嘉祐．醒世歌［J］．湘报，1898（27）：106-107.

③ 靖州来稿．劝戒歌［J］．湘报，1898（115）：458-459.

④ 关于吴獬的诗作，参见何光岳．吴獬和《一法通》［M］//一法通 万法通．何光岳，点校．北京：今日中国出版社，1992：131-145.

诗体来启发民众。《湘报》第 77 号上，他在为纪念湘阴知县李子仁所作的《李官歌》中，采用了打破五言、七言程式的长句，其诗描述"李官好处说不清，他在临湘八个月，百姓喜得不得了，别个县官下乡来，几十个亲兵几十个差，李官下乡差两个，一乘小轿他自己坐，一把伞打到轿头前，没有头锣和鸟索鞭"①，读之已与白话无异，大大削弱了其作为"诗"的审美价值。

　　不过，正如从古文义法中逐渐解放出来"时务文体"一样，《湘报》上的"歌体诗"较之慕莲女史的《卫足诗》以及同时期谭嗣同等人的新学诗，在诗体句式和语言上已更加自由，不仅不限诗句长短，且更加趋向通俗的口语。"歌体诗"作者用类似于民间歌谣的方式，将作者对时政民情的观察思考表达出来，伴随着自然和谐的节奏韵律，正构成了一种诗体的解放。这种解放，使得原本并不适应叙述、说明、议论等现实功能的诗体，能够与维新报刊上的时务文体一道，直陈时弊、讽喻现实。例如，皮嘉祐的《醒世歌》，在以歌为诗的同时，亦是以文为诗、以议论为诗，在叙述中夹以论说，向外界介绍甲午战争湘军溃败后湖南的自新：

> 中东战事实堪羞，不敌日本一小洲，既赔兵费二百兆，又把台澎割与仇。湖南巡抚吴清帅，率师未战先奔败，可怜湘中子弟们，魂魄多飘榆关外。湘军当日有威名，于今不是旧湘军，牛庄一败威名丧，哪得以此吓洋人。洋人哪怕虚声布，我辈宜将实事务，虚心下气学人长，农学商学先自固。何幸大吏皆贤良，奋发已为湘人倡，举行新政讲新学，首开民智求富强。②

　　又如第 77 号上吴獬为劝说湖南当地盲目排洋的乡绅民众所作的《大家想想歌》，几乎是通过简易直白、节奏明快的口语向读者进行演说：

> 湖南来了徐学台，有篇手谕谕秀才，说我们秀才会开导，要叫百姓莫乱闹。乱闹的原由有几宗，一宗游历要说通，二宗为的他传教，平民教民不和好，三宗通商开码头，不明枉自结冤仇。……
> 年年中国人常闹，回回为的洋人到，你一群来我一群，本心原止看洋人，看看原非无道理，人到多来由不得你，一朝忿起把身亡，实在有忿带

---

① 吴獬. 李官歌 [J]. 湘报, 1898 (77)：305.
② 皮嘉祐. 醒世歌 [J]. 湘报, 1898 (27)：106-107.

不过场，若凭空去把命送吊，岂不可怜又可笑。①

　　实际上，"歌体诗"的写作在维新运动前已有端倪。早在甲午战争爆发之际，黄遵宪就写作过《降将军歌》《度辽将军歌》《东沟行》《台湾行》等的歌行体，用古乐府"缘事而发"的精神来记录战争时局。此后，林琴南写作《闽中新乐府》，也表现出以韵语行文、"以歌为诗"的倾向，他曾表示"闻欧西之兴，多以歌诀感人"，故今日欲以新学新思想入人，可尝试以歌诀教之，故虽"俚语鄙谚，旁搜杂罗，谈格调者将引以为噱"②，却不失超迈流俗的忧愤激越之音。《时务报》上，梁启超在自己的《变法通议·幼学》中，期望从革新书籍入手革新中国的童蒙教育，一面提倡"问答书""说部书"，一面提倡"歌诀书"，"取各种学问"，包括天文学、地理学、史学等，"就其切要者，编为韵语"，用以启蒙童子。此外，他还提出"别为劝学歌、赞扬孔教歌、爱国歌、变法自全歌、戒鸦片歌、戒缠足歌等。令学子自幼讽诵，明其所以然，则人心自新，人才自起，国未有不强者"③，甚至在其后有关问答书的阐述中，主张"以歌诀为经，以问答为纬"，将"歌诀"视为一种切实普遍的手段。

　　在歌诀化的背后，《湘报》"歌体诗"也带有"以文为诗"的痕迹，突破了中国传统诗学"非分析性和非演绎性的表达方式"④。叶维廉曾在著作《中国诗学》中阐释，以象形文字为基础的汉语诗歌，尤善于以结构主义式的独立句法和静态意象来架构词与词之间、意象与意象之间的自由关系，相比之下，较少在诗中介入分析、演绎和说明。从这一意义来说，此前夏曾佑、谭嗣同、梁启超的新学诗实验虽以"新"为名，却依旧沿袭了这种非分析性和非演绎性的表达，无论是佛、孔还是耶教中的新名词，尽管取代了传统的意向入诗，但始终作为独立的意向呈现，并在各自关联间保持着旧体诗词所追求的语法和意义的不确定性。"歌体诗"散文化的句式诗体，能够更好地实现叙述、议论、说明等现实功能诉求，大量动态的、演绎性的陈述语句，代替了静态、非演绎性的意象呈现，新学诗中以"喀私德""巴力门"为代表的、孤立且生硬突出的新名词，被更加通俗化的连续性语句演说所替代。例如，皮嘉福的《劝茶商歌》，除去诗之形、韵之语外，其对于种茶之利的分析，不啻一篇逻辑严密的商战论文：

---

① 吴獬．大家想想歌［J］．湘报，1898（75）：297．
② 魏瀚．《闽中新乐府》序［M］//江中柱，等．林纾集：二．福州：福建人民出版社，2020：344．
③ 梁启超．论学校五·幼学（《变法通议》三之五）［J］．时务报，1897（17）：1-4．
④ 叶维廉．中国诗学［M］．北京：人民文学出版社，2006：276．

　　请君听我说种茶，茶比谷利十倍加。中国向来独专利，于今茶利较前差。

　　茶利较差因何故，锡兰印度争商务。华人争不过西人，一处跌价处处误。

　　跌价原想争转来，哪知外国也能栽。自此外国生意旺，中华茶业年年衰。

　　茶业一倾衰不得，湖南只有此利息。再不整顿求振兴，长沙益发成贫国。①

　　故而，《湘报》上的"歌体诗"，通过向古乐府吸取"文章合为时而著，歌诗合为事而作"的精神，向民间歌谣学习"可歌""可咏"的形式，用本土化的歌诗形式，杂以趋时求新的内容和思想，在诗歌平民化、口语化、通俗化的实验路径上做了推进。原本被认为是浮浪之语的民间歌体诗作，也能如文章、小说一样言说时务、倡导维新。尽管随着戊戌政变的发生，湖南本地的维新运动及《湘报》亦戛然而止，"以歌为诗"的解放实验却并没有中止。1902 年，《新民丛报》创办之际，黄遵宪在给梁启超的信中提出，"报中有韵之文，自不可少，然吾以为不必仿白香山之《新乐府》、尤西堂之《明史乐府》，当斟酌于弹词、粤讴之间，或三或九或七或五，或长短句""易乐府之名而曰歌谣，弃史籍而采近事"②。继《湘报》的"歌体诗"后，包括《湘报》的忠实读者、时务学堂学生杨度所作的《湖南少年歌》在内，黄遵宪的《军歌》、梁启超的《二十世纪太平洋歌》、康有为的《爱国歌》、章太炎的《革命歌》、秋瑾的《宝剑歌》等一大批与时代精神结合紧密的"歌体诗"相继出现，在将新思想学说融入明快畅达的诗句当中的同时，也进一步推动了诗体的解放。

三、从戊戌到五四

（一）梁启超的归来

　　《时务报》的最终命运，是与这一场以"时务"为名、以报刊为主要媒介的启蒙风潮一同走向终结的。随着慈禧太后发动戊戌政变，将光绪皇帝软禁，康有为、梁启超被迫流亡海外，谭嗣同、康广仁等"戊戌六君子"喋血菜市口，不仅维新运动提出的各项变革举措被废除殆尽，光绪乙未年以来维新派所创办

---

① 皮嘉福. 劝茶商歌［J］. 湘报，1898（70）：277.

② 黄遵宪. 致梁启超函［M］//陈铮. 黄遵宪全集：上册. 北京：中华书局，2005：432.

的报刊，也大多被勒令停止。作为传播维新思想、时务文学的主要媒介，自甲午至戊戌时期不断涌现的报刊，甚至被指为传播异端邪说的罪魁。1989 年 8 月24 日，清廷发布《查禁各报谕》，意图通过查禁相关的维新报刊来"息邪说以正人心"，并点名了上海的《时务报》。谕旨称，"莠言乱政最为生民之害。前经降旨将官报局、《时务报》一律停止。近闻天津、上海、汉口各处，仍复报馆林立，肆口逞说，捏造谣言，惑世诬民，罔知顾忌。亟应设法禁止"①，要求地方官员对于这些报馆主笔"严行访拿，从重惩治"，作为《时务报》主笔的梁启超自然也在通缉惩治之列。

在百日维新期间，为争夺报馆的实际控制权，康有为曾奏请《时务报》改为官办，并奉命督办其事，只是未及接办便发生了政变。上海报馆及其周边的经营网络仍由汪康年实际负责控制，然而很快，由《时务报》改名续办、全然效仿其体例的《昌言报》，在出完第 10 册后也被查禁停刊。此后，汪康年虽又先后创办了《中外日报》《京报》《刍言报》，以报章为监督政府及社会、"为至仁之事"② 的利器，却终究难以重现昔日《时务报》风行海内、引领潮流的盛况。梁启超等人在《时务报》上逐渐萌芽的"文学"理论和变革试验，最终也转由海外的《清议报》《新民丛报》《新小说》等报刊继续推行。在梁启超流亡日本后推动的"文界革命""诗界革命"与"小说界革命"中，依然能够清晰地看到《时务报》同人倡导并实践写作"时务文体""新学诗"以及"说部书"的影子。

经历 14 年的流亡生涯，梁启超回到国内并再次在本土倡议文学话题，是1914 年初他为朝鲜文人金泽荣《丽韩十家文钞》所作之序，在这篇序言中，梁启超重申了文学与国民性之关系，指出国民性乃一国之人"自觉其卓然别成一合同而化之团体以示异于他国民者"，而文学乃"传其薪火而篦其枢机"③。第二年，他又写作了《告小说家》一文，评述近 10 年来小说界之状况，谓"今后社会之命脉，操于小说家之手者泰半"，批评今之所谓小说文学者，"其什九则诲盗与诲淫而已，或则尖酸轻薄毫无取义之游戏文"④，对于以侦探与艳情为代

---

① 慈禧 . 查禁各报谕［M］//宋原放 . 中国出版史料（近代部分）：第 2 卷 . 汪家熔，辑注 . 武汉：湖北教育出版社，2004：173.

② 汪康年 . 论报章之监督［M］//汪康年文集：上册 . 汪林茂，校 . 杭州：浙江古籍出版社，2011：126.

③ 梁启超 .《丽韩十家文钞》序［M］//汤志钧，汤仁泽 . 梁启超全集：第九集 . 北京：中国人民大学出版社，2018：157.

④ 梁启超 . 告小说家［M］//汤志钧，汤仁泽 . 梁启超全集：第九集 . 北京：中国人民大学出版社，2018：295.

表的新小说煽惑青年子弟、使其思想行为近于龌龊邪曲给予了否定。适值袁世凯在一众人的劝进下举行祭天大典，准备复辟帝制，对于经历民元政治乱局的梁启超而言，再次体验了戊戌政变时所经历的挫败和失落感。他辞去了在北洋政府中的职务，又一次从北京来到上海，创办了《大中华》杂志，并发表《吾今后所以报国者》，称"吾二十年来之生涯，皆政治生涯"，今后将转而致力社会方面，探求人之所以为人、国民之所以为国民者，"以言论之力，能有所贡献于万一"①。在这一年决意远离政坛、避地天津的梁启超，以此种方式，宣告了自己向报章与文学事业的回归。

　　相隔近20载，《时务报》群体已各自分散，黄遵宪、汪康年等报馆的创办者已先后辞世，《大中华》杂志创办后不久，曾在《时务报》上担任撰述的麦孟华病逝。还引发了梁启超作《哭孺博八首》《祭麦孺博诗》悼念，追忆甲午至戊戌时期的往事，"国命阳九遭甲午，腥沫愤触东海鲸""耗矣戊戌抄瓜蔓，我戢鹏翼图徒溟"，直感叹"书生呓语众所摒，三年空辜岁峥嵘"②。《时务报》在维新运动期间掀起的时务风潮早已为陈迹，报馆同人也逐渐淡出历史舞台，但《时务报》上的思想言论并非只是书生的呓语，作为《时务报》灵魂人物的梁启超，其源自甲午至戊戌时期的文章学问，在晚清至民初的文学演进脉络中依然显示出清晰、深远的影响效应，并通过他自己担任撰述的《大中华》杂志在20年后重新回归到公众视野。

　　作为《大中华》杂志的发行方，中华书局负责人陆费逵在1915年发刊号的《宣言书》中，一面申明杂志的目的为"一曰养成世界智识，二曰增进国民人格，三曰研究事理真相"，一面称许"我国杂志之出版，肇始于《时务报》，梁任公实主持之""吾国中上流人稍有常识，固先生之功居多，而青年学子作应用文字，其得力于先生者尤众"③，肯定《时务报》对于出版界及国民的影响。署名天民的作者则在《梁任公之著述生涯》中回顾了梁启超的报界生涯，指出梁氏此次回归著述生涯，办报之宗旨在于"注重社会教育""论述世界大势"二途，指导国民求得自立之道，并了然于中国与世界之关系。他将梁启超的《时务报》《新民丛报》时期归为"专从事著述者"，而《清议报》《庸言》时期则为"委身政治而以余力旁及著述者"，认为"其文字之丰俭、感化力之浅深，恒

①　梁启超. 吾今后所以报国者［J］. 大中华，1915，1（1）：1-4.
②　梁启超. 祭麦孺博诗［M］//汤志钧，汤仁泽. 梁启超全集：第九集. 北京：中国人民大学出版社，2018：684.
③　陆费逵. 宣言书［J］. 大中华，1915，1（1）：1-2.

视其专事著述与否以为判"①，除去内容的丰富外，专事著述的报刊之文无疑也更具文学价值。

无论是陆费逵聚焦的"常识"与"应用文"，还是天民所称的"指导国民"和"论述世界"，二人对于梁启超重返报界的期望，都回溯到《时务报》上文字之"丰"、感化力之"深"的"时务文学"传统。《大中华》杂志中设有"文苑"栏目，用以刊登包括梁启超在内一些作者的诗词作品，同时还刊载了林琴南、马君武等人所翻译的小说和戏剧，较之晚清时期的《时务报》已经有了更为明确的"文学"观念意识和文体区分。但以《〈丽韩十家文钞〉序》中将文学与国民性相关联为代表，整本《大中华》依然表现出以"文"为基础，知晓五洲近事大局、探求实学源流门径的"时务"倾向。如马君武从创刊号起翻译德国作家席勒的作品《威廉·退尔》，将之命名为"国民戏曲"，并在"译言"中阐明自己翻译这部欧洲文学经典的目的，正在于其兼有中国"文章"与"格言"的功能，是"欧洲文章之美者"，同时又包含"一切名理"，感于瑞士"地方之文明，人民之自由""可作瑞士开国史读也"②。以转述"文明史"的心态来翻译域外文学作品，既呼应了陆费逵在《宣言书》中"养成智识""增进人格""研究事理"的目标，也将梁启超在《〈丽韩十家文钞〉序》《告小说家》中重新整理提出的"文学"观念付诸实践。

就在《大中华》杂志创办8个月后，《青年杂志》（后更名《新青年》）在上海创刊。陈独秀在创刊号上发表《敬告青年》，接续了梁启超晚清时期在《少年中国说》中建构的"青春"话语。尤值得注意的是，在创刊号的《社告》中，陈独秀明确了《青年杂志》之作，乃是"欲与青年诸君商榷将来所以修身治国之道""于各国事情学术思潮尽心灌输"，期望"以平易之文，说高尚之理"③。对于五四"新青年"们来说，他们在追求语言文体的平易晓畅方面，已经有了新的跃进，用以言说全新的"时务"，在政治观点上与梁启超等人亦有颇多向左之处。但在增进国民性与养成世界智识的主题上，陈独秀等人并不讳言梁启超及维新派的影响，谓"吾辈今日得稍有世界知识，其源泉乃康梁二先生之赐。是二先生维新觉世之功，吾国近代文明史所应大书特书者矣"④。

1917年1月及2月，胡适的《文学改良刍议》、陈独秀的《文学革命论》

---

① 天民. 梁任公之著述生涯［J］. 大中华，1915，1（1）：2.
② 马君武. 国民戏曲：威廉·退尔［J］. 大中华，1915，1（1）：1-10.
③ 社告［J］. 青年杂志，1915，1（1）：1。
④ 陈独秀. 驳康有为致总统总理书［J］. 新青年，1916，2（2）：1-4.

相继发表。在胡、陈二人擎起五四文学革命的大旗后，钱玄同便于 3 月《新青年》的通信栏目中，与陈独秀商讨文学革命话题，提出了"梁任公实为创造新文学之一人"的观点，认为他在晚清时期对新体文学、新名词的输入，对于小说戏曲等俗文体的提倡，皆乃识力过人之举，故"鄙意论现代文学之革新，必数梁君"①。而在 1923 年，胡适在与高一涵等人商讨《努力周报》事宜的书信中，谈及《新青年》曾经担负的思想革命与文学革命使命时，更是表示：

> 二十五年来，只有三个杂志可代表三个时代，可以说是创造了三个新时代。一是《时务报》；一是《新民丛报》；一是《新青年》。②

在这场最终以"五四"命名的文化运动与文学革命中，不惟梁启超本人被追溯为现代思想与文学知识谱系的肇始，戊戌时期《时务报》同人以改良民性和增加知识为目标所生产的"时务"知识和文本，也为五四时期《新青年》等刊物提供了某种范式。甚至当五四新文化运动落潮时，《时务报》依然会被"新青年"们搬出来，作为新文化运动的一个价值参照。吴稚晖在批评五四后期整理国故的复古论调时，即表示，"去年将国内国外的空气细细一检验，我的思想，上了大当，觉得妖雾腾空，竟缩回到《时务报》出世以前"③，梁启超与他的《时务报》俨然成为一把衡量现代思想的标尺。

只是，被"新青年"们视作标尺的梁启超，终究被迫违背了自己远离政治的愿景，与湖南时务学堂的弟子蔡锷一道，扛起了反袁护国运动的大旗，后短暂出任了段祺瑞政府的财政总长，无缘直接介入到《新青年》及其所引领的五四新文化与新文学潮流中。等到 1920 年他结束在欧洲的游历考察，再次宣告离开政坛转向文教事业时，却开始了"今日之我"对于"昨日之我"的否定，脱离了直到《大中华》杂志时依旧秉持的文学功利主义观念，向文学内部的"情""美"回归。欧游归国后的几年内，梁启超先后发表了《情圣杜甫》《屈原研究》《陶渊明》《中国之美文及其历史》《桃花扇注》等演说或文章，整理起文学中的"国故"，不仅张扬陶潜的"厌世的乐天主义"，也褒赏杜甫归拢不同情绪的"调和之美"。他在 1922 年为清华大学所作的演讲《中国韵文里头所表现的情感》中，开始推崇艺术的权威，是捕捉"那霎时间便过去的情感"，修

---

① 钱玄同. 通信 [J]. 新青年, 1917, 3 (1): 1-7.
② 胡适. 致高一涵、陶孟和、张慰慈、沈性仁 [M] // 耿云志, 欧阳哲生. 胡适书信集: 上册. 北京: 北京大学出版社, 1996: 322.
③ 吴敬恒. 箴洋八股化之理学 [N]. 晨报副刊, 1923 (189): 2-3.

养高洁纯挚的方面，再用"美妙的技术把他表现出来"①；1926 年，他又在为金和、黄遵宪两位清代诗人诗集所作的《晚清两大家诗钞题辞》中，将文学归为"人生最高尚的嗜好""文学的本质和作用，最主要的就是'趣味'"②，并从此角度出发对于五四"纯白话体"文学的笼统浅薄提出了疑问。

无论是"情本体"，还是"趣味主义"，都趋向梁启超与《时务报》同人针对词章之学所谓"八股之文、八韵之诗"等雕虫之技、兔园之业所努力规避和批判的方向。同为晚清报界巨子，梁启超向主情、主趣味的古典诗文的转向，不仅真正"缩回到《时务报》出世以前"，也似乎走了一条报界文人前辈王韬所走的老路。正如本书前文所提到的，王韬晚年在理性与情感、公共话题和个人旨趣、讲求时务与抒写性情之间表现出的矛盾，也出现在了归来后的梁启超身上。并且，相对于晚年王韬偏向于私人生活旨趣、极为感性的歌哭杂吟，梁启超更加有意识地将在公共领域抛出中国文学传统中的主情一派，作为近代科学思潮影响下主智文学的应对。类似于李泽厚在倡导启蒙理性之后，将"情"内推向宗教哲学、外推向政治哲学③，梁启超试图从中国古典抒情传统中，来发掘个人及群体至善的力量，这也导致了他在五四后期对于"时务文学"传统的反思。

针对当时中外文学的主潮，梁启超曾在《欧游心影录》中，批评欧洲 19 世纪中叶以来物质文明、自然派主导的文学霸权，称"唯物的人生观正披靡一时，玄虚的理想，当然排斥，一切思想，既都趋实际，文学何独不然"④，而其压制的，正是与讲求乘心游物、快然自乐的中国主情文学相近的浪漫主义文学。梁启超在这里对于近世科学文明及影响下文学潮流的反思，未尝不是对于《时务报》及"时务文学"中推崇以欧洲近世格致、政教文明为代表的实学倾向的反动。1924 年，他在清华大学所作另一场名为《文史学家之性格及其预备》的演讲中，更是否定了自己在《时务报》时期以文为基础、导向学问的"文学"观

---

① 梁启超．中国韵文里头所表现的情感［M］// 汤志钧，汤仁泽．梁启超全集：第十五集．北京：中国人民大学出版社，2018：281．

② 梁启超．晚清两大家诗钞题辞［M］// 汤志钧，汤仁泽．梁启超全集：第十四集．北京：中国人民大学出版社，2018：290．

③ 在自己的美学及哲学研究中，李泽厚曾将自己的"情（感）本体"论，归纳为"内推为'以审美代宗教'的宗教哲学，外推就是'乐与政通''和谐高于正义'的政治哲学"。参见李泽厚，刘绪源．"情本体"的外推与内推［J］．学术月刊，2012（1）：14-21．

④ 梁启超．欧游心影录［M］// 汤志钧，汤仁泽．梁启超全集：第十集．北京：中国人民大学出版社，2018：65．

念，批评文学中的载道思想和史官传统，特别是章学诚《文史通议》那样"文史"不分的倾向，提出文学自应有其情感、想象的独立特质：

> 文学方面，除文学批评及散文的一部分，与史学的性质相同，注意科学精神外，其余的纯文学，都是超科学的，都是全靠想象力。①

类似的声音也出现在《新青年》杂志内部。桐城派文人方孝岳曾在《新青年》杂志的读者论坛中，针对五四文学革命中的功利化倾向，以及将学术与文学相混的弊端，提出了自己的看法，认为"今日言改良文学，首当知文学以美观为主，知见之事，不当羼入。以文学概各种学术，实为大谬"②。在这篇名为《我之改良文学观》的文章中，方孝岳明确了近代西人将文学作为"美文学"的界说和价值，突出文学内部的趣味、情感、美观等因素，进而反对将学术家和史家的著述之文、告语之文、记载之文等应用之作纳入"文学"。梁启超此后在《情圣杜甫》《中国韵文里头所表现的情感》等文章中展现出来的观念，从优美之情感、专门之形式等角度对于"文学"的理解，正对应了此种专门化、趋向审美艺术的纯文学一脉，成为娱情畅志、修身养性的语言艺术。相比之下，他及《时务报》同人曾经引领的"时务文学"，反而显得庞杂无状，被梁启超本人逐渐舍弃了。

（二）作为普通读者的"新青年"

适值梁启超在游历欧洲大陆后通过《欧游心影录》表现出对于科学万能、物质文明、自然主义文学的质疑，宣称"近来西洋学者，许多都想输入些东方文明，令他们得些调剂"③，陈独秀也在《新青年》上刊出了《新文化运动是什么？》一文，直言"'科学无用了''西洋人倾向东方文化了'这两个妄想倘然合在一起，是新文化运动一个很大的危机"④，与梁氏的论调针锋相对。将《时务报》与《新青年》一同视为时代代表、自称梁启超"引起了我们的好奇心，指着一个未知的世界叫我们自己去探寻""我个人受了梁先生无穷的恩惠"⑤ 的

---

① 梁启超．文史学家之性格及其预备［M］//汤志钧，汤仁泽．梁启超全集：第十六集．北京：中国人民大学出版社，2018：85.
② 方孝岳．我之改良文学观［J］．新青年，1917，3（2）：2-5.
③ 梁启超．欧游心影录［M］//汤志钧，汤仁泽．梁启超全集：第十集．北京：中国人民大学出版社，2018：84.
④ 陈独秀．新文化运动是什么？［J］．新青年，1920，7（5）：1-6.
⑤ 胡适．四十自述［M］//欧阳哲生．胡适文集：1．北京：北京大学出版社，1998：71.

胡适，则在 1922 年邀请梁启超赴北大哲学社演讲后，与之发生了论辩，并在日记中直言"他讲孔子，完全是卫道的话，使我大失所望"①。梁启超去世后，胡适亦曾表示"他晚年的见解颇为一班天资低下的人所误，竟走上卫道的路上去"②。

在陈独秀、胡适等《新青年》同人的认知中，正如梁启超时常以"今日之我"攻"昨日之我"一样，他们将《时务报》时期的青年梁启超与其晚年区分开来，批评梁氏在五四时期的思想转向，同时又将五四新文化、新文学的发生及演变脉络溯源到《时务报》。而在《时务报》及"时务文学"的传播接受层面，这些作为读者的"新青年"同样也有"昨日之我"与"今日之我"的区别，对于"时务风潮"及"时务文学"，完成过从客体到主体、从影响吸收到创造转化的转变。学者王汎森曾在其文章中提出，五四新文化运动通过《新青年》的推广热销，培养出了新的"阅读大众"（reading public）③。实际上，这些作为创造主体且培养出大量"阅读大众"的"新青年"，也曾作为"阅读大众"，经历了从读者到作者、从边缘到中心、从延迟被动接受到跨越时空对话的一个过程，这种成长关联，恰恰构成了近代中国社会、思想及文学朝向现代演进的系谱。

作为《时务报》及梁启超的读者，陈独秀早年间曾将自己阅读《时务报》的经验，转化为自己反思科举时文的思想资源，进而将之作为自我价值观念转变的学理支撑。他后来在自传中，回忆起自己于光绪二十三年（1897 年）赴南京参加乡试时的情形，目睹科举考试进程中之怪现状，"感觉到梁启超那班人在《时务报》上说的话是有些道理呀！这便是我由选学妖孽转变到康梁派之最大动机"④。他在《新青年》上盛赞康有为、梁启超对于时下青年的影响，谓"读康先生及其徒梁任公之文章，始恍然于域外之政教学术，粲然可观，茅塞顿开，觉昨非而今是。吾辈今日得稍有世界知识，其源泉乃康、梁二先生之赐"⑤。随后，又在《孔子之道与现代生活》中表示：

　　甲午之役，兵破国削，朝野惟外国之坚甲利兵是羡。独康门诸贤，洞

---

① 胡适．日记［M］//季羡林．胡适全集：第 29 卷．合肥：安徽教育出版社，2003：530.
② 胡适．日记［M］//季羡林．胡适全集：第 29 卷．合肥：安徽教育出版社，2003：328.
③ 王汎森．思潮与社会条件：新文化运动中的两个例子［M］//中国近代思想与学术的系谱．上海：上海三联书店，2018：295.
④ 陈独秀．实庵自传：第二章［J］．宇宙风，1937（53）：170-173.
⑤ 陈独秀．驳康有为致总统总理书［J］．新青年，1916，2（2）：1-4.

察积弱之原，为贵古贱今之政制、学风所致，以时务知新主义，号召国中。①

"时务知新主义"这一概括，正出自《时务报》《知新报》两本刊物之名，当《新青年》创刊，那些遥远的"时务文本"和"时务文学"，由他们曾经的阅读接受对象变为了潜在的对话目标。《时务报》发行之际，在朝野上下掀起阅读风潮，"使阅者耸动心目，上以当执政者之晨钟，下以扩士君子之闻见"②，读者主要为各级官员士绅、地方书院师生，其中有不少身居要津、声名显赫者。诸如张之洞、陈宝箴这样的重臣官员，裘廷梁、罗振玉这样的绅士学人，在维新运动的浪潮中，他们也是《时务报》主要的对话乃至论争对象。其中，更不乏严复、陈炽、高凤谦这样既是读者，后又成为时务报馆撰稿人的案例，表明《时务报》作为阅读文本，能够持续地激发读者，引导他们在接受和消化时务文本之余，进行"时务"知识与文学的再生产。而这种从阅读接受到创作生产的转变，不仅仅局限在维新运动期间的精英阶层，从戊戌到五四，《时务报》及"时务文学"显示出更久远、更宽泛的影响效应。

在《时务报》众多的读者当中，陈独秀所属的一类群体尤为特殊，包括蔡元培、胡适、鲁迅、周作人、吴稚晖等人在内，作为另一个历史或文学史时段——"五四"时期的代表人物，他们似乎与《时务报》没有太多交集。当《时务报》在全国风行时，他们大多或只是布衣文人，籍籍无名，无法真正有效地参与《时务报》构建的公共领域当中；或者年纪尚轻，不谙时务，只能在维新浪潮退去后，方才领略到《时务报》作者们在文坛的陈迹。与张之洞、严复等处在维新运动中心舞台、随时与《时务报》发生关联互动的精英相比，陈独秀等不过是一些"普通读者"，处在"时务文学"的接受末端，但恰恰是这些"普通读者"，决定了《时务报》及"时务文学"的生产范式及文本形态。与汪康年、梁启超等《时务报》同人交厚，且频繁出入时务报馆的孙宝瑄，曾在日记中谈及晚清报刊的舆论风气和文章风格，称"天下普通人占多数，其所知大抵肤浅，故惟最粗最浅之说，弥足动听"③，语气中不乏批评之意，却指明了包括本土维新报刊在内报刊文学发行、写作的受众预设。

---

① 陈独秀. 孔子之道与现代生活［J］. 新青年，1916，2（4）：1-7.
② 丁其忱. 丁其忱函：一［M］//汪康年师友书札：一. 上海：上海古籍出版社，1986：1.
③ 孙宝瑄. 忘山庐日记：下［M］. 上海：上海古籍出版社，1983：1132.

从阅读史的角度而言,这些"普通读者"对于《时务报》的接受和反馈,多属于个人阅读生活当中的内在体验,没有形成外向的评价、对话以至论争,更不构成公共意义上的阅读事件。以鲁迅为例,他接触到《时务报》,是受到当时维新派的带动,与其他一些新学书籍、刊物混合在一起进行阅读。曾积极支持维新运动的俞明震,在变法失败后,出任南京江南水师学堂兼附属矿物铁路学堂总办,维新运动的时务风气被他保存了下来,《时务报》便是留存这种风气的文本载体。根据鲁迅在《朝花夕拾》中的回忆,"学堂里又设立了一个阅报处,《时务报》自不待言,还有《译学汇编》"①。俞明震本人对于《时务报》的阅读,以及他根据报刊所载内容出的考题,正是促使鲁迅展开阅读的动因,让这位青年学生印象深刻:

> 第二年的总办是一个新党,他坐在马车上的时候大抵看着《时务报》,考汉文也自己出题目,和教员出的很不同。有一次是《华盛顿论》,汉文教员反而惴惴地来问我们道:"华盛顿是什么东西呀?……"②

在传统学问及科举体制下、知识结构及价值观念已然完备的士绅精英,对于《时务报》上的思想与文字不免有所指摘,而对于那些尚在人生求索阶段的"普通读者"而言,《时务报》及"时务文学"致力的"最粗最浅之说",在他们面前则更显得"弥足动听"。此时因为年纪小,只能"仿佛记得那时大家倒还觉得一点苦痛的,也曾经想有些抵抗,有些改革"③ 的鲁迅,在南京读到《时务报》时,还只是一名家道中落后放弃科举正途、"走异路、逃异地"的青年;五四时期与梁启超相交、并切磋商讨新诗问题的胡适,对于《时务报》及"时务文体"颇有称赞,此时也只是私塾中的学童;而在《新青年》通信栏目上、曾以《时务报》为例阐述"文学之必须改革,乃时代思想当然之倾向"④ 的戏曲理论家张厚载,在《时务报》创刊之际更尚在襁褓之中。因为年龄与代际的关系,他们与《时务报》的相遇,错过了报刊阅读最为重要的时效性,无缘与之在公共领域进行即时性互动,大多属于一种"延迟阅读"。然而,正是"普通读者"群体对于注重"救一时、明一义"的报刊的"延迟阅读",显示了《时

---

① 鲁迅. 琐记[M]//鲁迅全集:第二卷. 北京:人民文学出版社,2005:306.

② 鲁迅. 琐记[M]//鲁迅全集:第二卷. 北京:人民文学出版社,2005:305.

③ 鲁迅. 老调子已经唱完[M]//鲁迅全集:第七卷. 北京:人民文学出版社,2005:326.

④ 张厚载. 新文学及中国旧戏[J]. 新青年,1918,4(6):620-621.

务报》及"时务文学"在读者群体中"规久远、明全义"、不断绵延伸展的生命力。

鲁迅阅读《时务报》时的具体情形无从考究，但他对其弟周作人阅读的影响带动却有章可循。① 在日记中，周作人对于光绪壬寅年正月（1902年），自己如何在大哥的引领下，阅读甚至誊抄《时务报》文章的情形，有着详细的记录：六日，"下午看《时务报》。夜抄梁卓如《说橙》一首"。八日，"终日抄《养生论》，梁卓如《论中国之将强》各一首"②。其中，《说橙》《论中国之将强》为主笔梁启超分别发表于第6册、第31册的两篇议论文章，《养生论》则为《时务报》第21册上，朱开第翻译自《纽约讲学报》的一篇译文。周氏兄弟的阅读时间在《时务报》停刊数年后，意味着《时务报》的文本即使在停刊以后，依然在中国普通的读书人内部继续传播，而抄写对象从主笔报议到外译文稿，也显示出周作人作为读者在阅读过程中的细致。此种认真刻苦的抄写行为，恰恰是阅读的一种延伸，是读者期望将所见文字及其思想化为己有、内化为精神资源的体现，在传统读书人的生活中最常见的，自然是抄写儒释道的经典，只讲求实效性的报刊文本，在阅读层面获得读者如此礼遇，是较为难得的。

从某种程度来说，晚清时期以"普通读者"身份接触到《时务报》的鲁迅、胡适们，是真正意义上的"新青年"。不仅是他们在阅读到《时务报》之时年纪尚轻，更重要的是，他们通过这份停刊后继续流传的报刊及通过报刊传播的"时务文学"，开始了对于新知识与新思想的吸收，并逐渐走出传统文人士大夫的道路程式，向现代意义上的知识分子迈进。梁启超等人在《时务报》上，对于科举制度下士大夫"抱八股八韵，谓极宇宙之文，守高头讲章，谓穷天人之奥"③ 的批判，成了这些年轻读者修正人生方向、重新定义自我为学与为文目标的契机。正因为此，《时务报》并没有如梁启超所言的那样局限于"救一时，明一义者"，而是形成了跨越代际的"共同知识文本"④。从戊戌时期的格致、民权学说与新民思想，到五四时期的科学、民主观念与立人主张，《时务

---

① 早在1898年春，周作人便曾收到鲁迅从杭州寄来的书信，"云有《知新报》，内有瓜分中国一图"，表明周氏兄弟对于维新运动及相关期刊的关注，在鲁迅去南京求学前便已开始，与维新运动的开展几乎同时期。参见周作人. 周作人日记：上 [M]. 郑州：大象出版社，1996：5.

② 周作人. 周作人日记：上 [M]. 郑州：大象出版社，1996：309.

③ 梁启超. 知耻学会叙 [J]. 时务报，1897（40）：3-4.

④ 此处借用台湾学者潘光哲的概念，意指在晚清读书界备受赞誉和推崇，"诸方读者同沾共享"的文本，参见潘光哲. 晚清士人的西学阅读史（1833—1899）[M]. 台北："中央研究院"近代史研究所，2014（99）：84.

报》为鲁迅、胡适这些"新青年",提供了与维新派知识分子内在的、共通的知识谱系和精神资源。

即便是即时性的阅读,"新青年"们对《时务报》的阅读也有着延迟的效应。《新青年》阵营中资格最老的蔡元培,比《时务报》主笔梁启超还要年长几岁,可在当时《时务报》众多的士绅读者中,他的阅读姿态更接近于以接受吸收为主、偏向内在产生灵府激变的"普通读者"。光绪甲午年(1894年),蔡元培刚成为翰林院的编修,读到《时务报》后,在日记中不无激动地写道,"撷经史编旁之义,左其新说。近时言西学者,莫能抗颜行也"①,将《时务报》视为接触新学西学的最佳文本。戊戌变法失败后,他回到故乡绍兴的中西学堂任监督,继续推广新学,一度"好以公羊春秋三世义说进化论"②。1901年,他与张元济等人创《开先报》(后改名《外交报》)时,在《创办〈外交报〉叙例》中,对于《时务报》及《知新报》《湘报》的评价,足见他当时在阅读这些维新报刊时的用力之勤:

> 丁戊之际,有《时务报》,始欲以言论转移思想,抉摘弊习,有摧陷廓清之功;其后有《知新报》,参以学理;有《湘学报》,参以掌故。嗣是人心为之一变。③

借助着供职于翰林院的契机,此时的蔡元培已能获取到诸多新学读物,特别是自甲午之际开始,他开始涉猎《环球地球新录》等书刊,在此情形下,他尤其对《时务报》的"转移思想,抉摘弊习"推崇有加。由此可以想象,对于当时多数尚在传统帖括、词章学问中逡巡的"新青年"来说,获取外部书籍知识更加不易,《时务报》的出现和传播,意味着更加广泛的获取外部知识的渠道。而梁启超在《变法通议》中所批评的"聚千百帖括、卷折、考据、词章之辈,于历代掌故,瞠然未有所见,于万国形势,瞢然未有所闻者"④,显然刺激了读者的神经,加速了他们对传统知识系统的批判性清理。与陈独秀一样,《时

---

① 蔡元培. 蔡元培日记:上 [M]. 北京:北京大学出版社,2010:54.

② 关于离京返乡,蔡元培曾于《传略》中回忆称"孑民是时持论,谓康党所以失败,由于不先培养革新之人才,而欲以少数人弋取政权,排斥顽旧,不能不情见势绌。此后北京政府,无可希望。故抛弃京职,而愿委身于教育云"。参见蔡元培. 传略:上 [M] //高平叔. 蔡元培全集:第三卷. 北京:中华书局,1984:320-321.

③ 蔡元培. 创办《外交报》叙例 [M] //高平叔. 蔡元培全集:第一卷. 北京:中华书局,1984:137.

④ 梁启超. 论学校一·总论(《变法通议》三之一)[J]. 时务报,1896(5):1-3.

务报》的阅读经验在日后演变为了蔡元培质疑、反叛科举制度及旧有学术文章的资源。维新变法失败之后，蔡元培放弃了无数读书人在科举道路上孜孜以求的翰林身份，转而投入地方的教育实践，除了出于对维新夭折、志士服刑的义愤外，背后自应有更深层次的理性成因。

相比于《时务报》同人，五四"新青年"们对于传统的反叛无疑要更为激烈，但或隐或显，二者之间常常显现出在思想谱系与精神脉络上的关联。同样是"新青年"中的老资格，1897 年便已在北洋大学堂担任教习、后参与《新青年》创办的吴稚晖，经历过戊戌和五四两个时代，亦曾是《时务报》的读者。1923 年，他在发表于《晨报》上答复蔡元培的文章中重提《时务报》，作为自己质疑当时"整理国故"之复古倾向的思想资源。他将戊戌时期康梁的学说及文章，视为对"张之洞、王先谦、李文田之徒，重张顾王戴段的妖焰"的反拨，认为"幸亏康祖诒要长过素王，才生出一点革命精神。他的徒弟梁启超《时务报》出现，真像哥白尼的太阳中天，方才百妖皆息。当时的《西学书目表》，虽鄙陋得可以，然在精神上批评，要算光芒万丈"①。

吴稚晖此处所称"光芒万丈"的《西学书目表》，乃梁启超于 1896 年所著之书，包括 1 篇《序例》、4 卷《西学书目表》以及作为札记的《读西学书法》，次年由时务报馆代印，成为当时接触"时务"知识的重要门径。为宣传自己所编的这本书，梁启超在《时务报》第 8 册上专门登出序例，并鼓呼"国家欲自强，以多译西书为本，学者欲自立，以多读西书为功"②。然而，约 30 年后，在 1925 年《京报副刊》发起的"青年必读书"征集活动中③，梁启超却成了众矢之的。当《时务报》曾经的读者鲁迅提出"少——或者竟不看中国书，多看外国书"④ 时，梁启超却因为不列近人与外国著作，而专列 10 本国学书目，成了批评的对象，引起了诸多不满⑤，被另一位活动参与者谢行晖指为"今日梁先

---

①　吴敬恒 . 箴洋八股化之理学［N］. 晨报副刊，1923（189）：2-3.

②　梁启超 . 《西学书目表》序例［J］. 时务报，1896（8）：3-6.

③　1925 年 1 月，《京报副刊》发起征求"青年爱读书十部"和"青年必读书十部"活动，除梁启超外，鲁迅、陈独秀、胡适、周作人、吴稚晖等也参与了征集活动。

④　鲁迅 . 青年必读书［M］// 鲁迅全集：第三卷 . 北京：人民文学出版社，2005：12.

⑤　在众人的推荐书目先后登出后，谢行晖于《京报副刊》上登出答卷复录，称"日来看见梁胡周三先生选的，也不大满意，尤以梁任公为甚"。参见王世家，辑录 . 《京报副刊》"青年爱读书十部""青年必读书十部"资料汇编［J］. 鲁迅研究月刊，2002（3）：75.

生选的十部书，真是吴稚晖先生所谓灰色啊灰色！"①。从"光芒万丈"到"灰色啊灰色"，见证了"新青年"眼中归来之后梁启超的转变，也折射出他们作为"阅读大众"的普通读者，对于《时务报》及其学术思想资源被动吸收、内在转化，进而构建自我主体性并参与新文化建构的过程。

（三）"朴实无华之文学"的演进脉络

在为《京报副刊》列举了从《孟子》《左传》到《唐宋诗醇》《词综》等十种书目后，梁启超特意附上了自己选取这些"青年必读书目"的标准："一，修养资助；二，历史及掌故常识；三，文学兴味。近人著作、外国著作不在此数。"②"文学兴味"四个字，以及《唐宋诗醇》《词综》的选取，显示出梁启超此时期对于"文学"的理解已摆脱了《时务报》时期以"文"为基础而导向"学"的观念，越发趋向了西方现代意义上文学（literature）的本意。尽管因欧游归来后向传统文化的复归，招致了《新青年》阵营的诸多非议，但此时期梁启超对于"文学"的理解，无疑接近于现代"纯文学"的意涵，所谓"兴味"，亦更加趋向他此时期所强调的文学趣味。

与之形成鲜明反差的，恰恰是五四新文学的旗手鲁迅。这位曾经《时务报》的"普通读者"，先后对梁启超等人的"青年必读书"及背后的"整理国故"运动表示了不满，谓"老先生要整理国故，当然不妨去埋在南窗下读死书，至于青年，却自有他们的活学问和新艺术"③。1925 年年末，鲁迅于《华盖集》的题记中，回顾了自己这一年开始作杂感时所碰的钉子，其中"一是为了《青年必读书》。署名和匿名的豪杰之士的骂信，收了一大捆"。谈到自己这些被视为"非文学"的杂感短评，鲁迅专门在文中回应称：

> 我以为如果艺术之宫里有这么麻烦的禁令，倒不如不进去；还是站在沙漠上，看看飞沙走石，乐则大笑，悲则大叫，愤则大骂，即使被沙砾打得遍身粗糙，头破血流，而时时抚摩自己的凝血，觉得若有花纹，也未必

① 此处"吴稚晖先生所谓灰色啊灰色"，指 1923 年吴稚晖在《箴洋八股化之理学》一文中，批评以章太炎为代表"整理国故"的风气，谓"真是他老年的污点。梁先生必定也替他难过，人己对照，便能觉悟那种灰色的书目，是一种于人大不利，于学无所用的东西了"。参见吴敬恒. 箴洋八股化之理学［N］. 晨报副刊，1923：2-3.

② 梁启超为《京报副刊》"青年必读书目"所列 10 种书目为：《孟子》《荀子》《左传》《汉书》《后汉书》《资治通鉴》（或《通鉴纪事本末》）《通志二十略》《传习录》《唐宋诗醇》《词综》。参见梁启超. 青年必读书［M］//汤志钧，汤仁泽. 梁启超全集：第十三集. 北京：中国人民大学出版社，2018：1.

③ 鲁迅. 未有天才之前［M］// 鲁迅全集：第一卷. 北京：人民文学出版社，2005：175.

不及跟着中国的文士们去陪莎士比亚吃黄油面包之有趣。①

当梁启超开始转向纯粹的古典艺术，向《桃花扇》、古代韵文美文寻求"文学兴味"时，五四新文学的旗手鲁迅，却宣称要从"艺术之宫"的"有趣"中逃离。数年后，另一位曾经是梁启超与《时务报》读者的周作人，于辅仁大学讲授《中国新文学的源流》，提及近来文学研究或阅读，亦指出存在"大半都偏于极狭义的文学方面，即所谓的纯文学"之通病，"实则文学和政治经济一样，是整个文化的一部分，是一层层积累起来的。我们必须拿它当作文化的一种去研究，必须注意到它的全体"②。无论是周作人所言的"应将文学的范围扩大"，还是鲁迅所指出青年们自有的"活学问"与"新艺术"，都代表了五四以来《新青年》同人以这样一个综合性刊物为阵地，所致力的一种新文化与新文学的建设方向。特别是鲁迅逐渐走向自觉的杂文学观，言明了其源自《新青年》"随感录"等栏目的文学追求。尽管极少再言必称"时务"，乃至将归来后的梁启超视作五四新文化、新文学的对立面，《新青年》同人却在围绕着报刊媒介所构建的编排体例和文字景观中，接续并重构了戊戌时期梁启超及《时务报》与"时务文学"所开启的传统。

1915 年，在《新青年》创刊号所发布的《社告》中，除去表明杂志的拟想读者为"青年"，为促使青年放眼以观世界，"本志于各国事情、学术、思潮，尽心灌输，可备攻错"外，还特别强调了"文"的问题，明确表示欲"以平易之文，说高尚之理"③。"平易"与"高尚"，也曾是晚清"时务文学"从文字形式到内容思想的书写方向，维新运动浪潮下，《时务报》同人以通俗晓畅之文、杂以俚语韵语，来讲求西学新知，引发了《时务报》同人写作时务文体、新学诗、歌体诗、说部书的系列革新实践。梁启超在《变法通议》中批评上流文士"考据词章，破碎相尚，语以瀛海，瞠目不信"④，何尝不是他从古典艺术之宫逃离的宣言。20 年后，《青年杂志》从创刊到发动新文学运动的过程中，依然可见这种"时务"范式的传播和影响效应。

在胡适、陈独秀正式抛出文学改良和文学革命议题之前，1916 年《新青年》第 2 卷第 1 号的"通信"栏目中，《新青年》编辑部以本刊记者之名，借助

① 鲁迅. 华盖集·题记 [M] // 鲁迅全集：第一卷. 北京：人民文学出版社，2005：4.
② 周作人. 中国新文学的源流 [M]. 上海：华东师范大学出版社，1995：4.
③ 社告 [J]. 青年杂志，1915，1 (1)：1.
④ 梁启超. 论不变法之害（《变法通议》一）[J]. 时务报，1896 (2)：1-5.

回答读者程师葛来信中有关写实主义的质询，阐述了正在酝酿的文学观。在信中，程师葛抛出了"学"与"文"的问题："近日士不悦学，溺于声色货利，而无高尚之思想，正宜以精深伟大之文学救之，使之舍彼而图此。而足下谓以后宜趋重写实主义，敢请其故。"在回信中，《新青年》编辑部表示：

> 士之浮华无学，正文弊之结果。浮词夸语，重为世害。以精深伟大之文学救之，不若以朴实无华之文学救之。①

与此种"士之浮华无学，正文弊之结果""以精深伟大之文学救之，不若以朴实无华之文学救之"的观念相呼应，梁启超等在《时务报》上，曾经一面直斥"词章无用"，目为"雕虫之技，兔园之业，狗曲之学，蛙鸣之文"，一面号召"文学兴国"，在报界以"文"的方式，推进以新"学"驱动的政治及思想革新。谭嗣同作《报章文体说》，以"报章总宇宙文"一说，回应"遇乡党拘墟之士，辄谓报章体裁，古所无有，时时以文例绳之"② "咫见肤受，罔识体要，以谓报章繁芜阗茸"③ 等质疑，本身就不满足仅仅局限于作为一种"语言艺术"的形式之文，而要求多种文类形式的功能运用，以及对近世文明思想学说的内容承载。《时务报》同人种种针对旧有词章诗赋之程式律令的反叛与逃离，亦可看作是维新派立于甲午之后中国现实的沙漠之上，对于所谓"活学问"和"新艺术"的寻求。

正是在《新青年》编辑部明确"以朴实无华之文学救之"后，"活学问"和"新艺术"方始得以结合成为《新青年》的努力方向。1917 年胡适于《新青年》上发表《文学改良刍议》，抛出文学改良八事，首当其冲便是针对近世"沾沾于声调字句"的"文胜之害"，提出"须言之有物"一事。胡适认为，文学的"言之有物"，包括了情感与思想两个方面，其中"吾所谓'思想'，盖兼见地、识力、理想三者而言之。思想不必皆赖文学而传，而文学以有思想而益贵。思想亦以有文学的价值而益贵也"④。陈独秀随后在《文学革命论》中，批评"贵族文学""山林文学"，谓"此等文学，作者既非创造才，胸中又无物"

---

① 记者. 通信［J］. 新青年，1916，2（1）：1-10.
② 谭嗣同. 谭嗣同函：四［M］//汪康年师友书札：四. 上海：上海古籍出版社，1989：3238.
③ 谭嗣同. 报章文体说［J］. 时务报，1897（29）：18-19.
④ 胡适. 文学改良刍议［J］. 新青年，1917，2（5）：1-11.

"与其时之社会文明进化无丝毫关系"①。而早在《青年杂志》创刊之际，陈独秀就借助译述《现代文明史》，论及"法兰西精神之影响"，有"法兰西哲学者，同时又为当代之文豪"的观点表述，称："彼等以明晰灵活之笔，发表其理论，于讽刺文、于小说、于记事，使不学之俗人，亦得读而解之，其书遂广行于社会。"② 他在《现代欧洲文艺史谭》中表示"初以文明为人生之最大目的，而促进此文明者，文学家美术家是也"③，在推崇文学对于外部社会文明进化之作用的同时，从以"明晰灵活"之笔来承载理论哲思的角度，大大拓展了《新青年》上的文学范畴。

作为五四初期同时活跃于《大中华》与《新青年》杂志上的文人代表，四川诗人谢无量此时期的写作、著述及所收获之反响，尤能折射出五四新文学场域下此种"朴实无华之文学"的演进过程。《大中华》杂志上，谢无量曾写作《中国六大文豪》，推举屈原、司马相如、杨雄、李白、杜甫、韩愈六家，"夫五经诸子之书"，以为"不可与文学并论，司马迁、班固又皆良史之才，事异于篇翰者"④，本是依循近代狭义的纯文学观，特别是司马相如、杨雄之选取，突出宏词丽句的"以词胜"。他在《新青年》上发表古典诗作，其长诗《寄会稽山人八十四韵》虽得到陈独秀的称许，谓"文学者，国民最高精神之表现也"⑤，却遭到胡适对于其诗属"旧文学""文胜质"的质疑，进而引发关于文学改良"八事"的讨论⑥，成为新旧文学讨论及文学革命发生的间接诱因。

而谢无量本人于1917年在中华书局编撰推出了一本《实用美文指南》，从传统的骈散之别来划分主美与主实用的文体，探讨"以诗书礼乐为教，即以美文与实用文兼教也"⑦。1918年，他撰写的《中国大文学史》出版，他将自己曾经排斥的经学、史学纳入文学史，并在开篇专设"中国古来文学之定义""外国

---

① 陈独秀. 文学革命论［J］. 新青年，1917，2（5）：1-4.

② 薛纽伯. 现代文明史［J］. 陈独秀，译. 青年杂志，1915，1（1）：1-15.

③ 陈独秀. 现代欧洲文艺史谭［J］. 青年杂志，1915，1（4）：1-2.

④ 谢无量所列六大文豪为"屈原、司马相如、扬雄、李白、杜甫、韩愈"，并谓"然则综论古今文人，其足以代表一国之文学者"。参见谢无量. 中国六大文豪［J］. 大中华，1916，2（3）：1-12.

⑤ 谢无量. 寄会稽山人八十四韵［J］. 青年杂志，1915，1（3）：38-39.

⑥ 胡适在信中称："然贵报三号登谢无量君长律一首，附有记者按语，推为'希世之音'""适所以不能已于言者，正以足下论文学已知古典主义之当废，而独啧啧称誉此古典主义之诗，窃谓足下难免自相矛盾之消矣""综观文学堕落之因，盖可以'文胜质'一语包之。文胜质者，有形式而无精神，貌似而神亏之谓也"。参见胡适. 通信［J］. 新青年，1916，2（2）：1-3.

⑦ 谢无量. 实用美文指南［M］. 上海：中华书局，1917：2.

学者论文学之定义"两节，对西方 literature 的广义、狭义用法做了辨析，特别提及了古今中外"今以文学为施于文章著述之通称""文之广义，实包天地万象之物""文学者，著述之总称……在会通众心，互纳群想，于是表诸言语"① 的"大文学"观念。全书所收录文体，虽依旧偏向于雅文学，但对民间词、曲、小说等文体的吸纳，展现了谢无量本人对于文学边界的认知拓展。他结合清代阮元的文笔说，进而提出自己的理解，认为"文章之事，主博涉而不拘一方，又非精思，无以致其巧"，强调文与笔、主知与主情、实用与美观的调适中和，故"言文学者，或分知之文，情之文二种……顾文学之工亦有主知而情深，利用而致美者"②。

虽然这部《中国大文学史》论述至第 10 卷"近世文学史"时，在"道咸以后之文学及八股文之废"一章便作结，未言及《时务报》为代表的"时务文学"，但《时务报》上打破古文家法"以淹贯流畅，若有电力足以吸住人""婉曲地表达出当时人人所欲言而迄未能言或未能畅言"③ 的文字，无疑符合谢无量有关"大文学"能够"主知而情深"的特质定义。纵观《新青年》杂志，亦不乏此等平易流畅、"若有电力"的文字。陈独秀在第 1 卷第 3 号上作《抵抗力》一篇，以充沛之情感、激昂之文字，掺以进化之学说，言及抵抗力与国民性之关系，鼓呼"万物之生存进化与否，悉以抵抗力之有无强弱为标准"，而"吾国衰亡之现象，何只一端？而抵抗力之薄弱，为最深最大之病根。退缩苟安，铸为名性，腾笑万国"④。无论是学问与政论的杂糅，句式与情感的铺陈，还是对于"抵抗力"的援引和发挥，都有《时务报》《知新报》上讨论提倡"爱力""吸力""热力""心力"等一类文章的风骨神韵。

维新运动时，"时务文学"不满于"虚文"层面的形式工巧，倡导"实学"之承载追求，导向了"文学兴国"的外部动议和变革实践，最终也指向了"新民""立人"的现代思想与精神。晚清时期鲁迅在《摩罗诗力说》中，也曾追忆维新风潮，表示"顾既维新矣，而希望亦与偕始，吾人所待，则有介绍新文化之士人"，期望"第二维新之声，亦将再举"⑤，他由此呼唤"立意在反抗，

---

① 谢无量．中国大文学史［M］．上海：中华书局，1923：1-4.
② 谢无量．中国大文学史［M］．上海：中华书局，1923：6.
③ 郑振铎．梁任公先生［M］．夏晓虹．追忆梁启超．北京：中国广播电视出版社，1997：67.
④ 陈独秀．抵抗力［J］．青年杂志，1915，1（3）：1-5.
⑤ 鲁迅．摩罗诗力说［M］//鲁迅全集：第一卷．北京：人民文学出版社，2005：102-103.

旨归在动作"的精神界战士，即是对于文字力量的寻求。日本学者伊藤虎丸曾言，鲁迅之于文学，实际上是从语言的整体性进行把握的，称其在晚清时期，"并未表述为'文'或'文学'，而是常常被表述为'声''心声''响''雄声'等"①，将之作为动态的、变革现实的活的动作。这种对于语言整体性的把握，也是鲁迅在五四后期明确逃离"艺术之宫"，转向杂感短评的思想基础。如果联系到作为普通读者的"新青年"们阅读梁启超及《时务报》时所感知的情感与气势，以及所开辟的世界知识和文明意识，《时务报》同人力图会通"众心"与"群想"的文学价值导向，正构成了鲁迅所谓的"维新之声"，成为从戊戌到五四、从《时务报》到《新青年》两代知识分子的共同追求，无怪乎钱玄同在《新青年》上称梁启超为"创设新文学之一人"。

因此，以胡适所谓《时务报》《新民丛报》《新青年》"创造了三个时代"的观点为代表，从戊戌至五四，从《时务报》到《新青年》，能够清晰现代"文学传统"的建立和演进脉络。陈平原论及思想史视域下的《新青年》时，曾表示"中国知识者大量介入新兴的报刊事业，是戊戌变法前后方才开始的。《新青年》的作者群及编辑思路，与《清议报》《新民丛报》《民报》《甲寅》等清末民初著名报刊，有着千丝万缕的联系"②。实质上，以晚清戊戌变法及维新运动为起点，《时务报》通过平易通俗之文，演说时务知新之理，当之无愧是中国文人知识分子将文学与报刊、内部文字文体形式与外部社会思想学术结合起来的媒介典范。张厚载在《新青年》上谈及新文体与新名词，是为《时务报》为人瞩目的两翼，亦是文学改良与社会进化相关联的纽带，他指出：

> 梁任公之《时务报》《新民丛报》，在前清时代八股思想未除净尽之日，乃能以新名词新文体（在当时固为最新之文体），为士流所叹赏；其所著述，皆能风靡一时；则文学改良为社会固有之思想，为进化自然之现象，可以想见。③

作为非纯文学性质、却在中国文学的现代演进过程中占据重要地位的刊物，《新青年》在创刊宗旨理念甚至内容设计上与《时务报》不乏相通之处，并彰

① 伊藤虎丸. 鲁迅与终末论：近代现实主义的成立 [M]. 李冬木，译. 北京：生活·读书·新知三联书店，2008：121.

② 陈平原. 思想史视野中的文学：《新青年》研究：上 [J]. 中国现代文学丛刊，2003（1）：3.

③ 张厚载. 新文学与中国旧戏 [J]. 新青年，1918，4（6）：620-621.

显了在《时务报》上便已初具的一种"朴实无华"、导向"大文学"的观念和格局：既不是旧有报刊文苑栏目的形式，诗词曲赋的偏居一隅，在传统目录学的基础上进行区别划分；也并非新文学副刊栏目的办法，明晰了文学一科的界限藩篱，将传统文章学术和其他各类文体拒之门外。《时务报》上，维新派通过主笔议论与各国报译两个主要方向，容纳了时务文章、新乐府诗歌及外译小说等文体，后又加入"时务报馆文编"的外来稿件。与之相比，《新青年》则包含了白话新诗、随感录杂文与小说等多种文类，并兼有读者通信来稿等，特别是在每期的主笔文章之外，《新青年》还设有"国外大事记"和"世界说苑"栏目，向读者介绍世界各国的时事咨询和思想潮流，兼及了"议论切要"和"旁搜博纪"、议与译两种报章功能，同样是一个蔚为大观的文字世界。

1918年，傅斯年在《新青年》的"读者论坛"上，接续此前胡适、陈独秀的文学革命倡议，发表《文学革新申义》。在文中，傅斯年专门回顾了晚清以降"中国之革新酝酿已十余年"，从群治的角度，将文学定义为"群类精神上之出产品，而表以文字者也"，又从科学的角度，强调今后文学"不但不与科学作反比例，且可与科学作同一方向之消长焉"。他阐释了对于"文学一道"今后新陈代谢的看法，"于重记忆的古典文字，理宜洗濯，尚思想的益智文学，理宜孳衍。且文学之用，在所以宣达心意。心意者，一人对于政治、社会风俗、学术等一切心外景象所起之心识作用也"①。可见，这种起于心外景象、通达心意最后表以文字的"文学"观，是新文学革命倡导之初《新青年》同人的共识，这就不难解释在五四落潮后，鲁迅、周作人等人会忧心于"偏于极狭义的文学方面"之倾向。虽然极少再言"时务"二字，但在傅斯年等人有关"文学"的阐释表述中，依然可见"时务文学"的精神意涵与价值指向，梁启超、汪康年等《时务报》同人对于格致学说、民权思想的倡议，亦被演化为"赛先生"（科学）和"德先生"（民主）在《新青年》上得以持续地言说讨论，并延伸为变革文学以利于群治、主智识尚思想的呼吁和实践。当然，正如梁启超在《变法通议》开篇所言，"夫变者，古今之公理"，时过境迁，新的一代有着更新的"时务"，自然也要面临崭新的文学议题了。

---

① 傅斯年.文学革新申义［J］.新青年，1918，4（1）：62-70.

结　语

　　现代社会日新月异，媒介更新迭代的脚步亦不曾停歇。2023 年，适逢梁启超诞辰 150 周年，位于天津的饮冰室（梁启超纪念馆），采用了新型元宇宙概念赋能，通过投影、虚实交互等技术，让参观者在沉浸式的数字体验中完成与梁启超的跨时空对话。而就在两年前，社交传媒巨头 Facebook 正式宣布更名 Meta，明确未来向人类世界覆盖"元宇宙"（英文名为 Metaverse，由 Meta 和 Verse 组成，可直译为"超越宇宙"）的目标和雄心。一时间，一场涉及区块链、人机交互、人工智能、电子游戏、网络运算等技术领域的革新，开始重新定义人与媒介的关系，深刻作用于人类对于时间与空间、现实与虚拟的认知，并被认为将系统性改变今后人类的文化生活和娱乐消费方式。2021 年，也因此被誉为"元宇宙元年"。"元宇宙"的概念以及元宇宙时代的文学艺术，在国内外引起广泛热议，其中，既充满着有关技术媒介升级后文艺创作不断完善升级的期许，也不乏对于现实世界空心化、个人文学风格将荡然无存的担心。

　　这股由数字媒介引发的热潮，让笔者想起 120 多年前，当报刊在中国本土方兴未艾之际，梁启超、汪康年、谭嗣同等同样曾是新兴媒介的弄潮儿。他们在《时务报》上，通过《论报馆有益于国事》《报章文体说》等文章，对于报刊媒介及报刊文学所进行的富有情感和理想的推广，对于地理大发现、工业革命等近世文明成果不遗余力地传播，对于用机械、筹海防、修铁路等时务话题的呼吁，以及他们重新定义国人与自我、与国家、与世界关系的努力，都是立于媒介迭代更新之上的理论构想和写作实践。其中，谭嗣同的《报章文体说》还另有一个颇具理想色彩的名字——《报章总宇宙之文说》。源自《庄子·齐物论》的"宇宙"一词，本就包含着古人"旁日月，挟宇宙，为其吻合"、对于普遍、永恒之世界的孜孜探索。谭嗣同以"宇宙之文"来形容报章上出现的文字，字里行间更有一种气贯长虹、揽世界寰宇入怀的恢宏气概，正如今日的"元宇宙"一样，也隐含了媒介革新背景之下君子豹变的浪漫情愫。

从"宇宙之文"到"元宇宙"，百年沧桑巨变，科学技术与社会发展早已不可同日而语，昔日引领潮流的报刊泛黄为古籍室与收藏家手中的旧纸堆，梁启超等作者在《时务报》上借以引起举国阅读浪潮的新学说、新名词"至今已觉不新鲜"。时下人们采用互联网上的"俚语、韵语""俗字、俗句"、所热衷谈论的"时务"，变成了区块链、人工智能、赛博朋克等这些因数字媒介而产生的概念和名词。在新一轮呼之欲出的时代浪潮面前，回溯纸质媒介在中国兴起之际的思想与文学，似乎只有所谓填补传媒史、思想史、文学史叙述空缺的意义。但是正如梁启超在《时务报》创刊号上所言，"凡在天地之间者莫不变""彼生此灭，更代迭变而成世界""刻刻相续，一日千变而成生人"①，仔细探究《时务报》知识群体所曾面对且尝试解决的时代命题，包括报刊文学兴起之际引发的讨论和争议，除了被普遍讨论的晚清特殊历史情形下、中国人在政教文学等领域的变法革新外，在媒介与文学的关系等方面，理应有更多可供今人借鉴思考的价值。

作为文学的载体，从最原始的口语相传，到此后以石头、青铜、竹简、纸张为载体的文字符号系统，再到手工印刷乃至可供大规模传播的机械印刷术，传播媒介的变化总能够带来文学艺术形态的演变。特别是近代工业革命，印刷、通信、交通等机械化技术的运用，推动了报刊业的发展，报刊在批量复制文字的同时，也开始传播更加适应大众消费文化的图像信息，催生出新的文体形态、美学风格、伦理观念以及思想情感。时间进入 21 世纪 20 年代，当新一轮媒介革命展现出无限可能性、预示着"未来已来"之际，作为传统印刷媒介的报刊却逐渐式微。在这场遽然而来的时代更迭中，报刊及其引领的文学时代走向衰落似乎已无可挽回，作者和读者关系的异动使得严肃文学生产正告别启蒙的光辉，纯文学期刊在日新月异的数字媒介和大众文化的冲击下风光不再，网络亚文化生发出的新语素和符码对母语的改造和变异有影响。"文学终结"这一在电视、网络时代就已被广泛讨论的话题，自然也随之重新进入到人们的视野。

早在 20 世纪伊始，美国学者希利斯·米勒就率先提出，随着技术变革和新

---

① 梁启超.《变法通议》自序［J］. 时务报，1896（1）：2-3.

兴媒介的发展，建立在印刷术发达、民主制度勃兴以及民族国家意识萌芽基础上的欧美现代文学，其权威性将会走向消解。2007年，他的著作《论文学》（*On Literature*）被翻译为《文学死了吗》在中国出版，原本主要根据近现代西方社会经济和思想文化形态演变所得出的"文学终结"论，被进一步阐释为针对"现代文学"的普适性判断。与米勒讨论"文学之死"几乎同时期，日本学者柄谷行人也多次论及"现代文学"（日文为"近代文学"）的终结问题。他注意到以小说为中心、以报纸为主要媒介的"现代文学"，在建立国语书写体系、想象民族国家等方面曾达到的辉煌，也直面了在电视、网络等媒介与影视等新兴艺术形式的冲击下，"文学"概念的衰败及其在大众层面吸引力、影响力的衰退。在米勒、柄谷行人看来，印刷时代的终结，也导向了"文学的终结"，"电脑屏幕上的文学，被这种新媒体微妙地改变了。它变成了异样的东西"①，以国语为主要书写体系、以报刊纸媒为主要载体的文学，正让位于图像、数字的世界，人类社会将逐渐进入到德里达所谓的"电子信息王国"。

　　作为与"终结"相对的概念，"起源"同样是现代文学研究者关注的话题。柄谷行人在《文学的衰灭》一文中曾表示："某种事物能看到它的起源，是在它即将结束的时候。"② 回溯报刊在中国的勃兴，其与中国文学的现代演进相辅相成，晚清以降中国现代文学从发生到兴盛，几乎也是一部报刊文学的发展史。1872年，英国商人E. 美查等在上海创办《申报》，开始征集竹枝词、长篇纪事一类作品，同年申报馆创办附属文艺月刊《瀛寰琐记》，连载白话翻译小说《昕夕闲谈》，被视为是中国报刊文学的肇始。而晚清甲午至戊戌时期，则是中国本土士人办报的第一次高潮，包括《时务报》《知新报》《湘报》在内，报刊不仅仅是维新派倡议政治革新的重要平台，聚集了一群具有新学知识背景的新知识群体，更是向国人宣扬世界知识、文明意识、启蒙思想的依托媒介，架构了一大批读者体验现代性的"第一文本现场"。新的媒介形态和版面设计，也吁请新的语体和文风，正是在此时期，"随着报刊公共空间的急剧扩大，维新知识群体对文学维新的鼓吹，社会对诗、文、小说、戏曲创作与阅读热情的高涨，一个

---

① 希利斯·米勒. 文学死了吗［M］. 秦立彦，译. 桂林：广西师范大学出版社，2007：20.

② 柄古行人. 文学的衰灭［M］//陈言，译. 定本：柄古行人文学论集. 北京：中央编译出版社，2021：334.

以报刊为中心的文学时代悄然来临"①。

　　石版印刷技术的采用和报馆传播网络的建立，使得以报刊为中心的文学，得以通过更加通俗的语言和文体，向更广泛的读者群体散布民族国家意识，"中国""黄种人"等观念逐渐深入人心；同时，借助此种世俗的渗透日常生活中的媒介，消弭普通读者与王统、道统间的层级距离，让民权、格致思想的传播成为可能。正如本尼迪克特·安德森所言，作为书籍的一种极端形式，报纸可以大规模地出售和短时间流行，并促成民族国家的想象，是在三个古老的文化概念失去控制力之后的结果。这三种概念分别为：认定特定的手抄本（经典）语言提供了通往本体论真理的特殊途径；相信社会是在自然而然的中心周围及下方组织起来的；把宇宙论与历史混淆，将人类生命深植于一种事物本然的宿命性中。② 作为梁启超等人在《时务报》上的主要理论武器，今文经学的疑古精神和改制思想，正是在破除旧有知识与权力宰制、建立具有独立于客观世界以外的主体意识（此时期更倾向于作为群体的主体性）的过程中，与报刊作为公共媒介所致力的民族国家想象和救亡图存理想达成了合谋。救亡与启蒙，在中国本土报刊文学发生之际，呈现为一种共生关系，日后恰恰又成了中国现代文学的两个中心主题。

　　正因为报刊媒介在现代文学起源以及启蒙思想、民族主义的散布中所起到的作用，纸媒在当下的日渐式微，才会被视作现代文学走向终结的标志。以文字为媒介的文学语言受到语言之外视听娱乐的冲击，即使是作为现代文学经典文体的小说，也不复往日的风光；更加富有交互性、共时性且强调多主体参与的数字虚拟世界，则造成了族群身份限制的削弱和启蒙话语的失效。那种"先知先觉的启蒙者"与"愚昧闭塞的庸众"、精英与乌合之众之间的对立，在人人皆可是创作者的去中心化结构，甚至人工智能代替人类进行创作的虚拟世界中趋向瓦解。这一系列的变动，似乎也正像印刷技术与报刊流行之初，完成着对于经典、权力的祛魅，对于时空界限的突破，以及对于自我心灵及感观的进一步靠近和解放。以报刊为中心所建立的文学经典谱系和话语权力秩序，如今在新兴媒体面前也开始瓦解，当纸质媒介正在迎来时代挽歌，与之伴随而建立的

---

① 关爱和. 晚清：以报刊为中心的文学时代的开启［J］. 复旦学报（社会科学版），2020（3）：132.

② 本尼迪克特·安德森. 想象的共同体：民族主义的起源与散布［M］. 吴叡人，译. 上海：上海人民出版社，2005：32.

现代文学机制也面临着前所未有的挑战。

相比于 20 世纪那些作为经典文学载体的报刊，《时务报》的特殊之处在于：虽是中国本土报刊文学发生之际的代表刊物，也被视为现代思想以及晚清诗界、文界、小说界革命的策源，但以梁启超、谭嗣同等人为代表的报馆同人却曾因"否定文学""非文学"的倾向，而受到基于现代文学机制出发的批判和责难。特别是从日后日趋成熟的纯文学观念和纯文学报刊的角度来看，围绕《时务报》所产生的"时务文学"只是古今文学演变过程中的中间物，既急于摆脱词章格套的束缚，又很难归于之后现代文学的范畴。回到甲午至戊戌时期的历史语境，由维新派知识分子推动的文学运动，尚不能以此后日渐成熟的现代文学知识谱系衡量之，参与者并非职业作家，依托的不是纯文学期刊，书写文本更不局限于此后现代文学学术体制所规定的四类文体。《时务报》知识群体的"文学"实践，遍布报馆内外，由上层精英至地方士绅，由沿海口岸延展至内陆省份；体现在古老的奏议文体及上书行为，也体现在新兴的域外及翻译活动；勠力于杂糅议政与述学功能的报章文，兼具骛外和向俗倾向的歌体诗，也是聚焦于齐备叙事与论说的说部书，并向外衍生出带有公共性的学堂问答和学会演说。

这些"时务文学"的多元形态，或因为脱胎于旧有的文章范式，或由于偏向于认知的实用文体，不归属于现代文学发展成熟后的机制范畴，逐渐远离了文学史及研究者的视野。正如本书正文所述，《时务报》开启的，是"朴实无华之文学"而非"精神伟大之文学"的演进脉络。即使是在现代文学和现代思想的体系框架内，那些粗糙稚嫩的文体实验，以及文本背后纷繁杂糅的学说构想，也很快在历史的演进浪潮中落伍。《时务报》上并没有产生如《狂人日记》这样在思想与艺术性方面都达到高峰的文学经典，甚至也未出现《新中国未来记》那样梁启超将说部书理论付诸实践的标志性著作。甲午之后紧张的现实危机感和救亡图存氛围，社会转型期"流质易变"的思想与文学特性，使得《时务报》知识群体很难在短时间内创作出成熟的作品，从现代文学逐渐专门化和纯粹化、日益强调艺术性与文学性的角度来看，这种文字的生产不过是维新政治的附庸，自然在否定与批判之列。

但是，如果放宽历史的视野，从媒介与文学关系的角度来审视当时梁启超等人的"报刊文学"，"时务文学"与《时务报》知识群体表现出来的，不仅是他们通过自己的呼吁和实践，努力扭转了国人对于报纸的态度，并使得报纸取代书籍，成为现代文学最主要的载体，更在于全球化挑战来临和新兴印刷媒介兴起之际，终结词章、帖括所代表的旧文学与旧学问，重新创造一种绝大文字来面对全新宇宙寰宇的勇气。不妨回顾梁启超在《时务报》创刊号上以特有的激情文字对报馆前景的描绘：

> 然则报之例当如何？曰：广译五洲近事，则阅者知全地大局与其强盛弱亡之故，而不至夜郎自大，坐智井以议天地矣。详录各省新政，则阅者知新法之实有利益及任事人之艰难经画与其宗旨所在，而阻挠者或希矣。博搜交涉要案，则阅者知国体不立受人嫚辱，律法不讲为人愚弄，可以奋厉新学，思洗前耻矣。旁载政治学艺要书，则阅者知一切实学源流门径，与其日新月异之迹，而不至抱八股、八韵、考据、词章之学，楞然而自大矣。准此行之，待以岁月，风气渐开，百废渐举，国体渐立，人才渐出。十年以后，而报馆之规模亦可以渐备矣。①

在这段有着鲜明梁氏烙印的慷慨陈词中，救亡图存、维新变法固然是其要旨，但以报馆有益于国事的背后，是基于开放平等、朝向世界全球的民族国家意识。康有为在此时期开始撰写的《大同书》，及其向门人弟子讲授的三世之义，被梁启超阐释为"世界主义""平等主义"②，成为日后其关于建设"世界主义的国家"、学为"世界公民"的思想基础。正是因为需要面对全新且陌生的时空，重新建构自我在现代时间与世界空间中的身份意识，梁启超才对旧有的考据、词章表示出了怀疑。不惟在《时务报》上公开进行批评，还在私下劝诫友人，他曾对后成为"戊戌六君子"之一的林旭表示："词章乃娱魂调性之具，偶一为之可也。若以为业，则玩物丧志，与声色之累无异。方今世变日亟，以君之才，岂可溺于是？"③不仅仅是梁启超、徐勤等主笔，《时务报》上，所录

---

① 梁启超. 论报馆有益于国事 [J]. 时务报，1896（1）：1-2.

② 梁启超在刊于《清议报》的《南海康先生传》中，曾介绍其论三世之义："有据乱世，有升平世，有太平世。据乱、升平，亦谓之小康；太平亦谓之大同""小康为国别主义，大同为世界主义；小康为督制主义，大同为平等主义。"参见梁启超. 南海康先生传 [J]. 清议报，1901（100）：1-23.

③ 此段交往见于梁启超《戊戌政变记》中所附《林旭传》，"暾谷故长于诗词，喜吟咏，余规之""君则幡然戒诗，尽割舍旧习，从南海治义理经世之学，岂所谓从善如不及耶"。参见梁启超. 戊戌政变记 [M] //汤志钧，汤仁泽. 梁启超全集：第一集. 北京：中国人民大学出版社，2018：590.

读者来稿及各地书院章程之中，"查近日书院之弊，或空谈讲学，或溺志词章，既皆无裨实用"① "近日文人，往往拘守帖括，罕能留意时务"② "章句破碎，大义乖，于是乎士鲜明理，华藻涂饰，真意少，于是乎士鲜实用"③ 一类的语句和观点，都彰显着当时包括地方书院山长、满族开明宗室在内大量知识阶层的共识。这不仅是古代士人重道轻文传统的延续，更是梁启超等人对于世变的感知和回应。

作为"报章文体"的自觉和理论阐释尝试，谭嗣同发表在《时务报》上的《报章文体说》（《报章总宇宙之文说》），可联系他写作于此时期的《仁学》来理解。在《仁学》中，谭嗣同将冲决"词章之罗网"，与冲决"君主""伦常""群教"等罗网相提并论，并通过以"通"为义、以"平等"为象的"以太"说，来作为自己冲决现实世界重重罗网的哲学武器。在《时务报》上，他痛陈选家之文"以云识时务，谦让不遑，而曰广见闻，未见其可"的缺憾，称颂报章文体"皋牢百代，卢牟六合，贯穴古今，笼罩中外"的功能，以及"上下四方曰宇，往古来今曰宙，罔不兼容并包，同条共贯"④ 的气象。谭嗣同总览天下文章，将其认为不切民用的词赋诸体排除于外，然后概括文章为三类十体，其中三类为名类、形类、法类，十体为名类下的纪、志、论说、子注，形类下的图、表、谱，法类下的叙例、章程、计。此时期在中国新兴的各大报刊，正汇集了谭嗣同提出的三类十体功能，包括《时务报》《知新报》《湘报》上大量出现的图、表、章程等，对应谭嗣同所谓的形类、法类文章，尽管早已超出所谓"文章"的范畴，有些不着边际，却清晰地印证着晚清时期"时务风潮"在报刊媒介上留有的痕迹。

如果以今日电子媒介勃兴、"文学终结"的话题来看，梁启超、谭嗣同等人围绕在报馆内外，超越血缘、地缘、学缘关系的集聚，重构了一种关系网络；他们在《时务报》上对于词章的批判，则借助当时新兴的印刷媒介，宣布了一种古典文学的终结，同时也开启了现代文学的一条演进脉络。此种文学之所以称为"现代"，不仅仅局限于小说的崛起、民族国家意识及启蒙思想的觉醒，更

---

① 胡中丞聘之请变通书院章程折 [J]. 时务报，1896（10）：6-7.
② 岳麓院长王益梧祭酒购《时务报》发给诸生公阅手谕 [J]. 时务报，1897（18）：11-12.
③ 寿富. 与八旗诸君子陈说时局大势启 [J]. 时务报，1897（27）：11-12.
④ 谭嗣同. 报章文体说 [J]. 时务报，1897（29）：18-19.

在于其对于"文"之种类、"学"之意涵的开拓延展行为本身。借用有学者论述清末报刊与文学关系的话来说,"报刊与文学的结缘也使文学走出了个人狭小的周遭经验世界,关注更为广阔的外部世界,营造出一种超出个人直接经验之上的共有的现实,从而推动人与世界的关系及生存态度的变化"①。报刊作为文学媒介的出现和推广,正如同今天的电子媒介一样,将人与世界的关系推向了新纪元。《说文解字》云:"文者,物象之本也。"《时务报》知识群体以维新为目标否定诗赋词章,又以"文"为方法讲求时务,再到"文学兴国"观念的形成,其否定之否定的逻辑背后,是自我作为主体、观察和把握外部世界的尝试与努力。

通过当时读者给时务报馆汪康年等人的信函,可以得知当时国人对于《时务报》的热衷,在通俗晓畅、汪洋恣肆之"文"背后,还追逐通过"文"所表现出的外部世界与现代物象。这些物象本身,包括时务文章中的格致名词、新学诗中的意象、翻译小说中的域外社会,不是单独孤立的,而是作为对于外部世界与现代文明的整体隐喻。媒介理论家马歇尔·麦克卢汉在他著名的《理解媒介:论人的延伸》中这样描述报纸杂志,是"多种书页或多种信息条目以马赛克的形式排列在同一张纸上产生的效果",相比于书籍给人以观点的个体自白形式(private confessional form),报刊属于"群体的自白形式(group confessional form),它提供群体参与的机会"②。《时务报》及同时期维新报刊呈现的"时务文学",其整体呈现的阅读观感,除去政治变革的呼吁外,更多的内容编排,特别是占去全报大部分篇幅的各国报译栏目,成为国人世界知识与现代性体验的来源。一整套知识、观念、思想体系的更新,几乎重置了国人对于外部世界的认知,也重塑了他们的表达。

那些在维新运动期间被作为时务热烈讨论,且不厌其烦陈列的"热力、压力、阻力、爱力、抵力、涨力"等新名词,将格致知识援引到诗文创作中,代表着《时务报》知识群体对于近世文明的理解,同样也是《时务报》知识群体对于外部世界的想象。米勒称,"文学作品并非如很多人以为的那样,是以词语来模仿某个预先存在的现实",相反,"它是创造或发现一个新的、附属的世界,

---

① 耿传明,于冰轮.清末报刊与文学的共生性繁荣与世界的"图像化"[J].南开学报(哲学社会科学版),2017(1):34.
② 马歇尔·麦克卢汉.理解媒介:论人的延伸[M].何道宽,译.北京:商务印书馆,2000:256.

一个元世界，一个超现实（hyper-reality）。这个新世界对已经存在的这一世界来说，是不可替代的补充"①。梁启超等人在 20 世纪初期，通过《清议报》《新民丛报》《新小说》等报刊，将储备积累的时务知识投射到文学作品的叙事和表现中，其呈现的效果，依然是马赛克式的信息排列。此后梁启超翻译凡尔纳的小说、创作带有幻想色彩的《新中国未来记》，科幻小说在晚清中国迎来兴盛，不仅仅有现实的启蒙目标驱动，客观上还架构了现实与想象的联络，描画了晚清国人体验虚拟现实的"文明境界"。署名"东海觉我"的作者在中国第一篇科幻小说《新法螺先生谭》中，让主人公上天入地，大谈吸力、光力、热力、离心力、速力，又虚构催眠术与脑电之发明，带有着鲜明的"时务"痕迹，并借此获得了非凡的想象力，描绘出一幅超现实的元世界图景。

　　当然，必须要看到的是，《时务报》知识群体及其"时务文学"，既有基于工业革命以来科学与技术革命、全球化交通与信息交流的现代面向，也有基于近代中华民族国家兴衰命运的历史面向。后者显然是汪康年等人创办《时务报》时的侧重方向，并在另一方向上深刻影响了中国文学的现代演进进程。谢冕在《1898：百年忧患》一书中曾言，1898 年维新未成，"有许多的流血，有许多的通缉，有许多的罢官，更有许多的流亡。这些，本身都是事件，都不是文学。然而，1898 年的泪和血，都成了哺育中国文学的母亲之乳"②。实际上，这场维新运动、时务风潮的遽然收束，本身就伴随着各类文学作品中的纪录、抒情、描绘和演绎。谭嗣同在狱中题下的绝命诗，"望门投止思张俭，忍死须臾待杜根。我自横刀向天笑，去留肝胆两昆仑"③，成了时代悲壮命运的注脚；梁启超在《戊戌政变记》中，关于谭嗣同就义前的描写，"君曰：'各国变法，无不从流血而成，今中国未闻有因有变法而流血者，此国之所以不昌也。有之，请自嗣同始。'卒不去，故及于难"④，被定格为维新运动的标志性瞬间。这种与中国现实社会、历史深深纠缠的烈士精神与幽暗意识，长期伴随中国现代的文学与文人，成为一种宿命性的追寻。

　　这从发生起源和发展演进的角度，给今天的"文学终结论"提供了另一层

---

① 希利斯·米勒. 文学死了吗［M］. 秦立彦，译. 桂林：广西师范大学出版社，2007：28-29.

② 谢冕. 1898：百年忧患［M］. 济南：山东教育出版社，1998：10.

③ 谭嗣同. 狱中题壁［M］//谭嗣同全集：上册. 北京：中华书局，1981：287.

④ 梁启超. 戊戌政变记［M］//汤志钧，汤仁泽. 梁启超全集：第一集. 北京：中国人民大学出版社，2018：594.

思考面向，这也是在时下许多科幻小说及影视作品中思考的话题：随着向数字虚拟世界的不断嵌入和殖民，人是否将会被从现实中排除出去？技术垄断优势的扩大，新的权力宰制形成，是否会让人的主体性进一步丧失？实质上，印刷资本主义裹挟着现代科学、商业文化和全新时空观念，开始冲击旧有的文人书写和表达形态，《时务报》在筹备之初，报馆同人内部也曾面临类似的选择难题。他们在办报宗旨上的争执，"时务文学"内容在"议"与"译"、"议论切要"与"旁搜博纪"之间的摇摆，同样是时代更迭浪潮下、中国文人在自我独白与媒介主导、主体意识与技术逻辑、现实世界与想象世界之间的游移。《时务报》成为马赛克式的媒介，提供群体性自白的信息排列，但《时务报》知识群体并未湮没其中，相反在思想与文风方面，表现出比书籍时代更加强烈的主观意志和个性色彩。这不仅扭转了人们对于新兴报刊的态度，使其成为文学的主要载体，更重要的是，借助在新媒介上的书写表达，摆脱旧有帝国超稳定结构下的身份羁绊，逐渐确认自我作为报界文人乃至现代知识分子的价值。

由此可以进一步探讨在媒介更迭背景之下产生的"时务文学"，相比于之后被明确与近代西方 literature 对应的现代"文学"概念，"时务文学"在历史发展脉络中，与此后中国"现代文学"的发生有着某种密切关联，也呈现出在大变局之际、从形式到内容方面所独有的张力。梁启超、汪康年等人在《时务报》上对于"时务"的讲求和书写，显现出当报刊在晚清中国被广泛创立时，人们对于一种新兴媒介的期待和运用，既执迷于世界知识图景的陈列与吸收，也致力于对于殖民及专制话语的超越和克服。他们理性地折服且自觉趋向"消灭空间"的媒介技术和传播力量，在随之裹挟而来的文本信息中反思和质疑既有的文章学问；而极具个性和情感色彩的报章横议，包括那些带有"译中议"主观倾向的翻译文本，又在连接起与伏阙陈书、采诗观风等传统文学形式及精神的同时，显示出《时务报》同人拒绝"空心化"、重建文学与文人主体价值的努力。"维新诸君子创设《时务报》于上海，大声疾呼，哀哀长鸣，实为支那革新之萌蘖焉"①，从康有为、陈炽等人，通过奏议上书，在公共领域引领风气，到梁启超、徐勤等人借助今文经学，在报章上纵横捭阖，《时务报》知识群体以"文"为方法，表现出的疑古、批判精神，演进为现代文学最重要的思想资源。

① 《清议报》叙例［J］．清议报，1898（1）：1-2.

以《时务报》为标志，报刊及报刊上的"时务文学"对于国人，不只是承载外部信息、想象未来世界的载体，更成为关注、反思及介入现实的窗口；不仅意味着改变人们阅读、消费方式的新兴媒介，也指向一种直面科技革命、地理发现、文明冲突乃至维新运动等新现实的文学。从这一层面来说，《时务报》与"时务文学"背后所关联的媒介与文学话题，在甲午至戊戌这一特殊时期的历史表述之外，理应还有更多可以延伸思考的可能。

主要参考文献

一、中文文献

（一）专著

［1］阿英. 阿英全集［M］. 合肥：安徽教育出版社，2003.

［2］阿英. 晚清小说史［M］. 南京：江苏文艺出版社，2009.

［3］包天笑. 钏影楼回忆录［M］. 北京：中国大百科全书出版社，2009.

［4］蔡元培. 蔡元培全集［M］. 北京：中华书局，1984.

［5］曹聚仁. 文坛五十年［M］. 北京：东方出版中心，1997.

［6］陈炽. 陈炽集［M］. 北京：中华书局，1997.

［7］丁文江，赵丰田. 梁启超年谱长编［M］. 上海：上海人民出版社，2009.

［8］戴吉礼. 傅兰雅档案［M］. 桂林：广西师范大学出版社，2010.

［9］冯桂芬，马建忠. 采学西议：冯桂芬 马建忠集［M］. 郑大华，点校. 沈阳：辽宁人民出版社，1994.

［10］郭嵩焘. 郭嵩焘奏稿［M］. 杨坚，点校. 长沙：岳麓书社，1983.

［11］龚自珍. 龚自珍全集［M］. 王佩诤，校. 上海：上海古籍出版社，1999.

［12］高旭. 高旭集［M］. 北京：社会科学文献出版社，2003.

［13］胡思敬. 戊戌履霜录［M］. 南昌退庐刻本，1913.

［14］黄遵宪. 人境庐诗草笺注［M］. 钱仲联，笺注. 上海：上海古籍出版社，1981.

［15］胡适. 胡适文集［M］. 北京：北京大学出版社，1998.

［16］胡适. 胡适全集［M］. 合肥：安徽教育出版社，2003.

[17] 黄遵宪. 黄遵宪全集 [M]. 北京：中华书局，2005.

[18] 黄濬. 花随人圣庵摭忆 [M]. 李吉奎，整理. 北京：中华书局，2008.

[19] 黄霖，编著. 历代小说话 [M]. 南京：凤凰出版社，2018.

[20] 康有为. 康有为全集 [M]. 姜义华，张荣华校. 北京：中国人民大学出版社，2007.

[21] 林纾. 林纾选集·文诗词卷 [M]. 林薇，选注. 成都：四川人民出版社，1988.

[22] 梁章钜. 制艺丛话 [M]. 陈居渊，校点. 上海：上海书店出版社，2001.

[23] 鲁迅. 鲁迅全集 [M]. 北京：人民文学出版社，2005.

[24] 李今. 汉译文学序跋集 [M]. 上海：上海人民出版社，2017.

[25] 梁启超. 梁启超全集 [M]. 北京：中国人民大学出版社，2018.

[26] 林纾. 林纾集 [M]. 福州：福建人民出版社，2020.

[27] 皮锡瑞. 皮锡瑞全集 [M]. 北京：中华书局，2015.

[28] 宋恕. 宋恕集 [M]. 北京：中华书局，1993.

[29] 苏舆. 翼教丛编 [M]. 上海：上海书店出版社，2002.

[30] 孙宝瑄. 忘山庐日记 [M]. 上海：上海古籍出版社，1983.

[31] 上海图书馆. 汪康年师友书札 [M]. 上海：上海古籍出版社，1986－1989.

[32] 宋原放. 中国出版史料：近代部分 [M]. 汪家熔，辑注. 武汉：湖北教育出版社，2004.

[33] 上海图书馆. 格致书院课艺 [M]. 上海：上海科学技术文献出版社，2016.

[34] 汤志钧. 章太炎年谱长编 [M]. 北京：中华书局，1979.

[35] 谭嗣同. 谭嗣同全集 [M]. 北京：中华书局，1981.

[36] 唐才常. 唐才常集 [M]. 北京：中华书局，2013.

[37] 汪辟疆. 汪辟疆文集 [M]. 上海：上海古籍出版社，1988.

[38] 王弢. 弢园文录外编 [M]. 楚流，书进，风雷，选注. 沈阳：辽宁人民出版社，1994.

[39] 蔡元培. 蔡元培日记 [M]. 北京：北京大学出版社，2010.

［40］汪康年．汪康年文集［M］．杭州：浙江古籍出版社，2011．

［41］吴芳吉．吴芳吉全集［M］．上海：华东师范大学出版社，2014．

［42］王韬．王韬诗集［M］．陈玉兰，校点．上海：上海古籍出版社，2016．

［43］夏曾佑．夏曾佑集［M］．上海：上海古籍出版社，2011．

［44］严复．严复集［M］．北京：中华书局，1986．

［45］章炳麟．太炎先生自订年谱［M］．台北：文海出版社，1971．

［46］郑观应．郑观应集［M］．上海：上海人民出版社，1982．

［47］朱有瓛．中国近代学制史料［M］．上海：华东师范大学出版社，1983．

［48］钟叔河．走向世界丛书［M］．长沙：岳麓书社，1985．

［49］朱有瓛．中国近代学制史料［M］．上海：华东师范大学出版社，1986．

［50］朱联保，编撰．近现代上海出版业印象记［M］．上海：学林出版社，1993．

［51］郑孝胥．郑孝胥日记［M］．劳祖德，整理．北京：中华书局，1993．

［52］郑观应．盛世危言［M］．陈志良，选注．沈阳：辽宁人民出版社，1994．

［53］周作人．周作人日记（影印本）［M］．郑州：大象出版社，1996．

［54］郑振铎．郑振铎文集［M］．石家庄：花山文艺出版社，1998．

［55］张之洞．张之洞全集［M］．石家庄：河北人民出版，1998．

［56］张元济．张元济全集［M］．北京：商务印书馆，2008．

［57］周作人．周作人散文全集［M］．桂林：广西师范大学出版社，2009．

［58］周欣平．清末时新小说集［M］．上海：上海古籍出版社，2011．

［59］《中国近代文学大系》总编辑委员会．中国近代文学大系［M］．上海：上海书店，2012．

［60］章太炎．章太炎全集［M］．上海：上海人民出版社，2017．

［61］陈柱．中国散文史［M］．上海：上海书店出版社，1984．

［62］陈子展．中国近代文学之变迁［M］．上海：上海古籍出版社，2000．

［63］陈大康．中国近代小说编年［M］．上海：华东师范大学出版社，2002．

[64] 陈平原，夏晓虹：二十世纪中国小说理论资料：1897—1916 年 [M] . 北京：北京大学出版社，1989.

[65] 陈国球 . 文学如何成为知识？[M] . 北京：生活·读书·新知三联书店，2013.

[66] 陈平原 . 中国散文小说史 [M] . 上海：上海人民出版社，2014.

[67] 陈旭麓 . 近代中国社会的新陈代谢 [M] . 北京：生活·读书·新知三联书店，2017.

[68] 陈旭麓 . 近代中国八十年 [M] . 上海：上海人民出版社，2019.

[69] 陈平原 . 现代中国的述学文体 [M] . 北京：北京大学出版社，2020.

[70] 戴燕 . 文学史的权力 [M] . 北京：北京大学出版社，2002.

[71] 丁耘 . 什么是思想史 [M] . 上海：上海人民出版社，2006.

[72] 丁晓原 . 精神的表情：现代散文论 [M] . 广州：广东人民出版社，2017.

[73] 冯天瑜 . 新语探源：中西日文化互动与近代汉字术语生成 [M] . 北京：中华书局，2004.

[74] 方平 . 晚清上海的公共领域（1895—1911）[M] . 上海：上海人民出版社，2007.

[75] 戈公振 . 中国报学史 [M] . 长沙：岳麓书社，2011.

[76] 胡全章 . 近代报刊与诗界革命的渊源流变 [M] . 北京：北京大学出版社，2017.

[77] 金观涛，刘青峰 . 观念史研究：中国现代重要政治术语的形成 [M] . 北京：法律出版社，2009.

[78] 孔祥吉 . 晚清史探微 [M] . 成都：巴蜀书社，2001.

[79] 李继凯，史志谨 . 中国近代诗歌史论 [M] . 长春：吉林教育出版社，1995.

[80] 刘纳 . 嬗变：辛亥革命时期至五四时期的中国文学 [M] . 北京：中国社会科学出版社，1998.

[81] 廖梅 . 汪康年：从民权论到文化保守主义 [M] . 上海：上海古籍出版社，2001.

[82] 连燕堂 . 二十世纪中国翻译文学史：近代卷 [M] . 天津：百花文艺出版社，2009.

［83］李怡．日本体验与中国现代文学的发生［M］．北京：北京大学出版社，2009.

［84］林少阳．鼎革以文：清季革命与章太炎"复古"的新文化运动［M］．上海：上海人民出版社，2018.

［85］李欧梵．现代性的想象：从晚清到五四［M］．台北：联经出版事业股份有限公司，2019.

［86］茅海建．从甲午到戊戌：康有为《我史》鉴注［M］．北京：生活·读书·新知三联书店，2009：67-69.

［87］摩罗，杨帆．人性的复苏 国民性批判的起源与反思［M］．上海：复旦大学出版社，2011.

［88］茅海建．戊戌变法的另面："张之洞档案"阅读笔记［M］．上海：上海古籍出版社，2014.

［89］潘光哲．创造近代中国的"世界知识"［M］．北京：社会科学文献出版社，2019.

［90］钱锺书，等．林纾的翻译［M］．北京：商务印书馆，1981.

［91］钱基博．现代中国文学史［M］．北京：中国人民大学出版社，2004.

［92］宋莉华．传教士汉文小说研究［M］．上海：上海古籍出版社，2010.

［93］尚小明．学人游幕与清代学术［M］．北京：东方出版社，2018.

［94］汤志钧．戊戌变法史［M］．上海：上海社会科学院出版社，2003.

［95］王一川．中国现代性体验的发生［M］．北京：北京师范大学出版社，2001.

［96］王淑琴．中国近代维新政治思潮的兴起：从《时务报》角度的审视［M］．长春：吉林大学出版社，2014.

［97］王风．世运推移与文章兴替：中国近代文学论集［M］．北京：北京大学出版社，2015.

［98］王汎森．中国近代思想与学术的系谱［M］．上海：上海三联书店，2018.

［99］王德威．史诗时代的抒情声音：二十世纪中期的中国知识分子与艺术家［M］．北京：生活·读书·新知三联书店，2019.

［100］谢无量．中国大文学史［M］．北京：中华书局，1940.

［101］熊月之．西学东渐与晚清社会［M］．上海：上海人民出版

社，1994.

　　[102] 夏晓虹 . 追忆梁启超 [M] . 北京：中国广播电视出版社，1997.

　　[103] 谢冕 . 1898：百年忧患 [M] . 济南：山东教育出版社，1998.

　　[104] 谢天振，查明建 . 中国现代翻译文学史 [M] . 上海：上海外语教育出版社，2004.

　　[105] 薛绥之，张俊才 . 林纾研究资料 [M] . 北京：知识产权出版社，2010.

　　[106] 易惠莉 . 郑观应评传 [M] . 南京：南京大学出版社，1998.

　　[107] 杨联芬 . 晚清至五四：中国文学现代性的发生 [M] . 北京：北京大学出版社，2003.

　　[108] 叶维廉 . 中国诗学 [M] . 北京：人民文学出版社，2006.

　　[109] 姚永朴 . 文学研究法 [M] . 北京：凤凰出版社，2009.

　　[110] 余来明 . "文学" 概念史 [M] . 北京：人民文学出版社，2016.

　　[111] 郑匡民 . 梁启超启蒙思想的东学背景 [M] . 上海：上海书店出版社，2003.

　　[112] 赵苗 . 日本明治时期刊行的中国文学史研究 [M] . 郑州：大象出版社，2018.

　　（二）译著

　　[113] 艾克曼，辑录 . 歌德谈话录 [M] . 洪天富，译 . 上海：上海三联书店，2016.

　　[114] 巴赫金 . 巴赫金全集 [M] . 钱中文，译 . 石家庄：河北教育出版社，2009.

　　[115] 柏生士 . 西山落日：一位美国工程师在晚清帝国勘测铁路见闻录 [M] . 余静娴，译 . 李国庆，校 . 北京：国家图书馆出版社，2011.

　　[116] 陈季同 . 黄衫客传奇 [M] . 李华川，译 . 北京：人民文学出版社，2010.

　　[117] 道尔 . 福尔摩斯探案全集 [M] . 丁钟华，等译 . 北京：群众出版社，1981.

　　[118] 福泽谕吉 . 文明论概略 [M] . 北京编译社，译 . 北京：商务印书馆，2009.

　　森有礼 . 文学兴国策 [M] . 任廷旭，译 . 上海：上海书店出版社，2002.

［119］安德森. 想象的共同体：民族主义的起源与散布［M］. 吴叡人，译. 上海：上海人民出版社，2005.

［120］哈贝马斯. 公共领域的结构转型［M］. 曹卫东，等译. 上海：学林出版社，1999.

［121］韩南. 中国近代小说的兴起［M］. 徐侠，译. 上海：上海教育出版社，2010.

［122］柯文. 在传统与现代性之间：王韬与晚清革命［M］. 雷颐，罗检秋，译. 南京：江苏人民出版社，2003.

［123］刘禾. 跨语际实践：文学，民族文化与被译介的现代性［M］. 宋伟杰，等译. 北京：生活·读书·新知三联书店，2002.

［124］雷·韦勒克、奥·沃伦. 文学理论［M］. 刘象愚，等译. 北京：生活·读书·新知三联书店，1984.

［125］林毓生. 中国意识的危机："五四"时期激烈的反传统主义［M］. 穆善培，译. 贵阳：贵州人民出版社，1988.

［126］李提摩太. 亲历晚清四十五年：李提摩太在华回忆录［M］. 李宪堂，侯林莉，译. 天津：天津人民出版社，2005.

［127］铃木贞美. 文学的概念［M］. 王成，译. 北京：中央编译出版社，2011.

［128］威廉斯. 关键词：文化与社会的词汇［M］. 刘建基，译. 北京：生活·读书·新知三联书店，2016.

［129］麦克卢汉. 理解媒介：论人的延伸［M］. 何道宽，译. 北京：商务印书馆，2000.

［130］马西尼. 现代汉语词汇的形成：十九世纪汉语外来词研究［M］. 黄河青，译. 上海：汉语大词典出版社，1997.

［131］卡林内斯库. 现代性的五副面孔［M］. 顾爱彬，李瑞华，译. 北京：商务印书馆，2002.

［132］卡勒. 文学理论入门［M］. 李平，译. 南京：译林出版社，2008.

［133］施吉瑞. 人境庐内 黄遵宪其人其诗考［M］. 孙洛丹，译. 上海：上海古籍出版社，2015.

［134］米勒. 文学死了吗［M］. 秦立彦，译. 桂林：广西师范大学出版社，2007.

[135] 勒文森. 梁启超与中国近代思想 [M]. 刘伟, 刘丽, 姜铁军, 译. 成都: 四川人民出版社, 1986.

[136] 萧公权. 近代中国与新世界: 康有为变法与大同思想研究 [M]. 汪荣祖, 译. 南京: 江苏人民出版社, 2018.

[137] 柏林. 观念的力量 [M]. 胡自信, 魏钊凌, 译. 南京: 译林出版社, 2019.

（三）期刊

[138] 陈旭麓. "戊戌"与启蒙 [J]. 学术月刊, 1988 (10).

[139] 陈福康. 读书偶拾 [J]. 鲁迅研究月刊, 1991 (7).

[140] 陈永国. 翻译的文化政治 [J]. 文艺研究, 2004 (5).

[141] 陈平原. 有声的中国: "演说"与近现代中国文章变革 [J]. 文学评论, 2007 (3).

[142] 陈一容. 古城贞吉与《时务报》"东文报译"论略 [J]. 历史研究, 2010 (1).

[143] 陈广宏. 近代中国文学概念转换的历史语境与路径 [J]. 文学评论, 2016 (5).

[144] 戴银凤. Civilization 与 "文明": 以《时务报》为例分析"文明"一词的使用 [J]. 贵州师范大学学报（社会科学版）, 2002 (3).

[145] 龚喜平. 近代"歌体诗"初探 [J]. 西北师大学报（社会科学版）, 1985 (3).

[146] 关爱和. 自立不俗与学问至上: 清代宋诗派的两难选择 [J]. 文学遗产, 1998 (1).

[147] 郭延礼. "诗界革命"的起点、发展及其评价 [J]. 文史哲, 2000 (2).

[148] 耿传明、于冰轮. 清末报刊与文学的共生性繁荣与世界的"图像化" [J]. 南开学报（哲学社会科学版）, 2017 (1).

[149] 关爱和. 晚清: 以报刊为中心的文学时代的开启 [J]. 复旦学报（社会科学版）, 2020 (3).

[150] 黄兴涛. 清末民初现代"文明"和"文化"概念的形成及其历史实践 [J]. 近代史研究, 2006 (6).

[151] 黄旦, 詹佳如. 同人、帮派与中国同人报:《时务报》纷争的报刊史

意义 [J].学术月刊，2009 (4).

[152] 郝岚.从《长生术》到《三千年艳尸记》：H. R. 哈葛德小说 She 的中译及其最初的冷遇 [J].外国文学研究，2011 (4).

[153] 蒋英豪.十九、二十世纪之交"文学"一词的变化：并论汉语中"文学"现代词义的确立 [J].中国学术，2010 (26).

[154] 连燕堂.简论洋务运动时期的文学变革 [J].文学评论，1990 (3).

[155] 廖梅.《时务报》三题 [J].近代中国，1994 (4).

[156] 罗志田.清季科举制改革的社会影响 [J].中国社会科学，1998 (4).

[157] 林辰.鲁迅·黎汝谦·《华盛顿传》 [J].鲁迅研究月刊，1992 (3).

[158] 李长莉.黄遵宪《日本国志》延迟行世原因解析 [J].近代史研究，2006 (2).

[159] 刘再华.今文经学与晚晴文学革命 [J].中国文学研究，2006 (2).

[160] 刘晓军."说部"考 [J].学术月刊，2009 (2).

[161] 鲁小俊.书院课艺：有待深入研究的集部文献 [J].学术论坛，2014 (11).

[162] 陆胤.从书院治经到学堂读经：孙雄与近代中国学术转型 [J].学术月刊，2017 (2).

[163] 梁波.在"报译"与"笔记"之间：《时务报》"张译包探案"中的小说文体形变 [J].文化与诗学，2018 (2).

[164] 李敏.戊戌东渡后的梁启超与"文学"概念的转变 [J].中山大学学报（社会科学版），2018 (5).

[165] 马勇.近代中国知识分子的悲剧：试论《时务报》内讧 [J].安徽史学，2006 (1).

[166] 潘虹.哈葛德小说在中国：历史吊诡和话语意义 [J].中国比较文学，2012 (3).

[167] 潘红.跨越疆界的求索：《时务报》和哈葛德小说 She [J].外国文学研究，2015 (1).

［168］茅海建．梁启超《变法通议》进呈本阅读报告：上［J］．近代史研究，2016（6）．

［169］汤仁泽．维新运动时期的澳门《知新报》［J］．史林，1998（1）．

［170］吴仰湘．南学会若干史实考辨［J］．近代史研究，2001（2）．

［171］王飚．从《日本杂事诗》到《日本国志》：黄遵宪思想发展的一段轨迹［J］．东岳论丛，2005（2）．

［172］熊月之．华盛顿形象的中国解读及其对辛亥革命的影响［J］．史林，2012（1）．

［173］许军．傅兰雅小说竞赛受挫原因考［J］．天津大学学报（社会科学版），2012（5）．

［174］熊月之．新群体、新网络与新话语体系的建立：以《格致书院课艺》为中心［J］．学术月刊，2016（7）．

［175］萧永宏．王韬与郑观应交往论略：兼及王韬对郑观应思想之影响［J］．江苏社会科学，2016（5）．

［176］萧永宏．《循环日报》"论说"作者考［J］．新闻与传播研究，2017（1）．

［177］袁进．从《文学兴国策》看晚清与新文学的关系［J］．中国现代文学研究丛刊，1999（1）．

［178］左鹏军．澳门《知新报》所刊诗词考论［J］．岭南文史，2006（2）．

［179］张登德．陈炽交游述略［J］．鲁东大学学报（哲学社会科学版），2008（3）．

［180］张海荣．关于引发甲午战后改革大讨论的九件折片［J］．广东社会科学，2009（5）．

［181］张海荣．《公车上书记》作者"沪上哀时老人未还氏"究竟是谁［J］．清史研究，2011（2）．

［182］张天星．汪康年铅印林译《茶花女》考论［J］．济南大学学报（社会科学版），2011（4）．

［183］周兴陆．"文学"概念的古今榫合［J］．文学评论，2019（5）．

二、英文文献

［1］DOYLE C. The Complete Sherlock Holmes ［M］. London：Vintage Books，2009.

［2］Education in Japan：a series of letters addressed by prominent Americans toArinori Mori ［M］. New York：D. Appleton，1873.

［3］HAGGARD H R，She：A History of Adventure ［M］. New York：The Modern Library，2002.

［4］WILLIAMS S W，The Middle Kingdom ［M］. New York：Charles Scribner's Sons，1913.

后 记

　　本书付梓在即，最后还有一些话要说。书稿从酝酿准备，到最终完成，经历了较长的周期，特别是正式的写作始于 2020 年初，个人生活与外部世界都发生着变化，在纷繁缭乱的日子里，试着要让自己与外界隔离，沉静下来面对一百多年前的报纸和文字，进行学理性思考和写作，并不是一件容易的事。学术研究的过程是极容易变得枯燥的，但阅读梁启超及《时务报》诸位同人的文章，又往往让人忘却这是一项工作，感觉到那些鲜活的家国之思和身世之感，距离自己渺小的生存与生活并不遥远。

　　记得学生时代读李敖的《北京法源寺》，小说的最后，李十力对老去的康有为说："如今四十年前的'因'和'地'，生下今天我们重逢的'果'，让我们最后以'无情'告别"。本书中所涉及的正是甲午至戊戌的历史背景，以倡导变革和启蒙开始，以牺牲和流血结束，总让人感到莫名的宿命般的悲怆。通过研究的方式与康、梁那一代人重逢，这告别又注定漫长且艰难，很难做到"无情"。正因于此，在面对《时务报》和梁启超们"笔锋常带情感"的文字、对所谓"文学"演进进行学理探讨时，自己也试图走向"时务风潮"下梁启超等人更加多元的文本与精神世界，这是那一代人的怕和爱。而即使是在文学的内涵与外沿不断被重审的当下，这些问题并不被理所当然地认为是"文学"学科下的研究课题。无法以"无情"告别，本书作为一本学术著作的写作缺憾，也源自于此。

　　感谢我的博士导师刘勇教授对我的教诲，本书并非我的博士论文，但诸多研究思路却源自博士阶段的学习和思考。感谢邹红老师、李怡老师、杨联芬老师、沈庆利老师、孙郁老师、谢玺璋老师、谭桂林老师、李遇春老师等师长前辈在我求学、治学路上给予我的指导和帮助。感谢杨志、张露晨、侯敏、妥佳宁、谢君兰、赵坤、龚敏律、许永宁、王相帅、蒋志远等师友对我的关心和鼓励。本书的部分章节内容曾在《文学评论》《中国比较文学》《福建论坛》等刊物发表，期间得到了吴子林、周乐诗、胡荣、陈建宁等老师的建议和指正，在此也一并表示感谢。

感谢中学时代的唐涤之老师，在应试和功利化的环境中，对于个体精神世界的唤醒。感谢我的父母，始终尊重我的选择，并在背后默默地给予最大的支持；感谢我的妻子易妹对我工作的理解和包容，让自己能潜心完成这本书稿。感谢女儿张友馨小朋友在平淡日子里不断带来的欢乐和惊喜。光明日报出版社的张金良先生、王佳琪女士为本书的顺利出版做了大量工作，也向他们衷心致谢。

因为水平所限，书中还存在诸多不足之处，在此求教于方家，请各位读者批评指正！

张弛

2024 年 6 月